历代律诗选评

著名古代文学学者、《杜甫全集校注》
第一副主编廖仲安先生为本书题字

历代律诗选评

王新霞◎编著

人民文学出版社

图书在版编目(CIP)数据

历代律诗选评/王新霞编著. —北京:人民文学出版社,2017(2024.2重印)
(恋上古诗词:版画插图版)
ISBN 978-7-02-012737-5

Ⅰ.①历… Ⅱ.①王… Ⅲ.①律诗-诗歌评论-中国
Ⅳ.①I207.227

中国版本图书馆CIP数据核字(2017)第093205号

责任编辑:李 娜 吕昱雯
装帧设计:汪佳诗

出版发行 人民文学出版社
社　　址 北京市朝内大街166号
邮政编码 100705

印　　刷 山东新华印务有限公司
经　　销 全国新华书店等

开　　本 890毫米×1240毫米 1/32
印　　张 19.25
插　　页 2
字　　数 600千字
版　　次 2017年10月北京第1版
印　　次 2024年2月第3次印刷

书　　号 978-7-02-012737-5
定　　价 85.00元

前　言

在我国古典诗歌发展史上，自唐代起有了古体诗与近体诗的区分。一种格律严格的诗歌在初唐得以定型，为与以前的古体诗相区别，唐人将这种格律严格的诗歌称为“近体诗”或“今体诗”。近体诗以律诗为代表，主要指五言律诗、七言律诗和由五言、七言组成的长律。符合格律的五言绝句和七言绝句也包括在近体诗之中。本书所选录的是近体诗中的历代律诗精品。

说起近体诗，这只是与唐以前的古体诗相对的叫法，古体诗也叫古诗或古风，它不受近体诗格律的束缚。唐以后凡不合近体诗格律的诗歌，都称为古体诗。所以，近体诗是古典诗歌中一种特殊的艺术形式。虽然我们称之为近体诗，其实它早在齐梁时就已发端，至唐代完全成熟，距现在也有一千多年的历史了。只是唐以后人们都这么称呼它，我们也随着古人叫它近体诗罢了。近体诗与古体诗的最大区别就是讲究格律，它在格律的作用下使古典诗歌实现了整齐化、对称化、声律化，由此产生了多方面的美感作用，充分体现了古典诗歌的对称之美、音韵之美、修辞之美与变化之美，从某种意义上讲，它是中国语言文字之美在古典诗歌中的综合体现，充分体现了古典诗歌的艺术之美。

南朝齐代诗人谢朓曾说过：“好诗圆美，流转似弹丸。”（《南史》卷二十二“王筠传”）近体诗的出现，使古代诗人的这一审美理想变成了现实。与古体诗相比，近体诗是高度格式化、音乐化的诗篇，明代胡应麟在论及七律的形式之美时说：“五十六字之中，意若贯珠，言如合璧。其贯珠也，如夜光走盘，而不失回旋曲折之妙；其合璧也，如玉匣有盖，而绝无参差扭捏之痕。綦组锦绣，相鲜以为色；宫商角徵，互合以成声。”（《诗薮》内编卷五）这段论述告诉我们，律诗首先从直观上体现了一种整齐之美、对称之美，如七律固定为七言八句，两句一联，每联字数相等、平仄相对，犹如玉璧之相合无间。特别是中间两联为对仗句，两句间不仅结构相同、句法相似，而且语义相对、色彩互映，如同用文字交织的锦绣。为在这简短的五十六字中尽可能表达丰富的思想感情，诗人们精心地炼字炼句、惨淡经营，极尽变化之能事，使律诗句法上表现出无穷无尽的变幻之美、修辞之美。同时，在吟诵中，由于每句声律上的平仄交替，使诗句产生抑扬顿挫的节奏之美；而每联两句间的平仄相对，又使全诗具有一种回旋往复的和谐之美，犹如一串夜明珠在玉盘上流转滚动。这种“夜光走盘”的效果，使律诗在整体上构成了一气贯通的浑成之美、流动之美。故清人方东树亦云：“诗以声为用者也，其微妙在抑扬抗坠之间。读者静气按节，密咏恬吟，觉前人声中难写、响外别传之妙，一齐俱出。”（《昭昧詹言》卷二十一）因此，本书编选这些脍炙人口的诗篇，首先希望读者在阅读时要按照平仄放声吟诵，在反复的吟诵中体味其中的种种妙处，这样才能读出味来。

正是由于近体诗所具有的独特艺术魅力，自唐代起，这种诗歌形式就受到了诗人们的高度重视，律诗以其人为的声律之美而与古体诗的自然音调相映生辉，风靡于唐代及后世的诗坛。各个时代的诗人都为我们留下了大量内涵丰富、结构精美、句式整齐、声调和谐的律诗名篇，从而形成了中华传统文化中一道独具特色的风景线。

为了呈现出律诗文化丰富多彩的全貌，选诗时充分注意到了题材内容的多样性。在这个选本中，我们既可以从山水田园诗中领略祖国大地山河的壮丽秀美，亦可以从边塞诗中体会爱国将士的战斗豪情；此外，还可以品味到亲情的温馨、友情的真挚、隐士的风雅、文人的浪漫，以及咏史怀古诗中反映出的祖国五千年历史文化的方方面面。当然，诗选中最引人注目的，就是历代诗人用律诗这个形式表达的深挚的爱国精神和民族气节。从唐代的李白、杜甫到宋代的苏轼、陆游，从爱国志士文天祥到勇抗倭寇的戚继光，从明末“遗民”诗人顾炎武、黄宗羲到清代“虎门销烟”的民族英雄林则徐，再到近代为拯救祖国危难而献出生命的“戊戌六君子”和革命烈士秋瑾，一首首气壮山河的诗篇饱蘸着志士的热血与激情，谱写着中华儿女对祖国的无限忠诚。因此，律诗的体裁虽然短小，却和其他文学作品一样，可以承载厚重的历史内容，蕴藏深沉的精神内涵，它应该成为我们教育下一代、传承爱国主义和民族精神的宝贵财富。同时，在这个选本中，我们还可以读到这样一些历史的名篇，它们反映了在祖国这个多民族的大家庭中，各民族作家互相学习、彼此融合的现象。不同的民族文化既相对独立，又彼此渗透，而格律诗这种极具特色的文学形式，早已成为各民族学者争相钻研的重点和创作中的必选形式。从选诗中，我们可以看到契丹族诗人耶律楚材笔下奇美的天山，回回族文人萨都剌对大诗人李白深情的怀念，维吾尔族作家贯云石效仿陶渊明的隐逸风情，从而在新的时代背景下，把民族团结与和谐进一步发扬光大，为中华民族的伟大复兴再谱新篇章。

在这个选本中，唐宋律诗是选评与鉴赏的重点。这是因为，唐代是古典诗歌史上的黄金时代，是诗坛群星灿烂的时期，不仅出现了李白、杜甫、白居易这样的诗界泰斗，还有孟浩然、王维、刘禹锡、李商隐等一大批在律诗创作上成就杰出的诗人。五、七言律诗及排律在唐代而极盛，至杜甫而众体兼善、诗法大备。在律诗意境的开拓与技法的创新上，任何人也无法与杜甫相比。他以其如椽之笔，上括天地，下贯古今，创作出了大量意境雄浑、情思浓郁、对仗精工、格律谨严的千古佳作，将律诗的表现范围发展到了极致。正如前人所评：

> 近体盛唐至矣，充实辉光，种种备美，所少者曰大、曰化耳。故能事必老杜而后极。杜公诸作，真所谓正中有变，大而能化者。（明·胡应麟《诗薮》内编卷五）
>
> 自唐初沈（佺期）、宋（之问）诸人创为律体，于是五字七字中争为雄丽之语，及盛唐而益出。……杜诗五律，究以“江山有巴蜀，栋宇自齐梁”一联为最。东西数千里，上下数百年，尽纳入两个虚字中，此何等神力！其次则“星临万户动，月傍九霄多”，亦有气势。至岳阳楼云“吴楚东南坼，乾坤日夜浮”，古今无不推为绝唱。……又七律中“五更鼓角声悲壮，三峡星河影动摇”、“锦江春色来天地，玉垒浮云变古今”，亦是绝唱。……只以此等气魄从前未有，独创自少陵，故群相尊奉为劈山开道之始祖，而无异词耳。自后亦竟莫有能嗣响者。（清·赵翼《瓯北诗话》卷二）

宋代诗人推崇杜甫、学习杜甫，他们通过诗话等各种诗学著作，对以杜甫为首的唐代诗人的成就进行了全面总结，使宋代律诗在唐人的基础上有新的开拓。特别是宋人在七律的创作上尤有其独到之处，苏轼、黄庭坚、陆游的七律令人耳目一新。元明清三代，在律诗创作上亦有名篇佳作，但在艺术上难脱唐宋之窠臼。在历代诗歌创作的长河中，像杜甫那样抱着“语不惊人死不休”的态度进行创作者，可谓不计其数，诗人们追求新诗、好诗的创作热情，促使律诗创作不断创新，带来了诗坛百花齐放、长盛不衰的局面。与不断发展的社会生活相适应，诗人们的审美趣味也在不断变化；不同时代有不同时代的审美标准，形成了不同的时代性格和感情基调，从而在诗人的艺术风格上表现出异彩纷呈的局面。为尽可能全面展示历代律诗特有的历史价值和美学价值，本书既选录历代有代表性的大家作品，亦注意选录了一些优秀作家传诵于世的名篇。希望通过这个选本，使读者在吟诵中，能初步体会到“沈宋体”的典丽精工，孟浩然之冲淡闲远，王维之清秀空灵；崔颢、李白之俊逸豪放、神韵超然；杜甫五律的“气象巍峨，规模宏远”、“浓淡浅深，动夺天巧”，七律的“雄深浩荡，超忽纵横，正而能变，大而能化”；韦应物五律之“闲婉”，贾岛五律之“幽奇”；刘禹锡七律之“骨力豪劲”、“其锋森然”，李商隐七律之“深情绵邈，绮丽精工”。宋代王安石的“诗律精严”、“浑然天成”；苏轼七律的明快动荡，如“天马脱羁，飞仙游戏，穷极变幻”；黄庭坚的“奇峭瘦硬”、“喜用拗句”；以及陆游七律的“激昂慷慨”、“使事熨帖”等等。由这些名家佳作中，去观照一条源源不断而又多彩多姿的艺术长廊，体味中华文化伟大而悠久的艺术魅力。

还要说明的是，我们在学习、鉴赏、继承古典诗歌的过程中，必须要把握古典诗歌各种形式的特点与要求，必须要具备必要的诗歌格律知识。诗歌之所以称为诗歌，顾名思义，它既是文字组成的诗篇，也是可以吟唱的歌。中国最早的诗歌《诗经》都是可以吟唱的，其中的“国风”就是各地的民歌。汉代的乐府诗也多是乐府机关采集的民歌。虽然，随着文学的发展，古典诗歌与音乐逐渐分离，但是，讲究韵律仍是诗歌与散文之间最大的区别，也是诗歌音乐性的集中体现。因此，我们学习古典诗歌不仅要从作家作品与题材内容上做深入研究，也要充分注意诗歌独特的艺术特征，深入探讨诗歌采用的不同体裁形式的不同特点，分析诗歌韵律与内容之间的相互关系，也就是从艺术创作规律的角度去把握作品，才能体会出作家的用心之处，才能深入了解作品的内涵，才能在真正读懂作品的基础上去欣赏它。否则的话，如果我们对古体诗的特点与近体诗的格律缺乏必要的知识，看到一首诗，连古、近体都分不清，就无法从诗歌的艺术形式与创作规律的角度去鉴赏了。再说，要是不了解诗歌的形式与韵律，只是一味从内容与语言上作分析，那么鉴赏一首诗歌就与散文没有两样了，这种鉴赏方式对于诗歌来说始终只是隔靴搔痒。

有鉴于此，本书区别于以往律诗选本的一大特点，就是在对诗歌作思想内容与艺术鉴赏的同时，也从格律形式上加以分析，把有关的诗律知识作了简单的说明，介绍了历代诗人对律诗体裁的创新与发展。这样做的目的，是为了完善读者欣赏古代律诗的知识结构，掌握鉴赏格律诗的规律和方法，切实提高古代文学修养，以求从艺术规律的角度去把握与理解名篇名作，借以观照古人在律诗创作上的巨大成就，从而为更好地学习、鉴赏古典诗歌提供一个开启大门的钥匙。读者在欣赏和吟诵的同时，若是诗兴一来，秉翰赋诗，理应受到鼓励，因为在创作中更能体会到古人写作的苦心。

总之，格律诗是高度民族化的文学形式，是中华传统文化的重要组成部分，亦是中国语言文字艺术的综合体现。杜甫、陆游等人富有高度爱国主义精神的诗作，更是我们民族宝贵的精神财富，继承这一遗产有利于增强中华民族的自信心和凝聚力。由于律诗的形式短小，内容集中，内涵丰富，韵律鲜明，适于吟诵，便于流传，故能长盛不衰，至今仍是具有生命力的诗歌形式。因此，学习古代律诗的佳作，阅读并背诵其中的名篇佳句，了解诗歌史上这种普遍的文学现象，不仅可以提高我们对古典诗歌的鉴赏能力，继承祖国优秀的文学遗产，而且可以提高我们的文化修养，掌握律诗的基本格律与创作手法，从而古为今用，挥笔抒怀，使我们的精神生活更加丰富多彩，对促进社会主义精神文明建设必将产生积极的作用。

作者

己丑年于北京

目录

金元五律

七言律诗

唐代七言排律

宋代七律

金元七律

明代七律

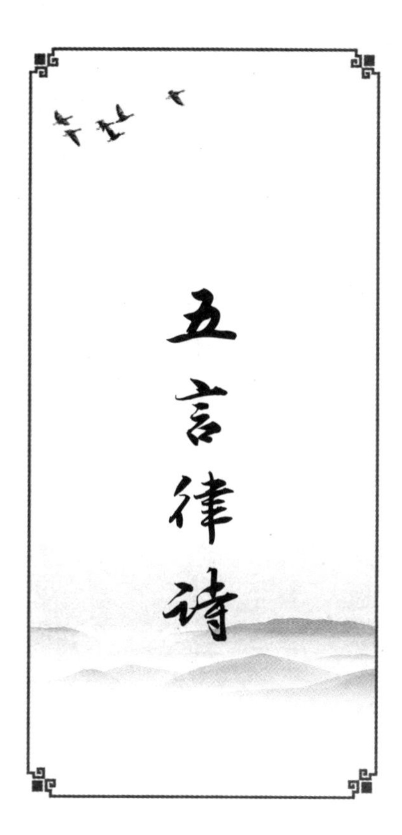

五言律诗

唐代五律

李世民

帝京篇十首(其一)[1]

（五律平起仄收式）

秦川雄帝宅，函谷壮皇居[2]。
绮殿千寻起，离宫百雉余[3]。
连甍遥接汉，飞观迥凌虚[4]。
云日隐层阙，风烟出绮疏[5]。

作者简介

李世民(597～649)，即唐太宗，陇西成纪(今甘肃省天水市北)人。唐高祖李渊的次子。即位后改年号为“贞观”，共在位23年，政治清明，形成了唐代历史上著名的“贞观之治”。

注释

〔1〕这首诗描写的是长安城宫殿宏伟壮丽的景象。《帝京篇》共十首，这是第一首。帝京，京城长安。

〔2〕“秦川”二句：雄伟的长安城崛起于关中平原之上，函谷关护卫着壮丽的宫殿。二句言京城地势的优越。秦川，关中平原。原为秦故地，故称。帝宅，皇都。皇居，皇城。函谷，函谷关，秦时故关，在今河南省灵宝市境内。

〔3〕“绮殿”二句：言长安城座座宫殿华美高大，无比壮阔。绮殿，彩绘的宫殿。寻，一寻等于八尺。离宫，行宫。雉(zhì)，计算宫墙长度的单位，长

三丈、高一丈为一雉。骆宾王《帝京篇》，"汉家离宫三十六。"小小离宫，宫墙周围也有三百多丈长，长安离宫众多，壮阔可想而知。

〔4〕"连甍"二句：言长安城建筑的壮观景象，高高的屋脊连成一片，仿佛远接着天上的银河；飞起的楼观高入云天。甍(méng)，屋脊。汉，银河。观(guàn)，楼台，宫观。迥(jiǒng)，远。凌虚，凌空。

〔5〕"云日"二句：天上的云日似被重重宫阙所遮挡，风烟似从雕花的窗户中飘出。层阙，重重叠叠的宫阙。绮疏，雕镂(lòu)着花纹的窗户。

简评

唐太宗不仅是叱咤风云的一代英主，亦是一个多才多艺的皇帝，史载他"于听览之暇，留情文史。叙事言怀，时有构属，天才宏丽，兴托玄远。贞观十三年，(邓)世隆上疏请编录御集。"(《旧唐书》卷七十三·令狐德棻传附邓世隆传)《帝京篇十首》即是太宗律诗的代表作。这首诗以工整的五律描绘了长安城的优越形势与宫室建筑，写得气魄宏大、景象壮丽，正如明人胡应麟所评："唐初惟文皇《帝京篇》，藻赡精华，最为杰作。……雄才自当驱走一世。"(《诗薮·内编》卷二)太宗的亲自创作，对于律诗的繁荣起到了极大的影响，故《全唐诗》卷一云："有唐三百年风雅之盛，帝实有以启之。"

格律分析

古人创作律诗都要遵循一定的平仄格式，平仄是构成律诗格律最重要的因素。什么是平仄呢？平指平声，仄是不平，这是诗歌格律中的一个术语。中古时文人把汉字的声调分为平、上、去、入四声，除平声外，上去入三声为仄声。四声反映了当时汉语高低升降的状态，今天的普通话也有四种声调：阴平声、阳平声、上声、去声。很明显，普通话的四声中已经没有了入声，只在一些方言中保留了入声，这是古、今语音的变化导致了音调的不同。古人区分平仄的目的是为了在诗句中平仄递用，使诗歌在诵读中具有音乐的美感。近体诗每两个字为一个节奏，平声是个长音，适合曼声吟唱，上、去、入三声都有升降的变化，律诗中的平仄递用，就是在声调上长短、升降的交替，从而使诗歌音节和谐、抑扬顿挫、富于变化，以更好地表达心中的情感。所以，我们每看一首律诗，应该了解它是按照律诗的哪种格式创作的，进而体味诗歌的内容与形式是怎样完美结合的。

这首诗是李世民精心结撰的一首五言律诗，为五律平起仄收式。押平声鱼韵，隔句用韵，韵字分别为居、余、虚、疏。诗中出现的今读平声的入声字有“宅”（陌韵）、“接”（叶韵）、“出”（质韵），特别是“宅”字在奇（jī）句的句尾，古时都属仄声，而与下句的韵字相对。有关诗歌押韵的韵部与入声字的问题，可参见书后所附的“近体诗格律介绍”与“诗韵常用字表”。在对仗方面，此诗四联八句，皆成对仗。

王　绩

野　望

（五律平起仄收式）

东皋薄暮望〔1〕，徙倚欲何依〔2〕。
树树皆秋色，山山唯落晖。
牧童驱犊返〔3〕，猎马带禽归。
相顾无相识，长歌怀采薇〔4〕。

作者简介

王绩（585～644），字无功，自号东皋子，绛州龙门（今山西河津市）人。唐太宗贞观初，为太乐丞。后弃官还乡，隐居东皋。有《王无功集》。

注释

〔1〕东皋：今山西河津市东皋村，作者隐居于此。皋（gāo），水边高地。薄

《野望》

暮：傍晚。

〔2〕徙倚（xǐyǐ）：徘徊。依：归依。

〔3〕犊：小牛。

〔4〕怀采薇：古书上把巢菜叫做薇。《诗经·召南·草虫》："陟彼南山，言采其薇，未见君子，我心伤悲。"此句承上句"相顾无相识"，感慨自己在现实中缺少知己，不由怀念起古代的隐士伯夷和叔齐。《史记》卷六十一"伯夷列传"记载，周武王代商后，"天下宗周，而伯夷、叔齐耻之，义不食周粟，隐于首阳山，采薇而食之。及饿且死，作歌。其辞曰：'登彼西山兮，采其薇矣。以暴易暴兮，不知其非矣。神农、虞、夏忽焉没兮，我安适归矣？于嗟徂兮，命之衰矣！'遂饿死于首阳山。"

简评

这是唐代最早用近体诗形式写成的山水田园诗。清代沈德潜说："五言律前此失严者多，应以此章为首。"（《唐诗别裁集》卷九）诗歌以"望"字领起，重点描绘了黄昏中的山林秋景；颔联以绚丽的山林秋色与夕阳笼罩的群山构成了静谧的远景；颈联则在开阔的背景上刻画了赶着牛犊下山的牧童与骑马归来的猎手形象，人物活动由远而近，为寂静的山林增添了活力。这两联以严整的对仗句，构成了远景与近景、光与色、动态与静态的对比映照，交织成一幅具有田园牧歌情调的山林秋景图，和谐而美好。但是，身处田野的诗人，心情却是抑郁而彷徨的，首联的"徙倚欲何依"表现了在隋唐易代时不知依附何方的徘徊感，尾联则用"相顾无相识，长歌怀采薇"表达了自己在现实中缺乏知己，只有通过怀念古代伯夷、叔齐那样有节操的隐士来寄托情志了。尽管诗歌表达了一种在政治上彷徨而孤独的心理，但在艺术上体现了诗人清新、淡远的风格，故能在唐初浮艳的宫体诗风中独树一帜。正如明代何良俊所评："当武德之初，犹有陈隋余习，而无功能尽洗铅华，独存体质，又嗜酒诞放，脱落世事，今观其诗殊有魏晋之风。"（《删补唐诗选脉笺释会通评林》五言律诗）

格律分析

律诗八句四联，分别称为首、颔、颈、尾联，限定40字。各联句式的平仄要求请参看本书附录一《近体诗格律介绍》。这是一首平起仄收的五律，现将五律平起仄收式的格式排列如下：

五律平起仄收式(平起首句不押韵)

首联：	(平)平平仄仄	东皋薄暮望，
	(仄)仄仄平平(韵)	徙倚欲何依。
颔联：	(仄)仄平平仄	树树皆秋色，
	平平仄仄平(韵)	山山唯落晖。
颈联：	(平)平平仄仄	牧童驱犊返，
	(仄)仄仄平平(韵)	猎马带禽归。
尾联：	(仄)仄平平仄	相顾无相识，
	平平仄仄平(韵)	长歌怀采薇。

这种格式前二联与后二联平仄完全相同。画圈处表示可平可仄。但“平平仄仄平”这个句式第一字不得用仄声，否则被视为犯“孤平”(指此句除韵字外只有一个平声)。

这首诗中的某些句子第一、第三的位置上，用字的平仄作了灵活处理。如第一句的“薄”字是入声字，古属“药”韵。要特别注意两个入声字，一是第五句的“犊”字，属入声“屋”韵；二是第七句末尾的“识”字，属入声“职”韵。这些字现在用普通话读是平声，古代却是入声字，属仄声，诗人在这些地方是严格遵循了格律的。

这首诗押的是平声“微”韵，隔句押韵，韵字分别是：依、晖、归、薇。

在阅读时，应按照韵律吟诵，平声仄声在声调的长短高低上要有所区别。《康熙字典》前面载有《分四声法》的歌诀：

平声平道莫低昂，上声高呼猛烈强。

去声分明哀远道，入声短促急收藏。

这样叙述虽不够科学，但提示我们读平声时要不升不降，韵尾可适当延长；读仄声时应读出上、去、入三声或升或降的音调，特别是入声字要读得短促，以体现全诗抑扬顿挫的韵律。以下各首在阅读时均应按照此方法细心体会。

杜审言

和晋陵陆丞早春游望〔1〕

（五律仄起平收式）

独有宦游人，偏惊物候新〔2〕。
云霞出海曙，梅柳渡江春〔3〕。
淑气催黄鸟，晴光转绿蘋〔4〕。
忽闻歌古调，归思欲沾巾〔5〕。

作者简介

杜审言（约645～708），字必简，襄州襄阳（今湖北襄阳）人，是大诗人杜甫的祖父。善五言诗，少与李峤、崔融、苏味道齐名，合称“文章四友”。《全唐诗》存其诗一卷。

注释

〔1〕这是一首和（hè）诗。按照别人诗歌的题材和韵脚也做一首诗，称为和诗。杜审言的朋友晋陵（今属江苏常州市）的陆县丞作了一首《早春游望》的诗，杜审言写了这首诗和他。

〔2〕“独有”二句：只有在异乡做官的人，才会对景物气候的变化感到格外地触目惊心。宦游人，离开家乡在外地做官的人。此处宦游人兼指陆丞和自己。

〔3〕“云霞”二句：海边日出时，朝阳与云气辉映成美丽的彩霞；一过长江，江南的梅柳就早早地换上了春妆。

〔4〕“淑气”二句：春天和暖的天气，催黄莺早日歌唱；在晴朗的阳光照耀下，水上的浮蘋越变越绿了。

〔5〕“忽闻”二句：忽然听到陆县丞的《早春游望》一诗，引起深切的乡思，几欲泪下沾湿佩巾。古调，古人的格调，借用来称赞陆丞的诗。

简评

在初唐五律逐渐成熟的过程中，杜审言起了重要作用。其所作五律几乎篇篇合律。此诗借赞美江南早春景色，表达漂泊仕宦中的思乡之情。

诗歌首联以“独有”发端，自与江南当地人形成了对比，又用“偏惊物候新”五字写出宦游人对江南早春倍感惊奇的独特感受。中间两联紧承首联，对仗工稳，造语明丽，写江南春光早现、梅柳争艳、鸟语花香，突出了“物候”的新奇明媚。但这种“惊新”的感受实来源于对中原故土的深切思念，是在与中原故土的对比下产生的，故在写景如画之中，更用“渡江”“催”“转”的字眼揭示出异乡景物与中原的不同之处，自然引出结尾的思乡之意。诗人愈见异乡之美，愈引起对故乡的思念，终至“归思欲沾巾”了。诗歌章法严密，首尾呼应，明写惊新，暗写怀旧，初读只觉江南春早景美，细品方见其思乡之深切，这种以美景写哀思的手法，格外凄婉曲折，耐人寻味。故明代胡应麟称：“初唐五言律，‘独有宦游人’第一。”（《诗薮·内编》卷四）

格律分析

这首诗属五律仄起平收式，全诗四联八句，限定40字。现将五律仄起平收式的格式排列如下：

五律仄起平收式（仄起首句押韵）

首联：　㊀仄仄平平（韵）　　独有宦游人，

　　　　平平仄仄平（韵）　　偏惊物候新。

颔联：	㊀平平仄仄	云霞出海曙，
	ⓧ仄仄平平(韵)	梅柳渡江春。
颈联：	ⓧ仄平平仄	淑气催黄鸟，
	平平仄仄平(韵)	晴光转绿蘋。
尾联：	㊀平平仄仄	忽闻歌古调，
	ⓧ仄仄平平(韵)	归思欲沾巾。

诗歌押平声真韵，韵字为：人、新、春、蘋、巾。此诗除了某些句子第一、第三的位置上，用字的平仄作了灵活处理外，完全符合格律要求。诗中有几个入声字，即“独”（屋韵）、“出”（质韵）、“淑”（屋韵）、忽（月韵）古代是仄声字。要注意的是，末句“归思”的“思”（sì）字念去声。

苏味道

正月十五夜

（五律仄起仄收式）

火树银花合[1]，星桥铁锁开[2]。
暗尘随马去，明月逐人来[3]。
游伎皆秾李[4]，行歌尽《落梅》[5]。
金吾不禁夜，玉漏莫相催[6]。

作者简介

苏味道（648？～705？），赵州栾城（今河北栾城县）人。不到二十岁便中进士，武后时官至宰相。中宗时贬郿州刺史，卒于任所。有《苏味道集》。

注释

〔1〕“火树”句：形容元宵节灯彩的繁盛。火树，许多悬挂着灯火的树。银花，比喻夜间各处灯花的璀璨。合，交融。

〔2〕星桥铁锁：据晋·常璩《华阳国志》卷三“李冰造七桥，上应七星”，言秦代李冰开蜀江，置七座桥，以应天上七星，每座桥装一铁锁。这里借喻长安城宵禁。唐代长安里坊有门，入夜各门上锁，禁止通行。宵禁由金吾卫掌管。这句写正月十五京城锁开，允许夜行，即下文的“金吾不禁夜”。

〔3〕“暗尘”二句：描写元宵夜人们纷纷出外观灯的盛况。暗尘，夜间走马，暗中带起的尘土。

〔4〕游伎：陪同豪贵游赏的乐伎。皆秾李：打扮得像桃李花。《诗经·召南·何彼襛矣》：“何彼襛矣，华如桃李。”襛，衣着丰厚，亦为繁密茂盛貌。此句中“秾”通“襛”，指花的浓密繁盛。

〔5〕行歌：边走边唱。《落梅》：乐曲名。汉乐府《横吹曲》有《梅花落》曲。

〔6〕“金吾”二句：金吾今夜不禁宵行，时间不要催人归去。玉漏，古代的计时器。玉，形容漏刻的精美。漏，漏刻，古代用铜壶滴漏计时。

简评

诗题一作《上元》。唐时正月十五日是上元节，京城长安举行热闹的灯会，人们倾城出动，夜游观灯。苏味道此诗曾被誉为描写元宵节的“绝唱”。刘肃《大唐新语·文章类》记：“神龙（中宗年号）之际，京城正月望日（农历十五日）盛饰灯影之会，金吾弛禁，特许夜行。贵族戚属及下俚工贾，无不夜游。车马骈阗，人不得顾。王主之家，马上作乐，以相夸竞。文士皆赋诗一章，以纪其事。作者数百人，惟中书侍郎苏味道，吏部员外郭利贞，殿中侍御史崔液三人为绝唱。”

这首诗歌主要采取了场面描写和气氛烘托的手法，描写唐代长安城元宵灯会的盛况。首联描写了整个长安城“火树银花”交相辉映，如同一片灯海的热闹景象；颔联再绘街上车水马龙，人们纷纷出游观灯的情景；颈联从全城人中突出刻画艳如桃李的游伎和人们边走边唱的欢乐场面，最后则表达了良宵苦短，要彻夜狂欢的心愿。全诗场面描写由大到小，由整体到局部，层次分明，互相补充，绘出了长安城元宵灯会一幅立体的风俗画，给人留下了深刻的印象。

格律分析

诗押平声灰韵。诗中今读平声的古入声字有：合（合韵）、逐（屋韵），今读平声，古均仄声字。尾联出句用了“平平仄平仄”的特定格式。

王　勃

送杜少府之任蜀州[1]

（五律仄起平收式）

城阙辅三秦，风烟望五津[2]。
与君离别意，同是宦游人[3]。
海内存知己，天涯若比邻[4]。
无为在歧路，儿女共沾巾[5]。

作者简介

王勃（650～676），字子安，绛州龙门（今山西河津市）人。初唐著名文学家，著有《王子安集》。与杨炯、卢照邻、骆宾王并称为初唐“四杰”。

注释

〔1〕杜少府：作者的朋友，姓杜，少府是唐代对县尉的俗称。之任：赴任。之：到。蜀州：今四川重庆市治。

〔2〕“城阙”二句：是说送别之地是八百里秦川辅卫着的长安城，从这里遥望

朋友将去的蜀州大地，只见天边风烟迷漫。城阙（què），指长安的城郭宫阙。阙，原意是皇宫门前面两边的望楼，这里代指长安的宫殿。辅，辅佐、护卫。三秦，泛指长安附近的关中（陕西省潼关以西）地区。项羽灭秦以后，把关中分为雍、塞、翟三国，故称"三秦"。五津，长江自湔堰至犍为一段五大渡口的合称。晋·常璩《华阳国志》卷三"蜀志"载："其大江自湔堰下至犍为，有五津。始曰白华津，二曰万里津，三曰江首津，四曰涉头津……五曰江南津。"五津皆在蜀中，此用以泛指蜀地。

〔3〕"与君"二句：是说由于同是离家出游以求官职的人，所以更珍惜友情，分别时引起无限的惜别之意。

〔4〕海内：四海之内，指中华大地。天涯：天边。比邻：近邻。古时五家相连为比。这两句化用曹植《赠白马王彪》中"丈夫志四海，万里犹比邻"句意。

〔5〕"无为"二句：不要在分手的路上效仿儿女之情，让眼泪沾湿佩巾吧。无为，无须，不要。歧路，岔路，指分手的路口。

简评

这是唐代一首著名的送别诗。此诗格调豪迈，气势壮阔，展现了唐代诗人的豁达胸襟和远大志向。诗歌首联即对起，由长安遥望蜀州，描绘了两地的形势风貌，暗示两人即将远隔千山万水，为送别展开了一个广阔的诗歌境界；颔联直抒离别之意，只点出"同是宦游人"，便可知二人经历相同、感受相同，千言万语尽在不言之中，写得十分含蓄；颈联豪迈振起，诗人一扫前代送别诗黯然神伤的情调，以包容四海的宽阔胸襟来对待离别，以跨越时空的高尚友情来启发朋友：远离分不开真正的知己，就是远在天边也如同在近邻一样；尾联则由感情的高潮落入平缓，在亲切的叮咛中流露出惜别的款款深情。

全诗起、承、转、合，章法谨严，第一联以地名起，交代背景，意境开阔；第二联以送别之意紧承，含蓄凄婉；第三联转折有力，格调豪放；第四联顺势而下，临别互勉，结得放达。短短的四十字写得波澜起伏，激动人心，其中"海内存知己，天涯若比邻"一联已成为表达友谊的千古名句。诚如胡应麟所评："唐初五言律，惟王勃'送送多穷路'、'城阙辅三秦'等作,终篇不著景物,而兴象婉然,气骨苍然,实首启盛、中妙境。……究其才力,自是唐人开山祖。"(《诗薮·内编》卷四)

格律分析

这首诗也采用五律仄起平收式。押平声"真"韵,韵字为:秦、津、人、邻、巾。

这首诗除了某些句子第一、第三的位置上,用字的平仄作了灵活处理外,还有两点值得注意:一是第三句"别"字是个入声字,属入声"屑"韵,符合格律要求;二是第七句"无为在歧路"的平仄声调为"平平仄平仄",这是五律中一种常见的特定格式。在使用"平平平仄仄"这个句型时,可以使用"平平仄平仄"的格式,也就是第三、四两字的平仄互换了位置,但用这个特定格式时,五言的第一字必须用平声,否则就失去了律句的节奏感。

在对仗方式上,一般律诗要求中间两联对仗,而这首诗采取首联对仗、颔联不对的方式,宋人称之为"偷春格"。魏庆之《诗人玉屑》卷之二云:"其法颔联虽不拘对偶,疑非声律;然破题已的对矣。谓之偷春格,言如梅花偷春色而先开也。"这是在初唐律诗格律尚未完全定型时出现的对仗方式。读律诗时,不仅要读出平仄的抑扬顿挫,还应注意诗中的对仗句,体会语言文字的对称之妙,如此诗首联为虚实对,出句实写,对句虚写,在十字内概括千里距离,引出深沉的送别之情。

杨　炯

从军行[1]

(五律仄起平收式)

烽火照西京[2],心中自不平。

牙璋辞凤阙,铁骑绕龙城[3]。

雪暗凋旗画，风多杂鼓声[4]。

宁为百夫长[5]，胜作一书生。

作者简介

杨炯（650～?），华阴（今陕西华阴市）人。初唐“四杰”之一。高宗时应制举补秘书省校书郎，为崇文馆学士。后贬梓州司法参军，又任盈川（今浙江衢州市南）县令，卒于官。有《盈川集》。

注释

〔1〕《从军行》：乐府《相和歌·平调曲》旧题。

〔2〕西京：长安。

〔3〕“牙璋”二句：写将军奉命从京城出征，带领精锐的骑兵包围了敌方的腹地。牙璋，古代发兵用的符信，有两块，相合处为牙状，分掌在朝廷和主帅手里。凤阙，汉建章宫东有宫阙，上饰金凤，故名。这里泛指皇宫。铁骑（jì），英勇精锐的骑兵。绕，围。龙城，汉时匈奴祭祀天地祖先大会诸部之所，故址在今蒙古人民共和国鄂尔浑河一带。《史记·匈奴列传》：“五月大会龙城。”这里指敌方要地。

〔4〕“雪暗”二句：茫茫大雪使军旗上的彩绘图案变得黯淡不清，怒吼的狂风中杂有咚咚的战鼓声。雪暗，大雪天阴。

〔5〕百夫长（zhǎng）：一百名士兵的头目，泛指低级军官。

简评

这是一首较早的唐代边塞诗。首联写战争形势紧急，壮士心中慷慨不平；颔联写将军奉命出征，我军长驱直入、气势如虹；颈联写将士们在极为恶劣的环境中激战；尾联抒发为国戍边、建功立业的抱负。全诗结构完整，中两联对偶工整，语言刚健有力，是一首慷慨激昂的战歌，表现了初唐文人投笔从戎、渴望保卫边境建立功勋的雄心壮志。胡应麟曰：“盈川近体，虽神俊输王，而整肃浑雄。”（《诗薮·内编》卷四）

格律分析

这是一首仄起平收的五律。诗歌押平声庚韵，首句入韵，韵字分别为京、平、城、声、生。诗歌中的入声字有“铁”（屑韵）、“雪”（屑韵）、“杂”（合韵）、“一”（质韵），古为仄声字。全诗合乎格律，只是第七句采用了“平平仄平仄”的特定格式。

骆宾王

在狱咏蝉[1]

（五律仄起仄收式）

西陆蝉声唱，南冠客思侵[2]。
那堪玄鬓影，来对白头吟[3]。
露重飞难进，风多响易沉[4]。
无人信高洁，谁为表予心[5]。

作者简介

骆宾王（619～687），字观光（清人陈熙晋《续补唐书骆侍御传》据《义乌县志》补），婺州义乌（今浙江义乌市）人，初唐著名的文学家。高宗时曾任武功、长安二县主簿。后升侍御史，不久得罪朝廷，被诬下狱。出狱后贬临海（今浙江临海市）丞，三年后弃官而去。武则天光宅元年（684），徐敬业在扬州起兵反对武则天的统治，骆宾王为徐敬业的府属，作《代李敬业传檄天下文》。同年兵败亡命，不知所之。有《骆临海集》。

注释

〔1〕唐高宗仪凤三年（678），骆宾王任侍御史，上书议论政事，得罪武后，遭诬

入狱。在狱中闻蝉鸣，写下此诗。诗前有序，其中说："余禁所，禁垣西，是法曹厅事也。有古槐数株焉。……每至夕照低阴，秋蝉疏引，发声幽息，有切尝闻。"又说："闻蟪蛄之流声，悟平反之已奏，见螳螂之抱影，怯危机之未安。感而缀诗，贻诸知己。庶情沿物应，哀弱羽之飘零；道寄人知，悯余声之寂寞。非谓文墨，取代幽忧云尔。"

〔2〕"西陆"二句：说秋天蝉声高唱，使我这个狱中囚徒的思乡之情更加深切。西陆，指秋天，司马彪《续汉书》说："日行北陆谓之冬，西陆谓之秋。"蝉(chán)，俗称知了。南冠，指囚徒。《左传・成公九年》："晋侯观于军府，见钟仪，问之曰'南冠而絷者谁也?'有司对曰：'郑人所献楚囚也。'"后世遂以南冠称囚犯。客思(sì)，思乡之情。侵，侵扰内心。

〔3〕"那堪"二句：说自己在狱中消磨了青春，头发变白，怎能经受得了那乌黑的蝉再对着自己吟唱呢？那堪，怎能经受的意思。玄鬓(bìn)影，指蝉。玄鬓本是美人乌黑的鬓发，崔豹《古今注》："魏文帝宫人莫琼树乃制蝉鬓，望之缥缈如蝉。"故以玄鬓喻蝉。白头吟，传说是卓文君所作的曲名。此处作者以白头比自己。

〔4〕"露重"二句：露水重，打湿了蝉翅使它难以飞进来；秋风猛，蝉的叫声容易沉没不闻。

〔5〕"无人"二句：无人相信我的高洁，我向谁表白清白的心志呢？言外之意只有借咏蝉来表白自己的清白了。谁为，即为谁。宾语前置。

简评

"咏物诗"是唐诗中一个重要的题材，诗人们往往通过咏叹某种事物寄托自己的思想情感，这就叫"托物寓意"，它是由古代"比兴"的手法发展而来的。这首诗也是采用了托物抒怀的写法，正如明代唐汝询所云："此因闻蝉，借以自况也。蝉知感秋，犹己之被系，真影相吊而声相和者也。'露重'、'风多'，喻世道之艰险；'难进'、'易沉'，慨己冤之不伸斯时也。有能信其高洁、表其贞心者乎？亦终于湮没而已！"(《唐诗解》)作者闻蝉起兴，以蝉自况，抒发忧郁之情，虽似句句咏蝉，实则句句抒情：首联由蝉声引出作者在狱中思乡；颔联由蝉影引出对年华消逝的感叹；颈联咏蝉的处境艰难，比喻自己蒙冤下狱、难以申诉；尾联则点明主旨，是要借咏蝉来表明自己的心志。这是因为蝉栖于树间，餐风饮露，古人认为蝉“居高食洁”，是高洁的化身，所以作者借咏蝉来表明自己的清白高洁。

格律分析

此诗属仄起仄收式，现将五律仄起仄收式的格式排列如下：

五律仄起仄收式（仄起首句不押韵）：

首联：	(仄)仄平平仄	西陆蝉声唱，
	平平仄仄平（韵）	南冠客思侵。
颔联：	(平)平平仄仄	那堪玄鬓影，
	(仄)仄仄平平（韵）	来对白头吟。
颈联：	(仄)仄平平仄	露重飞难进，
	平平仄仄平（韵）	风多响易沉。
尾联：	(平)平平仄仄	无人信高洁，
	(仄)仄仄平平（韵）	谁为表予心。

这种五律格式的前二联与后二联平仄相同。以上格式画圈处表示可平可仄，但“平平仄仄平”这个句式第一字不得用仄声，否则被视为犯“孤平”（指此句除韵字外只有一个平声）。

此诗押平声“侵”韵，隔句押韵，韵字为：侵、吟、沉、心。

诗中要注意的句式，一是第四句“仄仄仄平平”，这个句式的第三字不能灵活处理，换成平声，因为这样结尾会出现三个平声相连，就成了“三平调”，“三平调”是古诗中常见的格式，律诗忌“三平调”。此处诗人用的“白”字，属入声“陌”韵，古代正是个仄声。另一个句式是第七句，在分析前一首诗时已经说过，在使用“平平平仄仄”这个句型时，可以换成“平平仄平仄”的特定格式，诗中“无人信高洁”一句正是用了这一格式。这句句尾的“洁”字古代也是入声字，属入声“屑”韵，虽然现在普通话念平声，但古代属仄声，所以这首诗是符合格律的。

这首诗在对仗上也很有特点，一是前三联都用了对仗句，而且对得很工整；二是颔联用了流水对法，两句意思相连；如流水不断，使严整的对仗变得语气连贯，毫无斧凿之痕。

沈佺期

杂　诗[1]

（五律仄起仄收式）

闻道黄龙戍，频年不解兵[2]。
可怜闺里月，长在汉家营[3]。
少妇今春意，良人昨夜情[4]。
谁能将旗鼓，一为取龙城[5]。

作者简介

沈佺期（约 656～714），字云卿，相州内黄（今河南内黄县）人。上元二年（675）进士。与宋之问同为武周与唐中宗时期著名的宫廷诗人，并称“沈宋”。沈、宋总结了六朝以来新体诗的创作经验，对律诗的成熟和定型颇有贡献，时称“沈宋体”。

注释

〔1〕杂诗：魏晋以后多有以“杂诗”为题的诗歌，故《昭明文选》列有“杂诗”一目，李善注曰：“五言杂者，不拘流例，遇物即言，故云杂也。”（《文选注》卷二十九“杂诗”）

〔2〕“闻道”二句：听说黄龙塞戍边将士因战火频繁，连年不曾撤兵。黄龙，即

唐代军事要塞黄龙岗，在今辽宁开原市西北。

〔3〕“可怜”二句：言闺中的妻子与边塞的丈夫对着同一轮明月，互相思念。汉家营，即唐代军营，唐人诗中多以汉喻唐。

〔4〕“少妇”二句：少妇在春夜思念丈夫的同时，丈夫也在边塞夜中梦见妻子。良人，丈夫。

〔5〕将(jiàng)：统率指挥。旗鼓：指挥作战之用。龙城：汉时匈奴大会祭天之所。此处代指敌军腹地。

简评

这是沈佺期五律之名篇，中间两联含义深远，流传甚广。颔联用天上的一轮明月把长安的闺妇与边关的征人连在一起，引发思妇征人共望明月、翘首盼归的两地相思之情；颈联再把“少妇”“良人”两相对照，“今春意”刻画长安少妇在春日孤独寂寞，思念征人的情意，“昨夜情”写征人夜不成寐的思亲、思乡之情，含蓄隽永，极有韵致。清代黄生认为：“三、四即景见情，最是唐人神境。五裹春，六梦远，然裹字梦字不说出名，句中藏字法。”(《唐诗摘抄》)顾安则称此诗为“千古闺情绝唱也”，他说：“昔年闺里月，两人何等绮昵；今在汉家营，一人何等悲凉！”又说：“五、六句极平常，妙不说尽。”(《唐律消夏录》)都指诗中对少妇的春思、丈夫的梦远表现得极为含蓄，引人深思。

另外，此诗在对仗上十分讲究，颔联“可怜闺里月，长在汉家营”为流水对，即两句间意思相连，如流水不断，这联的主语是明月，它照在闺里，也照在边关，牵动着两地的相思。此种对法清人也称之为“走马对”，黄生说：“三、四一气直走不停，名走马对。”(《唐诗摘抄》)颈联又将“少妇”与“良人”对举，以见两地相思之苦，写得十分精彩。故前人对“沈宋体”的贡献评价甚高，如李因培曰：“律诗至沈、宋，然后章法森严，音律谐畅。”(《唐诗观澜集》)

格律分析

这首诗也是仄起仄收式，押平声“庚”韵，韵字为：兵、营、情、城。

诗中的入声字有“昨”(药韵)、“一”(质韵),古为仄声字。第七句采用了“平平仄平仄”的特定格式,全诗合乎格律。

宋之问

题大庾岭北驿[1]

(五律仄起仄收式)

阳月南飞雁,传闻至此回[2]。
我行殊未已,何日复归来[3]。
江静潮初落,林昏瘴不开[4]。
明朝望乡处,应见陇头梅[5]。

作者简介

宋之问(约656~712),一名少连,字延清。虢州弘农(今河南灵宝市)人。初唐诗人,对律诗体制的完成作出了贡献。《全唐诗》存其诗三卷。

注释

〔1〕这是宋之问流放岭南的思乡之作。大庾岭:五岭之一,在今江西大余、广东南雄交界处。岭上多梅花,也称梅岭。驿:古代官办的交通站。作者在越过大庾岭前在北边的驿站落脚时写此诗。

〔2〕阳月:十月。《尔雅·释天》:“十月为阳。”古代传说鸿雁南飞到大庾岭折回,不再南飞。

〔3〕“我行”二句:我的行程还远远没有结束,哪一天才能回来呢?殊,表示极度的副词。未已,没有停止。已,止。

〔4〕“江静”二句:写岭南景物。时近深秋,江潮开始落下,水波平静;林间昏暗,弥漫着瘴气。瘴,南方山林间的湿热郁蒸之气。

〔5〕“明朝”二句:明天早上登上大庾岭望乡,应见岭上寄回故乡的梅花。陇头梅,寄给陇头人的梅花。逯钦立《先秦汉魏晋南北朝诗》“宋诗”卷四载:《荆州记》曰:陆凯与范晔交善。自江南寄梅花一枝,诣长安与晔。兼赠诗曰:“折花逢驿使,寄与陇头人。江南无所有,聊赠一枝春。”陇头即陇山,在陕西边界,此处代指关中的长安。作者正是要把梅花寄回长安以表思乡之情。

简评

开篇以南飞的大雁起兴,由雁及人,两相对照,足见行程之远乃雁飞不到之处。前四句一气直下,悲切之声脱口而出,虽合平仄却不拘于对仗,直至第三联方用对仗句。颈联写旅途所见之景,是景中寓情的写法,于水波不兴、林间昏暗的景象中,折射出诗人瞻望前程忧伤、暗淡的心境。最后通过遥寄梅花,将无限思乡之情蕴于其中。

格律分析

此诗为五律仄起仄收式,押平声“灰”韵,隔句押韵,韵字为:回、来、开、梅。由于古今语音的发展变化,今天用普通话读似有不押韵处,但在古代属于一个韵部,是押韵的。

诗歌前四句一气流走,至颈联方用对仗句。宋人魏庆之在其诗论著作中把这种格式称之为“蜂腰体”,云:“蜂腰体:颔联亦无对偶,然是十字叙一事,而意贯上二句,及颈联,方对偶分明。谓之蜂腰格,言若已断而复续也。”(《诗人玉屑》卷二“诗体下”)

张九龄

望月怀远

（五律仄起仄收式）

海上生明月，天涯共此时〔1〕。
情人怨遥夜，竟夕起相思〔2〕。
灭烛怜光满，披衣觉露滋〔3〕。
不堪盈手赠，还寝梦佳期〔4〕。

作者简介

张九龄（678～740），一名博物，字子寿，韶州曲江（今广东韶关市）人。武后长安二年（702）进士及第，曾任左拾遗、司勋员外郎等；唐玄宗开元年间任中书侍郎同中书门下平章事（宰相职）、中书令，是贤明正直、才华出众的政治家、文学家。后为奸相李林甫谗毁而被罢相，出任荆州长史。

注释

〔1〕“海上”二句：当明月从大海上升起时，诗人与远在天边的亲人都在共望一轮明月寄托相思。

〔2〕“情人”二句：有情人怨恨漫漫长夜，整夜互相思念，难以入眠。情人，多情的人。遥夜，长夜。竟夕，终夕，即整夜。

〔3〕“灭烛”二句：夜已深了，吹灭蜡烛，看到月光如水洒满室中，甚是可爱；披上衣服走出房外望月，伫立久了，不知不觉露水沾湿了衣裳。怜，可爱。滋，沾湿。

〔4〕“不堪”二句：皎洁的月光融入了我的怀念之情，却不能把它捧起来赠予远方的亲人，只好回到屋里睡下在梦中与亲人相会吧。盈手赠，化用陆

机《拟明月何皎皎》中"照之有余辉,揽之不盈手"诗意,说月光普照,却不能捧满手中。佳期,相聚时刻。

简评

诗写望月怀远,首联下笔不凡,以浩瀚的大海为背景,让一轮明月将远隔天涯的有情人联系在了一起,从而使诗歌不局限于一己之情思,而是概括了普天下有情人的共同心声。颔联总写遥夜相思之情,后两联则是"竟夕"相思情态的再现:由"灭烛"、"披衣"到"还寝",明月始终伴随着彻夜不眠的诗人,洒满人间的月光传达着深挚的爱意,引发诗人"盈手赠"的奇想。诗中的明月既是连结有情人的纽带,更是美好情感的象征,在皎洁的月光衬托下,人间的真情得以升华,像月光一样清纯,像明月一样永恒。诗歌构思巧妙,意境清远,抒情深婉,极有韵味。正如明代陆时雍所评:"起结圆满,五、六语有姿态。"(《唐诗镜》卷八)

格律分析

此诗用五律仄起仄收式,诗歌押平声"支"韵,韵字为:时、思、滋、期。在格律方面,一是第三句用了"平平仄平仄"的特定格式;二是诗中出现了几个入声字,有"夕"(入声陌韵)、"烛"(沃韵)、"觉"(觉韵),古代属仄声,现在读平声,阅读时应加以注意。全诗符合平仄格律。

在对仗方面,此诗前四句一气直下,只有颈联一联对仗,称之为"蜂腰体",这是古体诗向近体诗转变中保留下来的部分古诗格调。

湖口望庐山瀑布泉[1]

(五律仄起仄收式)

万丈洪泉落,迢迢半紫氛[2]。
奔飞下杂树,洒落出重云[3]。

日照虹蜺似，天清风雨闻[4]。
灵山多秀色，空水共氤氲[5]。

注释

〔1〕唐玄宗开元十五年(727)，张九龄由中书舍人出任洪州(治所在今江西南昌市)都督，此即赴洪州途经彭蠡湖(今鄱阳湖)时所作。湖口：指鄱阳湖口。庐山：中国名山，位于江西九江市南。《元和郡县志·江南西道·江州》："庐山在县(浔阳)东三十二里，本名障山，周环五百余里。"

〔2〕"万丈"二句：描绘日出时瀑布由半空落下的壮丽景象，犹如万丈泉水从云霄间泻出。洪，大。迢迢，高远貌。紫氛，紫色的云雾。

〔3〕"奔飞"二句：写瀑布从高山树木间奔流飞泻而下，从重重云雾中洒落。

〔4〕"日照"句：写瀑布之色。在阳光照射下，瀑布宛若彩虹。"天清"句：状瀑布之声。虽万里晴空，犹如闻风雨之声。

〔5〕"灵山"二句：谓空、水交相辉映，一片氤氲的秀色，显示了道家仙山庐山的灵气。氤氲，云气或光色混合动荡貌。

简评

诗歌描写庐山瀑布，突出了题目中的"望"字，描绘远望中的瀑布景观，壮丽逼真而又空灵缥缈。明人谭元春评此诗曰："瀑布诗此是绝唱矣！进此一想，则有可知不可言之妙。"钟惺并细品"日照"二句云："'似'字幻甚，真甚。惟望瀑布，故'闻'字用得妙，若观瀑，则境近矣，又何必说'闻'字。"(《唐诗归》卷五)清人沈德潜更把此诗与李白的瀑布诗相提并论，谓："任华爱太白瀑布诗，系'海风吹不断，江月照还空'二语，此诗正足相敌。"(《唐诗别裁集》卷九)

张九龄是开盛唐诗坛一代风气的人物，在他的作品中已有相当数量的描写山水行旅的诗篇，故明人邢昉曾说："王孟一派曲江开之。"(《唐风定》卷十二)胡应麟亦云："张子寿首创清淡之派。盛唐继起，孟浩然、王维、储光羲、常建、韦应物，本曲江之清淡，而益以风神者也。"(《诗薮·内编》卷二)

格律分析

诗歌押平声文韵，隔句用韵。诗中的入声字有“杂”（合韵）、“出”（质韵），今读平声，古为仄声。全诗合乎格律。

王　湾

次北固山下[1]

（五律仄起仄收式）

客路青山外，行舟绿水前[2]。
潮平两岸阔，风正一帆悬[3]。
海日生残夜，江春入旧年[4]。
乡书何处达，归雁洛阳边[5]。

作者简介

王湾（生卒年不详），洛阳人。玄宗先天中（712～713）登进士第。开元年间曾参与编校四部群书，书成，出任洛阳尉。《全唐诗》录存其诗十首。

注释

〔1〕次：停宿，停泊。北固山：在江苏镇江市东北，下临长江。

〔2〕“客路”二句：乘舟而行，旅程远在青山之外，绿水引我驶向前方。青山，指北固山。

〔3〕“潮平”二句：潮水涨平两岸，江面宽阔；行舟顺风而下，船帆高悬。阔，一作“失”。

〔4〕“海日”二句：残夜尚未消退，红日已从海上升起；旧年尚未离去，江岸已

显露春意。残夜，夜将尽未尽的时候。入旧年，旧历立春常在前一年的年底。

〔5〕“乡书”二句：北归的大雁，请把我的乡书带回洛阳那边的家园。乡书，家信。何处达，即达何处，送到哪里的意思。

简评

这首诗在唐·殷璠的《河岳英灵集》中题为《江南意》，说是“游吴中作”，大约是王湾登科前后旅行江南时作，这里的标题从《唐诗纪事》。

诗写旅途的乡思，“此泊舟北固而叙江中之景，因风气之异而起故园之思。”（明·唐汝洵《唐诗解》）首联对起，客路、行舟，青山、绿水，互文见义，语出天然，说明诗人一直在青山绿水之间坐船赶路。颔联“潮平岸阔”、“风正帆悬”两句寓情于景，给人以水天寥廓、风送舟轻的舒畅之感。“海日”、“江春”二句即景生情，谓旧年未尽，春意已经降临，是从上联结出江上春早，写次日黎明时的独特感受，同时又暗含比兴意味，使人产生对美好未来的遐想，所以是名联。唐·殷璠说：“海日生残夜，江春入旧年，诗人以来，少有此句。张燕公（张说）手题政事堂，每示能文（能作诗文的人），令为楷式。”（《河岳英灵集》）可知这是盛唐一首被奉为楷模的著名诗歌。诗歌前三联皆对，语言精美，对仗工整，情景相生，相得益彰。尾联则照应首联，托出乡思，自问自答，委婉巧妙。

格律分析

诗押平声先韵，韵字为：前、悬、年、边。读时应注意中两联句式结构有变化，颔联是“二二一”的结构，即“潮平—两岸—阔，风正——帆—悬”；颈联是“二一二”的结构，即“海日—生—残夜，江春—入—旧年”，朗读时应读出节奏感，体会句式节奏的变化之妙，表现诗歌的意境。

诗中今读平声的入声字有“一”（质韵）、“达”（曷韵）。

孟浩然

临洞庭湖上张丞相[1]

（五律仄起平收式）

八月湖水平，涵虚混太清[2]。
气蒸云梦泽，波撼岳阳城[3]。
欲济无舟楫，端居耻圣明[4]。
坐观垂钓者，徒有羡鱼情[5]。

作者简介

孟浩然(689～740)，字浩然，襄阳(今湖北襄樊市)人。早年隐居家乡，又游历过长江南北。40岁入长安，应进士举落第。晚年张九龄镇荆州时辟为从事一年，他一生基本在漫游与隐居中度过。他是最早把六朝以来的山水行旅和田园隐逸两种题材结合起来的诗人，与王维同为盛唐山水田园诗派的代表作家。有《孟浩然集》。

注释

〔1〕洞庭湖：在湖南省北部，长江南岸。张丞相：指张九龄，一说指张说。

〔2〕“八月”二句：八月的洞庭湖，秋水上涨，与岸平齐；远望水天一色，浑然一体，天空也像包容在广阔的湖水之中。涵，包容。虚，虚空，天空。太清指天，古人认为天是由清而轻的东西构成的，所以称为太清。

〔3〕“气蒸”二句：湖面浩瀚，水气蒸腾，茫茫云梦泽也似笼罩其中；波涛涌起，仿佛岳阳城也为之摇动。云梦泽，古时的大泽名，在洞庭湖北，位于长江中游江汉地区，后来淤成陆地。岳阳城，在洞庭湖东岸，即今湖南岳阳市。

《临洞庭湖上张丞相》

〔4〕“欲济”二句：想渡过洞庭湖，却没有船和桨（比喻想出仕济民而无人引荐）；过隐居生活，又愧对这太平盛世。济，渡。舟楫，船和桨。端居，安居，闲居。圣明，指皇帝圣明出现太平盛世。

〔5〕“坐观”二句：《淮南子·说林训》：“临河而羡鱼，不若归家织网。”这里用“垂钓者”比喻出仕者，用“羡鱼情”比喻空有从政的愿望。

简评

此为咏洞庭之名篇。首联浑浑起笔，写天水相连之远景；颔联笔势矫健，气象壮阔，“气蒸云梦泽，波撼岳阳城”二句为后世所激赏。古代诗评家多将此语与杜甫“吴楚东南坼，乾坤日夜浮”（《登岳阳楼》）并提。如宋代何汶引《西清诗话》云：“洞庭天下壮观，自昔骚人墨客题之者众矣。……未若孟浩然‘气蒸云梦泽，波撼岳阳城’，则洞庭空旷无际、气象雄壮如在目前。至子美诗则又不然，‘吴楚东南坼，乾坤日夜浮’，不知少陵胸中吞几云梦也。”（《竹庄诗话》卷六）后两联则委婉地向张九龄表达出仕的愿望，希望得到张的引荐。诗歌前四句写景，后四句抒情，情由景生，景中见情。洞庭湖的壮观奇伟，鼓舞诗人投身社会，可惜进入社会却无门路可寻，下面期望张九龄大力提携的希求，就不言而喻了。想说的话，不必完全说出，却能使对方准确无误地领会，这是本诗含蓄委婉手法的成功运用。

律诗字句有限，作者必须言不虚发。孟浩然精于“炼字”，即选用最传神最精炼最形象的字，描述物象，表达思想。如诗中的“平”、“混”、“蒸”、“撼”都是认真推敲而不可替代的字词，它们准确地描绘了洞庭湖的面貌、气势和力量，也生动地体现了诗人的感受。清代王士禛在讲到为诗字法时曾说：“字法要炼，……如‘气蒸云梦泽，波撼岳阳城’，‘蒸’字、‘撼’字，何等响，何等确，何等警拔也！”（见何世璂《然镫记闻》）

格律分析

诗为仄起平收式，首句入韵，押平声庚韵，韵字为：平、清、城、明、情。

此诗首句用了拗句。所谓拗句，就是律诗中的句子平仄不依常格。如仄起平收的句式应为“仄仄仄平平”，此式第一字可灵活处理，第二字、第四字必须平仄分明，以表现律诗应有的节奏感，而此诗首句用了“仄仄平仄平”的句式，第四字应平用仄，就在第三字补了一个平声，这叫做“救”，有拗必救，便不为诗病。

诗中今读平声的入声字有“八”(黠韵)、“泽”(陌韵)、“楫”(缉韵)，古代为仄声字。

过故人庄〔1〕

(五律平起仄收式)

故人具鸡黍，邀我至田家〔2〕。
绿树村边合，青山郭外斜〔3〕。
开轩面场圃，把酒话桑麻〔4〕。
待到重阳日，还来就菊花〔5〕。

注释

〔1〕这是作者隐居家乡鹿门山时所作，他被一位村居的朋友邀请到家里做客，因而写了这首诗。过：过访。故人：老朋友。

〔2〕“故人”二句：老朋友备办了鸡黍宴，邀我到他乡下的家中作客。具，备、置办。鸡黍(shǔ)，古时农家待客的饭菜。《论语·微子》：“丈人止子路宿，杀鸡为黍而食之。”黍，黄米。

〔3〕“绿树”二句：绿树环绕在村边，青山斜立在城郭之外。合，聚，合拢。引为环绕。郭，外城。斜，这里音“狭(xiá)”，是立的意思。

〔4〕“开轩”二句：打开窗户，面对着宽阔的打谷场和菜园；举起酒杯，边喝酒边谈论农事。轩(xuān)，窗。圃(pǔ)，菜园。把酒，端着酒。话，说，闲谈的意思。桑麻，泛指农作物。此句化用陶渊明《归园田居》其二：“相

见无杂言,但道桑麻长"句。

〔5〕重阳日:农历九月九日是重阳节。就菊花:古代习俗,重阳赏菊花并饮菊花酒。就,凑近。

简评

这是盛唐一首著名的田园诗,语言冲淡自然而诗情淳美,具有浓郁的田园风味。首联写朋友杀鸡蒸黍、盛情相邀;接着写田庄的环境之美,绿树环抱、青山斜立。颈联写面对场圃、饮酒闲谈;尾联再约重阳赏菊,更见友情深厚、毫无拘束。诗人从容运笔,似毫不着力,而农村朴素的生活情趣和作者恬淡闲适的心境都爽然在目。元人方回评说:"此诗句句自然,无刻画之迹。"(《瀛奎律髓》卷二十三)实则是诗人反复锤炼而回归自然,不露斧凿之痕。例如仅末句一个"就"字,便含有丰富的意趣,明代杨慎曾说:"孟集有'待到重阳日,还来就菊花'之句,刻本脱一'就'字,有拟补者,或作'醉',或作'赏',或作'泛',或作'对',皆不同,后得善本是'就'字,乃知其妙。"(《升庵诗话》卷六)

格律分析

诗歌为平起仄收式,隔句用韵。押平声麻韵,韵字为:家、斜、麻、花。在格律上应注意两点,一是首句和第五句都用了平起仄收的另一种特定格式"平平仄平仄";二是诗中有几个入声字,即"合"(合韵)、"郭"(药韵)、"菊"(屋韵),今天用普通话读平声,古代却是仄声,合乎格律要求。

与诸子登岘山[1]

(五律仄起仄收式)

人事有代谢,往来成古今[2]。

江山留胜迹,我辈复登临[3]。

水落鱼梁浅，天寒梦泽深[4]。
羊公碑尚在，读罢泪沾襟。

注释

〔1〕这首诗是孟浩然隐居襄阳，登岘(xiàn)山，览晋代羊祜遗迹，有感而作。岘山：又称岘首山，在今湖北省襄樊市东南。西晋时羊祜以都督荆州诸军事镇守襄阳，有德政，得民心。他常于岘山登临饮酒，曾对同游者慨叹："自有宇宙，便有此山。由来贤达胜士，登此远望，如我与卿者多矣，皆湮灭无闻，使人悲伤。"(《晋书》卷三十四"羊祜传")羊祜死后，襄阳百姓在岘山建碑立庙来纪念他，望其碑者无不流泪，杜预因名其碑为堕泪碑。

〔2〕"人事"二句：说在历史的长河中，人间代代新旧交替，古往今来不断发展。代谢，新与旧交替。

〔3〕"江山"二句：千古不变的江山上留下了前人的遗迹，今天我们再次登临此山。胜迹，有名的古迹，前人的遗迹。此指岘山上襄阳人民为纪念羊祜而建立的羊公庙、羊公碑。

〔4〕"水落"二句：清人王尧衢说："此写登临所望。水落则鱼梁显露，故见其浅；天寒则梦泽水收，故见其深。"(《唐诗合解笺注》)鱼梁，即鱼梁洲，在岘山附近的汉水中。梦泽，即云梦泽。古代云、梦本为二泽，云在江北，梦在江南，后来淤成陆地，大约在今洞庭湖北岸地区。

简评

宋代刘辰翁赞此诗说："起得高古，略无粉色，而情境俱称，悲慨胜于形容，真岘山诗也！"(《王孟诗评》)盖此诗前四句直抒感慨，一气浑成，诗人纵观古今，指点江山，以不变之自然反衬多变之"人事"，抒发登临怀古之幽思，从而给人深刻的人生启示：在历史的长河中，每个人不过是短暂的一瞬间，但一个对人民有益的人，却能像羊祜一样在江山上留下"胜迹"，永远供后人瞻仰怀念。因此，这首诗被视为咏岘山之绝唱，正如清人王士禛所评："即如登岘山者，胸中谁不有羊公数语，而孟浩然'人事有代谢'四句，更有人再能著笔否！"(《竹林答问》)

格律分析

此诗押平声侵韵，隔句押韵。诗歌前四句气势流动，第一句四个仄声相连，颇有古风韵味。首联有拗救，上句平仄格式应为"仄仄平平仄"，但第三、四二字"有代"都是该平用仄，是拗句；下句格式应为"平平仄仄平"，第一字不能改仄声，否则视为犯孤平(见本书后附录一"近体诗格律介绍")，但此句首"往"字是仄声，因此在第三字换成平声"成"，这个平声字既救本句，又救对句。后三联合律。全诗中"泽"(陌韵)、"读"(屋韵)为入声字。诗只有颈联一联对仗，古为蜂腰体。

晚泊浔阳望庐山〔1〕

(五律仄起仄收式)

挂席几千里〔2〕，名山都未逢。
泊舟浔阳郭〔3〕，始见香炉峰。
尝读远公传〔4〕，永怀尘外踪〔5〕。
东林精舍近〔6〕，日暮空闻钟。

注释

〔1〕作者游吴越后还乡时经浔阳所作。泊：停船靠岸。浔阳：今江西九江市。庐山：在今江西九江市南。

〔2〕挂席：犹扬帆。

〔3〕郭：外城。

〔4〕远公：即东晋高僧慧远。梁释慧皎《高僧传》卷六有《慧远传》。

〔5〕“永怀”句：长久地怀想慧远那高蹈尘外的仙踪。尘外，尘世之外。踪，踪迹，行径。

〔6〕东林精舍：即东林寺。《高僧传》卷六记：“释慧远本姓贾氏，雁门楼烦人也。欲往罗浮山，及届浔阳，见庐峰清静，足以息心，始住龙泉精舍。于时沙门慧永，居于西林，与远同门旧好，遂要(邀)远同止。刺史桓伊乃为远复于山东立房殿，即东林是也。”精舍，僧人所居。

简评

此诗意境高远、兴致悠然，而语言自然流动，是一首被清代主张“神韵说”的王士禛称为“不著一字，尽得风流”的作品。诗歌的主旨是赞美庐山，诗中未对庐山作任何细致的描写，却抓住了庐山的精髓，突出了庐山的神韵，充分体现了古典诗歌的含蓄之美。这主要得力于诗人在写法上的匠心独运，有三点值得称道：一是开头采取铺垫的手法，从数千里外落笔，一路写来，却“名山都未逢”，直到泊舟浔阳外，才见到了庐山的香炉峰。这四句一气舒卷，由“未逢”到“始见”，一抑一扬，突出了可称之为名山的香炉峰。二是写庐山不作正面描写，而是按照古人“山不在高，有仙则名”的说法，用慧远大师驻足庐山、高蹈尘外的仙踪表现庐山的神韵，衬托出庐山的幽深僻静、远离世俗。三是结尾用庐山日暮的钟声留下悠悠的神思与无限的向往之情，余音袅袅，悠远不尽，也给读者留下了想象的空间。故王士禛盛赞此诗：“或问‘不著一字，尽得风流’之说。答曰：……襄阳诗‘挂席几千里(下略)’，诗至此，色相俱空，正如‘羚羊挂角，无迹可求’，画家所谓逸品是也。”(《带经堂诗话》卷三)

格律分析

诗押平声冬韵，韵字为逢、峰、踪、钟。此诗虽讲究平仄，但通体俱散，无对仗句，属于古风式的律诗。清代沈德潜论五言律云：“又有通体俱散者，李太白《夜泊牛渚》、孟浩然《晚泊浔阳》、释皎然《寻陆鸿渐》等章，兴到成诗，人力无与，匪垂典则，偶存标格而已。”(《说诗晬语》)

诗中的入声字有“席”（陌韵）、“泊”（药韵）、“郭”（药韵）、“读”（屋韵），今读平声，古为仄声。

王 维

观 猎

（五律仄起平收式）

风劲角弓鸣，将军猎渭城[1]。
草枯鹰眼疾，雪尽马蹄轻[2]。
忽过新丰市，还归细柳营[3]。
回看射雕处，千里暮云平[4]。

作者简介

王维（701～762），字摩诘，祖籍太原祁县（今山西省祁县）。唐杰出诗人、画家。他兼善众体，尤工五律、五绝，与孟浩然同为盛唐山水田园诗派的主要代表。苏轼称其曰：“味摩诘之诗，诗中有画，观摩诘之画，画中有诗。”（《书摩诘蓝田烟雨图》）今有清人所撰《王右丞集笺注》。

注释

〔1〕“风劲”二句：强劲的风声中掺着弓弦的鸣声，这是将军在渭城打猎。角弓，用兽角制成的硬弓。渭城，即秦时咸阳故城，汉改称渭城，在今西安市西北，渭水北岸。

〔2〕“草枯”二句：平原草枯，各种野兽野禽都逃不出鹰眼锐利的追捕；积雪化尽，猎马四蹄跑得格外轻快。眼疾，目光敏锐。

〔3〕"忽过"二句:写将军猎罢归营,骏马飞驰而过。新丰市,故址在今陕西临潼县东北。细柳营,在今陕西咸阳市西南渭河北岸,曾是汉代名将周亚夫驻兵处,这里代指军营。

〔4〕射雕:《北齐书》卷十七"斛律光传"记,斛律光校猎时见一大雕,射中其颈,形如车轮,旋转而下,人叹曰:"此射雕手也。"这里是赞美将军的射技。

简评

此诗描写将军的一次打猎活动。起笔处先声夺人,劲急的风声与弓箭的呼啸声扑面而来,诗人由打猎的高潮写起,一气贯下,先写打猎景况,再写猎罢归来,展开了一连串飞动的画面,集中表现了将军骑技的神速与英武。特别是"忽过新丰市,还归细柳营"一联,以流水对法展现将军一路上骏马飞驰,一闪而过的矫健身影,使其诗具有一气呵成的流动之美。至尾联则戛然而止,留下将军猎罢归营前勒马回看云天的一个静止的画面,使将军的豪壮气概与神武形象深深留在人们的脑海之中,可谓传神之笔。全诗起、承、转、合,结构紧凑,张弛有度,正如清人施补华所评:"起处须有崚嶒之势,收处须有完固之力,则中二联愈形警策。如摩诘'风劲角弓鸣,将军猎渭城',倒戟而入,笔势轩昂。'草枯'一联,正写猎字,愈有精神。'忽过'二句,写猎后光景,题分已足。收处作回顾之笔,兜裹全篇,恰与起笔倒入者相照应,最为整密可法。"(岘佣说诗)清·沈德潜亦云:"王右丞'风劲角弓鸣'一篇,神完气足,章法、句法、字法俱臻绝顶,此律诗正体。"(《说诗晬语》卷上)

格律分析

此诗押平声庚韵,首句入韵,韵字为:鸣、城、轻、营、平。读时应注意两点:一是诗中的入声字"疾"(质韵)、"雪"(屑韵)、"忽"(月韵),古为仄声。二是尾联"回看射雕处"的"看"(kān)要读平声,此句的平仄格式为"平平仄平仄",为平起仄收的一种特定格式。

使至塞上〔1〕

（五律平起平收式）

单车欲问边，属国过居延〔2〕。
征蓬出汉塞，归雁入胡天〔3〕。
大漠孤烟直，长河落日圆〔4〕。
萧关逢候骑，都护在燕然〔5〕。

注释

〔1〕唐玄宗开元二十五年(737)春，王维以监察御史的身份出使边塞，去宣慰河西节度副使崔希逸，崔希逸战胜了吐蕃的叛乱。这首诗就写于此行途中。“使”是出使，即被委派当使臣。“至”是到或去的意思。诗题是出使来到了边塞。

〔2〕“单车”二句：轻车简从，去边塞慰问军队；来到辽阔的边塞，远过了居延属国。单车，使者的代称，即单车之使。李陵《答苏武书》云：“且足下昔以单车之使，适万乘之虏。”(《文选》卷四十一“书上”)是说使者没有带许多人马，只用一辆车就够了。问，慰问。属国，即附属于唐王朝而仍然保持本国制度风俗的少数民族国家。居延，地名。《后汉书·郡国志》有居延属国，地在今甘肃省张掖市西北。

〔3〕征蓬：远飞的蓬草，以喻征人。这里指自己。汉塞：以汉喻唐，指唐王朝的边塞。胡天：北方的天空。

〔4〕“大漠”二句：辽阔的沙漠之上，一道烽烟直升云天；滚滚黄河的尽头，一轮圆圆的红日缓缓沉落。孤烟，指烽火与燧烟，古代关塞告警或报平安的信号。这里指报平安的烽火。长河，黄河。

〔5〕“萧关”二句：在萧关遇上了前方回来的侦察兵，报知我方已攻取敌方腹地，主帅即将获胜而归。萧关，古县名，在今宁夏固原市东南。候骑

(jì)，骑马的侦察兵。都护：唐边疆设有六大都护府，其长官称都护，此指前敌统帅。燕然，燕(yān)然山，今蒙古国境内杭爱山。东汉车骑将军窦宪大破北单于，曾登燕然山刻石记功而还。此处用窦宪的典故称颂唐代边塞将军的功劳。

简评

诗人写赴边劳军的情景，展示了辽阔的边塞风光，反映了战争胜利后的喜悦之情。

此诗在写作上，一是境界开阔，意象雄浑。开篇先以"单车欲问边"点明题目，说明行程；次句"属国过居延"写祖国幅员辽阔，附属国都延伸到居延以北了；中间四句顺势而下，描写了边塞特有的胡天归雁、大漠孤烟、长河落日的奇伟壮观景象。特别是"大漠孤烟直，长河落日圆"一联，描写"边景如画"(张谦宜《絸斋诗谈》)。上句的"直"字由下而上，把人的视线引向高空，用"孤"字显示出燧烟之外的辽阔天宇；下句的"长"字由近到远，把人的视线引向远方，用"圆"字绘出了黄河尽头悬挂着的火红的落日，从而在有限的字句里创造了无限的空间意象。这是诗人敏锐捕捉到的边地奇观，又是以画家的匠心勾画出的边塞写意图，其形象之鲜明、意境之博大，令人叫绝。故被王国维盛赞为："此种境界，可谓千古奇观。"(《人间词话》)二是全诗情景交融、首尾呼应。诗歌的尾联，诗人从前线归来的侦察兵那里得知将军已大获全胜，即将记功而还，从而使胜利后的喜悦之情达到高潮，为全诗留下了一个令人振奋的结尾。

格律分析

这是一首平起平收的五律，现将五律平起平收的格式与此诗对照如下：

五律平起平收式(平起首句押韵)：

首联：	平平仄仄平(韵)	单车欲问边，
	㊀仄仄平平(韵)	属国过居延。

颔联：	㊀仄平平仄	征蓬出汉塞，
	平平仄仄平（韵）	归雁入胡天。
颈联：	㊉平平仄仄	大漠孤烟直，
	㊀仄仄平平（韵）	长河落日圆。
尾联：	㊀仄平平仄	萧关逢候骑，
	平平仄仄平（韵）	都护在燕然。

以上格式画圈处表示可平可仄，但“平平仄仄平”这个句式第一字不得用仄声，否则被视为犯“孤平”（指此句除韵字外只有一个平声）。

诗押平声先韵，首句入韵。从格律上看，此诗颔联失粘，是一首失粘诗。所谓“粘”，是指后一联出句的第二字与前一联对句的第二字平仄相同，这样两联的句式才会有变化，而不致出现重复。此诗的第三句和第二句不粘，导致后三联与常用格式有异，这只在初盛唐少数律诗中存在，以后失粘的情形就非常罕见了。又，诗中的入声字有“国”（职韵）、“出”（质韵）、“直”（职韵），现在读平声，古代属仄声。

终南山〔1〕

（五律仄起平收式）

太乙近天都，连山到海隅〔2〕。
白云回望合，青霭入看无〔3〕。
分野中峰变，阴晴众壑殊〔4〕。
欲投人处宿，隔水问樵夫〔5〕。

注释

〔1〕这是王维早年游历终南山所作。终南山，是秦岭山脉的一段，位于陕西省西安市南。

〔2〕“太乙”二句：言终南山的地理位置靠近长安，起伏的山峦连绵不断，仿佛直达海边。太乙，终南山的别名。因西汉元封二年（前 109 年）曾于山口（大峪口）建太乙宫，故又称太乙山。天都，指唐朝的首都长安，今西安市。一说指天帝之都，则极言山高，亦可。海隅（yú），海边。终南山本不到海，此句极言其远。

〔3〕“白云”二句：山间白云缭绕，登高后回头一望，朵朵白云已汇成茫茫云海；山巅青霭笼罩，进入其中却又看不见了。青霭（ǎi），淡青色的云气。

〔4〕“分野”二句：是说终南山很大，横亘数州，其主峰的两侧，就属于不同的州郡，不同的山谷阴晴也不相同。分野，古人按照天上星宿来划分地上的区域，使地上的九州与天上不同的星宿相对应，称某地区是某星的分野。壑（hè），山谷。

〔5〕“欲投”二句：游历之后，天色已晚，想找个人家投宿，便隔着山间流水向砍柴的樵夫打听。人处，人家。樵（qiáo）夫，打柴的人。

简评

这是王维一首广为传颂的山水名篇，它赞美了终南山高大壮丽的景象，不仅意境宏阔，行文亦极有章法。诗人不断变换角度，由望到游、由远至近、由下而上地对终南山作了多方位的描写。首联由远望写起，突出了终南山连绵不断、奔腾磅礴的气势；颔联写登山过程中观看的山间气象，描绘了终南山喷云吐雾、变幻多姿的风光；颈联则写登顶后居高临下纵目眺望的全貌，赞美群山的广袤与深邃；至尾联言游后欲宿，巧遇樵夫，正如清初王夫之所云：“‘欲投人处宿，隔水问樵夫’，则山之辽阔荒远可知，与上六句初无异致，且得宾主分明。”（《姜斋诗话》）故沈德潜谓此诗：“四十字中，无所不包，手笔不在杜陵下。”（《唐诗别裁》卷九）

格律分析

诗押平声虞韵，首句入韵。诗中出现的入声字有合（合韵）、隔（陌韵），古属仄声。此外，“青霭入看无”一句的平仄格式为“㊀仄仄平平”，“看”（kān）字要读平声。

汉江临眺[1]

（五律仄起仄收式）

楚塞三湘接，荆门九派通[2]。
江流天地外，山色有无中[3]。
郡邑浮前浦，波澜动远空[4]。
襄阳好风日，留醉与山翁[5]。

注释

〔1〕此为王维咏汉江之名篇。汉江：汉水。临眺：登高远望。

〔2〕“楚塞”二句：汉水流经楚塞，南接三湘；向东汇入长江，直通荆门九派。楚塞：泛指古代楚国四境（今湖北、湖南一带），这里指汉水流域。三湘：即湘江流域。湘江上、中、下游分别与他水合流，与漓水并称漓湘，与蒸水并称蒸湘，与潇水并称潇湘，所以这四条江水交汇的地方被称为三湘，在今湖南境内。荆门：山名，在湖北宜昌市的南边。九派：传说大禹治水时凿江流，通九派。后以“九派”泛指长江在湖北、江西一带的很多支流。

〔3〕“江流”二句：极目望去，江水似已流出天地之外，远山云遮雾绕，若有若无。

〔4〕“郡邑”二句：汉水水势浩大，城镇仿佛浮动在前面的水滨上，翻腾的波澜似乎摇动了远方的天空。郡邑（jùn yì），州郡城镇。这里指襄阳城。浦（pǔ），水滨。

〔5〕“襄阳”二句：襄阳风光美好，留给人与山翁同醉。襄阳，位于汉江南岸，今湖北襄樊市。留醉，留给人醉酒赏景。山翁，即晋人山简。他曾任征南将军镇守襄阳，据说他有政绩，好饮酒，每饮必醉（见《晋书·山简传》）。这里似代指同游的地方官。一说作者是以山简自喻。

简评

此为王维咏汉江之名篇。诗歌从大处落笔，结构严谨，一气呵成：首联铺写汉江地理优越与流域广阔，中两联动静结合，描写汉江远眺之景，尾联引用典故，极表赞美之情。

此诗写景极有特点。集诗人、画家于一身的王维在诗中以画法为诗法，在中两联写景上采取了虚实结合的手法。颔联"江流天地外，山色有无中"二句，描写江山远景，渐远渐虚，如同勾出一幅江流天际、远山迷蒙的水墨山水，从而得到明代王世贞的极力赞赏："王右丞诗云'江流天地外，山色有无中'，是诗家极俊语，即入画三昧。黄子久《江山览胜图》是画家极秀笔，却入诗三昧。吾尝挟筇北固，于轻阴薄暮时，置眼黯淡间，远树若荠，人家若蜃市，恍然此卷之在目，归从青箱中出，列之几案，亦似此身复在北固。取右丞二语高咏之，都非人间世物也。"(《王弇州集》卷十六"黄太痴江山览胜图跋")欧阳修、苏轼都曾把"山色有无中"写入自己的诗词。颈联则以郡邑之"浮"、远空之"动"，表现汉水波澜壮阔、天水相连的动态，使这望中的城镇如同海市蜃楼一般。这是通过远眺中的错觉展示汉水的浩淼无垠，透露出了诗人心中的惊奇与赞美。

格律分析

首句"楚塞三湘接"的"接"(叶韵)字是入声字，故此诗为五律仄起仄收式。押平声东韵，隔句用韵。第七句的平仄格式为"平平仄平仄"，为平起仄收的一种特定格式。

山居秋暝[1]

(五律平起仄收式)

空山新雨后，天气晚来秋[2]。
明月松间照，清泉石上流。

竹喧归浣女，莲动下渔舟[3]。
随意春芳歇，王孙自可留[4]。

注释

〔1〕秋暝：秋天的傍晚。

〔2〕"空山"二句：空旷的山中刚下过雨，使傍晚的天气充满清新的秋意。

〔3〕"竹喧"二句：竹林里一阵喧哗，那是洗衣的姑娘们回来了；水面上莲花摇动，那是渔舟顺流而下。浣(huàn)女，洗衣女。

〔4〕"随意"二句：春草要凋落就随它去吧，秋色也并不差，王孙自可留居山中。此处逆用《楚辞·招隐士》"王孙游兮不归，春草生兮萋萋"、"王孙兮归来，山中兮不可久留"的意思。诗人的体会恰好相反，认为"山中"比"朝中"好，洁净纯朴，可以远离官场而洁身自好，所以就决然归隐了。歇，凋谢枯萎。王孙，贵族子弟的通称，这里指自己。

简评

这是一首脍炙人口的山水田园诗，诗歌描绘了傍晚时分，秋雨之后，山村优美的景色，流露了诗人对山居生活的喜爱，抒发了自己高洁的情怀。

作为王维"诗中有画"的代表作，这首诗结构严谨，首尾呼应；语言清丽，对仗工稳；视听结合，动静相衬；诗情画意，融为一体。首联点明地点(空山)、季节(秋)、时间(晚)、气候(新雨后)，铺写山间秋暝的整个画面与清新凉爽的总体氛围。颔联先写自然景色："明月"句上承"晚来"，从视觉角度描写月下松林静态，一个"照"字化静为动，似见月光穿过松间的流动；"清泉"句暗应"新雨"，以见雨后泉水的充盈，"石上流"传淙淙水声，以画外声反衬山间的寂静。颈联由景及人，景人合一；"竹喧"句写有声，闻其声而知"归浣女"；"莲动"句写无声，因莲摇始见"下渔舟"。中两联写山村晚景，绘声绘色，动静相生，清幽静谧而又生机活泼，形成了富有诗情画意的完美艺术境界。兼为画家的诗人，通过对山村景物的巧妙提炼，把不同视域的四个画面组成了一幅完整的山村全景图，这正是化用了中国画中的传统写意手法。尾联则由写景转入抒情，反用《楚辞・招隐士》的典故，以一个“留”字呼应开篇，表达隐居空山的愿望。四十个字再造出丰富的艺术境界，留给人们广阔的想象空间，正如唐代殷璠所赞：“维诗词秀调雅，意新理惬，在泉成珠，着壁成绘，一句一字，皆出常境。”（《河岳英灵集》）

格律分析

诗押平声尤韵，隔句用韵。在吟诵中两联时，注意对仗句句法的变化，如颔联的动词在句尾，是“二二一”的节奏；颈联的动词在句中，是“二一二”的节奏。此外，诗中入声字有“石”（陌韵）、“竹”（屋韵）、“歇”（月韵），古属仄声。其中“歇”字在句末，与下句的“留”字相对。

辋川闲居赠裴秀才迪〔1〕

（五律平起仄收式）

寒山转苍翠，秋水日潺湲〔2〕。
倚杖柴门外，临风听暮蝉〔3〕。
渡头余落日，墟里上孤烟〔4〕。
复值接舆醉，狂歌五柳前〔5〕。

注释

〔1〕这首诗是王维在辋川闲居时所作。辋（wǎng）川：地名，在陕西蓝田县终南山下辋谷川口。辋川原有宋之问的别墅，后归王维。《旧唐书・文苑传》：“（王）维得宋之问蓝田别墅在辋口，辋水周于舍下，别涨竹洲花坞。与道友裴迪浮舟往来，弹琴赋诗，啸咏终日。”裴秀才迪：即裴迪，王维好友。

〔2〕“寒山”二句：深秋的终南山变得更加苍翠；溪水在辋川缓缓流淌，发出潺潺水声。潺湲（chán yuán），水缓流貌。

〔3〕“倚杖”二句：拄着拐杖站在柴门外，迎风听着傍晚的蝉鸣。蝉（chán），知了。

〔4〕“渡头”二句：渡口悬挂着一轮火红的落日，村里升起了一缕炊烟。墟（xū）里，村落。

〔5〕“复值”二句：又碰上狂放的裴迪醉酒，正在宅前放声唱歌。接舆，春秋时楚国的隐士陆通，字接舆，佯狂避世。诗中代指裴迪。五柳，东晋陶渊明《五柳先生传》云：“宅边有五柳树，因以为号焉。”此处王维以“五柳先生”自况。

简评

这是一首诗中有画、情景交融的佳作。诗歌“起语高远空旷”（明·邢昉《唐风定》卷十三评），作者先绘深秋山色之“苍翠”，再传辋川水声之“潺湲”，以“寒山”、“秋水”组成了一幅有声有色的自然图画。其中的“转”字和“日”字，暗示出诗人每日所看到的入秋景色的变化过程，逗引出作者的山居情趣。下联笔锋一转，便直接写自己的闲居生活，他倚杖柴门，临风听蝉，悠然自得，完全融入了这水光山色与阵阵蝉鸣之中。随着他远眺的目光，诗歌又打开了一个新的意境，刻画出一幅动人的山村晚景：火红的夕阳还悬挂在渡口上，村落中已升起了一缕炊烟。其中一个“余”字和一个“上”字，展示出夕阳缓缓西沉，炊烟袅袅上升中相映成趣的动态，曾得到清人施补华的极力赞美：“写景须曲肖此景，‘渡头余落日，墟里上孤烟’，确是晚村光景。”（《岘佣说诗》）结尾笔锋再转，又回到人物的闲居生活，用裴迪的狂士之态与诗人的隐居之乐结束全篇。

诗歌围绕“闲居”二字，从物我两方面交错运笔，既写景，又写人；既绘闲居胜景，又抒闲逸之情，从而使诗篇中的一切景物无不带有作者的主观色彩。所选的寒山、秋水、落日、孤烟等富有季节性特征的景物，构成了一幅和谐优美的山水田园风景画，成为表现作者山居情趣的组成部分，也使全诗进入了一种物我同一的超然境界，从而在静谧自然的田园风光描写中，突出了隐居者闲逸自在的生活情趣。

格律分析

诗歌押平声先韵，隔句用韵。首句平起仄收，采用了“平平仄平仄”的特定格式。第七句“复值接舆醉”中，“值”（去声置韵）、“接”（入声叶韵）都是仄声字，所以这句的平仄格式为“仄仄仄平仄”，这一律句中的第三字可以灵活运用。全诗合乎格律。

送梓州李使君[1]

（五律仄起平收式）

万壑树参天，千山响杜鹃[2]。
山中一夜雨，树杪百重泉[3]。
汉女输橦布[4]，巴人讼芋田[5]。
文翁翻教授，敢不倚先贤[6]？

注释

〔1〕一位姓李的朋友出任梓州刺史，王维作此诗送别。杜甫亦有《送梓州李使君之任》一诗，与王维所送当为一人，杜、王二人于唐肃宗乾元元年(758)同在朝中供职，则此诗或作于乾元年间。梓州：故址在今四川三台县。使君：对刺史的称呼。

〔2〕参天：高耸入云。杜鹃：即子规。蜀中多杜鹃鸟。

〔3〕“山中”二句：谓一夜透雨之后，山间飞泉百道，远望似挂于树梢之上。夜，一作“半”。杪(miǎo)，树梢。

〔4〕“汉女”句：言蜀地少数民族妇女以橦布输官。汉女：嘉陵江古称西汉水，故以汉女称之。输，缴纳。橦(tóng)，木名，其花可织布。

〔5〕“巴人”句：言巴人常为农田而发生诉讼争执。巴，古国名，今重庆市及四

川省东部一带地方。芋田，蜀中种芋头的田。

〔6〕“文翁”二句：是勉励李使君的话，意思说哪敢不学习文翁教化蜀民。文翁，汉景帝时的蜀郡太守，见蜀地僻陋，于是兴办学校，教育人才，使巴蜀日渐开化。（见《汉书·循吏传·文翁传》）翻，翻然改图之意。倚，倚傍。先贤，指文翁。“敢不”，旧本作“不敢”，赵殿成《王右丞集笺注》谓“不敢，当是敢不之讹”。今从之。

简评

这是一首送友赴蜀的送别诗。此诗妙处有三：

一是构思奇特，别具一格。诗人不言当地作别情景，而是从李使君的赴任之地写起；笔锋所落，直指千里，通过描写悬想中的蜀地风光以壮行色。

二是奇景迭现，大气磅礴。前两联挺拔流动，“高调摩云”（纪昀《瀛奎律髓刊误》评）。首联一句写树，一句写山，颔联则一句承“山”，一句承“树”，只见万壑千山，树木参天，声声杜鹃，道道飞泉，活画出蜀中雄奇壮观的景象。清人沈德潜评前四句是：“（起笔）斗绝。（三、四句）从上蝉联而下，而本句中复用流水对，古人中亦偶见。”（《唐诗别裁集》卷九）又说：“右丞‘万壑树参天，千山响杜鹃，山中一夜雨，树杪百重泉’，分顶上二语而一气赴之，尤为龙跳虎卧之笔。此皆天然入妙，未易追摹。”（《说诗晬语》卷上）王士禛也说：“律诗贵工于发端，承接二句尤贵得势”，而此诗前四句正是“兴来神来，天然入妙”。（《带经堂诗话》卷三）

三是结构完整，衔接紧密。诗歌先写蜀中山壑之奇，再写梓州风物之异，五、六句写蜀地民情，而由输税与诉讼，自然引出李使君执掌梓州的职责所在。由此再表对李使君的勉励与厚望，要他效仿前贤，推行教化，造福一方。

格律分析

此诗押平声先韵，首句入韵，合乎格律。诗中的入声字有“一”（质韵）、“百”（陌韵），古为仄声。

过香积寺[1]

（五律平起仄收式）

不知香积寺，数里入云峰。
古木无人径[2]，深山何处钟。
泉声咽危石，日色冷青松[3]。
薄暮空潭曲，安禅制毒龙[4]。

注释

〔1〕王维信奉佛教，集中亦多游览佛寺之作。《旧唐书》本传云："维兄弟俱奉佛，居常蔬食，不茹荤血，晚年长斋，不衣文彩。"香积寺，故址在今西安市城南约17.5公里的长安区。建于唐高宗永隆二年(681)，是佛教净土宗的祖庭。

〔2〕"古木"句：古木丛生，人迹罕至。

〔3〕"泉声"二句。泉水因山石阻遏而发出幽咽之声，日光透过葱郁的松林而带有寒意。

〔4〕"薄暮"二句：薄暮中看到寺旁深潭，想到《涅槃经》云："但我住处有一毒龙，其性暴急，恐相危害"之事，然此时潭中已空，想必高僧于坐禅之时已将毒龙制伏。空潭，比喻心地之空明。安禅，僧人坐禅时身心入于清净之境。毒龙，喻人的欲望。昙无谶译《大般涅槃经》卷二十九："但我住处有一毒龙。其性暴急，恐相危害。我言迦叶。毒中之毒不过三毒。我今已断。世间之毒我所不畏。""制毒龙"，言僧人通过坐禅已克制欲念，入于四大皆空之境。

简评

这既是一首写游览的诗，也是一首富有禅趣的禅诗。

诗篇之妙，一是章法上的迂回曲折，构思奇特。题意在写山寺，但并不作正面描摹，而是通过从侧面描写环境的层层转幽，来表现山寺之幽胜。开篇“不知”二字起笔出奇，诗题是“过香积寺”，诗人却不曾到过香积寺，故不知路径，数里之间，绝无人迹，唯有座座云峰，联绵不断。然而，深山之中忽然传来了寺庙的钟声，但隔山闻钟，仍不知寺在何处，只有寻声前往。前两联一气贯下，写出了寺庙远离尘世的幽深。正如清·张谦宜所评：“不知二字领起全章脉。”（《䌹斋诗谈》卷五）后两联则顺势而下，“泉声”、“日色”是寻声前往路途中的所见所闻，“薄暮”一联才是到达寺庙之后的情景。亦如黄叔灿所云：“‘不知’二字直贯至‘古木’一联，言云峰数里，绝迹无人，何处钟声，乃知有寺，而一路泉声松色直到空潭，方见寺所在。”（《唐诗笺注》）

二是诗歌写景绘声绘色，生动传神。颈联“泉声咽危石，日色冷青松”炼字精巧，“咽”字、“冷”字尤为精妙。明人唐汝询解云：“泉声为石阻而咽，日色因松声而寒。”（《删订唐诗解》卷十七）“咽”字写出泉水穿过嶙峋的山石，水声急变，此乃以声衬静；“冷”字写出日色下青松的色调，表现了环境的清幽与空灵，二句突出了深山密林的特点，烘托出了香积寺悠远、静谧、冷清的氛围。

三是融情于景，抒写禅思。诗人一路走来，诗中的景物越来越幽深，诗人的心也越来越远离尘世的喧嚣，当他终于来到了寺院的深处，面对着空明的水潭和安禅的僧人，不觉又悟出了禅理的高深：唯有制服心中各种世俗的杂念，才能使心灵净化，进入一片空明的禅境。因此，诗人描写一处深山中的寺院并非目的，而是要用诗歌中一切幽远的景物：“云峰”“古木”“深山”“危石”“青松”“空潭”，组成一个尘世之外的禅境，来表现自己远离世俗欲念的隐士情怀和对禅理的感悟。这就是深通佛理的王维在诗歌中带给我们的禅思妙悟与禅理禅趣。

格律分析

诗歌用平声二冬韵，合乎格律。第五句采用了“平平仄平仄”的特定格式。诗中的入声字有“积”（陌韵）、“石”（陌韵）、“薄”（药韵）、“毒”（沃韵），古为仄声。

常建

题破山寺后禅院[1]

（五律平起仄收式）

清晨入古寺，初日照高林[2]。
曲径通幽处，禅房花木深[3]。
山光悦鸟性，潭影空人心[4]。
万籁此俱寂，唯闻钟磬音[5]。

作者简介

常建(生卒年不详)，长安(今陕西西安市)人。唐玄宗开元十五年(727)进士，曾任县尉，后隐居于鄂渚(今湖北武昌一带)。唐时常建诗颇受时人推重，殷璠天宝年间编《河岳英灵集》，即以常建为首。

注释

〔1〕题：题咏。破山寺：即兴福寺，在今江苏常熟市虞山北麓。后禅院：僧人居住处，往往在大寺院的深处，即诗中的"禅房"。

〔2〕"清晨"二句：清晨进入古老的寺院之中，朝阳照耀着寺里高大茂密的树林。古寺，兴福寺是南齐郴州刺史倪德光施舍宅园所建，至唐时已有200年历史。

〔3〕"曲径"二句：一条曲折的小径通向寺院的幽深之处，禅房就掩映在后院的花丛林木之中。诗中"曲径"一作"竹径"。

〔4〕"山光"二句：寺后的青山在阳光下焕发出绚丽的色彩，使群鸟怡悦自得；潭水清澈，倒映出山光云影，望之使人心如明镜，万念俱空。

〔5〕“万籁”二句：世间万物的一切音响都已寂静不闻，只剩下鸣钟敲磬的声音回荡在山中。万籁（lài），各种音响。钟磬（qìng），寺院诵经、斋供时敲击的乐器。鸣钟表示开始，击磬表示结束。磬是佛寺中的打击乐器。

简评

这首诗刻画了一处清幽深邃的佛界净地，而成为唐诗中广为传诵的名篇。诗歌构思精细，写景极有层次，可谓层层转折，愈转愈幽。首联点地点时，就题写景，以高朗境界发端，然后沿一条弯曲的小路通向寺院幽深之处，方见寺中别有洞天。这一层转折之后，景致又有几层转折，先见花木丛聚，再见掩映下的禅房；又见禅房周围，山光悦鸟，潭影净心。“山光”指初日使青山焕发出绚丽的色彩；“潭影”则是山光天色在水里的反映。五、六句和一、二句互相呼应，又使全诗浑然一体。末二句再照应首句，写古寺中万籁俱寂，唯有那钟磬之声，悠悠回荡在幽静的山水寺院之间，更增添了佛界的空寂静穆。

诗人刻画这一佛界净土的目的，乃是力图将禅宗性空之说与山水诗的审美观照相结合，透过诗境传达出禅寂中净化的心灵世界。除了景物描写的层层转幽，从审美观照的角度看，五、六句写所见，七、八句写所闻；而第五句写仰观，第六句写俯视。诗人的用心之细，体物之精，充分体现在空灵静谧的意境之中，而处于此境中的人，早已涤尽机心，达到精神世界的一派空明。故清人纪昀称赞此诗：“兴象深微，笔笔超妙，此为神来之候，‘自然’二字尚不足以尽之。”（《瀛奎律髓刊误》）宋代欧阳修极赏诗中“曲径通幽处，禅房花木深”二句，“欲效其语作一联，久不可得，乃知造意者为难工也”。（《文忠集》卷七十三“题青州山斋”）《红楼梦》描写的大观园中，有一处题为“曲径通幽”，就是借用此诗的意境。

格律分析

诗押平声侵韵。诗歌尾联有拗救，上句第三字“此”字应平用仄，属半拗，下句第三字“钟”字应仄用平，补了一个平声，属对句相救。尾联中的“俱”字属平声

虞韵。首联对仗，颔联不对，形成宋人所谓的“偷春格”，“言如梅花偷春色而先开也”。（宋·魏庆之《诗人玉屑》卷之二）

刘昚虚

阙题[1]

（五律平起仄收式）

道由白云尽[2]，春与青溪长[3]。
时有落花至，远随流水香[4]。
闲门向山路，深柳读书堂[5]。
幽映每白日，清辉照衣裳[6]。

作者简介

刘昚虚（生卒年不详），盛唐诗人，字全乙，江东人。唐玄宗开元十一年（723）进士，又登宏词科，曾任校书郎等职。与常建诗风接近，与孟浩然、王昌龄等友善。

注释

〔1〕阙题，是“题目原缺”的意思。阙，通“缺”。

〔2〕“道由”句：向上望去，山路一直进入到白云深处。既见山路之高，又见远在尘世之外。

〔3〕“春与”句：随着一条碧绿的小溪进入山中，青溪两侧是一派浓丽的春光，故说春天与青溪一样长。

〔4〕“时有”二句：不时有落花随溪水漂来，又随着流水漂向远方，留下了一溪

淡淡的幽香。

〔5〕“闲门”二句：山上一座清静的书斋，闲门正对着上山的小路，茂密的柳荫笼罩着读书堂。闲门，谓门前清静。

〔6〕“幽映”二句：阳光穿过柳荫，将清辉洒在衣服上。白日，太阳。

简评

这是盛唐一首著名的五律，诗歌描写了一处幽静的山居。作者的行文流畅自然，如同行云流水。随着诗人的妙笔轻转，一个个清幽绝妙的意境依次出现：白云深处，青溪为伴，落花飘香，一直把人引入山中绿柳掩映的读书堂。书斋中读声琅琅，柳荫下清辉点点，这是多么清雅静谧的所在，而一个隐居其中的高人雅士的飘逸风采也就呼之欲出了。诗歌情致高远、愈转愈奇，正如唐人殷璠《河岳英灵集》评刘昚虚诗：“情幽兴远，思苦语奇，忽有所得，便惊众听。”清人施补华亦云：“五律有清空一气不可以炼句炼字求者，最为高格。如……刘昚虚‘道由白云尽’诸首，所谓‘羚羊挂角，无迹可求’。”（《岘佣说诗》）此诗与常建的“曲径通幽处”（《题破山寺后禅院》）大有异曲同工之妙，故前人常把常建与刘昚虚的作品相提并论，如清人乔亿云：“常建、刘昚虚诗，于王、孟外又辟一径，常取径幽而不诡于正，刘气象一派空明。”（《剑溪说诗》卷上）

格律分析

诗歌押平声阳韵，隔句用韵。此诗只求气势的流畅，而不为平仄所束缚，所以诗中多用拗句。如颔联有拗救，上句平仄格式应为“仄仄平平仄”，但第三字“落”应平用仄，是拗句；下句格式应为“平平仄仄平”，第一字不能改仄声，否则视为犯孤平，但此句首“远”字是仄声，因此在第三字换成平声“流”，这个平声字既救本句，又救对句。而尾联又拗，上句用四个仄声，下句用四个平声字。第一句、第五句都用了“平平仄平仄”的特定格式。诗中的入声字有“白”（陌韵）、“读”（屋韵），古为仄声。

岑 参

郡斋望江山[1]

（五律仄起仄收式）

客路东连楚，人烟北接巴[2]。
山光围一郡，江月照千家[3]。
庭树纯栽橘，园畦半种茶[4]。
梦魂知忆处，无夜不京华[5]。

作者简介

岑参(715～769)，荆州江陵(今湖北江陵县)人。天宝三载(744)进士，天宝八载(749)后两度出西域，充任安西、北庭节度判官。安史之乱后回朝，代宗时任嘉州刺史。其诗描绘了西北边塞的生活，是盛唐边塞诗派的杰出代表。今传后人所辑《岑嘉州集》。

注释

〔1〕这是岑参唐代宗大历二年(767)出任嘉州刺史时所作。嘉州即今四川省乐山市。郡斋即郡府，是刺史所在的官府。

〔2〕“客路”二句：由嘉州的大路向东，与古老的楚地相连；向北则与巴州接壤。开篇描写嘉州的地理位置。“客”，一作“水”。楚，今湖北、湖南一带及安徽等部分地区。巴，唐置巴州，治所在今四川巴中市。

〔3〕“山光”二句：四周青山环绕着嘉州郡城，江月照耀着千家万户。这是写嘉州的形势与风光。因嘉州左有凌云山，右有峨眉山；岷江从北来，与青衣江、大渡河三江合流于凌云山下，故为山光水色所环绕。

〔4〕"庭树"二句:家家庭院中栽着橘树,田园中有一半都种着茶树。这是写嘉州的民俗与特产。

〔5〕"梦魂"二句:写自己初到嘉州,身处南蜀,而夜夜思念着京城长安。京华,京师长安。

简评

这是岑参任嘉州刺史时眺望嘉州(今四川乐山市)的美好江山而作。诗歌前三联皆为对仗句。首联写嘉州地理位置优越;颔联写嘉州自然景观秀丽;颈联写该地的风土人情;到尾联则抒初到嘉州思念京城的心情。诗人以短短的四十字勾画出了嘉州的全貌,意境开阔,造语精工,具有高度的艺术概括力。

格律分析

诗押平声麻韵,隔句用韵。诗中的入声字有"接"(叶韵)、"一"(质韵)、"橘"(质韵),古读仄声,符合平仄要求。

李 白

听蜀僧濬弹琴〔1〕

(五律平起仄收式)

蜀僧抱绿绮,西下峨眉峰〔2〕。
为我一挥手,如听万壑松〔3〕。
客心洗流水,余响入霜钟〔4〕。
不觉碧山暮,秋云暗几重〔5〕。

作者简介

李白(701～762),字太白,号青莲居士。祖籍陇西成纪(今甘肃秦安县),成长于绵州彰明县清廉乡(今属四川江油市)。少时博览百家,吟诗作赋,任侠求仙。25 岁出蜀漫游。天宝元年(742)应诏入京,供奉翰林。因权贵谗毁,三年后被“赐金放还”,遂再度漫游。安史乱起,李白因参加永王李璘幕府,被流放夜郎,中途遇赦东还。宝应元年(762)病卒于安徽当涂族叔李阳冰处。李白是继屈原之后我国古代最伟大的浪漫主义诗人,今存诗 1 000 余首,文 60 多篇,有《李太白集》。

注释

〔1〕蜀僧濬(jùn):四川一位法名濬公的和尚。

〔2〕绿绮:汉代司马相如有琴名绿绮,这里泛指名贵的琴。

〔3〕挥手:弹琴。万壑松:指蜀僧所奏琴声如万壑松涛。

〔4〕“客心”二句:言听了琴声,心中如流水洗过一般纯净。琴声袅袅不绝,和薄暮时的寺院钟声融合在一起。客,李白自指。流水,暗用“高山流水”的典故,把蜀僧比作善鼓琴的俞伯牙,把自己比作伯牙的知音钟子期。《列子·汤问》第五:“伯牙善鼓琴,钟子期善听。伯牙鼓琴,志在登高山。钟子期曰:‘善哉!峨峨兮若泰山!’志在流水,钟子期曰:‘善哉!洋洋兮若江河!’伯牙所念,钟子期必得之。”霜钟,《山海经·中山经》:“丰山……有九钟焉,是知霜鸣。”郭璞注:“霜降则钟鸣,故言知也。”

〔5〕“不觉”二句:由于专注于美妙的琴声中,不觉碧山已被暮色笼罩。

简评

诗歌通过音乐意境的描写,塑造了一个琴艺超绝的高僧形象。作者谋篇布局,匠心独运,首先描写濬公怀抱古琴,由峨眉山飘然而下的高僧风度;然后集中描写他高超的演奏技巧,展示了多种音乐意境。如写他挥手之间,琴声千变万化,时而气势磅礴,如万壑松涛奔涌而来;时而舒缓流畅,如淙淙的泉水在流动;

时而余音袅袅，与黄昏时的古刹钟声融为一片。在描写演奏一方的同时，诗人还传出了听者的感受与双方在琴声中的交流。如尾联既表现了诗人入神于琴声中的陶醉，又展示了琴声中碧山肃立、秋云凝滞的演奏效果，使人仿佛看到了蜀僧以天地山川为舞台，忘情挥洒的超然形象。全诗意境开阔，写人摹声，一气浑成，神完力足。故清人施补华云"五律有清空一气不可以炼句炼字求者，最为高格。如太白'牛渚西江夜''蜀僧抱绿绮'，……诸首，所谓'羚羊挂角，无迹可求'。"（《岘佣说诗》）

格律分析

诗歌押平声冬韵，隔句用韵。全诗只有颈联一联对仗，宋人称之"蜂腰格"。

全诗基本合律。但并不拘泥于格律的束缚。如首联"峨眉峰"是地名，乃三平相连，诗人对之以"抱绿绮"三仄声。"客心洗流水"一句，也采用了拗句（四拗三救）。诗中的入声字有"一"（质韵）、"觉"（觉韵），古为仄声。

渡荆门送别〔1〕

（五律仄起仄收式）

渡远荆门外，来从楚国游〔2〕。
山随平野尽，江入大荒流〔3〕。
月下飞天镜，云生结海楼〔4〕。
仍怜故乡水，万里送行舟〔5〕。

注释

〔1〕此诗是青年李白离蜀远游时作。荆门：即荆门山，位于今湖北宜都市西北的长江南岸，与北岸的虎牙山隔江对峙，是蜀地与楚地的交界处。

《渡荆门送别》

〔2〕“渡远”二句：乘船远行荆门之外，到楚地去游历。

〔3〕“山随”二句：一出荆门山，平坦的原野展现在眼前，蜀地的群山随之消失；长江流入广阔的平原，浩浩荡荡奔向前方。大荒，广阔的原野。蜀地多山，但自荆门以东，地势平坦开阔。

〔4〕“月下”二句：夜近拂晓，月亮由空中向西落下，好像从天上飞下的一面明镜；朝云升起，在天空中变幻成海市蜃楼的奇景。海楼，即海市蜃楼。海上空气因上下层密度不同，经光线折射，产生许多奇异幻景，远望如城市楼台。

〔5〕“仍怜”二句：我深深地爱着这来自故乡的江水，它将不远万里地伴随着我的行舟。仍，始终。怜，爱。故乡水，指长江。因长江源出青海，经蜀东流入海。李白是蜀人，所以以长江为故乡之水。

简评

李白青少年时期是在蜀中度过的，视蜀地为自己的故乡，此次从三峡出蜀，面对江汉平原，眼界大开，不由得即景抒情，写下了这首广为传诵的五言律诗。诗歌从乘舟远游写起，中间四句描绘长江水出山之后的壮丽景象。沿途景色在诗人笔下如流水般逐一展开，山岭消失，平原在望，诗人顿感前程广阔、视野辽远；由夜及晨，月如明镜，云生海楼，五光十色，气象万千，形成一幅流动的画卷。结尾二句，诗人发出由衷的心声：这长江是故乡的水啊，所以它才不远万里把我送上行程。此诗写景层次分明，且景中寓情，既反映出年轻的李白初离蜀地寻求理想的志向与热情，又充溢着诗人对故乡的挚爱。清代学者沈德潜认为“诗中无送别意，题中二字可删”（《唐诗别裁集》卷十），实际上，诗中写的是来自故乡的长江水在蜀楚交界的荆门山送别诗人，把李白送上了更加广阔的天地之中。在这一描写中，表现了初离蜀地的诗人对家乡的深深依恋，又用乡情的线把全诗紧紧串联在一起，正如王夫之《唐诗评选》所评：“结二句得象外于圜中，飘然思不穷，唯此当之。”

格律分析

诗押平声尤韵，隔句用韵。诗中的入声字有“国”（职韵）、“结”（屑韵），古代是仄声。诗歌第七句在该用“平平平仄仄”时,用了“平平仄平仄”的特定格式。全诗合乎格律。

塞下曲[1]

(五律仄起仄收式)

五月天山雪,无花只有寒[2]。
笛中闻《折柳》,春色未曾看[3]。
晓战随金鼓,宵眠抱玉鞍[4]。
愿将腰下剑,直为斩楼兰[5]。

注释

〔1〕塞下曲:唐代乐府曲名,表现边塞生活。盖出于汉乐府《出塞》、《入塞》,属《横吹曲辞》,古词多描写边塞战事。

〔2〕“五月”二句:言天山终年积雪,到五月还很寒冷,不见花草。天山,唐时称伊州(今新疆哈密市)、西州(今吐鲁番盆地)以北一带山脉为天山。《元和郡县志》卷四十“陇右道·伊州”记,“天山,一名白山,一名折罗漫山,在州北一百二十里,春夏有雪。……匈奴谓之天山,过之皆下马拜。”

〔3〕“笛中”二句:听到笛子吹出《折杨柳》的曲调,使人联想到杨柳,但此地虽已五月,仍看不到春天的风光。折柳,即《折杨柳》,古乐府曲名。

〔4〕“晓战”二句:写紧张的战斗生活,白天随鼓声作战,夜间抱马鞍而眠。金鼓,古代作战,进军时击鼓,退军时鸣金。

〔5〕楼兰:汉时西域的鄯善国,在今新疆鄯善县东南一带。西汉时,楼兰国王与匈奴勾通,屡次遮杀汉朝通西域的使臣,后傅介子用计刺杀楼兰王(见《汉书·西域传》),西域乃通。这里借用此典故,表现边防战士杀敌立功的愿望。

简评

此诗写天山一带戍边将士在极其艰苦的环境中的征战生活，抒发他们杀敌立功、报效祖国的雄心壮志。诗歌前三联极言征战之苦，正如黄叔灿《唐诗笺注》所解："天山积雪，五月犹寒，搭上'无花'二字，便觉惨然。塞上无春，不见杨柳，添出'笛中'闻得，更极悲凉。'随金鼓'、'抱玉鞍'言无休息。"但诗至尾联一个转折，"愿将"二句吐露壮语，与前三联的艰苦生活形成强烈对比，更见其不畏艰苦、战风斗雪之豪气。故明代高棅《唐诗品汇》中说："盛唐律句之妙者，李翰林气象雄逸。"李锳亦云："前四句一气直下，不用对偶，倍见超逸，此以古风格力运于律诗中者。"（《诗法易简录》）。

格律分析

诗歌押平声寒韵，隔句用韵。只有颈联一联对仗，为"蜂腰格"。第四句"春色未曾看"的"看"字是寒韵字，要读平声（kān）。诗中出现的入声字有雪（屑韵）、笛（锡韵）、折（屑韵）、直（职韵），今读平声，古属仄声。全诗合乎格律。

送友人

（五律平起仄收式）

青山横北郭，白水绕东城[1]。
此地一为别，孤蓬万里征[2]。
浮云游子意，落日故人情[3]。
挥手自兹去，萧萧班马鸣[4]。

注释

〔1〕"青山"句：北面的城外一道青翠的山峦横空而出。郭，外城。"白水"句：

澄澈的河水从东边的城池曲折绕过。白水，清澈的河水。

〔2〕孤蓬：蓬草被风吹起，飘忽不定，古人常用来比喻游子，这里比喻出行的朋友。征：行。

〔3〕“浮云”二句：浮云在天空飘来飘去，恰如游子行踪，来去无定；夕阳西下，依恋着大地，不忍遽然落下，就如同送别朋友时的依依惜别之情。二句亦写暮色，烘托别离之气氛。

〔4〕挥手：挥手以告别。自兹去：从此分别。萧萧：马的悲鸣之声。《诗经·小雅·车攻》有“萧萧马鸣”之句。班马：离群的马。《左传·襄公十八年》：“有班马之声。”杜预注：“班，别也。”借离群的马萧萧悲鸣，表现诗人不忍离别的忧伤之情。

简评

太白抒离别之情，妙在以景衬情。首联即眼前景起笔，写离别之地山清水秀，明丽开阔；颔联却转出游子远行，万里漂泊，二联间笔法跌宕，以美景反衬离情，尤觉凄婉。至颈联情景交融，“浮云”飘动喻游子之行踪，“落日”依山喻诗人之离情，此联与首联之“青山”“白水”相呼应，造成了一种充塞天地的抒情氛围，引出尾联分手时的无限凄楚。乾隆在《唐宋诗醇》中曾评此诗说：“首联整齐，承则流动而下，颈联健劲，结有萧散之致。大匠运斤，自成规矩。”可助我们鉴赏品味。

格律分析

此诗为五律平起仄收式。押平声庚韵，隔句用韵。诗中出现的入声字有“郭”（药韵）、“白”（陌韵）、“一”（质韵）、“别”（屑韵）。特别是“别”字在奇句的句尾，古时属仄声，而与下句的韵字相对。全诗合乎格律。首联对仗，颔联不对，形成“偷春格”，宋·魏庆之《诗人玉屑》卷之二论“偷春体：其法颔联虽不拘对偶，疑非声律；然破题（首联）已的对矣。谓之偷春格，言如梅花偷春色而先开也”。

秋登宣城谢朓北楼[1]

（五律平起仄收式）

江城如画里[2]，山晚望晴空。
两水夹明镜[3]，双桥落彩虹[4]。
人烟寒橘柚，秋色老梧桐[5]。
谁念北楼上，临风怀谢公[6]。

注释

〔1〕宣城：在今安徽宣城市。谢朓北楼：南朝齐代诗人谢朓（tiǎo）为宣城太守时所建。又称谢公楼或北楼。

〔2〕江城：水边的城指宣城。

〔3〕“两水”句：指宛溪、句溪二水绕宣城流过，两条清澈的河水在城东合流，如同明镜一般将江城夹在中间。

〔4〕“双桥”句：指宛溪上建有凤凰、济川两桥，如彩虹由天而落，横跨水上。

〔5〕“人烟”二句：橘柚林间，住有人家，炊烟袅袅，使橘柚亦带有寒意；秋色之中，梧桐叶黄，仿佛梧桐树老，可见秋意已深了。

〔6〕“谁念”二句：言自己身处谢朓楼上，面临秋风怀念着南齐杰出的诗人谢朓，此中情意又有谁知？

简评

这是李白秋登谢朓楼远眺的写景之作。吴汝伦指出：“‘两水夹明镜，双桥落彩虹’，刻画鲜丽，千古常新；‘人烟寒橘柚，秋色老梧桐’，苍老峭远。”（《唐宋诗举要》引）在万里晴空的背景之下，秀丽的山水，朦胧的炊烟，萧瑟的橘柚林，枯黄的梧桐叶，色彩丰富，浓淡相间，组成了一幅色调和谐的深秋图画，而南齐诗人谢朓又以他卓越的才华为山水增色，引发诗人的无限怀念。此诗中“人烟”二句结构奇特，盖橘柚因人烟而“寒”，梧桐因秋色而“老”，“寒”“老”二字奇峭新颖，耐人寻味，为李白之名句。宋人一味模仿，反为后世所讥，如明·王世贞《艺苑卮言》卷四云：“独李太白有‘人烟寒橘柚，秋色老梧桐’句，而黄鲁直更之曰：‘人家围橘柚，秋色老梧桐’。晁无咎极称之，何也？余谓中只改两字，而丑态毕具，真点金作铁手耳。”

格律分析

诗押平声东韵，隔句用韵。诗中“夹”（洽韵）、“橘”（质韵）为入声字，古属仄声。此诗中第三句、第七句都用了拗句，即把“仄仄平平仄”的第三字该平用仄，变成了“仄仄仄平仄”，这种拗句可救可不救。本诗第三句未救；第七句采取了对句相救的办法，即把对句“平平仄仄平”第三字改为平声，成为“平平平仄平”。

夜泊牛渚怀古〔1〕

（五律仄起仄收式）

牛渚西江夜〔2〕，青天无片云。
登舟望秋月，空忆谢将军〔3〕。
余亦能高咏〔4〕，斯人不可闻〔5〕。
明朝挂帆席，枫叶落纷纷〔6〕。

注释

〔1〕这首诗是诗人泊舟牛渚的怀古之作。牛渚（zhǔ）：牛渚山，在安徽省当涂县西北，突入长江，即采石矶。诗题下原注：“此地即谢尚闻袁宏咏史

处。”晋镇西将军谢尚镇守牛渚，秋夜乘船在江上游览，听到以租运为业的袁宏诵读自己的咏史诗，很欣赏，立刻邀请袁宏过船畅谈。事见南朝宋・刘义庆《世说新语》文学第四：“袁虎（袁宏小字）少贫，尝为人佣载运租。谢镇西经船行，其夜清风朗月，闻江渚间估客船上有咏诗声，甚有情致；所咏五言，又其所未尝闻，叹美不能已。即遣委曲讯问，乃是袁自咏其所作《咏史诗》。因此相要，大相赏得。”泊：停船。

〔2〕西江：从南京以西到江西省境内的一段长江，古代称为西江。

〔3〕谢将军：即指谢尚，尚字仁祖。

〔4〕余：我。高咏：高声吟诵自己的好诗。

〔5〕“斯人”句：可惜像谢尚那样能赏识高咏的人却再也没有了。斯人，那人，指谢尚。

〔6〕“明朝”二句：想象明朝在飒飒秋风中，片帆高挂，枫叶纷纷飘落，像是无言地送着寂寞离去的行舟。挂帆席，开船启程。帆席，船帆。

简评

顾安在《唐律消夏录》中说，李白此诗“眼前无纤芥尘土，胸中无半点障碍，清江明月，大声诵吟，响振川岩矣。”当诗人夜泊牛渚之时，面对着高天秋月，不禁思绪悠然，穿越时空，联想到东晋谢尚镇牛渚时，袁宏咏史得遇知音的传说，不由触发自己怀才不遇的忧伤。同在一条江边，同是清风朗月，同是诗才出众，袁宏得遇知己，而自己却知音难遇，怎不令人感慨万千！尾联想象明朝乘舟离去的情景，唯有那满天飘落的枫叶送自己孤舟远去，又是一幅多么凄凉孤寂的图像。

在青天、明月、江波、枫岸组成的寥廓而空灵的意境中，天才的诗人由“望月”到“空忆”，由历史到现实，由今夜到“明朝”，他的思绪飘飞于无边无际的时空之中，咏叹着怀古伤今、怀才不遇的惆怅心声，幻化成一幅幅历史和现实、实景与想象交织的图像。这种形象而飘逸的诗风，一如李白之古风，故清人姚鼐评价李白诗云：“于律体中以飞动票姚之势，运旷达奇逸之思，此独成一境者。”（《今体诗抄》）还应注意的是，此诗以古行律，通篇虽讲抑扬平仄，却无一个对偶句，故清代黄叔灿云：“太白五言诗限于律而不局于律，笔墨落纸，便如不羁马，轶群而出，纵辔自如；气压风云，思超象表，真如天仙化人，可望而不可接。”（《唐诗笺注》）王士禛在唐人五律中独选此篇与孟浩然“晚泊浔阳望庐山”二首，誉为“不着一字，尽得风流”之作，正是强调了诗歌这种不直接言情、而将抒情寓于形象之中的神韵。

格律分析

这是一首古风式的律诗，全诗合乎平仄，却无对仗，这正是李白天才超逸，不拘于排偶格律之处。宋·严羽《沧浪诗话》论“诗体”云：“有律诗彻首尾不对者。……太白牛渚西江夜之篇，皆文从字顺，音韵铿锵，八句皆无对偶者。”沈德潜亦评此诗说：“不用对偶，一气旋折，律诗中有此一格。”（《唐诗别裁集》卷十）诗押平声“文”韵，隔句用韵。第三、七句采用了“平平仄平仄”这一特定格式。第七句尾“席”字为仄声，古属入声陌韵，与下句韵字相对。

宿五松山下荀媪家[1]

（五律仄起仄收式）

我宿五松下，寂寥无所欢[2]。
田家秋作苦，邻女夜舂寒[3]。
跪进雕胡饭[4]，月光明素盘。
令人惭漂母[5]，三谢不能餐。

注释

〔1〕五松山：在今安徽省铜陵市。荀媪（ǎo）：姓荀的老妇人。

〔2〕寂寥：寂寞。

〔3〕舂（chōng）：捣米去壳。

〔4〕雕胡：菰（gū）米，即茭白的果实。

〔5〕漂母：汉将韩信失意时，挨着饿在淮阴城下垂钓，一个漂洗的老妇把自己的饭分给他吃，后来韩信给以厚报。（见《史记》卷九十二“淮阴侯列传”）此处以漂母比荀媪。惭：愧对。

简评

诗人用朴素真挚的诗句叙述了投宿一处山下农家的情景。寒夜中，传来邻女阵阵舂米之声；月光下，老妇献上一盘农家的菰米饭。而一向傲视王侯的诗人竟至“三谢不能餐”，诗人对劳动人民的尊重与深情，对田家劳作之苦的怜悯与同情，均由诗中款款道出。

格律分析

诗押平声寒韵，隔句用韵。诗中只有颔联一联对偶，语言自然流畅。诗歌两联用了拗救。首联上句平仄格式应为“仄仄平平仄”，但第三字“五”应平用仄，是拗句；下句格式应为“平平仄仄平”，第一字不能用仄声，否则视为犯孤平，但此句“寂”字是仄声，因此在第三字“无”用平声，这个平声字既救本句第一字，又救对句第三字。第六句是孤平拗救，第一字“月”犯孤平，第三字“明”应仄用平，属本句自救。

杜　甫

春日忆李白[1]

（五律仄起仄收式）

白也诗无敌，飘然思不群[2]。
清新庾开府，俊逸鲍参军[3]。
渭北春天树，江东日暮云[4]。
何时一樽酒，重与细论文[5]？

作者简介

杜甫(712～770),字子美,杜审言之孙。原籍襄阳(今湖北省襄樊市襄阳区),曾祖时迁居巩县(今河南巩义市)。年轻时曾漫游吴越、齐赵、梁宋,玄宗天宝五载到长安,求仕十年,只得到胄曹参军的小官。安史乱起,他到灵武投肃宗,中途为叛军所获,押往长安。后逃出,奔凤翔,肃宗任他为左拾遗。因上疏救房琯,贬华州司功参军。弃官,随逃难人群入蜀,在成都建草堂。西川节度使严武曾荐为检校尚书工部员外郎兼节度参谋。后决定出蜀北上,漂泊湖北湖南一带,病死在湘江上。

杜甫诗各体兼备,古、近体诗都有大量佳作。他用诗歌深刻反映了他所处的时代和社会现实,被称为“诗史”。杜诗富于变化,风格沉郁顿挫,其律诗艺术高超,在意境、声律、对仗、锤炼字句方面达到了炉火纯青的程度。杜甫是我国古代最伟大的现实主义诗人,今存诗1 400多首,文20余篇,有《杜工部集》。

注释

〔1〕李白与杜甫于天宝三载(744)在洛阳相识相知,曾同游梁宋,次年又聚首齐鲁,此后一直未能重逢。这首诗是天宝五载(746)或六载(747)杜甫在长安怀念李白所作。

〔2〕“白也”二句:李白的诗才天下无敌,是因为他诗风飘逸,诗歌的思想情趣卓异不凡。也,句中语气助词,表示感叹。思,指思想情趣。不群,不同一般,卓异不凡。

〔3〕“清新”二句:称赞李白的诗歌既像庾信那样清新,又像鲍照那样俊逸。庾开府,南北朝诗人庾信,在北周任骠骑大将军、开府仪同三司(即司马、司徒、司空),故称“庾开府”。俊逸,新颖洒脱,超群拔俗。鲍参军,即南朝诗人鲍照,刘宋时任荆州前军参军。

〔4〕“渭北”二句:描写两人各自所在之地的景物,以景物暗喻两人的境况,说明作者在渭北思念李白之时,也正是李白在江东思念杜甫之时。渭北,即渭水以北,指杜甫所在的长安一带。江东,指李白正在漫游的江浙

一带。

〔5〕“何时”二句：什么时候我们能再次欢聚，像过去一样把酒论诗呢？樽（zūn），酒器。论文，即论诗。自南朝起，即以“有韵为文，无韵为笔”。

简评

唐代大诗人李白和杜甫的友谊是文学史上的佳话，他们互相欣赏，绝无文人相轻之陋习。特别是杜甫，对李白诗歌总是赞扬备至。此诗开篇就是一个发自内心的感叹与热烈的赞美，一句“白也诗无敌”貌似脱口而出，实则倾慕已久。清代杨伦曾评此诗说：“首句自是阅尽甘苦上下古今，甘心让一头地语。窃谓古今诗人，举不能出杜之范围；惟太白天才超逸绝尘，杜所不能压倒，故尤心服，往往形之篇什也。”（《杜诗镜铨》）天才纵逸的李白最卓越的地方又在哪里？杜甫用高度概括的语言做了形象的说明：一句“飘然思不群”活画出李白的才思敏捷，倜傥风流。接着又以两名古代的诗坛巨子加以比拟，说李白既有庾信的清新，又兼鲍照的俊逸，这正是对“无敌”、“不群”的最好说明，足见李白诗歌之冠绝古今。清·王嗣奭赞叹：“前四句真传神手，至今李白犹在。”（《杜臆》卷之一）前四句以诗写人，表达“忆”念，下二句则借景抒情，从二人所在地景物入手，借两地景物传出彼此思念之情。杜甫此时居留长安，故写“渭北春天树”；李白正在漂泊江浙，故写“江东日暮云”；二句景中寓情，使思念之情跨越千山万水，将两位大诗人紧紧联系在一起，诚如清人仇兆鳌所云：“公居‘渭北’，白在‘江东’，春树暮云，即景寓情，不言怀而怀在其中。”（《杜诗详注》）由此在尾联引出渴望重逢、把酒论文的美好愿望。全诗紧紧围绕一个“忆”字，突出李白这位大诗人的特点，以赞诗起，以论文结，由诗赞人，又由人论诗，把对人和对诗的倾慕怀念，结合得水乳交融。故浦起龙《读杜心解》中称赞此诗：“四十字一气贯注，神骏无匹。”

格律分析

诗押平声文韵，隔句押韵。本诗第三句、第七句用了“平平仄平仄”这一特定格式。在使用“平平平仄仄”这一句式时，可用上述句式代替之。首句的“敌”（锡韵）和第七句的“一”（质韵）是入声字，属仄声。第二句的“思”（sì）是名词，指思想情趣，念去声。依平仄要求，尾句的“论”（lún）是文韵韵字，要读平声。

月　夜[1]

（五律仄起仄收式）

今夜鄜州月，闺中只独看[2]。
遥怜小儿女，未解忆长安[3]。
香雾云鬟湿，清辉玉臂寒[4]。
何时倚虚幌，双照泪痕干[5]？

注释

〔1〕这首诗作于唐肃宗至德元载（756年）秋。安史叛军攻占潼关后，诗人携妻小避难到鄜州（今陕西省富县）。后只身奔赴肃宗行在，中途被叛军俘获，押至长安。这首诗是诗人身陷长安，睹月思念妻子儿女之作。

〔2〕“今夜”二句：今晚鄜州的月色，只有妻子一人独自在望。用“独看”一语写妻子望月思远之情，道出战乱之时亲人分离、不得相聚之苦。鄜（fū）州，诗人家曾居鄜州羌村。闺中，指妻子。

〔3〕“遥怜”二句：是说怜惜小儿女不懂得乱离的艰辛，不理解母亲对远在长安的父亲的思念。这两句以小儿女不懂大人的心情，反衬诗人夫妻两地相思之深。“忆长安”一语点出了诗人所在，同时应合上联说明“独看”的原因。

〔4〕“香雾”二句：诗人想象妻子在月下久立思远，雾气浸湿了她的发鬟，清冷的月光照在她的手臂上，渐生寒凉。云鬟（huán），蓬松如云的发鬟。

〔5〕“何时”二句：什么时候我们才能夫妻团聚，双双靠在薄薄的帷帐上，让月

光照着我们，再也不用流泪了呢？南朝《子夜四时歌·秋歌》："凉秋开窗寝，斜月垂光照。中宵无人语，罗幌有双笑。"杜诗似受其启发。

简评

安史之乱后，杜甫身陷长安望月思乡，抒写对妻子的思念。诗歌构思巧妙，用笔曲折，首联不言自己思亲，却从对方着想，想象远在鄜州的妻子望月思念在长安的丈夫，清·浦起龙评曰："心已驰神到彼，诗从对面飞来。悲婉微至，精丽绝伦，又妙在无一字不从月色照出也。"（《读杜心解》卷三之一）其中，"只独看"三字承上启下、含义深挚，既传出"闺中"人独自望月、翘首怀人的神态，又引出下联小儿女之"未解忆长安"，以小儿女之天真无知反衬夫妻相思，故沈德潜说："'只独看'正忆长安，儿女无知，未解忆长安者苦衷也。反复曲折，寻味不尽。"（《唐诗别裁集》卷十）颈联想象妻子久立月下，"香雾云鬟湿，清辉玉臂寒"，于清丽的语言中透出无限的关爱与体贴，自然引出了尾联对乱后聚首的企盼。这一联"衬托'独'字，逼起落句，精神百倍，转变更奇。"（清·何焯《义门读书记》卷五十三评语）诗歌以"月夜"为题，从自己望月思乡的想象中，写尽闺中深情苦境，抒发心中无限牵挂，婉转曲折，感人至深。杨伦曾引王右仲评此诗说："公本思家，反想家人思己，已进一层。至念及儿女不能思，又进一层。五、六语丽情悲。末句想到聚首时对月舒愁之状，词旨婉切。公之笃于伉俪如此。"（《杜诗镜铨》）

格律分析

诗押平声寒韵，隔句用韵。"闺中只独看"的"看"（kān）是韵字，要读平声。此诗第三句、第七句都用了"平平仄平仄"这一特定格式，代替"平平平仄仄"。诗中入声字有第二句的"独"（屋韵），第五句末尾的"湿"（缉韵），古代是仄声字，合乎格律。

《唐诗品汇》引宋人刘辰翁说此诗："愈缓愈悲。"可资吟咏时参考。

春　望[1]

（五律仄起仄收式）

国破山河在，城春草木深[2]。
感时花溅泪，恨别鸟惊心[3]。
烽火连三月，家书抵万金[4]。
白头搔更短，浑欲不胜簪[5]。

注释

〔1〕这首诗作于唐肃宗至德二载(757)三月。安史叛军攻入长安后，至德元载八月，杜甫由鄜州离别亲人投奔唐肃宗，途中为叛军所获，解往长安。他在长安目睹叛军的暴行和国都沦陷的惨状，于次年春天写下了这首诗。

〔2〕国破：国都沦陷。国，国都，京城。破，指京城长安陷落。城：长安城。

〔3〕"感时"二句：写诗人因感伤时事，怅恨家人离别而哀伤。花溅泪，人见春花而落泪，也可解为春花似乎有知，也因感伤时事而落泪。鸟惊心，人听到鸟鸣而惊心。亦可解为鸟也似乎有知，也因恨别而惊心。

〔4〕烽火：指唐军与安史叛军之间的战争。连三月：连着三个月，指整整一个春天。家书：家信。抵：值。

〔5〕"白头"二句：诗人由于焦虑不安，白发越搔越少，简直连簪子都别不住了。白头，白发。短，少，稀疏。浑欲，简直。簪，簪子，古代男子成年后，束发于头顶，用簪子插住。这里当动词用。

简评

这是杜甫最具代表性的五律名篇，表现了诗人在安史之乱中忧国伤时的一片爱国之心。

“起联笔力千钧”(何焯《义门读书记》卷五十三),写春日眺望长安的总印象:国都沦陷了,遭受着叛军的蹂躏,虽然山河依旧,但昔日的帝国气象却消失了;春天来了,长安城繁华景象不复存在,只见遍地草木丛生,一片荒凉。宋·司马光曾指出:“古人为诗,贵于意在言外,使人思而得之。近世惟杜子美最得诗人之体。如此诗言山河在,明无余物矣;草木深,明无人矣。”(《续诗话》)用10个字就概括出了山河依旧而国事全非、草木深密而人烟稀少的长安时局。颔联以“感时”承上,以“恨别”启下,抒写触景生情、忧国伤时之悲。诗人感念时局,看到春花也不觉得悦目,反而引起对国运的哀伤,涌出泪水;为家人离散而忧愁,听到春鸟的歌唱也不感到悦耳,反而引发心中的阵痛。“花鸟平时可娱之物,见之而泣,闻之而悲,则时可悲矣。”(司马光)颈联“烽火”句应“感时”,写明唐军与安史叛军之间的战争已连续了三个多月;“家书”句应“恨别”,说明思念家人,切盼得到家人的消息,但下句又因上句而生。最后一联写到自己由于焦急,发白更短,简直连簪子都别不住了。从诗人焦躁不安的形象,表现出他忧国怀家,内心如焚。诗歌可谓句句沉痛,字字血泪凝成,爱国之情充溢其中。

从艺术手法看,全诗结构谨严,四联八句,前后关照,语意贯通,体现了内容与形式的高度统一。诗歌前三联皆为对仗,不但精工严整而且造语警拔。比如第一联,诗人以“国破”对“城春”,两意相反,对照鲜明。而两句之内,“国破”之下继之以山河在,而“城春”之下又继之以“草木深”。前后意思相悖,出人意料。正是这种鲜明的反差,使得形象更加生动,诗意更加丰富。明代胡震亨曾称赞杜诗的对仗艺术说:“对偶未尝不精,而纵横变幻,尽越陈规,浓淡浅深,动夺天巧。百代而下,当无复继。”(《唐音癸签》卷九)

格律分析

诗歌押平声侵韵,隔句用韵。全诗格律谨严,其中“国”(职韵)、“别”(屑韵)、“白”(陌韵)为入声字,古属仄声。末句“浑欲不胜簪”的“胜”(shēng)字要读平声;“簪”在“侵”韵,读作“zēn”。

月夜忆舍弟[1]

（五律仄起平收式）

戍鼓断人行，边秋一雁声[2]。

露从今夜白[3]，月是故乡明。

有弟皆分散，无家问死生[4]。

寄书长不达，况乃未休兵[5]。

注释

〔1〕乾元二年(759)秋，杜甫流寓秦州(今甘肃天水市)。当时史思明叛军攻陷汴州，山东、河南处于战乱之中，而杜甫的三个弟弟却分散在那里，此诗是诗人感叹兄弟离散的真实记录。舍弟：对别人称呼自己的弟弟。

〔2〕戍鼓：将入夜时戍楼上所击之鼓。断人行：击鼓以后不准路人行走。一雁：孤雁。

〔3〕“露从”句：当日正是白露节。

〔4〕“有弟”二句：虽有弟兄却在战乱中分散，没有地方可以探问他们的死生。

〔5〕书：信。况乃：何况。未休兵：没有停止战争。

简评

此诗是安史之乱后诗人流寓秦州的思弟之作。首联写边秋悲凉之景，以孤雁失群暗寓兄弟离散之意。王嗣奭(shì)说：“只‘一雁声’便是忆弟。对明月而忆弟，觉露增其白，但月不如故乡之明，忆在故乡兄弟之故也。盖情异而景为之变也。”(《杜臆》卷之三)“露从今夜白，月是故乡明”二句道出了普天下人们思乡思亲时的一种特殊感受，正如清人李因笃所评：“‘月是故乡明’，正以照故乡之人也。月是人非，故思乡益切。”（《杜诗集评》卷八）后四句写亲人离散之悲苦，颈联以流水对法叙写兄弟分散、乱后无家的情景；尾联接写战祸未平，亲人音讯皆无，不知安危，从而将无限牵挂之意留在了诗外。清·吴乔说：“《月夜忆舍弟》之悲苦，后四句一步深一步。”（《围炉诗话》卷二）。全诗正如宋人俞文豹所论：“杜工部流离兵革中，更尝患苦，诗益凄怆，《忆舍弟》诗，……其思深，其情苦，读之使人忧思感伤。”（《吹剑录》）

此诗从结构上看，可分为写景与叙事两部分，上四句写月夜之景，下四句叙离乱情景，实以“忆弟”二字一意贯穿，各句间照应引发，形散神聚。如清·浦起龙所云：“上四，突然而来，若不为弟者，精神乃字字忆弟，句里有魂也。‘书长不达’，平时犹可，‘况未休兵’，可保无事耶？二句从五、六申写。”（《读杜心解》卷三之二）

格律分析

诗押平声庚韵，首句用韵。颔联“露从今夜白，月是故乡明”是上一下四的句法，读时“露”、“月”二字应略顿。颈联为流水对，语气应连贯。注意诗中的入声字“一”（质韵）、“白”（陌韵）、“达”（曷韵）。尤其“白”与“达”在出句的句尾，古代均是仄声，与下句的韵字相对。

春夜喜雨[1]

（五律仄起仄收式）

好雨知时节，当春乃发生[2]。
随风潜入夜，润物细无声[3]。
野径云俱黑，江船火独明[4]。
晓看红湿处，花重锦官城[5]。

注释

〔1〕杜甫于唐肃宗上元二年(761)春天在成都所作。

〔2〕"好雨"二句:好雨仿佛知道时节,正当万物生长的春天及时地从天而降。发生:指万物的萌发生长。

〔3〕"随风"二句:寂静的春夜,细雨随着微风飘落下来,无声无息地滋润着万物。

〔4〕"野径"二句:乌云笼罩着四野,一片漆黑,只有江中渔船上的一点渔火显得特别明亮。野径,田野上的道路。

〔5〕"晓看"二句:天亮之后,会看到雨后花开,一片鲜红湿润,使整个成都城沉浸在浓丽的春光中。花重:鲜花因带雨而略呈低垂之态。锦官城:成都的别名。因此地产锦,古设锦官。晋人常璩《华阳国志》卷三"蜀志":"(成都)西城,故锦官城也。锦江织锦,濯其中则鲜明,他江则不好,故命曰锦里也。"宋·欧阳忞《舆地广记》卷二十九"成都府":"成都旧谓之锦官城,言官之所织锦也,亦犹合浦之珠官云。"

简评

此诗乃杜诗中写景状物的传神之作。首联赞春雨带情,知时而降;颔联以流水对法摹写春雨细微,随风飘落,无声无息地滋润万物之功,"潜"字、"细"字,"传出春雨之神"。(沈德潜《唐诗别裁集》卷十评语)颈联由近及远,由听觉到视觉,以"火独明"反衬"云俱黑",借色彩明暗的强烈对比,画出乌云覆地,雨意正浓,是画笔难以绘出的郊野雨景。至尾联则由眼前雨景联想到明日拂晓的雨后花城,处处"红湿""花重",一派春光明媚,无限喜悦之情充溢在美丽的想象之中。

此诗篇法字法,无一不精妙。篇法之妙在诗人以"喜"字统摄全篇,通篇"绝不露一'喜'字,而无一字不是'喜雨',无一笔不是'春夜喜雨',结语写尽题中四字之神"。(清·俞犀月《杜诗集评》)字法之妙在于句句可圈可点,除颔联被誉为传神之笔,清人张谦宜又云:"'野径云俱黑,江船火独明',此是借火衬云;'晓看红湿处,花重锦官城',此是借花衬雨;不知者谓只是写花,'红'下用'湿'字,可见其意。”(《岘斋诗谈》)故实乃“通体精妙”(纪昀(《瀛奎律髓刊误》)评)之诗。

格律分析

诗押平声庚韵,隔句用韵。“随风”一联为流水对,语气连贯。依平仄要求,第七句“晓看”(kān)的“看”要读平声。第五句“云俱黑”的“俱”(jū)字读平声,此属平声虞韵。诗中入声字有“节”(屑韵)、“发”(月韵)、“黑”(职韵)、“独”(屋韵)、“湿”(缉韵),其中“节”、“黑”在出句的句尾与下句的韵字相对,“发”、“独”、“湿”在句中第四字,属平仄节奏分明处,古代都是仄声,全诗格律严谨。

旅夜书怀〔1〕

(五律仄起仄收式)

细草微风岸,危樯独夜舟〔2〕。
星垂平野阔,月涌大江流〔3〕。
名岂文章著〔4〕?官应老病休〔5〕。
飘飘何所似?天地一沙鸥〔6〕。

注释

〔1〕这首诗作于唐代宗永泰元年(765),诗人离开成都东下,经渝州(重庆市)乘船往忠州(今重庆市忠县)的途中。诗人描绘雄阔的大江夜景,抒写政治上失意、生活漂泊无依的孤独悲苦之情。

〔2〕危樯(qiáng):高高的桅(wéi)杆。

〔3〕“星垂”二句:平原广阔,星光点点低垂天幕;大江奔流,月亮在波涛汹涌的江面升起。

〔4〕“名岂”句:我的名声难道是因为献赋作诗赚得的么?言外之意,我并不

甘心作一个以词章侍奉皇帝的小臣啊!

〔5〕“官应”句:自己的官职应该因年老多病而解职。这句是反话,言外之意是,我被免职是因为上疏论政,而不是什么老病。

〔6〕“飘飘”二句:漂泊流离生活中的自己,就像在苍茫天地间一只孤独的沙鸥。比喻天地之大不把小小的沙鸥放在心上,而沙鸥虽漂泊无依却无日不以天地为念。天地在这里是国家的象征。何所似,像什么。沙鸥,比喻诗人自己。

简评

此诗紧扣题目,章法森然,前两联旅夜情景,后两联抒写怀抱。首联点地点时,写景细致;颔联由近及远,视野拓宽,描绘了宏大壮丽的长江夜景,而为历代文人所激赏。其中“垂”、“涌”二字,尤见杜诗用字的锤炼之工,盖群星低垂天幕,更衬出平原的广阔;月似随波涌起,方显出大江奔流的气势。二字何等功力!历代诗话中多有将此联与李白《渡荆门送别》的描写作比较者,如明人胡应麟谓:“‘山随平野尽,江入大荒流’,太白壮语也,杜‘星垂平野阔,月涌大江流’骨力过之。”(《诗薮·内编》卷四)前四句写景角度多变,诗歌意境亦随之转换,在细微与宏大的两幅画面的相互映衬之中,透射出诗人在艰难处境中的悲壮情怀。后四句即景生情,直抒胸臆,“名岂”一联倾吐壮志未酬的愤懑不平;尾联则用形象的比喻与首联呼应,在辽阔的天地之中,以一只翩翩飞翔的沙鸥,再现自己孤独漂泊的形迹,表达对天地(指国家)执着的依恋。

诗歌以浩瀚的星空与奔流的长江为背景,或近或远、或细微刻画,或大笔挥洒,描摹出不同的抒情画面,抒写出沉郁厚重的情感。这一方面表现了诗人技法纯熟,转换自然,收放自如;一方面体现了“沉郁顿挫”的老杜风格。诗人那深沉而激越的情感,通过跌宕起伏的手法表现出来,如首联之凄清孤寂,颔联之雄健宏大,颈联之激愤,尾联之悲凉,各联间的抒情格调与情感节奏各不相同,加之在音节韵律上配合感情的变化抑扬顿挫,使这首律诗达到了内容与形式的完美统一。

格律分析

此诗押平声尤韵，隔句用韵。诗中出现的入声字有“独”（屋韵）、“一”（质韵），古属仄声。全诗格律谨严。“名岂文章著？官应老病休”一联是上一下四的句式，以跌宕的句法及反问的语气表达内心的愤懑不平，读时应在首字后略作停顿。

长　江〔1〕

（五律仄起仄收式）

众水会涪万〔2〕，瞿塘争一门〔3〕。
朝宗人共挹〔4〕，盗贼尔谁尊〔5〕。
孤石隐如马，高萝垂饮猿〔6〕。
归心异波浪，何事即飞翻〔7〕。

注释

〔1〕唐代宗永泰元年(765)，杜甫在云安(今四川云阳县)。当时汉州刺史崔旰叛乱，蜀中大乱。诗人有感而作。

〔2〕“众水”句：众多的支流在涪州、万州会合，注入长江，奔向三峡。涪(fú)，唐代涪州即今四川涪陵一带。万，万州，今四川万县一带。

〔3〕“瞿塘”句：奔腾的江水在瞿塘峡口争先恐后地欲夺夔(kuí)门而出。争一门，瞿塘峡的入口处叫夔门，两岸悬崖壁立，形同门户。至此江面突然变窄，水深流急。

〔4〕“朝宗”句：长江不远万里奔向大海的决心是人人都尊重的，此句是以长江比喻拥戴朝廷，维护统一的广大臣民。朝宗，本自《诗经·小雅·沔水》：“沔彼流水，朝宗于海。”挹(yì)，作揖，表示尊重。

〔5〕“盗贼”句：叛乱的四川军阀势力好比盗贼，谁还会尊敬你呢？尔，你。

〔6〕“孤石”二句：滟滪堆隐没在洪水之下，水面上只有马那么大了。高崖上长长的藤萝吊着垂到江中饮水的猿猴，望去惊心动魄。隐如马，瞿塘峡中有块巨礁叫滟滪(yàn yù)堆，唐人李肇《唐国史补》卷下说：“大抵峡路峻急，……四月五月为尤险时，故曰‘滟滪大如马，瞿塘不可下。’”指此时行船极易触礁。

〔7〕“归心”二句：我思归的心不是波浪，为什么也老是翻飞不息呢？

简评

大诗人杜甫一生关心国家的时局与命运，常用诗歌来反映政治问题，发表评论与见解，这首诗就是一首政治抒情诗。当蜀中军阀作乱，妄图割据称雄时，杜甫作此诗以警世。诗歌开篇以众水齐聚、汇入长江的壮伟景象，比喻国家的统一乃大势所趋，人心所向，正如大江东流一样不可阻挡！接着，诗人以“朝宗人共挹，盗贼尔谁尊”严正警告作乱的军阀势力，破坏统一，据险作乱必将遭到人民的唾弃。在对江景的描写之中，融入了诗人维护祖国统一、反对割据分裂的坚定信念和忧国情怀。时至今日，对我们仍有深刻的启示。

格律分析

诗押平声元韵。诗中入声字有“一”(质韵)、“贼”(职韵)、“石”(陌韵)，古代属仄声。

此诗首联与颈联都有拗救，即出句用“仄仄平平仄”的句式时，诗人把第三字改仄声，成为拗句“仄仄仄平仄”，然后在对句补个平声，即把对句“平平仄仄平”的第三字改用平声，成为“平平平仄平”的句式。这叫对句相救，是律诗拗救的一种格式。

此诗首联采用交络对法，清人又叫“犄角对”。昌春荣说：“有两句中字法参差相对者，谓之犄角对。如‘众水会涪万，瞿塘争一门’，‘众水’与‘一门’对，‘涪万’与‘瞿塘’对。”(《葚原诗说》卷之一)

登岳阳楼[1]

（五律平起仄收式）

昔闻洞庭水，今上岳阳楼。
吴楚东南坼，乾坤日夜浮[2]。
亲朋无一字，老病有孤舟[3]。
戎马关山北，凭轩涕泗流[4]。

注释

〔1〕这首诗作于唐代宗大历三年（768）冬天。诗人年初从夔州沿江出峡后，颠沛流离于江湘一带，居无定所，全家生活在一条船上。此诗作于诗人登上岳阳楼、观览洞庭湖之时。岳阳楼：岳阳城西门城楼，唐开元年间张说（yuè）所建，面临洞庭湖，唐代不少著名诗人都曾到此登临赋诗。

〔2〕“吴楚”二句：吴地楚国好像是被洞庭湖分割开，吴在东，而楚在南，整个宇宙好像日夜浮动在洞庭湖的波涛之中。坼（chè），分裂。乾坤，指天地日月。这里包容宇宙间万物。

〔3〕无一字：没有一点信息。有孤舟：是说全家只能生活在一条破船上。

〔4〕“戎马”二句：联想到国家北部边塞战事又起，忧国之情，使诗人靠着楼窗不禁涕泗横流。“戎马”句，指当年吐蕃入侵，边塞战争不止。凭，靠着。轩，窗子。

简评

这首五律受到了历代文人的极力推崇。诗人写此诗时已到暮年，他将对自身一生悲剧的感伤，对国家时局的担忧，都熔铸在洞庭湖苍茫雄阔的意境里。

宋代刘克庄说:“岳阳楼赋咏多矣,须推此篇独步。”(《后村诗话》卷九)刘辰翁也说此诗“气压百代,为五言雄浑之绝”。(《唐诗品汇》引)明代的胡应麟更把这首五律推为“盛唐第一”,清代王士禛则称为“千古绝唱”。(《五色批本杜工部集》)

体会此诗之高不可及,一是气象壮阔、意境雄浑,尤以颔联为最,十个字中凸现洞庭湖之浩瀚无边、气象万千。宋·赵与旹引《环溪诗话》说“‘吴楚东南坼’,即是一句说半天下;至如‘乾坤日夜浮’,即是一句说满天下”。(《宾退录》卷十)宋·胡仔引《唐子西文录》说:“过岳阳楼观杜子美诗,不过四十字耳,气象闳放,涵蓄深远,殆与洞庭争雄,所谓富哉言乎者。”(《苕溪渔隐丛话前集》卷九)

二是四十字中章法跌宕,极具波澜。如首联写登楼观湖、夙愿以偿的欣慰;颔联承之以纵目远眺,心胸顿宽;颈联却触景伤情,突转身世之悲,凄然欲绝,清·黄生说:“前半写景,如此阔大,五、六自叙,如此落寞,诗境阔窄顿异。”(《唐诗摘抄》)而这正见出杜诗笔法顿挫、收放自如。至尾联又由一己之悲转出“戎马关山北”五字,忧念国事,终至涕泗横流,顿显诗人之胸襟本色。其忧国忧民的深挚之情,恰与洞庭湖水一般博大而深沉。

三是字字精工,对法多变。首联由“昔闻”到“今上”,是流水对法,又含今昔对比之意,清·徐增说:“昔闻颇乐,今见何悲;昔正治平,今有戎马;昔尚少年,今成老病;悲夫!”(《而庵说唐诗》)颈联“吴楚东南坼,乾坤日夜浮”不仅两句成对,且每句都句中有对,“吴楚”、“东南”、“乾坤”、“日夜”各自成对,可谓千锤百炼、字字讲究。颈联以“一字”对“孤舟”,精确工稳,处处见出杜甫遣词造句的苦心。

格律分析

诗歌押平声尤韵,隔句用韵。诗中的入声字有“昔”(陌韵)、“一”(质韵)、“北”(职韵),古为仄声。

此诗前三联皆为对仗句,不仅对仗精工,而且对法多变。

刘长卿

穆陵关北逢人归渔阳[1]

（五律平起仄收式）

逢君穆陵路，匹马向桑乾[2]。
楚国苍山古，幽州白日寒[3]。
城池百战后，耆旧几家残[4]？
处处蓬蒿遍，归人掩泪看[5]。

作者简介

刘长卿（约709～789），字文房，郡望河间（今河北献县），出生于洛阳。为中唐前期著名诗人。其诗所咏多羁旅情怀，孤清之景，有时触及安史之乱后凋敝的景象。因擅长五言，尤工五律，自诩为“五言长城”。曾任随州（今湖北随州市）刺史，有《刘随州集》。

注释

〔1〕穆陵关：在今湖北麻城市北。唐·李吉甫《元和郡县志》卷二十八“黄州·麻城县”下记穆陵关在州北二百里。渔阳：今天津蓟县。唐·杜佑《通典》卷一百七十八“渔阳郡”下载：“蓟州，战国时属燕，秦置渔阳郡。大唐属幽州，开元十八年析幽州置蓟州，或为渔阳郡。”

〔2〕桑乾：位于山西、河北的一条河流，上游称为桑乾河，下游为永定河，流经渔阳，此处借指渔阳。

〔3〕楚国：穆陵关在古楚国境内。幽州：郡名，渔阳原属幽州。幽州是安史叛军的巢穴，安史之战平后，唐朝廷以他们的部将为节度使，形成藩镇割据。

〔4〕耆(qí)旧:老年人。残:残剩。

〔5〕蓬蒿(péng hāo):荒草。

简评

刘长卿曾自称“五言长城”,其五言诗“笔力豪赡,气格老成”(宋·张戒《岁寒堂诗话》卷上)。这首诗是他五律的代表作,系安史之乱后感慨时事而作。起笔点题,交代事由,写于楚地穆陵关遇见友人,正独自骑马去渔阳。由此描写两地形势:“楚国苍山古,幽州白日寒”,这一联极受诗家赞赏,明·王世贞曰:“刘随州五言长城,如‘幽州白日寒’语,不可多得。”(《艺苑卮言》卷四)清人乔亿评此诗曰:“句句沉着。‘白日寒’三字写尔时幽州景象,乃竟为千古名言。”(《大历诗略》)盖二句以楚地与幽州对比,楚国山青而古老,幽州有日却寒,这一“寒”字,高度概括了幽州在安史之乱后仍处于藩镇割据下的严峻现实和人民生活的悲惨景象。后两联所写城池残破、人烟稀少、处处蓬蒿的荒凉萧条景象,乃是“寒”字的具体展开。故明代周珽说:“后四句正见‘白日寒’处,得归之人,能不挥泪相看也?无限凄伤动人,悲调之最胜者。”(《唐诗选脉会通评林》)

格律分析

诗押平声寒韵,隔句用韵。首句采用了“平平仄平仄”的特定格式。末句尾字“看(kān)”是韵字,要读平声。诗中的“国”(职韵)、“白”(陌韵)是入声字,古属仄声。

饯别王十一南游〔1〕

(五律平起仄收式)

望君烟水阔,挥手泪沾巾。
飞鸟没何处?青山空向人。
长江一帆远,落日五湖春〔2〕。
谁见汀洲上,相思愁白蘋〔3〕。

《饯别王十一南游》

注释

〔1〕此诗作于刘长卿任苏州长洲县尉时。是在苏州送别友人的作品。饯别：以酒食送行。王十一：名不详。

〔2〕五湖：即太湖。在江苏省南部。

〔3〕"谁见"二句：写友人去后自己的思念之情。这两句化用南朝柳恽的《江南曲》诗意："汀洲采白蘋，日落江南春。洞庭有归客，潇湘逢故人。"（载南朝徐陵《玉台新咏》卷五）采白蘋是为了赠与相逢的朋友，而友人已远去，故对白蘋而起相思之愁情。汀洲，水中或水边的平地。白蘋(pín)，多年生水草，有花，白色。

简评

《四库全书总目提要》卷一百四十九"刘随州集"说："长卿诗，号'五言长城'，大抵研炼深稳，而自有高秀之韵。"如此诗写饯别，不重在铺叙过程，而是借景抒情。开篇用一个"望"字领起，展示了一幅辽阔的江天图景，在烟水苍茫之中，诗人挥手告别了朋友。颔联"飞鸟"句写目送友人乘舟远去，如飞鸟隐没在水天相接的远方；"青山"句又回到自身，言江边只余青山为伴，此句不言人向青山，而言青山向人，营造物我合一的境界，来表现友人离去后的空虚与惆怅。颈联在悬想中虚拟友人的行程，似见征帆远去，直达太湖，在落日的余晖中，扁舟渐渐融入了满湖春色之中。这一联以跨越时空的想象表现对友人的牵挂，诗歌境界由长江推向了更加开阔旷远的五湖。正在引人遐思之中，尾联却又突然拉回到送别之地，只见伊人已去，江边只留下了诗人独立汀洲、面对白蘋、深情怅望的身影，从而为全诗留下了一个情韵悠长的结尾。诗歌语言极其简洁明了，意境却清新阔远，而又转换自然，无论是烟雾笼罩的长江、江边高耸的青山，还是天边的飞鸟、远去的孤帆，还有那想象中的太湖春色，无不被赋予象征的意义，传达着深挚而久远的友情。故清人宋荦曾赞长卿诗"清词妙句，令人一唱三叹"。（《漫堂说诗》）

格律分析

诗押平声真韵，隔句入韵。"一"（质韵）为入声字。此诗颔联上句第三字

"没"拗(应平用仄),下句第三字"空"救(应仄用平),是谓对句相救。第五句用了平起仄收的特定格式"平平仄平仄"。

馀干旅舍[1]

(五律仄起仄收式)

摇落暮天迥[2],青枫霜叶稀。
孤城向水闭[3],独鸟背人飞[4]。
渡口月初上,邻家渔未归。
乡心正欲绝,何处捣寒衣?

注释

〔1〕馀干:即今江西余干县。刘长卿任长洲县尉时因为官刚直不阿,而遭诬陷入狱,唐肃宗上元元年贬潘州南巴(今广东电白县)尉,次年北归。途中曾在馀干逗留,此诗当作于寄居馀干旅舍时。

〔2〕摇落:用《楚辞·九辩》"悲哉秋之为气也,萧瑟兮草木摇落而变衰。"写秋天枫叶凋落之景。迥:远。

〔3〕"孤城"句:馀水由城南流过,馀干城门向水而闭,成为一座孤零零的城池。水,指馀水,宋·欧阳忞《舆地广记》卷二十四"饶州"下载:"馀干县","唐属饶州,有馀水北流入赣江。"

〔4〕"独鸟"句:人宿旅舍,鸟归山林,故曰"背人飞"。以喻已远离家乡,羁旅孤独。

简评

长卿此诗以孤清寂寥之景,写贬谪途中忧伤思乡之情,格调凄婉、韵味深长。首联以远眺中的清秋景象发端:草木摇落,暮天寥廓,霜叶稀少,物象萧瑟,眼前凄凉的异乡景象为抒写思乡之情烘托了气氛。颔联将目光移向馀干城池,只见孤城临水，城门已闭，一只鸟儿却离城而去，飞向山林。这景象自然触发了诗人心底的忧伤：鸟儿尚知归巢，而自己却孤独漂泊，远离家乡。想到明日就要渡水远去，诗人的目光又移向了水边的渡口，天已向晚，一弯明月刚刚在渡口升起，邻家在等待着打鱼人归来，这当然使诗人联想到：自己的家人又何尝不在盼己归来？正当诗人思乡心切、伤心欲绝之际，不知何处又传来了捣衣之声，这阵阵捣衣声更勾起了游子对温暖的家乡与亲人的思念，仿佛每一声都敲打在他的心上。诗歌以写景为主，但句句都有画外之意、弦外之音。正如清·吴乔所评："《馀干旅舍》前六句叙尽寂寥之景，结以情收之，亦'吹笛关山'之体。"(《围炉诗话》卷二)清·潘德舆赞云："(张籍)《夜到渔家》、《宿临江驿》二律，与刘文房《馀干旅舍》一作，用韵同，风韵亦同，皆绝唱也。"(《养一斋诗话》卷三)

格律分析

诗押平声微韵，隔句用韵。诗中的入声字有"独"(屋韵)、"绝"(屑韵)，古为仄声。此诗的首联、颈联都用了拗句，即将律句"㊀仄平平仄，平平仄仄平"的格式换成"㊀仄仄平仄，平平平仄平"，其中出句第三字拗(应平用仄)，对句的第三字救(应仄用平)，有拗有救，不为诗病。如清·冒春荣所云："诗句中有眼。……有故用一拗字者，如'渡口月初上，人家渔未归'，此皆第三字致力也。"(《葚原诗话》卷一)

韦应物

淮上喜会梁川故人[1]

(五律仄起仄收式)

江汉曾为客，相逢每醉还[2]，

浮云一别后，流水十年间[3]。

欢笑情如旧，萧疏鬓已斑[4]。
何因不归去？淮上对秋山[5]。

作者简介

韦应物(737～792?)，唐著名诗人。京兆长安(今陕西西安市)人。15岁为玄宗的近侍三卫郎，狂放不羁。安史之乱后始折节读书，德宗时官至滁州、江州和苏州的刺史。世称韦苏州、韦江州。有《韦苏州集》。

注释

〔1〕这是诗人任滁州刺史时所作。滁州属安徽淮南地区。他在淮上(今江苏淮安市淮阴一带)遇见了十年前的老友。梁川：指梁州(今陕西汉中市一带)。故人：老朋友。

〔2〕“江汉”二句：我们曾客居在长江、汉水一带，那时每次相逢总要开怀对饮，一醉方归。江汉，长江，汉水。汉水源出陕南，与诗题中梁川相应。

〔3〕“浮云”二句：我们的生活如浮云飘荡，岁月流逝，转眼已过去了十年。浮云，比喻生活飘泊不定，聚散无常。流水，比喻时光一去不返。

〔4〕“欢笑”二句：两人欢乐谈笑，真情如旧；但对视之间，却都已头发稀疏、两鬓斑白了。萧疏，谓头发稀疏。

〔5〕“何因”二句：为什么还不回归故乡？是因为留恋这淮水边上的秋山。末句向友人袒露高洁的胸襟，以见自己并非贪恋禄位之徒。何因，为什么。又，韦应物《登楼》诗写道：“坐厌淮南守，秋山红叶多”，可以参证。“对”，一作“有”。

简评

此诗写旧友重逢，全诗语言虽然平淡，却贵在“极有深情”。(《瀛奎律髓汇评》卷八)首联忆旧日交游，以见友情久远；颔联用喻体写一别十年，以见相逢不易，诚如明人周珽所云：“人如浮云易散，一别十年；又如流水，去无还期，二语道尽别离情绪。”(《唐诗选脉会通评林》)经过充分的铺垫,至颈联方转入正题,专写重逢之喜:“第五句(欢笑情如旧)顶首二句来,第六句(萧疏鬓已斑)顶次二句来,总见久别忽会、喜不胜情意。”(同上)“欢笑”二字点明“喜会”,“情如旧”与“鬓已斑”两相对照,概括了十余年的悲欢离合、仕途坎坷。无情的岁月可以磨损人的容颜,却难以割断真挚而深远的友情,这正是:岁月无情人有情。结尾以对淮上秋山的留恋,向友人袒露了高洁的胸襟,暗示二人的友情乃是君子之交的风范,使全诗“气格”顿高,神韵悠然。清人张文荪评此诗云:“苏州诗摆脱陈言,独标风韵,三唐无一似者。此首略见一斑。须看其字字锤炼,神气何等简古。”(《唐贤清雅集》)

格律分析

诗押平声删韵,隔句用韵。诗中的“一”(质韵)、“别”(屑韵)、“十”(缉韵)三字均为入声字,古属仄声。颔联“浮云一别后,流水十年间”是流水对,以见光阴似箭,似水流年,读时语气要连贯。

赋得暮雨送李胄[1]

(五律平起仄收式)

楚江微雨里,建业暮钟时[2]。
漠漠帆来重,冥冥鸟去迟[3]。
海门深不见,浦树远含滋[4]。
相送情无限,沾襟比散丝[5]。

注释

〔1〕赋得:古人与朋友分题赋诗,分到的题目叫“赋得”,犹言赋诗得到某个题

目之意。凡科举考试的试帖诗也在题上例加“赋得”二字。李胄：字恭国，赵郡人。贞元中，官鲁山县令、户部员外郎，终官比部郎中。（见《唐才子传校笺》第五册卷一李昂传补笺）

〔2〕楚江：长江自三峡以下至濡须口（在今安徽境内），古属楚地，故称楚江。建业：今江苏南京市。战国时亦属楚地，汉建安中，孙权改秣陵为建业。

〔3〕“漠漠”二句：描写暮雨中的楚江景象。漠漠，水汽弥漫貌。帆来重，船帆被雨沾湿而显得沉重。冥冥，雨中天色阴暗貌。《楚辞·山鬼》：“雷填填兮雨冥冥。”鸟去迟，鸟儿在雨中似振羽不速。

〔4〕“海门”二句：写远望中的江上景象，暗示李胄东去。海门，长江入海处。浦树，水边的树。含滋，饱含着水汽。

〔5〕散丝：晋代张协《杂诗》：“密雨如散丝。”这里以散丝作密雨的代称，喻泪下如雨。

简评

此诗的特点是突出了雨中送别，全诗紧扣题目中的“暮雨”二字布景抒情，虽重在写景，而离情自见。首联对起，说明送别的地点与时间，上句点“雨”，下句点“暮”，扣紧题目。颔联承接首联，形象地描绘暮雨中的江天图景，“漠漠”、“冥冥”作叠字对，铺写江上水气氤氲，天空深远阴沉，船帆由远而近，鸟儿由近飞远。这二句且又景中含情：“帆来重”昭示离人心情的沉重；“鸟去迟”暗喻友人之不忍离去。宋代苏庠曾说：“余每读苏州‘漠漠帆来重，冥冥鸟去迟’之语，未尝不茫然而思，喟然而叹，嗟乎！此余晚泊江西十年前梦耳。”甚至让友人“当为余图苏州之句于壁，使余隐几静对，神游八极之表耳。”（宋·胡仔《苕溪渔隐丛话前集》卷十五引《后湖集》）可见此二句感人至深。元人方回赞叹：“三、四绝妙，天下诵之。”（《瀛奎律髓》卷十七）颈联则将视线推向远方，以“不见”写暮，以“含滋”写雨，以远景展示友人乘舟远去的情景。至尾联诗人又突发奇想，将满天暮雨化作离别时泪雨如丝，顿觉离情无限，绵绵不断，言有尽而意无穷。故清人李因培评此诗云：“冲淡夷犹，读之令人神往。”（《唐诗观澜集》）

格律分析

诗押平声支韵，隔句用韵。前三联皆为对仗句。颔联以“漠漠”对“冥冥”，为叠字对。明·谢榛说：“梁简文曰：‘湿花枝觉重，宿鸟羽飞迟。’韦苏州曰：‘漠漠帆来重，冥冥鸟去迟。’虽有所祖，然青愈于蓝矣。”（《四溟诗话》卷一）

司空曙

云阳馆与韩绅宿别[1]

（五律平起仄收式）

故人江海别，几度隔山川[2]。
乍见翻疑梦，相悲各问年[3]。
孤灯寒照雨，深竹暗浮烟[4]。
更有明朝恨，离杯惜共传[5]。

作者简介

司空曙（生卒年不详），字文明，一说字文初，广平（今河北永年县东南）人。唐代宗大历前期，入朝为左拾遗，唐德宗时位终虞部郎中。工诗，为“大历十才子”之一，《全唐诗》收录其诗二卷。

注释

〔1〕这首诗写诗人与旧友分别多年后相见、次日清晨又将分别的情景。云阳：唐云阳县，在今陕西省泾阳县西北。馆：驿馆。韩绅：《全唐诗》注云“一作韩升卿”，而韩愈的叔父名绅卿，与司空曙同时，并且曾为泾阳县令，可能就是诗题所称韩绅的人。宿别：同住一宿后告别。

〔2〕“故人”二句：与朋友离别以后，多年被山川阻隔不能相会。江海，江和海。此处泛指四方各地。刘长卿《送李端公赴东都》：“江海别离长”。（《刘随州集》卷二）这两句从两人上次分别写起。

〔3〕乍见：忽然相会。翻：反。问年：是说由于分别时间太长，各自问起对方的年纪。

〔4〕“孤灯”二句：写二人同宿驿馆的情景，一盏孤灯照着窗外的雨丝，阵阵寒意袭来；周围幽深的竹林被浮动的水汽烟雾所笼罩，显得更加阴暗。

〔5〕“更有”二句：写两人第二天就将分别。明朝恨，第二天要分别的离情。离杯，分别酒。惜，珍惜。共传，互相劝饮。

简评

此诗为大历五律之名篇。诗歌由与韩绅的上次分别写起，山川阻隔多年未见，忽然在旅馆中不期而遇，“乍见翻疑梦，相悲各问年”正是真情实景。元代方回极赞此曰：“三、四一联，乃久别重逢之绝唱也。”（《瀛奎律髓》卷二十四）明人周珽说：“隔别久远，忽然相遇，则疑信相半、悲喜交集，人之实情也。‘疑梦’、‘问年’二语，形容真切，‘翻’、‘各’二字尤妙。”（《唐诗选脉会通评林》）颈联写二人夜中共宿之景，寒雨中的一盏孤灯照着两个难以入眠的友人，窗外水汽如烟，使竹林变成灰蒙蒙的一片，这昏暗的雨景怎不令人伤感！想到明天一早又要匆匆作别，更使人离恨绵绵，万分惆怅；故对今宵分外珍惜，频频举杯，彻夜长谈。全诗妙在一个“真”字，情真、景真、语真，自然打动人心。诚如清人潘德舆评说：“唐人诗‘长贫惟要健，渐老不禁愁’‘乍见翻疑梦，相悲各问年’……皆字字从肺肝中流露，写情到此，乃为入骨。”（《养一斋诗话》卷七）

格律分析

诗押平声先韵，隔句用韵。诗中出现的入声字有“别”（屑韵）、“隔”（陌韵）、“各”（药韵）、“竹”（屋韵）、“惜”（陌韵），古属仄声，全诗合乎格律。颔联流水对，语气连贯。

戴叔伦

除夜宿石头驿[1]

（五律仄起仄收式）

旅馆谁相问？寒灯独可亲[2]。
一年将尽夜，万里未归人。
寥落悲前事，支离笑此身[3]。
愁颜与衰鬓，明日又逢春[4]。

作者简介

戴叔伦(732～789)，唐著名诗人。字幼公，一作次公，润州金坛(今江苏金坛县)人。其诗反映出社会离乱和人民穷困，较有现实意义。

注释

〔1〕这首诗写除夕之夜，归途中的诗人在驿馆里的孤独寂寞之感和思乡之情。除夜：除夕之夜。石头驿(yì)：驿馆名，在今江西省新建县赣江西岸。韩愈诗"次石头驿寄江西王十中丞阁老"："凭高试回首，一望豫章城。"宋・方松卿注："石头驿在豫章郡西二十里。"(《韩集举证》卷四)《四库全书・江西通志》卷三十五"新建县"下记："石镇铺在县西北十里，即旧石头驿，唐・韩愈、张九龄、戴叔伦皆有石头驿诗。"

〔2〕"旅馆"二句：是说将过年了，人们都回家团聚去了，驿馆空了，诗人独自留在旅馆之中，没有人来问候，只伴着一盏孤灯守岁。旅馆，指石头驿。亲，亲近，相伴。

〔3〕“寥落”二句：孤独寂寞地悲叹一生遭遇；嘲笑自己长年奔波离散只落得一身多病。寥落，冷落，寂寞。支离，这里是分散流离的意思。《文选》卷十一“赋己·鲁灵光殿赋”：“支离分赴”，唐·李善注：“支离，分散也。”

〔4〕“愁颜”二句：在思乡的忧愁和奔波的憔悴之中，明天又迎来了春节。

简评

此诗是大历中写乡情的名篇。明人唐汝询云：“人之兴感，莫过于除夕；除夕之感，莫甚于客中。今旅馆悄然，独寒灯可亲耳。此夜此人，殆难为怀，况万事零落，一身支离，衰谢逢春，愈难堪矣。”(《唐诗解》)首联“寒灯独可亲”写尽客中孤独之感，在家家团聚的除夕，诗人举目无亲，唯有寒灯做伴，“可亲”反衬出的是“无亲”的难堪与无奈，正如清·徐增所云：“‘亲’字妙，灯却对我，我却不堪对灯。但旅馆迫窄，无一步可移之处，只得向灯而坐，似觉可亲。”(《而庵说唐诗》)颔联“一年将尽夜，万里未归人”，是诗人在实情实景中自然写就的名对，上句点时间之特殊，下句写离乡之遥远，千言万语，尽在其中。后两联感慨身世之悲，恰可诠释前两联长年离乡、万里奔波的原因。清人贺裳评说：“第三联不胜俯仰盛衰之感，恰与‘衰鬓’、‘逢春’紧相呼应，可谓深得性情之分。”(《载酒园诗话》卷一)明代胡应麟曾将此诗与上首并提，云：“司空曙‘乍见翻疑梦，相悲各问年’，戴叔伦‘一年将尽夜，万里未归人’，一则久别乍逢，一则客中除夜之绝唱也。”(《诗薮》内编卷四“近体上·五言”)

格律分析

诗押平声真韵，隔句用韵。句中入声字有“独”(屋韵)、“一”(质韵)，古为仄声。第七句采用“平平仄平仄”的特定格式，全诗合乎格律。诗中的颈联以“寥落”对“支离”，是联绵字相对。

李 益

喜见外弟又言别[1]

（五律平起仄收式）

十年离乱后，长大一相逢[2]。
问姓惊初见，称名忆旧容[3]。
别来沧海事，语罢暮天钟[4]。
明日巴陵道，秋山又几重[5]。

作者简介

李益（约748～829），字君虞，陇西姑臧（今甘肃武威市）人。唐著名诗人。曾居北方边塞十余年，所作边塞诗为世所称。后历任太子宾客，右散骑常侍等职，以礼部尚书致仕。今存《李益集》。

注释

〔1〕外弟：表弟。

〔2〕“十年”二句：言离乱之后，自己与表弟分别已经整整十年，十年间两人都已长大成人，才有了这一次相逢。离乱，指天宝十四载（755）发生的安史之乱，直至宝应二年（763）才基本平定。

〔3〕“问姓”二句：是说相逢时初见而惊，似曾相识，就问起对方的姓氏，直到问清名字以后，才恍然大悟，追忆起外弟小时的容貌。

〔4〕“别来”二句：是写诗人与表弟终日叙谈的情景。沧海，用沧海化为桑田的典故，表现所经历的社会巨变。暮天钟，黄昏时寺庙撞钟之声。

〔5〕“明日”二句：写刚相逢第二天又将要分手，抒发惜别之情。巴陵道，通向巴陵郡的路。巴陵郡即今湖南省岳阳市。

简评

李益这首诗写诗人与外弟久别重逢又将离别的情景，生动地表现了社会动乱年代人生聚散的场面。首联概述十年离乱，乱后相逢；颔联即对相逢情景作了细致逼真的描绘，如清人黄生所解："全篇直叙。初见而惊，惊其面善也。问其姓，姓果是；闻其称名，名益是。于是转忆其旧容，始知十年不见，今长大至此。事极纤细，情极逼真，难得十字道尽。"（《唐诗摘抄》）颈联接写二人相认后的执手长谈，十年间的家国巨变与个人经历，千言万语也难以说尽，故以"沧海事"见谈论内容之广；"暮天钟"示交谈时间之长。结尾说明乍见将别，遥想明日别后独自登上巴陵道，与表弟又被重重秋山所阻隔，从此又将天各一方，"秋山又几重"的画面中蕴含了无限的伤感。此诗与前司空曙《云阳馆与韩绅宿别》内容相近、功力相敌，俱以真实与细节取胜，故宋人范晞文说："'问姓惊初见，称名忆旧容。''乍见翻疑梦，相悲各问年。'皆唐人会故人之诗也。久别倏逢之意，宛然在目，想而味之，情融神会，殆如直述。前辈谓唐人行旅聚散之作，最能感动人意，信非虚语。"（《对床夜语》卷五）

格律分析

诗押平声冬韵，隔句用韵。尾联末字"重"（chóng）是韵字，念平声。诗中入声字有"十"（缉韵）、"一"（质韵）、"别"（屑韵），古属仄声。

孟郊

怀南岳隐士[1]

（五律仄起平收式）

见说祝融峰，擎天势似腾[2]。
藏千寻布水，出十八高僧[3]。

古路无人迹，新霞吐石棱〔4〕。

终居将尔叟，一一共余登〔5〕。

作者简介

孟郊(751～814)，字东野，湖州武康(今浙江省德清县)人。青年时隐居嵩山，46岁才进士登第，51岁任溧阳(今江苏省溧阳市)县尉，后辞职。性情耿介，一生坎坷，其诗多自述苦况和反映民生疾苦。诗风尚古拙、求奇险，开瘦硬清奇一派。他的诗极为韩愈所推重，后人并称韩、孟，与韩愈同为中唐韩孟诗派的代表人物。又与贾岛齐名，有“郊寒岛瘦”之称。有《孟东野集》十卷。

注释

〔1〕这是孟郊早年的作品，描绘南岳衡山奇险风光，表达向往之情。南岳：五岳之一，衡山，在今湖南省衡阳市境内。南岳隐士：不详其人。

〔2〕“见说”二句：听说祝融峰，山势高耸擎天，似欲飞腾一般。见说，听说。祝融峰，南岳衡山的最高峰，海拔约1300米。

〔3〕“藏千寻”二句：山中到处是千百丈的飞泉瀑布，产生出很多有道行学问的高僧。藏、出，互文见义，是说时隐时现，或露或藏。寻，八尺为一寻。布水，瀑布泉水。十八高僧，晋时释惠远隐庐山，与高僧名贤结白莲社，有十八高贤之称。这里借指衡山的高僧贤者。

〔4〕“古路”二句：写山势幽深，人迹罕至，景色新奇。

〔5〕“终居”二句：希望与南岳隐士一起登山，一一欣赏衡山美景。终居，终将。尔叟，指南岳隐士。余，我，诗人自指。

简评

孟郊是中唐韩孟诗派的代表人物之一，此派写诗以奇崛见长，这首五律写南岳衡山之景，意境壮阔，景色清幽，奇想迭出，古朴遒劲，乃是以古风行律之作，颇能体现孟诗之风格。首联以“擎天势似腾”五字绘祝融山势，顿现山峰高耸入云的飞腾之貌，造语奇警，形象峻秀。颔联承上写南岳之奇，不仅山水奇险，而且高僧云集，其语言节奏为“藏—千寻—布水，出—十八—高僧”，是“一二二”的句式，五言律诗多上二下三的句式，故此种句法五律中实为罕见，宋代国材评曰：“二句折腰体，本朝苏（轼）黄（庭坚）时用此法。”（《孟东野诗集》凌刻本）可见孟诗古拗顿挫之风范对后世影响颇大。颈联“新霞吐石棱”的“吐”字亦用法新奇，朝霞闪烁于直刺青天的石峰之颠，似从石棱上喷吐而出，其于诗歌“夜学晓不休，苦吟神鬼愁”（孟郊《夜感自遣》）的锤炼之功亦可由此看出。

格律分析

诗歌押平声蒸韵，首句借韵，“峰”字借用了平声二冬韵，此种用法后人称之“孤雁出群”。但借韵只限于首句，其他各句均不得借韵。全诗合乎格律，但用了较多入声字，如“说”（屑韵）、“出”（质韵）、“十”（缉韵）、“八”（黠韵）、“石”（陌韵）、“一”（质韵），今读平声，古为仄声，读时发音宜短促，以体现平长仄短之节奏感。

韩　愈

送桂州严大夫[1]

（五律平起仄收式）

苍苍森八桂，兹地在湘南[2]。
江作青罗带，山如碧玉篸[3]。
户多输翠羽，家自种黄甘[4]。
远胜登仙去，飞鸾不暇骖[5]。

作者简介

韩愈(768～824),字退之,河阳(今河南孟州市)人。唐代杰出散文家,诗人,唐宋古文八大家之首。祖上曾居住昌黎郡(今辽宁义县),因韩氏是昌黎望族,故常以其郡望称之为“韩昌黎”。死后谥“文”,世称“韩文公”。韩愈三岁而孤,由兄嫂抚养成人。二十五岁中进士,二十九岁步入仕途,此后官职屡有升降,浮沉不定。任监察御史时因关中大旱,上疏请减免徭役赋税,反被贬为阳山(在今广东)令。唐宪宗元和十四年(819)又因上表谏迎佛骨,被贬为潮州(今广东潮州市)刺史。穆宗时奉召回京,历任国子祭酒、吏部侍郎等职。有《昌黎先生集》传世。韩愈在诗歌创作上力求创新,是以奇崛险怪为特色的韩孟诗派的代表人物之一。

注释

〔1〕唐穆宗长庆二年(822),严谟出为桂管观察使,韩愈作诗相送。桂州:今广西桂林市。严大夫:据白居易《严谟可桂管观察使制》(《白氏长庆集》卷五十一)称严谟原为“朝议大夫前守秘书监骁骑尉赐紫金鱼袋”,出任后“散官勋如故”。

〔2〕“苍苍”二句:传说中的八棵桂树苍翠挺拔、枝叶繁茂,它生长的地方远在湘水以南。苍苍,树深绿色。森,繁茂。八桂,《山海经》卷十“海内南经”记:“桂林八树,在番隅东”。八树成林,形容桂树之大,桂林由此得名。

〔3〕“江作”二句:江水像青色的绸带闪闪发光,山像碧玉的簪子一样矗立江边。写桂林山水如画。篸,通“簪”。

〔4〕“户多”二句:庄户多向朝廷进贡翠鸟的羽毛,家家都自种黄柑。写桂林的民俗。输,捐出。黄甘,黄色的蜜柑。

〔5〕“远胜”二句:到桂林任职远胜过成仙飞去,公务一忙,您也没空驾着鸾凤飞天了。暇,空闲。“暇”字有异文,《全唐诗》作“假”,然宋本多作“暇”。骖(cān),一车驾三马。这里比喻驾凤。

简评

这是唐诗中一首咏桂林山水的五律。俗话说“桂林山水甲天下”,而韩愈此诗足以为桂林增色。首联记桂林得名由来，以“八树成林”的传说给美丽的桂林山水蒙上了一层神奇的色彩；颔联通过精巧逼真的比喻，绘出了桂林的奇山秀水，宛然如画。颈联转咏桂林的风土人情，以见民风淳朴、物产丰饶，尾联则对友人出使桂林致赞美之意。诗歌虽仅四十字，却抓住了桂林的特点，传出了桂林的神韵。宋·胡仔说：“余旧览《倦游杂录》，言桂州左右，山皆平地拔起，竹木蓊郁，石如黛染；阳朔县尤奇，四面峰峦骈立。……余初未之信也。比岁，两次侍亲赴官桂林，目睹峰峦奇怪，方知《倦游杂录》所言不诬。因诵韩、柳诗云：‘水作青罗带，山为碧玉篸。’又云：‘海上群峰似剑芒，春来处处割愁肠’之句，真能纪其实也。”（《苕溪渔隐丛话前集》卷五十五）

韩愈此诗曾被宋人奉为楷模，苏轼、张孝祥都有模仿之笔。如张孝祥《水调歌头》（桂林集句）的下片全用韩愈诗句变化而成：“江山好，青罗带，碧玉簪。平沙细浪欲尽，陡起忽千寻。家种黄柑丹荔，户拾明珠翠羽，箫鼓夜沉沉。莫问骖鸾事，有酒且频斟。”（《全宋词》第二百三十九卷）

格律分析

诗押平声覃韵，隔句用韵。全诗合乎格律，诗中的入声字有“八”（黠韵）、“作”（药韵）古属仄声。注意尾句的“暇”字，古读去声（祃韵），是仄声字。

刘禹锡

蜀先主庙[1]

（五律仄起仄收式）

天下英雄气，千秋尚凛然[2]。
势分三足鼎，业复五铢钱[3]。
得相能开国，生儿不像贤[4]。
凄凉蜀故伎，来舞魏宫前[5]。

作者简介

刘禹锡(772～842),字梦得,洛阳(今河南省洛阳市)人,一作彭城(今江苏省徐州市)人。他是中唐杰出的政治家、思想家和诗人。他和柳宗元皆因参加王叔文领导的永贞革新,于革新失败后被贬南荒。初贬连州刺史,半道又改贬朗州司马,后又任连州(治所在今广东省连州市)、夔州(治所在今重庆市奉节县)、和州(治所在今安徽省和县)等地刺史,官至检校礼部尚书兼太子宾客。有《刘宾客集》。

注释

〔1〕这是刘禹锡于穆宗长庆二年(822)至四年(824)任夔州刺史时,经过蜀先主(刘备)庙写的吊古诗。

〔2〕"天下"二句:言刘备的英雄气概,虽历千百年,至今仍能令人肃然起敬。天下英雄,曹操曾对刘备说:"今天下英雄,唯使君(指刘备)与曹耳。"(《三国志·蜀书·先主传》)凛然,令人敬畏的气概。

〔3〕"势分"二句:概括刘备一生的业绩。刘备建立蜀汉政权,和曹操、孙权三分天下,形成三国鼎立的局面。刘备自称汉中山靖王之后,立志要兴复汉室。五铢钱,汉武帝在位时铸造的钱币,王莽篡汉后废止,东汉初年,光武帝刘秀又恢复了五铢钱。此诗题下诗人自注:"汉末童谣:'黄牛白腹,五铢当复'。"故用"业复五铢钱"代指恢复汉室。

〔4〕"得相"二句:说刘备得诸葛亮为相,开建蜀国;但生的儿子刘禅(蜀后主)却不能效法前贤,守住父业。

〔5〕"凄凉"二句:感慨后主亡国。公元264年,刘禅降魏东迁洛阳,被封为安乐公,晋王司马昭与刘禅宴,使蜀国的乐伎表演歌舞,"旁人皆为之感怆,而禅喜笑自若。""他日,王问禅曰:'颇思蜀否?'禅曰:'此间乐,不思蜀。'"(《三国志·蜀书·后主传》裴松之注引《汉晋春秋》)

简评

刘禹锡的这首五律是一篇"句句精拔"(纪昀《瀛奎律髓刊误》)的咏史之作。

前二联颂扬刘备的英雄气概与千秋功业，笔力豪劲，高唱入云；颈联转咏蜀国由盛而衰的历史，诗人先写刘备得贤相诸葛亮而开国，后写其子刘禅的愚昧亡国，二句间形成鲜明对照，使刘备善于任贤却不善教子的历史教训，从中一目了然。尾联则通过刘禅投降魏国后乐不思蜀的事实，感慨刘备身后事业的消亡，给后人留下深刻的启示。诗歌以高屋建瓴之势，纵观历史风云，评论千秋功过，总结历史教训，具有深刻的思想性与高度的涵盖性。短短四十字中，作者不仅刻画了一个活生生的刘备，也引导人们去反思历史，为读者留下了回味与思考的余地，而其观察历史的敏锐眼光与政治家的宽阔胸襟亦给人留下深刻的印象。

格律分析

诗押平声先韵，隔句用韵。诗中的入声字有“足”（沃韵）、“得”（职韵）、“国”（职韵），古时为仄声，全诗合乎格律。

白居易

赋得古原草送别[1]

（五律平起仄收式）

离离原上草，一岁一枯荣[2]。
野火烧不尽，春风吹又生[3]。
远芳侵古道，晴翠接荒城[4]。
又送王孙去，萋萋满别情[5]。

作者简介

白居易（772～846），字乐天，晚年自号醉吟先生、香山居士，祖籍太原，曾祖时迁居下邽(今陕西渭南市东北),生于郑州新郑(今河南新郑市)。唐代大诗人。少年时期避乱江南。贞元十六年(780)进士,后为盩厔(今陕西周至县)尉、翰林学士、左拾遗。元和十年,宰相武元衡被刺,他以太子左赞善大夫上疏请捕贼,被指控为先谏官言事,贬江州司马,徙忠州刺史。穆宗初请求外任,历杭、苏二州刺史。以刑部尚书致仕。他是中唐新乐府诗歌的主要倡导者,主张"文章合为时而著,歌诗合为事而作。"(《与元九书》)有自编的《白氏长庆集》。

注释

〔1〕这诗是作者少年时准备参加科举考试的习作。

〔2〕离离:春草茂盛的样子。枯荣:指草一年一度的枯萎和繁茂。

〔3〕"野火"二句:形容春草有旺盛的生命力,顽强地与自然灾难抗争,只待春风一吹又萌发生机。

〔4〕"远芳"二句:远处的芳草蔓延上了古老的驿道,阳光下那一片青翠的颜色与荒城遥遥相接。

〔5〕"又送"二句:又要送别朋友去远游,那茂盛的春草满含着我的离别之情。王孙,代指出游的朋友。此处化用《楚辞·招隐士》:"王孙游兮不归,春草生兮萋萋"句意。萋萋(qī),草茂盛的样子。

简评

此诗是白居易五律名篇,其中"野火烧不尽,春风吹又生"为唐诗中极富哲理的千古名句。据说这是白居易少年时的作品,他曾带着自己的诗作去拜见大名士顾况,顾况看到他的名字,就开玩笑说,"米价方贵,居亦弗易。"但读到"野火"二句,"即嗟赏曰:'道得个语,居即易矣。'因为之延誉,声名大振。"(见唐·张固《幽闲鼓吹》)可见这是白居易的成名之作。

这首诗的佳处在于将咏草与抒情合而为一,句句咏草,而又处处关合着送别之情。首联以"原上草"点明送别地点;颔联以春草的勃勃生机点明送别时节,又暗喻着友谊的地久天长;颈联写春草长势旺盛,侵道接城,已转出目送友人上路之意；尾联点明送别之意，说明诗人之所以咏草以送友人，是因为萋萋芳草浸满了诗人浓盛的离情，已成为诗人友情的象征。

诗歌意境广阔、景中寓情。诗人以古老荒原上的无边春草作为抒情的舞台背景，演绎着地老天荒而友谊长存的真理。诗歌中茂密无边的春草象征着友谊的浓盛；春草虽经寒冬野火，仍然生机勃勃，象征着友谊历经考验而愈益深挚；古道荒城则反衬虽人事多变，友谊却如同春草，历久弥新。全诗象征寓意，含蕴不尽，赋予人们以深刻的人生感悟。

格律分析

诗歌押平声庚韵，隔句用韵。诗中的入声字有“一”（质韵）、“接”（叶韵）、“别”（屑韵），古属仄声。本诗基本合乎格律，只有颔联用了拗救，此处本该用“仄仄平平仄，平平仄仄平”的句式，但诗中“野火烧不尽，春风吹又生”的平仄格式为“仄仄平仄仄，平平平仄平”，上句的“不”字拗，此处应平用仄，就在对句第三字补了一个平声，这叫对句相救。有拗有救，便不为诗病。颔联是流水对，又是抒情的高潮，故“野火”二句朗读时语气要连贯高昂。

夜入瞿塘峡[1]

（五律平起仄收式）

瞿塘天下险，夜上信难哉[2]！
岸似双屏合，天如匹练开[3]。
逆风惊浪起，拔篸暗船来[4]。
欲识愁多少，高于滟滪堆[5]。

注释

〔1〕白居易元和十四年(819)春,乘舟自江州溯长江而上,赴忠州(今重庆市忠县)刺史任上作此诗。瞿塘峡:是著名的长江三峡第一峡,西起重庆市奉节县白帝城,东至巫山县大溪,两岸皆悬崖峭壁,山势峻险,江面最窄处仅百余米,水流湍急,驰雷奔电。西入峡口江心处有巨石突兀,此石就是滟滪堆(1958年为疏浚航道将其炸毁),为长江三峡著名的险滩。

〔2〕“瞿塘”二句:瞿塘峡之险闻名天下,何况在夜里行船、逆水而上,实在更难啊!上,指逆水而上。信,实在,的确。

〔3〕“岸似”二句:两岸山崖直立,夜色中正像两扇屏风一样向内合拢;从江面向上看,两边高崖间窄窄的天空,恰似撕开的一匹白练。屏,屏风。匹,量词。《汉书·食货志下》:“布帛广二尺二寸为幅,长四丈为匹。”《新唐书·百官志·织染署》:“四丈为疋(匹)。”练,经多次漂煮的白绢。“练”字,一作“帛”。

〔4〕“逆风”二句:江风迎面吹来,掀起滔天巨浪;纤夫们拉着船索,在黑暗中逆水行舟。簦,音念(niàn),即百丈,用以牵船的竹篾绞成的缆索。

〔5〕“欲识”二句:要知道我的愁有多少吗?那积聚的愁绪真比滟滪堆还要高啊!

简评

诗歌开篇直呼一个“险”字出来,第二句又递上一个“难”字,首联即抓住了瞿塘峡两个最突出的特点,并以此为纲,统领全篇。颔联写瞿塘峡夜景,是“险”字的展开:两岸山崖屏立,犹如刀劈斧斩一般;石屏间只剩下一条窄窄的天空,恰似一匹白练,山势何等险要!宋·陆游记过峡所见恰可为此联注脚:“发大溪口入瞿塘峡,两岸对耸,上入霄汉,其平如削成,仰视天如匹练。”(《入蜀记》卷四)故此,明·陆时雍评白居易的描写是:“三、四形状宛然。”(《唐诗镜》卷四十四)颈联写夜间行舟,是“难”字的展开:迎着狂风巨浪,纤夫们拉着船索,在黑暗中逆水行舟,又是何等艰难!尾联即景抒情,收拢全篇。看到峡心高高的滟滪堆,作者由自然之险联想到自己从元和十年(815)遭贬任江州司马,至今已有四年,备尝了仕途之艰难险恶,不由得引发了万千愁绪。诗歌章法严谨、情景交融,结尾把夜入瞿塘峡行舟之“险”与“难”推广到了人生旅途中,从而赋予诗歌以更深刻的社会内涵,分外耐人寻味。

格律分析

诗歌押平声灰韵,隔句用韵。诗中的入声字有“合”(合韵)、“识”(职韵),古为仄声。全诗合乎格律。

贾　岛

题李凝幽居[1]

(五律平起仄收式)

闲居少邻并,草径入荒园[2]。
鸟宿池边树,僧敲月下门[3]。
过桥分野色,移石动云根[4]。
暂去还来此,幽期不负言[5]。

作者简介

贾岛(779～843),字浪仙(一作阆仙),范阳(今北京附近)人。曾作过和尚,法名无本。晚年为长江县(今四川蓬溪县西)主簿,后迁普州(今四川安岳县)司仓参军。他是著名的苦吟诗人,尤致力于五律。有《长江集》。

注释

〔1〕李凝:诗人的朋友。幽居:野外住所。指李凝隐居处。

〔2〕“闲居”二句：写李凝隐居地没有什么邻居，人烟稀少；长满野草的小路一直伸入荒凉的园子。邻并，邻居。

〔3〕“鸟宿”二句：鸟儿已栖宿在池塘边的树上，僧人（指自己）轻敲月下的门。

〔4〕“过桥”二句：写回归路上所见。一过小桥，便是田野，月下的田野景色分明；月光照在山石上，当空中云朵飘动时，石上飘过云影，仿佛山石也在移动。云根，汉·刘向《说苑》卷十八“辨物”：“云触石而出”，故古人多以云根喻石。

〔5〕“暂去”二句：说此次未遇李凝，故暂且离去，不久还会再来此地，不负一起隐居的期约。

简评

这首诗写夜访友人李凝未遇而还的过程，突出了李凝旧居的幽寂。贾岛与孟郊同为苦吟诗人，作诗往往字琢句炼、反复推敲。据元·辛文房《唐才子传》卷四载，贾岛为僧时，“乘闲策蹇访李凝幽居，得句云：‘鸟宿池边树，僧推月下门。’又欲作‘僧敲’，炼之未定，吟哦引手作推敲之势，傍观亦讶。时韩退之尹京兆，车骑方出，不觉冲至第三节，左右拥到马前，岛具实对，未定推敲，神游象外，不知回避。韩驻马久之，曰：‘敲字佳。’遂并辔归，共论诗道，结为布衣交，遂授以文法，去浮屠，举进士。”说贾岛因反复“推敲”诗句，不觉驴子冲撞了京兆尹韩愈的仪仗队，韩愈也立马思考良久，告诉他“敲字佳”。“推敲”的典故即由此而出。此处用“敲”字比“推”字好，是因为月夜寂静，鸟已归巢，贾岛前去寻友，不可贸然推门而入，用“敲”字自在情理之中；同时月下敲门的细微声响更能反衬出周围环境的幽静，使构造出的诗歌意境真切生动。颔联固为贾岛成名之句，而颈联写归去时的夜景，月光下的小桥、野色、巨石与空中飘过的云朵，构成了奇异幽雅的流动画卷，亦是贾岛诗中不可多得的佳句。故黄叔灿说：“‘鸟宿’一联，意境幽寂，妙矣。‘过桥’二句，尤极旷达。”（《唐诗笺注》）

格律分析

诗押平声“元”韵，隔句押韵。第一句采用了“平平仄平仄”的特定格式。第六句的“石”（陌韵）字为入声字，古属仄声，全诗合乎格律。

忆江上吴处士[1]

（五律仄起仄收式）

闽国扬帆去，蟾蜍亏复团[2]。
秋风吹渭水，落叶满长安[3]。
此地聚会夕，当时雷雨寒[4]。
兰桡殊未返，消息海云端[5]。

注释

〔1〕吴处士：据李嘉言《贾岛年谱》考证：周贺集中有《酬吴处士》诗，题作《酬吴之问见赠》，以吴处士为吴之问。

〔2〕"闽国"二句：谓吴处士乘舟远去福建已经一个月了。闽国，指福建一带。蟾蜍，指月。亏复团，月亏又圆，谓时已一月。团，《说文》："团，圆也"。

〔3〕"秋风"二句：写友人去后长安已入秋天。渭水，渭河，源于甘肃渭源县，入陕西境，经长安，至潼关入黄河。

〔4〕"此地"二句：回忆二人在长安相聚之夕，是个雷雨交加的夜晚。

〔5〕"兰桡"二句：友人所乘船犹未返，只好伫立遥望天边海云，等候友人的消息。兰桡，以木兰木做的桨，代指船。殊，犹，仍。

简评

此诗抒写思友之情，章法跌宕，气象直逼盛唐。首联记吴处士扬帆远去，已有月余，是回忆中的情景；颔联回到眼前，描写长安秋景，是现实中的景象；颈联又转入回忆，想起二人在长安雷雨之夜的相聚；尾联再回到现实，写自己远望海云，翘首企盼友人归来。诗人采取回忆与现实交替描写的方法，使别离与聚会的

《宿山寺》

意境交错出现，表现出随时间推移而日益加深的思念。明代周珽说："当秋风落叶之际，念故人久别不返，因追想当时聚首情景，浑古遒劲，深浅合度。"（《唐诗选脉会通评林》）

其中，"秋风吹渭水，落叶满长安"一联亦是贾岛成名之句。元·辛文房《唐才子传》卷四载，贾岛"虽行坐寝食，苦吟不辍。尝跨蹇驴张盖，横截天衢，时秋风正厉，黄叶可扫，遂吟曰：'落叶满长安'。方思属联，杳不可得，忽以'秋风吹渭水'为对，喜不自胜。"明代谢榛说："韩退之称贾岛'鸟宿池边树，僧敲月下门'为佳句，未若'秋风吹渭水，落叶满长安'，气象雄浑，大类盛唐。"（《四溟诗话》卷二）王国维论"言气质神韵不如言境界"时，亦以此联为例说明诗歌境界的重要，云："言气质，言神韵，不如言境界。有境界，本也。气质、神韵，末也。有境界而二者随之矣。'西风吹渭水，落叶满长安'，美成（周邦彦）以之入词，白仁甫（白朴）以之入曲，此借古人之境界为我之境界者也。然非自有境界，古人亦不为我用。"（《人间词话》）

格律分析

诗押平声寒韵，隔句用韵。首联末尾用"团"而不用"圆"，是因"团"字属寒韵，"圆"属先韵。诗中的入声字"国"（职韵）、"夕"（陌韵）、"息"（职韵）应予以注意，这些字或在句中二、四的位置，或在奇句的句尾，都是强调平仄分明的地方，今读平声而古属仄声。全诗合乎格律。

宿山寺

（五律仄起仄收式）

众岫耸寒色，精庐向此分[1]。
流星透疏木，走月逆行云[2]。
绝顶人来少，高松鹤不群[3]。
一僧年八十，世事未曾闻[4]。

注释

〔1〕“众岫”二句：群峰耸立，带有凛然寒色，山巅露出了佛寺的殿堂。岫(xiù)，峰峦。精庐，佛寺。

〔2〕“流星”二句：流星穿过稀疏的树木向下坠落，月亮逆着飘浮的云朵在天上运行。

〔3〕“绝顶”二句：很少有人来到山顶，偶见一两只仙鹤在高松上飞旋。

〔4〕“一僧”二句：极言山寺的荒远僻静，远离世俗，以至80岁的老僧从未听到过社会上的事情。

简评

诗歌描写了一处山间寺庙，突出了山寺僻静，如临天界。首联起句奇警，极写山寺高远、与世隔绝。群峰高耸，山高必寒，寺庙正在高山之上。清人何焯云：“‘寒色’是暮，又是在绝顶也。”“众峰皆在其下，则已在星汉间矣。”又云：“‘分’字是隔断尘界。”(《唐三体诗评》)颔联写眼前所见夜景，似已置身云汉之间，唯有夜宿高山，方能看到“流星透疏木，走月逆行云”的景象。此联因过于炼字曾受纪昀等人批评，但仍不失为作者精心构制的佳句，“透”、“逆”二字尤妙。沈德潜云：“顺行云则月隐矣，妙处全在‘逆’字。”(《唐诗别裁集》卷十二)盖“走月”唯“逆行云”方能破云而出。后两联写山寺荒僻，不仅人迹罕至，连鸟儿亦难飞越，只能偶见一两只仙鹤飞过高松，故山寺老僧不闻世事。何焯云：“第五句点破‘绝顶人来少’，起后半‘鹤不群’。山高风紧，鸟亦不能群飞，俗中人岂复能至哉？”又云：“结句亦欲弃人事而从之避世也。句句精绝超绝，神仙中人。”(《唐三体诗评》)

格律分析

诗押平声文韵，隔句用韵。第三句用了“平平仄平仄”的特定格式。诗中的入声字有“绝”(屑韵)、“一”(质韵)、“八”(黠韵)、“十”(缉韵)，古为仄声，全诗合乎格律。

李商隐

晚 晴

（五律平起平收式）

深居俯夹城[1]，春去夏犹清。
天意怜幽草，人间重晚晴[2]。
并添高阁迥，微注小窗明[3]。
越鸟巢乾后，归飞体更轻[4]。

作者简介

李商隐(约812～858)，字义山，号玉谿生，又号樊南生。原籍怀州河内(今河南沁阳市)，祖辈移居郑州荥阳(今河南荥阳市)。唐文宗开成二年(837)进士及第，授秘书省校书郎。当时牛李党争激烈，李商隐早年受知于牛党令狐楚，后又娶李党王茂元之女为妻，被牛党视为背恩，长期受到压抑。由于处于党争的夹缝中，李商隐不得不离开京城，先后在桂管观察使郑亚幕下以及剑南、东川节度使柳仲郢幕下为僚属，晚年辟为盐铁推官，四十六岁去世。李商隐是晚唐诗坛上的著名诗人。他擅长七律、七绝，具有独特风格。特别是他的"无题"诗，构思精巧，意境朦胧，情致婉曲，文采富丽，对后世、特别是对宋初的西昆派诗人产生了很大影响。有《樊南文集》、《李义山诗集》。

注释

〔1〕深居：幽居。俯夹城：指自己幽居处地势高，可以俯视夹城。夹城，两层城墙，中有通道。

〔2〕“天意”二句：指久雨后傍晚天晴。说天意终究怜爱那生长在幽处的小草，使它们重见天日，而人间也会特别珍视这晚晴的夕阳。

〔3〕“并添”二句：说在高阁上眺望时，因天晴会看得更远；夕阳的余辉注入小窗；虽然微弱却给小窗带来了光明。并添，更加上。迥，远。注，射入。

〔4〕“越鸟”二句：说由于天晴，鸟巢晒干了，越鸟的羽毛干燥，傍晚回巢时飞得更加轻捷。越鸟，越中的鸟。古称桂林象郡为百越，李时珍《本草纲目》“禽部”：“紫胸轻小者是越燕。”《文选》卷二十九“古诗十九首”：“胡马依北风，越鸟巢南枝”。

简评

这首诗当在桂管观察使郑亚幕下时作，写诗人由城上眺望到的晚晴景象。诚如顾安所云：“此诗亦非徒咏时景者”，而是“寄意殷切”之作，“千百回吟之，其妙自见。”（《唐律消夏录》）作为晚唐最富才华的诗人，李商隐一生坎坷、怀才不遇，正像久雨中的幽草盼望天晴一样。因此，在“天意怜幽草，人间重晚晴”这一联中，寄托了诗人深刻的人生感悟，而成为富含人生哲理的名句。久雨的幽草拨云见日，终于得到了上天的垂怜，而傍晚时的夕阳尽管短暂，却不失其绚丽的光辉，仍然值得珍重。诗人由“幽草”联想到自己的命运，进而表达了珍惜时光、积极进取的生活态度。后两联的景物描写更加细致入微，由微注入窗的一抹夕阳，诗人似看到了人生路上的一线光明，从而引发了他心底的希望，要像那夕阳中的鸟儿一样振作精神，展翅高飞。诗歌景中寓情，委婉深沉，含蕴无尽。

格律分析

这首诗属平起平收式，押平声庚韵，首句入韵。诗中的入声字有“夹”（洽韵）、“阁”（药韵），今读平声，古是仄声。全诗格律严整。

蝉[1]

（五律仄起仄收式）

本以高难饱，徒劳恨费声[2]。
五更疏欲断，一树碧无情[3]。
薄宦梗犹泛，故园芜已平[4]。
烦君最相警，我亦举家清[5]。

注释

〔1〕此诗是作者以蝉自喻、感伤身世之作。刘向《说苑》卷九“正谏”：“蝉高居悲鸣饮露。”《吴越春秋》卷五：“夫秋蝉登高树，饮清露，随风挠挠，长吟悲鸣。”故以蝉喻清高。

〔2〕“本以”二句：蝉因栖息高树、餐风饮露，故难以饱腹；蝉终日悲鸣以寄恨却无人同情，所以是徒劳的。“高”字一语双关，既指蝉登高树，又喻己品格高洁。

〔3〕“五更”二句：言蝉彻夜哀鸣，五更时分鸣声稀疏、断断续续，而蝉栖止的树仍然一树青碧，不为所动，对它的哀鸣毫无同情。

〔4〕“薄宦”二句：蝉寄居在树枝上，犹如自己漂泊不定的宦游生活，长期不归的故乡家园已经长满荒草，一片荒芜了。薄宦，官职卑微。梗犹泛，此处借用《战国策》的典故，用桃梗的随水漂泛比喻自己的宦游生涯。《战国策·齐策三》说，孟尝君要到秦国去，苏秦劝阻说：“今者臣来，过于淄上，有土偶人与桃梗相与语，……土偶曰：‘今子，东国之桃梗也，刻削子以为人，降雨下，淄水至，流子而去，则子漂漂者将何如耳？’”土偶是土木做的人像，桃梗是桃木刻成的人像。梗，树枝。芜已平，长满了荒草。平，犹满。

〔5〕“烦君”二句：意思是有劳蝉的叫声给以警示，我也做到了虽一贫如洗，仍清高自持。君，指蝉。清，既指家中清贫，兼指自己保持清高的节操。

简评

这是一首托物寓怀的咏物诗。开篇以“本以高难饱”借蝉自喻，点出自己因志行高洁，而穷愁潦倒；再以秋日蝉鸣的“徒劳”表明自己悲愤无告、不遇于时，这二句表白的内容笼罩全篇。纪昀评曰：“起二句斗入有力，所谓意在笔先。”（《玉谿生诗说》）颔联写秋蝉彻夜悲鸣，五更时分已声嘶力竭，但所栖之树却无动于衷，沈德潜谓“一树碧无情”，“取题之神”（《唐诗别裁集》卷十二），李因培也说此乃“追魂之笔”（《唐诗观澜集》），是因为这句揭示了周围环境的冷酷黑暗，点出了作者不幸遭遇的根本社会原因。颈联写自己的“薄宦”生涯，如木偶人一样在世俗的浊流中四处漂流，远离故乡。尾联以“举家清”呼应“高难饱”，表明自己虽一贫如洗，仍以清高自持，遂显露作者咏蝉的本意。全诗情感悲愤深沉，格调凄凉委婉，句句似在咏蝉，又似在感慨身世，恰如纪昀所评：“前半写蝉，即自喻；后半自写，仍归到蝉。隐显分合，章法可玩。”（《玉谿生诗说》）

格律分析

此为五律仄起仄收式，押平声庚韵，隔句押韵。诗中的入声字有“一”（质韵）、“薄”（药韵），古为仄声。第三联拗救，这联的格式应是“仄仄平平仄，平平仄仄平”，诗中上句第三字应平用仄（梗），这种情况属半拗，可救可不救，如果要救就在对句相救，即在下句第三字补一个平声。同时，下句“平平仄仄平”这个句式第一字不得用仄声，否则被视为犯“孤平”（指此句除韵字外只有一个平声），而本句中的第一字用了仄声（故），因此必须将句中的第三字换成平声（芜），这样既救了本句，又救了对句。另外，第七句用了“平平仄平仄”的特定格式。

温庭筠

商山早行[1]

（五律仄起仄收式）

晨起动征铎，客行悲故乡[2]。
鸡声茅店月，人迹板桥霜[3]。
槲叶落山路，枳花明驿墙[4]。
因思杜陵梦，凫雁满回塘[5]。

作者简介

温庭筠（约812～866），本名岐，字飞卿，太原祁（今山西祁县）人。唐代著名诗人、词人。才思敏捷，每入试，叉手八次而成八韵，时称"温八叉"。唐宣宗大中年间，屡应进士试不第。由于恃才傲踞，好讥刺权贵，且生活浪漫，故为当政者所排斥，只作过国子监助教、方城及隋县尉之类的小官。他的诗与李商隐齐名，时称"温李"。后人辑有《温庭筠诗集》。其诗之成就虽不如李，词则富有开拓性，在词的发展史上有其重要地位。五代后蜀赵崇祚编《花间集》，首列他的词66首，把他当做"花间派"的开创者。

注释

〔1〕商山：在陕西省商县东南。

〔2〕"晨起"二句：清晨起床，店外驾车赶路的车铃声划破了山野的寂静，游子的心早已飞回了故乡。动征铎（duó）：车行铃响。铎，车铃。悲故乡：即思故乡。

〔3〕"鸡声"二句：山村野店的拂晓，传来了阵阵鸡鸣声，茅屋上还悬挂着一弯

残月，板桥上覆盖着薄薄的晨霜，却已留下了早行者清晰的足迹。

〔4〕“槲叶”二句：春天到了，槲叶落满了山路，驿站墙边白色的枳花在晨曦中显出光彩。槲(hú)，槲树。槲叶冬天也存留枝上，第二年春天发新芽时才脱落。枳(zhǐ)，木名，灌木或小乔木状，春天开白花。

〔5〕“因思”二句：这使我想起了昨夜的故乡之梦，梦中的杜陵春塘水暖，落满了回归的凫雁。凫(fú)，野鸭。回塘，曲折的湖塘。

简评

这是一首旅途思乡之作。诗中“鸡声茅店月，人迹板桥霜”一联为宋人所激赏，欧阳修引梅尧臣论诗说：“圣俞(梅尧臣字)尝语余曰：诗家虽率意，而造语亦难。若意新语工，得前人所未道者，斯为善也。必能状难写之景，如在目前，含不尽之意，见于言外，然后为至矣。……又若温庭筠‘鸡声茅店月，人迹板桥霜’，贾岛‘怪禽啼旷野，落日恐行人’，则道路辛苦，羁愁旅思，岂不见于言外乎？”欧阳修并曾摹仿它写成“鸟声茅店雨，野色板桥春”(《送张至秘校归庄》)二句，但自己也觉得难以超出原诗的范围。(见明·朱承爵《存余堂诗话》)然而，唐诗中意在言外的好句子多如牛毛，这两句到底有何独到之处呢？还是明代李东阳看出了这两句在结构上的奥秘，他说：“‘鸡声茅店月，人迹板桥霜。’人但知其能道羁愁野况于言意之表，不知二句中不用一二闲字，止提掇出紧关物色字样，而音韵铿锵，意象具足，始为难得。”(《麓堂诗话》)确实，温诗只是在一联中连用了六个名词，把六种事物排列在一起，就形成了一幅颇具特色的山村拂晓图景：天边残月未落，茅草小店里传出了几声鸡鸣，村边小桥的晨霜上，留下了早行者的一串足迹。两句诗“遂成千古画稿”(黄周星《唐诗快》)，亦如清代赵翼所评：“鸡声”二句“不着一虚字，而晓行景色，都在目前，此真杰作也。”(《瓯北诗话》卷十一)

格律分析

诗押平声阳韵，隔句用韵。第一句末尾的“铎”(药韵)字是个入声字，古属仄声。这首诗的首联、颈联都用了拗救，这两联的律句格式都是“仄仄平平仄，平平仄仄平”，但诗中上句第三字都应平用仄（动、落），这种情况可在对句相救，即在下句第三字补一个平声。同时，下句“平平仄仄平”这个句式第一字不得用仄声，否则被视为犯“孤平”，而上述两联对句的第一字都用了仄声（客、枳），故必须将该句中的第三字换成平声（悲、明），这样既救本句，又救对句，可谓“一拗双救”。诗歌第七句用了“平平仄平仄”的特定格式。

许　浑

秋日赴阙题潼关驿楼〔1〕

（五律仄起平收式）

红叶晚萧萧，长亭酒一瓢〔2〕。
残云归太华，疏雨过中条〔3〕。
树色随关迥，河声入海遥〔4〕。
帝乡明日到，犹自梦渔樵〔5〕。

作者简介

许浑（约791～858），字用晦，润州丹阳（今江苏省丹阳市）人。郡望湖北安陆。大和六年（832）进士及第，曾任监察御史，后出为睦、郢二州刺史。因在京口（今镇江市）南郊丁卯涧桥置别墅，晚年在此编定诗集，故名《丁卯集》。其诗主要为律体。

注释

〔1〕此诗为作者赴长安路过潼关时所作。阙：代指首都长安。潼关：在今陕西省潼关县境。驿楼：古时供行旅途中歇宿的处所叫驿站，此指驿站

楼阁。

〔2〕“红叶”二句：言在满天飘落的红叶中，诗人在驿亭中饮酒。长亭，古时设在路旁的亭舍。《白孔六帖》卷九：“十里一长亭，五里一短亭。”

〔3〕太华(huà)：太华山在陕西省华阴市。唐·李吉甫《元和郡县志》卷二“华州·华阴县”：“太华山，在县南八里。”因其西南有少华山，为区别起见，故名太华。中条：中条山。《元和郡县志》卷十四“河中府·河东县”：“雷首山，一名中条山，在县南十五里。”即今山西省永济市东南，因地当太行山和华山之间，故名中条。

〔4〕关：潼关。唐·李吉甫《元和郡县志》卷二“华州·华阴县”：“潼关，在县东北三十九里，古桃林塞也。”迥：远。河：黄河。《元和郡县志》“华阳县”下又载：“(潼关)关西一里有潼水，因以名关。又云河在关内，南流冲激关山，因谓之‘冲关’。”

〔5〕帝乡：京城长安。渔樵：捕鱼打柴，此处代指隐居生活。

简评

这是作者赴长安路过潼关时的登楼远眺之作。开篇以“红叶晚萧萧”起句，明写落叶，暗点秋雨秋风，带得“全局俱动，为晚唐之翘秀也。”(清·潘德舆《养一斋诗话》卷四)中两联写秋雨秋风中的山河景象：奇险的华山与中条山云遮雾绕、疏雨蒙蒙，更增神奇秀美；深秋的枫叶点缀在雄关之上，似红色的飘带伸向远方；黄河在秋风中掀起汹涌的波涛，咆哮着奔入遥远的大海。诗中景物的描写意境壮阔，有声有色，故清人吴汝伦盛赞此诗：“高华雄浑，丁卯压卷之作。”(高步瀛《唐宋诗举要》卷四引)

近人俞陛云的讲解可助我们欣赏全篇，转引如下：“凡作客途风景诗者，山川形势，最宜明了；笔气能包扫一切，而句法复雄宕高超，斯为上乘。许诗其佳选也。开篇从秋日说起，若仙人跨鹤，翩然自空而降；首句即押韵，神味尤隽。三四句皆潼关左右之名山：太华在关西，中条在关东，皆数百里而近；残云挟雨，自东而西，应过中条而归太华，地望固确，诗句弥工。五句以雍州为积高之壤，入关以后迤逦而登，故树色亦随关而迥。余曾在风陵渡河望潼关树色，高入云中，深叹其‘迥’字之妙。六句言大河横亘关前，浩浩黄流，遥通沧海，表里山河之险，涌现毫端。以上皆纪客途风景。篇终始言赴阙，觚棱（阙角，借指京城）在望，而故乡回首，犹梦渔樵，知其荣利之淡也。”（《诗境浅说甲编》）

格律分析

诗押平声萧韵，首句入韵。“一”（质韵）为入声字，古为仄声。第三句“太华”的“华”读去声（huà），全诗合乎格律。

唐代五言排律

李 白

送友人寻越中山水[1]

（五排仄起仄收式）

闻道稽山去，偏宜谢客才[2]。
千岩泉洒落，万壑树萦回[3]。
东海横秦望，西陵绕越台[4]。
湖清霜镜晓，涛白雪山来[5]。
八月枚乘笔，三吴张翰杯[6]。
此中多逸兴，早晚向天台[7]？

注释

〔1〕越中：春秋时的越国建都会稽（今浙江绍兴市），唐时称会稽一带为越中。

〔2〕稽山：即会稽山，在今浙江绍兴市东南十三里。谢客：即南朝诗人谢灵运，谢灵运生于会稽，从小寄养在钱塘杜家，乳名客儿。此以“谢客才”喻友人。

〔3〕“千岩”二句：写越中山水之美。《世说新语·言语》：“顾长康从会稽还，人问山川之美。顾曰：‘千岩竞秀，万壑争流。’”萦回，盘旋缠绕。

〔4〕秦望：山名，在今浙江杭州市西南。相传秦始皇曾登此山以望南海，故名秦望山。《水经注》卷四十“渐江水”：“秦望山，在（越）州城正南，为众峰之杰，陟境便见。《史记》云：秦始皇登之以望南海。”西陵：地名，浙江萧山市西兴镇的古称。《水经注》卷四十记：“浙江又径固陵城北，昔范蠡筑

城于浙江之滨，言可以固守，谓之固陵，今之西陵也。”越台：即越王台，在今浙江绍兴市区卧龙山麓，相传为春秋时越王勾践登临之所。宋·祝穆《方舆胜览》卷六“绍兴府”载：“越王台，旧经在种山，今在卧龙之西，汪纲创。气象开豁，极目千里，为一郡登临胜处。”《明一统志》卷四十五“绍兴府”：“越王台旧在种山东北，越王勾践登眺之所。”

〔5〕湖清：写鉴湖清澈。鉴湖，又名镜湖，在今浙江绍兴市。涛白：指浙江杭州湾钱塘江口八月观潮之盛。

〔6〕枚乘笔：枚乘是西汉辞赋家，其《七发》中写八月“观涛”一节令人惊心动魄，如临其境。见《文选》卷三十四。张翰杯：西晋文学家张翰，性情放达。《晋书》卷九十二“张翰传”：“翰任心自适，不求当世。或谓之曰：‘卿乃可纵适一时，独不为身后名耶？’答曰：‘使我有身后名，不如即时一杯酒。’时人贵其旷达。”

〔7〕早晚：犹言“何时”。岑参《送郭乂》：“何时过东洛，早晚度盟津？”天台：山名，在今浙江天台县北。

简评

这是大诗人李白用五言长律写成的山水名篇。首联以南朝山水诗人谢灵运比喻友人，以赞其才华逸兴，以下各联则将越中山川之美一一铺叙：“千岩”一联绘飞流瀑布之奇、茂林修竹之妙；“东海”一联见地理之优越、古迹之众多；“湖清”一联写越中镜湖澄澈、钱塘观潮之胜；“八月”一联则见此地人杰地灵、才子雅兴。诗人将一腔豪情凝注笔端，以整齐的对仗句绘出一幅多彩多姿的越中风物长卷，将祖国的锦绣山河写得如此引人入胜，而全诗格律严谨，对仗自然，气势流动。可见严格的格律并未掩抑诗人的才思逸兴，天才超迈的李白在近体诗中照样可以任意挥洒，妙笔生花。

格律分析

这是一首五言排律，现将此诗格律排列如下：

闻道稽山去，　仄⃝仄平平仄
偏宜谢客才。　平平仄仄平（韵）
千岩泉洒落，　平⃝平平仄仄
万壑树萦回。　仄⃝仄仄平平（韵）
东海横秦望，　仄⃝仄平平仄
西陵绕越台。　平平仄仄平（韵）
湖清霜镜晓，　平⃝平平仄仄
涛白雪山来。　仄⃝仄仄平平（韵）
八月枚乘笔，　仄⃝仄平平仄
三吴张翰杯。　平平仄仄平（韵）
此中多逸兴，　平⃝平平仄仄
早晚向天台？　仄⃝仄仄平平（韵）

此诗仄起仄收，隔句用韵，押平声灰韵。排律也叫长律，不论中间写多少联，都只押一个平声韵，不能换韵。如此诗共六联十二句，凡押韵处都用灰韵的字。

排律除首、尾两联不用对仗句，中间各联全要求对仗。且排律要求各联间相粘，每联不仅要求字面对偶，而且要求平仄相对。凡画圈处表示可平可仄，但“平平仄仄平”这个句式第一字不得用仄声，否则被视为犯“孤平”（指此句除韵字外只有一个平声）。诗中的“白”（陌韵）、“雪”（屑韵）、“八”（黠韵）是入声字，古代属仄声。

宋代五律

梅尧臣

鲁山山行[1]

（五律仄起仄收式）

适与野情惬，千山高复低[2]。
好峰随处改，幽径独行迷[3]。
霜落熊升树，林空鹿饮溪[4]。
人家在何许？云外一声鸡[5]。

作者简介

梅尧臣（1002～1060），字圣俞，宣城（今安徽宣州）人。宣城汉代古名宛陵，故世称梅宛陵。曾任主簿、县令，赐进士出身，累迁尚书屯田都官员外郎，故又有梅都官之称。与苏舜钦齐名，时称“苏梅”。与欧阳修同为北宋前期诗文革新运动领袖。其诗“去浮靡之习于昆体极弊之际，存古淡之道于诸大家未起之先”。（语见《宋诗钞》）有《宛陵先生集》。

注释

〔1〕鲁山：一名露山，故城在今河南鲁山县东北，接近襄城县西南边境。宋仁宗康定元年（1040），梅尧臣知襄城县，作此诗。

〔2〕“适与”二句：联绵不断的峰峦时高时低，相映成趣，正好与我爱好山野风光的情趣相投。适，恰好。野情，爱好天然风物的情怀。惬，满足。

〔3〕"好峰"二句：我边走边看，山峰随着我位置的移动也不断变换出多彩的姿态；独自走在密林幽地，迷而忘返。

〔4〕"霜落"二句：霜天之后，树叶凋落，林木空疏，熊爬到了树上，鹿来到溪边饮水。

〔5〕"人家"二句：作者自问自答，走在山林深处，忽然似从天外传来的一声鸡鸣，打破了山林的寂静，使我意识到高山上还有人家居住。

简评

梅尧臣曾经说过："作诗无古今，欲造平淡难。"(《读邵不疑学士诗卷》)胡仔也说："圣俞诗工于平淡，自成一家。……《山行》云：'人家在何许？云外一声鸡。'似此等句，须细味之，方见其用意也。"(《苕溪渔隐丛话后集》卷二十四)这首诗即体现了梅诗造语平淡质朴，意境清新幽远的特点。全诗围绕"野情惬"三字，描写山行所见，曲尽山林的情趣。首联先用"千山高复低"概括总貌，颔联接写奇峰迭现、山路幽深，以见边走边看，山势亦愈转愈幽；颈联接写深山老林，霜落林空，野兽现形，更使山中充满野趣。前三联娓娓道来，由初见千山到深入山林，景观不断变化，且景中有人，景中有情。至尾联"人家在何许？云外一声鸡"，由实而虚，用一声鸡鸣点出隐于白云深处的人家，令人回味无穷。元代方回评论这首诗说："尾句自然；'熊''鹿'一联，人皆称其工，然前联尤幽而有味。"(《瀛奎律髓》卷四)清·查慎行亦谓此诗："句句如画，引人入胜，尾句尤有远致。"(《查初白十二种诗评》)

格律分析

这首五律采用了仄起仄收式，押平声齐韵，隔句入韵。诗中的"独"(屋韵)、"一"(质韵)旧读为入声。诗歌的首联用拗句，上句第三字应平用仄，就在对句的第三字补一个平声，成为"仄仄仄平仄，平平平仄平"的句法，是谓对句相救。"人家"句采用了五律"平平仄平仄"的特定格式。中间两联对仗，颈联尤工。

王安石

即　事〔1〕

（五律仄起仄收式）

径暖草如积，山晴花更繁〔2〕。
纵横一川水，高下数家村。
静憩鸡鸣午，荒寻犬吠昏〔3〕。
归来向人说，疑是武陵源〔4〕。

作者简介

王安石（1021～1086），字介甫，晚号半山，抚州临川（今江西抚州市临川区）人。宋庆历三年（1043）进士，初为淮南签判，后任宰相，神宗熙宁二年（1069）任用新党，实行变法。熙宁九年罢相，居江宁。元丰八年（1085），哲宗即位，宣仁太后听政，起用旧党，尽废新法，打击新党，史称“元祐更化”。其间，王安石病死。封荆国公，卒谥文。世称王荆公、王文公、王临川。其文雄健峭拔，为“唐宋八大家”之一。其诗遒劲清新，不尚华艳而肌丰骨健。所著《字说》《钟山日录》等，多已散佚。今存《王临川集》《临川集拾遗》，后人辑有《周官新义》《诗义钩沉》等。

注释

〔1〕即事：就所见所感的事物写诗。诗题一作“径暖”。王安石晚年罢相隐居以后，心境多有恬淡之意，引起了诗风的变化，此诗即是一例。

〔2〕径暖：“径暖”与“山晴”互文，写天气晴朗，远山与小路带有暖意。积：积聚、堆积。形容草丛茂密。

〔3〕憩(qì):休息。鸡:一作“鸠”。

〔4〕“归来”二句:回来之后向人谈起这次野游,总是怀疑自己到了一次世外桃源。武陵源,即陶潜《桃花源记》中描写的乐土,文中有“鸡犬相闻”之语。

简评

这首五律描写山村景象,历历如画。起笔描写远山和小路都沐浴在和暖的阳光里,绿草如茵,繁花似锦,而山村就坐落在这美丽的田野上。此联将花、草置于阳光之下,以“积”写草,以“繁”写花,突出草之茂密,花之灿烂,虽不绘色而草光花色自在其中。颔联以“纵横”“高下”为对,经纬交错,线条简洁,描绘水形村势,只见一道河水曲曲折折地流过来,山村里高高低低地散布着几户人家,和谐而宁静。前两联诗中的径、山、草、花、川、村等,经过诗人的巧妙构思,构成色彩丰富、层次分明的山村画卷,给人亲临其境的感觉。颈联写自己在闲适的野游中,正午山村小憩,偶尔会传来几声鸡鸣;黄昏漫步荒野,又听到远处的狗吠声。这两句用静中鸡鸣,荒地犬吠反衬山村的幽静,使人联想到陶渊明诗中的“狗吠深巷中,鸡鸣桑树颠”的田园意境,俨然是一个世外桃源。由此自然引出尾联的“疑是武陵源”的点睛之笔。全诗似信笔拈来,仔细品味,方见炼字炼句之精妙,这正是:“看似寻常最奇崛,成如容易却艰辛。”(王安石《题张司业集》)苏轼曾亲手书写此诗,可见当时流传之广。(事见宋·胡仔《苕溪渔隐丛话后集》卷二十五)

格律分析

这首五律押平声元韵,隔句押韵。其中古入声字有“积”(陌韵)、“一”(质韵)、“说”(屑韵),古为仄声。句七使用了五律的特殊格式:平平仄平仄。颔联“纵横”与“高下”相对,且“纵”与“横”、“高”与“下”又各自对应,营造出较强的空间感。“一”与“数”为数字对,颇具匠心。

苏　轼

荆州十首(选一)[1]

(五律仄起仄收式)

朱槛城东角,高王此望沙。[2]
江山非一国,烽火畏三巴。[3]
战骨沦秋草,危楼倚断霞。[4]
百年豪杰尽,扰扰见鱼虾。[5]

作者简介

苏轼(1037～1101),字子瞻,一字和仲,号东坡居士。眉州眉山(今四川眉山市)人。宋仁宗嘉祐二年(1057)中进士。他积极从政,有某些改革的愿望,但也有保守倾向,因此不愿接受王安石变法的主张。曾出任杭州、密州(今山东省诸城市)、湖州(今浙江省湖州市)等地方官。宋神宗元丰二年(1079)因写诗讽刺新法,被捕入狱(史称"乌台诗案"),后贬为黄州(今湖北省黄冈市)团练副使(掌管地方军事的助理官)。宋哲宗时起用旧党,苏轼被召回朝廷,任翰林学士等职,由于他主张对新法"参用所长",又与执政的司马光集团发生矛盾,远贬惠州(今广东惠州市)等地做地方官。等到变质的新党再度执政,他以六十三岁高龄被贬琼州(今海南省)。这些曲折的经历对苏轼的生活态度和文学创作都有深刻的影响。卒后追谥文忠。苏轼是宋代最杰出的文人,在散文、诗、词各方面成就卓著,且工书画。散文驰纵恣意,为"唐宋八大家"之一,与父洵、弟辙合称"三苏"。其诗清雄奔放,拓宽宋诗领域,被推为宋代李白,后人亦称"坡仙",与黄庭坚并称"苏黄"。词开豪放一派,与辛弃疾并称"苏辛"。作品有《东坡全集》,画迹有《竹石图》等。

注释

〔1〕嘉祐四年(1059),苏轼父子三人由水路出川入京,十二月到荆州,改由陆路。《荆州十首》即是这年年底和次年初春陆续写成的。

〔2〕"朱槛"二句:荆州城东角那有着朱红栏杆的地方,就是当年高氏的望沙楼。槛(jiàn),栏杆。望沙,五代后梁高季兴割据荆南,称南平王,并在城东南建楼以望沙津,故名望沙楼,北宋时改名为仲宣楼。(见《大清一统志·荆州府》)

〔3〕"江山"二句:当年高氏坐镇时,荆州江山非属一国,而且他很惧怕蜀地点燃战争的烽火。非一国,五代扰攘之季,高氏父子曾先后向后梁、后唐、南汉、闽、蜀等朝俯首称臣,故云。三巴,指巴郡、巴东、巴西,即蜀地。晋·常璩《华阳国志》卷一:"建安六年,(刘)璋乃改永宁为巴郡,以固陵为巴东,徙(庞)义为巴西太守,是为三巴。"当年荆巴互为敌国。

〔4〕"战骨"二句:多少兵士的尸骨深深地沉埋在那秋草之下,而高高的望沙楼与残断的云霞相掩映,更显出苍古与寂寞。危,高。

〔5〕"百年"二句:百年来不曾出现真正的英雄豪杰,只有一些鱼兵虾将似的人物在乱纷纷地折腾着。扰扰,纷乱貌。《国语》卷十二"晋语"六:"唯有诸侯,故扰扰焉。"鱼虾,指庸庸碌碌之辈。

简评

清·纪昀谓《荆州十首》"篇章字句,都合古法,此东坡摹杜之作,纯是《秦州杂诗》。"(纪昀评点本《苏文忠公诗集》卷二)汪师韩亦云:"俯仰陈迹,怀古者所同。悲壮慷慨,则唐贤得意笔也。"(《苏诗选评》卷一)都指出这十首诗具有杜诗感慨深沉、悲壮慷慨的风貌。此为第四首,诗由望沙楼起笔,讥讽了荆南高氏及五代诸雄。首联写望沙楼的地理位置,并引入遐想高氏父子盛时景象。颔联即嘲笑高氏的懦弱无能。颈联笔锋又转,出句虚想,对句实景,一句怀古,一句写今,流露出作者对历史兴亡的感慨。尾联总束历史,并以自己的眼光作出评判："百年豪杰尽，扰扰见鱼虾"，既见五代割据势力之卑劣，又现作者之胸襟气魄。查慎行说："此诗因南平而致慨于五季也。""'鱼虾扰扰'一语，说得五代君臣及僭号诸国可怜、可悯、可鄙、可羞、又无论孱弱之高氏也。"(《苏诗补注》卷二)。

格律分析

这首五律押平声麻韵。中两联对仗工稳。其中旧读入声的有"国"(职韵)、"杰"(屑韵)，古为仄声。

雨晴后步至四望亭下鱼池上，遂自乾明寺前东冈上归二首(其二)[1]

(五律平起仄收式)

高亭废已久，下有种鱼塘。[2]
暮色千山入，春风百草香。[3]
市桥人寂寂，古寺竹苍苍。[4]
鹳鹤来何处？号鸣满夕阳。[5]

注释

〔1〕此诗是作者于宋神宗元丰三年(1080)春末在黄州贬所写的。四望亭在黄州东坡雪堂以南的高阜之上。苏轼《江城子》词前小序中曾有记载，序曰："陶渊明以正月五日游斜川，……元丰壬戌之春，余躬耕于东坡，筑雪堂居之，南挹四望亭之后丘，西控北山之微泉，慨然而叹，此亦斜川之游也。"(《东坡乐府》卷二)

〔2〕"高亭"二句：四望亭已经荒废很久了，亭下有养鱼的池塘。

〔3〕“暮色”二句：暮色笼罩了群山，春风吹送着阵阵草香。

〔4〕“市桥”二句：人渐渐散去，白天热闹的市桥变得非常寂静。古老的乾明寺隐没在苍苍竹林之中。乾明寺，《大清一统志》卷二百六十四“黄州府”下载：“乾明寺，在黄冈县东，宋苏轼有《雪后到乾明寺遂宿》诗。”

〔5〕“鹳鹤”二句：不知何处飞来了鹳鹤，夕阳之下，鹳鹤凄厉的鸣叫声响彻了整个天空。鹳（guàn）鹤，水鸟名。形似鹤，嘴长而直，翼大尾短，脚长而赤。号（hāo），读为平声。

简评

此诗作于“乌台诗案”之后。宋神宗元丰二年（1079），苏轼因写诗讽刺新法，被捕入狱，后贬为黄州（今湖北省黄冈市）团练副使。在黄州贬处，作者借游历以消忧。首联由四望亭写起，引出下面对四望所见暮景的描写。后三联写黄昏中的山间景色，用语虽平易，但千山暮色、寂寂市桥、苍苍竹林，还有夕阳下的鹳鹤号鸣，无不点染着厚重的感伤色彩，反映出诗人初到黄州时的抑郁心情。尾联“鹳鹤来何处？号鸣满夕阳”二句托物寓兴，在“寂寂”“苍苍”的暮色中，一只不知来自何方的孤独的鹳鹤，在夕阳下阵阵悲鸣，更显得声声凄厉，触目惊心。鹳鹤的号鸣象征着作者无辜遭难，远贬黄州，无限悲愤却欲诉无门的心声。诗中的“鹳鹤”即是作者自身的写照。尾联使人联想到杜甫流寓岳阳楼时写下的“飘飘何所似，天地一沙鸥”的诗句，二诗意境相似，情致相同，都具有沉郁苍凉的特色。故纪昀认为《上归二首》诗，“格在唐宋之间”，而此首“纯乎杜（甫）意，结尤似”。（纪昀评点本《苏文忠公诗集》）

格律分析

这首五律采用了平起仄收式，押平声阳韵。诗中古入声字有：竹（屋韵）、夕（陌韵）。中间两联对仗工整，颈联中“寂寂”与“苍苍”为叠字对。

黄庭坚

次韵杨明叔见饯十首(其二)[1]

(五律拗格)

杨君清渭水,自流浊泾中[2]。
今年贫到骨,豪气似元龙[3]。
男儿生世间,笔端吐白虹[4]。
何事与秋萤,争光蒲苇丛[5]!

作者简介

黄庭坚(1045~1105),字鲁直,自号山谷道人,又号涪翁,北宋洪州分宁(今江西修水县)人。有《山谷集》。黄庭坚为"苏门四学士"之首,生前与苏轼齐名,并称苏黄,死后被尊为"江西诗派"的开创者、"三宗"之首。他做诗取法杜甫,特别在杜诗及诸家的形式格律上用功夫,以"无一字无来历"为做诗准则,求奇求硬求新,喜作拗句,讲究布局。他的不少诗奇崛挺瘦,有别于北宋几个大家而自成丘壑。故刘克庄说:"豫章稍后出,会粹百家句律之长,究极历代体制之变,蒐猎奇书,穿穴异闻,作为古律,自成一家。"(《后村大全集》卷九十五《江西诗派小序》)

注释

〔1〕此诗作于宋元符三年(1100),诗人自戎州(今四川宜宾市)贬所东归,门生杨明叔写诗为他饯行,他因写此诗酬答。次韵:依次用所和诗中的韵作诗。

〔2〕"杨君"二句:赞扬杨明叔品质高洁,就像渭水,即使流入混浊的泾水中,

依然不改其清。清渭、浊泾:《诗经·谷风》曰:"泾以渭浊",本是说泾水由于渭水而变浊的。泾水本清,渭水本浊,后人误解诗意,把泾渭的清浊倒了过来。

〔3〕"今年"二句:是说杨明叔虽然极其清贫,但仍像陈元龙那样不减豪气。元龙,东汉名士陈登的字。《三国志·魏书》卷七:"陈登者,字元龙,在广陵有威名。又掎角吕布有功,加伏波将军,年三十九卒。后许汜与刘备并在荆州牧刘表坐,表与备共论天下人,汜曰:'陈元龙湖海之士,豪气不除。'"

〔4〕"男儿"二句:鼓励杨明叔努力读书,使文章大放异彩。这里借用了杜诗原句,杜甫《后出塞五首》(一):"男儿生世间,及壮当封侯。"白虹,白色的长虹,是一种罕见的日晕。此处意思是指文章应有奇气。

〔5〕"何事"二句:紧承上句,说又何必跟那些渺小的秋萤一样,在蒲苇丛中争光呢?意思是不必与小人争一时名利。

简评

诗原序中云:"杨明叔从予学问甚有成,当路无知音,求为泸州从事而不能得。"可见杨明叔虽有才干却仕途不顺,而作为师长的黄庭坚,便亲切地教导他要胸怀大志,莫为一时得失苦恼,并热情劝勉他努力创作,字里行间洋溢着提拔后进的关爱之情。激励学生要出污泥而不染,处贫贱而气豪,奋笔立言,羞与群小争利。这既是勉人,也体现了诗人自己的人格理想。黄庭坚做诗追奇求变,有些诗故作硬语,此诗即打破格律要求,用散文化的句式写成,全诗精炼流畅,尤其尾联"喻言高挺"(清·范大士《历代诗发》评),令人顿生豪情。正如清·方东树评黄诗说:"入思深,造句奇崛,笔势健,足以药熟滑,山谷之长也。"(《昭昧詹言》卷十二)

格律分析

这是一首五律拗格,诗歌大体保持了律诗的形式,但在押韵、平仄上都打破常规。首先,诗歌采用邻韵通押,即隔句押平声一东韵,但颔联末尾的"龙"字借用了二冬韵。句中的入声字有“浊”(觉韵)、“白”(陌韵),古为仄声。诗歌前二联的出句均采用了平起仄收的同一句式,后两联出句的尾字则用平声。而第六句竟用了律诗所忌的“孤平”句式,且全诗无对仗句,可见诗人乃有意打破格律,故作拗句。这种散文化的句子,读来别有风味。

陈师道

登快哉亭〔1〕

(五律仄起仄收式)

城与清江曲,泉流乱石间〔2〕。
夕阳初隐地,暮霭已依山〔3〕。
度鸟欲何向?奔云亦自闲〔4〕。
登临兴不尽,稚子故须还〔5〕。

作者简介

陈师道(1053～1102),字履常,一字无己,号后山居士。彭城(今江苏徐州市)人。著有《后山集》。他是江西诗派地位仅次于黄庭坚的重要诗人,被方回列为江西诗派“三宗”之一。论诗推服黄庭坚,宗法杜甫,主张“宁拙毋巧,宁朴毋华,宁粗毋弱,宁僻毋俗”(《后山诗话》)。

注释

〔1〕此诗为宋元符元年(1098)在徐州时所作。快哉亭:在徐州城东南隅。为唐代诗人薛能所筑阳春亭故址,北宋熙宁末任京东提刑使持节徐州的李邦直重建此楼于城隅之上,苏轼名之曰“快哉亭”。北宋诗人贺铸《庆湖

《登快哉亭》

遗老诗集》卷二“快哉亭”诗题下序曰：“彭城郡城之东南隅，提点刑狱官废廨也。熙宁末魏郡李公（即李邦直）持节来此构亭，上郡太守眉山苏公命名曰‘快哉亭’下有爽垲，数十步即唐人薛能阳春亭故址也。癸亥（1083）六月始登此亭，因赋是诗。”

〔2〕“城与”二句：言徐州城建在一弯清澈的江水之畔，泉水由乱石间汩汩流出。

〔3〕“夕阳”二句：落日刚刚隐没，暮霭缠绕在山间。

〔4〕“度鸟”二句：鸟儿来来往往，到底想要飞到哪里去呢？做一抹山间的流云是多么闲适自在呀！度鸟，犹言飞鸟。奔云，犹言流云。

〔5〕“登临”二句：意谓因家中有稚子候门，故不能流连太久，只得未尽兴而返。

简评

此诗为后山登临之名篇。诗人登上快哉亭，居高远望，视线由近及远，意境层层拓展。首联写徐州城近景，上句绘形，下句传声：一弯清澈的江水围绕在城周，泉水流过乱石，传来淙淙的水声。颔联瞻望天边，用“初隐”、“已依”描摹动景：夕阳缓缓沉落，隐没在地平线下；暮霭渐渐升起，缠绕在山间。颈联则景中寓情，暗用陶潜“云无心以出岫，鸟倦飞而知还”（《归去来兮辞》）的典故，以“度鸟”、“奔云”对比，表现自己厌倦仕宦生涯、向往自由生活的感悟。尾联则为全诗留下“不尽”的意兴。元·方回评曰：“如‘度鸟’‘奔云’之句，有无穷之味。全篇劲健清瘦，尾句尤幽邃，此其所以逼老杜也。”（《瀛奎律髓》卷一）纪昀亦曰：“五六挺拔，此后山神力大处，晚唐人到此平平拖下矣”，并赞全诗曰：“刻意陶洗，气格老健。”（《瀛奎律髓汇评》）这种苍劲老健的风格与杜诗相近，得力于杜甫，也与后山孤傲的性格有关。全诗未用奇字僻典而意兴无穷，后山诗以孤拔遒劲见长，此诗可见一斑。

格律分析

这首五律采用仄起仄收式，押平声删韵。诗中今读为平声的古入声字有：“石”（陌韵）、“夕”（陌韵），为仄声。全诗合乎格律。

吕本中

兵乱后杂诗[1](选一)

(五律平起仄收式)

晚逢戎马际,处处聚兵时[2]。
后死翻为累,偷生未有期[3]。
积忧全少睡,经劫抱长饥[4]。
欲逐范仔辈,同盟起义师[5]。

作者简介

吕本中(1084—1145),字居仁,世称东莱先生,寿州(今安徽省寿县)人。徽宗时为枢密院编修官,后迁职方员外郎。高宗绍兴六年(1136),召赐进士出身,历官中书舍人、权直学士院。因为触怒秦桧而被罢职。他是江西诗派著名诗人,曾作《江西诗社宗派图》,收入图中的诗人共25人,以黄庭坚、陈师道为首。其诗颇受黄庭坚、陈师道影响,但后来认为黄庭坚也有"短处",还应该师法李白和苏轼。并提出"活法"说,意思是要诗人既不破坏规矩,又能变化不测,给读者以圆转而"不费力"的印象。从而消除江西诗派末流的生硬造作之病,为宋诗发展开拓出"流转圆美"的新途径。

注释

〔1〕靖康元年(1126)闰十一月末,金军攻陷汴京。次年三月金人立张邦昌为傀儡皇帝,掳宋徽宗、钦宗及皇室成员北撤,北宋亡。当时吕本中在汴京城内身经变乱,于金人退后,痛定思痛,写下了《兵乱后自嬉杂诗》二十九首组诗。此为其中一首。

〔2〕“晚逢”二句：晚年遇上兵荒马乱，处处都在扎营屯兵。晚：晚年，吕本中这年43岁。戎马：兵马，代指战争、战乱。聚兵：集结军队。

〔3〕“后死”二句：自己虽然没有在乱中丧生，但这样活着反而是活受罪。这种苟且偷生下的折磨，不知何时才能了结！

〔4〕“积忧”二句：忧愁堆积在心头，每夜都睡不着觉。经受了战乱的劫难，长期忍受着饥馑。抱长饥：长期忍饥。

〔5〕“欲逐”二句：真想追随在河北起义的范仔义军，和他们结成同盟，一起抗敌。作者自注：“近闻河北布衣范仔起义师。”

简评

宋钦宗靖康元年，金兵攻陷汴京（今河南开封市），掳走二帝，北宋灭亡。金兵的马蹄践踏着北宋大好河山，淮河以北都沦为金的领土。在这场空前的劫难中，当金兵围攻汴京时，吕本中正在城中，他亲眼目睹国都残破的景象，亲身感受了战乱的痛苦，用无比沉痛的笔墨记载了这场民族的浩劫，他是最早用诗歌记录靖康之变的诗人之一。他的《守城士》《闻军士求战甚力作诗勉之》描写了抗金将士死守京城的英勇抵抗，并以“城北杀人声彻天，城南放火夜烧船”（《兵乱后寓小巷中作》）等诗句控诉了敌军烧杀抢掠的罪行。金兵退后，吕本中又写了《兵乱后自嬉杂诗》二十九首，刻画了人民遭受战祸的惨状。这里选的一首五律，即真实地反映出了当时作者亲历战乱的情景。诗歌首联描写了处处兵荒马乱的动荡时局，接着抒写自己在国家败亡下生不如死的巨大精神痛苦，再用“积忧”二句描写自己乱后的生活，上句写因忧愁国事而夜夜无眠，下句写劫难后生活艰难，长期忍饥挨饿。最后，作者表达了要追随民间的抗金力量，结成同盟，挽救国难，共兴起义大军的愿望。全诗沉郁悲壮，充溢着诗人爱国忧时的满腔悲愤，表达出那个时代爱国文人的共同心声，实为杜甫之余响。元·方回在《瀛奎律髓》中选了组诗中的五首，并赞曰：“《东莱吕太史外集》凡二十九首，取其五。他如：‘水水但争渡，城城各点兵’‘牛亡春夺种，马死尽徒行’‘风雨无由障，牛羊自入庐’‘欃槍鏃可拾，草木血犹腥’‘六龙时臲卼（音 nièwù，困顿），百雉日孤危’‘报国宁无策，全躯各有词’，皆佳句也。老杜后始有此。”（《瀛奎律髓》卷三十二）

格律分析

这首五律采用平起仄收式，押平声支韵。诗中的入声字有“劫”（洽韵）、“逐”（屋韵），今读平声，古为仄声。全诗合乎格律。

陆　游

枕　上[1]

（五律仄起仄收式）

枕上三更雨，天涯万里游[2]。
虫声憎好梦，灯影伴孤愁[3]。
报国计安出？灭胡心未休[4]。
明年起飞将，更试北平秋[5]。

作者简介

陆游（1125～1210），字务观，号放翁，越州山阴（今浙江绍兴市）人。南宋著名爱国诗人。应考成绩优异，被秦桧除名归里。桧死后，始出仕。曾支持张浚伐金，失败后，被劾免。后任夔州（今重庆市奉节县）通判。王炎为四川宣抚使，辟他为幕府，他到了抗金前线——陕西南郑，度过半年军旅生活。王炎召还，他辗转于成都、嘉州等地做官。又在福建、浙江一带做过地方官。六十六岁以后退居山阴。陆游一生志在收复中原，然而朝政腐败，他的愿望不但不能实现，反而屡次遭到诽谤、弹劾、罢官，但他的爱国壮志却并不因此而少衰，直到临死，还唱出“王师北定中原日，家祭无忘告乃翁”（《示儿》）的悲壮心声。平生作诗近万首，是宋代留存作品最多的诗人。他的诗豪荡俊逸，婉转流畅，平中出奇，尤工律体，作品被誉为“诗史”，有“小李白”之称。著有《渭南文集》《剑南诗稿》《老学庵笔记》等。

注释

〔1〕宋孝宗隆兴二年(1164),南宋朝廷与金人签订妥协和约,向金人称侄,每年向金交纳银二十万两、绢二十万匹。陆游对此十分愤慨,此诗即表达了这种心情。

〔2〕“枕上”二句:写夜不能寐,听着窗外的雨声,遥想祖国万里河山,不由思绪万千。三更,古时将一夜分作五更,三更即半夜。游,神游,遥想。

〔3〕“虫声”二句:是说虫声唧唧,令人难以入睡;面对孤灯,想起大片国土尚沦陷金人之手,更加愁情满怀。

〔4〕“报国”二句:是说自己有一心报国的良策,却无从提出;但消灭外敌之心一刻也不曾止息。安,如何,怎么。胡,指入侵的金人。休,停止。

〔5〕“明年”二句:写诗人的心愿,希望朝廷能重新起用良将,趁秋高气爽,出师北伐。起,起用。飞将,汉代名将李广。李广在与匈奴交战中十分勇猛,匈奴称他为“飞将军”。北平秋,李广曾作右北平太守,而匈奴入侵又多在秋季。北平,西汉右北平郡,治所在今辽宁凌源市。此处借指被金人占领的北中国广大地区。

简评

在陆游的作品中,以《枕上》和《枕上作》为题的有很多。诗人自己曾说:“诗因少睡成。”(《夜坐庭中》)每于夜深人静之时,念念不忘恢复之志的诗人难免感慨良多。此诗前四句写在不寐之夜对周围环境的感受,在黑暗、冷寂的气氛中,诗人想到祖国大好山河沦落金人之手,怎不忧心如焚、难以入寐?但诗人却偏偏说是“虫声憎好梦”,这个“憎”字用得巧妙,是移情的手法,其实,不是虫声扰人好梦,而是忧思中的诗人把对入侵者的憎恨转移到了深夜的虫声。下句的“孤愁”二字才点明了深夜难眠的真正原因。后四句乃就“孤愁”二字展开,以豪放悲愤之词,直抒“报国”之计、“灭胡”之心,结尾更把任用良将、收复失地的愿望寄予来年。诗人渴望杀敌立功、收复失地的爱国激情,是如此强烈,但是,把他的“灭胡心”与当朝统治者的妥协政策一对比,便觉无限辛酸,悲愤难抑,诗人等待的“明年”又会是哪一年呢？明知事与愿违，却痴心不改，这正是诗人对祖国的土地爱得深沉而执着的表现。

格律分析

这首五律采用仄起仄收式，押平声尤韵。诗中的入声字有“国”（职韵）、“出”（质韵）。颈联本应是“仄仄平平仄，平平仄仄平”，此处诗人用了拗救，上句第三字拗，下句第一字犯孤平，故在下句第三字补一平声，既救本句，也救对句，成为“仄仄仄平仄，仄平平仄平”。读来既有愤慨又倔强坚定。第七句用了“平平仄平仄”的特定格式。

严　羽

访益上人兰若[1]

（五律平起仄收式）

独寻青莲宇，行过白沙滩[2]。
一径入松雪，数峰生暮寒[3]。
山僧喜客至，林阁借人看[4]。
吟罢拂衣去，钟声云外残[5]。

作者简介

严羽，字仪卿，自号沧浪逋客，邵武（今福建邵武市）人。一生没有应过科举，约生于宋孝宗淳熙中，卒于理宗末年。他是宋代著名诗学家，在诗歌创作上主张“兴趣”说，将“盛唐气象”的“兴趣”归结为“透彻玲珑”、“不可凑泊”的妙处。所著《沧浪诗话》对后世创作实践和诗歌理论产生很大影响。

注释

〔1〕这首诗记叙了严羽寻访山僧、行游山寺的经过。益上人，即法号为“益”的和尚。兰若，即寺庙，是梵文 Aranya 音译“阿兰若”的略语。

〔2〕“独寻”二句：言诗人独自到寺庙寻访，先经过了白沙滩。青莲宇，即僧人的庙宇。青莲，青色莲花，佛书多以为佛眼之喻，也借指僧、寺等。

〔3〕“一径”二句：沿着一条小路步入满是松和雪的山林中，日暮时分，白雪覆盖着的座座山峰寒意凛然。

〔4〕“山僧”二句：深山中的僧人见到诗人来访，喜出望外，陪着他观赏山林景致，参观庙宇楼阁。“借”字见山寺幽深非供人游览地，偶有来客方暂得一观。

〔5〕“吟罢”二句：诗人与山僧一起吟诗后告别离去，当他远离寺庙之后，还听到寺庙的暮钟在云天之外留下了悠远的回声。残，谓钟声为群山阻隔，断断续续地传来。

简评

纪昀等《四库全书总目提要》卷一百六十三“沧浪集二卷”评曰：“（严）羽则专主于妙远。故其所自为诗，独任性灵，扫除美刺。清音独远，切响遂稀。五言如‘一径入松雪，数峰生暮寒’。”可知此诗乃严羽之代表作。诗的前半部分由动词“寻”“过”“入”“生”连缀起来，再现寻访路程，诗人则移步换景，步步深入，一直把读者引到一个清冷幽邃的世外之境。在此过程中，诗人在景物的描写上，用了“青”“白”“松雪”一类冷色调的事物，铺写出一处玲珑透彻的山林庙宇。青松白雪、层峦叠嶂、清静肃穆的庙宇、操行高洁的僧人，都令人感到清风拂动，沁肌入骨。后半部分写与山僧的交往，既赏山林楼阁，又添吟诗雅兴，可谓乘兴而来又尽兴而归。结句中寺庙悠远的钟声余音袅袅，使人回味无穷，恰好体现了严羽“清音独远”的特色。“结句当如撞钟，清音有余”（谢榛《四溟诗话》），此诗堪当此誉。

格律分析

诗押平声寒韵，隔句押韵。第六句末尾押韵的“看”字读平声，音 kan。诗中的入声字有“独”（屋韵）、“白”（陌韵）、“一”（质韵）、“雪”（屑韵）、“阁”（药韵）、“拂”（物韵），古为仄声。此诗首句第四字拗，因“青莲”为专用名词。颔联和尾联都有拗救。这两联本应是“仄仄平平仄，平平仄仄平”，颔联拗救后为“仄仄仄平仄，仄平平仄平”，上句第三字拗，下句第一字犯孤平，故在下句第三字补一平声，既救本句，也救对句。尾联为“平仄仄平仄，平平平仄平”，上句第三字拗，下句第三字救。

文天祥

南安军[1]

（五律平起仄收式）

梅花南北路，风雨湿征衣[2]。
出岭谁同出？归乡如不归[3]！
山河千古在，城郭一时非[4]。
饿死真吾志，梦中行采薇[5]。

作者简介

文天祥（1236～1282），字宋瑞，又字履善，自号文山，庐陵（今江西吉安市）人。曾任刑部郎官和右丞相等职。南宋灭亡后，他组织义军坚持斗争，祥兴元年（1278）兵败被俘，后来在元大都（今北京）英勇就义。其诗深受杜甫影响，慷慨激昂，饱含爱国深情，诗风沉郁悲壮。有《文山先生集》。

注释

〔1〕南宋祥兴元年（1278），元兵攻破潮州，文天祥被俘。第二年押送他前往

大都(今北京),从广东到江西经过大庾岭,这首诗是他五月四日出大庾岭,经南安军时所作。南安军:宋淳化元年(990)在今江西大余县置南安军,军辖大庾、南康、上犹三县。

〔2〕“梅花”二句:略写行程中的景色,经过长满梅花树的大庾岭南北两路,风雨把诗人的征衣都打湿了。梅花,大庾岭多梅树,又称梅岭,相传是南北气候的分界。

〔3〕“出岭”二句:上句说行程孤单,下句说身为囚犯虽经故乡犹如不归。岭,指大庾岭。乡,文天祥是江西庐陵人,当时他已从广东到了江西境内。

〔4〕“山河”二句:上句化用杜甫《春望》“国破山河在”,意即宋朝山河还有复兴之日;下句化用丁令威化鹤歌中“城郭如故人民非”句意,意即城郭被占领只是暂时的。据托名陶潜的《搜神后记》卷一载,汉道士丁令威学道于灵虚山,后化为鹤归辽东故乡,徘徊空中唱了一支歌,歌中有“去家千年今始归,城郭如故人民非”之句。

〔5〕“饿死”二句:表明自己决心饿死殉国。文天祥到南安军时就开始绝食,意欲死在家乡,而在绝食第五天时,已行过庐陵。采薇,《史记》卷六十一“伯夷列传”记载,周武王代商后,“天下宗周,而伯夷、叔齐耻之,义不食周粟,隐于首阳山,采薇而食之。……遂饿死于首阳山。”

简评

文天祥是我国历史上一位顶天立地的民族英雄,他的诗歌多作于戎马倥偬、颠沛流离之际,感情真挚、气势磅礴,显示出民族正气。这首诗即作于被俘之后,首联写自己经过梅岭(即大庾岭),故乡的梅花、国破的“风雨”,时时触动着诗人忧国思家的沉重心情,使他从胸腔中发出无声的呐喊:“出岭谁同出?归乡如不归!”在这种唐宋诗人纤巧的“掉字对”句型里,诗人注入了深厚的家国之恨,使诗句“精彩顿异”(钱钟书《宋诗选注》)。颈联瞩目江山,点评时事,诗人坚信祖国的大好山河必将千古长存,异族的入侵不过是一时之非。为了这故乡的梅花,为了这壮丽的山河,他甘愿效法前贤,以死明志!诗人抒情言志,敞开心扉;诗歌逐层递进,声情激荡,表达了一位爱国志士在生死之际的铮铮铁骨与高风亮节。文天祥这种慷慨悲壮的诗风与杜诗有相似之处，这既是其胸襟的体现，又是向杜诗学习的结果。据长谷真逸《农田馀话》曰："宋南渡后，文体破碎，诗体卑弱。……及文天祥留意杜诗，所作顿去当时之凡陋，观《指南前后录》可见。不独忠义贯于一时，亦斯文间气之发见也。"（见纪昀等《四库全书总目提要》卷一百六十四《文山集》）

格律分析

这首五律采用平起仄收式，押平声微韵。其中古入声字有："北"（职韵）、"湿"（缉韵）、"出"（质韵）、"郭"（药韵）、"一"（质韵）。"梦中行采薇"一句拗救，本应用"平平仄仄平"，此处第一字用了"梦"，是仄声字，便在第三个字补一个平声字"行"，以免犯孤平，这样就变成了"仄平平仄平"。

谢翱

书文山卷后[1]

（五律平起平收式）

魂飞万里程，天地隔幽明[2]。
死不从公死，生如无此生[3]。
丹心浑未化，碧血已先成[4]。
无处堪挥泪，吾今变姓名[5]。

作者简介

谢翱（1249～1295），字皋羽，一字皋父，长溪（今福建福安市）人。1276年文天祥从元军中逃出，聚兵抗元，谢翱投到门下，任谘议参军。后避居浙江，因肺病死于杭州。他的诗在宋末元初影响很大，杨慎甚至称他为“宋末诗人之冠”(《丹铅总录》卷二一)。有《晞发集》。

注释

〔1〕元世祖至正十九年(1282)，文天祥在大都(今北京)壮烈牺牲。消息传来，谢翱痛彻心扉，此诗便是为文天祥的诗文集所题写的。文山：文天祥的号。卷：指诗文集。

〔2〕“魂飞”二句：写魂魄不辞万里之遥，到处寻觅，才明白生死相隔，再无相见之时。幽明，阴间和阳间。

〔3〕“死不”二句：说没有随文天祥去死，活着也没有任何意义。表达了诗人极度的悲哀。

〔4〕“丹心”二句：是说文天祥耿耿丹心仍在，而英雄壮志未酬，已含恨离开了人世。“丹心”句，用文天祥“人生自古谁无死，留取丹心照汗青”(《过零丁洋》)句意。“碧血”句，典出《庄子·外物》：“苌弘死于蜀，藏其血三年而化为碧。”

〔5〕“无处”二句：表明自己不与当朝统治者合作的决心。堪，可以、能够。变姓名，指隐姓埋名，遁迹山林。

简评

纪昀等《四库全书总目提要》卷一百六十五、集部十八《晞发集》等提要云：“南宋之末，文体卑弱，独翱诗文桀骜有奇气，而节概亦卓然可传。”此诗即为纪念文天祥所作，表现了诗人的民族气节。诗人以饱含深情的笔触，抒写了对文天祥之死的深切怀念，寄寓着浓厚的亡国哀思。首联用一个“飞”字，表达对文天祥追念不已，当明白了幽明相隔后，诗人的感情喷涌而出，颔联用“生”“死”二字所组成的奇特对仗，抒写痛不欲生的情感，也可见诗人对文天祥的崇敬之情，格外哀切动人。颈联赞美文天祥忠于祖国的碧血丹心，感慨其壮志未酬、为国捐躯，是对文天祥英雄气节的最好写照。尾联通过对烈士的深情哀悼，表达保持民族气节的决心，虽语同白话，却自有激动人心的力量。

格律分析

这首五律采用平起平收式，押平声庚韵。其中“隔”（陌韵）是入声字，古读仄声。

金元五律

辛　愿

乱　后[1]

（五律仄起仄收式）

兵去人归日，花开雪霁天[2]。
川原荒宿草，墟落动新烟[3]。
困鼠鸣虚壁，饥乌啄废田[4]。
似闻人语乱，县吏已催钱[5]。

作者简介

辛愿（？～1231），字敬之，自号女几野人，又号溪南诗老，嵩州福昌（在今河南洛宁县西北）人，金代诗人。平生不事举业，隐居于位于河南宜阳县西的女几山。作诗数千首，可惜绝大部分亡佚。其诗以唐人为指归，尤工五言，人称有老杜句法。生平事迹见金·元好问《中州集》卷十“三知己·溪南诗老辛愿”。

注释

〔1〕此诗是金末战乱后诗人回到家园所作，表现了金末尖锐的社会矛盾。乱：指金末的战乱。金贞祐初（1213），成吉思汗的蒙古军大举向金进攻，掠两河山东，残破九十余郡。贞祐三年（1215）破金中都。贞祐四年（1216）蒙古兵又越过潼关，深入今河南嵩、汝一带，后退去。此诗即作

于这次兵乱之后。

〔2〕“兵去”二句：敌兵刚走，逃难的人回到家园，正是大雪初晴，野花开放之时。雪霁，雪后初晴。

〔3〕“川原”二句：原野荒芜，长满杂草；村落里刚刚升起炊烟。宿草，隔年的荒草。兼指荒草中友人的坟墓，《礼记·檀弓上》：“曾子曰：‘朋友之墓，有宿草而不哭焉。’”可见战乱中死人之多。墟落，村落。动新烟，刚有人开始生火做饭，可见村中遭受兵燹，已长久不见人烟。

〔4〕“困鼠”二句：老鼠饿得吱吱乱叫，狂啮空荡荡的四壁；饥饿的乌鸦在荒田里拼命地乱啄。鼠、鸦犹如此，人之饥寒可知。

〔5〕“似闻”二句：忽听村里人声杂乱，原来是县吏向村民催收税钱。

简评

此诗是一篇忧时伤乱的代表作，再现了金末乱后田园荒芜、满目疮痍、民生枯槁、不堪重压的社会图景。首联写兵去人归，花开雪霁，似给人带来了希望，但归来后所见到的家园却是荒芜已久、人烟稀少。颈联接以“困鼠”“饥乌”的画面，从侧面反映出人民饥寒交迫的危难境地，尤为惨痛。鸟兽尚且如此，则民之困境可知矣！然而，尽管百姓所有的只是“虚壁”“废田”，却仍然出现了“县吏已催钱”的凶狠混乱的场景，真是刚走了阎王，又来了索命的无常！尾联与开端呼应，为全诗画龙点睛之笔，可见村民刚从战乱中死里逃生，又陷入封建剥削的火坑中，从而使诗的内涵和意蕴产生了飞跃，在表现民生疾苦上达到了新的高度。清代诗评家陶玉禾评辛愿“诗骨苍古，风格最老，已经乱离贫困，穷乃益工。”（《金诗选》卷三）此诗足当此评。

格律分析

这是首仄起仄收式的五律，用平声先韵。其中，“雪”（屑韵）、“啄”（觉韵）是古入声字，古时读仄声。

揭傒斯

归　舟

（五律平起仄收式）

汀洲春草遍，风雨独归时[1]。
大舸中流下，青山两岸移[2]。
鸦啼木郎庙，人祭水神祠[3]。
波浪争掀舞，艰难久自知[4]。

作者简介

揭傒斯（1274～1344），字曼硕，龙兴富州（今江西丰城市）人，元代著名文学家、书法家、史学家。元仁宗延祐元年（1314）召为翰林国史院编修，历翰林应奉、奎章阁授经郎、迁翰林待制，拜集贤直学士，升翰林侍讲学士阶中奉大夫。元顺帝至正三年（1343）参加撰写辽、金、宋三史，次年，《辽史》成，《金史》将竣时，揭傒斯因积劳成疾，卒于任所，追封豫章郡公，谥文安，有《文安集》。与虞集、杨载、范梈同为“元诗四大家”，又与虞集、柳贯、黄溍并称“儒林四杰”。

注释

〔1〕“汀洲”二句：河两岸的沙洲上覆盖着碧绿的春草，作者在风雨中乘舟归来。

〔2〕“大舸”二句：大船扬起风帆，在江中顺流而下，只见两岸的青山飞速地向后移去。

〔3〕“鸦啼”二句：神鸦在供奉水神的庙宇上啼叫着，人们正在祠堂向水神献礼祭拜。木郎，木刻的神位，即下句中的水神。二句互文。元代民间求

雨时要向水神献上礼品，元代诗人汪克宽在诗中描绘天旱无雨说："楚东五月天无云，日光流金百草焚。……木郎无神龙不起，牲牢熏燎徒纷纭。"(《环谷集》卷二"秋后雨")而元代道士马臻形容求雨应验时说："木郎不待商羊舞，雨脚浪浪似建瓴。"(《霞外诗集》卷十"龙虎山彭法师祷雨感应六首"之五)这里的"木郎"都是对水神的称呼。清·徐珂《清稗类钞》"迷信类"记载："春旱祈雨，设坛东门外，东向。其三时亦如之。坛设神位三，左书'风云雷雨尊神之位'，中书'木郎太乙三仙行雨神仙之位'，右书'紫清白祖仙师之位'。"同书"礼制类·祷雨"载："宫中祷雨之文，谓之《木郎词》，三十余句，以三、四、五、七言为句，类汉时郊祀乐章。"

〔4〕"波浪"二句：春风掀起江中的波涛，浪花飞舞，大船破浪前行，使人不由得联想到了人生道路上的艰难。不过，久历磨难的诗人对此早已了然于胸，并不介怀。

简评

这是揭傒斯的一首成名之作，明·胡应麟《诗薮》外编卷六曾称赞此诗说："元五言律可摘者……揭曼硕：'大舸中流下，青山两岸移。''鸦啼木郎庙，人祭水神祠。'"

诗歌写乘船归乡的所见所闻与途中感触，首联先描写行舟时见到的时令风物。正当春天，放眼四周，迎面而来的是一片片郁郁葱葱的绿洲，诗人用一个"遍"字突出了"天涯何处无芳草"的景致。这一句是描写地面景象，下一句的"风雨"则是空中气象，只见浩荡的春风带着密集的雨丝洒向江天，在风雨交加之中归舟破浪前行。这里的"风雨"二字既是自然界的风雨，也与末尾的"艰难"相呼应，兼指诗人饱经的政治风雨。因此，当他离开官场，回归故乡时难免不归心似箭，颔联描写的舟行情景就透露了这种心情。"大舸中流下"写出了大船乘风扬帆、顺流而下的气势，"青山两岸移"写的是船行迅速的感觉，只见两岸连绵起伏的青山在飞快地向后移动。在饱览"春草遍""青山移"的自然风光后，诗人在颈联又插入了对春日民俗风情的特写，只见岸上的水神祠香烟缭绕、热闹非凡，被惊起的一群神鸦在空中盘旋啼叫，熙熙攘攘的人群正在水神祠前顶礼祭拜。正当春耕季节，人们感谢水神显灵，春风化雨，普降甘霖。人们的虔诚与欢乐深深地感染了诗人，使他的胸襟宽阔了。望着江中翻腾飞舞的浪花，他感到自己以前遭遇的一切“艰难”，都已化为人生路途中一段段难忘的经历，就像这乘风破浪的大船一样，一切都会消失在身后，所以不妨泰然自若，等闲视之。

这首诗借景抒情，写出了诗人在归途中的思想变化，是一首清新隽永、语浅情深的作品。元代欧阳玄曾说揭傒斯“作诗长于古乐府，选体、律诗长句，伟然有盛唐风。”(《圭斋文集》卷十“豫章揭公墓志铭”)《四库全书总目提要》也说揭傒斯“独於诗则清丽婉转，别饶风韵，与其文如出二手。然神骨秀削，寄托自深，要非嫣红姹紫，徒矜姿媚者所可比也。”(纪昀等《四库全书总目提要》卷一百六十七)此诗足当此誉。

格律分析

诗歌押平声支韵，隔句入韵。诗中今读平声的入声字有“独”(屋韵)，古为仄声。全诗合乎格律。第五句采用了“平平仄平仄”的特定格式。

杨维桢

题苏武牧羊图[1]

(五律仄起仄收式)

未入麒麟阁，时时望帝乡[2]。
寄书元有雁，食雪不离羊[3]。
旄尽风霜节，心悬日月光[4]。
李陵何以别，涕泪满河梁[5]。

作者简介

杨维桢(1296～1370),字廉夫,号铁崖,一号铁笛道人,会稽(今属浙江绍兴)人。元末著名诗人。元泰定四年(1327)进士,官至建德路总管府推官。他的诗歌被称为"铁崖体"或"铁体",在当时影响很大。有《东维子集》、《铁崖古乐府》等。

注释

〔1〕这是首题画诗,全诗歌颂了苏武坚贞不渝的民族气节。苏武,字子卿,汉武帝时出使匈奴,被扣押。单于诱降,他坚决不从。后被迁到北海(今贝加尔湖)边牧羊,历尽艰辛十九年后才被释放回汉朝。事见班固《汉书》卷五十四"苏建传"下附"苏武传"。

〔2〕"未入"二句:写苏武出使匈奴时日日盼望回到故乡,那时他并不知道身后能作为功臣画入麒麟阁。麒麟阁,汉宣帝甘露三年(前51),画功臣十一人图像于麒麟阁,第十一人为苏武。帝乡,故国、故乡。

〔3〕"寄书"二句:写苏武在匈奴与汉失去联系、牧羊食雪的艰辛生活。寄书,据《汉书·苏武传》:"昭帝即位,数年,匈奴与汉和亲,汉求武等,匈奴诡言武死。后,汉使复至匈奴,常惠请其守者与俱,得夜见汉使,具自陈道。教使者谓单于,言:'天子射上林中,得雁,足有系帛书,言武等在某泽中。'使者大喜,如惠语以让单于。单于视左右而惊,谢汉使曰:'武等实在'。"食雪,据《汉书·苏武传》:"(卫)律知武终不可胁,白单于。单于愈益欲降之。乃幽武,置大窖中,绝不饮食。天雨雪,武卧啮雪,与旃毛并咽之,数日不死。匈奴以为神。乃徙武北海上无人处,使牧羝,羝乳乃得归。"

〔4〕旄尽:《汉书·苏武传》:"武既至海上,廪食不至,掘野鼠、去草实而食之。杖汉节牧羊,卧起操持,节旄尽落。"

〔5〕"李陵"二句:李陵投降匈奴,苏武不屈服,最终持汉节回国,临别时,李陵挥泪送别。李陵,汉武帝时率兵五千抗击匈奴,寡不敌众,被迫投降。河梁,桥。

简评

诗歌由苏武牧羊图生发，首联用“时时望帝乡”传出苏武爱国之神。中两联抓住苏武“寄书”“食雪”“旄尽”三个典型事例，歌颂苏武坚贞不屈的民族气节，可与日月同辉。诗歌前三联是对苏武的正面歌颂，尾联则将苏武与投降匈奴的李陵作鲜明对比，用李陵悔恨的涕泪对苏武宁死不屈而终回祖国做侧面衬托，使主题进一步升华。杨维桢是元泰定四年(1327)进士，并做了元朝的官，在他的内心深处，对于忠于故国的节操之士怀有深深的敬意，因此在明朝洪武初曾屡次拒绝朱元璋的入京聘请。据明·蒋一葵《尧山堂外记》卷七十七载，“唐、宋人无有书进士于官御上者，独廉夫(杨维桢字)书‘李黼榜进士’。以黼死节，欲自附忠臣，遂用，刻之印章。”他的这首诗赞美苏武气节也是这种情结的体现。杨维桢的诗论和创作都有排斥律诗而提倡古乐府的倾向，甚至说：“律诗不古，不作可也。”仅存有数首律诗，但他偶一为之，仍有可观之处。

格律分析

此诗采用仄起仄收式，押平声阳韵。其中，“阁”(药韵)、“食”(职韵)、“雪”(屑韵)、“节”(屑韵)、“别”(屑韵)是古入声字，为仄声。

傅若金

拒马河[1]

(五律仄起仄收式)

落日苍茫里，秋风慷慨多[2]。
燕云余古色，易水尚寒波[3]。
岸绝船通马，沙交路入河[4]。
行人悲旧事，含愤说荆轲[5]。

作者简介

傅若金(1304～1343),初字汝砺,后改为与砺,新喻(今江西省新余市)人。元代诗人。曾到过大都,受业于范梈。以异才荐,后出仕广州路儒学教授。其诗古、近体皆长,律诗成就尤高,明代胡应麟在《诗薮》中推傅若金五律为元人之冠。有《傅与砺诗文集》。

注释

〔1〕这是一首凭吊古人荆轲的诗,作者路过拒马河所作。拒马河:源出河北省涞源县北,流经易县紫荆关,东北流至北京房山区张坊分南北二河,北拒马河东流与琉璃河相合,南拒马河流入大清河。

〔2〕苍茫:旷远迷茫貌。慷慨:感慨。

〔3〕"燕云"二句:望见燕地的景色,想起荆轲刺秦的壮举。燕,河北省北部在战国时期属燕国。燕云,指燕地上空的云。易水:在河北易县境内。战国时燕国太子丹派荆轲去刺秦王,在易水边为荆轲送行,高渐离击筑,荆轲和而歌:"风萧萧兮易水寒,壮士一去兮不复还!"

〔4〕"岸绝"二句:来到拒马河,岸上的道路已断绝,只有用船载马渡河;沙路不分,人们在河滩上行走。

〔5〕"行人"二句:行人仍在为荆轲的事迹而悲愤,仍在传说着荆轲的故事。

简评

清·乔亿《剑溪说诗》"又编":"汝砺五言数章,亦铁中之铮铮者。"如此诗即景生情,怀古感今,语句雄健、意境悲凉,可谓铁骨铮铮之作。诗歌从拒马河边写起,在落日的苍茫中,秋风扫过古老的幽燕大地,历史的风云奔涌而过,作者的眼前又闪现出荆轲刺秦前燕太子丹易水送别时悲壮的一幕,遂生无限感慨。诗歌前两联描绘燕云古色、易水寒波的苍凉景象,衬托出历史上荆轲刺秦的悲壮事迹,后两联回照现实,表现燕地民风,以示英雄浩气长存人间。诗歌风骨苍然,激昂慷慨。明代胡应麟评其五律曰:"新喻(傅若金)……稍自振拔,雄浑悲壮,老杜遗风。”(《诗薮·外编》卷六)信非溢美之辞。

格律分析

这首五律采用仄起仄收式,押平声歌韵。其中,“绝”(屑韵)、“说”(屑韵)是古入声字,属仄声。此诗前三联均对仗,首联“苍茫”对“慷慨”,属双声叠韵的联绵字相对。

明代五律

袁凯

客中除夕[1]

（五律仄起仄收式）

今夕为何夕，他乡说故乡。[2]
看人儿女大，为客岁年长。[3]
戎马无休歇，关山正渺茫。[4]
一杯柏叶酒，未敌泪千行。[5]

作者简介

袁凯（1316？～？），字景文，号海叟，华亭（今上海市松江区）人，明洪武三年（1370）征拜御史，以病免归。李梦阳谓其师法子美，何景明谓其歌行得杜之体，有些诗未能尽脱元习，伤于纤丽，但不缺佳篇。有《海叟集》四卷、《外集》一卷。

注释

〔1〕元末战乱之际，袁凯旅居在外，逢除夕之夜有感而作此诗。

〔2〕“今夕”句：出自《诗·唐风·绸缪》：“今夕何夕，见此良人。”郑玄注：“今夕何夕者，言此夕何月之夕乎。”孔颖达疏：“美其时之善，思得其时也。”“今夕何夕”多用以感叹良辰的美好，此诗称美除夕的不同寻常。

〔3〕“看人”二句：看着别人家的儿女又长大一岁了，才猛然悟到自己旅居在

外时间太长了。

〔4〕“戎马”二句：化用杜甫《登岳阳楼》中“戎马关山北，凭轩涕泗流”句。是说战乱不断，故乡邈远而归期难计。

〔5〕“一杯”二句：酌一杯柏叶酒，聊以自慰，却依旧难敌苦泪千行。柏叶酒，用柏叶浸制的酒，除夕时饮，辟邪祈寿。南朝梁·庾肩吾《除夕》：“聊倾柏叶酒，试奠五辛盘。”

简评

唐代王维诗云：“独在异乡为异客，每逢佳节倍思亲。”这首诗就是抒写除夕之夜思家的浓情。除夕之夜，本是阖家团圆之时，一年中最美好的夜晚，然作者身逢乱世，漂泊他乡，却在客中度过。首联就题生发，出句点“除夕”，对句点“客中”，“今夕为何夕”下接以“他乡说故乡”，二句反差极大，表现出强烈的失落感和喷薄而出的乡愁。颔联接写作者此时独到的感受，看到别人儿女已大，才猛然省悟为客岁月已长，此句“大”与“长”二字似钝而非钝，似拙而非拙，极为本色动人。颈联化用杜甫在安史之乱后漂泊岳阳的诗句，使人联想到杜诗的意境与情怀，对照出诗人此刻的经历，从而拓宽了诗歌中的思想内容。尾联借“一杯柏叶酒”照应“除夕”，本欲借酒浇愁，却引下千行思乡之泪，抒写满腹思乡愁情的难以平抑。诗歌中浓浓的乡情与深深的悲愁，却以浅语出之，诗句直白而真切，对仗工稳而自然。作者化用前人诗句而无生硬之病，全诗无一纤巧字眼而音意尽显，可见诗家之功夫。

格律分析

这首五律采用了仄起仄收式，押平声阳韵。诗中今读平声的入声字有：“夕”（陌韵）、“说”（屑韵）、“歇”（月韵）、“敌”（锡韵），古为仄声。此诗前三联使用了对仗。首联“夕”、“乡”二字作“掉字对”，颇添回环流转之美。颔联中“儿”与“女”、“岁”与“年”亦各自对应，是为句中有对。

杨 基

岳阳楼[1]

（五律仄起平收式）

春色醉巴陵，阑干落洞庭。[2]
水吞三楚白，山接九疑青。[3]
空阔鱼龙舞，娉婷帝子灵。[4]
何人夜吹笛？风急雨冥冥。[5]

作者简介

杨基（1326～1378），字孟载，号眉庵，原籍嘉州（今四川乐山市），生于吴县（今江苏省苏州市）。明初著名诗人。元末曾为张士诚记室。明初起为荥阳知县，授兵部员外郎，迁山西按察使。后因事谪输作劳役而死。杨基少负诗名，与高启、张羽、徐贲并称“吴中四杰”。其诗时有纤巧之病，但写景咏物清新俊逸，不乏佳句。有《眉庵集》十二卷。

注释

〔1〕岳阳楼：湖南岳阳城西门城楼，下临洞庭湖，唐张说在岳州时筑，宋时重修。

〔2〕“春色”二句：浓丽的春色使巴陵如醇酒一般令人心醉，凭栏俯瞰水中倒影，仿佛岳阳楼景直落水中。此联化用李白《陪侍郎叔游洞庭醉后三首（其三）》中句：“巴陵无限酒，醉杀洞庭秋。”巴陵，岳州古称巴陵。唐天宝元年曾改岳州为巴陵郡，治所在今湖南岳阳市。阑干，栏杆。

〔3〕“水吞”二句：三楚之地仿佛被洞庭水吞没，只剩下白茫茫的一片；君山遥

接九嶷山，青苍之色伸向远方。此联极写山水之胜。三楚，秦汉之时分战国楚之地域为东、西、南三楚。九疑，山名，也作九嶷，又名苍梧，在今湖南省宁远县境，相传舜帝死后葬于此。

〔4〕“空阔”二句：那浩大淼茫的湖水间仿佛有鱼龙起舞，那娉婷而立的君山仿佛幻化出湘妃的身影。鱼龙，鱼和龙。《荀子·致士》第十四：“川渊者，鱼龙之居也。”杜甫《秋兴》其四：“鱼龙寂寞秋江冷。”帝子，即湘君，传说她是帝尧的女儿。舜南巡死，葬于九嶷山。他的两个妃子（娥皇、女英）追踪到洞庭湖，闻舜死，自投湘水而死，成为神灵。屈原《楚辞·九歌·湘夫人》有句云：“帝子降兮北渚，目眇眇兮愁予。”

这二句多异文，《明诗别裁集》卷一“舞”作“气”、“娉婷”作“婵娟”。此处从《四库全书·眉庵集》卷七和钱谦益所编《列朝诗集》甲集第七所录。

〔5〕“何人”二句：是谁月夜吹笛，唤来急风细雨？这两句借用典故，继续描写神话意境。据唐·郑还古《博异志》载，贾客（商人）吕乡筠，善吹笛，月夜泊君山侧，命酒吹笛。忽见波上有渔舟而来，一老父遂于怀袖间出笛三管，“吹三声，湖上风动，波涛沆瀁，鱼鳖跳喷；五声六声，君山上鸟兽叫噪，月色昏暗，舟楫大恐，老父遂止。饮满数杯，……棹舟而去，隐隐渐没入波间。”冥冥，雨昏暗貌。

简评

清代沈德潜称赞此诗云：“应推五言射雕手，起结尤入神境。”（《明诗别裁集》卷一）全诗意境开阔，气韵高华，想象瑰奇，极富浪漫色彩。首联写作者倚岳阳楼而眺望，只见洞庭春色醉人、楼映湖中，人与景契合无间、浑然一体。颔联勾画巴陵山水胜状，“吞”“接”二字形象传神，顿时把人的视野扩展到远方，使人联想到范仲淹《岳阳楼记》中“予观夫巴陵胜状，在洞庭一湖，衔远山，吞长江，浩浩汤汤，横无际涯”的描写。颈联承上启下，写浩瀚的湖上似见鱼龙起舞，似见帝子显灵，作者引神话传说入诗，援空灵之笔写景，使壮美的洞庭山水倍增神奇。尾联另辟奇境，用想象营造视听幻觉，以虚写实，余韵不绝。明·顾起纶称杨基“才长逸荡，兴多隽永”（《国雅品》），此诗可为佐证。

格律分析

这首五律采用了仄起平收式，押平声青韵。首句借韵，借用了邻韵蒸韵的“陵”字。诗中的入声字有：“白”（陌韵）、“接”（叶韵）、“笛”（锡韵）、“急”（缉韵），古为仄声。第七句采用了“平平仄平仄”的特定格式。诗前三联皆使用了对仗，工整而流畅。颈联中“空阔”与“娉婷”为双声叠韵的联绵字相对，使声韵更优美。

谢　榛

榆河晓发[1]

（五律平起平收式）

朝晖开众山，遥见居庸关[2]。
云出三边外，风生万马间[3]。
征尘何日静，古戍几人闲[4]。
忽忆弃缥者，空惭旅鬓斑[5]。

作者简介

谢榛（1495—1575），字茂秦，自号四溟山人，又号脱屣山人。山东临清人。明代著名诗人、文学家。与李攀龙、王世贞等倡导文学复古运动，为“后七子”之一。其诗及诗论，在当时及其后，都有较大影响。谢榛是一位布衣诗人，一生浪迹四方，他擅长近体，犹以五律为佳，句响字稳，风格凝炼。有《四溟集》、《四溟诗话》传世。

注释

〔1〕这是谢榛游历幽燕时拂晓从榆河驿出发，经过居庸关时所作。榆河：又

《榆河晓发》

名温余(渝)河，在今北京市北境。自居庸关南流，经过昌平区。《明一统志》卷一："榆河：源自昌平州南月儿湾，一名温渝河。下流为沙河，经顺义会白河。"明代置榆河驿。《西关志》："居庸关南三十里至新店站，又三十里至榆河驿。"

〔2〕"朝晖"二句：朝日升起，群山显露，远远望见了山上的居庸关。居庸关：在北京市昌平区西北军都山，距京城60公里。关城所在的山谷，属太行余脉军都山地，关口两山夹峙，地形极为险要，被称为"天下第一雄关"。汉朝时，居庸关城已颇具规模。南北朝时，关城建筑又与长城连在一起。此后历经数朝。现存的居庸关城是明初朱元璋派遣大将军徐达督建的，为北京西北的门户。

〔3〕"云出"二句：白云飘浮在天边，仿佛远在边境之外；居庸关下，戍边将士骑着战马奔腾而过，卷起一带风尘。三边，指东、西、北边陲，此处泛指边境。《后汉书》卷五十四"杨震传"："羌虏抄掠，三边震扰。"《资治通鉴》卷五十"汉安帝延光二年"引此文，胡三省注："三边，东、西、北也。"明中叶后以蓟辽、宣大、山西防务为三边，今河北沿内长城的居庸、紫荆、倒马为内三关，今山西沿内长城的雁门、宁武、偏头为外三关。京师恃为外险，北边有警，必分列戍守于此。

〔4〕"征尘"二句：意谓边境战争何日才能平静，戍边的将士又在何时才能不用这样紧张地备战御敌呢？何日静，是说边患不息，明世宗嘉靖年间，鞑靼酋长俺答等多次从河套进犯，战争连年不断，朝廷御敌无策。

〔5〕"忽忆"二句：面对连绵不断的边患，不由得想起了古代终军少年报国的志气与军事才能，惭愧的是：自己作为一介书生，在长期的旅途中消磨了岁月，空增白发。繻，音如，又读需，古代作通行证用的帛。书帛裂而分之，合为符信，过关时验合，以为凭证。弃繻者，指汉代的终军，一个年轻有抱负的军事人才。终军曾以弃繻表示决心在关中创立事业。事见《汉书》卷六十四"终军传"："初，(终)军从济南当诣博士，步入关，关吏予军繻。军问：'以此何为？'吏曰：'为复传，还当以合符。'军曰：'大丈夫西游，终不复传还。'弃繻而去。军为谒者，使行郡国，建节东出关，关

吏识之，曰：‘此使者乃前弃繻生也。’”“南越与汉和亲，乃遣军使南越，说其王，欲令入朝，比内诸侯。军自请：‘愿受长缨，必羁南越王而致之阙下。’军遂往说越王，越王听许，请举国内属。……军死时年二十余，故世谓之‘终童’。”后人遂以终军为年少立大志的典型，如杜甫诗：“虑子弹琴邑宰日，终军弃繻英妙时。”（《七月一日题终明府水楼》之二）。

简评

此诗可视为明代的一首边塞诗。明世宗嘉靖年间，鞑靼军连年攻扰明之边境，洮州（今甘肃省临潭县一带）、大同（今山西省大同一带）、宣府（今河北省宣化县）受害尤甚。嘉靖二十八年（1549）后，鞑靼酋长俺答更率部攻至永宁（今北京延庆东北），不断入塞劫掠，曾三次进逼京师。正是在此背景下，谢榛漫游幽燕时来到了居庸关下，目睹边塞景象，抒发了忧虑边患、渴望御敌靖边的爱国思想。

“朝晖开众山，遥见居庸关”。诗歌用一个“开”字发端，在读者面前掀开了一幅雄伟壮观的关山画卷：在旭日的辉煌照耀之下，青翠峻拔的群山从晨雾中显露出来，连绵起伏的古长城如同一条巨龙般盘踞在群山之巅，而号称“天下第一雄关”的居庸关傲然屹立于群山之间，雄视着长城内外。接着，诗人进一步打开视野，他的目光由居庸关拓展到了更广阔的天地之间，顿时，“云出三边外，风生万马间”，雄关之上，碧空万里，几朵白云似飘出了边塞之外；雄关之下，黄沙滚滚，万马奔腾，戍关将士的铁骑如一阵狂风般卷地而起，铺天盖地，呼啸而来！这一联中戍边者龙腾虎跃的威武形象、充满动态与张力的描写与首联静态的关山画面融合在一起，组成一幅大气磅礴、壮丽非凡的边塞全景图。就连排挤过作者的王世贞也说：“（谢茂秦）北游燕，刻意吟咏，遂成一家。句如‘风生万马间’，又‘马渡黄河春草生’，皆佳境也。”（《艺苑卮言》卷七）清代沈德潜亦赞曰：“读‘风生万马间’，纸上有声。若衍成二语，气味便薄。”（《明诗别裁集》卷八）正说明颔联语言的铿锵有力，气象的雄浑厚重。

前两联描写居庸关一代的边塞景象，写得景象开阔，气壮山河，后两联则即景生情，抒发感慨与议论。望着关塞下的滚滚征尘，想到外族连年侵扰的现实，作者深感朝廷御边失策，造成边患难除，故此发出了“征尘何日静，古戍几人闲”的感叹，盼望早日扫清边尘，让百姓安居乐业。由此，他联想到当前时势迫切需要像古代的终军那样勇于请缨、为国分忧的英雄人物，然而，与年少有为的终军相比，作为一介书生，自己却在长期的漫游中蹉跎岁月，如今两鬓斑白，空有报国之心却无报国之力了。在诗人的感慨声中，我们看到了他热爱祖国河山、渴望报效祖国的拳拳之心。

作为一首五律，此诗可谓情景俱佳、言简意赅、句句响亮，正如清代钱谦益所云：“茂秦今体工力深厚，句响而字稳，‘七子’‘五子’皆不及也。”（钱谦益编《列朝诗集》丁集第五）沈德潜亦评：“四溟五言近体，句烹字炼，气逸调高，‘七子’中故推独步。”（《明诗别裁集》卷八）

格律分析

诗歌押平声删韵，首句入韵。诗中今读平声的入声字有“出”（质韵）、“忽”（月韵），古为仄声。全诗格律严谨。

王世贞

登太白楼[1]

（五律平起仄收式）

昔闻李供奉，长啸独登楼。[2]
此地一垂顾，高名百代留。[3]
白云海色曙，明月天门秋。[4]
欲觅重来者，潺湲济水流。[5]

作者简介

王世贞(1526～1590),字元美,号凤洲,又号弇州山人,太仓(今江苏省太仓县)人。明代著名文学家。嘉靖二十六年进士,授刑部主事,迁刑部郎中。因得罪严嵩,改派青州兵备副使,以父难解官。万历年间历仕至南京刑部尚书。早年与李攀龙同为后七子领袖,攀龙早卒,世贞独主诗坛二十年。世贞才雄学富,著述颇丰而洗练未至,有《弇州山人四部稿》《弇山堂别集》。

注释

〔1〕明嘉靖三十二年(1553),王世贞回太仓探亲,途经济宁州(今山东省济宁市),登太白酒楼,作此诗。太白楼:李白曾在古任城东门里酒楼饮酒赋诗,其地遂被称为“太白酒楼”。济宁古称任城,《全唐文》卷八百二有沈光《李白酒楼记》。其文说:“有唐咸通辛巳岁(861)正月壬午,吴兴沈光过任城,题李白酒楼。……至于齐鲁,结构凌云者无限,独斯楼也,广不逾数席,瓦缺椽蠹,虽樵儿牧竖,过亦指之曰:‘李白常醉于此矣。’”

〔2〕“昔闻”二句:回忆李白当年登楼的潇洒风度。李供奉:《新唐书·文艺传中·李白》:“(贺)知章见其文,叹曰:‘子谪仙人也。’言于玄宗,召见金銮殿,论当世事,奏颂一篇。帝赐食,亲调羹,有诏供奉翰林。”后因称李白为供奉。长啸,是魏晋时代阮籍、嵇康等名士风度的表现,撮口发出悠长清越的声音。

〔3〕“此地”二句:是说此楼一经李白登临,遂能名垂千古。垂顾,犹言光顾,光临。此处垂为敬辞。

〔4〕“白云”二句:登楼遥望海天相接之处,白云中曙色已经显露,但天空还挂着一弯明月。天门,一说天空;一说泰山的东、西、南三天门。

〔5〕“欲觅”二句:但见济水潺湲,更没有一个像李白那样的高才来此登楼了。潺湲,流水声。济水,包括黄河南北两部分,河北部分源出河南济源市西王屋山,东南流经温县,入黄河。河南部分原系黄河支流,自河南省荥阳市北,流经山东省入海。

简评

这首诗摹仿李白诗歌的气韵，抒写对李白的仰慕、缅怀之情，感慨当世人才难觅。前两联由“昔闻”领起，回忆、记述太白楼之来历，一句“长啸独登楼”再现了李白潇洒飘逸的“诗仙”风度，也引出了“高名百代留”的历史回音。后两联回到现实，写由太白楼远眺之景，“白云”二句恰见天边曙光熹微，“潺湲”一句传出近处济水之声，明月依旧，济水长流，可是到哪里去找李白这样天才卓越的诗人呢？一代诗仙就这样消失在历史的长河中了。诗歌在对自然的描写中传出了历史变迁的脚步，结尾留下了深深的遗憾。诗人怀古论今，挥洒自如；指点江山，激扬文字，在缅怀前贤中，也表现出作者“少年跌宕……气笼百代，意不可一世”（李贽《续藏书》卷二十六赞王世贞语）的个性。正如沈德潜所评：“天空海阔，有此眼界笔力，才许作《登太白楼》诗。”（《明诗别裁集》卷八）

格律分析

这首五律采用了平起仄收式，押平声尤韵。中两联对仗。诗中入声字有：“昔”（陌韵）、“独”（屋韵）、“一”（质韵）、“白”（陌韵），古为仄声。颈联格律为仄平仄仄仄，平仄平平平，在第一、三字的位置通融。

钟惺

夜归[1]

（五律仄起仄收式）

落叶下山径，草堂人未归。[2]
砌花泣凉露，篱犬吠残晖。[3]
霜静月逾皎，烟生墟更微。[4]
入秋知几日，邻杵数声稀。[5]

作者简介

钟惺(1574～1626),字伯敬,号退谷,湖广竟陵(今湖北省天门市)人。明末著名文学家。万历三十八年(1610)进士,官至福建提学佥事。与谭元春同为“竟陵派”(或“钟谭体”)的创始人。二人合选有《古诗归》《唐诗归》,在当时影响很大。其诗歌以幽深奇僻为宗,有《隐秀轩集》。

注释

〔1〕此诗写黄昏至夜晚的山居秋景。《四库全书·御选明诗》卷一百二十诗题作“夜归联句”。此诗有异文,落叶,一作“落日”;“砌花”一作“砌虫”,此处从《四库全书·御选明诗》。

〔2〕“落叶”二句:落叶飘落在山间的小路上,草堂的人还没有归来。

〔3〕“砌花”二句:秋天的凉露打湿了阶下的菊花,秋花似含着泪光;夕阳的残晖照在篱笆墙上,墙内的狗不停地叫着。

〔4〕“霜静”二句:白霜落下,秋夜寂静,更显出月亮的皎洁;暮烟袅袅,弥漫开来,村落更显得微茫。墟,村落。

〔5〕“入秋”二句:入秋几天了,邻家传来了稀稀落落的捣衣声。杵,一头粗一头细的圆木棒,用来捶衣服。

简评

钟惺为诗刻意求奇,以表达他那种“幽情单绪”(钟惺《诗归序》),此诗即为一例。首联以“落叶”点明时节,以“草堂”点明地点,说明诗歌表现的是秋日的山居景象。颔联先写黯淡的夕阳中秋花泣露,篱犬吠昏,从所见所闻两个方面描写山居近景;颈联再写月光下静谧的村落全景,皎月在上,烟墟在下,构成了一种色调朦胧、幽寂凄清的境界。尾联又引来断续的杵声加深秋意、引人遐想。全诗写乡村晚景,恬淡幽清,作者下笔时有意选择了一些色调暗淡的景物,以体现他独特的审美境界。诗歌仿效王孟却了无盛唐田园诗充溢的盎然生机,因此清人钱谦

益曾说竟陵派诗风“以凄声寒魄为致”“以噍音促节为能”。(《列朝诗集小传·丁集中·钟提学惺》)

格律分析

这首五律采用了仄起仄收式,押平声微韵。中两联对仗工稳,用字恰切。第一句第三字应平用仄。第二句按律当为“平平仄仄平”,而诗中为“仄平平仄平”,第一字拗第三字救,属本句自救,亦救对句。颈联出句“月”字当平而仄,而对句“墟”字当仄而平,属对句相救。

夏完淳

别云间[1]

(五律平起仄收式)

三年羁旅客,今日又南冠[2]。
无限河山泪,谁言天地宽[3]!
已知泉路近,欲别故乡难[4]。
毅魄归来日,灵旗空际看[5]。

作者简介

夏完淳(1631～1647),原名复,字存古,号小隐。松江华亭(今上海市松江区)人。南明诗人、抗清将领。清朝顺治二年(1645),清兵南下,江南一带抗清义士纷起抵抗,夏完淳亦随父起兵抗清。顺治四年(1647),在故乡被捕。随后,被解往南京,因拒绝清政府的诱降,英勇就义。死时年仅17岁。

注释

〔1〕云间,即现在上海松江区,是作者的家乡。夏完淳于 1647 年在家乡被捕,清兵要把他解往南京,他在向故乡、向亲人告别时,写下这首诗。

〔2〕“三年”二句:言自己为抗清过了三年漂泊在外的生活,今天不幸被捕成为囚徒。三年,作者自顺治二年起,参加抗清斗争,出入于太湖及其周围地区,至顺治四年(1647),共三年。羁旅,寄居作客。南冠,指囚徒。据《左传·成公九年》记载,被晋国关押起来的楚国囚犯钟仪始终戴着南冠(指楚国的服饰),后来就用“南冠”代指囚徒。

〔3〕“无限”二句:为祖国无限河山的沦丧而流泪,天地之间竟无容身之处。

〔4〕“已知”二句:已知殉国的日子近在眼前,虽无所畏惧,但难以永别故乡和亲人。泉路,指地下,旧时迷信者所谓的阴间。这里表示作者必死的决心。

〔5〕“毅魄”二句:当自己的忠魂归来之日,定会看到抗清的旗帜在空中飘扬!毅魄,坚强、果敢的魂魄。灵旗,《史记》卷十二“孝武本纪”载,汉武帝为伐南越,告祝太一,曾作灵旗,“为兵祷,则太史奉以指所伐国。”灵旗是祭祀战争用的,这里指抗清义旗,表示死后仍将抗清。

简评

这首诗作于夏完淳在云间被捕时,作者以此诗向故乡、向亲人告别。首联回忆三年来的战斗经历,长期浴血奋战;而今却成为囚徒失去自由。这两句平平写来,好像在谈别人的事情。只有将生死置之度外的人,面临死亡,心情才会如此平静。颔联举目“河山”、“天地”,悲愤之情无法遏制,痛哭祖国的无限山河已沦于敌手,不禁诅咒天地狭窄,使人无法施展抱负,虽报国有心,但救国无门了。颈联写内心的矛盾,诗人已知殉国的日子近在眼前,虽无所畏惧,泰然处之;但即将永别故乡与白发慈亲,心中涌起难忍的悲愁!须知夏完淳此时才 17 岁,真正的生命刚刚开始,怎能不怀恋这生他养他的热土呢!不过,这种对生的留恋,只是刹那间的一闪,在尾联,情绪又转入高昂:“毅魄归来日,灵旗空际看”,他坚信当自己的忠魂归来之日，定会看到抗清的旗帜继续飘扬！诗歌达到高潮，随即戛然而止，作者心安了，他要含笑走向刑场了。

这首诗抒发了一个少年英雄对祖国山河、亲人故土和自由生活的深沉挚爱，显示了夏完淳至死不屈、忠于祖国的坚定意志。诗人于悲凉中慷慨高歌，于留恋中昂首舍生，既表现了爱国者的高贵气节，又显示了大丈夫的阳刚之美。

格律分析

此诗为五律平起仄收式，押平声寒韵，尾字“看”要读平声（kān）音。诗中“别”（屑韵）为入声字。

清代五律

吴伟业

遇旧友[1]

（五律仄起仄收式）

已过才追问，相看是故人[2]。
乱离何处见，消息苦难真[3]。
拭眼惊魂定，衔杯笑语频[4]。
移家就吾住，白首两遗民[5]。

作者简介

吴伟业（1609～1671），字骏公，号梅村，江苏太仓人。是主盟清初诗坛的人物。他是明崇祯进士，参加过复社。清兵入关后，他被迫入京，官国子监祭酒，后归故里。其诗现实性很强，多寓身世之感，也有些作品揭露了统治者对人民的残酷榨取。早期诗作藻思清丽；明亡后历经丧乱，多感慨苍凉之音。各体皆工，尤长于七言歌行。其纪事之作，学长庆体而自成面目，后人称之为“梅村体”。有诗文集《梅村集》。

注释

〔1〕此诗作于顺治七年（1650），诗中“乱离”指明末清初的战乱。顺治元年（1644）明宁远总兵吴三桂引清兵入关，福王立于南京，吴伟业被封为少詹事，不久回归太仓故里。顺治二年（1645）南都被清兵攻破，并于六月

下苏、杭，清军在江南与各地反清军民激战。作者在战乱中曾携家人避难苏州矾清湖亲戚家两月余，有《矾清湖》诗云："嗟余遇兵火，百口如飞鸟。"

〔2〕"已过"二句：言路上擦肩而过，恍然面熟；追问之下，互相一细看，果然是老朋友。

〔3〕"乱离"二句：动乱中分离，再无从相见；偶尔听到彼此的消息，也苦于难以辨别真假。

〔4〕"拭眼"句：知彼此生还，不免悲喜交集，擦去泪水再细细端详，终于安下心来。衔杯，聚饮举杯。

〔5〕"移家"句：请朋友搬来同住。就，接近，靠近。遗民，作此诗时吴伟业还未出仕清朝，故以明代"遗民"自居。

简评

此诗情节真实、场景典型，反映了乱离中人们的普遍感受。首联由"已过"到"追问"再到"相看"后的确认，这一连串动作细致地刻画了兵荒马乱之中行色匆匆的诗人与旧友路遇的情景，正如沈德潜所评："起语得神，与'乍见翻疑梦'同妙。"（《清诗别裁集》卷一）颔联说明别离的社会背景与彼此的牵挂，为抒写二人的深厚友情做铺垫；颈联写二人重聚后悲喜交集、拭泪细看、饮酒畅谈的情景；尾联以移家就住再叙情义，并以"白首两遗民"点醒全篇，以见两人情义深厚的基础在于同是坚持气节的明朝遗民。因此，梅村后虽被迫仕清，但一生引为憾事。全诗一气贯注，委婉含蓄中颇寓感慨苍凉之意，不愧为一首佳制。

格律分析

五律仄起仄收式，押平声真韵。诗中今读平声的古入声字有："息"（职韵）、"白"（陌韵），均属仄声，"看"（kān）与"难"（nān）读平声。此诗尾联出句用了"平平仄平仄"的特定形式。

施闰章

钱塘观潮[1]

（五律仄起平收式）

海色雨中开，涛飞江上台[2]。
声驱千骑疾，气卷万山来[3]。
绝岸愁倾覆，轻舟故溯洄[4]。
鸱夷有遗恨，终古使人哀[5]。

作者简介

施闰章（1618～1683），字尚白，号愚山、蠖斋，晚号矩斋，安徽宣城人。清初著名诗人。顺治六年（1649）进士，自此步入仕途。康熙十八年（1679）召试博学宏词，官至翰林院侍讲、与修明史。诗与宋琬齐名，号“南施北宋”。二人又与王士禛、朱彝尊、赵执信、查慎行并称“清初六家”。其诗风宗唐，一些作品对清初社会政治状况有所反映。工于五言，王士禛称其五言诗“有风人之旨，其章法之妙，如天衣无缝。”（《池北偶谈》卷十三）有《学余堂集》。

注释

〔1〕钱塘，指钱塘江。浙江杭州湾农历八月十八日前后的钱塘江涌潮是天下闻名的奇观。

〔2〕“海色”二句：透过秋雨眺望远处大海的景色，钱塘江的波涛似从海面卷来，直飞到江边的高台上。台，指观潮之台。

〔3〕“声驱”二句：震天的涛声犹如驱赶着千万匹战马在奔驰，巨浪的气势仿佛卷起千万座雪山压过来。骑（jì），备有鞍辔的马。

〔4〕“绝岸”二句:观潮的人们担心江涛要把高高的江岸掀翻坍倒,但弄潮儿却驾着轻舟故意迎着波涛冲浪。绝岸,断岸,江岸峭壁。溯,逆流而上。洄,回旋的江涛。

〔5〕“鸱(chī)夷”二句:钱塘怒潮仿佛抒发着潮神伍子胥忠而被杀的遗恨,从古至今都使人们为之哀痛。鸱夷,革囊。《战国策·燕策二》:“昔者伍子胥说听乎阖闾,故吴王远迹至于郢。夫差弗是也,赐之鸱夷而浮之江。”据《吴越春秋》记载,春秋时伍子胥因忠心进谏被吴王夫差赐死,夫差以鸱夷(皮袋)裹其尸首投于江。伍子胥死后化为钱塘江潮神,乘素车白马于潮头上。

简评

“八月十八潮,壮观天下无”(宋·苏轼《东坡全集》卷三),施闰章此诗以简练而形象的笔墨描绘了钱塘江秋潮的壮观景象。首联先声夺人,起笔以“海色”形容钱塘江面的壮阔,接着以“涛飞”展示狂涛似从天而落的奇观。颔联承接上联,“声驱千骑疾,气卷万山来”上句摹声,下句状形,以夸张的笔墨,刻画大潮汹涌奔来时犹如万马奔腾之声势,排山倒海之气象!宋代周密《观潮》中描摹钱塘潮涌是:“则玉城雪岭际天而来,大声如雷霆,震撼激射,吞天沃日,势极雄豪。”(《武林旧事》卷三)恰可为此诗注脚。清·沈德潜评曰:“‘气卷万山来’,五字千古。”(《清诗别裁集》卷三)颈联转换角度,由自然景观转写人们的活动。上句表现江潮几乎冲坍江岸时惊心动魄之景象,以反衬下句弄潮儿驾轻舟逆潮冲浪的英姿与豪气,这两句中的一个“愁”字与一个“故”字形成了鲜明对照,说明这一年一度的大潮却也是弄潮儿夸耀勇敢与力量的节日。尾联即景生情,借用伍子胥忠而遇害、化为潮神的传说,赋予钱塘江潮神话般的色彩,使人似见潮神倾涛泻浪,喷珠溅玉,在滔滔江潮中发泄着千古遗恨。诗歌结尾由实到虚,诗人纵论古今,寄寓了对世事深深的感慨。全诗意境壮阔,气势磅礴,状景写人,虚实结合,在有限的四十个字中包含了博大丰富的形象与怀古慨今的神思。

格律分析

五律仄起平收式，押平声灰韵，首句入韵。诗中今读平声的古入声字有：“疾”(质韵)、“绝”(屑韵)，均仄声字。尾联出句用了“平平仄平仄”的特定格式。

屈大均

读陈胜传[1]

（五律仄起仄收式）

闾左称雄日，渔阳谪戍人[2]。
王侯宁有种？竿木足亡秦[3]。
大义呼豪杰，先声仗鬼神[4]。
驱除功第一，汉将可谁伦[5]？

作者简介

屈大均(1630～1696)，初名绍隆，字翁山，又字介子。广东番禺(今广州市)人。明诸生，清兵入关时，曾从桂王抗清。清兵围广州后削发为僧，改名今种，字一灵，后还俗，更今名。一生游历南北，联络各地反清志士，以图恢复。诗寓于民族意识，关怀人民疾苦，不事雕琢，气势纵横，悲歌慷慨，五律尤胜。与陈恭尹、梁佩兰并称为“岭南三大家”。屈不仅为三大家之冠，而且在清初明遗民诗人中，当与顾炎武、吴嘉纪鼎足而三，风格各异。有《道援堂集》、《翁山诗外》等。

注释

〔1〕陈胜：秦末农民起义领袖，《史记》列入世家。此诗作于明亡以后，作者从反清复明的立场出发，歌咏陈胜，寄托自己的抗清思想。

〔2〕“闾左”二句：这两句是说，陈胜起兵称雄的时候，还不过是个被调遣去渔阳守边的闾左贫民。闾左，居住在里巷左边的贫民，这里指陈胜。渔阳，古郡名，《史记·陈涉世家》张守节“正义”：“渔阳故城在檀州密云县南十八里。”谪戍，调去防守边疆。

〔3〕“王侯”句：《史记·陈涉世家》：“（陈胜）曰：‘王侯将相宁有种乎？’”这句话是说，难道王侯将相是天生高贵的种子吗？宁，岂。“竿木”句：这句赞美陈胜敢于起义亡秦，说他们斩断树木作兵器，举起竹竿当旗帜，足以灭亡残暴的秦朝。《史记·陈涉世家》：“斩木为兵，揭竿为旗，天下云会响应，赢粮而景从，山东豪俊遂并起而亡秦族矣。”

〔4〕“先声”句：谓陈胜举事前利用鬼神的迷信，预先制造舆论。《史记·陈涉世家》记陈胜置书有“陈胜王”的丹帛于鱼腹中，又令吴广于丛祠中作狐鸣：“大楚兴，陈胜王。”

〔5〕“驱除”二句：是说陈胜起义为汉高祖刘邦驱除暴秦、统一天下扫清了道路，建了首功，是哪位汉朝将军也无法相比的。伦，比。

简评

这是一首歌颂历史上农民起义领袖陈胜的诗歌。首联点出“称雄”者陈胜的贫民出身，是有意与传统的鄙视劳动人民的旧观念抗争；颔联用陈胜蔑视王侯将相的豪语与他揭竿而起铲除暴秦的行动，歌颂他的大志大勇；颈联则以陈胜利用鬼神唤起民众的事迹，写出他的足智多谋；最后得出结论：在驱除暴秦的事业中，陈胜的首倡之功无人能比！从而充分肯定了农民起义领袖陈胜的历史功绩。同时也借歌咏历史人物，寄托了自己的抗清思想。此诗语言质朴，笔力雄肆，慷慨而有奇气。作者着眼于咏史寄意，无意求工，却产生了振奋人心的艺术效果。

格律分析

五律仄起仄收式，押平声真韵。诗中的入声字有：“谪”（陌韵）、“足”（沃韵）、“杰”（屑韵）、“一”（质韵），虽今读平声，古均属仄声。另外，颔联“王侯宁有种？

竿木足亡秦"，"亡"在句中的意思是"消灭"，这与上句的"有"对起来似乎不工；但"亡"字另有一个"无"的意思，却恰和句中的"有"字成为颇工的对仗。这就是"借对"，在对仗中是很讲究的。

朱彝尊

晓入郡城〔1〕

（五律平起仄收式）

轻舟乘间入〔2〕，系缆坏篱根。
古道横边马〔3〕，孤城闭水门。〔4〕
星含兵气动，月傍晓烟昏。〔5〕
辛苦乡关路〔6〕，重来断客魂。

作者简介

朱彝尊（1629～1709），字锡鬯，号竹垞，浙江秀水（今嘉兴市）人。早年参加过抗清斗争，康熙十八年（1679）举博学鸿词科，官翰林院检讨。他博通经史，擅长诗词古文，诗与王士禛齐名，号称"南朱北王"。一生诗作颇丰，前期有感事伤时之作，后期以写闲情逸致为主。部分作品笔力雅健，风格沉雄。有《曝书亭集》。

注释

〔1〕此诗作于顺治三年（1646），描写明末清初战乱后嘉兴的荒凉景色。顺治二年（1645）六月清兵攻陷苏、杭，嘉兴亦遭兵燹。郡城，指作者家乡秀水，宋时为嘉禾郡，故称。

〔2〕“轻舟”句：作者乘小船悄悄进入嘉兴城。嘉兴是江南水城，城内外河道纵横。乘间：趁空，钻空子。间（jiàn），间隙。这里暗指清兵戒备森严，好不容易才进得城内。

〔3〕边马：边兵的马。清兵来自边地，故云。

〔4〕“孤城”句：杜甫有《题忠州龙兴寺所居院壁》：“孤城早闭门”。水门，水城之门。

〔5〕“星含”二句：谓天空的星象显示出兵气，拂晓时昏黄的月色，也似笼罩着硝烟。星含兵气，古代人认为某些星象预兆战事，如《史记》卷二十七“天官书”：“若五星入轸星中，兵大起。”《汉书》卷二十六“天文志”：“太白，兵象也。”

〔6〕乡关：故乡。

简评

清顺治二年（1645），清兵南下攻陷浙江。嘉兴民众起兵抗清失败，百姓喧挤出逃，朱彝尊是时避兵夏墓荡，有诗云：“夕阳满地北风起，飞遍芦花不见人。”（《乙酉夏墓荡诗二绝》）翌年回郡，写下此诗。诗歌前两联叙事，后两联借景抒情。首联写乱后乘舟返回郡城，水城门附近有清兵把守，戒备森严，故须趁拂晓钻空子进入城内；回到家园，将小舟停靠在被乱兵毁坏的竹篱边。颔联接写清兵占领下郡城内的紧张气氛，古城道路边横拴边马，水关紧闭，嘉兴早已失去了往日的宁静与秀丽。颈联写遭受战火的古城气象，仰观星空，似含兵气；月色昏黄，战烟犹存。结尾点明历尽艰辛的回乡之路，并以重返家园后的“断客魂”三字收束全篇，其亡国之痛、乡关之悲跃然纸上，可谓警策。诗歌写战乱情景，既有真实的叙事细节，又有整体的气象氛围，苍凉沉郁，真切感人。

格律分析

五律平起仄收式，押平声元韵，全诗合乎格律。

近代五律

黄遵宪

书愤(其一)[1]

(五律仄起仄收式)

一自珠崖弃,纷纷各效尤[2]。
瓜分惟客听,薪尽向予求[3]。
秦楚纵横日,幽燕十六州[4]。
未闻南北海,处处扼咽喉[5]!

作者简介

黄遵宪(1848～1905),字公度,别号人境庐主人。广东嘉应州(今广东省梅州市)人。清末杰出的爱国诗人、外交家。光绪二年(1876)中举,次年随驻日大使何如璋出使日本。历任驻日本、美国、英国、新加坡等国使馆参赞、总领事。考察资本主义政治制度与文化思想,主张变法图强。曾积极参加戊戌变法,变法失败后放归故里。他是"诗界革命"的主将,作品反映了近代中国的社会面貌,有"诗史"之称。著有《日本杂事诗》、《人境庐诗草》等。

注释

〔1〕光绪二十四年(1898),诗人作《书愤》五首,抒发对列强瓜分中国的愤慨和忧虑,此为第一首。甲午战争后,世界列强疯狂瓜分中国,纷纷划定其势力范围,向中国政府强行租借。光绪二十三年(1897)冬,德国派海

军强占胶州湾，沙俄舰队强占旅顺口和大连湾，随之，法、英等国接踵而来，分别强迫清政府租借广州湾和威海卫。诗歌所反映的正是这一段屈辱的历史。

〔2〕“一自”二句：自从清政府允许德帝国主义者强租胶州湾，列强纷纷效法德国，强占中国领土。一自，自从。珠崖，作者自注：“胶州”。珠崖弃，此处用典。珠崖是汉代郡名。相当今海南岛东北部地区。据《汉书·贾捐之传》，汉初元元年（前48），汉元帝准备派军队镇压珠崖等郡的起义，贾捐之认为关东民众久困，“愿遂弃珠崖，专用恤关东之忧”。元帝听从他的意见，下诏罢珠崖郡。后便以“弃珠崖”作为抛弃国家领土之意。这里指清政府允许德国强租胶州湾。1897年11月，德国派军舰占领胶州湾；次年三月，强迫清政府订立《中德胶澳租界条约》，强租胶州湾，租期99年。“纷纷”句，句下作者自注：“旅顺、大连湾、威海卫、广州湾。”效尤，仿效坏的行为。沙俄占领我旅顺、大连湾后，1898年强迫清政府签订《旅大租地条约》，租期25年，旅大地区成为沙俄的殖民地，东北三省成为其势力范围。同年，英国强租了威海卫，租期25年；法国强租了广州湾，租期99年，并将云南、广西、广东划为自己的势力范围。

〔3〕“瓜分”二句：清政府听任帝国主义瓜分中国，帝国主义不断向我索求，其贪欲没有穷尽之时。惟客听，《左传》“成公二年”载：晋齐交战，齐军败，齐侯派人表示愿把宝物和土地送给晋国求和，并说：“不可，则听客之所为。”意思是如果这样晋还不允许媾和，则任其所为。诗中的“客”指瓜分中国的外国侵略者。薪尽，《庄子·养生主》：“指穷于为薪，火传也，不知其尽也。”意思是说，薪（柴）是可以烧完的，火却可以因为不断添柴而不断燃烧下去。此以烧薪为喻，说帝国主义对中国的侵略欲壑难填。

〔4〕“秦楚”二句：帝国主义列强像战国时的秦楚一样，用合纵或连横的办法侵吞中国。而清政府却像五代时石敬瑭割幽、蓟十六州给契丹一样出卖国家。秦楚纵横，战国时代，七国并峙，秦国和楚国力量最

强，都想由自己来实现武力统一。秦在西，六国在东。当时的地理观念，南北为纵，东西为横。秦国争取东方六国分别与秦和好的政策，叫连横；楚国谋求六国联合抗秦而以自己为盟主的政策，叫合纵。这里以秦楚纵横比喻帝国主义在中国互相争夺。“幽燕”句，五代时，石敬瑭为后唐河东节度使，契丹南侵，他引契丹兵灭后唐，建立后晋，被契丹册封为帝。又割幽、蓟等十六州给契丹，自称儿皇帝，称契丹为父皇帝。“幽蓟十六州”历史上又称“燕云十六州”，这里混用两种名称，谓之“幽燕十六州”。此句借用石敬瑭之事，揭露清政府的卖国罪行。

〔5〕“未闻”二句：从未听说像今天这样，南北海防要地，处处被帝国主义控制。南北海，从南到北漫长的海岸线。扼咽喉，卡住咽喉，比喻控制要害。指世界列强占领了沿海港口及边防要地。

简评

自1840年鸦片战争以来，中国的大门一次又一次被外国侵略者用大炮轰开。其中，1894年爆发的中日甲午战争，使中国割地赔款，主权沦丧，国际地位急剧下降，而日本则成为亚洲的暴发户。日本不仅完全控制了朝鲜，还强迫腐朽的清政府将辽东半岛、台湾岛及所有附属各岛屿、澎湖列岛割让给日本；对日战争赔款二亿三千万两库平银；舰艇等战利品价值也有一亿多日元。而当时日本政府的年度财政收入只有八千万日元。当时的日本外务大臣说：“在这笔赔款以前，根本没有料到会有好几亿元，（本国）全部收入只有八千万日元。”这不仅让日本侵略者欣喜若狂，更加激起对中国扩张侵略的欲望，同时，也极大刺激了列强瓜分中国的野心，列强侵华进入了一个新阶段，大大加深了中国的半殖民地化。诗歌所反映的正是甲午战争后的历史现实。

诗歌开门见山，作者用“一自珠崖弃，纷纷各效尤”，描画出1898年列强对中国侵略和吞并的狂潮。自从德国派海军强占胶州湾，沙俄舰队迅速强占我旅顺和大连湾，随之，法、英等国接踵而来，分别强迫清政府租借广州湾和威海卫。

他们把中国看成一块肥肉，个个垂涎欲滴，疯狂瓜分中国，纷纷划定其势力范围。在这民族危机不断加深的时刻，清政府在做什么呢？紧接着，诗人悲愤地指出："瓜分惟客听，薪尽向予求"，腐败无能的清朝廷对列强的瓜分听之任之，一再退让，这无异于火上浇油，使列强的胃口越来越大，索求无有止境！于是，作者在颈联用"秦楚纵横日，幽燕十六州"这两个历史典故，深刻概括了当时中国的形势，一方是列强为瓜分中国而在神州大地上的角逐争斗，另一方则是清廷任人宰割，甘当洋人儿皇帝的苟且卖国，这样的结局必然引发更大的民族危机。正如作者在结尾愤慨指出的："未闻南北海，处处扼咽喉！"从没见过几千年的文明古国出现如此危急的局面，从南到北，处处被侵略者扼住了咽喉！事实正如作者所料，仅在两年之后，八国联军就攻入了北京，古老的中华民族遭受了空前的浩劫。1900 年(庚子年)，英国、法国、德国、俄国、美国、日本、意大利、奥匈帝国的八国联合军队侵入中国，占领首都北京，对皇城、衙门、官府大肆掠夺，大量中国文物和文化遗产(包括故宫、颐和园、西山以及圆明园)遭到破坏、失窃、火烧。腐朽的清廷政府逃往陕西西安，谈和后向诸列强拱手送出白银四亿五千万两。

在《书愤》组诗中，黄遵宪曾以"弱肉供强食，人人虎口危"揭露帝国主义侵略者的凶暴贪婪，谴责清政府的妥协投降政策，因此，这组诗歌不仅充溢着诗人对列强瓜分中国的愤慨和忧虑，也是近代中国屈辱的见证。这段备受屈辱的历史告诉我们，以清朝政府为代表的落后的封建主义根本不是新兴资本主义的对手，落后就要挨打！不能把自己的命运寄托于对手的慈悲上，只有富国强民，才能立于不败之地。

格律分析

诗歌押平声尤韵，隔句用韵。诗中今读平声的入声字有"一"(质韵)、"十"(缉韵)，古为仄声。诗中第三句末尾的"听"字按照格律要读去声，此处属去声径韵。全诗合乎格律。

章炳麟

狱中赠邹容[1]

（五律平起仄收式）

邹容吾小弟，被发下瀛洲[2]。
快剪刀除辫，干牛肉作糇[3]。
英雄一入狱，天地亦悲秋[4]。
临命须掺手，乾坤只两头[5]。

作者简介

章炳麟(1869～1936)，字枚叔，后改名绛，别号太炎。浙江余杭人。他是近代资产阶级民主革命家、著名学者。早年曾受到维新派的影响，戊戌变法失败后，和康梁决裂，摆脱了改良主义思想影响，投身于资产阶级民主革命运动。1903年在《苏报》上发表宣传革命的著作，因而被捕入狱。1906年出狱后赴日本，加入同盟会，任同盟会机关报《民报》的主编。辛亥革命后，反对过窃国大盗袁世凯。五四运动以来，思想则日趋保守。他作诗不多，早期少数短诗，富有革命激情，为时人所传诵。著有《章氏丛书》初编、续编、三编。

注释

〔1〕作于光绪二十九年(1903)。时作者在《苏报》上发表了《驳康有为论革命书》，并为邹容的《革命军》一书作序，在与改良派的论战中骂光绪"载湉小丑，不辨菽麦"，其革命行动触怒清廷，清政府勾结上海英租界当局先后将章炳麟、邹容逮捕，关押在上海租界西牢监狱中。这就是当时有名的"《苏报》案"。邹容(1885～1905)，字蔚丹，四川巴县人，1902年留学

日本，积极宣传反清革命思想；1903 年回国，以“革命军中马前卒”的名号写成了他的代表作《革命军》，旗帜鲜明地回答了中国民主革命的基本问题，提出要用革命的手段推翻清朝的皇权，建立资产阶级民主国家，并为这个国家定名“中华共和国”。《革命军》一出版，清朝政府极为惶恐，遂勾结帝国主义对革命党人进行镇压，同年 7 月邹容被捕，1905 年 4 月死于租界狱中。

〔2〕“邹容”二句：我的小弟邹容还没有到束发的年龄就留学日本，寻求革命救国的道路。小弟，1903 年，章炳麟、张继、章士钊、邹容等人结为兄弟，作者写这首诗时已 34 岁，比邹容大 16 岁，故亲切地称他为小弟。被发，同披发。古代男子 20 岁成年束发，幼童时头发自然披散。这句是说邹容去日本时年纪很小，才 17 岁。下瀛洲，指邹容 1902 年赴日本入东京同文书院学习，并积极参加留日学生的革命运动。瀛洲，神话传说中东海上的仙山名，这里借指日本。

〔3〕“快剪刀”二句：写邹容在日本期间剪去辫子的反清行动和接受西方的思想与生活习俗。除辫，剪掉辫子。清入关后，强迫人民留辫子，改成满人装束。邹容在日本东京留学时，不仅剪掉自己的辫子，以示革命，还将清政府派往日本监督留学生的官员姚文甫的辫子强行剪去，贴上“禽兽姚文甫之辫”的字条，挂在留日学生会馆的屋梁上示众。糇（hóu），干粮。此处泛指食品。

〔4〕“英雄”二句：英雄被捕入狱，天地也为之悲伤。悲秋，秋天的时节萧瑟悲凉，仿佛上天也充满悲伤。

〔5〕“临命”二句：到我们为国献身的时刻，让我们携手走向刑场，一起为革命抛头颅洒热血吧！临命，临死，指牺牲就义。作者认为自己和邹容被囚入狱，可能遭到杀害或摧残致死。掺手，执手，携手。乾坤，天地之间。两头，指作者与邹容要为革命而献出自己的头颅。

简评

这是诗人因“《苏报》案”被捕入狱后，在狱中为勉励战友邹容而作。

在身陷囹圄的危险关头，在清政府屠刀的威胁之下，诗人表现得却是如此从容，诗中没有凄婉的诀别之辞，没有失意的悲愤欲绝，而是如同兄弟间亲切的交谈与约定。他深情地呼唤着年轻的小弟，回忆起邹容“快剪刀除辫，干牛肉作糇”的反清经历，赞赏他“英雄一入狱，天地亦悲秋”的义士壮举，最后与邹容约定共同战斗到底，直至携手就义，为革命献出自己的头颅。“临命须掺手，乾坤只两头”，如此视死如归的英雄气概，坚贞不渝的革命情谊，为革命献身的浩然正气，百年之后，犹觉生气凛然。邹容亦有《狱中答西狩》和诗一首：“我兄章枚叔，忧国心如焚。并世无知己，吾生苦不文。一朝沦地狱，何日扫妖氛？昨夜梦和尔，同兴革命军”，两人可谓忘年知己，肝胆相照。1905 年 4 月 3 日，年仅 20 岁的邹容被折磨致病，死于狱中，为共和国献出了年轻的生命。

章太炎的一生，是革命者的一生。鲁迅先生对他的革命精神曾给以极高的评价：“七被追捕，三入牢狱，而革命之志终不屈挠者，并世亦无第二人：这才是先哲的精神，后生的楷范。”（《关于章太炎先生二三事》，《鲁迅全集》第六卷）

格律分析

诗歌押平声尤韵，隔句用韵。第五句中的“一”（质韵）字，今读平声，古为仄声。全诗合乎格律。颔联“快剪刀除辫，干牛肉作糇”，两句都是上三下二的句式结构，读来有一种拗折的语言节奏，有力地表现了邹容反叛清廷的革命精神。

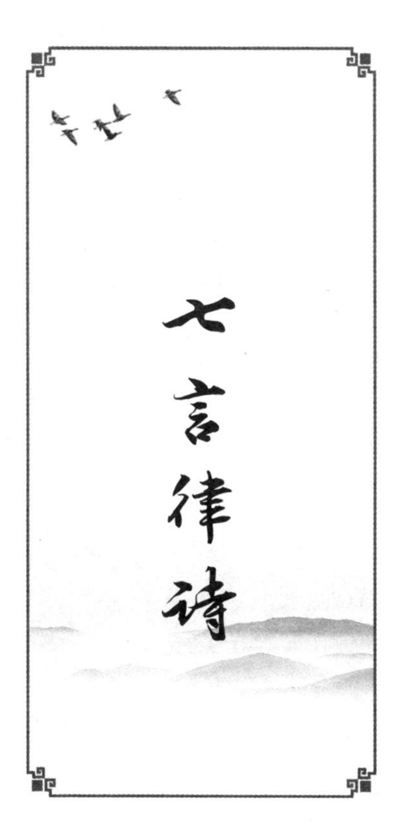

七言律诗

唐代七律

沈佺期

古　意[1]

（七律平起平收式）

卢家少妇郁金堂，海燕双栖玳瑁梁[2]。
九月寒砧催木叶，十年征戍忆辽阳[3]。
白狼河北音书断，丹凤城南秋夜长[4]。
谁为含愁独不见，更教明月照流黄[5]。

注释

〔1〕诗题一作《古意呈乔补阙知之》，一作《独不见》。所谓“古意”就是拟古之作。古乐府《独不见》的内容多叙妇女思念征人的感情，这首诗也是写长安的少妇思念远戍边塞的丈夫的内容。

〔2〕“卢家”二句：美丽的少妇独处空堂上，而海燕却能够双双栖息在梁上巢中。卢家少妇，泛指少妇。南朝梁武帝萧衍《河中之水歌》：“河中之水向东流，洛阳女儿名莫愁。……十五嫁为卢家妇，十六生儿字阿侯。卢家兰室桂为梁，中有郁金苏合香。”郁金堂，用郁金香和（huò）泥涂壁的房屋。海燕，即越燕，紫胸轻小，喜在房屋梁上做巢。古越地靠近海，故称为海燕。玳瑁（dài mào）梁，玳瑁，海生龟属动物，甲坚硬，有花纹，为高级装饰物。玳瑁梁，指涂饰成玳瑁色的画梁。

〔3〕“九月”二句：九月寒风里捣衣之声催落树叶，少妇思念多年远征辽阳的丈夫。寒砧（zhēn），寒风里捣衣之声。砧，捣衣石。九月是换季的时候，

家家赶制寒衣，把新衣料在砧石上用杵捣软，再缝制衣服。辽阳，辽水以西地区，即唐代营州一带(今辽宁省朝阳、阜新、锦州市一带)。

〔4〕“白狼河”二句：征戍白狼河北的丈夫音讯杳然，使住在长安的妻子担心思念，夜不能寐，更觉秋夜漫长。白狼河，又名白狼水、大凌河，在唐代营州，今辽宁省境内，东流经锦州入海。河之北即辽阳。丹凤城，指长安。相传秦穆公的女儿弄玉吹箫引凤，凤凰集于咸阳城，所以后人称长安城为丹凤城，或凤城。

〔5〕“谁为”二句：少妇在为谁含愁独处，苦苦相思却不得相见？谁又教明月光偏偏照在流黄之上，惹起少妇的相思之愁呢？谁为(wèi)，为谁的倒文。独不见，独处孤居，不能与征人相见。流黄，黄紫相间的杂色绢。一说，此处流黄指少妇所居的帷帐。

简评

初唐诗人沈佺期、宋之问对律诗的成熟、定型作出了重要贡献，世称“沈宋体”。清·顾有孝说：“七律肇自唐初，工于沈、宋。”(《唐诗英华》)沈佺期的这首七律是唐诗中最早用七律形式描写闺情的名篇。诗歌以委婉的笔调，描写一位长安的少妇在寒砧处处、落叶萧萧的秋夜，独处华屋，心驰塞外，思念远方征人而彻夜难眠的愁情。此诗在艺术上主要采用以景托情的手法，诗人善于通过环境氛围的渲染，以及比兴手法的运用来抒发情感，展现人物的内心世界。如首联用“海燕双栖”来暗示、反衬“卢家少妇”的独守空房、孤独寂寞；颔联用“九月寒砧催木叶”来渲染凄凉愁苦的气氛；颈联用“秋夜长”来表现思妇夜不能寐、苦苦相思的情状；结尾则用“更教明月照流黄”来委婉地表现思妇离愁缠绕、孤寂难耐的百转愁肠。这种以景托情的方法，使得整首诗的抒情极具含蓄、隽永之美。全诗情致缠绵，色彩富丽，音韵和谐，情景交融，标志着七言律诗的完全成熟。

格律分析

五言律诗定型后，唐初沈、宋等诗人又把五律的粘对方法运用到了七言诗中，七言律诗其实是五言律诗的扩展。七律就是在五律的每句前面再加两个字，也就是增加了一个节奏单位。依照律句要平仄交替的原则，在五言律句的前头逢仄加平，逢平加仄，所以七律也有平起平收、平起仄收、仄起平收、仄起仄收四种平仄格式。

此诗为平起平收式，首句入韵，押平声阳韵。诗中的入声字有“十”（缉韵）、“白”（陌韵）、“独”（屋韵），今读平声，古为仄声。一般说来，律诗的每两个字是一个音节，而重音落在后一个字上，所以古人做律诗有一句俗语说：“一三五不论，二四六分明”，就是说每句逢单字平仄可以通融，而逢双字必须平仄分明，不能通融，否则为拗句。当然这种说法并不完全准确，但还是可以概括一些常见的现象的。如此诗“十年征戍忆辽阳”句中的第一、三字，“白狼河北音书断”句中的第一、三字，“丹凤城南秋夜长”句中的第一、五字，“谁为含愁独不见”句中的第一、五字，“更教明月照流黄”中的第一、三字都有平仄通融的情况。末句的“教”（jiāo）字要念平声。

李　颀

送魏万之京[1]

（七律平起平收式）

朝闻游子唱离歌，昨夜微霜初渡河[2]。
鸿雁不堪愁里听，云山况是客中过[3]。
关城树色催寒近，御苑砧声向晚多[4]。
莫见长安行乐处，空令岁月易蹉跎[5]。

作者简介

李颀（690～约751），祖籍赵郡（今河北赵县），家居颍阳（河南省许昌市襄城县境内)。盛唐著名诗人。唐玄宗开元二十三年(735)中进士,出任新乡尉。久不升迁,遂辞官归隐。他的诗众体兼备,七律与七古成就尤高,《全唐诗》存其诗三卷。

注释

〔1〕这首诗是送别朋友魏万入长安的。魏万:后改名颢(hào),聊城(今属山东)人。曾隐居王屋山,自号王屋山人。仰慕李白,与李白交谊甚深。又与李颀为忘年交。魏万于上元元年(760)登进士第。之:到。

〔2〕"朝闻"二句:早上听着游子唱起离别的歌,昨夜一场微霜带来秋凉之气,游子将要渡过黄河远去。游子,指魏万。河,黄河。

〔3〕"鸿雁"二句:大雁的哀鸣,满怀客愁的游子听了怎么受得了;况且游子所经过的山峦云雾笼罩,更令人迷茫哀伤。这是写诗人见秋景凄清,为朋友漂泊而忧伤。云山,云雾笼罩的群山。

〔4〕"关城"二句:过了潼关城,树木凋零,叶色枯黄,催动寒气逼近京城;渐近长安,傍晚城边妇女捣衣之声阵阵袭来,使游子心中更加悲凉。这是推想朋友渐近长安时的情景。关城,指潼关城。御苑,皇家宫苑。这里指长安。向晚,傍晚。

〔5〕"莫见"二句:告诫朋友不要把长安仅仅看成行乐之地,虚度韶华,勉励他努力立身立名。蹉跎(cuō tuó),时光虚度。

简评

这是李颀的名作,清·李慈铭评此诗:"清华朗润,通首俱佳。"(《越缦堂读书记》集部·札记)这首诗是李颀送别魏万入长安的作品,诗中描述了游子生活的艰辛,告诫魏万不要贪图享乐,虚度光阴,应及早建功立业。全篇充满了饱经风霜的诗人对一个晚辈朋友的关切之情。诗人在抒写离别之情的同时,始终以凄清的秋景作衬托,如"微霜""鸿雁"点出了深秋时节萧瑟的气氛,烘托诗人送别时悲愁难抑,黯然神伤的情绪;"关城树色""御苑砧声",则刻画长安一带的景色,引出尾联对魏万的劝勉：莫把长安当做行乐之地而虚度大好时光。这种情景交融的写法使诗歌在抒情上具有委婉曲折、情韵悠长的特点。明代何景明评此诗说："多少宛转，诵之悠然。"(《唐诗选脉会通评林》)蒋一葵也说："宛转流亮，愈玩愈工。"(《唐诗选笺释》)

格律分析

此诗为平起平收的七律，押平声歌韵，首句入韵。颔联上句尾字"听"此处要读去声(tìng)，属去声径韵；下句尾字"过"(guō)要读平声，此处是平声歌韵字。

祖 咏

望蓟门[1]

(七律平起平收式)

燕台一望客心惊，箫鼓喧喧汉将营[2]。
万里寒光生积雪，三边曙色动危旌[3]。
沙场烽火侵胡月，海畔云山拥蓟城[4]。
少小虽非投笔吏，论功还欲请长缨[5]。

作者简介

祖咏(699～746)，洛阳人，盛唐著名诗人。唐玄宗开元十二年(724)进士及第，但仕途坎坷，后辞官退隐。《全唐诗》存诗一卷。

注释

〔1〕这是祖咏集中唯一的一首边塞诗。蓟门：唐代幽州的治所。在居庸山

中，即今居庸关，唐时先称“蓟门关”，后改为“军都关”。宋·乐史《太平寰宇记》卷七十“河北道·蓟州”载：“唐开元十八年，析幽州之渔阳、三河、玉田三县置蓟州，取古蓟门关以名州。天宝元年改为渔阳郡，乾元元年复为蓟州。”

〔2〕“燕台”二句：从燕台往蓟门望去，感到触目惊心。只见大将军营中箫管和战鼓喧声雷动。燕台，即幽州台，又名蓟北楼，故址在今北京德胜门外的土城关。箫鼓，箫与战鼓，此处指军乐。李白《发白马》诗：“将军发白马，旌节渡黄河。箫鼓聒山岳，沧溟涌涛波。”箫是竹制管乐器。箫，一作笳，今从唐·芮挺章《国秀集》。

〔3〕“万里”二句：写边塞白日苍凉肃杀的景象。广阔的边关白雪覆盖，寒光刺目；曙光照耀下，高高的旗帜在风中飘动。三边，古称幽、并、凉三州为三边，亦泛指边塞之地。危旌，高挂的旗帜。危，高。

〔4〕“沙场”二句：写边塞夜间的紧张气氛与险要形势。片片相连的烽火几乎遮挡了北边天上的月亮，南渤海北云山，拱卫着蓟门城。烽火，古时边塞告警或报平安的信号。夜间举火叫“烽”。拥蓟城，这句是说蓟门形势险要。蓟门城北边是燕山，南边近渤海，故说“海畔云山拥蓟城”。

〔5〕“少小”二句：言自己想投笔从戎，像班超、终军那样为国立功。投笔吏，用班超的典故。《后汉书》卷四十七“班超传”载，班超少时为抄写文书的小吏，“尝辍业投笔叹曰：‘大丈夫无他志略，犹当效傅介子、张骞立功异域，以取封侯，安能久事笔研（砚）间乎！’”后果出使西域，立了大功。请长缨，犹请战，用终军的典故。《汉书》卷六十四“终军传”载，汉武帝想使南越王入朝归附，（终）军自请：“愿受长缨，必羁南越王而致之阙下。”

简评

这是一首描写唐代北方边塞的著名七律。开篇的一个“惊”字传达出诗人望见边塞景象时强烈的内心震撼，接下来描写的战场情景更是辽阔雄浑、格调悲壮。特别是中两联描写由昼至夜边塞紧张肃杀的气氛与烽火连天的险要景象，生、动、侵、拥四个动词的运用，极为准确，极为精彩。诗人用震天的箫鼓声、万里积雪的寒光、曙色中飘舞的军旗、天边熊熊燃烧的烽火，起伏环绕的云山，构成了一幅气壮山河、有声有色的边塞动态图景，正如清人屈复所评："通首雄丽，读之生人壮心。"（《唐诗成法》）在诗歌的尾联，诗人把"望"中激发的感受化为从军立功、报效祖国的壮语，为全篇留下一个铿锵有力的结尾。

清人方东树评此诗曰："《望蓟门》六句写蓟州之险，而以首句'望'字包之。收托意，有澄清之志。岂是时范阳已有萌芽耶？"（《昭昧詹言》卷十六）认为祖咏此诗是针对安禄山在范阳准备兵变而发，可备一说。

格律分析

诗押平声庚韵，首句入韵。注意第六句的"拥"字古属上声肿韵，读上声；而"一"（质韵）、"积"（陌韵）是入声字，古属仄声。

崔 颢

黄鹤楼[1]

（七律拗格）

昔人已乘黄鹤去，此地空余黄鹤楼[2]。
黄鹤一去不复返，白云千载空悠悠[3]。
晴川历历汉阳树，芳草萋萋鹦鹉洲[4]。
日暮乡关何处是？烟波江上使人愁[5]。

作者简介

崔颢（？～754），汴州（今河南开封市）人。开元十一年（723）登进士第。天宝初(742～744)入朝任职,曾任太仆寺丞、尚书司勋员外郎。《全唐诗》存其诗四十二首,以这首《黄鹤楼》最有名。

注释

〔1〕黄鹤楼:故址在湖北省武昌蛇山的黄鹄矶上,下临长江。“鹄”,古与鹤字相通。始建于东吴黄武二年(223),屡废屡建,解放后修建长江大桥时拆除。1985年,于蛇山西端高观山西坡新建的黄鹤楼落成,楼高50.4米,共五层。

〔2〕昔人:指传说中的骑鹤仙人子安。《南齐书》卷十五“郡县志”:“郢州,镇夏口,……夏口城据黄鹄矶,世传仙人子安乘黄鹄过此上也。”又传说三国时蜀国人费文祎(yī)在此楼乘鹤登仙。

〔3〕悠悠:飘荡的样子。

〔4〕“晴川”二句:隔着江水,汉阳城的树木清晰在目,鹦鹉洲上的春草一片碧绿。历历,分明的样子。汉阳,地名,现在湖北省武汉市的汉阳区,与黄鹤楼隔江相望。萋萋,草茂密的样子。鹦鹉洲,长江中游的小洲,在黄鹤楼东北。东汉末年,曾作过《鹦鹉赋》的名士祢衡被黄祖杀于此洲,因此得名。

〔5〕“日暮”二句:日落黄昏,家乡何处? 望着江上浩渺的烟波,心底浮起了绵绵的愁思。

简评

《黄鹤楼》是一首著名的唐代七律,宋代严羽甚至认为“唐人七言律诗,当以崔颢《黄鹤楼》为第一。”(《沧浪诗话》)元人辛文房《唐才子传》卷一记李白登黄鹤楼,见崔颢此诗,为之敛手,叹道:“眼前有景道不得,崔颢题诗在上头”,无作而去。李白的七律《鹦鹉洲》、《登金陵凤凰台》都是模仿此诗的作品。

此诗受到李白的激赏,首先在于诗歌气魄雄浑,视野开阔,而笔法飘逸,一气呵成。诗人从楼的命名生发,仙人跨鹤,本属虚无;现在以无作有,说他“一去不复返”,就有古人不可见之憾。仙去楼空,唯余天际白云,悠悠千载,正能表现世事茫茫之慨。诗歌前四句由虚到实，由昔日虚无缥缈的神话传说一直写到今日的黄鹤楼。后四句又由实到虚，由黄鹤楼周围明丽的江景一直推向烟波浩渺的远方，最后以乡关之思作结。前四句在时间上由古跨今，后四句在空间上由近及远，诗人以飘逸的笔法，打破时空的局限，在古今、天地之间随意挥洒，所以才写出七律中这样高唱入云的诗句，正如明代陆时雍所评：全诗“气格高迥，浑若天成”。（《唐诗镜》）

其次，是诗歌意蕴丰富、抒情深沉。诗人登楼远眺，面对大江古迹，怀古伤今，思越千载，抒发了世事茫茫之慨。而最后归结到怀乡恋旧，历历晴川、萋萋芳草，也难以留住诗人远眺故乡的目光，这正是“美不过故乡水”的反衬手法。笔法虽飘逸洒脱，抒发的感情却深重而又执着。

最后，此诗虽为律诗，前四句却不拘格律对偶，笔法流动，顺势而下，诗中不仅三用“黄鹤”，而且第三句几乎全用仄声，第四句又用三平调煞尾，用的全是古体诗的句法。诗人依据诗以立意为主的原则去创作，而不受格律的限制，故清代沈德潜极力赞美此诗：“意得象先，神行语外，纵笔写去，遂擅千古之奇。”（《唐诗别裁集》卷十三）

格律分析

此诗押平声尤韵，隔句用韵。前半部分是古调，后半部分是律调。前四句全用古诗句法，首句即拗。颔联上句连用六个仄声字，下句用五个平声字，且不拘对偶。

律诗讲求用字精当，对偶工稳。本诗则发兴高远，大处泼墨，描绘出广阔的境界，而不那么字斟句酌。如前四句从格律要求看，诗人好像忘记了是在写浮声切响都有规定的七律，用的全是古体诗的句法。这是因为七律在当时尚未定型吗？不是的，规范的七律早就有了，崔颢自己也曾写过。他跟后来杜甫律诗有意自创别调的情况也不同。看来还是知之而不顾，因为艺术的园地，是丰富多彩的，而律诗的手法，也不是一成不变的，如《红楼梦》中林黛玉所说的：“若是果有了奇句，连平仄虚实不对都使得的。”所以前半部分虽不合格律，却无损于此诗之成就。在这里，崔颢是依据诗以立意为要的原则去进行实践的。

王　维

塞上作[1]

（七律平起平收式）

居延城外猎天骄，白草连天野火烧[2]。
暮云空碛时驱马，秋日平原好射雕[3]。
护羌校尉朝乘障，破虏将军夜渡辽[4]。
玉靶角弓珠勒马，汉家将赐霍嫖姚[5]。

注释

〔1〕开元二十五年(737)三月，河西节度使崔希逸在青海战胜吐蕃，王维奉命以监察御使身份到西北边境视察慰问。本诗即作于当时。

〔2〕“居延”二句：居延城外，吐蕃正在打猎，燃起了熊熊烈火。居延，地名，在今甘肃省张掖县西北。猎，打猎，古代游牧民族在发动战争前常进行大规模围猎作为演习。天骄，原指匈奴，《汉书》卷九十四“匈奴传”：“单于遣使遗汉书云：南有大汉，北有强胡。胡者，天之骄子也。”此处代指吐蕃。白草，产于北方关外，干时呈白色。

〔3〕“暮云”二句：吐蕃猎手们傍晚在空阔的沙漠上驱马飞驰，在秋天的原野上射雕。空碛(qì)，空旷的沙漠。时，经常、不时。好，正好。雕，一种大型猛禽。

〔4〕“护羌”二句：写唐朝的将军率领军队由防守转为进攻，日夜与敌军激战。护羌(qiāng)校尉，汉代防护西羌的武官，此处借指唐将。乘，登。障，障堡，防御工事。破虏将军，汉代武官，此亦指唐将。渡辽，渡过辽河，此处并非实写。而是泛指艰苦的征战生活。

〔5〕“玉靶”二句:借汉喻唐,意思是朝廷将重赏得胜的将军崔希逸。玉靶,镶玉的剑柄,代指剑。角弓,用兽角装饰的弓。珠勒(lè)马,嚼口上镶着宝珠的马。霍嫖(piāo)姚,《汉书》卷五十五“霍去病传”载,汉代霍去病征伐匈奴,战功显赫,曾为嫖姚校尉。此处指崔希逸。

简评

在唐诗中,诗人们常采取以汉喻唐的方式来描写本朝发生的事件,以避免直称本朝。这首诗就是借汉代与匈奴的战争为比,反映了唐王朝与西北少数民族间的一场边塞战争。诗歌以暮云低垂、白草连天的大漠平原为背景,首先描写了敌方挑起战火时勇猛剽悍的气势,以此反衬我方将士的不畏强敌,从容应战,攻防有术,终获全胜,并得到朝廷的赏赐。全诗意境开阔、格调豪壮,描写战争过程抑扬有致,刻画双方形象真切传神,故深受历代文人之赞扬。如清代方东树评论:“出塞作:此是古今第一绝唱,只是声调响入云霄。居延塞也,外则出矣。前四句目验天骄之盛,后四句侈陈中国之武,写得兴高采烈,如火如锦,乃称题。收赐有功得体。浑颢流转,一气喷薄,而自然有首尾起结章法。”(《昭昧詹言》卷十六)

格律分析

这首七律押平声萧韵,首句入韵。这首诗不完全合乎格律,中间两联都失粘。所谓“粘”是指律诗各联之间的关系,即每首律诗的第二句和第三句、第四句和第五句、第六句和第七句的第二字平仄应相同,这样就把前后两联粘在一起了,否则就叫“失粘”。“失粘”诗造成的结果是前后两联平仄相同,出现句式重复,如此诗的颔联、颈联都失粘,所以平仄格式完全相同,都采用了“平平仄仄平平仄,仄仄平平仄仄平”的句式。但由于此诗气势贯通,使人忽略了它句式上的重复,仍不失为一首好诗。

积雨辋川庄作[1]

（七律仄起平收式）

积雨空林烟火迟，蒸藜炊黍饷东菑[2]。
漠漠水田飞白鹭，阴阴夏木啭黄鹂[3]。
山中习静观朝槿，松下清斋折露葵[4]。
野老与人争席罢，海鸥何事更相疑[5]？

注释

〔1〕积雨：久雨。辋川：地名，见《辋川闲居赠裴秀才迪》注。

〔2〕“积雨”二句：久雨之后，林野湿润，故烟火缓缓升起；家家做好饭菜，给东边田地上的农人送饭。藜，草本植物，叶可食，此处指蔬菜。黍，黄米，这里指饭食。饷，送饭。菑（zī），初耕田。

〔3〕“漠漠”二句：白鹭飞过雨后宽阔的水田，茂密的树林间传来黄鹂宛转的鸣声。漠漠，广布貌。阴阴，夏天树木枝叶茂密而呈现幽暗貌。啭，鸟的宛转啼声。

〔4〕“山中”二句：在山中养静，观察木槿花开花落，悟出自然与人生的哲理。长年幽栖松下，采露葵以供素食。槿，木槿。夏秋之交开花，朝开暮落。清斋，素食。露葵，即绿葵，古代一种主要的蔬菜。

〔5〕野老：王维自称。争席：《庄子·寓言》载，杨朱从老子学道，去时旅舍的人都给他让座，学成回来时，旅舍的人都和他“争席”，说明杨朱已近自然之道，态度不再傲慢，人们与他没有隔膜了。王维用此典说明自己在退隐田园中已与周围的环境融为一体，彼此无隔阂。“海鸥”句：典出《列子·黄帝》，云古时有人每日到海上从鸥鸟游，鸥鸟至者以百数。后其父要他把鸥鸟捉回去，他再去海边，鸥鸟舞而不下。王维这句是反问语，说自己本无机心，鸥鸟哪还会无端猜疑自己呢？此处意谓自己已彻底脱离官场纠纷，与世无争，没有人再会无端地猜疑自己。

简评

清人方东树评此诗云:“此题命脉,在‘积雨’二字。起句叙题。三、四写景极活现,万古不磨之句。后四句,言己在庄上事与情如此。”(《昭昧詹言》卷十六)诗歌首联写田家生活,一个“迟”字不仅描摹出雨天中炊烟缓缓升起的形态,而且传达出农家无拘无束的自然生态。颔联绘出雨幕中的田野景象,是“万古不磨”的名句,诗中“漠漠”“阴阴”四字展示了雨天水汽朦胧、林木葱郁的广阔景象,而白鹭雪白,在广漠的水田上盘旋飞舞;黄鹂金黄,在茂密的枝头宛转啼鸣,这两句不仅色彩对比鲜明,而且写景变换角度,“飞白鹭”是所见,“啭黄鹂”是所闻,真有如“诗中写生画手,人境皆活,耳目常新”。(范大士《历代诗发》评)后两联即景抒情,先写自己在田庄的隐居之乐,“观朝槿”,“折露葵”,自由自在,潇洒闲适;结尾再抒发自己淡泊无为、与世无争的心境,说明自己已与周围的环境融为一体,彼此再无隔阂。此诗绘田家时景,述己志空泊,正如清人黄叔灿所评:“读此诗,摩诘心胸恬淡如见。”(《唐诗笺注》)

格律分析

诗歌押平声支韵,首句入韵。诗中的入声字有“积”(陌韵)、“白”(陌韵)、“习”(缉韵)、“折”(屑韵)、“席”(陌韵),古代是仄声。此诗颔联又失粘。诗歌颔联为叠字对,初盛唐时七律诗下双字者尚属少见,故此联极受好评。

高适

东平别前卫县李寀少府[1]

(七律仄起平收式)

黄鸟翩翩杨柳垂,春风送客使人悲[2]。
怨别自惊千里外,论交却忆十年时[3]。
云开汶水孤帆远,路绕梁山匹马迟[4]。
此地从来可乘兴,留君不住益凄其[5]。

作者简介

高适(约 703～765),字达夫,一字仲武,郡望渤海蓨(tiáo,今河北景县)人。少时家贫落魄,后经张九皋推荐,授封丘(今河南封丘县)尉,不久辞官而去。天宝末曾赴河西出塞,在河西、陇右节度使哥舒翰幕中任掌书记。晚年仕途显达,官至刑部侍郎、左散骑常侍。其诗与岑参齐名,并称“高岑”,同为盛唐边塞诗派的杰出代表。他的诗多直抒胸臆,格调高昂,雄厚浑朴。有《高常侍集》。

注释

〔1〕这首诗是唐玄宗天宝五载(746)春高适在山东东平送别友人李寀(cǎi)之作。诗题一作《送前卫县李寀少府》。卫县:今河南省淇县。春秋时期卫国国都,隋代置卫县。唐初将卫县升为州,《旧唐书》卷三十九“地理志·河北道”:“卫州·望,隋汲郡,本治卫县。”少府:县尉的别称。李寀曾任卫县县尉,现已离任,故称其为“前”卫县少府。

〔2〕“黄鸟”二句:黄莺飞舞,杨柳低垂,在春天送别友人更使人悲伤。

〔3〕“怨别”二句:作者闻李寀将远离千里之外,为之心惊;因两人十年前就已结交,友情深厚。

〔4〕“云开”二句:李寀已乘船顺汶水远去,作者于马上怅望徘徊,迟迟不愿归去。汶水,源出山东莱芜市北,古汶水西流经东平县南至梁山东南入济水。梁山,在山东省东平湖西、梁山县南。汉时一作良山,因汉文帝子梁孝王在此田猎得名。匹马,独马。

〔5〕“此地”二句:言此地有好友相从,可尽文人之雅兴;却留不住李寀,更令人伤感。乘兴,用晋时王徽之居山阴雪夜访戴安道,“乘兴而行,兴尽而返”(《世说新语·任诞篇》)的典故,说明此地亦有好友相从,可尽雅兴。凄其,心境凄凉。

简评

这首送别诗采用情景交融的手法,把离别之情写得委婉深切,情韵悠然。首联点明“送客”之意，而以明丽的春光反衬离别，使人倍增伤感；颔联回忆二人十年交情，说明友情深厚，一朝相隔千里，不觉心惊。颈联绘离别之地的山川景致，抒写目送友人远去的不胜怅惘，这一联情致高远，“云开”句远望天水相接、云雾开处，一叶孤舟已随汶水远去；“梁山”句写自己徘徊山路，不忍离去。二句写景一远一近，“汶水孤帆”写去客，“梁山匹马”喻留者，造成了无限广阔的抒情氛围，是景中寓情的佳句。尾联直抒挽留不住友人的无限凄凉。各联间衔接紧密、过渡自然，故明代顾璘评道：“语意天成，如此篇绝妙。”（《批点唐音》）明·王世贞也说：“高适‘黄鸟翩翩’……之篇，不作奇事丽语，以平调行之，却足一倡三叹。”（《艺苑卮言》卷四）

格律分析

诗押平声支韵，首句入韵。此诗颔联失粘。诗中“别”（屑韵）、“十”（缉韵）二字为入声字，古属仄声。

岑　参

奉和杜相公发益昌[1]

（七律平起平收式）

相公临戎别帝京，拥麾持节远横行[2]。
朝登剑阁云随马，夜渡巴江雨洗兵[3]。
山花万朵迎征盖，川柳千条拂去旌[4]。
暂到蜀城应计日，须知明主待持衡[5]。

注释

〔1〕唐代宗永泰二年（766），岑参随杜鸿渐入蜀平乱。据《旧唐书》卷十一“代

宗本纪”载，永泰元年(765)冬十月，“剑南节度使郭英乂为其检校西山兵马使崔旰所杀，蜀中乱。”永泰二年二月“壬子，命黄门侍郎、同平章事杜鸿渐兼成都尹，持节充山南西道、剑南东川等道副元帅，仍充剑南西川节度使，以平郭英乂之乱也。”四月，杜鸿渐的军队经过益昌（今四川广元市），此诗就作于从益昌出发之时。奉：敬词，奉命。和(hè)：依照别人诗的题材和体裁作诗。杜相公：即杜鸿渐，唐代加“同平章事”的官衔，就是宰相。同平章事是同中书门下平章事的简称，平章是处理国事的意思。发：出发。益昌：《旧唐书》卷三十九“地理志・山南西道”下“利州”：“天宝元年，改为益昌郡，仍割三泉属梁州。乾元元年，复为利州。”元代改利州路为广元路，明清设广元府，即今四川广元市。

〔2〕“相公”二句：写杜相公领命出征辞别京城，举军旗持符节驰骋远方。临戎，即出征。帝京，京都长安。麾(huī)，古时大将指挥用的军旗。节，符节，古时领命出使或出征的凭证。横行，纵横驰骋。

〔3〕“朝登”二句：写杜相公的行军路程。剑阁，在今四川广元市剑阁县北，即大剑山和小剑山之间的一条栈道。唐・李吉甫《元和郡县志》卷三十四“剑南道”下：“剑阁道自利州益昌界西南十里，至大剑镇，合今驿道。诸葛亮相蜀又凿石驾空为飞梁阁道，以通行路。”云随马：剑阁很高，因此看上去像马在云中走一样。巴江，指四川嘉陵江在阆中市以北的一段。雨洗兵，又作“洒兵”，典出武王伐纣，路逢骤雨，武王说：“天洒（音 xǐ，通洗）兵也。”（见汉・刘向《说苑》卷十三“权谋”）后用来比喻出师告捷。兵，兵器。

〔4〕征盖：大臣出征时用的麾盖，状似圆伞。去旆：指前进中的旗帜。这些都是杜相公出行的仪仗。

〔5〕“暂到”二句：杜相公暂且到蜀城平定叛乱，用不了多久就会胜利而返，因为明主正等待他回朝主持朝政呢。蜀城，成都。计日，指日可待。明主，对当朝皇帝的美称，指唐代宗。持衡，衡是称量轻重的器具，持衡是指评量人才，故常以持衡指宰相量才用人的职守。

简评

这是一首反映军旅生活的七律。首联写杜相公率军出征的声势之盛;颔联遥想行军途中"登剑阁"、"渡巴江"的艰苦路程,"云随马"以见剑阁之高,"雨洗兵"则喻胜利在望;颈联以蜀中烂漫的山花、婀娜的杨柳迎接杜相公的到来,衬托唐军将士的高昂士气;尾联借祝愿杜相公早日凯旋以表达必胜的信念。全诗气势雄壮、语句精美,正如明・施端教所评:"唐诗七律,岑嘉州雄浑典丽,吐词天拔。"(《唐诗韵汇》)

格律分析

诗歌押平声庚韵,首句入韵。诗中的"别"(屑韵)、"节"(屑韵)、"阁"(药韵)、"拂"(物韵)是入声字,古属仄声。此诗首句拗句,"相公"是专用名词为二平声,"临戎"又用平声。且首联"相公"与"拥麾"平仄失对。颈联失粘,使中两联平仄相同、句式重复。

李　白

登金陵凤凰台〔1〕

(七律平起平收式)

凤凰台上凤凰游,凤去台空江自流。
吴宫花草埋幽径,晋代衣冠成古丘〔2〕。
三山半落青天外,一水中分白鹭洲〔3〕。
总为浮云能蔽日,长安不见使人愁〔4〕。

注释

〔1〕李白于天宝六载(747)游金陵时,登凤凰台作此诗。金陵:今江苏南京

《登金陵凤凰台》

市。凤凰台:故址在今南京城西南凤台山上。相传南朝宋元嘉中有凤凰集于此山,故于山上筑台,名曰凤凰台,山称凤台山。

〔2〕"吴宫"二句:是说三国时吴国的宫殿已经被荒草埋没,东晋的名门世族只留下了座座古墓。这是感慨历史的巨变。吴宫,三国时孙权迁都建业(即金陵),后孙皓大建王宫。晋代,指建都金陵的东晋。衣冠,指东晋王谢等豪门世族。古丘,古坟。

〔3〕"三山"二句:三山若隐若现地高耸在青天之外,白鹭洲夹在两道绿水之间。三山,在金陵西南长江岸上,三峰并列,南北相连。一水,指长江。白鹭洲,在金陵西南长江中。江流至此,分为两支,共夹一沙洲,因多聚白鹭而得名。"一水"一作"二水"。

〔4〕"总为"二句:言都因为浮云遮蔽了太阳,使自己见不到长安而愁绪满怀。这二句另有寓意,"浮云蔽日"比喻奸臣蒙蔽君主,使贤才不得任用。陆贾《新语·慎微》:"邪臣之蔽贤,犹浮云之障日月也。""长安不见"指天宝三载李白被群小排挤出朝廷,不能为国效力之事。

简评

这是李白学习崔颢《黄鹤楼》所写的七律。崔诗开篇三咏黄鹤,此篇三咏凤凰,但把崔诗开头的四句压缩成了两句。两首诗用韵相同,只有"流""丘"两个韵字不同。元代方回曾评说:"太白此诗与崔颢《黄鹤楼》相似,格律气势未易甲乙。"(《瀛奎律髓》卷一)但李白诗较之崔诗内涵更为深沉。因为金陵是六朝故都,因此诗人游凤凰台很自然地联想到了六朝变迁的历史,登高望远,怀古伤今,抒写兴衰之感、忧国之思。

首联借凤凰台的传说写起,凤凰本是吉祥的象征,而诗人由当年"凤凰游"的绮丽景象,却一笔折入"凤去台空江自流"的冷落意境中,暗示六朝繁华已荡然无存了,只有长江水日夜奔流,依然如故。颔联紧承上联,在怀古中感慨历史的变迁,以"吴宫花草""晋代衣冠"的具体史实映射沧桑巨变;颈联转写金陵周围壮丽多姿的江山景色,又以永存的江山对照出多变的人事;至尾联则由历史的兴衰联想到现实社会,暗讽天宝年间唐玄宗为奸相、群小包围蒙蔽的现实,抒写自己忧国的情怀。全诗将自然与社会、历史与现实、写景与抒情融为一个整体，思路开阔，挥洒自如，正如朱谏所说："此诗词语清丽，出于天成"，"犹有忧国恋君之意"。（《李诗选注》）胡应麟亦谓此诗与崔颢的《黄鹤楼》同为"神韵超然，绝去斧凿"之作。（《诗薮·内编》卷五）

格律分析

诗押平声尤韵。中两联均失粘，这两联在格律上句式重复、平仄相同，前人称之"顺风调"。其中"白"（陌韵）是入声字。

鹦鹉洲〔1〕

（七律拗格）

鹦鹉来过吴江水，江上洲传鹦鹉名。
鹦鹉西飞陇山去，芳洲之树何青青〔2〕。
烟开兰叶香风暖〔3〕，岸夹桃花锦浪生〔4〕。
迁客此时徒极目，长洲孤月向谁明〔5〕？

注释

〔1〕鹦鹉洲：在湖北汉阳西南，是长江中的一个小洲。唐·李吉甫《元和郡县制》卷二十八"鄂州·江夏"："鹦鹉洲在县西南二里。"此洲因东汉末祢衡在此处作《鹦鹉赋》而得名。据南朝宋·范晔《后汉书》卷八十下"文苑列传"载，黄祖长子黄射"时大会宾客，人有献鹦鹉者，（黄）射举卮于（祢）衡曰：'愿先生赋之，以娱嘉宾。'衡揽笔而作，文无加点，辞采甚丽。"

〔2〕"鹦鹉"四句：鹦鹉来过吴地的江水，这里因此称作鹦鹉洲。鹦鹉向西飞回了陇山，只剩下洲上的树木青青一片。吴江，指武昌一带的长江，三国

时属吴国。陇山，在陕西、甘肃两省界。相传鹦鹉产自陇西。芳洲，花草丛生的沙洲。

〔3〕“烟开”句：小洲上弥漫的烟雾散开了，温暖的春风吹拂着兰叶，送来了馥郁的香气。

〔4〕“岸夹”句：桃花夹岸盛开，倒映江中，碧绿的江波漂浮着粉红的花瓣，有如起伏的锦缎。

〔5〕“迁客”二句：我这遭迁之人，徒然地在此眺望，又有谁能欣赏我呢？迁客，李白自谓。李白因永王璘事件曾流放夜郎，所以自称迁客。长洲，原江苏吴县，现在的苏州市吴中区。春秋时为吴王阖闾游猎处。唐·李吉甫《元和郡县志》卷二十五“江南道·苏州”，管县有“长洲县，本万岁通天元年析吴县置，取长洲苑为名。苑在县西南七十里。”诗中比喻时代发生变化，自己如长洲的孤月无人欣赏。向谁明，为谁发出光辉？

简评

元·方回《瀛奎律髓》卷一评此诗：“太白此诗，乃是效崔颢体，皆于五、六加工，尾句寓感叹，是时律诗犹未甚拘偶也。”这也是李白仿照崔颢《黄鹤楼》写成的七律。前三句三用“鹦鹉”，与崔诗前三句三用“黄鹤”的章法完全一致。颈联写眺望之景，尾联抒发遭迁后的怀才不遇之情。此诗与崔诗的共同特点都是不拘格律，一气挥洒，清人方东树曾评论崔李这两首诗，说崔颢的《黄鹤楼》是“千古擅名之作，只是以文笔行之，一气转折。五六虽断写景，而气亦直下喷溢。收亦然，所以可贵。太白《鹦鹉洲》格律工力悉敌，风格毕肖。未尝有意学之而自似。”（《昭昧詹言》卷十六）

清代沈德潜认为此诗是“以古笔为律诗，盛唐人每有之，大历后此调不复弹矣”。（《唐诗别裁集》卷十三）汪师韩也说：“律诗亦有通韵，自唐已然，而在东、冬，鱼、虞为尤多。……李白《鹦鹉洲》一章乃庚韵而押‘青’字。此诗《唐文粹》编入七古，后人编入七律，其体亦可古可今，要皆出韵也。”（《诗学纂闻·律诗通韵》）李白才高气纵，不喜格律束缚，故对崔颢古风式的律诗欣赏备至，其七律也以古笔为之。

格律分析

这首诗律中带古，前半部古风，后半部合律。且采取邻韵通押，其中“名”“生”“明”三个韵字押的是平声庚韵，但兼用邻韵青韵。全诗只有颈联一联对仗。诗中今读平声的古入声字有：“夹”（洽韵）、“极”（职韵）。

杜　甫

蜀　相〔1〕

（七律仄起平收式）

丞相祠堂何处寻？锦官城外柏森森〔2〕。
映阶碧草自春色，隔叶黄鹂空好音〔3〕。
三顾频烦天下计，两朝开济老臣心〔4〕。
出师未捷身先死，长使英雄泪满襟〔5〕。

注释

〔1〕这首诗作于唐肃宗上元元年（760）诗人初到成都访谒武侯祠时。蜀相：即三国时蜀汉丞相诸葛亮。

〔2〕丞相祠堂：即武侯祠。西晋时李雄在成都称王，为祭祀（sì）诸葛亮而建武侯祠。在今成都市南门。锦官城：成都的别称。

〔3〕“映阶”二句：写诗人因怀念诸葛亮而无心欣赏祠堂春色。映，掩映。自春色，空自显出动人的春色。隔叶，指藏在树叶之中。空好音，徒然地发出美妙的叫声。

〔4〕“三顾”二句：歌颂诸葛亮一生功业和崇高品德。三顾，是说诸葛亮隐居隆中（在襄阳西），刘备曾三次拜访他，他为刘备谋划天下三分大计。

顾，拜访。频烦，即频繁，屡屡。“两朝”句，是说诸葛亮辅佐刘备开创基业，又辅佐刘禅（蜀汉后主）守成，一直忠心耿耿，鞠躬尽瘁，死而后已。开，开创基业。济，辅助。

〔5〕“出师”二句：是说公元234年诸葛亮率军伐魏，屯兵五丈原（今陕西省宝鸡市岐山县五丈原镇）与司马懿对阵，后因积劳成疾病故军中，留下千古遗恨。中唐政治家王叔文、北宋末年爱国名将宗泽临死时都曾经吟诵这两句诗，可见此诗的巨大感人力量。

简评

七言律诗，至杜甫而博大精工、炉火纯青。今杜甫集中有七律150余首，在内容的开拓与艺术的创新上，较之初盛唐其他诗人有了很大发展。明·胡应麟曾说：“唐七言律自杜审言、沈佺期首创工密，至崔颢、李白时出古意，一变也；高（适）、岑（参）、王（维）、李（颀），风格大备，又一变也；杜陵雄深浩荡，超忽纵横，又一变也。”（《诗薮》内编卷五“近体中·七言”）纪昀也说：“杜公七律，雄压三唐。”（《瀛奎律髓刊误》）

这首《蜀相》是安史之乱后杜甫寓居成都时所作的一首凭吊诸葛亮的怀古诗。首联以“寻访”武侯祠作为开端，表达对诸葛亮的崇敬之情；颔联描写祠堂春色，但诗人用“自”、“空”二字使诗意逆转，说碧草虽美，不过是“自”为春色；黄鹂歌声再动听，也不过“空”作好音，因自己一心怀念着蜀相，而无心赏玩春景。这两句用了律诗中的拗格，上句的“自”字应平用仄，下句的“空”字应仄用平，通过拗句中声调的变换来突出作者的本意，使景色成为抒情的反衬，并由写景自然过渡到写人。颈联言简意赅地概括了诸葛亮的雄才大略、宏伟业绩和忠心报国的崇高品德。尾联则重点描述诸葛亮的鞠躬尽瘁、死而后已，这也是他一生最为感人之处，并用“长使”二字写出历史上一切英雄人物对其壮志未酬的深深遗憾与共鸣，正如清·李因笃所评：“结语为万古英雄才高不遇者统一洒泪。”（《杜诗集评》）

全诗情思浓郁，语言凝练，对仗精工。诗人将咏史与抒怀紧密结合，仅用数十字就对诸葛亮这样杰出的历史人物作出全面评价，表现出了高度的艺术概括力。同时，在吊古中总结历史，抒写见解，亦具有深远而强大的思想震撼力。

格律分析

诗押平声侵韵，首句入韵。第四句的“隔”（陌韵）是个入声字，古属仄声。颔联为拗格。这一联平仄格式本为“平平仄仄平平仄，仄仄平平仄仄平”，拗救为“仄平仄仄仄平仄，仄仄平平平仄平”，上句第五字应平用仄，下句第五字应仄用平，是为对句相救。元·方回《瀛奎律髓》卷二十五“拗字类”云：“拗字诗在老杜集七言律诗中谓之‘吴体’，老杜七言律一百五十九首，而此体凡十九出。不止句中拗一字，往往神出鬼没。虽拗字甚多，而骨格愈峻峭。今‘江湖’学诗者，喜许浑诗‘水声东去市朝变，山势北来宫殿高’‘湘潭云尽暮由出，巴蜀雪消春水来’，以为丁卯句法。殊不知始于老杜。”

江　村[1]

（七律平起平收式）

清江一曲抱村流，长夏江村事事幽[2]。
自去自来堂上燕，相亲相近水中鸥[3]。
老妻画纸为棋局，稚子敲针作钓钩[4]。
但有故人供禄米，微躯此外更何求[5]？

注释

〔1〕此诗作于唐肃宗上元元年(760)的夏天，当时杜甫在成都西南浣花溪畔的草堂落成不久。江：草堂在浣花溪上，溪近锦江，故通称江。

〔2〕“清江”二句：清澈的江水弯弯流淌，环抱着小村庄；漫长的夏日里，江村里的一切事物是那样清幽。

〔3〕“自去”二句：堂上的燕子自由自在地飞来飞去，水上的白鸥互相亲近，相伴相随。

〔4〕“老妻”二句：老妻铺开素纸画着棋局，小孩子们把钢针敲弯作成钓钩准备钓鱼。

〔5〕禄：俸禄，此指钱。微躯：同贱躯，谦指自己。“但有故人供禄米”，《全唐诗》作“多病所须唯药物”，此从《文苑英华》卷三百十八。

简评

在成都郊外的浣花溪畔，有一座杜甫草堂，大诗人杜甫安史之乱中流寓西南时曾在此暂住。这首诗所反映的正是诗人一家在草堂初夏的日常生活，是一首具有“潇洒流逸之致”（《杜诗详注》引黄生评）的作品，由此可看出杜诗风格的多样性。

这首七律不仅在语言上清新自然、平易流畅，而且全篇结构严谨，前后勾连，具有很高的艺术性。仇兆鳌《杜诗详注》卷九注解：“‘幽事’起中四句。‘梁燕’属‘村’，‘水鸥’属‘江’；‘棋局’属‘村’，‘钓钩’属‘江’，所谓‘事事幽’也。末则江村自适，有与世无求之意。”也就是说，首联先绘出一幅绿水环抱的江村全貌，点出“事事幽”的景致特点，中两联紧扣“事事幽”加以展开：颔联先写景物之幽，“堂上燕”是村景，“水中鸥”是江景；颈联再写人事之幽，“画棋局”是村内事，“作钓钩”是江边事，以见江村幽静、老少各得。尾联于安适中透出生活的苦涩与艰辛，盖杜甫一家在长期离乱后能定居草堂，全靠亲友故旧的资助，故结句忽转凄婉，难掩杜诗“沉郁”的本色。

格律分析

此诗押平声尤韵，首句入韵。诗中的入声字有“一”（质韵）、“局”（沃韵）二字，古属仄声。中两联对仗工稳，且两“自”字、两“相”字句中自对，形成活泼的“掉字对”。唐代贞元年间来华的日僧遍照金刚著《文镜秘府论》东卷“二十九种对”中，集中了唐代诗学著作中关于对仗的研究，在第三种对法中说：“双拟对者，一句之中所论,假令第一字是'秋',第三字亦是'秋',二'秋'拟第二字;下句亦然。如此之类,名为双拟对。诗曰:'夏暑夏不衰,秋阴秋未归'。"后代将一句中出现两个相同的字称为"掉字对"。

客　至[1]

(七律平起仄收式)

舍南舍北皆春水,但见群鸥日日来[2]。
花径不曾缘客扫,蓬门今始为君开[3]。
盘飧市远无兼味,樽酒家贫只旧醅[4]。
肯与邻翁相对饮,隔篱呼取尽馀杯[5]。

注释

〔1〕唐肃宗上元二年(761)的春天,杜甫在草堂居住了一年,这首诗描写在草堂接待客人的情景。原题下作者自注:"喜崔明府相过"。明府是唐人对县令的尊称。

〔2〕"舍南"二句:言草舍的南北都是漫漫春水,每日只能见到成群的白鸥。群鸥为伴是隐居的象征,但此处言外之意是交游冷淡,只有鸥鸟不嫌。

〔3〕"花径"二句:写客至的意外与喜悦。清・黄生说:"花径不曾缘客扫,今始缘君扫;蓬门不曾为客开,今始为君开,上下两意交互成对。"(《杜诗说》)缘,因。蓬门,犹言柴门,指贫寒之家。

〔4〕"盘飧"二句:诗人自谦待客不够丰盛,说因远离街市买点菜肴不方便,所以菜很少;因为家贫也只有自家酿的陈酒招待。飧(sūn),熟食。无兼味,没有两种以上的菜。醅(pēi),指没有过滤的酒。

〔5〕"肯与"二句:杜甫喜和田父对饮,所以对崔明府说,如果你愿意和邻家老翁一起饮酒,那就隔着篱笆招呼他过来同饮这最后的几杯吧。

简评

这是一首表现杜甫日常真性情的诗歌，诗中洋溢着对友情的珍重和浓郁的生活气息，被清人方东树誉为“百读不厌”（《昭昧詹言》卷十七）的七律。诗人先由隐居江村的环境写起，用日日与鸥为伴反衬无人交游，以引出下一联客至后的喜出望外。颔联以流水对法表现迎客入门的热情与欢快，颈联接叙对客人的殷勤款待，尾联通过邀邻陪客使热烈的气氛更上一层。全诗围绕“客至”层层铺叙，“自始至末，蝉联不断”（查慎行《初白庵诗评》），使喜悦的情绪层层递进，是一篇“超脱有真趣”（邵长蘅《五色批本杜工部集》）的作品。

格律分析

诗押平声灰韵。颔联为流水对法，“不曾”、“今始”两词互文。所谓“互文”是指上下句文义互相阐发，互相补足。可参看注解中黄生的说法来体会。

闻官军收河南河北[1]

（七律仄起仄收式）

剑外忽传收蓟北[2]，初闻涕泪满衣裳。
却看妻子愁何在，漫卷诗书喜欲狂[3]。
白日放歌须纵酒，青春作伴好还乡[4]。
即从巴峡穿巫峡，便下襄阳向洛阳[5]。

注释

〔1〕这首诗作于唐代宗广德元年(763)春。诗人在梓州(今四川省三台县)听到安史叛军首领史朝义兵败自杀，部下被迫投降，唐王朝重新收复河北、河南的消息，欣喜若狂，恨不得马上离开蜀地，返回家乡，结束漂泊生活。

〔2〕剑外：剑阁以外，指蜀地。蓟(jì)北：今河北北部，安史叛军的根据地。

〔3〕却看：回头看。妻子：妻子儿女。愁何在：愁绪早已无影无踪。漫卷：随手卷起。

〔4〕放歌：高声歌唱。纵酒：开怀畅饮。青春作伴：春天的美景伴随着我。青春，春天。此处用“青”字以和上句的“白”字相对，是颜色词相对。

〔5〕“即从”二句：由水路沿长江穿过三峡，顺流而下出蜀，至襄阳转陆路返回洛阳家乡。巴峡，巴东诸峡的通称。长江自巫山入巴东为巴峡，在湖北巴东县西二十里。巫峡，长江三峡最长的一段，在今重庆市巫山县东。穿，江面狭窄，因而用穿字最生动。襄阳，今湖北省襄樊市。洛阳，句下原注：“余田园在东京”。唐之东京即洛阳。

简评

当长达八九年的安史之乱终于以大唐官军收复河南、河北而告一结束时，饱经丧乱、远在蜀地的杜甫喜不自胜，挥笔写下了这首被称为杜甫“生平第一首快诗”(浦起龙《读杜心解》卷四)的七律。

诗歌采取层层递进的手法，抒发了诗人无限的喜悦之情。首联以“忽传”将远隔万里的“剑外”和“蓟北”连接在一起，写喜讯瞬间传遍千山万水，接着以“初闻”写自己乍听之下惊喜交集、涕泪交流之情状；后三联则一气直下，写自己喜情喷放，一发而不可收：“却看”一联，先由己及人，再由人及己，回头见家人往日之愁云一扫而光，自己更是手舞足蹈、欢喜如狂；“白日”一联由狂喜而放歌，递进出种种美好的打算，既拟纵酒欢饮，又欲春日还乡；尾联则在驰骋想象之中，似已飞回故乡，实现了昔日的梦想，使喜悦之情达到了高潮。

作者虽下笔如飞，却处处表现出炉火纯青的功力：论气势，则如黄周星所云：“写出意外惊喜之况，有如长江放溜，骏马注坡，直是一往奔腾，不可收拾。”(《唐诗快》)论章法，各联间衔接紧密，浑然天成，正如孙洙所云：“一气旋折，八句如一句，而开合动荡，元气浑然，自是神来之作。”(《唐诗三百首》)论字法，则如顾宸所云：“此诗之‘忽传’‘初闻’‘却看’‘即从’‘便下’，于仓卒间写出欲歌欲笑之状，使人千载如见。”(《杜诗详注》引)论对法，又如萧涤非所云：“全诗八句，后六句都是对偶，但却明白自然像说话一般，使人忘其为‘回忌声病’的律诗，有水到渠成之妙。”（《杜甫诗选注》）因此，李因笃说崔颢的《黄鹤楼》是“以散为古”，而杜诗则是“以整为古”，“较崔作更难”，推此首为“七律绝顶之篇”，（《杜诗集评》）并非虚美之言。

格律分析

诗歌押平声阳韵，韵字声音洪亮，按格律抑扬顿挫地表达喜悦之情。诗中的入声字有“忽”（月韵）、“白”（陌韵）、“峡”（洽韵）字，古属仄声，全诗格律严谨。第三句“却看”的“看”（kān）字要读平声。此诗的后三联皆为对仗句，这在唐诗中极为罕见，特别是尾联采取流水对兼掉字对，尤为奇妙。这一联两句间各说一半路程，如流水连续不断，合在一起就回到了故乡；同时，上句用两带“峡”字的地名，下句用两带“阳”字的地名，又组成巧妙的“掉字对”，更是体现了杜甫在语言艺术上的非凡功力。

将赴成都草堂途中有作，先寄严郑公五首（选一）〔1〕

（七律仄起平收式）

常苦沙崩损药栏，也从江槛落风湍〔2〕。
新松恨不高千尺，恶竹应须斩万竿〔3〕！
生理只凭黄阁老〔4〕，衰颜欲付紫金丹〔5〕。
三年奔走空皮骨，信有人间行路难〔6〕。

注释

〔1〕唐代宗广德二年（764），杜甫在阆州（今四川阆中市）听到严武再次出任成都尹兼剑南节度使，决定重返成都浣花溪畔的草堂。途中先作诗寄严武，表达了渴望依靠严武重整草堂、过安定生活的愿望。严武封郑国

公，故称严郑公。

〔2〕“常苦”二句：过去我常担心沙岸崩塌损坏了药栏（为此在浣花溪边设置了江槛），现在，恐怕药栏也随从江槛一起落入风浪中了。意思是说药栏需要修整。槛（jiàn），栏杆，栏板。湍（tuān），急流的水。

〔3〕“新松”二句：是说要清理草堂中的花木，培植新松，铲除枯竹。

〔4〕“生理”句：今后的生活全凭严武照顾了。生理，生计。黄阁老，指严武。严武以黄门侍郎出任成都尹，唐时中书门下省的官员相称为“阁老”。

〔5〕“衰颜”句：我这衰老之人也打算服用仙丹，再多活几年了。这句表示对生活的乐观情绪。紫金丹，道家烧炼的丹药。

〔6〕“三年”二句：自严武离蜀三年来，自己奔走避难，真正体会到了生活的艰难。空皮骨，形容瘦得皮包骨。行路难，原是古乐府曲名，多写世路艰难。

简评

唐代宗宝应元年（762），剑南西川节度使严武被召还朝，不久蜀中军阀徐知道在成都作乱，杜甫避往梓州，后又转到阆州，直至广德二年（764）听到严武再次出镇蜀中，杜甫才决定重返成都草堂，故作诗先寄严武。这诗前四句都是计划重新整理草堂，修理药栏，清理花木；后四句则是感慨几年动乱中流亡生活的艰难。其中最精彩的诗句便是颔联的“新松恨不高千尺，恶竹应须斩万竿！”这一联在感情色彩上形成强烈的对比，表现了诗人鲜明的爱憎。杜甫初建草堂时曾向友人觅来多种树木，他对青松一直情有独钟，这是因为青松傲立于风雪之中，峻秀挺拔，是一种高尚节操的象征。杜甫曾亲手栽四小松，回草堂后又作《四松》诗说：“四松初移时，大抵三尺强。别来忽三岁，离立如人长。”而此处的“恶竹”则是到处蔓延、荒芜杂乱的“恶木”，杜甫在草堂时曾作《恶树》一诗说：“独绕虚斋径，常持小斧柯，幽阴成颇杂，恶木剪还多。”“方知不材者，生长漫婆娑。”可见杂乱的“恶木”“恶竹”乃是不成材的象征，对社会有害无益。因此，诗人对“新松”与“恶竹”的态度，分明映射着作者的思想与性格，这两句诗形象地表现了杜甫除恶扬善、爱憎分明的思想品质，而成为富有生活哲理的警句。

格律分析

诗歌押平声寒韵，首句入韵。诗中有两个入声字“竹”（屋韵）、“阁”（药韵），古属仄声。

登楼[1]

（七律仄起平收式）

花近高楼伤客心，万方多难此登临[2]。
锦江春色来天地，玉垒浮云变古今[3]。
北极朝廷终不改，西山寇盗莫相侵[4]。
可怜后主还祠庙，日暮聊为梁甫吟[5]。

注释

〔1〕唐代宗广德二年(764)三月，严武再镇蜀，杜甫率家人自阆州回到成都草堂，此即初回成都时作。

〔2〕“花近”二句：花近高楼，正好赏玩，反使客居他乡的人伤感，这是因为在国家万方多难之中登临之故。这二句用倒装手法，结果在前，原因在后。

〔3〕“锦江”二句：锦江流水带着满江春色似从天地间奔涌而来；玉垒山浮云变幻，正像自古至今不断变动的世事。锦江，在今四川成都市南，岷江支流，以濯锦得名。玉垒，山名，在四川都江堰市。

〔4〕“北极”二句：承“万方多难”咏时事。安史之乱刚结束，但又内有宦官专权、藩镇割据，外有吐蕃侵扰。广德元年(763)十月，吐蕃一度攻陷长安，立广武王李承弘为傀儡皇帝，十二月唐代宗才由陕州还长安，故曰“北极朝廷终不改”。北极，北极星，比喻朝廷。西山寇盗，指吐蕃。这年十二月，吐蕃攻占蜀地松、维、保三州，接着又陷剑南、西山诸州，故告之“莫相侵”。

〔5〕“可怜”二句：可叹后主刘禅那样的昏君还立了祠庙！已是日暮时分，自己姑且像诸葛亮隐居时那样做一首“梁甫吟”(指这首“登楼”诗)吧。可怜，可叹。后主：指三国时蜀后主刘禅，他因宠信宦官而亡国。祠庙，成都锦官门外有蜀先主刘备的祠庙，庙西有武侯祠，东有后主祠。诗人慨叹昏君刘禅居然还和诸葛亮一样有了祠庙！这里以刘禅暗讽唐代宗李豫，李豫宠信宦官程元振、鱼朝恩等，造成国家内外交困的衰败局面。聊为，姑且这样做。虽不甘心却也无可奈何之意。梁甫吟，梁甫是泰山下一小山，《梁甫吟》是歌曲名。《三国志·蜀书》卷五载诸葛亮曾“躬耕陇亩，好为《梁父(甫)吟》”。结尾是说自己虽有忧国报国之心，却无进言朝廷之路，如今国家多难，自己却漂泊万里、沦落草野，只能效仿诸葛亮隐居时那样吟诗寄怀罢了。

简评

此诗亦为杜甫七律之名篇。诗歌气象壮大，感慨深沉；而在章法上跌宕起伏，极富变化。

首联起笔突兀，因果倒装，王嗣奭说：“此诗妙在突然而起，情理反常，令人错愕，而伤心之故，至末始尽发之。”(《杜臆》卷之六)盖诗人“伤心原不在花，在于万方多难，一到登临之际，忽已如箭攒心。”(金人瑞《金圣叹选批杜诗》)发端悲壮，已得笼罩之势，中间两联紧随“登临”二字，“俯视江流，仰观山色，矫首而北，矫首而西，切登楼情事。”(《杜诗详注》卷十三引朱瀚语)颔联写山河景象，宏丽奇幻，而又寓意深远：“锦江春色”以见自然界景色常新，春光无限；“玉垒浮云”则喻古今人事犹如浮云，变幻不定。二句间自成比照，而又引出感今怀古的下文。颈联先写伤今，是“万方多难”的具体写照，上句喜京城恢复、朝廷不改；下句忧吐蕃侵扰，边患不息，于一喜一忧之中袒露一片爱国忧国之热忱。这一联采用流水对法，融入了鲜明的感情色彩。尾联咏怀古迹，回顾历史，借古讽今，强抑悲愤，以欲吐又止的顿挫之笔收拢全篇。此联含蓄蕴藉，用笔极曲，诗人把对现实中皇帝昏庸、重蹈历史的愤慨，对自己报国无门、只能吟诗抒忧的无奈都留在了诗句之外，无限心事留待读者去反复品味。全诗上括天地，下贯古今，内涵丰富，意象超

迈，故沈德潜盛赞此诗说：“气象雄伟，笼盖宇宙，此杜诗之最上者。”（《唐诗别裁集》卷十三）

格律分析

诗押平声侵韵，首句入韵。“北极”的“极”（叶韵）是入声字，古属仄声，全诗格律严谨。

白　帝〔1〕

（七律拗格）

白帝城中云出门，白帝城下雨翻盆〔2〕。
高江急峡雷霆斗，古木苍藤日月昏〔3〕。
戎马不如归马逸，千家今有百家存〔4〕。
哀哀寡妇诛求尽，恸哭秋原何处村〔5〕？

注释

〔1〕此诗是大历元年（766）秋，杜甫流寓夔州（治所在今重庆市奉节县）所作。白帝：即白帝城。古白帝城在夔州东边的白帝山上，西南下临长江。

〔2〕“白帝”二句：白帝城在高山上，远望乌云似从城门中涌出；白帝城下，大雨倾盆。翻盆，倾盆。形容雨势狂暴。

〔3〕“高江”二句：暴雨下的大江水位升高，湍急的江水在峡谷中奔腾咆哮，似雷霆相斗；乌云笼罩着山林，连日色也昏暗无光。高江，雨中江水暴涨，水位增高，故称高江。日月，偏义复词，偏指日色。

〔4〕“戎马”二句：战争不息，连战马都不得休息；人民死亡惨重，千户人家如今只剩下百家。戎马，战马。此处借战马写战士征战不止。归马，耕田

的马。逸，安闲。耕马闲逸是因无人使用，以见村庄凋敝，田园荒芜。

〔5〕“哀哀”二句：哀痛的寡妇们刚在战争中失去丈夫，又因横征暴敛而变得一无所有，刚秋收后的原野上就已是哭声一片，辨不清哭声是从何处的村落传来。诛求，强制征求，对人民的搜刮剥削。恸(tòng)，极悲哀(指痛哭)。何处村，言村村皆哭，不知哭声来自哪个村落。

简评

清代诗评家王嗣奭曾说：“少陵七言律在盛唐诸公中为最多，能于规矩绳墨中错以古调。如生龙活虎，不可把握，自可雄视百代。”(《管天笔记外编》)这首《白帝》就是在律法中加入古调的拗律。

此诗前四句写景，后四句纪实，在章法上前呼后应，情景交融。

诗歌一开篇，激情澎湃的诗人冲破格律的束缚，以古行律，两用“白帝城”，组成古诗中常见的复沓句式，写得大气磅礴，高唱入云。而景物描写既层次分明，又富于变化：首联是由上而下，描写白帝城乌云翻涌、大雨倾盆的景象；颔联则由下而上，俯视江中水势暴涨，峡谷震荡，仰观两岸日色昏暗，古木苍藤更显峥嵘。这一联一句传声，一句摹色，写得奇险莫测，惊心动魄！故张谦宜说“高江二句险怪夺人魄”。(《絸斋诗谈》)诗人在前四句一气喷薄，产生巨大的艺术震撼力，同时，这四句又景中寓情，在景物描写中含有那个战乱时代的影子，寄寓了诗人胸中翻腾不息的忧思，而成为下文写实抒情的有力衬托。

后四句的叙事中，诗人用饱蘸血泪的笔墨反映了国家战乱不息的时局和人民深广无边的苦难。正如宋·郭知达所说：“民死于役，故多寡妇；暴赋横敛，故多诛求，此言军旅之际，民不聊生也如此。”(《九家集注杜诗》)这一切惨痛的现实又与前半部分的景物描写互相融合，组成了一幅动荡不安的历史画卷：翻腾的云海与倾盆暴雨造成了天怒人怨的社会氛围，在风雨飘摇之中，幸存的战士又骑着疲惫的战马走向沙场；峡谷急流雷霆般的轰响与秋原上传来的痛哭声汇成一片，宣泄着那个时代的苦难；昏暗日色下的古木苍藤掩蔽着人烟稀少的座座荒村，哀痛欲绝的寡妇们把空空的双手伸向天空……这就是杜甫用一篇短短的七律给我们留下的时代的缩影。除了杜甫，试问还有谁有这样深刻的历史洞察力，有这样概括时代面貌的大手笔，有这样忧国忧民的沉郁情怀？这也就是杜诗被称之为“诗史”的原因所在。

格律分析

此诗前半部分以古行律，采用歌行体的写法，以同字相对，且颔联失粘，是七律拗格。后半部分合乎格律。

这首诗虽为拗格，但却是诗人有意为之，以造成奇警拗峭的古风气势。通篇遣词造句极为精警，首联采用古诗中的同字相对；颔联采用句中对，“高江”对“急峡”、“古木”对“苍藤”，两句间又成对仗；颈联采用掉字对，“戎马”对“归马”、“千家”对“百家”，两句间也成对仗。由此可见杜甫在诗歌对仗上的不断创新，以求达到“语不惊人死不休”的效果。

诗歌押平声元韵，首句入韵。诗中用的入声字有“白”（陌韵）、“出”（质韵）、“急”（缉韵）、“峡”（洽韵）、“哭”（屋韵），古属仄声，发音短促。朗读时既要有气势，又要有沉郁悲凉的语调。

秋兴八首(其一)〔1〕

（七律仄起平收式）

玉露凋伤枫树林，巫山巫峡气萧森〔2〕。
江间波浪兼天涌，塞上风云接地阴〔3〕。
丛菊两开他日泪，孤舟一系故园心〔4〕。
寒衣处处催刀尺，白帝城高急暮砧〔5〕。

注释

〔1〕《秋兴八首》是唐代宗大历元年(766)秋，杜甫在夔州(今重庆市奉节县)

写成的七律连章体组诗，此为第一首。

〔2〕“玉露”二句：上句点时，下句点地。言在枫林霜染、令人感伤的深秋，巫山巫峡间气象萧瑟阴森。玉露，白露，即秋霜。巫山，在今重庆市巫山县。巫峡，长江三峡之一，在巫山县东。萧森，萧瑟阴森。

〔3〕“江间”二句：是远眺之景。江中波涛汹涌，与天相连；塞上风云密布，阴沉地笼罩着大地。兼，连。塞上风云，既描绘关隘的风云变化，也暗示时世艰难。

〔4〕“丛菊”二句：“丛菊”、“孤舟”是近处所见。杜甫离开成都后，本想尽快出峡北归，不料去年滞留云安，今年又稽留夔州，前后经过近两年。看到丛菊又开，禁不住如往日一样又落下思乡之泪。一叶孤舟寄托着返回故园的希望，至今还系在江边，不能东下。他日泪，两年来多次流过的泪。系，就船说，是系在江边，停止不前；就人说，是心系故园，牵挂不已。故园心，返回故乡的心愿。

〔5〕“寒衣”二句：天气转寒的季节里，到处都在剪裁冬衣；从高高的白帝城中传来的捣衣声在日暮时分显得更加急促。言外有客子无衣之感，更激起还乡的急迫心情。刀尺，剪裁衣服用的剪刀和尺子。砧(zhēn)，捣衣石。

简评

《秋兴八首》是杜甫在夔州以七律写成的连章体组诗，八首诗章法严密，结构完整，有开有合，组成了一首大型的抒情乐章。正如清·王嗣奭所说：“秋兴八首，以第一首起兴，而后七首俱发中怀，或承上，或起下，或互相发，或遥相应，总是一篇文字。”(《杜臆》卷之八)八首诗的风格，论者多评之为“沉雄富丽”。如明·张綖称它“皆雄浑富丽，沉着痛快”(《杜工部诗通》)；明·郝敬称它“《秋兴》八首，富丽之词，沉浑之气”(《杜诗详注》引)。这组诗用华美之笔，写伤感之情，辞采绚丽，意境壮阔，是杜甫晚年律诗的代表之作。

第一首作为组诗的序曲，诗人从枫林霜染的无边秋色落笔，高唱出秋兴的主题，正如黄叔灿所云：“起联陡然笔落，气象横空，着眼在‘气萧森’三字。”(《唐诗笺注》)颔联紧承“气萧森”三字，绘出了高山峡谷间宏阔萧森的深秋景象。此联上句写巫峡，是由下而上；下句写巫山，是由上而下，只见江浪滔天，风云匝地，将深秋的萧瑟阴沉扩展于整个天地之间，写得波澜壮阔、气韵沉雄。诗人并非在简单地再现眼前的自然景物，而是把他对国家丧乱的忧念融入了景物的描写之中，景物中饱含着郁勃不平之气，起伏着诗人沉重的忧思，它是动荡不安的时代的象征。颈联由写景自然地转入抒情，“丛菊”“孤舟”是眼前景，“他日泪”“故园心”是心中情，“开”字、“系”字一语双关，前后勾连，使这一联情景交融，妙语天成。中间四句大开大合，由阔大到细微，由写景到抒情，而在章法上则脉络分明、丝丝入扣：“‘江间’承峡，‘塞上’承山；菊开山际，舟系江中，四句错综相应。”（明·王维桢《杜律七言颇解》）尤见杜甫于七律的锤炼之功。尾联以一片急促的捣衣声传出了客子还乡的急迫心情，留下了一个凄凉的尾声。全诗以秋景起兴，以秋声作结，写景抒情，深沉悲壮，气象阔大，字字警拔，实为七律中不可多得的精品。故清·管世铭说：“七言律诗，至杜工部而曲尽其变。盖昔人多以自在流行出之，作者独加以沉郁顿挫。其气盛，其言昌，格法、句法、字法、章法，无美不备，无奇不臻，横绝古今，莫能两大。”（《读雪山房唐诗序例》）

格律分析

诗押平声侵韵，首句入韵，格律严谨。诗中的入声字有“峡”（洽韵）、“接”（叶韵）、“菊”（屋韵）、“一”（质韵）、“白”（陌韵）、“急”（缉韵），古读仄声。

秋兴八首(其二)

（七律仄起平收式）

夔府孤城落日斜，每依北斗望京华[1]。
听猿实下三声泪，奉使虚随八月槎[2]。
画省香炉违伏枕，山楼粉堞隐悲笳[3]。
请看石上藤萝月，已映洲前芦荻花[4]。

注释

〔1〕“夔府”两句:写诗人每每于傍晚时分,在夔州城头久久眺望北方的京城长安,从日落直至夜幕降临。夔府,即夔州,唐太宗贞观十四年(640),夔州曾设都督府,所以也称夔府。北斗,北斗星,一作南斗。萧涤非先生认为如果作南斗,不仅不合情理,而且意味索然,大谬。(见《杜甫诗选注》)京华,唐京城长安。夔州在南,长安在北,故云“每依北斗望京华”。

〔2〕“听猿”二句:是说因想念京华,故听猿下泪;本有机会随同严武回朝,但又因严武的去世而最终成空。“听猿”句是“听猿三声实下泪”的倒文,三峡多猿,猿的啼叫声极为凄悲,使人听之落泪。《水经注》卷三十四:“每至晴初霜旦,林寒涧肃,常有高猿长啸,属引凄异,空谷传响,哀转久绝。故渔者歌曰:巴东三峡巫峡长,猿鸣三声泪沾裳。”“奉使”句,化用了两个典故。一是据晋·张华《博物志》记载,传说天河与大海相通,有海边的居民,每年八月见海边有浮槎往来。这人便乘槎而往,最终到了天河。二是《荆楚岁时记》记载:汉武帝令张骞穷河源,张骞乘槎经月至天河。这里意在以张骞比严武,以乘槎到达天河比喻还朝。槎,木筏。严武是杜甫的朋友严挺之的儿子,是杜甫的“忘年之交”。唐代宗广德二年(764)二月,严武再为成都尹兼剑南节度使,萧涤非注:杜甫以检校尚书工部员外郎的朝官身份作严武的参谋,故得云“奉使”。《奉赠萧使君》诗:“昔在严公幕,俱为蜀使臣。”则已明言之。杜原拟随武还朝,《立秋雨院中有作》云:“主将归调鼎,吾还访旧丘。”可证,但第二年四月,严武死在成都,还朝的打算落了空,所以说“虚随”。

〔3〕“画省”两句:是说自己有着检校工部员外郎(从六品上)的官衔,却因卧病无法到朝中尚书省任职,只能在这边远的山城,听着隐隐传来的悲笳声,怀恋京城。画省,即尚书省。尚书省的墙壁用胡粉图画古代贤人之像,故称“画省”。香炉,尚书省常用之器具。唐·徐坚《初学记》卷十一引应劭《汉官仪》曰:“尚书郎入直台,廨中给女侍史二人,皆选端正妖丽,执香炉香囊烧薰护衣服。奏事明光殿,省中皆以胡粉涂壁,丹朱漆

地。”唐时直省的制度和汉时大致相同。杜甫因严武之荐，加检校工部员外郎衔，工部属尚书省，故云。伏枕，即卧病，这里应是杜甫的委婉之词，他的流离远方主要是由于朝廷的贬黜和疏远，而非老病。山楼，山城的城楼。粉堞，城上白色的矮墙。隐悲笳，笳是军中的乐器，音色悲凉，故有“悲笳”之称。隐，隐隐，隐约。此悲笳之声隐隐传来，暗示战乱未息。

〔4〕“请看”二句：和首两句“日斜”、“北斗”相呼应，写自己傍晚时分登城眺望长安，凝神远望之中，不觉已是深夜，回过神来，才发现明月已经高挂山石藤萝之旁，皎洁的月光和城下洲前洁白的芦荻花相互辉映。芦荻花，点明秋景。

简评

本诗为《秋兴》八首的第二首，承接第一首结尾的“暮”字，写傍晚登夔州城眺望时的所见所感。在第一首点出“故园心”的基础上，这一首进一步点明秋日登楼乃是为了“望京华”。清人浦起龙指出：“二章，乃是八首提掇处。提‘望京华’本旨，以申明‘他日泪’之所由，正所谓‘故园心’也。”（《读杜心解》）诗的开头便用大笔勾勒出一幅极广阔、极凄凉的孤城独望图：落日映照下的夔州孤城上，一位老者向着北斗星的方向，久久伫立凝望。诚如清人徐增所云：“前以暮字结，此以落日起。落日斜，装在‘孤城’二字下，惨淡之极；又如亲见一子美立于夕阳中也。”（《而庵说唐诗》）而在这幅惨淡的图景上，诗人又加以“每依”二字，表明每夜如此，更是将悲凉的气氛推向极致。“听猿”“画省”两联，眼前之景与恋阙之意错综相对出之，承接首联“夔府孤城”与“望京华”而来。诗人本有机会随严武回朝，但又因卧病而终成泡影，只能在这僻远山城听着猿声、悲笳，落泪伤感。将首联“望京华”的悲情又递进了一层。前三联已将凄凉的气氛渲染得无以复加，孤城独望中不觉已是深夜，尾联便把一腔羁旅、怀归的悲凉寄寓于一片空明凄清的秋夜图景之中，言有尽而意无穷，使全诗气势完足。同时“月映芦荻花”的图景既表明流光迅逝之意，又点出秋景，照应“秋兴”之题。如杨伦《杜诗镜铨》所评：“对结无痕，篇篇映带秋意。”（“请看石上”句下）

同为写登楼所望之景，第一首以所见为主，巫山的枫林、丛菊、风云，巫峡的波浪、江上的孤舟，意象密集，层次井然。此首则把描写的重点落笔在所闻之景上，在孤城落日、北斗京华这一广阔的背景下，点缀以凄凉的猿声和隐隐的悲笳，用笔疏朗。这既体现出杜甫笔法的变化，也符合夜晚登楼的实际环境。两诗的结尾都是寄情于景，意味悠长，但也有同工异曲之别。第一首将故园之思，融于急促的暮砧声中，以所闻作结；本首则将京华之恋，寄寓于月光芦花交相辉映的景象之中，以所见作结，也见出作者构思的匠心。

格律分析

诗押平声麻韵，首句入韵，格律严谨。诗中的入声字有"实"（质韵）、"八"（黠韵）、"堞"（叶韵）、"石"（陌韵）、"荻"（锡韵），古读仄声。诗中第五句采用了"仄仄平平仄平仄"的特定格式。第七句"请看石上藤萝月"的"看"字按平仄读阴平声。"听猿实下三声泪"，按语序本是"听猿三声实下泪"，拘于声律，而为"实下三声泪"。

秋兴八首(其三)

（七律平起平收式）

千家山郭静朝晖，日日江楼坐翠微[1]。
信宿渔人还泛泛，清秋燕子故飞飞[2]。
匡衡抗疏功名薄，刘向传经心事违[3]。
同学少年多不贱，五陵衣马自轻肥[4]。

注释

〔1〕"千家"二句：是早晨登城眺望之景。翠微：山色。《尔雅疏》："山气青缥

色曰翠微，凡山远望则翠，近之则翠渐微。”夔州城被群山环抱，坐在城楼，就像置身于山色之中，故曰坐翠微。

〔2〕“信宿”二句：首联写远景，此联为近景。意谓隔宿未归的渔人还在江上泛舟捕鱼，马上就要飞回南方的秋燕似乎故意在我这个归乡无期的旅人面前飞来飞去。信宿，再宿，两宿。泛泛，语出《诗经·小雅·菁菁者莪》：“泛泛扬舟”。“泛泛”即泛舟。

〔3〕“匡衡”二句：是说自己也曾上疏抗言，却没能成就像匡衡那样的功名；想像刘向那样传经立说，又因世事多艰，而无法实现。匡衡，西汉时人，汉元帝时多次上疏直言政事，迁光禄大夫、太子少傅。刘向，西汉时人，汉宣帝时初立《穀梁春秋》，征他授《穀梁》，在石渠阁讲论五经，成帝时领校中五经秘书。心事违，即事与愿违之意。萧涤非注：杜甫为左拾遗，曾上疏救房琯，故以抗疏之匡衡自比；但结果反遭贬斥，所以说“功名薄”。杜甫家素业儒，故又以传经之刘向自比；但即欲如刘向之典校五经亦不可得，而是“白头趋幕府”，“垂老见飘零”，所以说“心事违”。

〔4〕“同学”二句：意谓自己穷困潦倒，流落他乡，而少年时的同窗们却都已富贵了，居五陵、衣轻裘、骑肥马，极为风光豪奢。五陵，长安近郊有长陵、安陵、阳陵、茂陵、平陵五陵，是汉朝五代帝王的陵墓，汉唐时期，五陵一带是富家豪族聚居之地。轻肥，即轻衣肥马，表明生活奢华。

简评

本诗为《秋兴八首》的第三首。第二首写诗人从落日时分登楼望京华，直至皓月高悬的深夜，这首则继之写清晨登楼。同是写登楼远望，此首却一反前两首写景凄凉萧瑟的笔调，而是描画了一幅明丽宁静的山城秋晨图。首联，夔州城千千万万的村落城郭静静的沐浴在清晨的霞光之中，诗人独坐城楼，被四周苍青的山色所环抱，整个山城尽收眼底。境界阔大，笔力矫健。颔联则在这宏阔宁静的画面上点缀以隔夜未归的渔舟，和轻盈翻飞的秋燕，增添了一些生动的意趣。这本是一幅赏心悦目的图画，但是诗人在这优美图景的描绘中使用了“日日”“还”“故”等词语，其中的意味便大不一样了：山城虽美，但日日眺望，便觉无聊；江中还是那些已经看厌的渔人在泛舟捕鱼；马上就要飞回的燕子似是要戏弄我这孤独老头儿，故意在我眼前飞来飞去，难免可厌。正如金人瑞所评：“‘千家山郭’下加一‘静’字，又加一‘朝晖’字，写得何等有趣，何等可爱。‘江楼坐翠微’，亦是绝妙好致。但轻轻只用得‘日日’二字，便不但使江楼翠微生憎可厌，而山郭朝晖俱触目恼人。”(《杜诗解》)悦目之景却引出懊丧的情绪，其中原因全在于诗人的一颗百无聊赖的愁心，如王嗣奭所道出，“此人情、物情之各适，而以愁人观之，反觉可厌”(《杜臆》)。这种写法和《春望》中写“感时花溅泪，恨别鸟惊心”是一样的，都是以乐境写哀情，只是这里写得委婉含蓄，《春望》中写得较为直露。

前两联诗人在明丽优美的景物面前却透出无聊的性情，形成了一个悬念，为下文渲染蓄势，后两联直书衷曲，便是水到渠成之事。中国古代士人一般追求立德、立功、立言的人生理想，首先是立德立功，退而求其次才是立言。受家学的影响，杜甫自幼就树立了“奉儒守官”的人生理想，这正是立德、立功、立言的路子。匡衡抗疏获得功名就是立功，刘向传经就是立言，杜甫也曾抗疏救房琯，但没有成就匡衡那样的功名；他“读书破万卷，下笔如有神”，完全有立言的学识和才华，但却遭逢世事艰危之时，漂泊流离，难以像刘向那样传经立言。而那些并无立功、立言大志的少年同窗反倒轻衣肥马，既富且贵。这正是诗人百无聊赖的愁心之所在。浦起龙评论说：“前两首‘故园’‘京华’，虽已提出，尚未言明其所以。至是，说出事与愿违衷曲来，是吾所谓‘望’之故。”(《读杜心解》)可见前三首写怀恋京华之情，情意愈转而愈深，心事愈说愈透。结尾之处，前两首皆寄情于景，余味深长，此首则直诉衷肠，慷慨悲愤之情抒发得沉着痛快，淋漓尽致。

前三首诗如果放在一起看，我们会发现，第一首，从白日写到日暮，第二首从日落写到深夜，第三首又写到早晨，可见诗人确是“每依北斗望京华”，“日日江楼坐翠微”。三首诗连读，颇有一唱三叹，反复吟咏之妙。

格律分析

诗押平声微韵，首句入韵，格律严谨。诗中的入声字有“郭”(药韵)、“薄”(药韵)、“学”(觉韵)，古读仄声。第五句“匡衡抗疏功名薄”的“疏”字，按平仄读去声。《马氏文通》引扬雄《解嘲》“犹可抗疏”解：“奏疏也，名也，去读。”

秋兴八首(其四)

(七律仄起平收式)

闻道长安似弈棋,百年世事不胜悲[1]。
王侯第宅皆新主,文武衣冠异昔时[2]。
直北关山金鼓振,征西车马羽书驰[3]。
鱼龙寂寞秋江冷,故国平居有所思[4]。

注释

〔1〕“闻道”二句:是说京城长安的局势就像弈棋一般变化不定,百余年间唐王朝的国势便由盛极一时转为今天的如此衰败,实在让人悲伤不堪。杜甫远在夔州,长安的局势变化只是听说,故云“闻道”。百年,或云是指唐王朝建立(618)至今(萧涤非《杜甫诗选注》),或云是就杜甫自己的一生所历而言(马茂元《唐诗选》)。两说都通。

〔2〕“王侯”二句:承上联“似弈棋”和“百年世事”,意谓旧的贵族已被新贵所取代,王侯的宅第换了新主人;朝中的文武大臣也已不是过去的那批人。衣冠,缙绅世族。萧涤非注:二句紧接上文,申言“似弈棋”和“不胜悲”。《唐书·马璘传》:“天宝中,贵戚勋家,已务奢靡,而垣屋犹存制度。然卫公李靖家庙,已为嬖臣杨氏马厩矣。及安史大乱之后:法度隳弛,内臣(宦官)戎帅(军阀),竟务奢豪,亭馆第舍,力穷乃止,时谓木妖。”可见安史乱后,王侯第宅有了很大的变动,换了一批新主人。肃宗和代宗都信任宦官,宝应元年,李辅国加中书令,是以宦官而拜相矣,广德元年,鱼朝恩为“天下观军容宣慰处置使”,是以宦官而为元帅矣;《唐书·鱼朝恩传》:“朝恩自谓有文武才干,上(代宗)加判国子监事。”是又以宦官而溷迹儒林矣;又《代宗纪》:“永泰元年(765)诏裴冕、郭英乂、白

志贞等十三人，并集贤待诏。上以勋臣罢节制者，京师无职事，乃合于禁门书院间，以文儒公卿宠之也。”按英乂、志贞，皆武夫不知书，亦为集贤待诏，是又文武不分，冠弁杂糅矣。这些现象，以前都没有，所以说“异昔时”。

〔3〕“直北”二句：意谓西北边境战事仍在继续。安史之乱后，北方和西方的回纥、吐蕃等民族不断侵扰边境，故边情屡告紧急。清朝陈廷敬注：“广德元年，吐蕃入寇，陷长安，二年，仆固怀恩引回纥、吐蕃入寇。又吐蕃寇醴泉奉天，党项羌寇同州，浑、奴剌寇盩厔。是时西北多事，故金鼓震而羽书驰。”（转引自《杜诗详注》卷十七）直北，犹言向北，指长安之北。金鼓，金和鼓。古时两军作战时用鼓和金发号施令，击鼓则进，鸣金则退。“金”是一种打击乐，即打仗时敲击的钲、铙等金属乐器，后多指敲锣。金鼓振，即擂鼓鸣金，喻战争。羽书，古代插有鸟羽的紧急军事文书，杜甫诗：“军急羽毛书”。（《赠李八秘书别三十韵》）“驰”，一作“迟”，今从《文苑英华》。

〔4〕“鱼龙”二句：是说面对这鱼龙蛰伏、秋江水冷的夔州秋景，诗人不禁回想起昔日长安平素生活中的一幕幕来。鱼龙，鱼和龙。《荀子·致士》第十四：“川渊者，鱼龙之居也。”鱼龙寂寞，据说鱼龙以秋天为夜晚，秋分以后便蛰寝于渊。宋·姚宽曰：“老杜‘水落鱼龙夜，山空鸟鼠秋’，陆农师引《水经》：‘鱼龙以秋日为夜。’龙秋分而降，则蛰寝于渊，以秋日为夜，岂谓是乎？”（《西溪丛语》卷上）宋·吴曾《能改斋漫录》卷七亦引此说。平居，平日所居，平日的生活。

简评

此为《秋兴八首》之第四首。前三首皆从夔城秋景写起，引出故国之思，反复吟咏，神完气足，心事愈转愈深，秋景则已无以复加。此首便横空落笔，直写长安，这既是情思奔涌不可遏制之形势，又是章法安排必然变化之结果。萧涤非先生曰：“此首为八首之枢纽，前三首多就夔州言，此以下五首多就长安言。由第一首之‘故国’，第二首之‘京华’，第三首之‘五陵’，杜甫已把读者一步步引向长安，故不觉突兀。”

诗的前六句直抒胸臆，叙写长安世事。首联大笔如椽，气势雄健，总括百余年来的长安局势。诗人生于开元盛世，又一生向往贞观年间清明安定的政治局面；天宝年间奔走长安十多年，备尝酸辛，目睹奸臣专权、祸国殃民的罪行；又亲历安史之乱的惨烈巨变及其后唐王朝艰难多舛的政治形势，现在虽远离长安，但京城动荡不安的时局仍频频传入他的耳中。这些历历如昨的往事，是如此纷繁复杂，对于诗人确是如同弈棋般起起伏伏；而回顾这些世事，诗人的情绪岂能是一个悲字了得！可见这两句诗中含蕴之丰，情感之深，足以力透纸背。颔、颈两联，则是首联的具体展开，写足了如弈棋的长安局势、不胜悲的百年世事。王侯的宅第里已经换了新主人，朝中的文武大臣也已不是往昔诗人所知道的那批人，这对于曾多年居住长安，又曾在朝中任过左拾遗的诗人，无疑会有一种物是人非的悲凉感，但是，这还只是百年世事的浅层；曾经亲历往昔那君明臣贤、国势强盛、社会安定、百姓富足的开元全盛日，如今却面对长安城外战鼓声声、羽檄飞驰的局面，这才是最让诗人悲不自胜的地方。纵观全诗，前六句直抒胸臆，抒情、议论，一路写来，汹涌澎湃，悲愤之情势不可挡。结尾“鱼龙”一联，却陡然刹住，从纵情的想象中拉回现实，转而思念起往昔长安生活中美好的方方面面来。恰如《诗经》中所言“反是不思，亦已焉哉”（《卫风·氓》），情思至极，化为无声，白居易《琵琶行》所写“曲终收拨当心画，四弦一声如裂帛。东船西舫悄无言，唯见江心秋月白”，即与此异曲同工。尾联“鱼龙寂寞秋江冷”又照应了诗题的“秋”字，再次见出老杜笔法的细密。

从八首诗整体结构看，本首则处于承上启下的地位。前三首诗分别点出“故园心”“望京华”“功名薄”“传经心事违”的心事，此首承之而来，更是信马由缰，纵笔大书“长安”的“百年世事”；而结尾“故国平居有所思”，则又顺势引出后文，以下四首就是承此而来，俱是诗人对往昔长安生活的追忆。浦起龙云：“四章正写‘望京华’，又是总领，为前后大关键”（《读杜心解》），清人范廷谋云“（第四首）上应‘故园心’三字，为下四首引脉。八首中关键全在于此，读者勿草草看过”（《杜工部诗直解》），都道出了本诗在整个组诗前后承转中的关键地位。

格律分析

诗押平声支韵，首句入韵，格律严谨。诗中的入声字有“宅”（陌韵）、“昔”（陌韵）、“直”（职韵）、“国”（职韵），古读仄声。诗中第二句“百年世事不胜悲”的“胜”字按平仄读阴平声。

秋兴八首(其五)

（七律平起平收式）

蓬莱宫阙对南山，承露金茎霄汉间[1]。
西望瑶池降王母，东来紫气满函关[2]。
云移雉尾开宫扇，日绕龙鳞识圣颜[3]。
一卧沧江惊岁晚，几回青琐点朝班[4]。

注释

〔1〕“蓬莱”二句：意谓大明宫与长安城南的终南山相对，宫殿的建筑如同汉代的承露仙人掌高高耸立，直入云霄。蓬莱宫，即大明宫，唐高宗龙朔二年(662)重修大明宫，曾改名为蓬莱宫。南山，终南山。在陕西省西安市南，秦岭山峰之一。承露金茎，《史记》卷二十八“封禅书”载，汉武帝“又作柏梁、铜柱、承露仙人掌之属矣。”班固《西都赋》：“抗仙掌以承露，擢双立之金茎。”金茎，即铜柱。《三辅故事》：“建章宫承露盘，高三十丈，大七围，以铜为之。上有仙人掌承露，和玉屑饮之。”《汉武故事》：“帝作金茎擎玉杯，以承云表之露，拟和玉屑饮之以求仙。”承露仙人掌早已不存，唐代宫殿并无此物，这里是借汉事形容。霄汉，云霄和天河。

〔2〕“西望”二句：极写大明宫气象之高峻宏敞。西望昆仑山，可以望见西王母降临瑶池；东近函谷关，承接着老子从洛阳东来的缥缈仙气。王母，即西

《秋兴八首（其五）》

王母，神话中的人物，据说居住于昆仑山上的瑶池。紫气，唐·徐坚《初学记》卷二十五引《关令内传》曰："(函谷关关令)尹喜尝登楼四望，见东极有紫气西迈。喜曰：'应有圣人经过京邑。'果见老君乘青牛车来。"老子被奉为道家之祖，传说他从洛阳经函谷关，西入关中，故有紫气东来之语。仇兆鳌注："西眺瑶池，东瞰函关，极言气象之巍峨轩敞。"

〔3〕"云移"二句：是描绘君臣上朝时的盛状，意思是，雉尾制成的云彩般的宫扇缓缓移开，现出威严端坐的天子，直至旭日高升，阳光照入宫内，群臣才能看清皇上的颜容。"云移"句，据《唐会要》卷二十四："开元中，萧嵩奏：每月朔、望(每月初一为朔，十五为望)，皇帝受朝于宣政殿，宸仪肃穆，升降俯仰，众人不合得而见之，请备羽扇于殿两厢，上将出，扇合；坐定，乃去扇。""日绕"句，唐朝时天未亮就上朝，所以太阳照进朝廷内才能看清皇上的面容，同时也表现出宫殿内的广阔、壮伟。龙鳞，皇帝穿的衮衣上都绣有龙图。

〔4〕"一卧"二句：感慨自己一朝离开京城，卧病于这江畔山城，不觉时光流逝，年岁已晚，回忆起肃宗时在朝为左拾遗，在宫门外等候进朝的情景，此生却再也没有回朝的机会了。萧涤非解释"几回"说："是说到底有几回呢？可见在朝时间很短。"沧江，指夔州，因其临长江，故言。岁晚，这里指秋天，一年将尽，年龄也将又长一岁，所以也有年岁迟暮的意思。青琐，汉代建章宫的宫门上雕刻有连环的花纹，涂为青色，被称为青琐，这里借指宫门。点朝班，百官朝见皇帝要按官职大小排成一定的班次，在宫门外等候传点，故云。

简评

本诗是《秋兴八首》的第五首，承上首"故国平居有所思"而来，是所思长安生活的第一首。全诗前六句纵笔而下，极力铺写长安宫殿的巍峨壮丽，朝省仪式的隆重庄严，隐隐带出诗人当年意气的风发；结尾两句陡转，瞬间拉回漂泊夔州、秋江独卧的凄惨现实，今昔之间形成强烈的对比，迸发出惊心动魄的感染力。如杨伦所评："前六句直下，皆言昔之盛，第七，一句打转，笔力超劲。"(《杜诗镜铨》)

诗的前两联描画大明宫，它南对终南，西望昆仑，东临函谷，其宫阙可与终南山比高，如同汉代的承露仙茎直入云霄，在高山、云霄、险关的衬托下，其气势是何等的巍峨壮观！而且四句又都分别用“蓬莱宫阙”“承露金茎”“瑶池王母”“东来紫气”这些和神仙相关的词语加以装点，渲染其不同凡俗、宛若天宫的辉煌缥缈之气。颈联描绘君臣上朝时的威仪，像云彩般绚丽的雉尾宫扇缓缓移开，旭日高升，映照到皇袍上的龙鳞，才能看清皇帝的圣颜，二句用浓墨华彩把宫中的富丽堂皇、皇帝的威严尊崇渲染的无以复加。可见描绘昔日宫阙、朝廷的盛状，诗人是用了十分的气力，而结尾作大开大合的转折也同样是十分的笔力。唯其有此十分的气力，方可产生十分的艺术感染力，给人以强烈的内心冲击，感受到杜甫对国事由盛而衰的巨大悲哀。故清代方东树评曰：“第五首，思宫阙。高华典丽，气象万千。……结句收五、六句，忽跳开出场，归宿自己，收拾全篇，苍凉凄断。此乱后追思，故极言富盛，一片承平瑞气，而言外有余悲，所以为佳。”（《昭昧詹言》卷十七）

论者评价《秋兴八首》，多认为其风格“雄浑富丽，沉着痛快”，此首及以下三首以极富丽的辞藻，写出极沉痛的情愫，正是这种风格的主要表现之处。

格律分析

诗押平声删韵，首句入韵，格律严谨。诗中的入声字有“识”（职韵）、“一”（质韵），古读仄声。诗中第三句采用了“仄仄平平仄平仄”的特定格式。此诗后三联皆对，“西望”与“东来”、“云移”与“日绕”、“一卧”与“几回”对仗工稳。其中“云移雉尾开宫扇，日绕龙鳞识圣颜”一联为流水对。

秋兴八首(其六)

（七律平起平收式）

瞿塘峡口曲江头，万里风烟接素秋[1]。

花萼夹城通御气，芙蓉小苑入边愁[2]。

珠帘绣柱围黄鹄，锦缆牙樯起白鸥〔3〕。
回首可怜歌舞地，秦中自古帝王州〔4〕。

注释

〔1〕“瞿塘”二句：是说无边无际的秋季风烟，将相距万里的瞿塘峡和曲江连接起来。瞿塘峡，长江三峡的第一个峡，在夔州东。曲江，在长安城南，是唐玄宗开元、天宝时期著名的游览胜地。素秋，秋在西方，属金，色尚白，所以称为素秋。

〔2〕“花萼”二句：写曲江附近的花萼夹城和芙蓉苑。花萼夹城，花萼楼通往曲江的夹城。《旧唐书·玄宗本纪》：“开元二十年六月，遣范安及于长安广花萼楼，筑夹城，至芙蓉园。”花萼楼在兴庆宫西南隅，唐玄宗开元年间所建，从花萼楼至曲江芙蓉苑又建有两边为高墙所夹的通道，专供皇上通行，所以说“通御气”。御气，天子之气。芙蓉苑，在曲江西南。《太平广记》卷二百五十一“裴休”下：“曲江池本秦时丰洲，唐开元中疏凿为胜境，南即紫云楼、芙蓉苑；西即杏园、慈恩寺。”

〔3〕“珠帘”二句：是说曲江江头宫殿林立，使黄鹄的高飞若受包围而阻碍；江上华美的游船如织，使白鸥时时受到惊吓而飞起。珠帘绣柱，指江头宫殿的华丽。锦缆，锦制的精美缆绳。牙樯，桅杆的美称，指象牙装饰的桅杆。一说桅杆顶端尖锐如牙，故名。

〔4〕歌舞地：即曲江，上两联所写就是人们在曲江歌舞游乐的盛状。帝王州：帝王建都的地方。

简评

本诗是《秋兴八首》的第六首，是所思“故国平居”的第二首，主要写长安城内的名胜之地曲江。清·陈廷敬曰：“此承上章，先宫殿而后池苑也；下继‘昆明’二章，先内苑而及城外也。”（转引自《杜诗详注》卷十七）五章至八章回忆故国平居，其次第应是杜甫有意安排。

这一首和第五首在章法上有相似之处，都是先纵笔追忆长安往昔的繁华，然后陡然兜回现实，在今昔强烈的对比中，产生出强大的艺术感染力。但具体的布置上有不同之处。第五首从长安着笔，结尾关合夔州，此首则先从夔州入手，迅速切入长安。清·陈廷敬曰："上下四章(指第四、五、七、八首)，皆前六句长安，后两句夔州，此章在中间，首句从'瞿塘'引端，下六则专言长安事。俱见章法变化。"(转引自《杜诗详注》卷十七)可见老杜诗安排布置的高妙。"瞿塘峡口"是承接上首结尾"一卧沧江"而来，第五首诗人纵情抒写长安宫阙往昔的繁华，结尾折回现实，作一停顿；但夔州城环望，城头峡口弥望的都是萧瑟的秋气，它无边无际，这头连着夔州，那头远接长安，于是笔调便复振起，继续奋笔疾书长安城内的往日繁华。开篇写秋，横空而起，秋字一点却又大笔转入长安，笔力横绝，方东树评曰："他篇或末句结穴点'秋'字，或中间点'秋'字，此却易为起处，横空突入，又复错综入妙。"(《昭昧詹言》卷十七)

颈、颔两联即是对曲江往日繁华的描绘，"花萼"两句写它乃是皇帝游赏之所，从虚处映衬，"珠帘"两句写它的江头宫殿及江上游船的华美，从正面描绘。"芙蓉小苑入边愁"一句，以前论者多认为是以讽刺为主，但从全诗的整体仔细揣摩，其实它的讽刺意味并不明显，杜甫这里的本意似是从边愁入手反写其繁华，是一种惋惜的口吻。因为全诗的整体构思是要通过结尾处的陡转，逼出讽刺之意和悲慨之情，所以前文以不露声色，极写繁华为上。正如萧涤非先生所云："上句故毫无讽意，下句'入边愁'三字，讽刺之意亦轻，惋惜之意反重。"(《杜甫诗选注》)同时"边愁"也有照应补足结尾的作用，因为尾联转折虽然和前文已形成对比，但它毕竟没有点明今日的残破，有"边愁"一词在前，结尾的意思才显得明白。

尾联，"歌舞地"总上两联，"帝王州"则递进一层，倍增其深厚的意蕴。长安的繁华不仅仅是在唐代，而是自古皆为帝王所居，本繁华无比之地，但今日那繁华却成了回忆中的幻影。今日的残破之状诗人虽未直接说出，但有上文的"边愁"和结尾的"可怜"两词，今昔之间鲜明的对比已不言而喻。故此诗惋惜、感慨之情浓烈而悠长。明·徐常吉论尾二句曰："'歌舞地'，今戎马场；'帝王都'，今腥膻窟，公之意在言表。"(《唐诗选脉会通评林》)方东树亦谓："末句兜回，收全篇，无限低徊，所谓弦外之音。"(《昭昧詹言》卷十七)

格律分析

诗押平声尤韵，首句入韵，格律严谨。诗中的入声字有“峡”（洽韵）、“接”（叶韵）、“夹”（洽韵）、“鹄”（沃韵）、“白”（陌韵），古读仄声。

秋兴八首（其七）

（七律平起平收式）

昆明池水汉时功，武帝旌旗在眼中〔1〕。
织女机丝虚夜月，石鲸鳞甲动秋风〔2〕。
波漂菰米沉云黑，露冷莲房坠粉红〔3〕。
关塞极天惟鸟道，江湖满地一渔翁〔4〕。

注释

〔1〕昆明池：原址在今陕西西安市西南斗门镇东南，西汉时开湖。汉武帝欲伐昆明国，为练习水战，于元狩三年（前120）模仿昆明国滇池而修建，方圆四十里，宋以后湮没。武帝旌旗：《史记》卷三十“平准书”记载：“（汉武帝）大修昆明池，列观环之，治楼船高十余丈，旌旗加其上，甚壮。”这里借旌旗指楼船。

〔2〕“织女”两句：描绘昆明池畔梦幻般的夜景。织女，汉时昆明池雕有织女、牵牛二石像。班固《两都赋》云：“临乎昆明之池，左牵牛而右织女，似云汉之无涯。”唐·徐坚《初学记》卷七“昆明池”下载：“又作二石人，东西相对，以象牵牛织女。”唐时石雕尚在，见沈佺期《奉和晦日幸昆明池》诗：“双星移旧石，孤月隐残灰。”（《全唐诗》卷九十七）童翰卿《昆明池织女石》诗：“一片昆明石，千秋织女名。见人虚脉脉，临水更盈盈。苔作轻衣色，波为促杼声。”（《全唐诗》卷六零七）石鲸，昆明池边的雕像，《西

京杂记》记载:“昆明池刻玉石为鲸鱼,每至雷雨,鱼常鸣吼,鬐尾皆动。汉世祭之以祈雨,往往有验。”唐时尚存,见唐太宗《冬日临昆明池》诗:“石鲸分玉溜,劫烬隐平沙。”(《全唐诗》卷一)宋之问《奉和晦日幸昆明池应制》诗:“舟凌石鲸度,槎拂斗牛回。”(《全唐诗》卷五十三)萧涤非注:“夜月虽明,却不织布,故曰‘虚夜月’。虚夜月,状织女之闲静,动秋风,状石鲸之生动。”(《杜甫诗选注》)

〔3〕“波漂”两句:是说昆明池中,菰米长得十分茂盛,随波浪漂动像是沉在水中的黑云;池中的莲花已经凋残,莲房上沾着清冷的秋露。菰米,即茭白,秋季结实就是菰米,又称为雕胡。杜甫此诗写于大历元年,据《旧唐书·代宗本纪》载:代宗于大历二年(767)“二月壬午,幸昆明池踏青。”可见杜甫写此诗时昆明池尚未荒芜,此处的描写是远在夔州的杜甫据平时所见的想象之词。据《唐会要》卷八十九载,贞元十三年(797)七月,德宗曾诏令修昆明池,《全唐文》卷五十三载《修昆明池诏》曰:“昆明池俯近都城,古之旧制。蒲鱼所产,实利于人。宜令京兆尹韩皋充使,即勾当修堰涨池。”直至中唐,昆明池的菰米莲花仍然很盛,为民所利。如白居易《昆明春》云:“渔者仍丰网罟资,贫人久获菰蒲利。诏以昆明近帝城,官家不得收其征。菰蒲无租鱼无税,近水之人感君惠。”又云:“今来净渌水照天,游鱼鲅鲅莲田田。”

〔4〕“关塞”两句:从想象回到现实,描绘出一幅诗人被险峻极天的关塞阻隔天边,只能作一个寒江独钓的渔翁的孤凄画面。萧涤非注:“关塞,即第一首的塞上。极天,言其高。杜《天池》诗:‘天池马不到,岚壁鸟才通。’即所谓鸟道。极言其险。夔州四面皆山,故曰惟鸟道。”江湖满地,意谓处处都是,自己到哪儿都只能作一漂泊的渔翁。

简评

此为《秋兴八首》的第七首,是诗人所思长安往日生活的第三首,主要写长安城郊的昆明池。从总体的构思来说,这首诗也是通过追忆昆明池,来写他忧国之心和身世之悲。在结构上大致与上首相同,但在写法上却有很大的不同,对昆明池的描写，不是简单的今昔对比，而是一种乱后的追忆，因此，尽管昆明池依旧是名胜之地，汉代的石刻织女与石鲸历经八九百年仍然陪伴在池畔，池中依旧盛产着菰米和莲花，但是，他们出现在诗人的追忆中，却不可避免地带上了梦幻般的意象，被赋予了凄凉感伤的时代色彩。正如浦起龙所评："其曰'夜月''秋风''波漂''露冷'，就所值之时，染所思之色，盖此章秋意，即借彼处映出，故结到'夔府'，不复带'秋'也。"(《读杜心解》)

首联"昆明池水汉时功，武帝旌旗在眼中"，这二句写的是昆明池悠久的历史和曾经作为水战演习之地的壮观景象。作者从"汉时"、"武帝"写起，和上一首结尾"秦中自古帝王州"相呼应。汉武帝是昆明池的开凿者，又是建都于长安之地的英雄之主，盛唐时期昆明池的盛况和汉时相同。"汉时功"一词一笔囊括从汉至唐以长安为中心的秦中长期的繁荣，"武帝旌旗"这一鲜艳醒目的意象便写尽了昆明池上往日的繁华，笔力劲健无比。但正如萧涤非所云："从前看过，今犹若在眼中，言印象之深。杜甫和唐代其他诗人多以汉武比玄宗，又杜甫《寄贾严两阁老》诗：'无复云台仗，虚修水战船。'可知玄宗在昆明池亦曾置战船，故以为比。"(《杜甫诗选注》)故描写虽极雄壮，但结尾一笔"在眼中"，却分明使人感受到，昆明池上那旌旗招展、楼船云集的壮观景象早已成了过眼烟云，只是追忆时出现在眼中的幻境了，这是何等的悲凉！

颔联描写昆明池畔的汉代文物，"织女机丝虚夜月，石鲸鳞甲动秋风"，化静为动，化想象为现实，具有梦幻般的意象色彩。织女、石鲸的石雕是当年昆明池繁华的象征，但是诗人用夜月那朦胧的银白色笼罩了整个昆明池，赋予一切意象以无限伤感的色彩，使人仿佛看到今天的织女只能孤独地空立在凄清的月光下。石鲸是灵物的化身，据说每至雷雨之时就发出鸣吼，鬐尾皆动，但是现在的石鲸只是在萧瑟的秋风中微微地摆动。一个"虚"字、一个"动"字，引发多少生动的联想，仿佛历经沧桑的织女和石鲸也在诉说着他们悲凉的感慨！

颈联转写昆明池的自然景象，以见物产之丰饶。关于这一联，注者分两种意见，一种认为是写昆明池的荒凉，因为荒废才有菰米生长的茂盛；另一种认为是写昆明池之盛。其实，就描写的自然本身而言，自是写昆明池物产之胜，然而就自然现象反映的情调色彩而言，却是极其之悲凉。菰米茂盛本身并非意味着荒凉，因昆明池本为盛产蒲鱼之地，向为贵族所垂涎，《通鉴》卷二百九："安乐公主请昆明池，上（中宗）以百姓蒲鱼所资，不许。"杜甫此诗写于大历元年，据《旧唐书·代宗本纪》载：代宗于大历二年（767）"二月壬午，幸昆明池踏青。"可见杜甫写此诗时昆明池尚未荒芜，此处的描写是远在夔州的杜甫据承平时所见的想象之词。昆明池经过贞元十三年的修堰涨池，直至中唐，池中的菰米莲花仍然很盛，为民所利，白居易《昆明春》中"菰蒲无租鱼无税，近水之人感君惠"便是证明。这两句的写法其实和《春望》"国破山河在，城春草木深"是相同的，自然界仍在按照规律发展，但国势衰微、风光难再。"云黑"、"粉红"两词色彩极为秾丽，所表达的情绪却极为悲凉。因为在诗人的笔下，昆明池中的菰米虽依然茂盛，却如乌云般的让人感到沉重而压抑；满池的莲花虽还留存着曾经繁华的迹象，却也是绿残红坠。"波漂"而菰米沉默，"露冷"而红莲坠泪，以茂密秾丽之景象表凄凉欲绝之情态，此种写法实开李商隐"凄艳"诗风的先河。

尾联笔触再次回到现实，想象中昆明池的风光不再、国势衰微已让人不堪，然而它也是被险峻的蜀地关塞阻隔于遥不可及的地方，自己只能在这江畔山城作一孤凄渔翁想望伤怀。正如萧涤非所云："一'惟'字，便将上文所说的旌旗、织女、石鲸、菰米、莲房等等一扫而空，见得那些东西只存在于个人想象之中，而眼前所见，则只有'峻极于天'的鸟道高山，岂不大可悲痛！"身世之悲，国势之忧交汇一起，把悲慨的情绪推至极致。方东树评此联曰："收句结穴归宿，言己落江湖，远望弗及，气激于中，横放于外，喷薄而出，却用倒煞，所谓文法高妙也。"（《昭昧詹言》卷十七）又值得注意的是，尾联这两句用的是对句，却又很好地收结了全篇，让人不觉得其板滞，宋·范季随《陵阳先生室中语》曰："少陵七律诗，卒章有时而对，然语意皆收结之词。"（《杜诗详注》卷十七引）可见老杜艺术功力的深厚，任意挥洒，皆成妙笔。

格律分析

诗押平声东韵，首句入韵，格律严谨。诗中的入声字有"织"（职韵）、"石"（陌韵）、"甲"（洽韵）、"黑"（职韵）、"极"（职韵）、"一"（质韵），古读仄声。此诗又是后三联皆对，且对仗极工："织女""石鲸"，一静一动，虚虚实实；"沉云黑""坠粉红"，色彩对比，极其鲜明；"关塞极天""江湖满地"，一句括上，一句括下，突出了困于其中的"一渔翁"的孤独与悲哀。

秋兴八首(其八)

（七律平起平收式）

昆吾御宿自逶迤，紫阁峰阴入渼陂〔1〕。
香稻啄馀鹦鹉粒，碧梧栖老凤凰枝〔2〕。
佳人拾翠春相问，仙侣同舟晚更移〔3〕。
彩笔昔曾干气象〔4〕，白头吟望苦低垂。

注释

〔1〕"昆吾"二句：是说自长安途经昆吾、御宿一路迂曲便至渼陂，渼陂之南紫阁峰高耸，影子倒映在陂中。昆吾、御宿，是渼陂附近的地名，《汉书·扬雄传》记载："武帝广开上林，东南至宜春鼎湖，昆吾、御宿。"紫阁峰：终南山的山峰之一，在陕西省鄠县（今作户县）东南。渼陂，水名，源自终南山，在鄠县之西。渼陂是杜甫当年在长安时多次游赏过的地方，杜集中今存《渼陂行》等多首诗，描述当时游览的情况。

〔2〕"香稻"二句：意在描绘渼陂物产的丰美，是说渼陂富产香稻，鹦鹉啄之不尽；这里的梧桐树碧绿高大，可使凤凰于此栖居终老。这两句诗是"鹦鹉啄馀香稻粒，凤凰栖老碧梧枝"的倒文。香稻、碧梧是渼陂的实有之物，如杜甫《与鄠县源大少府宴渼陂》诗中云："饭抄云子白。"就是描绘渼陂稻米的洁白。鹦鹉、凤凰则是虚物，用于烘托香稻、碧梧。

〔3〕"佳人"二句：写渼陂中游人之盛，意思是说，神女般的佳人们游览渼陂，拾取翠羽互相赠送、应答；结伴协游者，同舟共泛，宛如仙侣，天晚了还不

停息。曹植《洛神赋》写洛水神女“或采明珠，或拾翠羽”，《后汉书·郭太（泰）传》载“太与李膺同舟而济，众宾望之，以为神仙焉”，“佳人拾翠”“仙侣同舟”由此而来。

〔4〕彩笔：五色之笔，比喻卓越的文才。《南史》卷五十九“江淹传”：“（江淹）梦一丈夫自称郭璞，谓淹曰：‘吾有笔在卿处多年，可以见还。’淹乃探怀中得五色笔一，以授之。尔后为诗绝无美句，时人谓之才尽。”干气象：天宝年间，杜甫在长安曾献三大礼赋，受到唐玄宗的赏识，召他到集贤院试文章。他诗中曾描绘过当时的情形：“气冲星象表，词感帝王尊。”（《奉留赠集贤院崔于二学士》）这里干气象指的主要就是这件事，意思是说我的文才曾经感动过皇帝。干，冲的意思。

简评

这是组诗的最后一首，也是故国平居所思的第四首。第七首放笔描写昆明池往日繁华之后的无限凄凉，使忧伤之情再入高潮，此首则又将笔势宕开，以迤逦之笔写昔日渼陂景物之美、游人之盛，以为结尾造势。在诗歌描写中最美好的时刻，结尾突然又折回现实，用“白头吟望苦低垂”总束全篇，通过大开大合、波澜迭起的整体结构，形成今夕盛衰的强烈对比，给人以剧烈的心灵冲击和极大的艺术震撼力，使全诗收结得雄健有力而又意味深长。

首联以渼陂附近的形胜衬托渼陂，昆吾、御宿乃汉武帝时著名的上林苑中的地方，渼陂与它们相近，可见其盛名；高耸的紫阁峰与陂水相映相衬，足显其壮观。颔联状渼陂物产的丰美，稻饰以香字，梧饰以碧字已是浓墨华彩，而再以珍稀的鹦鹉、吉祥的凤凰作烘染，其精美珍贵不言而喻。“香稻”两句倒装的句法也是后人津津乐道之处。如宋人李颀《古今诗话》中评曰：“杜子美诗云：‘红（按：“香”一作“红”）稻啄馀鹦鹉粒，碧梧栖老凤凰枝。’此语反而意奇。”老杜特意把“香稻”、“碧梧”放置于句首，也同样是要突出、强调二者。颈联则通过游览的盛况、游人的不同凡俗写渼陂当年之盛。春意盎然之日，游人如织，女子们个个美若神女，在岸边嬉笑玩耍，互相赠答；结伴同舟的士人们，犹如东汉郭泰、李膺那样潇洒不凡的名士，天晚了还雅兴未尽。这两句诗，老杜用极为秀逸的笔调，把往日渼陂热闹非凡的景象写得栩栩如生，游人的音容笑貌如在目前、宛然耳畔。清人徐增评“佳人”两句说：“‘佳人’句娟秀明媚，不知其为少陵笔，如千年老树挺一新枝。……吾尝论文人之笔，到苍老之境，必有一种秀嫩之色，如百岁老人有婴儿之致，又如商彝周鼎，丹翠烂然也。今于公益信。”（《而庵说唐诗》）其实这首诗的前六句不妨说老杜都在极力使用秀嫩之笔，有意写得丹翠烂然，为结尾两句极苍老沉郁的抒写蓄势、铺陈。杜甫所描绘的游赏渼陂的游人是包括他自己在内的，当年他在长安多次和友人到渼陂荡舟宴游，我们不妨看看他当年诗中的描绘：“饭抄云子白，瓜嚼水精寒。无计回船下，空愁避酒难。主人情烂熳，持答翠琅玕。”（《与鄠县源大少府宴渼陂》）“青蛾皓齿在楼船，横笛短箫悲远天。春风自信牙樯动，迟日徐看锦缆牵。鱼吹细浪摇歌扇，燕蹴飞花落舞筵。不有小舟能荡桨，百壶那送酒如泉？”（《城西陂泛舟》）“岑参兄弟皆好奇，携我远来游渼陂。天地黤惨忽异色，波涛万顷堆琉璃。”（《渼陂行》）这“迟日锦缆”“歌舞宴饮”的情形可以让我们看到他长安生活“骑驴十三载”“处处潜悲辛”之外的另一面。游渼陂是杜甫向玄宗献三大礼赋之后不久的事情，当时杜甫献赋，震动玄宗，诏试文章，更是名动一时。他诗中也描绘过当时的情形：“气冲星象表，词感帝王尊。”（《奉留赠集贤院崔于二学士》）“集贤学士如堵墙，观我落笔中书堂。”（《莫相疑行》）可以说这一段时光是天宝年间杜甫在长安最快意的一段生活。可见《秋兴》此首中杜甫所描写的渼陂盛状是有他自己切身的经历和体验在里边的，所以他把它写得色彩斑斓、神采飞扬。对曾拥有的盛事爱之深切，一旦失去痛之就更加深沉，结尾一联，即用强烈的对比，以雄劲的笔力又重新兜回到现实的悲凉。“白首昔曾干气象”是对上六句的总结与补充，其实也是对所思故国平居盛状的总结。“昔”字综上启下，有此一字，下面“白首吟望苦低垂”之句自然也就呼之而出。浦起龙说：“‘彩笔’句，七字承转，通体灵动。”（《读杜心解》）所指就是这个意思。“白首”句是本诗的结束，更是《秋兴八首》整个组诗的收结。从第一首到第八首，篇篇都是写诗人在夔州城四顾秋景、想望长安、反复吟咏，可用“白首吟望”概括之。吟望之余，往昔的繁华已成梦幻，京华帝都依旧遥不可及，现实实实在在的只是夔州这满目萧瑟的秋色和自己一个满头霜发的孤老头子，无尽的国痛身悲便只有定格在那高楼秋风之中，诗人白首低垂的孤凄身影之上。以景语作结，满腔心事化为无语，虽感哀伤，但却沉雄深厚。

清·佚名《杜诗言志》中论曰："前数首皆慷慨君国，以极其怨慕之意；此一首则悼惜己身之盛衰，亦先公后私之义也。"如果从后四首"故国平居有所思"的角度看这首诗，以杜甫的思想个性，先公后私当是他有意的安排，但也不可忽视的是这同时也是他艺术构思上的匠心安排。因为老杜作诗常常将家国之忧和一身之悲交融起来，使其诗因忧国之情而显得沉雄深厚，因亲身的遭际而显得真切动人。《秋兴八首》五、六、七三首所写皆涉国事，此首所写渼陂则主要是老杜当年个人游览之地，此结尾处转入个人，以真切鲜明的描绘抒写作结，自然使其形象顿出。诚如萧涤非先生所论："前三首所思蓬莱、曲江、昆明，皆属朝廷之事，此则个人游赏，故放在最后作收场。"(《杜甫诗选注》)

格律分析

诗押平声支韵，首句入韵，格律严谨。诗中的入声字有"阁"(药韵)、"啄"(觉韵)、"拾"(缉韵)、"昔"(陌韵)、"白"(陌韵)，古读仄声。此诗颔联句法新奇，突出赞扬了渼陂的物产香稻、碧梧之美。元人范梈谓之："错综句法，不错综则不成文章，平直叙之，则曰'鹦鹉啄馀香稻粒，凤凰栖老碧梧枝'。"(《诗学禁脔》)清人顾宸解释说："旧注以'香稻'一联，为倒装法，今观诗意，本谓香稻乃鹦鹉啄馀之粒，碧悟则凤凰栖老之枝，盖举鹦鹉凤凰以形容二物之美，非实事也。重在稻与梧，不重在鹦鹉凤凰。若云'鹦鹉啄馀香稻粒，凤凰栖老碧梧枝'，则实有鹦鹉凤凰矣。少陵倒装句，固不少，惟此一联，不宜牵合。首联记山川之胜，此联记物产之美，下联则写士女游观之盛。"(萧涤非《杜甫诗选注》引)黄生云："三四旧谓之倒装法，余易名倒剔。盖倒装则韵脚俱动，倒剔不动韵脚也。设云'鹦鹉啄馀红豆粒，凤凰栖老碧梧枝'，亦自稳顺，第本赋红豆碧梧，换转，即似赋凤凰鹦鹉矣。杜之精意，固不苟也。"(同上书)

咏怀古迹五首（其一）[1]

（七律平起仄收式）

支离东北风尘际，漂泊西南天地间[2]。
三峡楼台淹日月，五溪衣服共云山[3]。
羯胡事主终无赖，词客哀时且未还[4]。
庾信平生最萧瑟，暮年诗赋动江关[5]。

注释

〔1〕《咏怀古迹五首》作于唐代宗大历元年(766)诗人在夔州时。五首诗分咏庾信、宋玉、王昭君、刘备、诸葛亮五人，是杜甫用七律写的组诗，此为第一首。

〔2〕“支离”二句：概括了诗人在安史之乱后的漂泊身世。上句言自己在战争爆发后颠沛流离。支离，犹流离。东北，安禄山、史思明在位于唐王朝东北的蓟州叛乱。风尘际，战争的烽烟之中。安史之乱后，杜甫奔赴国难，被俘到长安，又冒死出走凤翔投奔肃宗，在朝廷任职，后被贬官华州，弃官入蜀。下句言自己漂泊西南。杜甫由秦中入蜀，先居成都，后流寓梓州、阆州，又由云安来到夔州，已漂泊数年。

〔3〕“三峡”二句：写自己在夔州的漂泊生活。上句言在夔州淹留已久。三峡，在夔州东，此代指夔州一带。楼台，泛指夔州山城民居。杜甫《夔州歌》：“闾阎缭绕接山巅，复道重楼锦绣悬。”淹日月，漂泊日久。淹，淹留、久留。下句言与当地土著杂居。五溪，即湖南贵州交界处的五溪蛮。南朝梁·沈约《宋书》卷七十九“蛮夷传”：“居武陵者有雄溪、樠溪、辰溪、酉溪、舞溪，谓之五溪蛮。”唐·杜佑《通典》卷一百八十七“南蛮上”记其习俗“好五色衣服，制裁皆有尾形，衣裳斑兰，语言侏离。……长沙黔中五

溪蛮皆是也。”诗中用“五溪衣服”代指夔州土著民。

〔4〕“羯胡”二句：揭示漂泊的原因是因为安史之乱。这两句写安禄山狡猾反复，正如梁朝的侯景；自己飘泊异地，恰似当年的庾信。羯胡，泛指北方少数民族，此处指安禄山。羯族是匈奴的一支。无赖，安禄山深受唐玄宗信任，身兼东北三镇节度使，却暗中策反，最终叛乱，所以骂他“终无赖”！下句哀伤身世。词客，作者自称，兼指庾信。哀时，为时局动荡而哀伤。且未还，况且漂泊异地，不能回还。对杜甫而言，是不能还乡；对庾信而言，是不能回到故国。庾信本为南朝梁人，梁元帝派他出使西魏时，被迫留在北方，长达二十七年。

〔5〕“庾信”二句：说庾信因为平生萧瑟，常怀故国之思，所以暮年的诗赋健笔纵横、气壮山河。这两句明咏庾信，暗喻自己。杜甫自漂泊西南后诗歌更加沉郁雄健，艺术上更加成熟，他曾对慕名来访的客人说：“岂有文章惊海内，漫劳车马驻江干。”

简评

这首诗重在咏怀。仇兆鳌云：“首章咏怀，以庾信自方也。上四漂泊景况，下四漂泊感怀。”（《杜诗详注》卷十七）杜甫在夔州的境况与庾信有相同之处。庾信字子山，初仕梁，与其父庾肩吾以文学驰名，同时的还有徐摛、徐陵父子，徐庾两代“文并绮艳，世号徐庾体。”后遭侯景之乱，梁元帝即位江陵，庾信奔江陵，受元帝命出使西魏，适值西魏攻梁，江陵沦陷，庾信自此长留北朝，“因长有乡关之思，乃作《哀江南赋》以致其意。”由于其特殊的人生经历与北方雄浑苍凉的风土人情，使庾信暮年诗赋苍劲老成，杜甫另有诗云：“庾信文章老更成，凌云健笔意纵横。”（《戏为六绝句》）杜甫亦遭安史之乱，流寓西南，长期漂泊，不能还乡，与庾信之感时伤变、魂牵故国有相通之处；同时，杜甫遭乱后诗风更加沉郁悲凉，其暮年创作博大沉雄、震惊四海，与庾信的“暮年诗赋动江关”亦有相似之处，所以此诗借庾信以咏怀。诚如沈德潜所评：“此章以庾信自况，非专咏庾也。五、六语已与庾信双关。以上少陵自叙。”（《唐诗别裁集》卷十四）

格律分析

全诗合乎格律，押平声删韵。其中，“泊”（药韵）、“峡”（洽韵）、“服”（屋韵）古为入声字，是仄声。

咏怀古迹五首(其二)[1]

（七律仄起平收式）

摇落深知宋玉悲，风流儒雅亦吾师[2]。
怅望千秋一洒泪，萧条异代不同时[3]。
江山故宅空文藻，云雨荒台岂梦思[4]？
最是楚宫俱泯灭，舟人指点到今疑[5]。

注释

〔1〕此诗追怀战国末年的楚辞作家宋玉。宋玉是湖北秭归人，唐时秭归属归州，在三峡附近。

〔2〕“摇落”二句：上句借用宋玉《九辩》中的句子：“悲哉，秋之为气也；萧瑟兮，草木摇落而变衰！”说又到了草木摇落的秋天，自己触景生情，深深懂得了宋玉的悲秋之情；下句赞美宋玉风流儒雅，也是自己师法的对象。风流儒雅，风流，言其标格。儒雅，言其文学。此借用庾信《枯树赋》：“殷仲文风流儒雅，海内知名。”

〔3〕“怅望”二句：言宋玉与自己虽隔千秋，却感受相同，今天追怀宋玉，惆怅地洒下眼泪，是因为两人的身世一样萧条落寞，只是生不同时罢了。异代，不同时代，即“不同时”。

〔4〕“江山”二句：上句说位于三峡之间的宋玉故宅依然存在，虽遗迹尚留，但其人已逝，空有诗赋文章流传下来；下句借宋玉《高唐赋》中楚怀王梦遇

巫山神女事，说《高唐赋》所说的难道只是梦中所思吗？言外之意人们只欣赏宋玉的文采风流，却不了解作者借辞赋讽谏君主的用意，所以是“空文藻”。云雨荒台，宋玉有《高唐赋》、《神女赋》，分别写楚怀王、楚襄王梦遇巫山神女之事，二赋流传颇广。《高唐赋》中说楚怀王游高唐观，梦见巫山神女，神女说自己：“旦为行云，暮为行雨，朝朝暮暮，阳台之下。”岂梦思，沈德潜云：“谓高唐之赋，乃假托之词，以讽淫惑，非真有梦也。”（《唐诗别裁集》卷十四）

〔5〕“最是”二句：最让人感叹的是楚王的宫殿都已经泯灭无迹，但宋玉的辞赋流传下来，船夫过巫峡时指指点点，所谈论的楚王的传说至今使人生疑。俱泯灭，全都泯灭了。萧涤非注：“俱泯灭，专对楚宫言，犹云全都毁灭，故当地舟人，指指点点，不知究在何处，反形宋玉故宅，乃如‘灵光’之岿然独存。抑楚宫，即所以扬故宅；扬故宅，亦即所以扬宋玉。”（《杜甫诗选注》，人民文学出版社 1979 年版 265 页）

简评

《咏怀古迹五首》是杜甫在夔州写的组诗，五首诗分咏庾信、宋玉、王昭君、刘备、诸葛亮五人，其中，“独宋玉文章与公相似，通古今为气类，故以‘摇落知悲’起兴，而以‘风雅吾师’推之。”（清・浦起龙《读杜心解》卷四）说明这首诗是杜甫借咏宋玉抒发自己的身世之悲，“怀宋玉亦所以自伤”（沈德潜语）之作。

诗歌前四句追怀宋玉，首句“深知”二字乃一篇之核心。王嗣奭云：“咏宋玉宅，玉悲摇落，而公云‘深知’，则悲与之同也。故怅望千秋，为之‘洒泪’。谓玉萧条于前代，公萧条于今代，但不同时耳。不同时而同悲也。”（《杜臆》卷之八）宋玉是战国末年继屈原之后的又一个重要的楚辞作家，其生平与屈原有相似之处，他的代表作《九辩》抒发他因不同流俗而被谗见疏、流离失所的悲哀，有“坎壈兮贫士失职而志不平，廓落兮羁旅而无友生”之叹，并委婉表达了对国家兴亡的忧虑。宋玉的悲秋之情与杜甫此时漂泊夔州的身世极其相似，所以杜甫“深知”宋玉之悲，并为之“洒泪”，赞美宋玉的“风流儒雅”，感慨二人“萧条异代不同时”。

后四句抒发感慨，诗人的目光由万里江山落到位于三峡的宋玉故宅，感叹千年以来人们只知欣赏宋玉的文采风流，只留下了他在《高唐赋》、《神女赋》中创造的神话传说，却不理解他讽谏君王、忧心国事的真正用意，这是呼应开端的“深知”，说明只有自己才是宋玉的文章知己。结尾以“最是”收笔又深入一层，诗人以“楚宫泯灭”对比宋玉的“故宅”长存，揭示在历史的长河中，一切繁华都会消失泯灭，唯有文章能永存人间。正如浦起龙曰：“结以‘楚宫泯灭’，与‘故宅’相形，神致吞吐，抬托愈高。”（《读杜心解》卷四）沈德潜亦云：“怀宋玉亦所以自伤，言斯人虽往，文藻犹存，不与楚宫同其泯灭，其寄慨深矣。”（《唐诗别裁集》卷十四）

格律分析

此诗为仄起平收式，押平声支韵。诗中的入声字有“一”（质韵）、“宅”（陌韵）。诗歌颔联失粘。全诗只有颈联一联对仗，为蜂腰对。

咏怀古迹五首（其三）[1]

（七律平起平收式）

群山万壑赴荆门[2]，生长明妃尚有村[3]。
一去紫台连朔漠[4]，独留青冢向黄昏[5]。
画图省识春风面[6]，环珮空归月夜魂[7]。
千载琵琶作胡语，分明怨恨曲中论[8]。

注释

〔1〕这首诗是组诗《咏怀古迹五首》的第三首，作于唐代宗大历元年（766）诗人在夔州时。

〔2〕“群山”句：三峡的群山万壑好像随着湍急的长江江流，奔赴荆门山。赴，奔赴。荆门，荆门山，在今湖北省宜都县西北，长江南岸，是三峡的

东口。

〔3〕“生长”句：在这雄奇的三峡之中，诞生王昭君的小村落还在。明妃，即王昭君。汉元帝宫人王嫱字昭君，公元前33年远嫁匈奴。晋人避司马昭名讳，改称明君，又称明妃。明妃村，即昭君村。在秭归香溪附近，相传是王昭君的故乡。

〔4〕“一去”句：昭君离别汉宫远嫁匈奴，进入了北方荒远的大沙漠。紫台，紫禁城，指汉代皇宫。朔漠，北方辽阔的沙漠地区，指匈奴。汉·班固《汉书》卷九十四下“匈奴传”下载：汉元帝竟宁元年(公元前33年)，呼韩邪单于“自言愿婿汉氏以自亲。元帝以后宫良家子王嫱字昭君赐单于。”

〔5〕“独留”句：写昭君虽已死在匈奴，但她思念故乡的悠悠情思是永恒的。青冢(zhǒng)，即昭君墓，在今内蒙古自治区呼和浩特市南。唐·皎然《昭君》诗：“黄金不买汉宫貌，青冢空埋胡地魂。”(《杼山集》卷六)相传塞外草是白色的，唯独昭君墓上草色青青，所以称之为“青冢”。宋·乐史《太平寰宇记》卷三十八“关西道·金河县”：“青冢在县西北，汉王昭君葬于此，其上草色常青，故曰青冢。”

〔6〕画图：汉元帝命画工画宫女容貌，挑选美人，宫女皆贿赂画工，唯独王昭君不贿赂，画工故意将她丑化，呼韩邪单于入朝求和亲时，汉元帝按图画遣王昭君远嫁，直到临行时才发现昭君是宫中最美的，但已追悔莫及。见晋·葛洪《西京杂记》卷二：“元帝后宫既多，不得常见，乃使画工图形，案图召幸之。诸宫人皆赂画工，多者十万，少者亦不减五万。独王嫱不肯，遂不得见。匈奴入朝，求美人为阏氏，于是上案图，以昭君行。及去召见，貌为后宫第一，善应对，举止闲雅，帝悔之。而名籍已定。帝重信于外国，故不复更人。乃穷案其事，画工皆弃市。”省识：略识。是说元帝只凭图画略识昭君，其实不识。春风面：形容美女的容貌。

〔7〕“环珮”句：是说昭君生时不能回归故国，去世后思乡之魂只能在月夜下返回故土。环珮，妇女佩戴的玉制服饰，这里代指昭君。

〔8〕“千载”二句：是说流传千年胡语胡调的琵琶曲，分明在曲中倾诉着远嫁异域的昭君思念故土、怀念故国的怨思。琵琶，相传王昭君曾作表达怨情的琵琶曲。胡语，当时北方少数民族的语言、曲调。

简评

此诗借咏怀汉代远嫁匈奴的王昭君怀念故乡眷恋故国的怨思，来抒写自己的情怀。

首联点明昭君村的所在地。起笔以“赴”字化静为动，突出三峡的山势雄奇，奔腾起伏，是用高山大川的壮伟气象来烘托昭君。清·吴瞻泰说：“发瑞突兀，是七律中第一等起句。谓山水逶迤、钟灵毓秀，始产一明妃，说得窈窕红颜，惊天动地。”（《杜诗提要》卷十二）颔联写昭君本人，诗人用流水对法，在十四个字中概括了昭君一生的悲剧。“紫台”与“朔漠”相连，明昭君远嫁万里之外；“黄昏”天幕下的“青冢”，见昭君永远不变的故国之情。故清人朱瀚说：“‘连’字写出塞之景，‘向’字写思汉之心，笔下有神。”（《杜诗解意》）颈联与上联紧密衔接，“画图”句承第三句，写昭君悲剧的原因；“环珮”句承第四句，写昭君虽死后亦魂系故国。尾联借千载胡音的琵琶曲调，点明全诗写昭君“怨恨”的主题。昭君身行万里，冢留千秋，这是一个远嫁异域的女子永远心向祖国、怀念故土的怨恨忧思。而长期漂泊西南的杜甫正是借昭君之怨寄托自己深沉浓郁的身世家国之情。

昭君出塞的故事千载流传，以昭君怨为主题的诗、词、曲、戏剧不计其数，但杜甫此诗以其浓郁深广的乡国之思、与人物凄美鲜明的悲剧形象，给人留下不可磨灭的印象，成为咏昭君题材中最为传诵的作品。

格律分析

此诗押平声元韵，首句入韵。诗中入声字有“一”（质韵）、“独”（屋韵）、“识”（职韵），古属仄声。诗歌末尾“曲中论”的论（lún）要读平声，此处是元韵字。

阁　夜[1]

（七律仄起仄收式）

岁暮阴阳催短景，天涯霜雪霁寒宵[2]。
五更鼓角声悲壮，三峡星河影动摇[3]。
野哭千家闻战伐，夷歌数处起渔樵[4]。
卧龙跃马终黄土，人事音书漫寂寥[5]。

注释

〔1〕此诗是大历元年(766)冬，杜甫寓居夔州西阁时作。

〔2〕“岁暮”二句：言一年将尽，日月交替，催得冬日的白天变得更短。自己漂泊天涯，正当雪后初晴的一个寒冷的夜晚。阴阳，犹日月。短景，冬天日短。景指日光。天涯，指夔州，把夔州比作天边，以见远离家乡。霁，雪后初晴。

〔3〕“五更”二句：五更时分，天将启晓，听到军队中悲壮的战鼓与号角声；三峡中江水湍急，星空倒映在江中，随江涛一起摇动。鼓角，唐·杜佑《通典》卷一四九：“行军在外，日出日没时挝鼓千挝，三百三十三挝为一通。鼓音止，角音动，吹十二声为一叠，角音止，鼓音动，如此三角三鼓，而昏明毕之。”星河，天河。

〔4〕“野哭”二句：写天将晓时所闻。田野上传来千家的哭声，使人如闻战争的讯息，可见战乱中死人之多；有几处响起少数民族的歌曲，是出自渔夫樵子之口，正见当地风俗。夷歌，指当地少数民族的歌曲。“数处”，一作“几处”。

〔5〕“卧龙”二句：这是极目武侯、白帝二庙而引出的感慨。言无论是诸葛亮，还是公孙述，最终都已归入黄土；人生短暂，个人的孤独寂寞还是随它

去吧。卧龙，指诸葛亮。《三国志·蜀书》卷五“诸葛亮传”载徐庶说：“诸葛孔明者，卧龙也。”跃马，指公孙述。《文选》卷四赋乙《蜀都赋》：“公孙跃马而称帝。”唐·李善注：“范晔《后汉书》曰：公孙述，字子阳，扶风人也。王莽时为导江卒正。更始立，述恃其地险众附，遂自立为天子。”事见《后汉书》卷十三《隗嚣公孙述列传》。诸葛亮与公孙述在夔州都有祠庙。公孙述据蜀时号白帝，并建白帝城。公孙述死后，当地人在山上建公孙述庙，称白帝庙。人事，与朝廷有关的事或官场的交游。音书，亲朋之间的书信消息。漫，漫然，随它去。寂寥，从朝廷到朋友，似乎所有的人都把自己忘记了，所以孤独寂寞。

简评

这是杜甫精心结构的一首七律，首联对起，描写夔州严冬凄清的夜景，只见雪光明朗，寒气逼人，衬托着诗人忧时伤乱，夜不成寐的形象，引出下文的所见所闻。颔联气象雄阔，如清人吴见思所说：“三四顶寒宵句。天霁则鼓角益响，而又在五更之时，故声悲壮。天霁则星辰益朗，而又映三峡之水，故影动摇也。”（《杜诗论文》）这联上句就听觉写，“五更鼓角声悲壮”，渲染出兵革未息的时代气氛；下句就视觉写，“三峡星河影动摇”，正是祖国大地动荡不安的缩影。颈联转入写实，是黎明前蜀中大地的真实写照。这一联着重从听觉落笔，原野上千家皆哭，可见战伐中死伤之多；渔樵唱起夷歌，正见夔州之偏远；无数人悲惨的哭声与苦难的夷歌此起彼伏，融汇成惊天动地的时代悲歌，一声声敲打着彻底未眠的诗人那颗痛苦的心。由战祸频仍的时局联想到个人漂泊天涯的艰难岁月，诗人用“寂寥”二字概括了自己“朝廷记忆疏”、“亲朋无一字”的处境，在尾联悲愤地说出：历史上的英雄人物，无论贤愚最终同归黄土，人生不过如此而已，和广大人民的苦难相比，自己的孤独痛苦又算得了什么呢！

明代胡应麟曾赞此诗及“秋兴八首”等律诗“气象雄盖宇宙，法律细入毫芒，自是千秋鼻祖。”（《诗薮》内编卷五）颔联尤其受到苏轼的盛赞，“东坡云：‘七言之伟丽者，子美云：“旌旗日暖龙蛇动，宫殿风微燕雀高。”“五更鼓角声悲壮，三峡星河影动摇。”尔后寂寥无闻焉。’”（宋·胡仔《苕溪渔隐丛话前集》卷十）清人赵翼也将颔联与《登楼》中“锦江”一联誉为“绝唱”，说“只以此等气魄从前未有，独创自少陵，故群相尊奉为劈山开道之始祖。”（《瓯北诗话》卷二）然而，还应看到，杜诗气魄之雄大、意象之壮伟，实源自诗人胸襟的博大、感情的高尚与深沉，他把对祖国时局深切的忧念、对苦难中人民的一腔关切、对大地山河的无限热爱，都融入了诗歌的形象之中，使诗歌的字里行间负载着诗人厚重的情感，不能不对读者产生强烈的感染和冲击，不能不使人为他雄健的笔力所折服。

格律分析

诗押平声萧韵，格律谨严。其中“峡”（洽韵）、“哭”（屋韵）、“伐”（月韵）为入声字，古属仄声，发音短促。各联在句法上无一不精，不仅前三联对仗精工，尾联中“卧龙”“跃马”“人事”“音书”亦形成句中对。读时亦应体会诗人遣词造句之匠心。

又呈吴郎〔1〕

（七律平起平收式）

堂前扑枣任西邻〔2〕，无食无儿一妇人。
不为困穷宁有此？只缘恐惧转须亲〔3〕。
即防远客虽多事，便插疏篱却甚真〔4〕。
已诉征求贫到骨，正思戎马泪盈巾〔5〕！

注释

〔1〕唐代宗大历二年（767）秋，杜甫在夔州迁居，将原来房子让给姓吴的亲戚住，特意写此诗告诉吴郎不要阻拦贫穷无靠的邻居老妇来院中打枣。

〔2〕任：听任。

〔3〕“不为”二句：说不是因为贫穷无奈哪会有这样的事？正因老妇打枣时担心害怕，更应该对她亲切。宁有，怎会有。此，指老妇打枣。缘，因。

〔4〕“即防”二句：即使她对你这位远客有所提防（指老妇提防吴郎不让打枣）未免有点多心，但你一来就插篱笆倒像真的是不让她打枣了。远客，指吴郎。

〔5〕“已诉”二句：老妇曾诉说官府对她压榨已尽，一贫彻骨，我想到战乱中人民的痛苦便忍不住泪流满巾。征求，指官府征收赋税。戎马，指战争。

简评

初盛唐时，七律多用于宫廷应制唱和，杜甫却用七律的严整格式反映社会现实，描写人民生活，从而为七律这种新的诗歌形式开辟了广阔的表现空间。这首诗就是为一位贫困无依的邻家老妇而作，诗写得朴素真挚，句句打动人心，充分体现了杜甫对贫苦人民细致入微的关切之情。同时，在诗歌的尾联，诗人更由一个贫穷的寡妇，由一件扑枣的小事，推而广之，联想到整个国家战乱不息的现实，联想到广大水深火热之中的人民，又一次流下忧国忧民的眼泪。故此诗题材虽小，而寄托却大，是杜甫最具人民性的作品之一。

这首诗在写作上也很有特色，诗人一反雄浑超迈之风格，而代之以朴素近人的家常口语。特别是中两联都采取了流水对法，更显得流畅自然、明白如话，竟使人浑然不觉其严整的格律，真有返璞归真之妙。尤为可贵的是，此诗虽造语自然，却非直露，细品可见内含数层转折，如清人卢世漼评此章“极煦育邻妇，又出脱邻妇；欲开示吴郎，又回护吴郎。七言八句，百种千层，非诗也，是乃仁音也。恻隐之心，诗之元也。词客仁人，少陵独步。”（《杜诗胥抄·大凡》）乔亿在《剑溪说诗》中赞叹：“七律至于杜子美，古今变态尽矣。”

格律分析

诗押平声真韵，诗中的“扑”（屋韵）、“食”（职韵）、“插”（洽韵）均为入声字，古属仄声。

登　高[1]

（七律仄起平收式）

风急天高猿啸哀，渚清沙白鸟飞迴[2]。
无边落木萧萧下[3]，不尽长江滚滚来。
万里悲秋常作客，百年多病独登台[4]。
艰难苦恨繁霜鬓，潦倒新停浊酒杯[5]。

注释

〔1〕唐代宗大历二年(767)，杜甫寓居夔州，于九月九日重阳登高时作此诗。

〔2〕猿啸哀：猿的叫声很哀伤。长江峡谷多猿。《水经注·江水》记载：长江三峡一带“每至晴初霜旦，林寒涧肃，常有高猿长啸，属引凄异，空谷传响，哀转久绝。故渔者歌曰：‘巴东三峡巫峡长，猿鸣三声泪沾裳！’”渚(zhǔ)：水中小洲。迴：回旋。

〔3〕落木：落叶。萧萧：树叶被风吹落的声音。

〔4〕万里：指离家万里。作客：指漂泊异乡。百年：犹言一生。

〔5〕艰难：指时局艰难。苦恨：极恨。繁霜鬓：两鬓白发越来越多。潦倒：因病衰颓。新停：新近停止。“新停”指刚戒酒。重阳登高例应饮酒，但诗人此时却因肺病而戒酒。

简评

这是杜甫最著名的一首七律。诗歌前半写景，后半抒情，景中寓情，情景交融。格调沉雄悲壮，意象错综多变；而语言凝练，具有高度的概括性。开篇以“风急”二字领起，带动全篇，首联“每句各包三景”(仇兆鳌《杜诗详注》补注卷下)，由高到低细致地刻画秋色、秋声；颔联则乘风势将境界打开，采用泼墨般的手法，以如椽之笔，在天地之间纵情挥洒，仰观萧萧落叶而冠以“无边”，俯视滚滚江涛而加之“不尽”，绘出了辽阔雄浑而又无比苍凉的秋江景色，以烘托出忧国伤时的深沉悲秋之情。颈联从“万里”之外、“百年”之间落笔，以极其博大的时空背景，抒写出诗人在动荡的年代长年漂泊、老病孤愁的身世之感。宋·罗大经析此联云：“盖万里，地之远也；秋，时之惨凄也；作客，羁旅也；常作客，久旅也；百年，齿暮也；多病，衰疾也；台，高迥处也，独登台，无亲朋也。十四字之间含八意，而对偶又精确。”（《鹤林玉露》卷十一）足见造语警拔，含蕴丰富。前三联气势飞动，震荡人心，尾联则“软冷收之，而无限悲凉之意溢于言外”。（胡应麟《诗薮·内编》卷五）通篇气韵贯通，大开大阖，抑扬有致，最具老杜沉郁顿挫之风。

除了诗歌意境的雄浑博大，抒发感慨的悲壮深沉，此诗对仗自然、格律谨严，无句不精，无字不妙，在律诗的写作艺术上亦可谓登峰造极。律诗一般只要求中两联对仗，而此诗四联皆对。不仅如此，首联还采取“当句对”（又称“句中有对”，以“风急”对“天高”，“渚清”对“沙白”）；颔联采用“连珠对”（又称“叠字对”，以“萧萧”对“滚滚”）；尾联又有“叠韵对”（以“艰难”对“潦倒”，属联绵字对法之一种），句法多变，妙不可言，足见诗人“语不惊人死不休”的锤炼之功。正如胡应麟所云：“若‘风急天高’，则一篇之中句句皆律，一句之中字字皆律，而实一意贯串，一气呵成。骤读之，首尾若未尝有对者，胸腹若无意于对者；细绎之，则锱铢钧两，毫发不差，而建瓴走坂之势，如百川东注于尾闾之窟。至用句用字，又皆古今人必不敢道，决不能道者。真旷代之作也。”又极赞此诗：“如海底珊瑚，瘦劲难名，而精光万丈，力量万钧。通章章法、句法、字法，前无昔人，后无来学。……此诗自当为古今七言律第一，不必为唐人七言律第一也。”（《诗薮·内编》卷五“近体中”）

格律分析

这首七律采用仄起平收式，押平声灰韵，首句入韵。此诗既有严格的声律，又有内在的气势，读时应用心体会。诗歌中的古入声字有：“急”（缉韵）、“白”（陌韵）、“独”（屋韵）、“浊”（觉韵），今日读作平声，但唐时为仄声。

刘长卿

别严士元[1]

（五律平起平收式）

春风倚棹阖闾城，水国春寒阴复晴[2]。
细雨湿衣看不见，闲花落地听无声[3]。
日斜江上孤帆影，草绿湖南万里情[4]。
君去若逢相识问，青袍今已误儒生[5]。

注释

〔1〕据储仲君《刘长卿诗编年笺注》考，严士元，冯翊人，严损之之子，严武之从兄弟，曾于至德二载春受命南国，途出苏州。时刘长卿初仕长洲县尉，作此诗送别严士元。

〔2〕“春风”二句：谓严士元即将在春风中乘船出发离开苏州，苏州城的初春还略带寒意，天气乍阴乍晴。倚棹，乘船出发。棹，桨，代指船。阖闾城，即苏州城，春秋时吴王阖闾所建。水国，指苏州城。阴复晴，一会儿下雨，一会儿天晴。

〔3〕闲花落地：谓花枝不动，花儿静静地飘落。闲，静。

〔4〕“日斜”二句：想象严士元途中情景。从苏州先溯长江西上，再从洞庭湖南下。

〔5〕“君去”二句：是说你走之后，若有相识的人问起我的情况，就说我这个有抱负的儒生，今已被微官所误。青袍，作者任县尉，为从九品官职，服青色。

简评

清人沈德潜云：“七律至随州，工绝亦秀绝矣。”（《唐诗别裁集》卷十四）此诗即是例证。作者抒写别情,采用融情入景的手法,前三联句句写景,句句寓情,意境开阔,情韵悠然。首联点明送别的时节与地点,用“阴复晴”描绘水城苏州的气候特点。中两联写景,一细润一阔大。颔联写苏州城的雨中春色,角度多变,细致入微。上句诉诸视觉,用“湿衣看不见”描写雨细如丝;下句诉诸听觉,用“落地听无声”写花儿无风自落。雨丝与落花,还有那无声的寂静,无不映射出二人离别时惆怅低落的心情。颈联则诉诸想象,用两幅图景展现友人远去的路程,一幅是夕阳映照之下长江上的一点帆影,一幅是洞庭湖畔向南伸展的万里碧草。二句绘景如画,且景中含情,“孤帆影”是对友人孤独远去的牵挂,无边绿草则是陪伴友人远行万里的浓浓友情。尾联表白内心,向友致意。全诗结构圆满,精美流畅,写景细润而又淡远,颇有工秀流利之致。

格律分析

诗押平声庚韵,首句入韵。诗中的入声字有“阖”(合韵)、“国”(职韵)、“湿”(缉韵)、“识”(职韵),古为仄声。

长沙过贾谊宅〔1〕

(七律平起平收式)

三年谪宦此栖迟,万古唯留楚客悲〔2〕。
秋草独寻人去后,寒林空见日斜时〔3〕。
汉文有道恩犹薄〔4〕,湘水无情吊岂知〔5〕。
寂寂江山摇落处,怜君何事到天涯〔6〕。

注释

〔1〕诗题一作《过贾谊宅》。此诗是刘长卿途经长沙访谒(yè)贾谊宅而作。

贾谊宅：故址在今湖南长沙市。贾谊，西汉著名散文家、政治家，年轻有才华，曾遭权贵中伤，被贬为长沙王太傅，居长沙三年。召为梁怀王太傅，梁怀王坠马死，他也郁闷而死，年仅33岁。

〔2〕“三年”二句：意思是说贾谊被贬官居住在这里三年，却给后世人留下了万古之悲。谪宦，贬官，降职外放边远地区。栖迟，居住，停留。楚客，客居楚地的人，指贾谊。长沙属古楚国。

〔3〕“秋草”二句：描写诗人所见贾谊故宅萧条冷落的景色，同时也表现贾谊当时居长沙时的凄寒境遇。“人去后”、“日斜时”，此二语化用贾谊《鹏(fú)鸟赋》中语句“庚子日斜兮，鹏集余舍”，“野鸟入室兮，主人将去”。人去后，人去世之后。

〔4〕“汉文”句，是说汉文帝治国有方，但对待贾谊这样的有才之人恩情还很淡薄，不能重用他。汉文，汉文帝刘恒，公元前179年至公元前157年在位，是西汉著名贤明君主。恩，皇恩。

〔5〕湘水：湘江，与汨(mì)罗江相通。吊：凭吊。指贾谊赴长沙过湘江时曾作《吊屈原赋》，凭吊遭谗言陷害被放逐最后投汨罗江而死的屈原。

〔6〕“寂寂”二句：意思是面对草木凋零的辽阔江山，目睹贾谊故宅的萧条冷落，可怜你无辜被贬到这荒远的地方来，这是为什么呢？实际诗人也是借同情贾谊，表现对自身遭遇的感伤之情。摇落，凋零，秋天草木枯萎零落。何事，为什么。天涯，天边。这里是边远地区的意思，指长沙。

简评

清·屈复《唐诗成法》评刘长卿律诗说：“唐七律，随州（刘长卿曾任随州刺史，故称）词藻清洁，抑扬反复，有味外之味，最耐人吟诵。”刘长卿曾因“刚而犯上，两度迁谪。”（唐·高仲武《中兴间气集》）此诗借凭吊西汉时怀才不遇的贾谊，抒写自己因刚直不阿而被贬官的愤懑哀伤，可谓有“味外之味”的作品。

诗歌首联咏贾谊贬官长沙事，点出万古之“悲”，将自己的悲伤亦包括在内；颔联以荒芜的秋草、夕阳下的寒林来表现贾谊宅周围环境的凄凉冷落，被誉为无限凄伤、“隽绝千古”之语（清·吴瑞荣《唐诗笺要》），盖此联“怀古情深，有顾影自悲意”。（清·黄叔灿《唐诗笺注》）颈联用笔深婉含蓄，诗人以汉喻唐，借贾谊的遭际为比，暗讽君主恩薄、朝廷无情，不能善待贤才。正如明·唐汝询所云：“夫以有道之汉文犹寡恩，则今日之主，当何如耶？此文房之微意也。”（《唐诗解》）尾联则由贾谊宅推及辽阔的江山，用无边的萧条景象衬托出自己无罪遭贬的无限悲愤之情。诚如清·何焯所评：“全篇借贾生以自喻，结句‘何事’二字，非罪远谪，包含有味。”（《唐律偶评》）此诗明为吊古，实为伤今，“笔法顿挫，言外有无穷感慨，不愧中唐高调。”（清·赵臣瑗《山满楼笺注唐诗七言律》）

格律分析

诗押平声支韵，首句入韵。诗中入声字有“谪”（陌韵）、“独”（屋韵）、“薄”（药韵），古属仄声。全诗格律严谨。

李嘉祐

自苏台至望亭驿，人家尽空，春物增思，怅然有作，因寄从弟纾[1]

（七律仄起平收式）

南浦菰蒋覆白蘋，东吴黎庶逐黄巾[2]。
野棠自发空临水，江燕初归不见人[3]。
远岫依依如送客，平田渺渺独伤春[4]。
那堪回首长洲苑，烽火年年报虏尘[5]。

作者简介

李嘉祐（728？～783？），字从一，赵郡（今河北省赵县）人。天宝七载（748）登进士第。授秘书省正字。曾任台州刺史、司勋员外郎等职。罢任后，居吴兴等地。李嘉祐长于七律，在大历诗坛有一定的影响。有《李嘉祐集》。

注释

〔1〕唐肃宗上元年间(760～761)江浙藩镇刘展作乱，兵乱之后，由于民不聊生，宝应元年(762)浙东爆发了袁晁农民起义，时李嘉祐任江阴(在今江苏省南部)令，在他由苏州到望亭驿途中，根据亲眼所见写下此诗，真实地反映了当时的社会现实。苏台：即姑苏台，在苏州西南姑苏山上，春秋时吴王阖闾所筑，亦作为苏州的代称。望亭驿：在苏州西北 60 里处。原名御亭驿，唐常州刺史李袭誉据南北朝诗人庾信诗“御亭一回望，风尘千里昏”，改名望亭驿。从弟纾：作者的堂弟李纾。

〔2〕“南浦”二句：正是春回大地之时，南面的水滨只见水草茂盛，水面覆盖着白蘋，却见不到人影，东吴的黎民百姓都纷纷随农民起义军而去。南浦，南面的水边。出自江淹《别赋》：“春草碧色，春水渌波，送君南浦，伤如之何。”菰(gū)蒋，即菰，嫩茎叫茭白，多年生草本植物，生长水中。白蘋，多年生水草。东吴：泛指太湖流域苏州一带。黎庶，即民众，广大平民百姓。逐，跟随，追随。黄巾，本指东汉末年张角领导的农民起义军，因头包黄巾而得名，此处借指浙东袁晁领导的农民起义军。据《资治通鉴》卷二百二十二“唐·肃宗宝应元年”记：“袁晁攻陷浙东诸州，改元宝胜，民疲于赋敛者多归之，”这正是“东吴黎庶逐黄巾”的注脚。

〔3〕“野棠”二句：野棠临水自开，所对的唯有水中的花影；燕子刚刚飞回江南，却不见往日的人烟。借花、鸟所见渲染江南“人家尽空”的荒凉景象。野棠，果木名，即棠梨，二月开白花。江燕，飞回江南的燕子。

〔4〕“远岫”二句：远方的峰峦联绵不断，如同在依依不舍地送别我这远行之客；平坦的田野辽阔无垠，色调微茫仿佛也在春日独自感伤。渺渺，广远微茫貌。

〔5〕“那堪”二句：怎能经受起再次回望苏州呢？连那古老而美丽的长洲苑也未能幸免于烽火，连年遭受着战乱的侵扰。那堪，即怎堪，怎能经受。

回首，回头望，引申指回想、回忆。长洲苑，古苑名，在江苏苏州市西南，太湖北。春秋时为吴王阖闾游猎之处。

简评

这是一首反映中唐社会现实的作品。唐肃宗上元年间（760～761），江浙一带遭地方藩镇刘展之乱，唐王朝派平卢兵马使田神功带兵南下击败刘展，紧接着平卢军又“大掠十余日”（《资治通鉴·唐肃宗上元二年》），广大人民深受战乱之苦，加之封建剥削严重，民不聊生，故于宝应元年（762）浙东爆发了袁晁农民起义，“民疲于赋敛者多归之”（《资治通鉴·唐肃宗宝应元年》）。李嘉祐的这首诗即作于江浙兵乱之后，作者描写了自苏州至望亭驿所见到的景象，真实地反映了素以繁华富庶著称的苏州一带在战乱之下荒凉凋敝、十室九空的社会现实，还反映了人民拥护袁晁起义军的人心所向。

此诗不同于其他写实作品的特点在于，作者表现社会动乱与民心向背的重大主题，却很少做具体的描写，而是采取了虚实结合、景物衬托的手法，重在侧面描写，这就比直接的描写显得委婉含蓄、耐人寻味，具有较高的艺术价值。如诗歌首联是实写，作者将写景与叙事相结合，一句描写典型的江南景物，一句写人民归附起义军的事实；颔联则采用拟人的写法，借花、鸟所见渲染江南十室九空的荒凉景象，写景细微而寓有比兴意味。颈联较之上联又有变化，写景由细微到阔大，作者寓情于景，借远岫依依、平田渺渺抒写自己依恋江南、怅然伤感的情怀。尾联在抒情中叙事，点明有感于社会连年动乱的主题。全诗叙事写景，描绘出社会凋敝的图景，写出自己真实的感受，诚如明人邢昉所评：“荒凉满目，含酝深浓。”（《唐风定》）

格律分析

诗押平声真韵，首句入韵。诗中今读平声的古入声字有“白”（陌韵）、“逐”（屋韵）、“发”（月韵）、“独”（屋韵），古为仄声。全诗合乎格律。

韦应物

自巩洛舟行入黄河即事寄府县僚友[1]

（七律仄起平收式）

夹水苍山路向东，东南山豁大河通[2]。
寒树依微远天外，夕阳明灭乱流中[3]。
孤村几岁临伊岸，一雁初晴下朔风[4]。
为报洛桥游宦侣，扁舟不系与心同[5]。

注释

〔1〕安史之乱后，韦应物曾为河阳府从事，唐代宗广德年间（763～764）任洛阳丞，因惩办不法军士而被讼，遂弃官。大历四年（769）曾赴扬州，有《将往江淮寄李十九儋》等诗。他先从长安到洛阳，由洛水乘舟经巩县入黄河，再沿河东下赴江淮。途中作此诗，寄给他任洛阳丞时的同僚。巩洛：河南巩县与洛水。府县僚友：指河南府及洛阳县的同僚。

〔2〕“夹水”二句：沿洛水向东，两岸青山起伏不断；至东南山口豁然开朗，便进入黄河了。豁，开阔。

〔3〕“寒树”二句：顺河而望，遥远的天边隐约可见几株树木在寒风中摇曳；夕阳映照着汹涌的水波，忽明忽暗地闪烁不定。乱流，指众多河水流入黄河。

〔4〕“孤村”二句：自经安史之乱，到处田园萧瑟。伊水岸边，几年来只见一座孤零零的山村；雨后初晴，一只孤雁在呼啸的北风中盘旋而下。伊，伊水。系洛水支流，在河南偃师附近入黄河。朔风，北风。

〔5〕“为报”二句：说明此诗是为了告知洛阳仕宦的朋友，此次弃官赴扬州，我的心正像这不系之舟一样，摆脱了仕途的束缚，逍遥无为，任其自然。

《自巩洛舟行入黄河即事寄府县僚友》

扁舟不系:《庄子·列御寇》:"泛若不系之舟。"表示不为功利所牵累,意即"无为"。洛桥,即天津桥,在洛阳西南的洛水上,此处代指洛阳。游宦侣,一起做官的朋友。

简评

此为纪行诗,兼寄友致意。诗歌叙事写景,沿途写来,层次分明,清人方东树评曰:"起叙行程破题,历历分明。中两联写景如画。五、六切地切时,其妙远似文房(刘长卿)。收寄友。"(《昭昧詹言》卷十八)诗中的景物描写亦非泛泛,句句渗透了作者的主观情感。安史之乱虽已平息,但社会生产遭到的巨大破坏一时难以恢复,故诗中描绘的景象带有明显的时代色彩。中两联写途中所见景物,由远到近,由阔大到细微,作者用苍茫天边的几株寒树、乱流中随波闪烁的夕阳、伊水河边的一座孤村、北风中盘旋的一只大雁,组成了一幅色调凄凉的原野图画,刻画了乱后农村凋敝的景象,寄托了诗人对国事的感慨。故明人郭浚评曰:"景与兴会,绝似盛唐,只'孤村'句露本色耳。"(《增订评注唐诗正声》)

格律分析

诗押平声东韵,首句入韵。诗中今读平声的入声字有"夹"(洽韵)、"一"(质韵),古为仄声。此诗颔联失粘。

寄李儋元锡[1]

(七律平起仄收式)

去年花里逢君别,今日花开又一年。
世事茫茫难自料,春愁黯黯独成眠[2]。
身多疾病思田里,邑有流亡愧俸钱[3]。
闻道欲来相问讯,西楼望月几回圆[4]。

注释

〔1〕此诗写于唐德宗兴元元年(784)春,当时作者任滁州刺史。李儋(dān)、元锡均为作者的朋友。李儋:曾任殿中侍御史等职,于建中四年(783)春来滁州访韦应物,韦诗有《赠李儋侍御》。元锡:河南洛阳人,字君贶。曾于建中三年秋来访。"今日花开又一年",《全唐诗》作"已一年",今从《唐诗品汇》。

〔2〕"世事"二句:言时事茫然,难以预料,虽在春天,自己仍心情暗淡,独自打瞌睡。世事,韦应物写此诗的前一年(783),即唐德宗建中四年十月,泾原节度使姚令言的士兵哗变,入长安城抢掠,德宗出奔奉天(今陕西省乾县)。乱兵奉原泾原节度使朱泚为帅,朱泚自称大秦皇帝,带兵进攻奉天,后李怀光又叛变,德宗奔梁州(今陕西汉中市),直至兴元元年(784)六月浑瑊等讨平朱泚后,德宗才返回长安。作者写此诗时当春天,朱泚之乱尚未平息,故曰世事难料。

〔3〕"身多"二句:言自己因多病想要退隐田园,郡内百姓有流亡者,为此而深感惭愧。思田里,思念田园生活,即辞官退隐意。愧俸钱,对做官得到的俸(fèng)禄感到惭愧,意思是自己未能尽到职责。

〔4〕"闻道"二句:听说你们要来滁州看望我,我一直在翘首企盼团聚的日子。问讯,问候。几回圆,比喻几个月来一直在盼望团聚。此处暗以月圆比喻与友人的团聚。

简评

宋人张戒曾说:"韦苏州律诗似古。"(《岁寒堂诗话》卷上)恰恰说明了韦应物律诗语调圆熟、气韵流畅的特点。如此诗有人甚至说是"家常话、烂熟调",但又承认"少时读之,白首而不厌"(清·张世炜《唐七律隽》),其原因何在呢?首先,是诗歌在语言上清新秀逸、句式上回环流动,读之自有胜人之处。作者虽然用字平常,但对仗颇工,首联用交络对法,即中间用两"花"字相对,首尾两头用两"年"字相对,形成回环流动的语势。颔联则用叠字对,"茫茫"对"黯黯",一写时事,一写自己,极为传神。叠字对又称"连珠对",读来节奏鲜明,朗朗上口。正是这些精美的对仗句，使全诗形成了流畅生动的风格。不过，如果仅仅是诗语流丽，而内容浅薄，亦不足品味，此诗表现的思想境界亦颇受前人称道。作者写春日感怀，抒发的感情十分深挚，诗中以“身多疾病思田里，邑有流亡愧俸钱”的真情实感，表现了诗人忧念时局、体恤百姓的人格之美。宋代黄彻曾就此二句议论说：“余谓有官君子，当切切作此语。彼有一意供租，专事土木，而视民如仇者，得无愧此诗乎！”（《碧溪诗话》）元代方回云：“朱文公盛称此诗五、六好，以唐人仕宦多夸美州宅风土，此独谓‘身多疾病’、‘邑有流亡’，贤矣。”（《瀛奎律髓汇评》卷六）明代胡震亨亦称之为“仁者之言”。（《唐音统签》卷二十五）

格律分析

此诗押平声先韵，隔句用韵。诗中的入声字有“别”（屑韵）、“一”（质韵）、“独”（屋韵）、“疾”（质韵），今读平声，古属仄声。

司空曙

题凌云寺[1]

（七律平起平收式）

春山古寺绕沧波，石磴盘空鸟道过[2]。
百丈金身开翠壁，万龛灯焰隔烟萝[3]。
云生客到侵衣湿，花落僧禅覆地多[4]。
不与方袍同结社，下归尘世竟如何[5]。

注释

〔1〕凌云寺，在四川乐山市岷江东岸、凌云山西壁。世界上最大的石刻佛

像——乐山大佛即坐落于此。大佛依断崖凿成,通高71米,头宽10米,肩宽24米。唐开元元年(713)由名僧海通创建,历时90年至德宗贞元中才得以完成。功成后,西川节度使韦皋曾亲撰碑文,叙述这一巨大工程之始末。司空曙当时正在韦皋幕府作幕僚,此诗当做于大佛凿成后不久。

〔2〕“春山”二句:岷江的碧波环绕着凌云山与凌云寺。大佛右侧的栈道沿崖迂回而下,似盘绕在半空之中。石磴(dèng),山路的石级,大佛右侧有凌云崖九曲栈道。鸟道过,言栈道之险,仿佛只有鸟儿可以飞过。

〔3〕“百丈”二句:仿佛打开了翠绿的山崖,展现出百丈高的大佛。山崖上佛龛众多,隔着山前缭绕的烟雾与悬挂的藤萝,可看到供奉在佛龛上的万盏灯火。金身,指佛像。龛(kān),供奉佛像的石室。

〔4〕“云生”二句:游客所到之处,被山间的云雾沾湿了衣衫;山僧坐禅之际,一层层的落花覆盖了地面。

〔5〕“不与”二句:若不与僧侣结社同游,归回尘世,又会有怎样的结果呢?言登山之后,令人有出家之想。方袍,僧衣。也指僧侣。结社,东晋高僧慧远在庐山东林寺,同慧永、慧持和刘遗民、雷次宗等结社,精修念佛三昧,誓愿往生西方净土;又掘池植白莲,称白莲社,此处即用白莲社的典故。

简评

这是描绘历史上最大的石刻大佛——乐山大佛的诗歌。乐山大佛是凌云寺的主体建筑与象征,当时历时九十载刚刚雕成。诗歌真实地反映了大佛的宏伟气象和民众供奉大佛的盛况。前两联从大佛周围的地理环境写起,由秀美的凌云山与岷江的碧波之间,推至高高矗立在山崖翠壁前的百丈大佛,又用四周缭绕的烟云,和佛龛上的万盏灯火,映衬出大佛崇高而庄严肃穆的形象,令世人顿生敬仰。颈联渲染凌云寺的宗教气氛,“云生”“花落”的描写使寺庙缥缈如同仙界,在这方圣土上,白云自生自灭,鲜花自开自落,如坐禅的僧人一样进入闲适自得、超然世外的禅境之中。如此环境,自然令人肃然起敬,产生方外之想。

本诗的特点是诗歌中的描写与抒情饱含禅理。前两联通过景物衬托，描写大佛的高大形象；颈联以诗境喻禅境；尾联则以领悟佛理结束全篇。

格律分析

诗押平声歌韵，首句入韵。第二句尾字“过”(guō)念平声，是韵字。诗中今念平声的入声字有“石”(陌韵)、“隔”(陌韵)、“湿”(缉韵)、“结”(屑韵)，古为仄声。

李　益

同崔邠登鹳雀楼〔1〕

(七律仄起平收式)

鹳雀楼西百尺樯，汀洲云树共茫茫〔2〕。
汉家箫鼓空流水，魏国山河半夕阳〔3〕。
事去千年犹恨速，愁来一日即为长〔4〕。
风烟并起思归望，远目非春亦自伤〔5〕。

注释

〔1〕中唐时，崔邠作《登鹳雀楼》诗，李益写此诗相和(hè)。崔邠(754～815)，字处仁，清河武城(今山东武城县)人，曾任兵部员外郎知制诰等职。鹳(guàn)雀楼：在唐时河中府(治所在今山西永济市蒲州镇)西南城上。楼有三层，面对中条山，下临黄河，因常有鹳雀集其上而得名。是唐代登临胜地。

〔2〕“鹳雀”二句：远望鹳雀楼西，可看到在黄河中航行的帆船上高高的桅杆，

汀洲上云雾缭绕，与树木汇成茫茫一片。樯，桅杆。

〔3〕“汉家”二句：是咏史，说汉武帝、魏武侯的时代已如流水一样一去不复返，历史已发生了巨大的变迁。汉家箫鼓，《汉武故事》载，汉武帝刘彻曾巡视河东，“祀后土”，所祀后土祠在汾阴县，唐代属河中府。武帝泛舟汾河时作《秋风辞》，有“箫鼓鸣兮发棹歌”的诗句。魏国山河，鹳雀楼所在的河中府，战国时属魏国地界。《史记》卷六十五“孙子吴起列传”载魏武侯曾浮西河而下，中流对吴起说：“美哉乎山河之固，此魏国之宝也！”

〔4〕“事去”二句：回顾魏武侯、汉武帝畅游汾河的往事，总恨过去的千年去得太快了，面对目前愁苦的现实，又觉得每一天都是这样的漫长。

〔5〕“风烟”二句：远望故乡，唯见风烟并起，一片迷茫。虽不是在春天，也为自己客居他乡的身世而感伤。

简评

此诗为登临之作。首联写登楼远眺，茫茫无际；望风烟之色，遂兴怀古之幽思。颔联思越千载，笔追汉魏，只觉夕阳流水之间，历史烟云从眼前一一掠过，此联苍凉悲壮，极富韵味。颈联由谈古论今，概括出深刻的人生感悟：“事去千年犹恨速，愁来一日即为长。”这是因为人们在不同境遇下，对时间长短的感觉差别是很大的，所以哲学家称之为“主观的时间”。中国许多神鬼故事中说：“天上七日，世上千年；人间一日，地狱一年。”因为天上比人间快活，时光转眼就过；地狱比人间更苦，所以人世的时间又比地狱快。对不同历史时代的感觉也是如此，东汉仲长统《昌言·理乱篇》说：“乱世长而化世短。”李益的这两句诗正是把美好的历史时代和当前痛苦的时代从主观感觉上作了一个鲜明强烈的对比，从而揭示了人生的哲理。尾联望远思归，不因春色而感伤身世，将个人的无限感慨，留于言外。

格律分析

诗歌押平声阳韵，首句入韵。诗中的“国”（职韵）、“夕”（陌韵）、“一”（质韵）、“即”（职韵）为入声字，全诗格律严整。

过五原胡儿饮马泉[1]

（七律平起平收式）

绿杨著水草如烟，旧是胡儿饮马泉[2]。
几处吹笳明月夜，何人倚剑白云天[3]？
从来冻合关山路，今日分流汉使前[4]。
莫遣行人照容鬓，恐惊憔悴入新年[5]。

注释

〔1〕此诗是李益贞元年间(785～789)在灵州大都督、受降定远城天德军、灵盐丰夏等州节度使杜希全幕府时所作。五原：郡名。汉元朔二年置，治所在九原(今包头市西北)，辖境相当今内蒙古后套以东、阴山以南、包头市以西等地。唐·李吉甫《元和郡县志》卷四："盐州：……汉武帝元朔二年置五原郡，地有原五所，故号五原。……隋大业三年为盐川郡。贞观二年讨平梁师都，置盐州。天宝元年改为五原郡。乾元元年复为盐州。"胡儿饮马泉：即鸊鹈(pì tí)泉，在今内蒙古西北部。原注："鸊鹈泉在丰州城北，胡人饮马于此。"诗题一作《盐州过胡儿饮马泉》。

〔2〕著水：着水。此句谓杨柳低垂在水面上。草如烟：春草茂密，如烟雾般覆盖草原。

〔3〕"几处"二句：上句写征人远戍鸊鹈泉的月下思乡之情，下句写持剑戍边的英雄气概，暗示自己的怀抱。笳(jiā)，胡笳，古代一种管乐器，汉时流行于西域少数民族地区。初以芦叶卷而吹之，后改用竹管。倚剑，用宋玉《大言赋》语："方地为车，圆天为盖，长剑耿耿倚天外。"(清·严可均《全上古三代文》卷十)

〔4〕"从来"二句：是说边塞关山长年在冰封雪冻之中，今日春暖鸊鹈泉解冻，自

己正从这里经过，河水在眼前分流。从来，向来，长年。一说，自从到来，指自己来五原时沿途冰封关山。冻合，结冻。汉使，中原来的官员，诗人自指。

〔5〕“莫遣”二句：感叹自己风尘仆仆，恐怕照水见到自己的容颜时，会因自己风尘憔悴地进入新的一年而惊心。遣，让。行人，亦诗人自谓。

简评

这是李益七言律诗的代表作。诗歌写草原暮春景色和自己风尘仆仆行旅塞外的感慨。通篇慷慨悲壮，结构严谨有序。清・方东树析此诗说：“起句先写景，次句点地。三、四言此是战场，戍卒思乡者多，以引起下文自家，则亦是兴也。五、六实赋，带入自家‘至’字。结句出场，神来之笔，入妙。此等诗，有过此地之人、有命此题之人、有作此题诗之人之性情面目流露其中，所以耐人吟咏。”（《昭昧詹言》卷十八）其中，颔联尤受前人称赏，盖此联既写出戍边将士倚剑塞外的英雄气概，也写出他们月下思乡的情结，同时，诗人于“几处”“何人”中又透露出中唐时边备空虚的现实，故沈德潜说，此联“言备边无人，句特含蕴。”（《唐诗别裁集》卷十四）

格律分析

诗歌押平声先韵，首句入韵。诗中入声字有“著”（药韵）、“白”（陌韵）、“合”（合韵），古属仄声。颈联为流水对，语气连贯。

韩　愈

左迁至蓝关示侄孙湘[1]

（七律平起平收式）

一封朝奏九重天，夕贬潮州路八千[2]。

欲为圣朝除弊事，肯将衰朽惜残年[3]！

云横秦岭家何在？雪拥蓝关马不前[4]。
知汝远来应有意，好收吾骨瘴江边[5]。

注释

〔1〕此诗作于唐宪宗元和十四年(819)。本年正月，唐宪宗派宦官和和尚从凤翔法门寺(位于今陕西扶风县城北10公里处)护国真身塔内，将释迦文佛指骨一节迎到长安宫廷供奉，三天后又送到长安各寺庙，于是京城掀起了王公大臣乃至百姓的大规模宗教迷信活动。韩愈在《论佛骨表》中曾具体描述全国上下佞佛的严重情况："焚顶烧指，百十为群。解衣散钱，自朝至暮。转相仿效，唯恐后时，老少奔波，弃其业次。若不即加禁遏，必有断指脔身以为供养者。"韩愈认为这些"伤风败俗，非细事也"。因此，韩愈向唐宪宗上表要求制止这些活动，他的《论佛骨表》言辞尖锐，态度激烈，因而触怒宪宗，几乎丧命。后经宰相崔群、裴度等人营救，由刑部侍郎贬官潮州刺史。行至蓝田关时，写下这首诗给侄孙韩湘。左迁：古人贵右贱左，左迁就是被贬官。蓝关：蓝田关，在陕西省蓝田县东南，是出长安向南去的重要关口。湘：韩愈之侄韩老成的长子韩湘。

〔2〕"一封"二句：一篇《论佛骨表》早晨上奏给皇帝，晚上就被贬官到八千里外的潮州去。一封，一篇谏书。"封"指"封事"，上给皇帝的意见书。此指《论佛骨表》。朝(zhāo)奏，早上向朝廷呈上奏章。九重天，本指帝王所居之处，如"君之门以九重"(宋玉《九辩》)。这里喻皇宫。潮州，即今广东省潮州市。潮州，一作"潮阳"。路八千，指长安到潮州的路程。八千，八千里。

〔3〕"欲为"二句：想为当朝皇帝除去有危害的弊政，怎么肯爱惜个人衰老的生命呢！圣朝，当朝，指唐宪宗。弊事，有危害的事情。肯，岂肯，怎么肯。惜残年，爱惜个人衰老的生命。韩愈时年五十二岁。

〔4〕"云横"二句：云彩缠绕着秦岭，我的家在哪里？大雪封住蓝田关，连我骑

的马都不往前走。秦岭，在今陕西省蓝田县东南，为赴商、洛、汉中的必经之地。家何在，是说诗人离开了久居的长安，几乎等于无家可归。雪拥，形容大雪封山。蓝关，即蓝田关，在今陕西省蓝田县境内。

〔5〕"知汝"二句：知道你远道赶来送我是有深厚的情意，你做好准备到南方瘴气之地收拾我的骸骨吧！汝，你，指韩湘。瘴江边，指潮州。瘴(zhàng)江，泛指岭南河流。岭南一带地气潮湿，多瘴疠(lì)之气，可使人发病。"瘴气"是热带山林中的湿热空气。

简评

韩愈为纠佞佛之弊，进《论佛骨表》触怒宪宗，而被远贬潮州，此诗即是贬谪途中经蓝关时所作。

这是韩愈忠而获罪的慨叹之词。本来想为皇帝清除社会弊端，反而遭到贬官边荒的惩处，内心慷慨不平，又愤又悲。首二句一气直下，直述获罪的缘起。由"朝奏"而"夕贬"，极言遭贬之速、贬程之远，可谓瞬息之间大祸临头！面对如此厄运，诗人高唱出"欲为圣朝除弊事，肯将衰朽惜残年"这样铿锵有力的诗句，这二句硬语盘空、陡然振起，披露了诗人一心为国、冒死进谏、生死置之度外的侠肝义胆，其"心诚昭如日月"（清·于庆元《唐诗三百首续选》），"昌言除弊，何惜残年，至今读之，犹觉生气凛然。"（清·曹毓德《唐七律诗抄》）此联实为全篇之骨，而在句法上又是一联气势飞动的流水对。颈联转写途中险阻，瞻望家乡，迟徊不前；尾联致意韩湘，托付后事。韩愈在这首诗中显露的一心为国、坚持真理、宁死不屈的精神受到了历代文人的高度赞赏，它将与《论佛骨表》一起辉映千秋。清·李光地曾评此诗云："《佛骨表》孤映千古，而此诗配之。尤妙在许大题目，而以'除弊事'三字了却。结句即是不肯自毁其道以从于邪之意，非怨怼，亦自伤也。"（《榕村诗选》）

律诗每两句各为一联，讲究结构的起、承、转、合，本诗四联间的结构正可谓典范。起二句说明问题之严重和突然，扣紧"左迁"。其下二句紧承上文，表白"左迁"的原因。五、六二句转写赴贬所路途的艰难。"云横""雪拥"兼指政治环境的险恶，不仅仅是说自然景物。末二句作结，说明写诗的原由，和题目遥相呼应,“合”得顺理成章。本诗熔家事、国事于一炉。忠于皇帝,不惜残年的积极参政,同仕途的失意,甚至老死他乡的悲观情绪也展现于一诗。诗情诚挚热烈、起伏跌宕而前后富有变化。忽天、忽地、忽生、忽死,正是诗人内心痛苦而无人理解关头的典型表现。

格律分析

诗歌押平声先韵,首句入韵。诗中出现的入声字有“一”(质韵)、“夕”(陌韵)、“八”(黠韵)、“惜”(陌韵)、“雪”(屑韵),古属仄声。第六句“雪拥蓝关”的“拥”字今读平声,但古属上声肿韵,是个仄声字,全诗合乎格律。

刘禹锡

西塞山怀古[1]

(七律仄起平收式)

王濬楼船下益州[2],金陵王气黯然收[3]。
千寻铁锁沉江底,一片降幡出石头[4]。
人世几回伤往事,山形依旧枕寒流[5]。
今逢四海为家日,故垒萧萧芦荻秋[6]。

注释

〔1〕这首诗作于唐穆宗长庆四年(824),诗人咏叹晋兴吴亡故事以及南朝分裂败亡的教训,感慨地势险要不足恃仗,分裂割据难以久长,是以古诫今之作。西塞山:在今湖北省黄石市东面的长江边上,是长江中游的要塞。三国时,也是吴国的重要江防前线。怀古:凭吊古迹,追怀往事。

〔2〕“王濬”句：王濬率领战船从成都出发，沿江东下，进攻吴国。王濬(jùn)，字士治，晋武帝时任益州刺史，受命伐吴。楼船，王濬特制的巨型战船。益州，治所在成都。

〔3〕“金陵”句：金陵的帝王之气黯然消失，吴国呈现出败亡景象。金陵，今南京城。王气，秦始皇时，相传金陵有天子气。所谓王气是一种迷信的说法，实际是指国家昌盛兴旺的气象。黯然，黯淡无光彩。收，收敛。此指消失。

〔4〕“千寻”二句：吴国在长江险要处设置铁锁铁锥阻挡船舰，王濬作大火炬，灌以麻油烧之，铁锁链断绝，战船直抵石头城下。吴国国君孙皓随着一片降幡出了石头城，向晋军投降，吴国灭亡了。寻，古代度量单位，八尺为一寻。降幡(fān)，降旗。石头，石头城，即金陵。

〔5〕“人世”二句：六朝诸代在人世间相继败亡的历史，令人哀伤。而西塞山依然俯枕在长江之上。人世，人世间。山形，西塞山险要的山势。

〔6〕“今逢”二句：如今虽天下一统，但西塞山上历代割据者所修的工事旁，秋风萧瑟，芦荻丛生。描写西塞山秋景，暗示中唐藩镇割据的局面是极为严重的。四海为家，天下统一的意思。故垒，指西塞山旧军垒旧战场。芦荻(lúdí)秋，秋天芦苇都白了，更显得秋色苍茫。

简评

唐穆宗长庆四年(824)，刘禹锡由夔州(治所在今重庆市奉节县)改官和州(治所在今安徽省和县)，沿江东下，途经西塞山。当时藩镇割据已经形成，诗人面对旧战场，怀古伤今，咏叹西晋灭吴的往事，以此告诫割据的藩镇，山川形势不足为恃，分裂的局面终将归于统一；又提醒中央政府，要吸取历史教训，重振国势，以求真正的“四海为家”。诗篇显示了深沉的忧患意识，虽然以怀古为题，却具有现实意义。

这首七律被誉为金陵怀古之绝唱。诗歌以咏史发端，前四句以简练的笔墨概括了西晋灭吴的历史，这四句笔势飞动，一气贯注，一“下”接一“收”，一“沉”接一“出”，以尺幅万里之势，展开历史画卷，气势磅礴而又语带沧桑之感，显示了历史上统一趋势的不可阻挡。诚如清·何焯所云：“前半隐括史事，千里形势在目，健笔雄才，诚难匹敌。”(《唐律偶评》)后四句从历史的沉思中回到现实，生发议论，抒发感怀。颈联承上启下，绾合古今，诗人用“几回”二字便由东吴的灭亡引申到了整个南朝的更迭。同时，上句的“几回”又与下句的“依旧”形成强烈的比照，突出了人世多变而江山依然的深沉感喟，由咏史自然过渡到了咏西塞山。这一联深受前人称赏，如纪昀说：“第五句七字括过六朝，是为简练；第六句一笔折到西塞山，是为圆熟。”（《瀛奎律髓刊误》）尾联由古及今，首尾呼应，点醒主题。诗人所处的中唐，藩镇割据的社会问题日益严重，已直接威胁到国家的统一，故诗人在结尾勾画了西塞山上故垒残存、芦荻萧萧的苍茫景象，通过这幅历史与现实交织而成的画面，提醒人们警惕割据势力重蹈历史上分裂的覆辙，时刻维护祖国的统一。清·汪师韩评说：“至于芦荻萧萧，履清时而依故垒，含蕴正靡穷矣。”（《诗学纂闻》）诗人用这个画面结束全篇，给读者留下了意味深长的画外之音。

关于此诗有一个传说，据宋·尤袤《全唐诗话》卷三载：“长庆中，元微之、梦得、韦楚客、同会乐天（白居易）舍，论南朝兴废，各赋《金陵怀古诗》。刘满引一杯，饮已，即成曰：‘王濬楼船下益州（下略）。’白公览诗曰：‘四人探骊龙，子先获珠，所馀鳞爪何用邪？’于是罢唱。”可见此诗影响之大。

格律分析

诗歌押平声尤韵，首句入韵。诗中的入声字有“一”（质韵）、“出”（质韵）、“石”（陌韵）、“荻”（锡韵），古属仄声。中两联语势流动，对仗精工。

酬乐天扬州初逢席上见赠[1]

（七律平起仄收式）

巴山楚水凄凉地，二十三年弃置身[2]。
怀旧空吟闻笛赋[3]，到乡翻似烂柯人[4]。
沉舟侧畔千帆过，病树前头万木春[5]。
今日听君歌一曲，暂凭杯酒长精神[6]。

注释

〔1〕唐敬宗宝历二年(826),刘禹锡由和州刺史调回洛阳,经过杭州时与白居易初次相逢。白居易写了《醉赠刘二十八使君》,对刘长期遭受贬谪表示同情,刘禹锡即作此诗酬答。酬:酬答,对别人赠诗的应答。乐天:白居易字乐天。

〔2〕"巴山"二句:我在巴山楚水之间的凄凉之地,长达二十三年是遭贬被弃的身份。巴山楚水:指四川、湖南、湖北一带。刘禹锡曾被贬到朗州(今湖南常德市,战国时属楚地)、夔州(秦汉时属巴郡)、和州(在安徽)任职,这里用"巴山楚水"泛指这些地方。二十三年:从唐顺宗永贞元年(805)刘禹锡被贬,至宝历二年(826)冬应召,约22年。因贬地离京遥远,加上路程23年。弃置身,指遭受贬谪的诗人自身。

〔3〕"怀旧"句:怀念死去的朋友,我空吟着向秀的《思旧赋》。闻笛赋:指西晋向秀所作的《思旧赋》。向秀跟嵇康是好朋友,嵇康因不满当时掌握政权的司马氏集团而被杀。一次向秀经过亡友嵇康的旧居,听见邻人吹笛,不胜悲叹,于是写了《思旧赋》。

〔4〕"到乡"句:离京日久,回到家乡,像王质一样有隔世之感。烂柯人,据南朝梁代任昉所著《述异记》卷上记载,晋人王质进山打柴,看见几个童子在下棋唱歌,童子给了王质一个如枣核的东西含在嘴里,便不知饥饿。过了一会儿,王质要回去了,一看斧柄已经烂了。回村后才知道已过了多年,同时的人都已死尽。柯,斧头把儿。

〔5〕"沉舟"二句:沉舟侧畔,千帆竞发;病树前头,万木争春。以自然界的现象比喻人类社会总是要向前发展,新陈代谢是不可抗拒的规律。

〔6〕"今日"二句:今天听到您赠给我的一首歌曲,让我们再干上一杯酒,暂且借它振作精神。歌一曲,白居易的赠诗中说:"为我引杯添酒饮,与君把箸击盘歌。"

简评

刘禹锡有唐代"诗豪"之别称,这一称呼来自白居易对他诗歌成就的高度评价。白居易曾说:“彭城刘梦得,诗豪者也。其锋森然,少敢当者。……文之神妙,莫先于诗。若妙与神,则吾岂敢?如梦得‘雪里高山头白早,海中仙果子生迟’‘沉舟侧畔千帆过,病树前头万木春’之句之类,真谓神妙矣!”(《刘白唱和集解》)刘诗之豪来源于他进步的人生观、政治家的开阔胸襟和不向恶势力低头的坚强性格。因此其诗无论是怀古抒怀,还是指陈时事,大都情调高亢、笔锋犀利、语言明快,充溢着一股豪迈的意气。如在这首抒情诗中,诗人作为永贞革新的主将,在革新失败后长期遭贬,历尽挫折,故首联起笔追述二十三年的贬谪生涯,无限辛酸。颔联接写今日召回后的感慨,老友凋零,恍如隔世,转眼间人生岁月匆匆已过。但艰辛与岁月并未磨去他积极进取的政治热情和对未来的坚定信念,诗歌至颈联笔势一转,格调振起,他把自己的宦海沉浮比作“沉舟”、“病树”,而用“千帆过”、“万木春”形象地揭示了社会新陈代谢、不断前进的发展规律,抒发了放开眼界看未来的豪迈情怀。同时,诗人借景物为比,说明个人的沉浮与祖国的前途相比无足轻重,所以在结尾表达了要振作精神、迎上春光的人生态度。作为唐诗中万古流传的名篇,这首诗所包含的人生哲理,至今仍给人们以深刻的启示。

格律分析

诗歌押平声真韵,隔句用韵。诗中的入声字有“十”(缉韵)、“笛”(锡韵)、“一”(质韵),古属仄声。

始闻秋风[1]

(七律平起仄收式)

昔看黄菊与君别,今听玄蝉我却回[2]。

五夜飕飗枕前觉,一年颜状镜中来[3]。

马思边草拳毛动,雕眄青云睡眼开[4]。

天地肃清堪四望,为君扶病上高台[5]。

注释

〔1〕这首诗是秋风又起时作者与秋风的对话。

〔2〕“昔看”二句:上句是诗人对初至的秋风的问候:“去年在重阳赏菊的时节与您分别了。”下句是秋风的回答:“今天听到玄蝉的鸣叫我又回来了。”君,指秋风。玄蝉,即寒蝉,俗称知了。

〔3〕“五夜”二句:五更时分,飕飕的秋风声把我从睡梦中惊醒,报告又一个秋天的来临,镜子中映出了我一年来容颜的衰老与变化。五夜,一夜分为甲、乙、丙、丁、戊五段,谓之五更,又称五夜、五鼓。此指天将明时。飕飗(sōu liú),刮风的声音。

〔4〕“马思”二句:骏马听到秋声,渴望在边草丰茂的草原上驰骋,因而拳毛抖动;雄鹰睁开睡眼,展望青天,欲在高空翱翔。边草,边塞的草。拳毛,卷曲的马毛。雕,猛禽。眄,本意为斜视,此指看。

〔5〕“天地”二句:在秋高气爽、天地肃清的时节,正好四处眺望。为感谢您(指秋风)的激励,我要振作精神,带病登上高台。肃清,清爽干净。堪(kān),可,能。扶病,带病。上高台,古代九月九日重阳节有登高、饮酒、赏菊的习俗。

简评

“一年一度秋风劲”。这首诗写诗人初闻秋风时的感受,是唐诗中不可多得的咏秋佳篇。首先,诗歌构思奇特,诗人将秋风拟人化,引秋风为知己,借与秋风的对话展开全篇。其次,全诗笔力雄健,章法跌宕,四联的抒情格调有喜有悲,由低沉到高昂,极富变化。如首联写又闻秋风的亲切之感;颔联则由镜中容颜传出年老多病的悲凉;至颈联又一反叹老嗟卑的悲秋常调,以昂首奋鬣的骏马和睁眼欲飞的苍鹰为比,形容秋风的催人奋发,抒写渴望晚年有所作为的壮怀。这一联笔势纵逸、乐观豪迈,与上一联的低沉形成鲜明对照,创造了一个抒情的高潮,被前人盛赞为“警丽”之句(清·宋宗元《网师园唐诗笺》)。尾联紧承上联,进一步表达诗人珍惜生命之秋,积极进取、自强不息的情怀,正如沈德潜所评:“下半首英气勃发,少陵(杜甫)操管(笔),不过如是。”(《唐诗别裁集》卷十五)

格律分析

诗押平声灰韵，隔句用韵。首句“昔看”的“看”(kān)字读平声，下句“今听”的“听”字这里是仄声，属去声径韵。诗中的入声字有“昔”(陌韵)、“菊”(屋韵)、“别”(屑韵)、“觉”(觉韵)、“一”(质韵)，古属仄声。

白居易

自河南经乱，关内阻饥，兄弟离散，各在一处。因望月有感，聊书所怀，寄上浮梁大兄、於潜七兄、乌江十五兄，兼示符离及下邽弟妹[1]

(七律仄起平收式)

时难年荒世业空[2]，弟兄羁旅各西东[3]。
田园寥落干戈后[4]，骨肉流离道路中[5]。
吊影分为千里雁[6]，辞根散作九秋蓬[7]。
共看明月应垂泪，一夜乡心五处同[8]。

注释

〔1〕这首诗大约作于唐德宗贞元十五年(799)，此时诗人在洛阳。诗中表现社会动乱，骨肉分离，相互思念和共同的思乡之情。河南经乱：贞元十五年，宣武节度使(治所在开封)董晋卒，兵乱。不久彰义节度使(治所在汝南)吴少诚反叛。这两次藩镇叛乱都发生在河南境内。关内阻饥：关内，关内道。阻饥，艰难饥荒的意思。浮梁大兄：白居易的长兄白幼文，此时做浮梁(今江西省景德镇市)主簿。於潜七兄：白居易的堂兄，七为大排行。於潜(今浙江临安市)，七兄做官的地方。乌江十五兄：白

居易的堂兄白逸，排行为十五，此时正做乌江(今安徽省和县东北)主簿。符离：今安徽省宿州市符离镇。下邽(guī)：今陕西省渭南市北。

〔2〕时难：时世多难，指河南经乱而言。年荒：指关内阻饥而言。世业：祖传的家业。

〔3〕羁(jī)旅：作客他乡。

〔4〕寥落：荒废。干戈：兵器，这里指战乱。

〔5〕骨肉：指兄弟姊妹。流离：流亡分离。

〔6〕"吊影"句：以大雁失群作比喻。流离失散的亲人，就像失群的大雁，孤零零地向远方飞去，只能形影相吊。

〔7〕"辞根"句：以蓬草作比喻，骨肉离散，就像断了根的蓬草一样，到处漂泊，客居他乡。这句化用曹植《杂诗》"转蓬离本根，飘飖随长风"的诗意。九秋，指秋季的九十天。晋·张协《七命》："晞三春之溢露，溯九秋之鸣飚。"

〔8〕乡心：思乡之心。白居易家在河南新郑县。五处：即指诗题所言兄与弟妹分处之五处。

简评

诗歌在首联叙述了自己一家经乱后，祖业荡然一空、兄弟天各一方的悲剧。接下来诗人又将视野由一己扩展到整个中唐社会，在颔联绘出了一幅动乱中的流民图：干戈之后，农村凋敝，田园荒芜，为避乱兵劫戮，无数人家流亡道中，骨肉分离。后两联转入抒情，颈联巧作比喻，抒写兄弟离散的凄凉与悲哀：古人常以"雁行"喻兄弟有序，而今自己却为离群千里的孤雁；古人常以"同根"喻兄弟关系，而今大家却如秋蓬般漂泊异乡。尾联借助天上的明月，把分离五处的亲人紧紧联系在一起。月圆是团圆的象征，诗人以"共看明月"传达出彼此的思念之情，又寄寓了早日团圆的希冀，故清·杨逢春评道："末二折到望月，一语总摄，笔有余情。"(《唐诗绎》)此诗的语言平易浅显，不用典故与藻饰，却能绘出时代动荡的画面，抒发家人离乱的深情。清·刘熙载在《艺概·诗概》中曾说："常语易，奇语难，此诗之初关也。奇语易，常语难，此诗之重关也。香山用常得奇，此境良非易到。"白居易这首诗可谓"用常得奇"的佳作。

格律分析

诗押平声东韵，首句入韵。按照平仄，诵读时第一句“时难”的“难”(nàn)要读去声，此处是灾难之意，属去声翰韵。而第七句“共看明月”的“看”(kān)要读平声，此处属平声寒韵。

放言五首(其三)〔1〕

(七律平起平收式)

赠君一法决狐疑〔2〕，不用钻龟与祝蓍〔3〕。
试玉要烧三日满，辨材须待七年期〔4〕。
周公恐惧流言日，王莽谦恭未篡时〔5〕。
向使当初身便死，一生真伪复谁知〔6〕？

注释

〔1〕唐宪宗元和十年(815)，白居易因直言进谏被贬为江州(今江西九江市)司马，途中写了“放言五首”以和元稹。被贬的缘由是：元和十年六月，不法藩镇派刺客暗杀主张平藩的宰相武元衡和御史中丞裴度，武元衡被刺死，裴度受了重伤，当时朝廷掌权者居然噤若寒蝉。时任太子左赞善大夫的白居易上疏力主严缉凶手，以雪国耻。可是掌权者反而说他是东宫官，抢在谏官之前议论朝政是僭越行为；于是被贬为州刺史。王涯又说白居易母亲是看花时掉到井里死的，他写赏花的诗和关于井的诗，有伤孝道，这样的人不配治郡，于是再贬为江州司马。实际是因为他写的针砭时弊的讽谕诗得罪了执政者。

〔2〕“赠君”句：送给你一个好方法来解决疑问。狐疑，怀疑。

〔3〕钻龟与祝蓍(shī)：古代的占卜术。钻龟壳后看它的裂纹来卜吉凶，或拿

蓍草的茎来卜卦。

〔4〕“试玉”二句：作者在这两句下自注说：“真玉烧三日不热。豫章木，生七年而后知。”比喻鉴别事物的真伪优劣必须经过时间的考验。

〔5〕“周公”二句：周公在辅佐年幼的周成王时，有人造谣说他要篡位，但历史证明了周公的忠诚。汉代王莽未篡位时伪装谦恭下士，而最后代汉自立。据《汉书》卷九十九“王莽传”载，王莽的姑姑是汉元帝的皇后，家族中多封侯，“莽群兄弟皆将军五侯子，乘时侈靡，以舆马声色佚游相高，莽独孤贫，因折节为恭俭。”并且“爵位益尊，节操愈谦。散舆马衣裘，振施宾客，家无所余。收赡名士，交结将相、卿、大夫甚众。”

〔6〕“向使”二句：假使周公在恐惧流言时、王莽在谦恭下士时就早早死去，他们一生的真伪又有谁知道呢？言外之意，只有历史、时间是最公正、最可靠的裁判者。

简评

这首诗作于诗人被贬为江州司马，赴江州途中。面对人生道路上遇到的打击与诬陷，白居易坚信历史会做出公正的判断，在他写给知己元稹的这首诗中，饱含着诗人从生活中悟出的人生体验。首先，诗人不相信这一切都是命运决定的，因此，不需要通过占卜算命的方式去寻求答案。他以自然界“试玉”、“辨材”的过程为比喻，说明鉴别事物的真伪优劣必须经过时间的考验，唯有经过烈火的焚烧，玉石才会显出它的坚贞，而一切诬蔑不实之词在事实面前也会不攻自破。在诗歌的后二联，诗人又引历史上大忠大奸的周公和王莽为例证，说明评论人物的功过是非，同样需要经过长期的观察和检验，不能只凭一时、一地的表现就轻下结论。是忠是奸，在历史这面镜子面前自会得出正确的答案。诗歌显示了诗人直面打击与考验的坚强意志，充满了深刻的人生哲理，这既是诗人对诬陷者最有力的回答，也是留给后人最宝贵的人生启示。正因如此，后四句广为传颂，宋代赵与虤（yán）说“此诗乃二十八字史论”。（《娱书堂诗话》）王安石罢相后亦多次书写这四句以明志。

格律分析

诗押平声支韵，首句入韵。诗中入声字有“一”（质韵）、“法”（洽韵）、“决”（屑韵）、“七”（质韵），古属仄声。

钱塘湖春行[1]

（七律平起平收式）

孤山寺北贾亭西，水面初平云脚低[2]。
几处早莺争暖树，谁家新燕啄春泥[3]？
乱花渐欲迷人眼，浅草才能没马蹄[4]。
最爱湖东行不足，绿杨阴里白沙堤[5]。

注释

〔1〕这首诗是唐穆宗长庆三年(823)白居易任杭州刺史时春游西湖作，描写了西湖初春的景色。钱塘湖：即西湖，在今浙江省杭州市，为古今著名的游览胜地。

〔2〕“孤山”二句：自孤山寺北至贾公亭以西，西湖春水新涨、水面刚与岸平，远处的朵朵白云似低垂在湖面上。孤山寺，在杭州孤山上的一座寺庙。孤山在西湖湖心中，孤峰独秀，景色清幽。南宋潜说友《咸淳临安志》卷二三：“孤山在西湖中稍西，一屿耸立，旁无联附，为湖山胜绝处。”贾亭，唐代贞元年间(785～804)，杭州刺史贾全在西湖建亭。《唐语林》卷五：“贞元中，贾全为杭州，于西湖造亭，为‘贾公亭’，未五十年废。”

〔3〕“几处”二句：早到的黄莺争着飞往向阳的树枝，歌唱春天的到来；刚飞回的燕子忙着在屋檐上啄泥垒巢。

《钱塘湖春行》

〔4〕“乱花”二句：鲜花初放，色彩缤纷，逐渐变成迷人的春光；嫩草初生，刚没马蹄，孕育着蓬勃发展的春意。

〔5〕“最爱”二句：最可爱的去处还是在西湖的东岸，那绿杨飘拂的白沙堤真让人流连忘返。不足，不够。白沙堤，指西湖的白堤，又称沙堤或断桥堤，唐朝以前就有了，在杭州城西门外，沿堤西南行直通孤山。春来桃柳盈堤，景色美丽。后人误传为白居易所筑。按白氏所筑之堤在钱塘门外。

简评

白居易任杭州刺史时写了不少咏西湖的诗歌，此首最为传诵，具有高度的艺术魅力。

首先，从本篇的结构看，诗歌从孤山寺写起，孤山在西湖中稍西，是观赏整个西湖风景的最佳处，诗人即从此地先观览西湖全景，然后向湖东边的白沙堤行游，边走边看。中间四句铺写湖堤周围的景物，诗句中“几处”“谁家”“行不足”等词语，处处暗示这是赏春行游，而不是在静止地观察景物。最后以写堤收束，结构严谨，布局有序。

其次，在写景上，作者又以画家的匠心构思全篇，描绘出西湖初春的画卷。首联先用大笔勾勒，铺写出春水上涨、与岸平齐、天水相连的广阔湖面；中两联则用细致的笔墨在画面上点染出莺歌燕舞、春花春草；尾联又将景物扩展到岸边的绿杨白堤。正如明末清初的金人瑞所评：“横间，则为‘寺北’‘亭西’；竖展，则为低云、平水；浓点，则为‘早莺’‘新燕’；轻烘，则为‘暖树’‘春泥’。写湖上真如天开图画也。”（《贯华堂选批唐才子诗》）

除了写景如画，此诗的动人之处还在于作者笔端带情，字字讲究，处处透出乍见新春的喜悦。诗人选择的时机不是烟花三月，而是春天初至，他所突出描写的是春的清新、春的妩媚，以及它所蕴含的无限生机。如颔联写鸟，莺是“早莺”、燕是“新燕”，此“争暖树”、彼“啄春泥”，说“几处”而非处处、说“谁家”而非家家，正见乍暖还寒、春光点点、初露端倪，字里行间带出一种新鲜感。颈联写春花春草，用“渐欲”“才能”烘托出一派蓬勃发展的春意，暗示那“乱花”“浅草”即将变成烂漫的春光，留给人以无限的畅想与希望。

格律分析

诗押平声齐韵，首句入韵。诗中的入声字有“啄”（觉韵）、“足”（沃韵）、“白”（陌韵）字，古属仄声。

杭州春望[1]

（七律仄起平收式）

望海楼明照曙霞，护江堤白蹋晴沙[2]。
涛声夜入伍员庙，柳色春藏苏小家[3]。
红袖织绫夸柿蒂，青旗沽酒趁梨花[4]。
谁开湖寺西南路？草绿裙腰一道斜[5]。

注释

〔1〕此诗作于长庆三年(823)春，作者在杭州刺史任上。

〔2〕“望海楼”二句：清晨的满天霞光照亮了杭州城东的望海楼，远处钱塘江东护江大堤上可看到闪光的白沙。望海楼，作者自注：“城东楼名望海楼。”护江堤，指杭州东南钱塘江岸筑以防备海潮的长堤。

〔3〕“涛声”二句：借杭州的典故写古城景象。伍员(yún)庙，在杭州城内的吴山(又称胥山)上，又名忠清庙。《咸淳临安志》卷五二：“忠清庙在吴山，神伍氏名员。”伍员，字子胥，春秋时楚人。因父兄被害，逃往吴国，助吴打败楚、越。后因忠谏吴王夫差而遭谗被杀。民间传说伍员死后因怨恨吴王，驱水为涛，故钱塘江潮又称“子胥涛”。苏小家，苏小小是南朝齐时的钱塘名妓。此处“苏小家”代指杭州城内的歌楼舞榭。

〔4〕“红袖”二句：写杭州的风俗民情。织女红袖飞动，织出花纹美丽的丝绫；酒旗招客，趁梨花盛开时饮梨花春酒。柿蒂：一种丝织品。作者自注：

“杭州出柿蒂，花者尤佳也。”青旗，酒店招客的旗子。沽酒，卖酒。趁梨花，作者注：“其俗，酿酒趁梨花时熟，号为梨花春。”

〔5〕“谁开”二句：写西湖上由断桥向西南通往湖中孤山寺的长堤，草绿时宛如西湖的腰带。湖寺，指孤山寺。西南路，作者注：“孤山寺路在湖洲中，草绿时望如裙腰。”《咸淳临安志》卷三二：“孤山路在孤山之下，北有断桥，南有西林桥，其西为里湖。”

简评

此诗以“望”字统摄全篇，描写了远望中的杭州春景。开篇点出“望”的时间与地点，是在城东高耸的望海楼上眺望杭州全貌，在满天朝霞的晴空之下，杭州城如稀世的美人掀开了面纱，妖娆多姿，风光无限。下面对杭州城作具体的描绘：首联由城东的望海楼落笔到钱塘江的护江长堤，以见城池地势优越，紧依钱塘，从而引出下联的“涛声”。颔联上句写江山名胜，下句写美女楼台，以见历史悠久、市井繁华；颈联上句写民女织绫，红袖翻飞，下句写梨花酒浓，青旗招客，以见物产丰饶、民风淳朴。尾联描写最能代表杭州胜景的西湖春色，诗人用“草绿裙腰”的绝妙比喻，把人引入想象的天地之中，若谓杭州是风华绝代的少女，那么波光闪烁的西湖就是少女飘逸的裙裾，而横贯于西湖中碧草铺成的堤路恰如少女绿色的腰带。诗歌视野开阔，层次清晰，诗人抓住杭州城最具特征的景物，用“堤白”“草绿”“涛声”“柳色”“红袖”“青旗”等不同色调的自然与人文景观，浓缩出这座江南名城多彩多姿的风情画卷，而受到历代文人的交口称赞，宋代葛立方说：“钱塘风物湖山之美，自古诗人标榜为多。……城中之景，惟白乐天所赋最多。所谓‘涛声夜入伍员庙，柳色春藏苏小家’。”（《韵语阳秋》卷十三）清人黄叔灿评说颔联：“涛声夜入，何等悲壮！柳色春藏，何等妩媚！有此妩媚，不可无此悲壮；有此悲壮，不可无此妩媚。若一味悲壮，或一味妩媚，吾不欲观之矣。”（《唐诗笺注》）

格律分析

诗押平声麻韵，首句入韵。此诗颔联拗救，“涛声夜入伍员庙”因“伍员”为人名，不可分割，故第五字应平用仄，下句“柳色春藏苏小家”的第五字应仄用平，成为“平平仄仄仄平仄，仄仄平平平仄平”的拗救格式。今读平声的入声字有“白”（陌韵）、“织”（职韵）。

宿湖中[1]

（七律平起平收式）

水天向晚碧沉沉，树影霞光重叠深[2]。
浸月冷波千顷练，苞霜新橘万株金[3]。
幸无案牍何妨醉，纵有笙歌不废吟[4]。
十只画船何处宿？洞庭山脚太湖心[5]。

注释

〔1〕唐敬宗宝历元年(825)，白居易出任苏州刺史，秋游太湖，写下了这篇咏太湖的佳作。湖，指太湖。在今江苏省南部，面积两千余平方公里，湖中有岛屿数十个，以洞庭西山最大。

〔2〕向晚：将晚未晚。沉沉：水天渐渐转暗的样子。

〔3〕浸月冷波：言月光照入深秋清冷的水波中。练：白色的丝绸。

〔4〕“幸无”二句：幸运的是公务不多，何妨到太湖上尽情一醉呢。虽可欣赏动听的音乐，但也代替不了吟诗抒怀的雅兴。案牍，指官府的文书，此处代指公务。纵，即使。笙歌，吹笙唱歌，泛指奏乐唱歌。废，停止，放弃。

〔5〕“十只”二句：诗人与同游者乘着十只画船在太湖中心的洞庭山脚度过一夜。

简评

这首咏太湖的佳作，前半部分写景，后半部分纪游，写得景观绚丽，兴趣盎然。

前两联写太湖景色，诗人依时间顺序，用浓彩重墨绘出了一幅动态的风景画：

第一句是“向晚”时分，浩瀚的湖水与远方的青天融为一片碧色，并逐渐变成碧玉一般不透明的深绿色；第二句写继起的黄昏，天空霞光灿烂，火红夕阳映照下的树林密叶光影斑驳、重叠交映；第三句写暮色降临，朗月升起，皎洁的月光浸入水中，清冷的湖面上千顷波光如练；第四句写天色渐明，秋霜落下，湖畔万树新橘披着晶莹的霜花，化出一片金色。以上四句描写了太湖由黄昏及夜、由夜至晨的壮丽景色，诗人将之浓缩为碧、红、白、金四种交替变幻的色彩，由水天澄碧到树影霞光，由波光如练到金橘万点，随着时间的推移，太湖上呈现出一张张色调各异的醉人画面，真是壮丽多姿、气象万千！后两联由景及人，在记事中兼有抒情。作者先交代此行缘由，原来是公务不多，到太湖以尽秋兴；接着写游湖之乐，舷外秋色清波，席前美酒笙歌，已尽耳目之娱；但感官再快乐也代替不了创作的快感，所以诗人说“纵有笙歌不废吟”了。诗歌结尾以一个“宿”字点题，将这种快乐延伸到整个夜晚，说明在这湖光山色之中，诗人与同僚雅兴四溢、流连忘返，度过了一个难忘的太湖之夜。

这首诗写景记事兼备，结构完整，层次分明。特别是描写太湖景色气象阔大，诗中没有莺燕花草，却有千顷白练，万树金黄，赏心悦目之中，开人眼界。这是因为太湖的壮阔，拓展了诗人的视野，深化了诗人的情感。

格律分析

诗歌押平声侵韵，首句入韵。诗中的入声字有“叠”（叶韵）、“橘”（质韵）、“牍”（屋韵）、“十”（缉韵）、“只（隻）”（陌韵），古属仄声。

寄韬光禅师[1]

（七律平起平收式）

一山门作两山门，两寺原从一寺分[2]。
东涧水流西涧水，南山云起北山云[3]。
前台花发后台见，上界钟声下界闻[4]。
遥想吾师行道处，天香桂子落纷纷[5]。

注释

〔1〕白居易任杭州刺史时,曾与韬光禅师有一段方外交游,唐敬宗宝历元年(825),白居易出任苏州刺史,到任后写这首诗寄给韬光禅师。韬光:唐代高僧。清《武林西湖高僧事略》"唐韬光禅师":"师号韬光,莫详族里,穆宗时结茅于灵隐西峰巢沟坞,与鸟巢林公为友,刺史白居易重其道,尝具馔饭之以诗邀云:'白屋炊香饭(下略)'。师答云:'山僧野性好林泉(下略)'。其高致如此。庵以师号得名。"

〔2〕"一山"二句:指韬光禅师原为灵隐寺高僧,自韬光结庵后遂分为两寺。据宋·道原《景德传灯录》卷四"杭州鸟窠道林禅师"载:"鸟窠道林禅师,……时道俗共为法会,师振锡而入。有灵隐寺韬光法师问曰:'此之法会,何以作声?'师曰:'无声谁知是会?'"可知韬光本是灵隐寺法师,后于灵隐寺西结庵修禅,韬光庵是从灵隐寺分出来的。

〔3〕"东涧"二句:言韬光庵在灵隐寺西北的巢枸坞,山涧中的水东西流动,连接两寺,山间云雾亦南北相连。韬光庵由白居易题名"法安院",其位置本在灵隐寺之西。明·田汝成《西湖游览志》第十卷"北山胜迹·韬光庵"载:"韬光庵,韬光禅师建。……乐天闻之,遂与为友,题其堂曰'法安'。"又,《咸淳临安志》卷七十九"寺观五"记:"'法安院':在灵隐寺西……唐长庆中有诗僧结庵于院之西,自号韬光,尝与乐天唱和。"灵隐寺与韬光庵涧水相通,《西湖志纂》卷八载:"巢居坞,在云林寺(灵隐寺)西,本名巢沟坞,《灵隐寺志》:'由坞泝涧而西,达韬光庵。'"作者由"灵隐寺"到"韬光庵"正是沿着"东涧水流西涧水"而行。登上韬光庵,居高临下,可见群山起伏、云雾缭绕,这便是"南山云起北山云"的胜景。清时"韬光观海"已成杭州名胜之一。

〔4〕"前台"二句:从韬光庵可看到灵隐寺中的花木,两寺的钟声由山上传到山下。"前台"指灵隐寺,"后台"是韬光庵;韬光庵在高处,于韬光庵近望可见灵隐寺花发。唐时灵隐寺多花,今白居易集中有《题灵隐寺红辛夷花戏酬光上人》等。

〔5〕"遥想"二句:作者远在苏州想象韬光修道情景。吾师,指韬光。行道,修

道。天香桂子，传说月亮中有桂树，曾将桂子落入杭州的天竺寺。白居易在《留题天竺灵隐两寺》中有“宿因月桂落”的诗句，句下自注：“天竺尝有月中桂子落。”

简评

这首诗描写了杭州名胜韬光庵的地理环境和韬光禅师远离尘世的修道情景，反映了白居易任杭州刺史时与韬光禅师的一段方外交游。诗歌首联描写韬光庵的来历，中两联描写游历韬光庵的路程及所见所闻，尾联则遥想韬光修禅的情景，借助月亮中的桂树将桂子落入寺庙的传说，来表现韬光庵的神奇，赞美韬光禅师超尘入圣的精神境界。白诗的描写是对韬光庵地理位置及周围环境的真实写照，这既是一首赠诗，又是作者回忆在韬光庵游历情况的记游诗。诗歌在内容上折射出了白氏刺杭期间佛教意识大为增长的情况，这正是他选择了“中隐”道路的具体表现。

此诗在形式上极富创造性，盖前三联都采取了句中对的形式，每联句中有对，而又上下成对，且语气连贯、句式流动而又富于变化，可谓别具一格，故引起苏轼等人极大的兴趣，以至争相仿效。如苏轼有“南北一山门，上下两天竺”、“想见南北山，花发前后台”（《赠杭州上天竺辨才师》）、“长松吟风晚细雨，东庵半掩西庵闭”（《自普照游二庵》）等，明显脱胎于白诗的诗句。钱钟书《谈艺录》“二”专论此诗之源流云：按《瓯北诗话》卷十二论香山《寄韬光》诗，以为此种句法脱胎右丞之“城上青山如屋里，东家流水入西邻。”窃谓未的。此体创于少陵，而名定于义山。少陵闻官军收两河云：“即从巴峡穿巫峡，便下襄阳向洛阳。”同书“五七”又说：“白香山律诗句法多创，尤以《寄韬光禅师》诗，极七律当句对之妙，沾匄后人不浅，东坡《天竺寺》诗至叹为连珠叠璧。”可见此诗对后世律诗创作影响之大。

格律分析

此诗押平声文韵。首句借韵，“门”属十三元韵，而“分”、“云”、“闻”、“纷”属十二文韵。作者在首句借用邻韵字为起调，叫做“借韵”。诗中的“一”（质韵）、“发”（月韵）二字为入声字，古属仄声。

柳宗元

登柳州城楼寄漳、汀、封、连四州[1]

（七律仄起平收式）

城上高楼接大荒，海天愁思正茫茫[2]。
惊风乱飐芙蓉水，密雨斜侵薜荔墙[3]。
岭树重遮千里目，江流曲似九回肠[4]。
共来百越文身地，犹自音书滞一乡[5]。

作者简介

柳宗元(773～819)，字子厚，河东(今山西永济市)人，世称柳河东。贞元九年(793)登进士第。贞元十二年(796)登博学宏词科。始为校书郎。转蓝田尉。贞元十九年(803)，迁监察御史里行。与刘禹锡同为王叔文集团主要骨干，积极参与“永贞革新”，升任礼部员外郎。革新失败后贬为永州(今湖南永州市)司马，十年后，迁柳州(今广西柳州市)刺史，故又称柳柳州。唐代杰出散文家、诗人，古文运动主要领导者之一。有刘禹锡所编《柳河东集》。

注释

〔1〕公元805年，王叔文、柳宗元等领导了“永贞革新”，不久即被镇压。革新派人物王叔文、王伾遭贬斥而死，柳宗元、刘禹锡等八人亦遭到贬谪，此即历史上所谓的“二王八司马”事件。唐宪宗元和十年(815)，柳宗元、韩泰、韩晔、陈谏、刘禹锡五人奉诏进京，由于腐朽势力的阻挠和反对，五人再度被调往更偏远的地区，分别被贬作柳州刺史(柳宗元)、漳州刺史(韩泰)、汀州刺史(韩晔)、封州刺史(陈谏)、连州刺史(刘禹锡)。漳、

汀二州在福建，封、连二州在今广东省。此诗即柳宗元初到广西柳州时登楼所作，以此诗寄其余四州刺史。

〔2〕“城上”二句：登上柳州城楼，极目远眺，看到极其荒远的地方，空中云海翻涌，苍天茫茫，正像我心中无边无际的愁思。接，与目相接，即远眺。大荒，极其荒远之地。思(sì)，思绪。

〔3〕“惊风”二句：突起的狂风猛烈吹动着水中高洁的荷花，密集的暴雨倾斜着抽打墙上芳香的薜荔。飐(zhǎn)，风吹使颤动。芙蓉，荷花。薜荔(bìlì)，木本蔓生植物，古人认为是一种香草。这二句写雨中近景，同时以香草香花比喻革新派，以“惊风”“密雨”比喻腐朽势力对革新派的迫害。

〔4〕“岭树”二句：山岭上的树木重重叠叠，遮断了我远望的目光；江流宛转曲折，恰如我的九曲愁肠。九回肠，自汉代司马迁《报任少卿书》中“肠一日而九回”化出，形容愁苦至极。

〔5〕“共来”二句：我们共同来到了偏僻落后的百越之地，而且各处一方，音讯阻隔，不能相互慰藉。百越，即百粤，古称五岭以南少数民族地区为百粤，又作百越。文身，在身上刺画花纹。《庄子·逍遥游》说：“越人断发文身。”此借指贬地的荒远与落后。滞，阻隔。

简评

这是一首政治抒情诗。诗人借登楼远眺之景，写迭遭打击后的愤激之情，表达对四位志同道合，同被远配遐荒朋友的怀念。

诗歌起于“登”，归于“寄”，以五人共同的不幸遭遇为线索，贯穿全诗，脉络清晰。在艺术手法上则是因情写景，赋兼比兴，诗中景物描写画面壮阔，层次分明。正如纪昀所评：“一起意境阔远，倒摄四川，有神无迹。通篇情景俱包得起。三、四赋中有比，不露痕迹。”(《瀛奎律髓刊误》)首联从登楼写起，极目远眺，看到空中云海翻涌，苍天茫茫，正像诗人心中无边无际的愁思。此联境界壮阔而情感深广。次联急收视线，写近处景物。诗人祖述离骚，以香草香花喻君子，以惊风密雨喻政治斗争，象征了五人遭受打击、处境险恶的不幸，曲折谴责了朝廷腐朽势力对革新派的迫害，表现了革新派坚贞高洁的品格。颈联由近观再转远望，借重叠的山峦、曲折的江流再抒对友人的牵挂和心中的悲愤，“九回肠”的比喻，更使痛苦之情溢于言外，以引出结尾对同贬诸友的怀念。

通篇运用比兴、借景抒情，云海苍天、山川树木，无不凝聚着诗人愁肠百结的深重情感，抒发了极其深微曲折的人生感慨。故清·沈德潜云：“柳子厚哀怨有节，律中骚体，与梦得（刘禹锡）故是敌手。”（《说诗晬语》）

格律分析

诗押平声阳韵，首句入韵。全诗格律严谨。今读平声的入声字有“接”（叶韵）、“一”（质韵）。

柳州峒氓[1]

（七律平起平收式）

郡城南下接通津，异服殊音不可亲[2]。
青箬裹盐归峒客，绿荷包饭趁虚人[3]。
鹅毛御腊缝山罽，鸡骨占年拜水神[4]。
愁向公庭问重译[5]，欲投章甫作文身[6]。

注释

〔1〕唐宪宗元和十年(815)，柳宗元再贬柳州刺史。这首诗描写了柳州地区少数民族的生活习俗。峒氓：即广西一代的少数民族居民。峒(dòng)：本指山穴。氓(méng)：草野之民。

〔2〕“郡城”二句：柳州城南的下面联接着柳江的渡口。峒人的服饰、语言都与中原不同，无法和他们亲近交谈。津：渡口。

〔3〕“青箬”二句：峒人来来往往，有的买了盐，用青箬叶裹着返回山峒；有的带着绿荷叶包的饭去赶集。箬（ruò），竹子的一种，叶大而宽。趁虚，即趁墟，赶集。

〔4〕“鹅毛”二句：峒人的习俗是用鹅毛制被、山罽缝衣以御寒；用鸡骨占卜，跪拜水神来祈求降雨。腊，寒冬腊月。山罽（jì），山里出产的兽毛织品。鸡骨占年，用竹签插入小公鸡的胫骨来占卜吉凶和年景的好坏。

〔5〕“愁向”句：作者办公时常为语言不通而发愁，只好问重译。重译，能翻译少数民族语言的人。

〔6〕“欲投”句：想抛弃中原人的生活习惯，依从当地人的风俗。这句本于《庄子·逍遥游》：“宋人资（购）章甫而适（到）越；越人断发文身，无所用之。”章甫，古时中原士大夫戴的一种礼帽，诗中代指中原的礼俗。文身，在身上刺花纹。是古代岭南少数民族的一种风俗。

简评

在古代文学作品中，描写西南少数民族生活的诗歌极为罕见，而柳宗元这首诗用七律的形式描写柳州少数民族地区的风俗民情，真实生动，正如日本近代文人近藤元粹所评：“可为一篇风土记。”（《柳柳州诗集》卷三评）首联写柳州的地理形势与人民服装语言之异，中两联写乡居习俗与淳朴民风，尾联一句“欲投章甫作文身”，表明作者心系峒民、决心融入当地生活的心情。唐代柳州尚属荒远落后地区，而作者不仅不歧视当地人民，反而亲近人民、造福人民。史载柳宗元在柳州兴利除弊、解放奴婢；发展生产、开荒挖井；兴办学校，推行教化，由于政绩卓著，深受人民敬重。在柳宗元去世后，柳州人民为他修祠纪念。

格律分析

诗押平声真韵，首句入韵。诗中“接”（叶韵）、“服”（屋韵）二字为入声字，古属仄声。全诗对仗工整，格律严谨。

元　稹

遣悲怀三首(其一)[1]

（七律平起仄收式）

谢公最小偏怜女[2]，自嫁黔娄百事乖[3]。
顾我无衣搜荩箧[4]，泥他沽酒拔金钗[5]。
野蔬充膳甘长藿，落叶添薪仰古槐[6]。
今日俸钱过十万，与君营奠复营斋[7]。

作者简介

元稹(779～831)，唐著名诗人。字微之，行九，世称元九。祖籍洛阳(在今河南)。十五岁明经及第，又中书判拔萃科、才识兼茂明于体用科，从此步入仕途。前期历任左拾遗、监察御史，为官正直、执法除弊，因得罪宦官，贬为江陵士曹参军。元和十年(815)奉诏回京，再放通州司马。元和十三年后屡有升迁，后官至宰相，卒于武昌节度使任。与白居易唱和甚多，同为中唐新乐府创作的倡导者。今传《元氏长庆集》。

注释

〔1〕唐宪宗元和四年(809)，作者的原配韦丛去世，年仅27岁，故作《遣悲怀》三首悼念她。

〔2〕“谢公”句：以东晋宰相谢安最喜爱的侄女谢道韫来比喻韦丛。谢公，谢安。偏怜女，偏疼的女儿，此指韦丛。因韦丛父亲韦夏卿官位也很高，所以借谢安为比。

〔3〕“自嫁”句：说韦丛自嫁给自己后生活贫寒，百事不顺。黔娄(qián lóu)，春秋时齐国的贫士，作者自喻。乖，不顺。

〔4〕“顾我”句：说韦丛看我没有可替换的衣服，就翻遍箱子去搜寻。顾，看。荩箧(jìng qiè)，竹草编的箱子。荩，荩草，一种草本植物。

〔5〕“泥他”句：说自己缠着韦丛买酒，她就拔下头上的金钗去换钱给作者买酒喝。泥(nì)，缠。沽(gū)，买。

〔6〕“野蔬”二句：平时家里只能用野菜充饭，但长年吃豆叶她也吃得很香甜；没有柴烧，她就靠老槐树的落叶添柴火做饭。这二句写韦丛能安于贫苦生活。充膳，当饭。甘，香甜。藿(huò)，豆叶。薪，柴火。

〔7〕“今日”二句：今天作者的俸禄已超过十万，而韦丛却不能一起过富足的日子，只有用祭奠和请僧人超度亡灵来纪念她。营，设置。奠(diàn)，对死者陈设祭品致敬。斋，向僧人施斋食，请僧人为死者祈冥福。

简评

这是元稹为亡妻韦丛写的一组悼亡诗。第一首主要是对往日夫妻共同生活的回忆，以表现两人之间情非一般，而是经过苦难生活磨炼的深情。诗歌前三联回忆二人婚后度过的艰苦岁月，以及在贫困中尤为难得的夫妻恩爱，通过“搜箧”“拔钗”“野蔬充膳”“落叶添薪”四个生活场景的细致描写，突出了韦丛安于贫穷、忠于爱情的高尚节操。尾联则表达了作者对亡妻深切的怀念和抱憾之情。诗歌朴素自然，情真事真，可谓“字字真挚，声与泪俱。”(清·周咏棠《唐贤小三昧续集》)

格律分析

诗押平声佳韵，隔句用韵。诗中“拔”(黠韵)、“十”(缉韵)字是入声字，古属仄声。

遣悲怀三首(其二)[1]

(七律仄起仄收式)

昔日戏言身后意,今朝皆到眼前来[2]。
衣裳已施行看尽,针线犹存未忍开[3]。
尚想旧情怜婢仆,也曾因梦送钱财[4]。
诚知此恨人人有,贫贱夫妻百事哀[5]。

注释

〔1〕此诗是元稹悼念亡妻韦丛所写的三首七律的第二首。

〔2〕"昔日"二句:当初我们曾开着玩笑,假想一些死后的情形,而今却如此真切地都摆在我的眼前了。

〔3〕"衣裳"二句:你穿过的衣物眼看就要被我施送完了;而你生前做过的针线活我一直完好地保存着,不忍打开。

〔4〕"尚想"二句:想到你旧日对婢女和仆人的情意,我对婢女和仆人也更加爱护;也因在梦境中听到你的嘱托,我把钱财施舍与人。

〔5〕"诚知"二句:我固然知道夫妻死别之恨人所难免,但对于像我们这样贫贱相守的夫妻来说,样样事情都引起我的悲哀。诚,信,真。

简评

第二首主要是对妻子的回忆。从作者的回忆中,诗歌选择了一些真实而感人的生活细节,表现韦丛的种种美德。首联从往日生活中一个"戏言身后"的真实细节引发,使全诗笼罩在一种沉痛的回忆气氛之中。颔联写自己已按妻子的嘱托把她生前的衣物施舍完了,但还保存一个针线盒,始终不忍打开,以免观其手迹、睹物伤情。颈联写妻子生前善待婢仆，周济贫困，她的优良品格至今还在深深地影响着自己。尾联以“此恨”收拢全篇，以“百事哀”点出所有未能说尽的回忆，说明妻子去世留给自己的是无穷的遗恨和悲哀。诗歌写的都是生活琐事，但字里行间透出深情，正如明·陆时雍所评：“语到真时不嫌其琐。”（《唐诗镜》卷四十六）

格律分析

诗押平声灰韵，隔句用韵。“昔”（陌韵）、“仆”（屋韵）字是入声字，古属仄声。

遣悲怀三首（其三）

（七律仄起平收式）

闲坐悲君亦自悲，百年都是几多时〔1〕。
邓攸无子寻知命，潘岳悼亡犹费词〔2〕。
同穴窅冥何所望，他生缘会更难期〔3〕。
唯将终夜长开眼，报答平生未展眉〔4〕。

注释

〔1〕“闲坐”二句：独自闲坐时为你的去世悲伤，同时也为自己悲伤；人生短暂，我们一生能有多少时间呢？百年，犹言一生。

〔2〕“邓攸”二句：邓攸年老无子，然后才知道是命运如此；潘岳妻子死了，他写《悼亡诗》也只是白费言词，人死了还有什么用呢？邓攸无子：据《晋书·良吏传》载，邓攸是晋襄陵人，字伯道。为河东太守时，逢石勒兵乱，在危难时刻，因其弟早亡，为保全侄子而丢弃儿子。一生清廉自持，后竟无嗣，时人哀之曰：“天道无知，使邓伯道无儿！”潘岳悼亡：潘岳是西晋诗人，妻子死了，作《悼亡诗》三首。

〔3〕“同穴”二句：想死后夫妻同穴合葬，又能指望什么呢？更不要说预期下辈子有缘再相会了。同穴，死后夫妻合葬。窅冥，幽暗的样子。缘会，指来生因缘会合再结为夫妻。

〔4〕“唯将”二句：只有以终夜的忧思不寐、誓不再娶，来报答你在世时伴我度过的贫苦岁月。终夜长开眼，古人称无妻为鳏，据说鳏鱼从不闭眼，故谓愁悒而张目不寐为鳏鱼。汉·刘熙《释名》卷三“释亲属”：“无妻曰鳏。鳏，昆也；昆，明也。愁悒不寐，目恒鳏鳏然也。故其字从鱼，鱼目恒不闭者也。”此处“长开眼”即终生为鳏、发誓不再娶之意。未展眉，愁眉不展。韦氏生前常因生活贫困而发愁。

简评

这一首由“悲君”到“自悲”，主要抒写自己的悲哀之情。首联说人生短暂，转眼就是百年，一生能有多少时间呢？自己孤独一人更觉得日子难捱。颔联用典故表达万分悲痛下的无奈，以古人实例说明人生的变故都是天命安排，无法抗拒的；颈联针对世人“生不同衾死同穴”或“来世作夫妻”的种种自我安慰，说明这一切也都是虚幻不实、于事无补的，那么留下来的就是无法解脱的深重悲哀了。故尾联表示，自己的一生都将在丧妻的悲哀中度过，以自誓不再娶，来回报妻子生前在苦难中给予自己的一片真情。诗歌情真意切，且对仗精工，后三联皆为对仗句，尾联为流水对。

以上三首悼亡诗，由回忆亡妻到感伤永别，既怀旧，又悲今，正如清·周咏棠所评：“字字真挚，声与泪俱。骑省（指晋代潘岳，其文有‘寓直于散骑之省’句）悼亡之后，仅见此制。”（《唐贤小三昧续集》）清·陈世镕也说：“悼亡之作，此为绝唱。”（《求志居唐诗选》）

格律分析

诗押平声支韵，首句入韵。其中“潘岳悼亡犹费词”一句拗救，此句律式应为“仄仄平平仄仄平”，其中第三字必用平声，否则为“孤平”，而诗中第三字“悼”用了仄声，故在第五字补了一个平声，属本句自救。诗中“答”（合韵）是入声字，古属仄声。

许　浑

咸阳城西楼晚眺[1]

（七律仄起平收式）

一上高城万里愁，蒹葭杨柳似汀洲[2]。
溪云初起日沉阁，山雨欲来风满楼[3]。
鸟下绿芜秦苑夕[4]，蝉鸣黄叶汉宫秋[5]。
行人莫问当年事，故国东来渭水流[6]。

注释

〔1〕这是晚唐诗人许浑的一首登高怀古、感慨时事之作。咸阳：古都邑名，在今陕西咸阳市东北20里，渭水之北。

〔2〕蒹葭（jiān jiā）：芦苇。汀洲：水中的小洲。

〔3〕“溪云”二句：作者自注：咸阳城“南近磻溪，西对慈福寺阁”。这两句说登楼远眺中，磻溪上乌云涌起，红日西沉，刹那间满楼风动，一场山雨即将来临。景中暗喻晚唐国运日衰、动荡不安的社会形势。

〔4〕“鸟下”句：秦始皇统一天下后建都咸阳，并大造宫殿，秦亡后为项羽焚毁。如今秦苑旧址上已长满荒草，只有鸟儿在日暮时飞下草丛。

〔5〕“蝉鸣”句：咸阳本是秦汉两代的都城，汉时曾建有未央、长乐、建章等著名宫殿，唐时唯有未央宫还保存着。秋日的汉宫树叶变黄，蝉鸣阵阵，更显荒凉。

〔6〕“行人”二句：诗人由秦、汉的灭亡联想到唐王朝前景，真不堪设想。行人，指来往过客，也包括作者自己。当年事，指秦、汉由盛而衰、最后灭亡的故事。故国，旧日的国都，即咸阳城。这句感慨历史变迁，只有渭水依然东去。

简评

此诗作于晚唐多事之秋，诗中怀古伤今、忧愁国运、悲凉无限。盖诗人登上咸阳古城，面对云起日沉、雨来风满的黄昏景象，回忆起秦汉兴衰的历史，不禁联想到唐王朝的前景，预感到历史的巨变已不可避免。诗中“山雨欲来风满楼”是晚唐家弦户诵之名句，它是晚唐国运衰微、风雨飘摇的时局缩影，具有典型的时代特征。全诗发兴高远，意境广阔，诗人将深沉的历史感喟和对现实的忧患意识寄寓于悲凉萧瑟的景物描写之中，含蕴无穷，发人深省，实为晚唐抒情诗之典范。

格律分析

诗押平声尤韵，首句入韵。诗中的“一”（质韵）、“阁”（药韵）、“夕”（陌韵）、“国”（职韵）为入声字，古属仄声。颔联“溪云初起日沉阁，山雨欲来风满楼”为拗格。这一联的律式应为“㊣平㊡仄平平仄，㊡仄平平仄仄平”，上句的“日”字应平用仄，下句的“欲”字犯孤平，故“风”字应仄用平，既救本句，又救对句。此式被后人称为“许丁卯句法”，清人王士禛说：“唐人拗体律诗，其一出句拗第几字，则偶句亦拗第几字，抑扬抗坠，读之如一片宫商。如许浑‘溪云初起日沉阁，山雨欲来风满楼’是也。”（《分甘余话》）

杜　牧

题宣州开元寺水阁[1]

（七律平起平收式）

六朝文物草连空，天淡云闲今古同[2]。
鸟去鸟来山色里，人歌人哭水声中[3]。
深秋帘幕千家雨，落日楼台一笛风[4]。
惆怅无因见范蠡，参差烟树五湖东[5]。

作者简介

杜牧(803～852),唐著名诗人。字牧之,京兆万年(今陕西西安市)人。大和二年(828)进士及第,又登贤良方正能直言极谏科,授弘文馆校书郎,江西观察使沈传师召为团练巡官。沈迁宣歙观察使,牧之从至宣州。后为淮南节度使牛僧孺掌书记,居扬州。大和九年(835),入朝为监察御史,不久即分司东都。又任膳部员外郎等职。会昌二年(842),出为黄州刺史,迁池、睦二州刺史。大中二年(848),入朝为司勋员外郎、史馆修撰。后出任湖州刺史,官终中书舍人。其诗与李商隐齐名,并称"小李杜"。今传《樊川文集》二十卷。

注释

〔1〕此诗作于唐文宗开成三年(838),时杜牧任宣州团练判官。诗下原注:"阁下宛溪,夹溪住人。"(唐·韦縠《才调集》卷四)宣州开元寺:在今安徽宣城。寺建于东晋,初名永安寺,唐开元中改为开元寺,是名胜之一。宛溪:河流名,在宣城东,又叫东溪。

〔2〕"六朝"二句:六朝时代的繁华已经成为历史,只有碧绿连空的草色依旧,那天淡云闲的自然风物自古及今都是一样的。六朝,指三国时的吴国、东晋、宋、齐、梁、陈。文物,指历史古迹。

〔3〕"鸟去"二句:鸟儿在苍翠的山色里飞来飞去,人们世代居住在宛溪边,由生到死,有悲哀也有欢乐,生活随着水声一起流逝。山,宣州东北有敬亭山。人歌人哭,典出《礼记·檀弓下》:"晋献文子成室,晋大夫发焉,(郑玄注:文子,赵武也。作室成,晋君献之,谓贺也。诸大夫亦发礼以往。)张老曰:'美哉轮焉!美哉奂焉!(郑玄注:心讥其奢也。轮,轮囷,言高大。奂,言众多。)歌于斯,哭于斯,聚国族于斯。'(郑玄注:祭祀、死丧、燕会于此足矣。)"

〔4〕"深秋"二句:深秋雨落,像给千家万户挂上了重重帘幕;夕阳的余辉笼罩着楼台,晚风吹送着悠扬的笛声。

〔5〕"惆怅"二句:可惜我无缘与归隐五湖的范蠡相会,只看到烟雨中的树木

参差不齐地在湖东畔延伸。无因，无由。范蠡（lí），春秋时越国大夫，辅佐越王勾践灭吴后，功成身退，乘扁舟泛迹五湖。参差（cēn cī），高低不齐貌。五湖，指太湖及其相属的四个小湖，也用于太湖的别称。

简评

杜牧是晚唐颇有成就的诗人，明代诗论家胡应麟在《诗薮》中用“俊爽”二字概括了他的诗歌风格，盖其诗既有抑扬流畅的气势，又有高远清丽的意境，以及丰富而浓郁的情思，此诗即为一例。

这是诗人在宣城的登临之作。面对着秋日云天、大好河山，诗人浮想联翩，联想到六朝兴衰更替的历史，联想到世世代代生活在这块土地上的人民。在作者的笔下，自然与社会、历史与现实交替出现，自然界亘古不变的天淡云闲、山色水声、秋雨落日之中，演绎着人类社会不断变化的历史。在对历史人物的追怀中，作者留下了深沉的古今之慨。故清·何焯评说：此诗“寄托高远，不是逐句写景。”（《唐三体诗评》）清·薛雪亦谓：“杜牧之晚唐翘楚，名作颇多，而恃才纵笔处亦不少。如《题宣州开元寺水阁》，直造老杜门墙，岂特人称小杜而已哉？”（《一瓢诗话》）

格律分析

诗押平声东韵，首句入韵。诗中“哭”（屋韵）、“一”（质韵）、“笛”（锡韵）字为入声字。范蠡的“蠡”今读平声，古读上声荠韵。

九日齐山登高[1]

（七律平起平收式）

江涵秋影雁初飞，与客携壶上翠微[2]。
尘世难逢开口笑，菊花须插满头归[3]。

但将酩酊酬佳节，不用登临叹落晖[4]。
古往今来只如此，牛山何必独沾衣[5]。

注释

〔1〕杜牧任池州（今安徽省池州市）刺史时，常与诗人张祜一起游历山水，吟咏唱和。此诗即是唐武宗会昌五年（845）九月九日重阳节时杜牧与张祜登齐山所作。张祜亦有《和杜牧之齐山登高》一诗。齐山：在安徽省池州市贵池区境内。宋·祝穆《方舆胜览》卷十六“池州”：“齐山在贵池南五里。按王哲《齐山记》：‘有十余峰，其高等，故名齐山。’”

〔2〕“江涵”二句：澄清的江水中包含着秋天景物的倒影，映出了空中向南初飞的雁群。此时，我与客人带着酒壶登上了齐山。翠微，指齐山，齐山九顶洞南隅有翠微亭。

〔3〕“尘世”二句：在扰扰尘世中难得有机会像今天这样开怀一笑，我们一定要插满一头菊花，极乐而归。开口笑，用《庄子·杂篇·盗跖》：“人上寿百岁，中寿八十，下寿六十，除病瘦、死丧、忧患，其中开口而笑者，一月之中，不过四五日而已矣。”

〔4〕“但将”二句：只需开怀饮酒，尽情一醉，以酬答重阳节的到来，用不着在登山临水时对着夕阳为人生的短暂而惆怅。酩酊，形容大醉。酬佳节，暗用陶潜典故，“尝九月九日无酒，出宅边菊丛中坐久，值弘（江州刺史王弘）送酒至，即便就酌，醉而后归”。（南朝梁·沈约《宋书》卷九十三“隐逸传·陶潜”）

〔5〕“古往”二句：古往今来，人生代代交替，如此而已。又何必像齐景公一样，登上牛山感叹年华不能永驻而偏偏泪沾衣襟呢？牛山，在今山东淄博。末句典出《晏子春秋》卷一“谏上”篇，齐景公游牛山，向北遥望齐国而流泪说，为什么要永远离开这美好的一切而死呢？随从的艾孔、梁丘

据也跟着伤心流泪，晏子在旁边却笑了，景公问他为什么不悲独笑？晏子说，假使景公以前的几代国君都长生不死，永远占据着王位，那景公还怎么当国王呢？正因为他们交替地登位和死去，才把王位传给了景公。现在景公偏偏为此而流泪，是不仁啊。我先看见了一个不仁的国君，又见到了两个谄媚的臣子，所以要发笑。尾句中“独”字，一作“泪”字，唐·韦縠《才调集》作“独”，今依唐本。

简评

此诗“通篇赋登高之景，而寓感慨之意。”（清·吴烶《唐诗选胜直解》）诗歌描写了重阳节登高、赏菊、饮酒种种乐事，表现了诗人豪爽乐观的性情，正如明·郝敬所云：“豪爽真率，不用雕饰，可想其人。”（《批选唐诗》）盖诗人的乐观，乃来自胸襟的旷达和对人生的深刻理解。他认为古往今来，人生代代交替，本是自然规律；适逢佳节正该尽情游乐，而不应像古代的齐景公一样，为年华不能永驻而伤心。所以，在诗歌的结尾，他以谐谑的口吻批评了齐景公一类眼界狭小、对人生抱悲观态度的人。

此诗在艺术上是极为成功的，诗歌虽为格律严谨的近体诗，却写得抑扬有致、生动活泼，特别是中间两联均采用了流水对法，形成流畅自然的风格，故清·赵臣瑗评道：“至其抑扬顿挫、一气卷舒，真能化板为活，洗尽庸腔俗调，在晚唐中岂宜得乎？”（《山满楼笺注唐诗七言律》）故后人多有模仿引用之作，尤以宋·朱熹《檃括杜牧之齐山诗作水调歌头》（《朱熹文集》卷十）最为著称，齐山亦因杜牧此诗而万古留名。

格律分析

诗押平声微韵，首句入韵。诗中的入声字有“菊”（屋韵）、“插”（洽韵）、“节”（屑韵）、“独”（屋韵），古属仄声。

李商隐

锦瑟[1]

（七律仄起平收式）

锦瑟无端五十弦，一弦一柱思华年[2]。
庄生晓梦迷蝴蝶[3]，望帝春心托杜鹃[4]。
沧海月明珠有泪[5]，蓝田日暖玉生烟[6]。
此情可待成追忆，只是当时已惘然[7]。

注释

〔1〕锦瑟：瑟是古代一种乐器，瑟上描绘着华美的花纹叫锦瑟。明·彭大翼《山堂肆考》卷一百六十二“瑟”下引《周礼乐器图》：“绘纹如锦曰锦瑟。”汉·司马迁《史记》卷二十八“封禅书”第六：“泰帝使素女鼓五十弦瑟，悲，帝禁不止，故破其瑟为二十五弦。”可知古有五十弦瑟，且其音甚悲。

〔2〕“锦瑟”二句：意思是锦瑟你为什么是五十弦呢？你通过一弦一柱发出的悲凉繁复的旋律，勾起了我对青春年华的回忆。柱，是瑟上架弦的支柱，可移动它以调整弦的音调高低。华年，即盛年，青春年华。

〔3〕“庄生”句：此句用《庄子·齐物论》中的典故：“昔者庄周梦为胡蝶，栩栩然胡蝶也，自喻适志与！不知周也。俄然觉，则蘧蘧然周也。”说的是庄周梦见自己化为蝴蝶，栩栩然而飞，已忘却自己是庄周了，后来梦醒，自己仍然是庄周。作者以“晓梦”喻少年时的欢乐如同梦幻，回顾一生，自己仿佛从迷梦中醒来。

〔4〕“望帝”句：据《华阳国志》卷三记载，传说古蜀王名叫杜宇，号曰望帝，后来禅位退隐，死后其魂化为鸟，名叫杜鹃，常暮春悲鸣。作者以杜鹃啼

《锦瑟》

春的传说寄托自己感伤青春流逝、功业难成的悲哀。春心，隐指青春时代的远大抱负与理想追求。

〔5〕“沧海”句：此句暗用了“沧海遗珠”和“鲛人泣珠”的传说。《新唐书·狄仁杰传》载阎立本曾称狄仁杰“可谓沧海遗珠矣”，比喻埋没的人才。晋·张华《博物志》卷二“异人”载：“南海外有鲛人，水居如鱼，不废织绩，其眼能泣珠。”诗人以沧海月明、遗珠有泪的图景象征自己怀才不遇、沉沦于世的凄凉寂寞的生涯。

〔6〕“蓝田”句：陕西蓝田县山中盛产美玉，此句描绘了蓝田山中沉埋的美玉在暖日的光辉照射下，升起缕缕轻烟。晚唐司空图在《与极浦书》中引用中唐诗人戴叔伦语：“诗家之景，如蓝田日暖，良玉生烟，可望而不可置于眉睫之前也。”可见诗人所描摹的正是一种虚无缥缈，可望而不可即的意境，表明自己平生所向往、追求的美好理想终成烟影，无法实现。

〔7〕“此情”二句：说此等情怀，岂待今朝回忆始无穷怅恨？即在当时身历其境时已是不胜惘然。

简评

本篇以起句的首二字为题，相当于作者所独创的“无题”诗。诗以锦瑟起兴，次句即已点出“思华年”之意，当为晚年回忆感慨之作。历代对此诗解说纷纭，有“一篇锦瑟解人难”（清·王士禛《精华录》卷五《戏仿元遗山论诗绝句三十二首》）之论。择其要者：一为“咏瑟说”，如宋代苏轼据《古今乐志》瑟有“适、怨、清、和”之音而为之说；二为“恋情说”，如宋·刘攽谓锦瑟是令狐绹青衣名（见《中山诗话》），近人苏雪林说是咏“他所恋爱的宫嫔”；三为“悼亡说”，清人朱彝尊、冯浩等人持此说；四为编集自序说，因宋本《李义山诗集》以“锦瑟”冠首，故有此说，与此相联又有自叙平生说或自伤身世说；更有托讽于君亲说等等，不胜枚举。

钱钟书于《谈艺录》“补订”中曾论及此诗诸解，且提出己见，即认为《锦瑟》放在集首，有代序言之意，用这诗作为自序来开宗明义，概括全集的诗，今略引如下：“锦瑟”喻诗，犹“玉琴”喻诗，“首两句‘锦瑟无端五十弦，一弦一柱思华年’……言景光虽逝，篇什犹留，毕世心力，平生欢戚，‘清和适怨’，开卷历历，犹所谓‘自有恨’，而‘借此中传’。……三四句‘庄生晓梦迷蝴蝶，望帝春心托杜鹃’，言作诗之法也。心之所思，情之所感，寓言假物，譬喻拟象；如庄生逸兴之见形于飞蝶，望帝沉哀之结体为啼鹃，均词出比方，无取质言。举事寄意，故曰‘托’；深文隐旨，故曰‘迷’。……五六句‘沧海月明珠有泪，蓝田日暖玉生烟’，言诗成之风格或境界，犹司空表圣之形容《诗品》也。‘日暖玉生烟’与‘月明珠有泪’，此物此志，言不同常玉之冷、常珠之凝。喻诗虽琢磨光致，而须真情流露，生气蓬勃，异于雕绘汩性灵、工巧伤气韵之作。……七、八句‘此情可待成追忆，只是当时已惘然’，乃与首二句呼应作结，言前尘回首，怅触万端，顾当年行乐之时，即已觉世事无常，抟沙转烛，黯然于好梦易醒，盛筵必散。登场而预有下场之感，热闹中早含萧索矣。”周振甫在《诗词例话》中极赞钱钟书的上述解说：“可以破千古之惑，探作者之心。”亦可备一说。

在艺术表现上，此诗成功地运用了比喻、象征之法，诗人借瑟音的弦弦柱柱传达出了深沉的情感与意蕴，中两联具有诗、画、乐三位一体的特点，即用清丽典雅的诗歌语言唤起的形象，构成梦迷蝴蝶、杜鹃啼春、海珠含泪、美玉生烟的生动画面，交织出一曲迷幻、哀怨、凄清、缥缈的人生乐章。诗歌形象的鲜明丰富，与诗意的含蕴深远相结合，从而产生极大的暗示性，引发人们多方的联想与猜测，而极富朦胧含蓄之美。这便是此诗高度的艺术魅力之所在。

格律分析

诗押平声先韵，首句入韵。诗中的入声字有“十”（缉韵）、“一”（质韵）、“蝶”（叶韵）、“托”（药韵），古属仄声。

安定城楼[1]

（七律仄起平收式）

迢递高城百尺楼，绿杨枝外尽汀洲[2]。
贾生年少虚垂涕[3]，王粲春来更远游[4]。

永忆江湖归白发，欲回天地入扁舟[5]。
不知腐鼠成滋味，猜意鹓雏竟未休[6]。

注释

〔1〕这首诗作于唐文宗开成三年(838)，诗人应博学宏词科考试，被当权者所排斥，未录取，回到泾原节度使王茂元幕府，登临咏怀，抒发怀才不遇的愤懑之情，表现自身高尚的情操。安定：郡名，在泾州(今甘肃省泾川县北)，为泾原节度使治所。

〔2〕"迢递"二句：这两句写登城远望所见。迢递，绵长辽远的样子，此处指城高峻。汀，水边平地。洲，水中陆地。

〔3〕"贾生"句：是说贾谊空有才能，由于受谗言陷害，不能施展，以此比喻自己怀才不遇，虽忧愁国事却只能空自流泪。贾生，贾谊。年少，年轻。贾谊去世时，仅33岁。虚垂涕，汉文帝时贾谊曾上疏论政，有"臣窃惟事势，可为痛哭者一，可为流涕者二，可为长太息者六"之语。(见《汉书》卷四十八"贾谊传")

〔4〕"王粲"句：王粲是东汉末著名文学家，由于社会动乱，17岁时离开长安到荆州避难，依附刘表，但刘表未重用他，他作《登楼赋》抒写怀才不遇、思得明主的情感。这句借王粲的典故比附自己远游泾州，依附王茂元的处境。

〔5〕"永忆"二句：常常想做一番扭转乾坤的大事业，然后在白发之时，乘一叶小舟，归老于江湖之上。江湖，指隐居生活。扁(piān)舟，小船。

〔6〕"不知"二句：用《庄子·秋水》中的典故，惠子做了梁国的相，庄子去看他，惠子怕庄子是来谋自己的相位的，就到处抓他。庄子往见之，曰："南方有鸟，其名曰鹓雏(凤凰)，子知之乎？夫鹓雏，发于南海而飞于北海，非梧桐不止，非练实不食，非醴(lǐ)泉不饮。于是鸱(chī，猫头鹰)得腐鼠，鹓雏过之，仰而视之曰'吓(hè)！'今子欲以子之梁国而吓我邪?"庄子用这个寓言自比鹓雏，表现他的高尚情操，把官位权利视如腐鼠，讽刺惠子以小人之心度君子之腹。此诗化用上面的典故，比喻自己志向高远，品格高洁，不是那些贪图权势利益的当权者所能理解的，讽刺把持这次

博学宏词科考试的权贵如同得到腐鼠，而猜忌有才能的人。成滋味，成何滋味，是什么滋味。猜意，猜测嫉妒。鹓雏（yuān chú），小凤凰。

简评

李商隐所处的时代，朝廷牛（牛僧儒）、李（李德裕）党争激烈，势同水火，李商隐不幸身陷其中。其年少时就受到牛党的令狐楚赏识，助其进入仕途；后又被李党的王茂元赏识，将女儿许配给他，结果却被两党共同诋毁、排挤和打压，造成了他悲剧的一生。

此诗首联以登楼纵目发端，用高远的意境烘托出诗人在遭受政治挫折后的万千思绪。颔联通过典故的运用，抒写国事之忧、身世之悲，无限凄怆。至颈联情调一变，犹如奇峰突起，诗人以豪迈的诗句直抒胸臆，表达扭转乾坤的壮怀伟抱与功成身退的高尚志趣。尾联则以清高的姿态，对无端猜忌、排斥自己的执政者给以愤怒地回击和尖锐的讽刺。在短短一首七律中，诗人表现的思想感情沉郁而多变，首联之高远、颔联之感伤、颈联之豪迈、尾联之愤慨，可谓极尽抑扬开合之致，颇有杜诗沉郁顿挫之雄风。故据宋代蔡居厚说："王荆公（安石）晚年亦喜称义山诗，以为唐人知学老杜而得其藩篱者，唯义山一人而已。每诵其'永忆江湖归白发，欲回天地入扁舟'……之类，虽老杜无以过也。"（宋·胡仔《苕溪渔隐丛话前集》卷二十二引《蔡宽夫诗话》）

格律分析

诗押平声尤韵，首句入韵。第一句"尺"古属入声陌韵，第五句"白"（陌韵）、"发"（月韵）字是入声字，古属仄声。

无题二首（其一）[1]

（七律仄起平收式）

昨夜星辰昨夜风，画楼西畔桂堂东[2]。

身无彩凤双飞翼，心有灵犀一点通〔3〕。
隔座送钩春酒暖，分曹射覆蜡灯红〔4〕。
嗟余听鼓应官去，走马兰台类转蓬〔5〕。

注释

〔1〕这首诗写诗人在一个难忘的夜晚，在热闹的饮宴中，与座中一位女子一见钟情，待宴会散后又惆怅离去的情景。

〔2〕“昨夜”二句：首句点明宴会的时刻，次句描绘宴会的地方。

〔3〕“身无”二句：喻二人虽不能如彩凤相依相伴，比翼齐飞，但心心相印，情意相通。彩凤，长着彩羽的凤凰。灵犀，古代传说以犀牛为神兽，说犀牛角是灵异之物，角中有一条线贯穿两头。《汉书》卷九十六下“西域传”：“通犀、翠羽之珍盈于后宫。”晋·葛洪《抱朴子》内篇卷四：“通天犀角有一赤理如线，自本彻末。”

〔4〕“隔座”二句：写宴会上灯红酒暖的欢乐气氛与游戏。送钩，即藏钩，是古时的一种游戏。唐代段成式《酉阳杂俎》续集卷四载：“旧言藏钩起于钩弋，盖依辛氏《三秦记》云：汉武钩弋夫人手拳，时人效之，目为藏钩也。”唐·欧阳询《艺文类聚》卷七十四“藏钩”下引晋·周处《风土记》曰：“为藏钩之戏，分为二曹，以效胜负：若人偶，则敌对；若奇，即令奇人为游附，或属上曹，或属下曹，名为飞鸟，以齐二曹人数，一钩藏在数手中，曹人当射知所在。”意思是参加游戏的人分为两队，以决胜负，如果人数为偶数，就分成相等的两队，如果是奇数，就让一人作为游动依附，可以任依一队，称为“飞鸟”。游戏时，一队人暗将一小钩藏在其中一人的手中，由对方猜在哪人的哪只手中。分曹，分队。射覆时每二人为曹。射覆，也是行酒中的游戏，即用器皿覆盖东西让人猜。射，猜。汉代皇宫中已流行射覆，《汉书》卷六十五“东方朔传”载：“上尝使诸数家射覆。置守宫（壁虎）盂下，射之，皆不能中。”后东方朔猜中。唐·颜师古注：“于覆器之下而置诸物，令闇射之，故云射覆。”

〔5〕“嗟余”二句：感叹自己一听鼓声就要去应付官事，骑马走向秘书省，像飞转的蓬草一样飘荡不定。嗟，叹。听鼓，古代官府卯刻击鼓，召集僚属，午刻击鼓下班，因称官吏到衙门值班为听鼓。兰台，指秘书省，掌管秘书图籍。作者时任秘书省校书郎。

简评

在一个星光闪烁、春风荡漾的美好夜晚，在一个华美而芳香的楼阁中，诗人参加了一次由夜至明的饮宴，与座中一位女子一见钟情，待拂晓又惆怅离去，然而昨夜的情景给他留下了难忘的印象，挥笔写下了这首精美的诗篇。清人屈复分析此诗说：“一、二昨夜所会时、地。三、四身虽似远，心已相通。五、六承三、四，藏钩送酒，其如隔座；分曹射覆，唯碍烛红。及天明而去，应官走马，无异转蓬。感目成于此夜，恐后会之难期。”（《玉谿生诗意》卷九）此解似与诗意相合。

在李商隐的作品中，有一部分以《无题》命名的诗篇，后世称为无题诗。这是诗人独创的一种诗歌体裁，具有独特的艺术风格。在无题诗中，诗人常用比兴象征的手法来抒发个人在生活中的感受与情感，一方面这些诗歌具有细节的真实性、形象的鲜明性与具体性，另一方面又具有主题的朦胧性与不确定性，故无题诗亦以“难解”著称。但是，由于无题诗多用精美的七律写成，而且写得又是那样情思缠绵、文采斐然，因而具有极高的审美价值。读者可从鲜明的形象所引发的联想中去体味诗人深沉而细腻的心理感受，以及他对美好情感的追求。同时，无题诗在主题上的不确定性也使诗歌具备了一种象征主义的朦胧美，每个读者都可从自己的人生阅历出发，从中得到启示和共鸣。如此诗中“身无彩凤双飞翼，心有灵犀一点通”一联就成为人们表达心意相通的千古名句。

格律分析

诗押平声东韵，首句入韵。诗中的“昨”（药韵）、“隔”（陌韵）是入声字，古属仄声。

无　题[1]

（七律仄起平收式）

相见时难别亦难，东风无力百花残[2]。
春蚕到死丝方尽，蜡炬成灰泪始干[3]。
晓镜但愁云鬓改，夜吟应觉月光寒[4]。
蓬山此去无多路，青鸟殷勤为探看[5]。

注释

〔1〕这首无题诗似是一首表现离别相思的爱情诗。

〔2〕“相见”二句：意谓在东风柔和、百花凋谢的暮春，一对相思已久的恋人终于会面了。由于相见的机会难得，分别就更令人难舍难离。东风，春风。

〔3〕“春蚕”二句：以春蚕和蜡烛作比，比喻对恋人无穷无尽的思念和忠贞不渝的真挚感情。丝，谐音“思”，暗指对情人的思念。泪，指蜡烛燃烧时滴下的油脂，俗称“蜡泪”。此处代指相思的眼泪。

〔4〕“晓镜”二句：两人由自己的情形转而设想对方思念自己的情景。上句设想对方清晨对镜梳妆，会看到因愁思而憔悴的容貌；后句设想对方在月下怀人，吟诗时应感到寒意。这两句诗与杜甫《月夜》“香雾云鬟湿，清辉玉臂寒”的意境和构思相近。晓镜，早晨照镜梳妆。云鬓改，如乌云般的头发出现了白发。

〔5〕“蓬山”二句：是说两人相隔并不遥远，希望互通音信，排遣相思之苦。蓬山：神话传说中海上三仙山中的蓬莱山，这儿指对方居住处。无多路，没有多远。青鸟：神话传说中为西王母传递消息的神鸟。唐·欧阳询《艺文类聚》卷九十一“鸟部中”引《汉武故事》曰：“七月七日，上于承华殿斋正中，忽有一青鸟从西方来，集殿前。上问东方朔，朔曰：‘此西王母欲来

也。'有顷，西王母至，有二青鸟如乌，夹侍王母旁。"探看(kān)，探望问询。

简评

李商隐的无题诗以"深情绵邈，绮丽精工"而著称，此诗即是一首脍炙人口的篇章。

开篇起句是全篇中心，即突出了"别"字。首句抒写别离之情，两个"难"字各有侧重，前一个难字是客观上的阻隔之难；后一个难字则是主观上难舍难分。次句以暮春衰残景物，映衬别离之情，倍增哀怨。首联以精巧清丽之语，透露恋人内心深处对命运遭遇的叹惋和不满，抒写离别之际的万般无奈与伤感。颔联采用传统的比兴手法，以春蚕之丝和蜡炬之泪这两个象征性意象，表白相思之情如春蚕吐丝绵绵不尽，二人相爱愿如蜡炬燃尽奉献一切。上句缠绵优美，下句沉痛刚烈，形象贴切，含意隽永，抒写出刻骨铭心的相思之情。颔联从自己一方表白对爱情的忠贞，颈联又推己而及对方，悬想恋人也沉浸于相思痛苦之中。由此诗意也就加深了一层。这一联的"但"字、"应"字是推想之词，是一种情感的回转，表明二人由晓至夜无时不在为对方着想，由此可看出两心相通，体贴入微的柔情蜜意。尾联化神话传说写自己的心思，作者其实在说：你我相距并不遥远，但只能托"青鸟"代我前去探望了，原因就在于"相见时难"。这里既有相见无望的无可奈何，也有别后思恋的殷切希望。全诗前后呼应，情感多重交织，柔美而动人。

全诗表达的情感深沉而执着，而表现手法却极为婉曲、含蓄。首联的以景衬情，次联的比喻象征，尾联的妙用神话，使诗歌中暮春的景致、生动的比喻(春蚕、蜡炬)、精致的画面(晓镜、夜吟)、凄清的声韵，完美和谐地交织在一起，唱出了一首哀婉动人的恋歌。诚如赵臣瑗所评："言情至此，真可以惊天地泣鬼神！"(《山满楼笺注唐诗七言律》)

格律分析

诗押平声寒韵，首句入韵。末句"探看"的"看"(kān)是韵字，要读平声。诗中"别"(屑韵)、"觉"(觉韵)为入声字，古属仄声。

无题二首(其一)[1]

(七律仄起平收式)

凤尾香罗薄几重,碧文圆顶夜深缝[2]。
扇裁月魄羞难掩,车走雷声语未通[3]。
曾是寂寥金烬暗,断无消息石榴红[4]。
斑骓只系垂杨岸,何处西南任好风[5]。

注释

〔1〕这两首无题诗都是写幽闺女子深夜怀人的寂寥之情,应是一时之作,写作时间已难以考定。也有注者将其系于大和九年(835)李商隐二十三岁时。(见叶葱奇《李商隐诗集疏注》)

〔2〕“凤尾”二句:写女主人公深夜在幽闺缝制罗帐,罗帐极为华美,而人却颇为寂寞无聊。凤尾罗,一种织有细纹的丝织物。如《红楼梦》第二八回:“却是上等宫扇两柄,红麝香珠二串,凤尾罗二端。”几重,几层。碧文圆顶,是指罗帐的形状,装饰有青碧色花纹的圆顶罗帐。

〔3〕“扇裁”二句:女主人公追忆与意中人相遇的情形。自己团扇掩面,满含羞怯,对方驱车匆匆而过,虽然相见,却未通一语。月魄,无光的月轮,这里用月魄比喻扇的形状,传为汉代班婕妤所作的《怨歌行》中云:“新裂齐纨素,鲜洁如霜雪,裁为合欢扇,团团似明月。”“扇裁月魄”即化用其语。车走雷声,西汉司马相如《长门赋》写陈皇后失宠幽居,中有“雷殷殷而响起兮,声象君之车音”之句,此用其语。

〔4〕“曾是”两句:写女主人公思念意中人,无数次夜伴昏黄的灯光,寂寥难眠,可直到石榴花开,也未得到对方的消息。曾是:已是。金烬:金烛、金炬之意;烬,灯花。石榴红:石榴花开为红色,故云。

〔5〕“斑骓”两句：写意中人距离自己并不遥远，但是两人却无法相会。斑骓，毛色青白相间的骏马，这里指意中人所乘之马。西南风，曹植《七哀》诗：“愿为西南风，长逝入君怀。”此化用其意，意思是，哪里会有美好的西南风，任由它把我吹到意中人那里啊？

简评

此诗写女子对意中人的相思。首联写女主人公深夜缝制罗帐，她选用了美丽的凤尾罗缝成圆顶的重层帐子，罗帐的花纹是青碧色的，女子一针针、一线线地缝到“夜深”时分，显然，通过这针针线线，她把自己的一往深情也缝入了美丽的罗帐中。深夜不眠的女子固然是在用缝纫打发心中的寂寞，但也是在缝制着希望，开篇的“凤尾香罗”四字就已透出玄机，而缝成“圆顶”更是暗喻团圆之意，表达的是希望有一天能和自己的心上人如凤凰仙侣般双双宿止在这美丽的罗帐中。唐代的帐子有覆斗形的斗帐，如韩偓《有忆》诗云：“何时斗帐浓香里，分付东风与玉儿。”亦有圆顶形的，这里缝成圆顶，实寓深意，表现了她对会合的深情期待。颔联追忆两人以前的相见。那是一次偶然的邂逅，两人在途中相遇，当四目相接之时，女主人公怦然心动，但她害羞地用罗扇半掩了娇面，意中人则驱车匆匆而过，二人竟然未通一语。颈联接写此次相见之后，彼此再无音信，女子苦苦相思，无数次在寂寥孤独中度过夜阑灯昏的时光，直至石榴花都开了也未等到意中人的消息。如此音信全无，对方一定是远在天涯，但是尾联却笔锋一转，指出女子意中人的车马就系在不远处的杨柳岸，但两人却无缘相会，与上面相见却未通一语的描述相照应。最后女主人公发出幻想：何时能有古诗中所说的西南风吹来，把自己吹到对方那里，“长逝入君怀”啊。这既是她热切的期盼，也是她绝望的感叹。

诗中极写女主人公对心上人深沉与执着的相思，以及二人相见之难与无望的等待。通过反复转折，点出这并不是因为相隔遥远所致，但其中缘由又不言明，所以诗歌的内涵是非常曲折深婉的。这其中可能寄寓着诗人人生遭际的感慨。如清人陆崑曾指出：“按本传：‘令狐绹作相，商隐屡启陈情，绹不之省。’二诗疑为绹发。因不便明言，而托为男女之词，此《风》《骚》遗意也。”（《李义山诗解》）诗人极力强调的主人公和意中人近在咫尺，却无由相见，其缘由可能指此。所以，这首诗的风格就显得朦胧、深婉，耐人品味，情感真切动人但具体所指又无法说清，这正是李商隐《无题》的主要特征之一。

这首诗中的情感是极为悲凄的，但是辞藻又极为秾丽，形成一种凄艳的风格。写女子缝制罗帐，用"凤尾""香""薄几重""碧文""圆顶"等绚丽的辞藻修饰，既是描绘她用品的华美，也是侧面烘托她的美丽和才艺的出众。写她的寂寞用"金烬"，写她的等待用"石榴红"，都是用秾丽之词写凄惨之情。这种风格，杜甫《秋兴八首》等诗中曾开其端倪，李商隐则进一步发展，成为自己独树一帜的风格。

诗中还化用了不少前人的诗句，如"扇裁月魄"化用班婕妤《怨歌行》之语，"车走雷声"用司马相如《长门赋》之语，"西南风"出自曹植《七哀》等，使其内涵丰富，语言典雅。这也是李商隐诗十分突出的一个特点。

格律分析

此诗东、冬二韵通押，二韵为邻韵。首联"重(音 chóng)"、"缝"用冬韵。其余三联用东韵。诗中的入声字有"薄"(药韵)、"息"(职韵)、"石"(陌韵)，古读仄声。

无题二首(其二)

(七律平起平收式)

重帏深下莫愁堂，卧后清宵细细长[1]。
神女生涯原是梦，小姑居处本无郎[2]。
风波不信菱枝弱，月露谁教桂叶香[3]。
直道相思了无益，未妨惆怅是清狂[4]。

注释

〔1〕"重帏"二句：写深闺女子静夜难眠的情状。重帏，多重的帘幕。莫愁堂，

莫愁是古代乐府中常提及的人物，一说为洛阳女子，嫁为卢家妇；一说为石城女子，善歌谣。后来诗歌中常以她作为年轻貌美，却深闺独处的女子的代表。如南朝梁代萧衍的《河中之水歌》："河中之水向东流，洛阳女儿名莫愁。……十五嫁为卢家妇，十六生儿字阿侯。"这里以莫愁堂指代女主人公的闺房。清宵，寂静之夜。细细长，夜晚如丝一般漫长，也隐喻女子的愁思悠长。

〔2〕"神女"二句：是说女主人公静夜独卧难眠，回顾过去的爱情遇合，恍如梦幻，现在依旧孤居独处，终身无托。神女，指巫山神女，见宋玉《高唐赋》序，言楚王在梦中曾与她欢会，后来诗文中多以此事比喻爱情的遇合。小姑，未嫁少女的称呼，南朝乐府《神弦歌·青溪小姑曲》："小姑所居，独处无郎。"

〔3〕"风波"二句：是说菱枝本弱，可风波不顾菱枝的柔弱偏偏加以摧残；桂叶本具芬芳的美质，却得不到月露的滋润使芳香飘溢。这里作者是用比兴的手法，自述遭际。谁教，谁使，谁令。

〔4〕"直道"二句：意谓即便知道苦苦相思是了无用处的，但自己也要固守痴情，为此惆怅终身，哪怕被认为是清狂也无妨。直道，即便说。清狂，痴癫。《汉书·昌邑哀王传》："察故王衣服言语跪起，清狂不惠。"严师古注引苏林曰："今此人不狂似狂者，故言清狂也。"这里是痴情、为爱而狂之意。

简评

此诗和上一首一样，都是写女子孤寂无托的凄惨情状和坚贞不渝的相思之情，可能寄寓着李商隐自己的身世之慨。

开篇写女主人公深闺独卧，难以入眠，倍感寂夜漫长，遂回顾起自己的身世。她有过爱情遇合的经历，但是很短暂，宛如梦幻，至今仍是终身无托。不仅如此，从"风波不信菱枝弱，月露谁教桂叶香"看，她还遭受着某些力量的摧折和排挤。"菱枝""桂叶"之比，祖述《离骚》，是坚贞美好的事物的象征，也是作者自比才华与品格。而"风波"显然借指那些无法抗拒的、无情摧残美好事物的恶势力。加之古人常以久旱逢甘露喻"君恩"或受到赏识的际遇，诗人这里"月露"的比喻就大有深意了，他以委婉含蓄之笔说明自己正遭受着风波催逼，而得不到任何恩遇。但是，诗歌在结尾借女子之口表达了作者无比坚贞执着的心声：女主人公明知相思无益、却要执守坚贞的痴情，不惜为爱而狂、惆怅终身。诗中所塑造的女子遭际和李商隐的身世颇为相合，张采田《李义山诗辨正》论曰："'神女'句言当日婚于王氏，遂致令狐之怒，今已悼亡，思之浑如一梦耳。'小姑'句言己虽暂依李党，不过聊谋仕禄，并非为所深知，如小姑居处，久已无郎，奈何子直（令狐绹，字子直）借此为口实哉。"虽过于坐实而显穿凿，但诗中暗含有如此意蕴确是很有可能的。特别是"风波"一联，如果全诗仅是女子闺怨之意，知己难觅，婚事无托则合乎情理，而遭受摧折、排压却显得突兀难通；如果以寄寓诗人自己的身世遭际来看，则就文意通畅。清何焯云："义山《无题》数诗，不过自伤不逢，无聊怨题，此篇乃直露本意。"（清·沈厚塽辑《李义山诗集辑评》辑）今人刘学锴、余恕诚认为："作直赋其事解则意晦，作比兴托寓解意反显，最足以说明此诗之寄托性质。"（《李商隐诗歌集解》）

这首诗和上首一样，把幽闺之怨和身世之慨交融一体，使诗歌意境朦胧深婉，但是诗中怨艾、悲慨的情绪，固守痴情、不改坚贞的品性却真切明白，十分感人。"神女""小姑"等典故的运用，诗歌显得意深语典，这是李商隐《无题》诗一贯的本色。

格律分析

诗押平声阳韵，首句入韵，格律严谨。诗中的入声字有"直"（职韵），古读仄声。诗中第六句"月露谁教桂叶香"的"教"字按平仄读阴平声。第七句采用了"仄仄平平仄平仄"的特定格式。

无题四首（其一）[1]

（七律仄起平收式）

来是空言去绝踪，月斜楼上五更钟[2]。
梦为远别啼难唤，书被催成墨未浓[3]。

蜡照半笼金翡翠，麝熏微度绣芙蓉[4]。
刘郎已恨蓬山远，更隔蓬山一万重[5]。

注释

〔1〕《无题四首》包括两首七律，一首五律，一首七古，体裁不一，可能不是一时之作，写作时间难以考定。也有注者将其系于大中元年(847)，李商隐三十五岁时。(见叶葱奇《李商隐诗集疏注》)

〔2〕"来是"二句：写主人公梦中与意中人相会，及梦醒后的情景。因是梦中相见，故言"来是空言去绝踪"，梦醒之后已是夜阑时分，唯见残月斜挂，五更钟声悠悠，一派凄清孤寂的景象。"来是空言去绝踪"也可理解为是写现实，意谓意中人说来却未来，而一去便杳无音信。

〔3〕"梦为"二句：是说因相思而成梦，梦中又是和意中人远别之事，伤心悲泣，也无法把他(她)唤回；梦醒后在浓烈的思念之情的催迫之下，不待墨磨浓，便给对方写信。

〔4〕"蜡照"二句：写主人公梦醒时卧室内的环境。烛光半照在饰有金色翡翠鸟的帷帐上，麝香燃烧散发出的芳香弥漫在绣有芙蓉图案的被褥上，一派朦胧恍惚的景象。金翡翠，一说是指饰有金色翡翠鸟图案的帷帐，一说是指灯罩，睡觉时罩在烛台上，以遮暗烛光。两说皆通，此处且从前说。麝熏，燃烧用麝香制成的香料，用以熏被帐、衣物等。绣芙蓉，绣有芙蓉花图案的被褥、帷帐等。

〔5〕"刘郎"二句：意谓当年刘郎因蓬山邈远，无法找寻自己的情人而遗恨；而我和意中人更隔万重蓬山，相会之难可想而知。刘郎，南朝宋・刘义庆《幽明录》载，传说东汉明帝时刘晨与阮肇入天台山采药，遇仙女，留居半年始还家，以后又去寻找，就再也找不到了。蓬山，即蓬莱山，是传说中海外的仙山，这里指仙女所居之处，也借指诗中男主人公的意中人所处之地。

简评

关于这首诗的主人公有男、女两种理解，此处姑从前者。诗中塑造了一个苦苦思念意中人的男主人公形象。意中人说来未来，杳无踪迹，因何原因，诗中并不言明，主人公则积思成梦，可见相思之苦。梦中的相会竟也是以远别告终，主人公悲泣啼唤，终难将其挽留。梦中欢会不成，主人公再继之以急切的修书致意，以至不及将墨磨浓。梦中梦外，三番五次，将主人公对意中人的痴情渲染得无以复加。但苦苦的相思终为无益，伴随他的只有梦醒后的残月斜照，钟声清苦，和卧室内烛照昏黄、麝香弥漫的一派凄清、恍惚的残夜图景。最终主人公将一腔愁怨发之为“蓬山万重”之感慨。总之，此诗缠绵反复，全是表达主人公对意中人的执着相思，如清人陆崑曾论之所说：“通篇一意反复，只发挥得‘来是空言去绝踪’七字耳。”（《李义山诗解》）

此诗可能也托寓着诗人的身世感慨，许多论者认为是写令狐绹对他的误解，虽嫌穿凿，但也不为无因。张采田云：“《无题》诗格，创自玉谿。且此体只能施之七律，方可婉转动情。统观全集，无所谓纤俗、浮靡者。”（《李义山诗辨正》）清·程梦星云：“朱长儒（朱鹤龄）于第二首论之，谓不得但以艳诗目之，良是，殊不知四首皆然也。”（《重订李义山诗集笺注》）此诗辞采富丽，风格凄艳，却深挚纯正，无浮艳之弊，这和诗人将男女之情与身世之感交融一起的写法是密不可分的。

格律分析

诗押平声冬韵，首句入韵，格律严谨。诗中的入声字有“绝”（屑韵）、“别”（屑韵）、“隔”（陌韵）、“一”（质韵），古读仄声。诗中第三句“梦为远别啼难唤”的“为”字按平仄读阳平声。

无题四首（其二）

（七律仄起平收式）

飒飒东风细雨来，芙蓉塘外有轻雷[1]。

金蟾啮锁烧香入，玉虎牵丝汲井回[2]。

贾氏窥帘韩掾少，宓妃留枕魏王才[3]。
春心莫共花争发，一寸相思一寸灰[4]。

注释

〔1〕“飒飒”二句：写春天风雨凄凄，轻雷隐隐的景色，以景起兴，烘托诗中女子悲凄的心境。飒飒，风声。

〔2〕“金蟾”二句：写诗中女子烧香、汲水等行动。句中“香”“丝”谐音“相思”。金蟾啮锁，制成金蟾咬啮形状的香炉的鼻钮，可以开合，以便烧香时添入香料。蟾，蛤蟆。玉虎，用玉石制成的虎状的辘轳。丝，井绳。

〔3〕“贾氏”二句：以韩寿、曹植比喻女主人公的心上人年少而多才，表达对他的思念之意。“贾氏窥帘”句，《世说新语·惑溺》记载，西晋贾充（晋武帝时任尚书仆射）的女儿一次在帘后窥见贾充僚属韩寿，见其年少俊美，生爱慕之心，与之私通。后被贾充察觉，遂将之嫁于韩寿。掾（音yuàn），僚属。“宓妃留枕”句：宓妃传说为伏羲之女，溺死于洛水，遂为洛神，这里以宓妃代指甄氏。甄氏原为汉末袁绍子袁熙之妻，传说曹植很喜欢她，但曹操却把她许给了曹丕。据《文选·洛神赋》李善注记载，甄氏死后，曹丕曾将其遗物玉缕金带枕送给曹植，曹植见之落泪。在离京回国途中，曹植夜宿洛水之滨，梦见甄氏来会，表示把此枕送给他作留念，曹植感而作《洛神赋》。曹植《洛神赋》序：“黄初三年，余朝京师，还济洛川，古人有言，斯水之神，名曰宓妃。感宋玉对楚王说神女之事，遂作斯赋。”魏王，当为陈王，因平仄而改为魏王，曹植最后的封地在陈郡，卒谥“思”，故后人称之为“陈王”或“陈思王”。

〔4〕“春心”二句：意谓相思之情还是不要和春花一起萌发了吧，因为它总是以失望而告终，如同香炉中的烧香最终化为灰烬。春心，相思之心。

简评

这一首主要写一幽闺女子独居怀人的寂寥与失望之情。首联写风雨凄迷，春雷阵阵的凄凉天气，使一种朦胧感伤的情调笼罩了全篇。故纪昀曰：“起二句妙，有远神，不可理解而可以意喻。”(《玉谿生诗说》)次联写女子烧香、汲井等行为，器具虽然华美，却是孤独一人，颇有寂寞之感。而“香”“丝”谐音“相思”，暗中已与结尾点明的主题呼应。前两联不直接描写女子的情思，但环境的渲染，行为的描状已烘托出她寂寥、惆怅的内心世界。第三联顺势点明，她落落寡欢的心情原来源自她那有韩掾之少、曹植之才的心上人不在身边之故。尾联满腔的情思突然爆发，用反语告诫自己不要再白白地萌发相思之心，这是失望至极的愤激之词，也恰是满怀情思涌动而不可抑止的表现。如清·钱谦益所论：“如怨如诉，相思之至，反言之而情愈深矣。”(《唐诗鼓吹注评》)

诗的第二联可能尚有比较隐晦的含义，如以“香”“丝”谐音“相思”，金蟾啮锁虽牢，尚可开闭添加香料，井水虽深，尚可借辘轳井绳汲出，以反衬女主人公孤居寂寞，无法与意中人相通的处境等。但这些含义表达得过于深婉，反而稍嫌晦涩雕琢。

此诗可作为纯粹的爱情诗读，风雨凄迷的图景与主人公爱情追求无望后的惆怅失落的心境浑融一起，颇为动人。但是也有可能和其他《无题》诗一样，此首同样寄寓着诗人的身世感慨，蕴含着诗人政治方面追求遭受挫折后的失望、悲慨的情绪。

格律分析

诗押平声灰韵，首句入韵，格律严谨。诗中的入声字有“啮”(屑韵)、“汲”(缉韵)、“一”(质韵)，古读仄声。

隋宫[1]

(七律平起平收式)

紫泉宫殿锁烟霞，欲取芜城作帝家[2]。
玉玺不缘归日角，锦帆应是到天涯[3]。
于今腐草无萤火，终古垂杨有暮鸦[4]。
地下若逢陈后主，岂宜重问《后庭花》[5]？

注释

〔1〕隋宫：指隋炀帝杨广在江都（今江苏扬州）所建行宫。

〔2〕“紫泉”二句：是说隋炀帝将长安的豪华宫殿弃置不用，却想把江都作为久居之地。紫泉，长安宫殿名，原名“紫渊”，因避唐高祖李渊讳而改为“紫泉”。芜城，即江都，因南朝刘宋时鲍照作《芜城赋》而得名。

〔3〕“玉玺”二句：是说如果不是因为李渊夺取了隋朝政权，隋炀帝的游船将会走遍天涯。玉玺（xǐ），皇帝所用印章，这里指代国家政权。缘，因为。日角，古代迷信说法，人的额骨隆起像太阳一样，即被称为“日角”，并认为是帝王之相。这里的“日角”是指代李渊。刘昫《旧唐书》卷五十八“唐俭传”载唐俭劝李渊起兵反隋时说：“明公日角龙庭，李氏又在图牒，天下属望，非在今朝。”锦帆，指隋炀帝南游时所乘坐的华丽游船。

〔4〕“于今”二句：这两句写隋代灭亡后的荒凉景象。隋炀帝昔日奢侈豪华的南游早已成为往日烟云，今天能够见到的只是一堆不生萤火虫的腐草以及隋堤上那稀疏的垂柳和凄惨鸣叫的暮鸦。于今，到今天。腐草无萤火，《隋书》卷四帝纪第四“炀帝下”载：“上于景华宫征求萤火，得数斛，夜出游山，放之，光遍岩谷。”说隋炀帝当年夜晚出游时，曾命人事先搜集大量的萤火虫，到时候一同放出光照山谷。此句嘲讽隋炀帝当年把当地的萤火虫都搜刮干净了，以至于到了今天都难于寻觅。终古，长久。垂杨有暮鸦，隋炀帝当年为了出游江都，开凿运河，沿岸筑堤并栽种杨柳，被称为隋堤。

〔5〕“地下”二句：这两句用典，是说隋炀帝步陈后主后尘，也作了亡国之君，如果他在地下与陈后主相逢，难道好意思请求再观赏《玉树后庭花》吗？陈后主，陈朝最后一个皇帝陈叔宝，他骄奢淫逸，荒于朝政，公元589年隋灭掉了陈，陈后主成了俘虏。《后庭花》，即《玉树后庭花》，为陈后主所制，有“玉树后庭花，花开不复久”之句，被后人称为“亡国之音”。

简评

这是一首咏史诗。诗歌对隋炀帝当年荡游无度、身死国亡进行了无情的嘲讽，并以此警告晚唐统治者，不要步隋炀帝后尘。

诗歌在写作上，一是善于提炼史实，借古讽今。作者对历史上的著名暴君隋炀帝，选择了他大肆挥霍民脂、多次荡游江南的典型事件加以评说，而在其荡游中又选择了“放萤”“栽柳”的典型举动予以嘲讽，使人印象深刻，突出了鞭挞其荒淫以亡国的主题。

二是善用对比衬托的手法，诗歌首联以长安宫殿的巍峨壮丽反衬隋炀帝“欲取芜城作帝家”的荒唐；第三联又通过“于今”“无萤火”和“终古”“有暮鸦”的鲜明对比，感慨今昔，抒发了深沉的历史兴衰之感。

三是善于引发联想，议论深刻。第二联以虚拟推想之笔，揭露隋炀帝“锦帆应是到天涯”的穷奢极欲；结尾一联更以假设和反诘的语气，批判隋炀帝重蹈南朝陈后主荒淫误国的覆辙，写得余味无穷。

清人纪昀评此诗云：“纯用衬贴活变之笔，一气流走，无复排偶之迹。首二句一起一落，上句顿、下句转，紧呼三、四句。‘不缘’‘应是’四字，跌宕生动之极。无限逸游，如何铺叙！三、四句只作推算语，便连未有之事一并托出，不但包括十三年事也，此非常敏妙之笔。”（《玉溪生诗说》卷上）何焯也盛赞此诗：“无句不佳，三、四尤得杜家骨髓。前半拓展得开，后半发挥得足，真大手笔！”（《义门读书记》卷五十七）

格律分析

诗押平声麻韵，首句入韵。

马嵬(其二)[1]

（七律仄起平收式）

海外徒闻更九州，他生未卜此生休[2]。

空闻虎旅鸣宵柝，无复鸡人报晓筹[3]。

此日六军同驻马，当时七夕笑牵牛〔4〕。
如何四纪为天子，不及卢家有莫愁〔5〕。

注释

〔1〕唐玄宗天宝十四载(755)，安禄山、史思明起兵叛乱，逼近长安，唐玄宗逃难到马嵬驿时，禁卫军哗变，杀死宰相杨国忠，并迫使唐玄宗赐死杨贵妃，是为“马嵬之变”。李商隐据这一历史事件作《马嵬》二首，此为第二首。马嵬：即马嵬坡，在今陕西兴平市西。

〔2〕“海外”二句：海外还有九州，只是出于传闻；玄宗与杨妃今生的姻缘已尽，来生之事则难以预料。原注：“邹衍云：‘九州之外，更有九州。’”九州：古中国的行政区域。更，还有。“更九州”指传说中的海外仙境，相传唐玄宗曾命方士们在海外仙境寻到杨贵妃，约以他生定会相见。白居易的《长恨歌》叙述了这一传说。

〔3〕“空闻”二句：写唐玄宗奔蜀途中夜宿马嵬驿，只听到禁军夜间巡逻的击柝声，再不能像过去在宫中那样等鸡人来报晓了。虎旅，指随从唐玄宗的禁军。宵柝(tuò)，军中夜间巡逻打更用的梆子。鸣，一作“传”，唐·韦縠《才调集》作“鸣”，今依《才调集》。鸡人，指宫中报时之人。古代宫中例不蓄鸡，以卫士传筹充报晓之使。筹，指漏壶(古代计时工具)中箭形的玄柱。

〔4〕“此日”二句：这一天禁军驻马不前，迫使唐玄宗赐死杨妃，可当年他们七夕时却讥笑牛郎织女一年只能相见一次，不如他们长相厮守。此日，杨妃赐死之日。“当时”句，据中唐陈鸿《长恨歌传》载：天宝十载(751)七月七日唐玄宗与杨贵妃在长生殿，“因仰天感牛女事，密相誓心，愿世世为夫妇”。

〔5〕“如何”二句：为什么做了四十多年皇帝的唐玄宗，连自己的妃子都保不住，还不如平常百姓人家能夫妻长守呢？四纪，古代以岁星十二年行天一周为一纪。唐玄宗在位四十五年，举其成数为四纪。莫愁，古代洛阳女子，代指普通民间女子。南朝梁代萧衍《河中之水歌》：“河中之水向东流，洛阳女儿名莫愁。莫愁十三能织绮，十四采桑南陌头。十五嫁为卢家妇，十六生儿字阿侯。”

简评

这是一首讽刺唐玄宗宠爱杨妃、荒淫误国的咏史诗。诗歌主要采用对比的手法，在四联中形成了四组对照。首联破空而来，指出有关杨妃死后成仙的传说都是虚无荒诞的，并以“他生未卜”与“此生休”作对比，点明马嵬事件无可挽回的悲剧结局。此联气势足以笼罩全篇，清·吴乔赞此联：“势如危峰矗天，当面崛起，唐诗中所少者。”（《围炉诗话》）颔联以唐玄宗仓惶奔蜀的狼狈情景，与往日李杨在宫廷中的富贵生活作对比；颈联以“此日”禁军哗变、杨氏被诛，与“当时”李杨七夕密誓、世世夫妻作对比；尾联则以“四纪天子”的玄宗不能保住一妃，与民间尚能夫妻相守作对比。诗人未发一句议论，但在对比之中，诗人的感情色彩何等鲜明！而答案亦在其中了。清·冯浩说：“结句人多讥其浅近轻薄，不知却极沉痛。”（《玉谿生诗集笺注》卷三）李商隐所处的晚唐，国家局势岌岌可危，统治者却耽于享乐，生活腐化，故其咏史诗多借昔讽今、含义深刻，富有强烈的现实意义。

格律分析

诗押平声尤韵，首句入韵。诗中的“七”（质韵）、“夕”（陌韵）、“及”（缉韵）是入声字，古为仄声。

温庭筠

苏武庙[1]

（七律仄起平收式）

苏武魂销汉使前，古祠高树两茫然[2]。
云边雁断胡天月，陇上羊归塞草烟[3]。
回日楼台非甲帐，去时冠剑是丁年[4]。
茂陵不见封侯印，空向秋波哭逝川[5]。

注释

〔1〕此诗是作者瞻仰苏武庙后所写吊古之作。

〔2〕"苏武"二句:想象在异域孤独生活了十九年的苏武见到了汉朝的使者,当时心头必然涌起万种情绪;而眼前的苏武庙以及那古老高大的树木是那么肃穆而苍茫。苏武于汉武帝天汉元年(前100)出使匈奴被扣,流放北海牧羊,至昭帝始元六年(前81)返汉。

〔3〕"云边"二句:此联设想苏武当年在匈奴孤寂的生活画面。遥望天上的明月,只见云边的大雁穿越胡天消失在夜幕里;看着雾色笼罩下的边地,只有无边的塞草和陇上那缓缓归来的羊群。

〔4〕"回日"二句:此联写苏武返汉之后所生的万端感慨。待到返汉之后,武帝已故,"甲帐"也不复存在了;遥想当年戴冠佩剑受命出使时,苏武还正值壮年呢。甲帐,《汉武故事》:"(武帝)以琉璃、珠玉、明月、夜光错杂天下珍宝为甲帐,其次为工帐。甲以居神,乙以自居。"(见唐·欧阳询《艺文类聚》卷六十一"居处部一"载)丁年,成丁之年,即壮年。古时男子二十岁成丁,要缴赋税服兵役。李陵《答苏武书》言苏武:"丁年奉使,皓首而归。"

〔5〕"茂陵"二句:武帝仙逝,长眠茂陵,看不到苏武封侯受爵;苏武只能空对着一川秋水哭吊流逝的岁月与已故的先皇。茂陵,汉武帝的陵墓,代指汉武帝。哭逝川,语出《论语·子罕》:"子在川上曰:'逝者如斯夫,不舍昼夜'。"

简评

这首七律以凭吊苏武庙发端,既是咏史,又是咏怀,而重在抒发自己心中的百般感慨。在苏武庙前,诗人浮想联翩,首联上句设想苏武重见汉使的无限感慨,下句又折回到眼前苏武庙的古祠风貌;颔联设想苏武在胡地盼归的漫长岁月,上句仰望云边,下句俯视陇上;颈联写苏武历尽磨难归汉后的情景,上句写"回日",下句写"去时",去时苏武与武帝均当壮年,归来苏武白头、武帝已死;尾联写苏武为流逝的岁月、为去世的一代雄主汉武帝而万般惆怅。全诗笔法纵肆，忽而追古，忽而悼今，忽而天边，忽而陇上，忽而“回日”，忽而“去时”，表现了诗人在苏武庙前百感交集的心理活动，结尾借古人感岁月流逝之心，洒自己难遇明主、年华虚掷的伤今之泪。

此诗的对仗深受诗论家好评，清·沈德潜说：“温、李擅长，固在属对精工，……义山‘此日六军同驻马，当时七夕笑牵牛’，飞卿‘回日楼台非甲帐，去时冠剑是丁年’，对句用逆挽法，诗中得此一联，便化板滞为跳脱。”（《说诗晬语》卷上）清·朱庭珍亦云：“玉谿生‘此日六军同驻马，当时七夕笑牵牛’，飞卿‘回日楼台非甲帐，去时冠剑是丁年’，此二联皆用逆挽句法，倍觉生动，故为名句。所谓逆挽者，倒扑本题，先入正位，叙现在事，写当下景，而后转溯从前，追述已往，以反衬相形，因不用平笔顺拖，而用逆笔倒挽，故名。且施于五六一联，此系律诗筋节关键处。中晚以后之诗，此联多随笔敷衍，平平顺下。二诗能于此一联，提笔振起，逆而不顺，遂倍精采有力，通篇为之添色。”（《筱园诗话》卷三）

格律分析

诗押平声先韵，首句入韵。尾句“哭”（屋韵）为入声字，属仄声。

罗隐

筹笔驿[1]

（七律仄起平收式）

抛掷南阳为主忧[2]，北征东讨尽良筹[3]。
时来天地皆同力，运去英雄不自由[4]。
千里山河轻孺子[5]，两朝冠剑恨谯周[6]。
唯余岩下多情水，犹解年年傍驿流[7]。

作者简介

罗隐(833～909),本名横,字昭谏,自号江东生,新城(今浙江富阳市新登镇)人。工诗善文,自编其文为《谗书》,有诗集《甲乙集》传世。

注释

〔1〕筹笔驿:在今四川省广元市北。相传三国时诸葛亮出师伐魏,曾住此地筹划军事、书写公文,因而得名。驿,驿站,古时传递文书的交通站。

〔2〕“抛掷”句:诸葛亮本在南阳隐居,刘备三顾茅庐,他为刘备忧念国事的诚心所感动,遂离开南阳辅佐刘备。抛掷,放弃。

〔3〕“北征”句:诸葛亮为统一天下北伐魏、东征吴,用尽良谋。

〔4〕“时来”二句:“时来”是说诸葛亮助刘备三分天下、建立蜀国的胜利之时;“运去”是说他佐刘禅“六出祁山”、以攻为守之时。总的是说时运造就英雄,在一定的时代形势下,当时机来临时,天时、地利与民众力量都会形成对英雄人物有利的局面,帮助他施展抱负;而当时运不济时,无论怎样的英雄人物都难免力不从心,诸葛亮也不例外。

〔5〕“千里”句:诸葛亮死后,蜀国的千里山河葬送在昏庸的后主刘禅手中,刘禅为人民所轻视。孺子,指刘备的儿子刘禅。

〔6〕“两朝”句:受刘禅宠信的蜀大臣谯周力主投降魏国,蜀亡后谯周受到魏国封赏,为蜀国文武大臣所不齿。两朝冠剑,指先帝刘备与后主刘禅两朝文武大臣。

〔7〕“唯余”二句:一切都已成为历史,只有山崖下的流水,年年从驿站附近流过,仿佛还蕴含着怀念诸葛亮的深情。

简评

唐诗中有很多以“筹笔驿”为题怀咏诸葛亮的诗歌,罗隐此篇是其中的名作。诗歌开篇称颂诸葛亮的雄才大略与赫赫功绩,接着总结其一生,揭示了诸葛亮壮志未酬的原因:“时来天地皆同力,运去英雄不自由。”这两句提出了一个普遍的真理，即时代造就了英雄，但英雄事业的成败仍然要受到客观历史条件的限制，无论是怎样出类拔萃的英雄人物，都要借重或受制于历史条件（时、运），即使是诸葛亮也不例外。因为历史的发展自有其客观的规律，不以人的意志为转移。但是，诗人在后两联告诉我们，在历史的长河之中，一切忠于祖国的英雄都会受到人民永远的怀念与尊敬，而一切卖国求荣的人都将成为历史的罪人，为后人所不齿，刘禅、谯周即是例证。

格律分析

诗押平声尤韵，首句入韵。第五句的“孺”字古属上声遇韵，是仄声。

秦韬玉

贫女吟

（七律平起平收式）

蓬门未识绮罗香〔1〕，拟托良媒益自伤〔2〕。
谁爱风流高格调？共怜时世俭梳妆〔3〕。
敢将十指夸针巧，不把双眉斗画长〔4〕。
苦恨年年压金线，为他人作嫁衣裳〔5〕。

作者简介

秦韬玉（生卒年不详），字中明，京兆（今陕西省西安市）人。官工部侍郎。

注释

〔1〕“蓬门”句：这句是说贫女不能像富贵家庭妇女那样打扮。蓬门，用蓬草

扎成的门，即贫寒之家。绮罗香，富家女子的服饰。

〔2〕“拟托”句：这句是说想找个好媒人说亲，又想到世人都追求富贵，使自己的婚事难成，越发伤心。拟，打算。良媒，好媒人。益自伤，心中更加忧伤。

〔3〕“谁爱”二句：当世又有谁与贫女一样喜爱这简朴的梳妆和不同世俗的风度呢？风流，风度品格。高格调，不同世俗的品格气度。怜，爱。俭梳妆，俭朴的梳妆打扮。

〔4〕“敢将”二句：这两句是说贫女敢用自己绣花手工的精巧同任何女子相比，却不需要用自己秀美的双眉去同世俗描画的眉毛比美。敢，敢于。斗，争高下。

〔5〕“苦恨”二句：这两句是说贫女虽然秀美，却得不到幸福，年年刺绣，都是为别人做出嫁的嫁妆，这使她内心十分痛苦。苦恨，极恨，极怨。压金线，用金线压线绣花。嫁衣裳，出嫁穿的衣裳。

简评

这首诗写贫家女品格高尚，不合流俗，整年为他人作嫁衣裳，自己却得不到幸福的无限哀怨。并借以抒发诗人厌恶世俗、怀才不遇之情。诗歌善用比兴，形象鲜明，含蓄蕴藉。明人郝天挺评此诗云：“此韬玉伤不遇，自况之意也。”（《唐诗鼓吹》卷四）开篇刻画“蓬门”贫女形象，暗示自己贫士的身份，并以“自伤”二字点明一篇之主题；下面“谁爱”一联直抒胸中愤懑，以“高格调”“俭梳妆”比喻贫士不同流俗、怀才不遇，抨击只重富贵奢靡的世风。接下一联则是贫士自信的宣言和对富贵者的挑战：十指纤巧喻文笔出众，双眉斗画喻才华天赋，故敢于与世人争高下！尾联以“苦恨”作结，与首联“自伤”相呼应，写出贫士屈居下僚倍感屈辱的痛苦：年年写诗作文，都为别人作了装饰与点缀！诚如近人俞陛云所评：“此篇语语皆贫女自伤，而实为贫士不遇者写牢愁抑塞之怀。”（《诗境浅说》）

格律分析

诗歌押平声阳韵，首句入韵。诗中的入声字有“识”（职韵）、“托”（药韵）、“格”（陌韵）、“十”（缉韵）、“压”（洽韵）字，今读平声，古是仄声。

杜荀鹤

山中寡妇

（七律平起平收式）

夫因兵死守蓬茅，麻苎衣衫鬓发焦[1]。
桑柘废来犹纳税，田园荒后尚征苗[2]。
时挑野菜和根煮，旋斫生柴带叶烧[3]。
任是深山更深处，也应无计避征徭[4]。

作者简介

杜荀鹤(846～907)，字彦之，号九华山人。池州石埭(今安徽石台县)人。唐末著名诗人。其诗广泛地反映了唐末黑暗的现实和人民的苦难。有《唐风集》。

注释

〔1〕“夫因”二句：丈夫在战争中死去了，只有她孤身一人困守着破漏的茅屋。她身着麻布衣衫，面容憔悴，鬓发焦黄。蓬茅，茅屋。麻苎(zhù)，这里指粗麻布。焦，枯黄。

〔2〕“桑柘”二句：虽然蚕桑生产荒废了，田园也荒芜了，却还要向官府纳税。柘，柘树，其叶子可以用来养蚕。征苗，征收粮食税。

〔3〕“时挑”二句：由于缺粮，她只好挖野菜，连根一起煮了吃；烧柴也很困难，经常带叶燃烧刚从树上砍下的湿柴。旋斫(zhuó)，刚刚砍下的。

〔4〕“任是”二句：是说无论你逃到什么地方，也没有办法逃脱赋税和当差。任，任凭。征徭，赋税和劳役。

简评

唐朝末年政治黑暗，社会动荡，广大民众生活极端困苦。此诗通过山中寡妇这一典型人物的悲惨命运，深刻揭露了统治阶级对广大劳动人民的残酷剥削，表现诗人对下层人民的深切同情。诗歌首联交代主人公因兵荒马乱而死去丈夫的孤寡身份，描绘出其衣衫褴褛、形容憔悴的形象。颔联直指统治者租税之多，完全不顾人民死活，揭示寡妇生活困苦的社会根源。颈联用寡妇吃野菜、烧树叶的细节，表现其苦苦挣扎的极端艰辛的日常生活，说明官府对人民盘剥已尽。尾联抒发诗人的深沉慨叹，表现对黑暗现实的不满。宋人蔡正孙曾评价杜荀鹤这类作品说："此诗备言生民之憔悴，国政之烦苛，可谓曲尽其情矣。采民风者，观之其能动心否乎?"(《诗林广记》卷九)

格律分析

诗歌押平声萧韵，首句借韵，借了邻韵的"茅"字作为开端，茅是肴韵的韵字。借韵又叫"孤雁出群"，中晚唐诗中时有所见。但只有首句可以借韵，其余各联对句不能借韵。诗中"发"(髮，月韵)、"斫"(觉韵)字是入声字，古属仄声。

唐代七言排律

杜 甫

清明二首(其二)[1]

此身飘泊苦西东,右臂偏枯半耳聋[2]。
寂寂系舟双下泪,悠悠伏枕左书空[3]。
十年蹴踘将雏远,万里秋千习俗同[4]。
旅雁上云归紫塞,家人钻火用青枫[5]。
秦城楼阁烟花里,汉主山河锦绣中[6]。
春去春来洞庭阔,白蘋愁杀白头翁[7]。

注释

〔1〕大历四年(769)春天清明时,杜甫从岳州初到潭州(今湖南长沙)所作。

〔2〕西东:到处漂泊之意。偏枯:即今日所说的偏瘫。半耳聋:当时诗人左耳已聋。

〔3〕系(jì):拴。系舟:即停船。悠悠:形容缓慢无力的样子。左:指左手,杜甫当时右臂瘫痪。书空:用手指在空中虚画字形。

〔4〕"十年"二句:这两句说,我带着家小在外远行已有十年了。家乡和这里相隔万里,但在清明节踢球、打秋千的习俗都是相同的。十年,指杜甫从乾元二年(759)十二月入蜀,到此时已十年了。蹴踘(cù jū),当时的一种踢球游戏。将雏(chú),带着幼子。秋千,打秋千。

〔5〕"旅雁"二句:这两句说:北归的大雁高飞入云,而我和家人却仍留在楚地

《清明二首（其二）》

钻木取火。旅雁，旅途中的飞雁。上云，飞入云间。紫塞，相传秦筑长城，土呈紫色，故称紫塞。钻火，钻木取火。青枫，楚地的一种树木。

〔6〕“秦城”二句：因清明而遥想京城美景。秦城，指长安。汉主，汉代君主，这里借指唐天子。

〔7〕白蘋：水生植物，开白花。白头翁：作者自称。

简评

这是杜甫去世前一年创作的一首七言排律。此篇“全乎漂泊之感”（清·浦起龙《读杜心解》卷五，下同），前四句感慨身世，“言漂泊而病废”（浦起龙语）。在长期的漂泊生活中，诗人已身患重病，生计维艰，但他那颗思念故园的心反而更加强烈，当每年一度的清明节再次来临时，望着那条在江边的孤舟，想到回乡的愿望一再落空，他不禁又一次双泪长流。尽管身体虚弱不堪，但诗人仍顽强地伏在枕上，创作诗歌。中间四句乃“就节候上见漂泊”（浦起龙语），诗人写异乡清明的景象，以与家乡对照，更激起漂泊久远的感触：“‘十年’言久，‘万里’言远；‘归紫塞’，人惭北鸟；‘用青枫’，事同南俗。”（浦起龙语）后四句“遥想京国，结出漂泊之愁。‘秦城’‘汉主’，心在长安；‘洞庭阔’，身在湖南，嫌其阻隔也。而‘莺（烟）花’‘锦绣’，亦映带‘清明’”。（浦起龙语）诗人抒写翩然而至的思绪，忽而遥想京城清明美景，无限向往；忽而又回到眼前的现实，愁绪万千。这首七排是杜甫晚年生活的真实写照，在他生命的最后一段时间里，饱经忧患的诗人仍在顽强地与命运抗争，仍在深深地眷恋着故园与京城。他把祖国的锦绣山河装在自己的心中，为之喜，为之忧，为之感慨，为之跳动，直至生命的结束。

格律分析

这是一首平起平收的七言排律，押平声东韵，首句入韵。排律也叫长律，是律诗形式的延长。就格律而言，排律也讲求“粘对”，一联中平仄要相对，联与联之间平仄相“粘”。同时，排律无论写多长，除首、尾两联不用对仗外，中间各联一律要求对仗，为便于读者了解七排的格律，特将七排平起平收格式与杜诗对照如下。

	七排平起平收式	清明二首(其二)
首联	平⃝平仄⃝仄仄平平(韵)	此身飘泊苦西东，
	仄⃝仄平平仄仄平(韵)	右臂偏枯半耳聋。
	仄⃝仄平⃝平平仄仄	寂寂系舟双下泪，
	平⃝平仄⃝仄仄平平(韵)	悠悠伏枕左书空。
	平⃝平仄⃝仄平平仄	十年蹴踘将雏远，
	仄⃝仄平平仄仄平(韵)	万里秋千习俗同。
	仄⃝仄平⃝平平仄仄	旅雁上云归紫塞，
	平⃝平仄⃝仄仄平平(韵)	家人钻火用青枫。
	平⃝平仄⃝仄平平仄	秦城楼阁烟花里，
	仄⃝仄平平仄仄平(韵)	汉主山河锦绣中。
尾联	仄⃝仄平⃝平平仄仄	春去春来洞庭阔，
	平⃝平仄⃝仄仄平平(韵)	白蘋愁杀白头翁。

画圈处表示此处可仄可平，写诗时可以灵活处理。但“仄仄平平仄仄平”这个句式第三字不得用仄声，否则被视为犯“孤平”(指此句除韵字外只有一个平声)。诗中的入声字有“泊”(药韵)、“十”(缉韵)、“踘”(屋韵)、“习”(缉韵)、“俗”(沃韵)、“阁”(药韵)、“白”(陌韵)、“杀”(黠韵)，古属仄声。在对仗方面，第二联以“寂寂”对“悠悠”是叠字对，又叫连珠对。尾联是所谓“蹉对”，也叫“交股对”。上句用二“春”字，下句用二“白”字，而位置并不相当。

宋代七律

王禹偁

村　行[1]

（七律平起平收式）

马穿山径菊初黄，信马悠悠野兴长[2]。
万壑有声含晚籁，数峰无语立斜阳[3]。
棠梨叶落胭脂色，荞麦花开白雪香[4]。
何事吟余忽惆怅？村桥原树似吾乡[5]。

作者简介

王禹偁(954～1001)，字元之，钜野(今山东巨野县)人。太平兴国八年进士，官至知黄州，事迹见《宋史》卷二百九十三本传。他反对北宋初年轻佻浮华的诗风，是宋代最早提倡继承杜甫、白居易现实主义传统的优秀诗人，自称“本与乐天为后进，敢期子美是前身”。他的诗风格平淡朴素，内容多反映社会现实和民生疾苦，具有革新精神。一生著述颇多，诗文集有《小畜集》三十卷。

注释

〔1〕王禹偁忠直敢言，三次受到贬谪。宋太宗淳化二年(991)，庐州尼姑道安诬告文学家徐铉。当时禹偁任大理评事，执法为徐铉雪诬；帝有诏勿治道安，禹偁抗疏请论道安罪，触怒太宗，被贬为商州(今陕西商县)团练副使。此诗乃次年秋在商州作。

〔2〕“马穿”二句：骑着马穿行在山间小路上，菊花初黄，郊游的兴致很浓。信马，骑着马任意行走。野兴，郊游的野趣。

〔3〕“万壑”二句：傍晚时，道道山谷里都传出秋声；座座山峰静默地矗立于夕辉之中。籁（lài），泛指自然界的声音。

〔4〕“棠梨”二句：棠梨叶纷纷飘落，色红如胭脂；荞麦开出了雪白的花儿，芬芳四溢。棠梨，即杜梨，落叶乔木。

〔5〕“何事”二句：吟咏之余，心头因何生出缕缕惆怅？原来，这里的村落、小桥、平野以及树木都如同我家乡的一样。原，平野。

简评

诗人在“商山五百五十日”（《小畜集》卷九“量移自解”），写了不少写景抒情的诗，《村行》写得极有情韵。诗篇以“马穿山径”“信马悠悠”开始，在动态中写景，信口吟来，人与马都显得悠然自在。中两联就“野兴”生发，展开山野晚景，颔联写“声”，颈联写“色”，声色相衬，动静相和，意趣天成。尾联陡然一转，以一问一答的形式，委婉道出思家的惆怅和对自己遭遇的感叹。诗中“数峰无语立斜阳”一句是全篇警策。诗人要表现的是秋山的寂静，却说山峰静立无语，似若有所思，这就赋予山峰以心灵和感情，而又恰好与诗人因见“村桥原树似吾乡”而“忽”来的惆怅互相映衬，相得益彰，使得全诗情景和谐，境界全出。钱钟书在《宋诗选注》中说：“按逻辑说来，‘反’包含先有‘正’，否定命题总预先假设着肯定命题。诗人常常运用这个道理。山峰本来是不能语而‘无语’的，王禹偁说它们‘无语’或如龚自珍《己亥杂诗》说‘送我摇鞭竟东去，此山不语看中原’，并不违反事实；但是同时也仿佛表示它们原先能语、有语、欲语而此刻忽然‘无语’。这样，‘数峰无语’‘此山不语’才不是一句不消说得的废话……改用正面的说法，例如‘数峰毕静’就减削了意味，除非那种正面字眼强烈暗示山峰也有生命或心灵，像李商隐《楚宫》：‘暮雨自归山悄悄’。”

格律分析

这首七律采用平起平收式，押平声阳韵，首句入韵。诗中的古入声字有：

"菊"(屋韵)、"白"(陌韵)、"雪"(屑韵)、"忽"(月韵),古时均为仄声。这首诗中间两联对仗精工,音节响亮。另外,七律的平仄有一种特定格式,即"仄仄平平平仄仄"可改为"仄仄平平仄平仄"。这种特殊形式多数用于尾联的出句,是诗人写作七律的一种风尚。本诗的尾联出句正是这种情况。

林　逋

山园小梅二首(选一)〔1〕

(七律平起平收式)

众芳摇落独暄妍,占尽风情向小园〔2〕。
疏影横斜水清浅,暗香浮动月黄昏〔3〕。
霜禽欲下先偷眼,粉蝶如知合断魂〔4〕。
幸有微吟可相狎,不须檀板共金樽〔5〕。

作者简介

林逋(967～1028),字君复,钱塘(今浙江杭州)人。一生不求功名,悉心诗艺。早年漫游江淮间,后隐居西湖孤山,二十年间足迹未至城市。终身不娶,植梅畜鹤,因有"梅妻鹤子"之称。其诗以吟咏杭州湖山胜景与梅花为主。卒谥"和靖先生"。有《林和靖先生诗集》。

注释

〔1〕林逋性好梅,以咏梅诗著称。

〔2〕"众芳"二句:百花凋尽了,唯有梅花鲜丽地绽放着,风姿绰约地独立于小园之中。暄妍,鲜丽。

〔3〕“疏影”二句：梅花清瘦的枝干斜伸月下，疏秀淡雅的梅影倒映在清浅的水中，月色朦胧中，梅花暗香四溢。暗香，幽香。黄昏，指月色朦胧。

〔4〕“霜禽”二句：白鹤还未飞落，就迫不及待地偷看了几眼梅花；粉蝶若是见了梅花，更会心动而魂销。霜禽，白鹤，白鸟。合，应当。

〔5〕“幸有”二句：梅品幽逸，只合诗人作伴，低声吟咏；用不着俗人唱歌、喝酒来凑趣。狎，亲近，狎玩。檀板，檀木做的拍板，这里泛指乐器。金樽，金杯，饮酒器。

简评

此诗是作者咏梅诗的代表作。首联以“众芳摇落”反衬梅花的“占尽风情”，突出梅花的一枝独秀；颔联正面描绘梅花的绰约风姿与优雅芳香；颈联则用拟人的手法，通过鹤、蝶的被吸引烘托梅花的品格与风韵；尾联收到自身，说明梅花的孤秀贞芳与诗人的高雅襟怀正相契合，故可引以为伴。

这首诗的最得力处在颔联：“疏影横斜水清浅，暗香浮动月黄昏。”司马光谓此二句“曲尽梅之体态”（《温公续诗话》）。这一联简直把梅花的气质风韵写尽写绝了。尤其是“疏影”“暗香”二词用得极好，既绘出了月下梅花疏朗秀丽的身影，又传出了它清幽的芬芳。“横斜”描绘了它秀逸的姿态，“浮动”写出了它芳馨远播的神韵。再加上朦胧月光、清澈溪水的环境烘托，就更突出了梅花孤秀神清的个性，所以这两句咏梅诗成为千古绝唱，“脍炙天下殆二百年”（宋·周紫芝《竹坡诗话》）。欧阳修极赏此诗，曾说：“评诗者谓前世咏梅者多矣，未有此句也。”（《归田录》卷下）苏轼亦谓此二句“绝非桃李诗”（《东坡志林》卷十）。据元代方回说：“‘疏影’‘暗香’之联，初以欧阳文忠公极赏之，天下无异辞。王晋卿尝谓此两句杏与桃、李皆可用也，苏东坡云：‘可则可，但恐杏、桃、李不敢承当耳。’予谓彼杏、桃、李者，影能疏乎？香能暗乎？繁秾之花，又与‘月黄昏’‘水清浅’有何交涉？且‘横斜’‘浮动’四字，牢不可移。”著名词人姜夔咏梅的两首自度曲牌的词，即以《暗香》《疏影》为调名。

格律分析

这首七律采用平起平收式，押平声元韵。首句末字“妍”属一先韵，这种情况称为首句借韵。诗中的“独”(屋韵)、“蝶”(叶韵)、“合”(合韵)、“狎”(洽韵)今虽读作平声,古代却是入声字,均为仄声。另外,前面已经提到过,七律的平仄有一种特定格式,即将“仄仄平平平仄仄”的第五字与第六字平仄互换,改为“仄仄平平仄平仄”,本诗中的颔联出句和尾联出句都是这种情况。

孤山寺端上人房写望〔1〕

(七律仄起平收式)

底处凭阑思眇然?孤山塔后阁西偏〔2〕。
阴沉画轴林间寺,零落棋枰葑上田〔3〕。
秋景有时飞独鸟,夕阳无事起寒烟〔4〕。
迟留更爱吾庐近〔5〕,只待重来看雪天。

注释

〔1〕林逋隐居杭州时,结庐西湖之孤山。孤山之上有孤山寺,这是他常常登览的地方。本诗写一个秋日的傍晚,诗人在孤山寺端上人僧房饱览的湖山佳景。上人:和尚的尊称。

〔2〕“底处”二句:这两句自问自答。我在何处凭栏远望,思绪悠然呢?是在孤山塔后寺阁的西边。底处,何处。眇然,眇通渺,悠远貌。

〔3〕“阴沉”二句:这两句是说,暮色昏黄中,阴沉的树林里隐约显露出寺院,黯淡得像一幅褪了色的画轴,而一块块架田又像棋盘上割下来的方格子,零星在水面飘荡。枰,棋盘。葑上田,又称“架田”。葑(fèng),就是菰米的根,把木框子浮在水面,框子上安着葑泥。宋·胡仔《苕溪渔隐丛话前集》卷二十七引蔡宽夫《诗话》云:“吴中陂湖间,茭蒲所积,岁久根为水所冲荡,不复与土相着,遂浮水面,动辄数十丈,厚亦数尺,遂可施种植耕凿,人据其上,如木筏然,可撑以往来,所谓葑田是也。林和靖云:‘阴沉画轴林间寺,零落棋枰葑上田。’正得其实。”

〔4〕“秋景”二句：秋空中有时有一只鸟儿飞过，夕阳下只有炊烟升起。

〔5〕迟留：逗留很久。

简评

诗歌以素淡的笔墨，描绘出西湖幽深清寂的秋景。全诗由“望”字领起，首联写诗人凭阑远眺，思绪悠然。幽思因何而起？诗人并不明说，而是将笔荡开，在颔、颈二联描绘了寺、田、鸟、烟四幅风景画，如同缓缓展开了一幅画轴。层林间朦胧的佛寺、零落的方形架田、秋空中的一只飞鸟、夕阳下的袅袅炊烟，由远而近、自上而下地组成了一种幽远静谧的意境，自然引发诗人的无限幽思，至尾联即直接抒发爱悦的心情。此诗以工于写景驰名，不仅“诗中有画”，而且手法高妙，画面在宁谧中浮动着一股生动的灵气。如颔联因其奇妙的想象与贴切的比喻，受到后世诗人们的激赏，仿效之句甚多，因此清代诗评家王士禛称道此联“写景最工”（《池北偶谈》卷十一）。

格律分析

诗押平声先韵，首句入韵。第一句的“思”读去声。古入声字有“阁”（药韵）、“轴”（屋韵）、“独”（屋韵）、“雪”（屑韵），均为仄声。

梅尧臣

东　溪[1]

（七律仄起平收式）

行到东溪看水时，坐临孤屿发船迟[2]。
野凫眠岸有闲意，老树著花无丑枝[3]。
短短蒲茸齐似剪，平平沙石净于筛[4]。
情虽不厌住不得，薄暮归来车马疲[5]。

注释

〔1〕梅尧臣是宣城(今安徽省宣城市)人。宣城汉代古名宛陵,东溪即宣城的宛溪,源出宣城东南峄山,至城东北与句溪合,宛、句两水,合称“双溪”。

〔2〕“行到”二句:作者漫步到东溪欣赏水景,坐在一个突出的岛屿上临水观看,很晚才乘船离开。孤屿,突入水中的岛屿。

〔3〕“野凫”二句:野鸭在岸边卧眠,颇为安闲;老树上绽放花朵,没有丑陋的树枝。野凫,即野鸭。著花,开花。著(zhuó),附着。“著”是“着”的本字。

〔4〕“短短”二句:初生的蒲草铺在水面上,短短的像用剪子剪过一样整齐;岸边的沙石平平坦坦,又细又白,干净得像用筛子筛过一样。蒲茸,初生的蒲草。

〔5〕“情虽”二句:虽然欣赏的心情还未满足,但遗憾的是不能再久留,今天游玩久了,傍晚回来时马儿都很疲乏了。厌,满足。住不得,不能久留。

简评

此诗在结构上围绕“看水”二字逐层展开,首联点题,交待观看的目标是东溪的景色,而看水的地点是在一个突出的岛屿上。这样可以居高临下,对周围水景一目了然。中两联描写所看景物,作者的目光先落在溪边色彩斑斓的野鸭上,看到野鸭悠闲地在睡觉;当他抬起目光,又被岸上的老树所吸引,只见那苍劲斑驳的枝杈上竟点缀着艳丽的花朵,每个枝条都焕发着春意。这一联对野鸭、老树的描写,实是作者的移情之笔,因为自己悠闲自得,所以觉得野鸭入眠亦“有闲意”;因为自己不服老,所以觉得老树开花亦“无丑枝”。如果说这一联是对岸上景物的特写,那么,下一联就是粗线条的素描了。作者眺望四周,又见绿茸茸的蒲草整整齐齐地铺在水面上,银白白的细沙平平坦坦地铺在岸边,这明丽的春光是多么怡人!所以诗人流连忘返,结尾以“薄暮归来”呼应开篇的“发船迟”,用“不厌”二字表达了意犹未尽的游览之情。

这首写景诗,结构严谨,语句清新,特别是中两联点面结合,组成了一幅清新淡雅的图画。同时，在景物的描写中，诗人喜爱自然的闲情逸致流淌在字里行间。“野凫眠岸有闲意，老树著花无丑枝”一联被宋人推为“当世名句，众所脍炙”（方回《瀛奎律髓》卷三十四）。此联上句是从杜甫《漫兴》诗“沙上凫雏傍母眠”化出，下句似从李白《长歌行》“枯枝无丑叶”化出，但能推出新意。诗人从“野凫眠岸”中感受到了那种置身自然之中的悠闲意绪，而本来“老”与“丑”的树枝上竟绽放出朵朵鲜花，带给人以焕发青春般的美好意象。这不仅是写景，更是诗人在大自然中体味出的人生感悟。因此，宋代胡仔曾说“圣俞诗工于平淡，自成一家。如《东溪》云：‘野凫眠岸有闲意，老树著花无丑枝。’似此等句，须细味之，方见其用意也。”（《苕溪渔隐丛话》后集卷二十四）

格律分析

诗歌押平声支韵，首句入韵。诗中今读平声的入声字有“发”（月韵）、“著”（药韵）、“石”（陌韵）、“得”（职韵）、“薄”（药韵），古为仄声。全诗基本合乎格律，但有拗救。“老树著花无丑枝”第三字“著”应平用仄，犯了孤平，故第五字“无”应仄用平，属本句自救。第七句“住不”二字应平用仄，是双拗，故在第八句的第五字“车”应仄用平，属对句相救。拗救后全诗音律达到新的和谐。

欧阳修

戏答元珍[1]

（七律平起平收式）

春风疑不到天涯，二月山城未见花[2]。
残雪压枝犹有橘，冻雷惊笋欲抽芽[3]。
夜闻归雁生乡思，病入新年感物华[4]。
曾是洛阳花下客，野芳虽晚不须嗟[5]。

作者简介

欧阳修(1007～1072),字永叔,号醉翁,晚号六一居士。谥文忠。吉安永丰(今江西吉安市永丰县)人。幼孤,家贫而好学。天圣八年(1030)进士及第。曾任枢密副使、参知政事。有宋以来第一个在散文、诗、词各方面成就斐然的作家。提倡古文,奖引后进,为“唐宋八大家”之一。诗崇韩愈,而弃其盘空硬语之偏颇,平易疏畅。词承晚唐余风,婉丽雅润。曾与宋祁合修《新唐书》,独撰《新五代史》。有《欧阳文忠公集》《六一词》《六一诗话》等。其中《六一诗话》是第一部以“诗话”为名的论诗之作。

注释

〔1〕此诗一本题下有“花时久雨之什”六字。元珍,丁宝臣字,时任峡州判官。仁宗景祐三年(1036)五月,欧阳修因为范仲淹被贬饶州鸣不平而被谪为峡州夷陵(今湖北宜昌市)县令。次年,元珍作《花时久雨》一诗赠之,欧阳修即作此诗和答。

〔2〕“春风”二句:春风是不是不会吹到遥远的夷陵来呢?你看已是早春二月,而这山城却不见有花儿开放。

〔3〕“残雪”二句:残雪之下有去年未曾摘落的橘子(承上文山城春晚之意);冻雷之声却惊得竹笋破土抽芽(说明地气回暖,春天毕竟是要来临了)。

〔4〕“夜闻”二句:诗人夜不能寐,愁听北归春雁的鸣叫,勾起无尽的乡思。时光流逝,疾病也带入新的一年了。面对美好的景物,多少有些伤感。此联一本作:“鸟声渐变知芳节,人意无聊感物华。”

〔5〕“曾是”二句:既已赏过洛阳城著名的牡丹花,如今这僻野之花,虽晚开亦可玩赏,不必有太多的感叹。

简评

此诗起句写心中惶疑,下句点出缘由,先果后因,手法新奇。欧阳修曾解释这两句说:“若无下句,则上句何堪?既见下句,则上句颇工。”(《文忠集》卷一百二十九“笔说·峡州诗说”)方回亦云:“盖‘春风疑不到天涯’,一句未见其妙,若可惊异;第二句云‘二月山城未见花’,既先问再答,明言其所谓也,以后句句有味。”(《瀛奎律髓》卷四)首联写山城荒僻冷落,颔联承接中却有转折,写出于残雪压枝、寒雷震地中透出的盎然春意,上句一个“犹”字显示出橘树连寒冬也压抑不住的顽强生命力,下句一个“欲”字将诗人自己的知觉赋予了竹笋,似见惊雷中大地回春的一片生机,二句可谓“状难写之景如在目前”。颈联写自己在万物逢春的时节触景生情,抒发无辜被贬的愁思及叹惋。关于尾联,或解说“不须嗟”实为颇可嗟,看似潇洒,实则沉郁;或解说诗人于寂寞愁闷里怀着向上的希望,不觉低沉,反以旷达自宽。陈衍在《宋诗精华录》中评曰:“结韵用高一层意自慰”,比较准确。欧阳修曾仕西京(洛阳)留守推官,与文友诗酒高会,游名山、赏名花,写过《洛阳牡丹记》。因此,此处作者意为,一个曾经在大都会洛阳欣赏过甲天下的牡丹的人,能为小山城的野花开迟了而感叹不已吗?言外之意自己见过世面,会用潇洒的胸襟对待这次贬谪。一股不屈服命运的昂然意气充溢于诗句之中。全诗用语清雅,寓意深曲,值得玩味。胡仔《苕溪渔隐丛话》前集卷二十二中引《石林诗话》云:“欧公诗,始矫昆体,专以气格为主,故其诗多平易疏畅。”此诗可见一斑。

格律分析

这首七律押平声麻韵。其中“雪”(屑韵)、“橘”(质韵)为入声字;第五句末“思”(寘韵)读去声。

怀嵩楼新开南轩与郡僚小饮[1]

(七律仄起平收式)

绕郭云烟匝几重,昔人曾此感怀嵩[2]。
霜林落后山争出,野菊开时酒正浓[3]。
解带西风飘画角,倚栏斜日照青松[4]。
会须乘醉携嘉客,踏雪来看群玉峰[5]。

注释

〔1〕怀嵩楼：唐代名相李德裕元和十五年为滁州刺史时所建，取“怀归嵩洛之意”，并作“怀嵩楼记”。宋仁宗庆历三年(1043)，范仲淹等人推行“庆历新政”，欧阳修参与革新，提出改革主张。庆历五年(1045)，范仲淹等相继被贬，欧阳修上疏分辩，被贬为滁州(今安徽滁州市)太守。此诗为欧阳修知滁州时登上怀嵩楼追怀英才，表达傲岸风骨之作。

〔2〕“绕郭”二句：重重云烟环绕着外城的楼阁，当年的李德裕曾在这里怀念嵩洛。郭，外城。匝(zā)，周，环绕。“绕郭云烟”一作“绕阁烟云”。

〔3〕“霜林”二句：深秋之季，树叶枯落了，群山展现在了眼前；野菊盛开，酒香浓郁，酒兴正浓。

〔4〕“解带”二句：解开衣带，听那西风飘送来的画角声；倚着栏杆，看那夕阳映照着的青松。

〔5〕“会须”二句：等到时机适宜，一定要趁着酒兴请更多的佳客，踏着积雪前来欣赏那如白玉般的群峰。

简评

这是欧阳修因支持“庆历新政”而被贬官后作。全诗写得神完气足，潇洒遒劲，景物描写形象鲜明而意味深长。首联写登上高楼，于云烟弥漫之中追怀历史、遥想古人，借古伤今，气氛凝重。中间两联回到现实，写眼前所见所闻，这两联视野开阔，人与物浑融无间。诗人把个人独特的精神气质寓于精炼的景物描写之中：颔联写霜后“争出”的峭拔山峰和凌霜盛开的菊花，表现出作者不畏政治风霜的嶙峋风骨；颈联则以“解带西风”的举止和暮色中挺立的青松，透射出自己从容面对政治风雨的那份潇洒和从容。诗歌景中寓情，“野菊”、“青松”正是诗人坚贞品格的象征。陈衍在《宋诗精华录》中说：“‘霜林’一联极为放翁(陆游)所揣摩。”尾联遥想冬日重游，气象恢宏，群山银妆素裹冰清玉洁之态，仍是以景物暗喻人品。

格律分析

这首七律采用了仄起平收式，韵脚依次为："重""嵩""浓""松""峰"，其中，"嵩"押平声一东韵，其余押二冬韵，是邻韵通押。诗中古入声字有："郭"（药韵）、"匝"（合韵）、"昔"（陌韵）、"出"（质韵）、"菊"（屋韵）、"雪"（屑韵）字。句八"看"（寒韵）字读为平声（kān）。

苏舜钦

过苏州[1]

（七律仄起平收式）

东出盘门刮眼明，萧萧疏雨更阴晴。[2]
绿杨白鹭俱自得，近水远山皆有情。[3]
万物盛衰天意在，一身羁苦俗人轻。[4]
无穷好景无缘住，旅棹区区暮亦行。[5]

作者简介

苏舜钦（1008～1048），字子美，梓州铜山（今四川中江县南）人。移居开封。景祐元年（1034）进士及第。曾任大理评事，荐为集贤殿校理、监进奏院。因支持范仲淹的庆历革新，为守旧派所恨，被劾罢职闲居苏州沧浪亭。后复官为湖州长史，未赴任，病卒。政治上赞同范仲淹等人"改革庶政"的主张，敢于抨击时弊，文学上力矫西昆，提倡古文。诗与梅尧臣齐名，世称"苏梅"。古风雄放劲健，近体平易清切。宋诗至苏梅之时始变唐音，显出其一代之风味。有《苏学士文集》。

注释

〔1〕此诗是作者途经苏州时作。

〔2〕“东出”二句：船向东行出盘门，顿觉眼前一亮；细雨稀疏，天渐渐放晴了。盘门，苏州城西南隅。刮眼明，景物格外美好，使眼界开朗。刮眼，犹刮目，擦拭眼睛。谓看得真切。更，改变。

〔3〕“绿杨”二句：杨柳依依，白鹭相逐嬉游，是那么舒适自在；近水远山都显得灵动而有情致。

〔4〕“万物”二句：自然景物的“盛”与“衰”决定于“天意”；那么，诗人仕途的进与退又取决于何人呢？一朝被贬，羁苦之身反被俗人所轻视。此联语意双关，含自叹废放之意。

〔5〕“无穷”二句：景色虽美，却无缘驻留；客船依旧趁着暮色继续前行。无穷，犹言无边。旅棹，指代客船。棹（zhào），桨。区区，旅途匆促的样子。

简评

此诗将叙事、写景、抒情融为一体，通篇将物事与人事两相对照，既写出了苏州迷人的风景，又传递了诗人不得意的郁愁。首联出句的“刮”字形象生动，很有新意，传达出诗人看到苏州风光时的真实感受，下句更以自然风雨之“阴晴”暗喻仕途变幻不定。颔联写景细腻，且景中寓情。陈衍说：“三四是苏州风景”（《宋诗精华录》），此联以绿杨白鹭之“自得”、近水远山之“有情”，与下一联抒发的感慨形成鲜明对照，反衬出自己仕途上的“羁苦”、与世俗社会对自己的无情“轻视”。尾联又以无边光景与匆匆旅棹相对照，感叹好景无穷而人生匆匆，故以不能驻留欣赏为憾，叹惋之情悠然不尽，极富感染力。此诗读来纡徐不迫却又曲尽情意，情景互渗，浑合无迹，耐人寻味。

格律分析

这首七律押平声庚韵，首句入韵。其中今读平声旧读为入声的字有：“出”（质韵）、“刮”（黠韵）、“白”（陌韵）、“得”（职韵）、“一”（质韵）、“俗”（沃韵）。颔联拗救：“绿杨”句为拗句，第六字应平用仄；“近水”句本忌孤平，此句第三字应平用仄，犯了孤平，故在第五字应仄用平，既救本句孤平，亦救对句之拗。中两联对仗较工，且颔联于句中自对，如“绿杨”对“白鹭”，“近水”对“远山”，使韵致更和谐，画面更鲜明。

赵 抃

次韵孔宪蓬莱阁[1]

（七律平起平收式）

山巅危构傍蓬莱，水阁风长此快哉[2]！
天地涵容百川入，晨昏浮动两潮来[3]。
遥思坐上游观远，愈觉胸中度量开[4]。
忆我去年曾望海，杭州东向亦楼台[5]。

作者简介

赵抃（biàn）（1008～1084），字阅道，号知非子。衢州西安（今浙江衢州市）人。以正直清廉著称。官殿中侍御史时，京中号为“铁面御史”，《宋史》将他与包拯列入同一卷。历知杭州、青州、成都。神宗时曾擢参知政事。卒谥清献，有《清献集》。其诗工拙随意，时有绮丽浓密之作。

注释

〔1〕次韵：和（hè）别人的诗并依原诗用韵的次序。孔延之登越州蓬莱阁作观潮诗寄给赵抃，赵抃即作此诗和答。孔宪：即孔延之（1013～1074），字长源，孔子四十七代孙。宋仁宗庆历二年（1042）进士，官至尚书司封郎中，神宗熙宁四年（1071）以司封郎中知越州（今浙江绍兴市）。赵抃熙宁三年（1070）知杭州，后移青州（今山东青州市），据诗中“忆我去年曾望海，

杭州东向亦楼台”句，可知此诗当作于熙宁四年(1071)知青州时。宪：御史的简称。因孔延之曾任荆湖北路提点刑狱，故称。蓬莱阁：在越州(今浙江绍兴)西隅的卧龙山上。宋·祝穆《方舆胜览》卷六“浙东路·绍兴府”下载：“蓬莱阁，在设厅后卧龙山上，吴越钱镠所建。”

〔2〕“山巅”二句：蓬莱高阁倚傍在高山之巅，水阁突兀而起，海风悠长，令人顿生快意。山，指卧龙山，清代称兴隆山。危构，高耸的建筑物，即指蓬莱高阁。

〔3〕“天地”二句：大海容纳百川之水，水天相连，仿佛天与地都被收入了海的怀抱；早晨与黄昏两次涨潮，海水浮动而来，显出了大海的胸襟与气势。

〔4〕“遥思”二句：想到你(指孔延之)常与宾客在阁中游宴观光，远望大海，胸襟一定更加开阔。坐上：用孔融“坐上客常满”的典故。

〔5〕“忆我”二句：回想去年，我也曾在杭州望海楼上向东观潮赏海。末句原注：“杭有望海楼。”说明此诗虽是遥想，但非虚构。

简评

这首诗以作者的想象为线索，描写友人于越州蓬莱阁远眺杭州湾海潮的壮观景象。首联下笔雄直豪宕，气势阔大，显示出作者的宽广胸怀。颔联“天地涵容百川入，晨昏浮动两潮来”二句尤为后人称道，陈衍在《宋诗精华录》中说：“三四较孟公之‘气蒸云梦泽’二语，似乎过之；杜老之‘吴楚东南’一联，尚未知鹿死谁手。”是说同为劲笔直写的名句，此联却似乎胜过孟浩然的“气蒸云梦泽，波撼岳阳城”(《望洞庭湖赠张丞相》)二句，而与杜甫的“吴楚东南坼，乾坤日夜浮”(《登岳阳楼》)相比较，优劣尚未可知。清·吴之振说赵抃做诗“触口而成，工拙随意，而清苍郁律之气，出于肺肝”(《宋诗钞》卷七)，此诗可鉴。

格律分析

这首七律采用了平起平收式，首句入韵，押平声灰韵。中间两联对仗，颔联中的“天”与“地”、“晨”与“昏”各自对应，是为句中对。

诗中今读平声的入声字有:“阁”(药韵)、“觉”(觉韵)。句三使用了七律特定格式:仄仄平平仄平仄,于和谐之中掺入了拗健之美。

李 觏

苦雨初霁[1]

(七律平起平收式)

积阴为患恐沉绵,革去方惊造化权[2]。
天放旧光还日月,地将浓秀与山川[3]。
泥途渐少车声活,林薄初干果味全[4]。
寄语残云好知足,莫依河汉更油然[5]。

作者简介

李觏(gòu)(1009～1059),字泰伯,北宋建昌军南城(今江西南城县)人。世称直讲先生,又称盱(xū)江先生,以文章知名。他对传统儒论非议颇多,有“非孟子”之称。皇祐年间荐为太学助教、海门主簿。有《李直讲先生文集》(又称《盱江文集》)。

注释

〔1〕霁(jì):雨后(或雪后)转晴。

〔2〕“积阴”二句:阴雨天气已持续了很久,真担心它会沉绵不去,而今日忽然转晴,又使人不得不惊叹大自然的巨大权威。革,改变。造化,指自然。

〔3〕“天放”二句:积患已除,天地造化将旧光还给了日月,将浓秀付与山川。

〔4〕“泥途”二句:初阳一出,泥泞的路途重新干爽起来,车行之声也因之流畅;草木初干,林中的果子味道得以保全,很是鲜美。薄,积草。

〔5〕“寄语”二句：寄语天边的残云：你可要适可而止，别仰仗银河水势，再次兴云弄雨了。油然，云兴貌。《孟子》卷一“梁惠王上”：“天油然作云，沛然下雨。”

简评

这首诗的题材并不新奇，但经过作者刻意经营，读来别有一番滋味。首联先抑后扬，笔法跌宕，突出了新晴的惊喜。下面则满怀喜悦地描写了雨后景象，作者先写天晴后阳光灿烂、山川秀丽；再写雨干后车声欢快、鲜果飘香；这两联用笔活脱，颔联气象阔大，颈联体物细腻，四句中光、色、声、味面面俱到，从不同的角度刻画出了“初霁”景象。尾联则峰回路转，道出“苦雨”留给人们的心有余悸，非深察人心者不能出之。李觏反对意熟辞陈，此诗即可窥见其炼字之功。“革”“活”“全”等字都能够“陈字见新，朴字见色”（清·沈德潜《说诗晬语》卷下），使平常字眼显得新奇有味，这是很值得借鉴的。

格律分析

这首七律押平声先韵，首句入韵。中两联对仗。其中古入声字有：“积”（陌韵）、“革”（陌韵）、“活”（曷韵）、“薄”（药韵）、“足”（沃韵）。句七采用了特定的平仄格式：仄仄平平仄平仄。

曾巩

甘露寺多景楼[1]

（七律平起平收式）

欲收嘉景此楼中，徙倚阑干四望通[2]。
云乱水光浮紫翠，天含山气入青红[3]。
一川钟呗淮南月，万里帆樯海外风[4]。
老去衣衿尘土在，只将心目羡冥鸿[5]。

作者简介

曾巩(1019~1083),字子固,南丰(今江西省南丰县)人。嘉祐二年(1057)进士。曾任集贤校理、知州,官至尚书户部郎中,世称"南丰先生"。曾巩的散文文笔精警,结构严谨,长于议论,自成一体,人们称为"南丰体",为"唐宋八大家"之一。同时代的王安石说:"曾子文章众无有,水之江汉星之斗。"(《临川文集》卷十三"赠曾子固")诗名不及文名,但平实清健,一扫西昆体之弊。有《元丰类稿》。

注释

〔1〕多景楼:在今江苏镇江北固山上的甘露寺内,宋时郡守陈天麟修建。

〔2〕"欲收"二句:想要在多景楼中饱览胜景,只需流连徘徊其间,凭栏四面远眺,万千景象便能尽收眼底了。徙倚(xǐ yǐ),徘徊。

〔3〕"云乱"二句:甘露寺建在高高的北固山上,北临长江,从寺内的多景楼望去,云影飘拂,江波荡漾,一道道紫翠的色带浮动在水云之间;山岚缭绕,夕阳散彩,远处的天与山沐浴在一片青红色的云霭之中。

〔4〕"一川"二句:甘露寺中连绵的钟声梵歌回响在月光照耀下的淮南原野,长江上来往的船只远航万里,乘风扬帆直通海外。呗(bài),梵音咏叹之声,此处指僧人做夜课时的诵经之声。淮南月,犹言扬州月,唐人徐凝《忆扬州》:"天下三分明月夜,二分无赖是扬州。"扬州为淮南路治所,与江南之镇江相去不远。帆樯,指代船只。

〔5〕"老去"二句:而今我已经逐渐老去,征尘满衣,望着振翅高翔的飞鸿,只能心里暗自羡慕它高远的追求和劲健的身姿了。冥鸿,高飞的鸿雁。扬雄《法言·问明》:"鸿飞冥冥,弋者何篡焉。"

简评

首联直写多景楼地势优越,视界开阔,可将佳景尽收眼中。颔联写多景楼上所见景象,极目天边,彩云之紫、水光之翠、晚霞之红、山气之青,交融浮动,色彩斑斓,悦人眼目。"浮"与"入"两字,使天地间的整个自然景观微微律动,显出勃勃生机。颈联又将所见所闻所想融合在一起，意境蕴藉而苍茫。尾联抒发自己的感受，展示高远情怀。全诗境界阔大，形象鲜明，堪当“多景楼”之称，不愧是历来传诵的佳作。

格律分析

这首七律押平声东韵，首句入韵。中两联对仗工稳恰切，画面宏阔，色彩明丽。

王安石

次韵平甫金山会宿寄亲友[1]

（七律仄起仄收式）

天末海门横北固，烟中沙岸似西兴[2]。
已无船舫犹闻笛，远有楼台只见灯[3]。
山月入松金破碎，江风吹水雪崩腾[4]。
飘然欲作乘桴计，一到扶桑恨未能[5]。

注释

〔1〕次韵：依原诗韵脚作诗。平甫：王安石三弟王安国字。他曾作《金山会宿寄亲友》一诗，王安石作此诗和答。金山：即江苏镇江金山，宋时为江中岛屿。

〔2〕“天末”二句：由金山遥望，只见北固山横亘在天边，而烟雾迷蒙中的沙岸又仿佛是幽古之地西兴。末，端也。海门，海口。镇江近海，故云。北固，山名，在今江苏镇江市北，与金山、焦山同为镇江胜迹。西兴，本名西陵，在浙江杭州市萧山区西北，为吴越通津，多为诗人所吟咏。

〔3〕“已无”二句：游船都已泊岸了，山水间依然回荡着悠扬的笛声；远处的楼台消融在了夜色里，只剩下点点灯火。

〔4〕“山月”二句：月光透过山上的松林洒落下来，像片片碎金；江风吹起的白色浪花腾空涌起，如雪霰般散开。

〔5〕“飘然”二句：面对这样醉人的景色，却不能乘着竹筏泛游大海去寻找那扶桑之地，这是多么令人遗憾呀！乘桴(fú)，桴，筏子。《论语·公冶长》：“子曰：‘道不行，乘桴浮于海。’”晋·张华《博物志》载每年八月有人乘浮槎去来于天河与海之间。扶桑，神木，古谓日出处，“日出于旸谷，沐于咸池，拂于扶桑，是谓晨明。”(《淮南子》卷三“天文训”)

简评

这首七律起势突兀阔大，诗人笔落之处，北固山横空出世，耸立天际，如同长江通往大海的门户；山下沙岸，烟雾朦胧，恍如古老的西陵。首联由天到地，境界顿开，中间两联在这阔大的背景下铺叙镇江夜景：颔联由近及远，先写江城风情，只见江中喧闹的船舫与城镇中楼台的轮廓逐渐消失在夜色之中，耳边所闻唯余一曲委婉的笛声，目中所见唯有远方的点点灯火，人间的一切都渐渐趋于沉寂。与此同时，则是自然界永恒的运动，颈联转写江山月色，松林摇曳，月光如碎金般闪烁不定；江风卷浪，波涛如千堆雪崩飞腾起！四句之中，动与静、光与色，交相辉映，将“京口夜景描写尽致”(王文濡《历代诗评注读本》上)。尾联则以超越现实的飘然遐想，将人引入梦幻的意境，留下悠然不尽的余韵。全诗结构完整，笔墨酣畅，极富诗情画意，可谓魅力无穷。

格律分析

这首七律采用了仄起仄收式，押平声“蒸”韵。旧读入声的字有“笛”(锡韵)、“雪”(屑韵)、“一”(质韵)。前三联都使用了对仗。颔联“已无”与“远有”、“犹”与“只”为虚字对，读来有唱叹之致。颈联以比喻相对，工稳恰切，生动形象，“金”与“雪”使形与色历历在目。

思王逢原三首(其二)[1]

(七律平起平收式)

蓬蒿今日想纷披,冢上秋风又一吹[2]。

妙质不为平世得,微言惟有故人知[3]。

庐山南堕当书案,湓水东来入酒卮[4]。

陈迹可怜随手尽,欲欢无复似当时[5]。

注释

〔1〕逢原:北宋诗人王令字。他与王安石既是亲戚,又是知交,王安石对其极为推重,并将妻妹嫁与他。惜其英年早逝,年仅28岁。王令死于宋仁宗嘉祐四年(1059),从"冢上秋风又一吹"一句来看,此诗当是次年秋季王安石的哀悼之作。

〔2〕"蓬蒿"二句:言又是一年秋风起,王令墓上的蒿草也日见多而散乱了。蓬蒿,泛指野草。冢(zhǒng),坟墓。

〔3〕"妙质"二句:意谓王令质美才高,言论精微,而不为时用,唯有故人(安石)了解。妙质,好的资质,犹言贤才,指王令之妙质。平时,清平之时,此指当世。微言,精微深奥的思想言论,此指王令之微言。《汉书·艺文志》:"仲尼没而微言绝。"陈师道诗"妙手不为平世用,高怀犹有故人知"(《何郎中出示黄公草书》)即从此二句化出。

〔4〕"庐山"二句:庐山南倾,好像从天而降,正对着我们的书案;湓水东来,如助酒兴,流入我们的杯中。此联追忆昔日对饮时的豪情。宋仁宗嘉祐三年(1058),王令赴蕲州途中泊舟鄱阳,时王安石调任提点江东刑狱,官署正在此地,二人得以相逢,留连数日。庐山,在江西九江南。当,对着。湓(pén)水,源出江西瑞昌西清湓山,向东流经九江城下。酒卮(zhī),古代盛酒的器具。

〔5〕“陈迹”二句：可惜你的离世带去了一切往事，旧日的欢聚已经无法再重来一次。陈迹，旧事，往事。随手，随即，立刻。《史记·淮阴侯列传》：“钟离昧对韩信说：若欲捕我以自媚于汉，吾今日死，公亦随手亡矣。”

简评

此诗读来凄恻感人。诗人将写景、议论、回忆、叹咏融于字里行间。起句颇妙，运用想象来摹写凄凉之景。颔联用典巧妙，不仅无害于词意的畅达，反而更好地表达了作者对王令有才不得伸展的叹惋之情。颈联气势宏大，追忆当年与王令煮酒论文时的豪情逸致，暗示出今日的孤独与惆怅。尾联以喟叹作结，更显余绪绵长，令人黯然神伤。

格律分析

这首七律押平声支韵，首句入韵，中两联对仗。诗中“一”（质韵）、“得”（职韵）、“迹”（陌韵）古为入声字。

示长安君[1]

（七律平起平收式）

少年离别意非轻，老去相逢亦怆情[2]。
草草杯盘供笑语，昏昏灯火话平生[3]。
自怜湖海三年隔，又作尘沙万里行[4]。
欲问后期何日是，寄书应见雁南征[5]。

注释

〔1〕长安君：王安石之大妹王文淑，工部侍郎张奎之妻，封长安县君。兄妹感

《示长安君》

情甚笃。仁宗嘉祐五年(1060),王安石受命使辽,临行,作此诗。因是兄与妹,故曰“示”。

〔2〕“少年”二句:年轻时兄妹离别自然是意绪难平,老来相逢亦觉感伤。

〔3〕“草草”二句:吃着简单的饭菜,兄妹笑话家常;在昏暗的灯光下,一起回顾平生。

〔4〕“自怜”二句:我正伤感于兄妹湖海相阻,多年未见,却又要远行万里,到更遥远的异域去了。

〔5〕“欲问”二句:你要问我以后何时会面,到了大雁南飞之时,我会寄信给你,告诉你重逢的日期。雁南征:《汉书·苏武传》有雁足传书的传说。

简评

宋·叶梦得《石林诗话》评王安石诗:“王荆公晚年诗律尤精严,造语用字,间不容发。然意与言会,言随意遣,浑然天成,殆不见有牵率排比处。”此诗即可为“意与言会,言随意遣”之作。首联以“少年离别意非轻”引起,接以“老去相逢亦怆情”,“少年”时离别尚且非轻,则“老去”离别岂不更加难堪?“相逢”应喜而曰“怆情”,只因短暂的相逢之后便是相隔万里的分别,这两句中几层转折,递进出“老去”离别的分量。颔联以杯盘笑语、灯火亲情,营造出和煦温馨的家庭场景。颈联却突转以湖海相隔、尘沙万里,与上联的兄妹亲情形成鲜明对照,咫尺天涯之变,怎不令人伤感!唯有寄托在来日的重逢了。诗中兄妹相逢之喜、离别之悲,交融一起,悲中有喜,笑中有悲,可谓一波三折,尤为感人。王文濡言:“介甫以执拗名,而诗文却近人情,读者不当以人废言”(《历代诗评注读本》上),就是针对这首诗而发。宋·吴可论作诗之难云:“七言律一篇中必有剩语,一句中必有剩字,‘草草杯盘供笑语,昏昏灯火话平生’,如此句无剩字。”(《藏海诗话》)

格律分析

此诗押平声“庚”韵,首句入韵。其中“别”(屑韵)、“隔”(陌韵)均为入声字。

首联以“少年”对“老去”,“离别”对“相逢”,给人似对非对之感;颔联对仗工稳，其中“草草”对“昏昏”为叠字对（或称连珠对）；颈联转用流水对，使全诗于整饬之中见活泛。

王　令

读老杜诗集[1]

（七律平起平收式）

气吞风雅妙无伦，碌碌当年不见珍[2]。
自是古贤因发愤，非关诗道可穷人[3]。
镌镵物象三千首，照耀乾坤四百春[4]。
寂寞有名身后事，惟余孤冢耒江滨[5]。

作者简介

王令（1032～1059），字逢原，广陵（今江苏扬州）人。其诗气概阔大，深受王安石推重。有《广陵先生文集》《十七史蒙求》。

注释

〔1〕王令十分尊崇大诗人杜甫，此诗即是他读杜诗后的感评。

〔2〕“气吞”二句：杜甫继承发扬了《诗经》以来的风雅传统，使其诗歌精妙无比；然而诗人在当时却被认为是平庸之辈，因而没有得到重视。碌碌，平庸。首句化用中唐诗人元稹语：“（杜诗）上薄风雅，下该沈宋，言夺苏李，气吞曹刘。”（《杜工部墓系铭》）

〔3〕“自是”二句：自古圣贤多因处境困厄，发愤著书，才有名作传世，并不是说诗道可以使人困窘。“自是”句，语出司马迁《报任安书》：“诗三百篇，

大抵皆圣贤发愤之所为作也。”“非关”句，欧阳修《梅圣俞诗集序》：“非关诗之能穷人，殆穷者而后工也。”

〔4〕“镌镵”二句：杜诗题材广泛，刻画了社会、人生、自然的万千物象；其诗影响深远，光照诗坛四百年。镌镵（juān chán），雕刻。三千首，约数。杜诗现存只一千四百多首。四百春，杜甫之时至于王令之时近四百年。

〔5〕“寂寞”二句：杜甫虽然名垂后世，但他当时却落得个身后萧条的凄惨景况，只在耒江边草草地留下了一座孤坟。“寂寞”句语出杜甫《梦李白》（其二）：“千秋万岁名，寂寞身后事。”

简评

这首七律以精练的语言，概括了杜诗的丰富内涵与深远影响。作者在高度评价杜诗的同时，对杜甫一生的悲辛际遇表示了深切的同情。王令自己也是身处穷困而抱负不凡，因而此诗更显寄慨遥深，惋惜悲愤之情，傲兀跌宕之气，出乎字里行间。诗中化用前人语句颇多，却不给人生硬剿袭之感。其中，“镌镵物象三千首，照耀乾坤四百春”，是深受称赏的赞美杜甫的名句。宋代胡仔《苕溪渔隐丛话前集》卷三十七与魏庆之《诗人玉屑》卷十八都曾引用这两句为“逢原集中佳句”。

格律分析

这首七律押平声“真”韵，首句入韵。其中“发”字为古入声字，属“月”韵。

苏　轼

和子由渑池怀旧[2]

（七律平起仄收式）

人生到处知何似？应似飞鸿踏雪泥[2]。

泥上偶然留指爪，鸿飞那复计东西[3]？

老僧已死成新塔，坏壁无由见旧题[4]。
往日崎岖还记否？路长人困蹇驴嘶[5]。

注释

〔1〕宋仁宗嘉祐六年(1061)，苏轼出任凤翔府(治所在今陕西凤翔县)签判，弟苏辙寄诗《怀渑池寄子瞻兄》给他，苏轼依照原韵和了这首诗。子由：即苏辙，字子由。渑池：县名，在今河南。

〔2〕“人生”二句：人的一生四处奔波，行踪难定，像什么呢？就像鸿雁南飞北往，脚爪儿踏在雪泥之上，偶然留下一些爪痕而已。

〔3〕“泥上”二句：鸿雁在某一处稍作逗留，转眼又飞走了，哪里在意自己曾在何处留下了爪痕呢？

〔4〕“老僧”二句：如今老和尚奉闲已经过世了，只留下一座埋葬骨灰的新塔；寺壁已破损，当日题的诗句再也见不到了。苏辙所寄之诗有个自注，云：“辙昔与子瞻应举，过宿县中寺舍，题其老僧奉闲之壁。”

〔5〕“往日”二句：那年我们出川入京，经过二陵时，马死了，我们只好骑驴。长路迢迢，你我疲惫不堪，跛驴也在不停地嘶鸣，那时的艰苦你还记得吗？蹇(jiǎn)，跛足。此联后作者自注：“往岁，马死于二陵，骑驴至渑池。”二陵，指河南东西两崤山，在渑池之西。

简评

这首七律题目虽为“怀旧”，诗人下笔却不拘泥于追昔怀旧，而是一发端就以高屋建瓴之势，对人生命运做出推论，通过“鸿飞”“雪泥”等意象的塑造，将日常生活现象上升到人生哲理的高度，阐释了生命无常，随时变灭的人生规律。前两联形象生动，寄寓深沉，而在文字上则衔接紧密，蝉联而下。首句末尾的“何似”紧接以次句的“应似”，次句末尾的“雪泥”又承接以下一句的“泥上”，第四句的“鸿飞”则与次句的“飞鸿”呼应，这四句大气磅礴，一气滚出，正如清人施补华所云：“东坡七律，一气相生、旋转自如之作，最为上乘。”(《岘佣说诗》)赵翼亦云：

"东坡大气旋转,虽不屑于句法、字法中别求新奇,而笔力所到,自成创格。"(《瓯北诗话》卷五)"雪泥鸿爪"之譬在宋代已受称道,魏庆之《诗人玉屑》卷十七引此诗谓"子瞻作诗,长于譬喻",现更是众人皆知的成语。后两联提及往事,是前两联的例证。全诗整合浑融,造语纯熟而富含理趣,无说理痕迹而哲理自见,非大家椽笔不能为之。

格律分析

这首七律押平声"齐"韵,隔句押韵。前两联文字承上启下,不拘对偶,正如纪昀所云:"前四句单行入律,唐人旧格;而意境恣逸,则东坡之本色。"(纪昀评点本《苏文忠公诗集》卷二)颈联对仗颇工。诗中今读平声的古入声字有"雪"(屑韵)、"塔"(合韵)。

出颍口,初见淮山,是日至寿州[1]

(七律拗格)

我行日夜向江海,枫叶芦花秋兴长[2]。
长淮忽迷天远近,青山久与船低昂[3]。
寿州已见白石塔,短棹未转黄茅冈[4]。
波平风软望不到,故人久立烟苍茫[5]。

注释

〔1〕此诗写于宋神宗熙宁四年(1071)十月,作者出为杭州通判的赴杭途中。是年六月,苏轼因与王安石政见不合,遭诬告而外放杭州,他离开汴京,沿蔡河舟行东南,出颍口,入淮水,至寿州,又过临淮,沿运河东南行,经扬州、润州、苏州,十一月底到杭州。颍口:在今安徽寿县西正阳关,为

颍水入淮处。寿州：治所在今安徽寿县。

〔2〕“我行”二句：我日夜兼程，沿着蔡河、颍水一路行来，深秋的枫叶与芦花引发我无尽的兴致。

〔3〕“长淮”二句：船行出颍口，扑眼而来的是天水相连的浩荡的长淮，我一时间竟不知天离我是远是近，而两岸联绵的青山仿佛在随着我的行船一起一伏。

〔4〕“寿州”二句：寿州的白石塔已进入了我的视线，等船绕过前面那爬满黄草的山冈就可以到达那里了。

〔5〕“波平”二句：微风轻抚着浩大平整的水面。虽然望不到，但我却能想见故友久久伫立在苍茫烟雨之中等待我的到来。

简评

这是苏东坡的名作之一。清人赵翼曾评苏诗说：“东坡随物赋形，信笔挥洒，不拘一格，故虽澜翻不穷，而不见有矜心作意之处。”(《瓯北诗话》卷十一)此诗即为例证。作者并没有刻意去追求丽辞雅句，只是自然随意地叙说了一段外放行程，却显得曲折有味，情景交融。起句很平实，但却笼罩了一种因无辜遭贬、日益远离汴京而滋生的矛盾心情。颔联意境雄阔神奇，备受前人称赏，但“忽迷天远近”中隐含着作者对政治前途的迷茫，而“久与船低昂”更映衬了作者时起时落的复杂心境。宋人施元之注此诗曰：“东坡尝纵笔书此诗，且题云：‘予年三十六赴杭倅，过寿作此诗，今五十九南迁至虔，烟雨凄然，颇有当年气象也。’墨迹在吴兴。”(《施注苏诗》卷三)可证此诗乃借景抒情之作。结联虚写故人久立相待之景，表达了自己迢迢旅途之后急于到岸的心情。全诗浑融完整，却不见斧凿之痕，堪称大匠运斤之作。苏轼自己对此诗亦颇为自得，曾稍加变化用于《李思训画长江绝岛图》诗：“沙平风软望不到，孤山久与船低昂。”这首诗还有一个突出特点，即它是一首拗体律诗，不仅颔联、尾联均失粘，而且打破了平仄格律，第五句连用五个仄声，第七句连用四个仄声，第二、六、八句又用了古诗常见的“三平调”，以拗体写缓慢旅程，使郁勃不平之气灌注在了悠然神远的境界里，正如汪师韩所云：“宛是拗体律诗，有古趣兼有逸趣。”(《苏诗选评笺释》卷一)

格律分析

这是一首拗体律诗,前人又称之为"吴体",犹言吴歌体。纪昀评论此诗说:"吴体之佳者。"(纪昀评点本《苏文忠公诗集》卷六)"吴体"之名,始见于杜甫《愁》诗,自注"强戏为吴体"。其做法是有意破坏律诗应有的格律声调,尽可能多用拗句,不但用律诗所容许的几种拗句,而且有意创造出一些拗句形式,构成特殊的音乐美,以适应特定内容的需要。从这首诗看,"船低昂""黄茅冈""烟苍茫"都使用了三平调,即句末三个平声字相连,这本是古诗中常见的句法,违背律诗的格律要求,是为拗句。而且作者又有意识地造成失对和失粘,或五仄相连(第五句"白石塔"三字为入声字)、四仄相连(第七句),赋予诗歌独特的音色声调之美,以抒发自己心头的千种况味。

新城道中[1]

(七律平起平收式)

东风知我欲山行,吹断檐间积雨声[2]。
岭上晴云披絮帽,树头初日挂铜钲[3]。
野桃含笑竹篱短,溪柳自摇沙水清[4]。
西崦人家应最乐,煮芹烧笋饷春耕[5]。

注释

〔1〕宋神宗熙宁六年(1073),诗人在杭州通判任上出巡所领属县,此诗即抒写自富阳赴新城途中的见闻和愉快心情。新城:今浙江富阳市新登镇,时为杭州属县。《东坡全集》卷四诗题一作"新城道中二首",然下一首"身世悠悠我此行"乃晁端友之和诗,元·方回《瀛奎律髓》卷十四注此诗云:"东坡为杭倅(知府的佐贰官曰倅。宋·赵与旹《宾退录》卷一:

'通判曰倅。')时诗。熙宁六年癸丑二月,循行属县,由富阳至新城有此作。……坡是年三十八岁。晁无咎之父端友令新城,故和篇有云:'小雨足时茶户喜,乱山深处长官清。'此乃佳句。"

〔2〕"东风"二句:东风知道我准备启程了,吹走了阴云,吹断了雨声,天空转晴了。

〔3〕"岭上"二句:晴空的云朵像白色的帽子罩在了山岭上,初升的太阳像一面铜钲挂在树梢上。铜钲(zhēng),古代乐器,以铜铸成。其一种形圆如铜锣,悬而击之。这里比喻初日。

〔4〕"野桃"二句:野桃盛开,绽放笑脸,竹篱低小,溪水清澈,垂柳迎风摇曳,多么明丽的乡村野景。

〔5〕"西崦"二句:想那西崦的人家更是其乐无穷了:煮芹烧笋,妇童饷耕,繁忙而又惬意!西崦(yǎn),泛指西山。饷(xiǎng)春耕,指为忙于春耕的人送饭菜。

简评

首联写天公作美,拨阴转晴,以利我出行,仿佛大自然与"我"情性相通。纪昀谓这一写法"起有神致"(纪昀评点本《苏文忠公诗集》卷九),盖开篇即已奠定了全诗物我倾心相与、景中寓情的基调。颔联写山岭远景,以"絮帽"、"铜钲"为喻,色彩明丽,新鲜奇特。颈联写山村近景,采用拟人手法,野竹含笑,溪柳自摇,颇有韵致,清·汪师韩评曰:"'野桃''溪柳'一联,铸语神来。常人得之,便足以名世。"(《苏诗选评笺释》卷二)。尾联由景及人,写西崦人家耕作中的天伦之乐。全诗洋溢着一种对大自然与田园生活的喜爱之情,作者似毫不着意,信笔写来,而一幅幅春光明媚的图画从笔下自然流出,诚如清·赵翼所云:苏诗"其妙处在乎心地空明,自然流出,一似全不著力,而自然沁人心脾,此其独绝也。"(《瓯北诗话》卷五)

格律分析

这首七律押平声"庚"韵,首句入韵。颔联以比喻为对,活泼生动。颈联以比拟为对,摇曳生姿,自然恰切,且句中"野桃"与"竹篱"、"溪柳"与"沙水"又各自对应，更显技巧娴熟。诗歌颈联采用拗救的形式，即句五“竹”字入声拗，句六“自”字仄声犯孤平，“沙”字应仄用平，既救本句“自”字，又救出句“竹”字，是谓双救。诗中的入声字有“积”（陌韵）、“竹”（屋韵）。

有美堂暴雨[1]

（七律平起平收式）

游人脚底一声雷，满座顽云拨不开[2]。
天外黑风吹海立，浙东飞雨过江来[3]。
十分潋滟金樽凸，千杖敲铿羯鼓催[4]。
唤起谪仙泉洒面，倒倾鲛室泻琼瑰[5]。

注释

〔1〕此诗作于熙宁六年（1073）苏轼任杭州通判之时。有美堂：在杭州吴山最高处，位于西湖的东南面，为宋仁宗嘉祐二年（1057）梅挚知杭州时所建，“有美”二字取自宋仁宗赐梅挚诗“地有吴山美，东南第一州”中二字。

〔2〕“游人”二句：游人刚刚听到脚底一声炸雷，有美堂内就骤然变暗了，浓黑的重云仿佛拨都拨不开。俗说高雷不雨，雷声贴地而起便是暴雨。

〔3〕“天外”二句：天外翻卷而来的黑风似将海水掀起，矗立在半空；猛烈的暴雨从浙东飞洒过来。此联上句化用杜甫《朝献太清宫赋》：“九天之云下垂，四海之水皆立。”下句用唐·殷尧藩《喜雨》中“浙东飞雨过江来”成句。浙东，指钱塘江以东地区。

〔4〕“十分”二句：西湖水涨满溢动，像斟满酒的酒杯；雨声急促密集，如千杖急击羯鼓之声。前句化用杜牧《牛栏夜宴》“酒凸觥心潋滟光”一句。十分，谓酒斟得满满，是唐宋时俗语。潋滟（liàn yàn），水波溢动的样子。樽，古代盛酒器具。敲铿（kēng），形容鼓声。羯（jié）鼓，一种乐器，两面

蒙皮，腰部较细的一种鼓，横置两端可击。据说来源于羯族，南北朝时由西域传入内地。

〔5〕“唤起”二句：暴雨想必是那天帝为唤醒李白而洒的仙泉；使他作出优美的诗篇，如同从倒置的贮宝箱里倾泻而出的奇珍瑰宝。谪仙，即李白，此处是作者自况，并泛指在座诗人。《旧唐书》卷一百九十下“李白传”：“玄宗度曲，欲造乐府新词，亟召白，白已卧于酒肆矣。召入，以水洒面，即令秉笔，顷之成十余章。”鲛(jiāo)室，即鲛人之室。晋·张华《博物志》卷二载：“南海外有鲛人，水居如鱼，不废织绩，其眼能泣珠。”琼瑰，美玉，喻优美诗篇。

简评

此诗描写有美堂暴雨，绘声绘色，气势豪健。开篇一声惊雷，先声夺人，接着是浓重的乌云聚拢过来，在听觉和视觉上都给人以强烈的震撼，为暴雨来临造足了声势。中两联更以雄奇瑰丽之语尽情描绘倾盆暴雨之奇观，作者似操倚天之笔，挽江海之波，以泼墨的手法，绘出了“天外黑风吹海立，浙东飞雨过江来”的恢宏图卷，读来“奇气”(方东树《昭昧詹言》卷二十评)一片，情景宛然在目。元·方回评曰：“老杜《朝献太清宫赋》：‘九天之云下垂，四海之水皆立’，本是奇语，摘‘海立’二字用之，自东坡始。此联壮哉！”(《瀛奎律髓》卷十七)清人何曰愈亦盛赞此联：“‘天外黑风吹海立，浙东飞雨过江来’，是何等气象，何等笔力！”(《退庵诗话》卷七)接下来作者又变换手法，用比喻摹写所见所闻，以“金樽凸”绘形，以“羯鼓催”传声，真切生动地再现西湖滂沛的雨景。诗歌至此已将大雨之“暴”摹写得神完气足，结尾诗人突发异想，这一场暴雨犹如唤醒李白的仙泉，正是要触发自己的灵感，写出不亚于谪仙的神奇诗篇。全诗浓墨重彩，用笔酣畅，气势奔腾，意境灵动，充分体现了苏诗豪放浪漫的风格。

格律分析

这首七律押平声“灰”韵，首句入韵。诗中入声字有“一”(质韵)、“拨”(曷韵)、“黑”(职韵)、“十”(缉韵)、“凸”(屑韵)、“羯”(屑韵)、“谪”(陌韵)，属于仄声。

祭常山回小猎[1]

（七律仄起平收式）

青盖前头点皂旗，黄茅冈下出长围。[2]
弄风骄马跑空立，趁兔苍鹰掠地飞。[3]
回望白云生翠巘，归来红叶满征衣。[4]
圣明若用西凉簿，白羽犹能效一挥。[5]

注释

〔1〕题一作《习射放鹰》，宋神宗熙宁八年（1075）苏轼知密州（治所在今山东诸城市）时作。宋代朋九万《乌台诗案》云："（苏轼）知密州日，因祭常山回，与同官习射放鹰，作此诗。"（见《宋诗纪事》卷二十一，下同）常山在密州境，时作者往常山举行冬祭。

〔2〕"青盖"二句：侍卫们举着皂旗在青盖车前开道，黄茅冈下很快就圈出了一个大围场。青盖，青色车篷。皂旗，黑色旗帜。长围，本意是行军时合围攻敌，此处指围猎。

〔3〕"弄风"二句：骄马时而纵横驰骋，时而直立跑空，激起阵阵风沙；追逐兔子的苍鹰擦地疾飞。跑（páo）空立，马两后腿站立，前两蹄作跑地状。趁，逐，追赶。苍鹰，猛禽，经训练后可以捕猎。

〔4〕"回望"二句：围猎归来的路上，回头一望，白云缭绕在苍翠的山巅；低头一看，红叶洒满了征衣。巘（yǎn），山顶。《诗·大雅·公刘》："陟则在巘。"朱熹集传："巘，山顶也。"

〔5〕"圣明"二句：谓圣明天子如果能起用我，我还能为国家出力，驰骋疆场，杀敌立功。圣明，指皇帝。西凉簿，宋·朋九万《乌台诗案》以为此二句"意取西凉主簿谢艾事。艾本书生也，善能用兵。故以此自比，若用轼为

将，亦不减谢艾也。”西凉，晋时十六国之一。簿，主簿，官名。白羽，一说用晋代顾荣事，《晋书》卷六十八“顾荣传”：“齐王冏召为大司马主簿。……周玘与荣及甘卓、纪瞻潜谋起兵攻陈敏。荣废桥敛舟于南岸，敏率万余人出，不获济，荣麾以羽扇，其众溃退。”又，何焯说：“结句当用鲍明远诗‘留我一白羽，将以分虎竹’意，非专用顾荣事也。”白羽，白色羽扇。

简评

这首七律写围猎声势，抒发磊落胸襟及报国情怀，气势雄健，音节嘹亮。首联进入围猎场景，以青、皂、黄三种色调描绘出肃穆的氛围，拉开围猎序幕。颔联描写围猎场面，连用几个极富表现力的动词，着意刻画骏马驰骋、苍鹰掠地的动态，形象栩栩如生。颈联写归途所见，以“白”“翠”“红”三种色彩渲染出高华的境界，衬托出猎罢归来的壮志豪情。尾联总结围猎壮举，抒发从军报国的高远情怀。方东树曾言此诗：“瑰玮，五六境象佳。”（《昭昧詹言》卷十二）

格律分析

这首七律采用了仄起平收式，首句借韵。韵脚依次为：旗、围、飞、依、挥，其中“旗”属支韵，其余四字属微韵。前三联都使用了对仗，于纵横恣肆之中见出工稳。其中“出”（质韵）、“白”（陌韵）、“一”（质韵）字旧读入声。

红梅三首（其一）[1]

（七律平起平收式）

怕愁贪睡独开迟，自恐冰容不入时[2]。
故作小红桃杏色，尚余孤瘦雪霜姿[3]。
寒心未肯随春态，酒晕无端上玉肌[4]。
诗老不知梅格在，更看绿叶与青枝[5]。

注释

〔1〕此诗作于宋神宗元丰五年(1082)。元丰二年(1079),御史李定等人断章取义地摘出苏轼讽刺新法的诗句,以谤讪新政的罪名弹劾他,苏轼被捕入狱,史称"乌台诗案"。乌台指的是御史台,汉代御史台柏树上有很多乌鸦,所以御史台自汉代以来即别称"乌台"。此案先由御史告发,后在御史台受审,故有此称。这次文字狱实际是对苏轼的政治迫害,苏轼出狱后,被贬到黄州(今湖北黄冈市),任团练副使。在政治失意之中,苏轼借梅自喻,表明己志。其诗集中,以梅为题的有近四十首,本诗是其中之一。

〔2〕"怕愁"二句:因为怕花开之后招来风雨愁怨,又因为贪睡,所以红梅迟迟不开,担心自己的冰雪姿容不能与流俗相合。

〔3〕"故作"二句:承"自恐"句,为了能和谐入俗,故意点染了桃花杏蕊那样的淡红色,只留下孤傲、瘦劲的枝干与风姿,挺立于冰天雪地间。

〔4〕"寒心"二句:因有岁寒之心而不愿柔媚宛转于春风之中,淡红的酒晕不知因何泛上她的容颜。此联是说红色本不是梅花本色,无故点染上去,外表艳若桃李,本性依旧冰清玉洁。

〔5〕"诗老"二句:诗老不知红梅有着独特的品格,还要看什么绿叶与青枝来辨别。诗老,指石曼卿,苏轼前辈诗人。苏轼于此诗下自注:"石曼卿《红梅》诗云:'认桃无绿叶,辨杏有青枝。'"意思是说把梅看做桃花,它没有绿叶;看做杏花,它的枝子又是青的。

简评

纪昀评此诗曰:"细意钩剔,却不入纤巧,中有寓托,不同刻画形似故也"(纪昀评点本《苏文忠公诗集》卷二十一)盖因诗人将红梅人格化,以梅品寓人品,表现自己在遭受政治迫害后的坚贞品格。首联写红梅不同世俗的冰雪品貌,展示了诗人清高孤介的个性。句中"怕愁""自恐"流露出遭贬后的忧危心态。颔联紧承上意,写红梅恐不合俗,而故作红色,虽艳如桃杏,却孤瘦遒劲,傲雪凌霜,难掩其本色。颈联直咏梅之“寒心”，说明红梅因有岁寒之心，故不在春天争芳斗艳，而在百花凋后凌寒怒放。尾联点出“梅格”，标明全篇之主题，乃以梅格喻自己在遭受政治严霜之下仍坚持高风亮节、决不随波逐流的人格。此诗想象奇特，造语精妙，一气呵成。各联间连接极为紧密，“自恐”“故作”“尚余”“未肯”“无端”诸字平易出之，而承前启后，回环往复，用意极深，王文濡有评曰：“写红字以严重出之，方不失梅之标格，下字具见斟酌，读者不可忽过。”（《历代诗评注读本》上）

格律分析

这首七律押平声支韵，首句入韵。其中“独”（屋韵）、“雪”（屑韵）、“格”（陌韵）为古入声字。句八的“看”字，依格律读为平声。

正月二十日，与潘、郭二生出郊寻春，忽记去年是日同至女王城作诗，乃和前韵[1]

（七律平起平收式）

东风未肯入东门，走马还寻去岁村[2]。
人似秋鸿来有信，事如春梦了无痕[3]。
江城白酒三杯酽，野老苍颜一笑温[4]。
已约年年为此会，故人不用赋《招魂》[5]。

注释

〔1〕宋神宗元丰五年（1082）正月二十日作于黄州（今湖北黄冈市）贬所。元丰四年正月二十日，苏轼去往岐亭，潘丙、郭遘、古耕道等友人送至女王城，同在东庄禅院寻春，苏轼曾作诗一首。元丰五年正月二十日，又与

潘、郭二人出郊寻春,重游女王城,乃有此诗,并沿用前诗韵脚。女王城:指黄州州治东十五里的永安城。

〔2〕“东风”二句:城内没有丝毫春意,因为春风不肯吹入东门;那我们还是走马出城,到旧地寻春吧。

〔3〕“人似”二句:人如同鸿雁,能感时而动,所以我又按时重游旧地;蓦然回首,所有的往事却如同一场春梦,了无痕迹。此联可参看杜牧诗句:“恨如秋草多,事与孤鸿去。”(《题安州浮云寺楼》)。有信,此指守时。鸿雁来去有时,故云。

〔4〕“江城”二句:江城白酒的醇厚味道,乡村老农的温和笑颜,使这次游春更加愉快。江城,黄州城在长江北岸,故云。酽(yàn),味厚,此处指酒醇。

〔5〕“已约”二句:我已和好友们相约年年出郊寻春,京中故友不必可怜我的贬斥而设法将我内调回京。《招魂》,《楚辞》中的篇章。《招魂》的作者,历史上有不同说法。司马迁在《史记·屈原贾生列传》中称为屈原的作品。王逸在《楚辞章句》中认为是宋玉的作品:“《招魂》者,宋玉之所作也。宋玉怜哀屈原,忠而斥弃,愁懑山泽,魂魄放佚,厥命将落。故作《招魂》,欲以复其精神,延其年寿,外陈四方之恶,内崇楚国之美,以讽谏怀王,冀其觉悟而还之也。”说是宋玉哀屈原忠而被逐而写的讽谏怀王之作,希望怀王召还屈原。魏晋唐宋文人大多接受王逸的说法。此处即采后说。

简评

此诗清新随意,涉笔成趣,历来为人称赏。首联起笔倒入,明明是自己出游,却用“不肯”二字把东风拟人化,似在招人出郊寻春,令人耳目一新。颔联写触景生情的人生感慨,言连年游春,如秋鸿感时而动,览春光无限;但人事多变,犹如春梦,事过无痕。此联对仗精妙,譬喻新颖,境界超逸。诗人以高旷超然的情怀对待政治上的挫折与打击,把人事浮沉看作一场春梦,了无痕迹;也把往事中的一切得失与愤懑都归于虚无,从而放宽胸怀,超越痛苦。纪昀曾评:“三、四警策。”(纪昀评点本《苏文忠公诗集》卷二十一)王文濡也说:“春梦句已入化境,非后人所能效颦”。(《历代诗评注读本》上)颈联转写游春之乐,正是往事“无痕”的体现,江城白酒的浓郁、野老笑容的温煦,让诗人暂时忘记了政治上遭遇的风刀霜剑,从生活中找到了人生的乐趣。结尾用传说中宋玉哀屈原忠而被逐事,将自己的遭遇暗比屈原,以旷达的胸襟对待人生的逆境,告诉朋友们自己将随遇而安,不必可怜自己而周旋回京。全诗起、承、转、合,流畅自然,说理叙事,都在行云流水之间,行于所当行,止于所当止。作者貌似不甚锻炼,实则举重若轻、引人入胜。

格律分析

这首七律押平声元韵,首句入韵。诗中“白”(陌韵)、“一”(质韵)、“约”(药韵)为入声字。中间两联对仗。颔联尤妙。

六月二十日夜渡海[1]

(七律平起平收式)

参横斗转欲三更,苦雨终风也解晴[2]!
云散月明谁点缀,天容海色本澄清[3]。
空余鲁叟乘桴意,粗识轩辕奏乐声[4]。
九死南荒吾不恨,兹游奇绝冠平生[5]。

注释

〔1〕宋元祐八年(1093),宋哲宗亲政,起用新党,蔡京、章惇(dūn)等用事,绍圣元年(1094),贬逐元祐旧臣,苏轼先被贬至惠州(今属广东),绍圣四年(1097),又被远放儋(dān)州(今属海南),直至元符三年(1100)徽宗即位后遇赦,离开海南岛北还时作此诗。

〔2〕“参横”二句：从参星和北斗星的位置移动看，大约将近三更时分了；风雨也懂得人心望晴，终于歇止下来。参（shēn）斗，指参星与北斗，都是二十八宿之一。苦雨，联绵阴雨。终风，暴风。《诗经·邶风》有《终风》一篇，以终风喻卫庄公之狂荡暴戾。

〔3〕“云散”二句：浮云散尽，月光明亮，海天相接，一片澄清。此联的比喻意义是：朝廷本自清明，虽有一时之浮云蒙蔽，而今又澄澈无垢了。点缀，典出《世说新语·言语》：“司马太傅（司马道子，官太傅）斋中夜坐，于时天明月净，都无纤翳。太傅叹以为佳。谢景重在坐，答曰：‘意谓乃不如微云点缀。’太傅因戏谢曰：‘卿居心不净，乃复强欲滓秽太清邪？’”《东坡志林》卷八重述其意云：“青天素月，固是人间一快，而或者乃云：不如微云点缀。乃知居心不净者，常欲滓秽太清。”故微云点缀比喻居心不净的奸臣蒙蔽帝王。天容，天空的容貌。

〔4〕“空余”二句：深居谪地多年，不意召还，那么“道不行”乘桴远游就是徒然之想了；不过谪居的日子也使我粗识一些玄妙之道，就像听到《咸池》之乐那样。鲁叟，指孔子。陶潜《饮酒》诗称他为“汲汲鲁中叟”。桴（fú），筏子。《论语·公冶长》：“子曰：‘道不行，乘桴浮于海’”。轩辕：指黄帝。传说黄帝居于轩辕之丘，故以轩辕为号。《庄子·天运》篇记黄帝张《咸池》之乐于洞庭之野，北门成始闻惧，复闻怠，卒闻惑，黄帝即以“道”解答之。

〔5〕“九死”二句：在南方荒僻之地九死一生，我并无遗憾，因为这次远游是我平生最奇绝的经历。九死，用屈原《离骚》“亦余心之所善兮，虽九死其犹未悔”之意。

简评

纪昀评论此诗说：“前半纯是比体。如此措辞，自无痕迹。”（高步瀛《唐宋诗举要》卷六引）首联衬出诗人终于遇赦北还时的心境，“苦雨终风”比喻自己一再遭贬的经历，“云散月明”比喻朝廷更新，自己终见天日。后两联言谪居之苦已抵不过现在的喜悦之情。句句都似来得突兀，却又能浑成一体，寓意深长，堪称“奇绝”。苏轼一生，多次遭贬，历尽坎坷，而胸次旷达，直面沉浮，泰然处之。元人方回曾评此诗云：“绍圣四年丁丑，东坡在惠州，年六十二矣。五月再谪琼州别驾，昌化军安置，即儋州也。……当此老境，无怨无怒，以为‘兹游奇绝’，真了死生、轻得丧天人也。”（《瀛奎律髓》卷四十三）元代袁桷亦云：“苏文忠自渡岭海以后，诗律大变。盖其精神气概，逢海若而不慑；喷薄变化，迎受之而莫辞。昔之善赋咏者，必穷涉历之远。”（《清容居士集》卷四十八）此外，苏轼精熟坟典，词汇富博，此诗虽多处用典，却无牵凑之迹。正如宋人费衮云：“东坡词源如长江大河，汹涌奔放，瞬息千里，可骇可愕。而于用事对偶，精妙切当，人不可及。”（《梁谿漫志》卷四）

格律分析

这首七律押平声“庚”韵，首句入韵。诗中“识”（职韵）、“绝”（屑韵）均属古入声字。首联中“参横”“斗转”“苦雨”“终风”各自句中成对。颔联语句相对、语意相承，显得灵动流走，且句中又自成对（“月明”对“云散”，“海色”对“天容”）。

黄庭坚

次元明韵寄子由[1]

（七律仄起仄收式）

半世交亲随逝水，几人图画入凌烟[2]？
春风春雨花经眼，江北江南水拍天[3]。
欲解铜章行问道，定知石友许忘年[4]。
脊令各有思归恨，日月相催雪满颠[5]。

注释

〔1〕这首诗是宋元丰四年(1081)黄庭坚任吉州太和(今江西泰和县)县令时所作。子由:苏轼弟苏辙,字子由,时贬官在筠州(今江西高安市)监盐酒税。其兄苏轼亦贬黄州。元明:黄大临,字元明,黄庭坚之兄。元明寄子由诗,为苏辙被贬抱不平,黄庭坚次韵作此诗寄苏辙。次:次韵,依所和诗的韵作诗。

〔2〕"半世"二句:时光如逝水,我们的交亲已有半世之久,有几个人建立了功业呢?逝水,暗用《论语·子罕》:"子在川上曰:'逝者如斯夫,不舍昼夜。'"凌烟,指凌烟阁,唐太宗为表彰功臣而为他们画像置于凌烟阁。《旧唐书》卷三"太宗本纪·贞观十七年":"诏图画司徒、赵国公无忌等勋臣二十四人于凌烟阁。"

〔3〕"春风"二句:此联写春天景物。扑眼的春花,连天的江水,多么宜人的景致!

〔4〕"欲解"二句:意谓自己想辞去县令的官职而追随子由学道,料想子由一定能允许的,表示了知己之谊。铜章,指县令的印。行,将要。问道,典出《庄子·在宥》:"黄帝……闻广成子在于空同之山,故往见之,曰:'我闻吾子达于至道,敢问至道之精。'"石友,志同道合的金石之交。西晋潘岳《金谷诗》:"投分寄石友,白首同所归。"忘年,指朋友投契,不计年龄大小。

〔5〕"脊令"二句:意谓我们都思念着各自的兄弟,欲归隐而不得,只好听任日月交替,时光流逝,催生白发。脊令,一种水鸟。《诗经·小雅·常棣》曰:"脊令在原,兄弟急难。"后人常用以借指兄弟。雪满颠,头顶长满白发。

简评

诗作于元丰四年(1081),当时苏、黄均被目为旧党遭受压抑,不仅苏轼因"乌台诗案"被贬往黄州,苏辙亦遭牵连贬筠州,黄庭坚之兄元明寄苏辙原诗说:"钟鼎功名淹管库,朝廷翰墨写风烟。"对才华出众的苏辙贬到筠州监盐酒税务(管库)表示惋惜与同情。本诗首联就此发端,叹喟半世光阴已如逝水,壮志难酬,除了兄弟、朋友之间的亲情友谊,功业亦成空想。颔联极写风雨催春、繁花耀眼,江北江南、水天相接，表达对优美辽阔的大自然的无限向往之情。赞美自然，暗含着对官场的厌倦。这二句融情入景，景阔情长，而形象生动鲜明，又无着意刻画之迹。颈联紧承上联，说自己要解印去官，追随好友左右，子由定会欣然允诺。尾联照应首联“交亲”“逝水”字面，以年华虚掷、白发催生的沉重忧思作收。全诗面向挚友敞开心扉，一面总结人生，抒发功业成空的感慨；一面慰藉友人，抒写兄弟之情、难归之恨。全诗结构严密，语意承接紧凑，转折有力，诚如清·方东树所评：“平叙起，次句接得不测，不觉其为对，笔势宏放。三、四即从次句生出，更横阔。五、六始入题叙情。收别有情事，亲切。言彼此皆有兄弟之思。……此诗足供揣摩取法。”（《昭昧詹言》卷二十）

格律分析

这首七律采用了仄起仄收式，押平声“先”韵。诗中今读平声的古入声字有：“拍”（陌韵）、“石”（陌韵）、“脊”（陌韵）、“雪”（屑韵），均为仄声。“令”字读平声。颔联用“掉字对”，句式回旋跳跃。

登快阁[1]

（七律平起仄收式）

痴儿了却公家事，快阁东西倚晚晴[2]。
落木千山天远大，澄江一道月分明[3]。
朱弦已为佳人绝，青眼聊因美酒横[4]。
万里归船弄长笛，此心吾与白鸥盟[5]。

注释

〔1〕这首诗作于宋神宗元丰五年（1082），时诗人任吉州太和（今江西泰和县）

县令。快阁:在今江西泰和县东门的澄江边上。

〔2〕“痴儿”二句:了却官事之后,登上快阁,漫步东西,沐浴在晚晴之中,看那江山广远,景物清华。痴儿,痴呆儿。诗人自称。典出《晋书》卷四十七“傅咸传”。晋惠帝时,傅咸刚直,屡谏权贵杨骏,骏弟杨济写信给傅咸,让他装糊涂,说:“生子痴,了官事。官事未易了也。了事正作痴,复为快耳。”意为生个痴呆儿不能仕宦,也就免去了官家的差事。因为官场的事不是那么容易办成的。要想办成事正该作痴呆状,以“痴”了事才能痛快。作者借其意自我解嘲。了却,办完。公家事,指官事。

〔3〕“落木”二句:放眼望去,高树叶落,群山静立,愈发显出了天之远大,月映澄江,一川光动,愈发衬出月色分明。

〔4〕“朱弦”二句:朱弦已断,世上再无知己,现在我最喜爱的只有美酒了。朱弦,《吕氏春秋·本味篇》:“钟子期死,伯牙破琴绝弦,终身不复鼓琴,以为世无足复为鼓琴者。”此寓世无知己,不愿再施展才能之意。佳人,美人,此指有才华的人。青眼,《晋书》卷四十九“阮籍传”:“籍又能为青白眼,见礼俗之士以白眼对之。嵇喜来吊,籍作白眼,喜不怿而退。喜弟康闻之,乃赍酒挟琴造焉,籍大悦,乃见青眼。”青即黑,以黑眼珠对人是正视的状态,表示对人尊重或喜爱。以青眼对酒,意谓只有美酒是我唯一的安慰。

〔5〕“万里”二句:吹奏着长笛泛舟江海,真心地与白鸥盟誓。表示要和鸥鸟永结为友,归隐江湖。白鸥盟,喻忘情世外、毫无机心。典出《列子》“黄帝第二”,说古时有人每日到海上从鸥鸟游,鸥鸟至者以百数。后其父要他把鸥鸟捉回去,他再去海边,鸥鸟舞而不下。

简评

这是黄诗中的名作,据元人韦居安云:“山谷元丰间宰吉之太和,秩满,有《晚登快阁》诗,此阁一经品题,名重天下,前后和者无虑数百篇。”(《梅磵诗话》卷上)诗歌生动地描绘了登阁远眺中辽阔的江天胜景,抒写了诗人在现实中缺少知己的苦闷心情和渴望摆脱官务羁绊、归隐江湖的旷达情怀。通首一气盘旋而下,中间抑扬顿挫又极浏亮,虽多处用典,却与内容浑然一体。方东树说:“起四句且叙且写,一往浩然。五六句对意流行。收尤豪放。此所谓寓单行之气于排偶之中者。”(《昭昧詹言》卷二十)并引姚鼐语,称这首诗“能移太白歌行于律诗”。宋人张戒不喜此诗之颔联,以为“此但以‘远大’‘分明’之语为新奇,而究其实,乃小人语。”(《岁寒堂诗话》卷上)这一说法不被诗评家所认同,如清·张宗泰反驳云:“至宋之山谷,诚不免粗疏涩僻之病,至其意境天开,则实能辟古今未泄之奥妙,而《登快阁》诗亦其一也。顾诋为小儿语,不知何处有此等小儿能具如许胸襟也。”(《鲁岩所学集》卷十四)

格律分析

这首七律押平声“庚”韵。诗中今读平声的古入声字有:“阁”(药韵)、“一”(质韵)、“绝”(屑韵)、“笛”(锡韵)、“白”(陌韵),均为仄声。尾联出句用了七律“仄仄平平仄平仄”的特定形式。

寄黄几复[1]

(七律平起仄收式)

我居北海君南海[2],寄雁传书谢不能[3]。
桃李春风一杯酒,江湖夜雨十年灯[4]。
持家但有四立壁[5],治病不蕲三折肱[6]。
想得读书头已白,隔溪猿哭瘴溪藤[7]。

注释

〔1〕这首诗作于元丰八年(1085),时诗人监德州德平镇(在今山东德州市东)。黄几复,与诗人同乡,年轻时即相与往来,时知广州四会县(今广东四会市)。

〔2〕“我居”句:自注:“几复在广州四会,予在德州德平镇,皆海滨也。”这句巧妙地化用了《左传·僖公四年》“君处北海,寡人处南海”句意,点出与几

复两地远隔。

〔3〕“寄雁”句：古人有雁足传书之说，又说鸿雁南飞只到衡阳为止，四会在衡阳之南，故而托雁传书，雁只好辞谢了。实言南北相隔，通信不易。

〔4〕“桃李”二句：上句写昔日两人的京城相聚，良辰美景，气氛欢快；下句转写江湖相隔，已经十年，夜雨独坐，倍感凄凉。

〔5〕“持家”句：是说黄几复为官廉洁、处境贫寒。四立壁，状其贫无所有。语本《史记·司马相如传》：“家居徒四壁立。”诗人稍加改动，以与下句“三折肱”对仗。

〔6〕“治病”句：蕲，求，希望。三折肱，三次折断手臂。语本《左传·定公十三年》：“三折肱知为良医。”这里反用其意，以治病喻治政，说黄几复有才，不需经过多少磨难便有治绩。

〔7〕“想得”二句：想象黄几复垂老远宦，唯有以读书排遣郁寂。只闻对面瘴溪藤树上的猿啼和他的读书声相应和。瘴溪，四会在广东，多瘴雾，故称。瘴，南方山泽间容易使人致病的湿热之气。

简评

黄庭坚作为江西诗派的领袖，创为“夺胎换骨”之说，其诗歌“入思深，造句奇崛，笔势健，足以药熟滑，山谷之长也。”（清·方东树《昭昧詹言》卷十二）这首诗即充分体现了他奇峭拗健的风格。诗歌发端思通千里，以“南海”“北海”写两地相隔之远，正如吴汝纶所评：“黄诗起处每飘然而来，亦奇气也。”（高步瀛《唐宋诗举要》卷六转引）下文接以怀旧叙情，颔联以雄伟瑰奇的造句，为当时诗坛所瞩目：“或称鲁直‘桃李春风一杯酒，江湖夜雨十年灯’以为极至。”（宋·吕本中《童蒙诗训》）张耒亦谓这两句“真奇语”。（胡仔《苕溪渔隐丛话前集》卷四十七引《王直方诗话》）盖这二句情景交融，且对比鲜明：“桃李春风”的明媚和煦与“江湖夜雨”的萧瑟凄凉、“一杯酒”的短暂欢聚与“十年灯”的漫长思念，引发人无穷的想象力，既感受到作者与黄几复之间友情的久远与深厚，也看到了他们长期漂泊江湖的仕宦生涯的辛酸。颈联活用汉代司马相如事和《左传》之语，以命意惊创的典故，丰富了诗句的内涵，为才能出众的黄几复鸣不平。尾联则想象黄几复垂老远宦、头白读书的无限凄凉，抒写胸中郁勃不平之气。诗中几乎句句用典，“无一字无来处”，但用典能推陈出新，从古人语言中翻出了新意，如颈联由于活用典故而丰富了诗句的内涵，而取《左传》、《史记》中的散文语言入诗，又给近体诗带来苍劲古朴的风味。诚如方东树所云：“以事实典重饰其用意，加以造创奇警，语不惊人死不休，此山谷独有。”（《昭昧詹言》卷十一）

格律分析

这首七律押平声“蒸”韵。诗歌中今读平声的古入声字有：“一”（质韵）、“十”（缉韵）、“折”（屑韵）、“得”（职韵）、“读”（屋韵）、“白”（陌韵）、“哭”（屋韵），均为仄声。黄庭坚的近体诗，发展了杜甫尝试过的拗律体，创造了较多的拗体诗，形成了他独有的艺术风格。方东树说他“于音节，尤别创一种兀傲奇崛之响，其神气即随此以见”。（《昭昧詹言》卷十）此诗“持家”句两平五仄，有意为拗句，第五、六二字应平换仄，属双拗；下面“治病”一句本忌孤平，第三字必用平声，而此处却用了仄声“不”，故于第五字以平换仄，增加平声“三”字，既救本句，又救对句。这就使诗句在拗折之中实现新的和谐。这种兀傲的句法与奇峭的音响，正体现了黄庭坚律诗奇崛瘦硬的语言特色。

题胡逸老致虚庵[1]

（七律拗格）

藏书万卷可教子，遗金满籯常作灾[2]。
能与贫人共年谷，必有明月生蚌胎[3]。
山随宴坐画图出，水作夜窗风雨来[4]。
观水观山皆得妙，更将何物污灵台[5]？

注释

〔1〕此诗约作于徽宗崇宁二年(1103)诗人被贬广西宜州之前。胡逸老:作者的朋友,致虚庵是他的书房。

〔2〕"藏书"二句:赞美胡逸老诗书传家。说庵中有丰富的藏书可助后代子孙成才,而留下大量钱财却往往给他们带来灾害。籯(yíng),即箱笼之类的盛物竹器。此联出于《汉书》卷七十三"韦贤传":"邹鲁谚曰:遗子黄金满籯,不如一经。"

〔3〕"能与"二句:赞美胡逸老的仁善,能将自家的粮食拿出来与穷人共享,这样的善人一定能有杰出子孙。《三国志·魏书》卷十"荀彧传"裴松之注引孔融与韦端书说:"不意双珠,近出老蚌。"孔融意在赞扬韦端的两个儿子为一双明珠。明月,指珍珠。

〔4〕"山随"二句:写致虚庵周围的自然环境。在庵中宴坐,山色风光像一幅幅图画展现在眼前;夜深人静之时,山间流水仿佛化作了敲窗夜雨,声音宛在耳畔。

〔5〕"观水"二句:赞美胡逸老情趣高雅、心地空明。说观水观山都能体察出妙境来,这样澄清无瑕的心灵还有什么能将它污染呢?灵台,指心。《庄子·庚桑楚》:"不可内于灵台。"

简评

这首诗前四句称颂胡逸老,后四句赞美致虚庵,尾句将人与境融合为一。首联通过对比发表议论,赞美胡逸老书多学富,品格高洁。颔联写胡逸老乐善好施,必有后福。颈联描写致虚庵依山傍水的环境,从视觉角度写山,从听觉角度写水,以动写静,以虚写实,人得山水之雅趣,山水因人而灵动。这一联脍炙人口,为元代方回评为"奇句"。(《瀛奎律髓》卷二十五)尾联写山水与人心交融,人心自然能够澄澈明净、一尘不染。用反问语气作结,显得新颖别致。全诗既写人,又写庵,而以"致虚"二字一意贯穿,从而以庵衬人,赞美友人超越世俗的高雅情怀,也披露出自己对胡逸老的仰慕之情。"致虚"一词源自道家,出自

《道德经》第十六章:“致虚极,守静笃。万物并作,吾以观复。”道家认为只有使心灵的虚寂达到极点(致虚极),坚守清静无为专一不变(守静笃),才能观察到万物蓬勃生长,循环往复的自然之道。同时,将佛教本土化了的禅宗也强调“心量广大,犹如虚空。……若空心静坐,即著无记空。世界虚空,能含万物色像,日月星宿,山河大地,泉源溪涧,草木丛林。”(《坛经·般若品第二》)此诗即是描写胡逸老在致虚庵守静中的禅悦境界,所谓“观山观水皆得妙,更将何物污灵台?”

格律分析

这首七律失律之处甚多,但这都是诗人有意为拗的表现。方回《瀛奎律髓》卷二十五将此诗归于律诗的“拗字类”,谓此诗“亦近吴体”。拗律创自杜甫,方回说:“拗字诗在老杜集七言律诗中谓之‘吴体’,老杜七言律一百五十九首,而此体凡十九出。不止句中拗一字,往往神出鬼没。虽拗字甚多,而骨格愈峻峭。”黄庭坚的这首拗律正是学习杜甫所作。诗歌前三联都使用了对仗,颈联尤妙。诗中的入声字有“出”(质韵)、“得”(职韵),古属仄声。

陈师道

次韵李节推九日登南山[1]

(七律平起平收式)

平林广野骑台荒[2],山寺鸣钟报夕阳。
人事自生今日意,寒花只作去年香。
巾敧更觉霜侵鬓[3],语妙何妨石作肠[4]。
落木无边江不尽[5],此身此日更须忙[6]?

注释

〔1〕这是元祐四年(1089),诗人在徐州任州学教授时重阳节登高所作。当时李节推写了一首《九日登南山》,作者按他的诗韵写了这首和(hè)诗。次韵:用所和诗的韵作诗叫次韵。李节推:名不详,节推是节度推官的简称。南山:在徐州。

〔2〕骑(jì)台:即戏马台,在江苏徐州市古城南门之外的南山之巅,或称项羽戏马台。当年项羽自立西楚霸王,曾经建都彭城,在此筑台以观将士戏马。苏轼曾描绘戏马台:"其高十仞,广袤百步。若用武之世,屯千人其上……虽用十万人不易取也。"(《东坡全集》卷五十二"上皇帝书")

〔3〕巾欹(qī):头巾倾侧。此句暗用晋人孟嘉事。孟嘉九月九日随征西大将军桓温宴饮龙山,风吹帽落,桓温命孙盛作文嘲之,孟嘉"即答之,其文甚美"。(见《晋书》卷九十八"孟嘉传")霜侵鬓,意为两鬓头发已白。

〔4〕"语妙"句:如果语言有味,何妨心肠刚毅。石作肠,铁石心肠。任渊注引唐·皮日休《桃花赋序》说:"宋广平(唐代名相宋璟,封广平郡公)为相,贞姿劲质,刚态毅状,疑其铁肠与石心,不解吐婉媚辞;然观其文,而有《梅花赋》,清便富丽,得南朝徐庾体,殊不类其为人。"

〔5〕"落木"句:用杜甫《登高》诗:"无边落木萧萧下,不尽长江滚滚来。"

〔6〕更须忙:岂须忙,不需忙碌。张相《诗词曲语辞汇释》:"更,犹岂也。"

简评

后山以诗名,和黄庭坚、陈与义被合称为祖法杜甫的江西诗派"一祖三宗"中的三宗。其为诗重锤炼,求新奇,斗功力,但亦有平淡自然之作,此诗即为一例。诗的首联点出项王戏马台的荒废,钟声中夕阳的西沉,是引发下文感喟的触媒。主题即包含在"人事自生今日意,寒花只作去年香"的对比中:大自然是永恒的,节令风物,年年如此,今年重阳的寒花(菊花)和去年芬芳无异;而人世沧桑,今非昔比,从当年威震天下的楚霸王戏马台的荒废就可看出。逝者如斯,人生短促,难免产生今日又老一岁的联想。任渊注引李后主诗:"鬓从近日添新白,菊是去年依旧黄。”正好为此诗作注。清·袁枚赞曰：“陈后山吟诗最刻苦，《九日》云：‘人事自生今日意，寒花只作去年香。’郑毅夫云：‘夜来过岭忽闻雨，今日满溪都是花。’此种句，似易实难。人能知易中之难，可与言诗。”（《随园诗话》卷四）纪昀谓此作：“虽未深厚，亦自清挺。”（《瀛奎律髓》汇评）

格律分析

诗押平声“阳”韵，首句入韵。诗中的古入声字有“夕”（陌韵）、“觉”（觉韵）、“石”（陌韵），故为仄声。全诗合乎格律。

春怀示邻里〔1〕

（七律平起仄收式）

断墙著雨蜗成字，老屋无僧燕作家〔2〕。
剩欲出门追语笑，却嫌归鬓逐尘沙〔3〕。
风翻蛛网开三面，雷动蜂窠趁两衙〔4〕。
屡失南邻春事约，只今容有未开花〔5〕。

注释

〔1〕此诗作于元符三年（1100），当时作者已罢职归家居徐州，生活清贫。

〔2〕“断墙”二句：断墙经春雨淋湿后，留下了蜗牛爬行的屈曲痕迹；老屋久无人住，燕子飞来做巢。蜗成字，唐人段成式《酉阳杂俎》卷一载：“（睿宗）为冀王时，寝斋壁上蜗迹成天字。”钱钟书注：“古人常把蜗牛行动时留下的痕迹比为篆书，所以蜗牛有‘篆愁君’的称号。”（《宋诗选注》引陶谷《清异录》卷三）无僧，无人。僧是作者自指，此是戏笔。

〔3〕“剩欲”二句：也想出门寻邻居去谈谈笑笑，可又嫌尘沙太大，回来时头上

蒙一层土。剩欲，更欲。

〔4〕“风翻”二句：春风劲吹，蜘蛛网被风掀翻，三面张开；春雷震动蜂窠，众蜂飞出，如赴衙般排列成行。网开三面，《史记·殷本纪》：“汤出，见野张网四面，祝曰：‘自天下四方，皆入吾网！’汤曰：‘嘻，尽之矣！’乃去其三面”此暗用其事。趁两衙，言众蜂早晚两次簇拥蜂王飞集，犹如旧时吏员的赶赴衙参。典出宋·陆佃《埤雅·释虫》。趁，往，赴。

〔5〕“屡失”：邻居屡次以春事相约，自己都没有赴约，如今也许还有未开的花。容有，或许有，也许有。钱钟书说：“涵意是看见春色那样暄妍，也静极思动，想出门看花了。”(《宋诗选注》)

简评

这是陈师道的名作。后山作诗主张“宁拙毋巧，宁朴毋华，宁粗毋弱，宁僻毋俗”。(《后山诗话》)这首诗就是其诗论主张的体现。此诗写春怀，首联以断墙蜗字写春雨，老屋燕巢写春鸟；颔联写众人游兴正浓之时，自己却一反常俗懒得出门；颈联描写春光暄妍，专写“风翻蛛网”“雷动蜂窠”等僻处，最后一联才落到静极思动的心怀。诗人在选取表现春意的物象时，力求避熟就生，避巧就拙，从而使全诗表现出一种高古苍劲的气韵。同时，诗歌貌似随意涂抹，实则字句中藏有深意。如首联以“断墙”“老屋”自嘲清苦；颔联流露不同流俗的傲然风骨；颈联以“网开三面”“众蜂趁衙”反衬世网罗织、人不如物，隐写仕途坎壈；尾联借看花表希冀之情。元·方回极赞此诗云：“淡中藏美丽，虚处着功夫，力能排天斡地，此后山诗也。”(《瀛奎律髓》卷十)纪昀谓：“起二句言居处之荒凉，五六句言节候之暄妍，故两联写景而不为复。刻意镵削，脱尽甜熟之气。以为排天斡地，则意境自高，推许太过。”(《瀛奎律髓汇评》)此评较当。

格律分析

诗押平声“麻”韵，隔句押韵。诗中的“著”(药韵)、“屋”(屋韵)、“出”(质韵)、“逐”(屋韵)、“失”(质韵)、“约”(药韵)是入声字，古为仄声。

李 彭

春日怀秦髯[1]

（七律仄起平收式）

山雨萧萧作快晴，郊园物物近清明[2]。
花如解语迎人笑，草不知名随意生[3]。
晚节渐于春事懒，病躯却怕酒壶倾[4]。
睡余苦忆旧交友，应在日边听晓莺[5]。

作者简介

李彭，字商老，南康军建昌（今江西永修县）人。为江西派诗人，曾与黄庭坚、惠洪等唱和，有《日涉园集》。

注释

〔1〕秦髯：秦湛，字处度，秦观之子。作者好友。李彭《怀秦处度复用山谷韵》诗："秦髯昨首长沙路，舍舟东来甘霜兔。"（《日涉园集》卷五）其《怀秦处度》诗称美秦湛："淮海紫髯叟，长吟独倚风。"（《日涉园集》卷七）

〔2〕"山雨"二句：萧萧山雨初停，天已放晴；时值清明，郊园的一草一木都透露着春的信息。

〔3〕"花如"二句：花如善解人意，迎人绽放笑脸；不知名的草自适其意地生长着。解语，此处以美人喻花。典出五代·王仁裕《开元天宝遗事》卷三："明皇秋八月，太液池有千叶白莲，数枝盛开，帝与贵戚宴赏焉，左右皆叹羡。久之，帝指贵妃，示于左右曰：'争如我解语花？'"

〔4〕"晚节"二句：春天本是饮酒赏花的好季节，但我年事渐高，意兴阑珊，又

因体弱多病,不能饮酒酬春。晚节,晚年。此句由杜甫“晚节渐于诗律细”化出。

〔5〕“睡余”二句:梦里梦外苦苦地思忆旧交友,想必你在那明丽的日光下听着莺儿啼啭。日边,指天子近旁或国都,表明所苦忆友人秦觏是在京都。

简评

这首诗明快晓畅,描写了初春万物萌生的景象,抒写了思念友人的心情。语句多沿用前人之处,如“花如解语”“草不知名”“晚节渐于”等,而又善于变化,创造新的意境,使诗歌语言寓警奇于平淡。这正是江西诗派在形式上追求“化熟为生”“点铁成金”的创作方法。纪昀评其诗“边幅未宏,而锤炼精研,时多警策”(《四库全书总目·日涉园集提要》),较为准确。

格律分析

这首七律押平声庚韵,首句入韵。诗中“节”字今读平声,在古时却是入声字(屑韵)。

唐庚

春日郊外

(七律平起平收式)

城中未省有春光〔1〕,城外榆槐已半黄。
山好更宜余积雪,水生看欲倒垂杨〔2〕。
莺边日暖如人语〔3〕,草际风来作药香。
疑此江头有佳句,为君寻取却茫茫〔4〕。

作者简介

唐庚(1071～1121),字子西,眉州丹棱(今四川眉州市丹棱县)人。他与苏轼同是眉州人,都谪贬过惠州,故有"小东坡"之称。唐庚作诗,极注意推敲,自谓写诗每每"悲吟累日,反复改正"。《四库全书总目》谓"其诗刻意锻炼,而不失气格"。有《唐子西集》。

注释

〔1〕"城中"二句:在城中还没看到春光,可是城外的榆树槐树已经长出了淡黄色的嫩芽。未省(xǐng),还没觉出。

〔2〕"水生"句:江水愈涨愈满,渐渐映出岸边垂杨柳的影子,仿佛把树倒栽着。倒垂杨,倒栽的杨柳,指映入江水的柳影。

〔3〕"莺边"句:阳光温暖,黄莺的鸣叫如人在细语。此句句法倒装,等于"日暖莺边语如人"。

〔4〕"疑此"二句:是说杨柳倒映的江头似有佳句可寻,而欲为酒朋诗侣撷取之时,却又感到茫然无从下手。

简评

此诗以春日郊外为题,笔笔带出乍见春光的新鲜与喜悦。首联以"城中"反衬"城外",从"未省有"折到"已半黄",笔法跌宕,出人意表。中两联抓住了初春最为典型的景象与变化,以山披余雪、水欲倒杨、莺语草香绘出初春画卷,写得风光满眼、春意盎然。其中"余""欲""如""作"诸字俱为作者着力刻画的传神之笔,突出了春光初临时的无限生机。尾联则深切地道出了清景难摹,灵光忽见,却稍纵即逝的诗家感受。元·方回评此诗曰:"此诗句句工致。'水生看欲倒垂杨',绝奇。尾句即简斋(陈与义)所谓'忽有好诗生眼底,安排句法已难寻'也。"(《瀛奎律髓》卷十)唐庚的律诗,工锻炼,善属对,《春日郊外》是他的一篇有代表性的律诗。这首诗诗律虽严,却没有斫失自然,用心深而不显得费力,读来简练有味,所以显得可贵。

格律分析

这首七律用平声阳韵，首句入韵。诗中古入声字有“积”（陌韵）、“雪”（屑韵）、“药”（药韵）字。另外尾联出句用了七律平仄的特定格式：“仄仄平平仄平仄”，并非不合格律。

洪　炎

次韵公实雷雨一首[1]

（七律平起平收式）

惊雷势欲拔三山，急雨声如倒百川[2]。
但作奇寒侵客梦，若为一震静胡烟[3]！
田园荆楚漫流水，河洛腥膻今几年[4]？
拟叩九关笺帝所，人非大手笔非椽[5]。

作者简介

洪炎（1067？～1133）（生卒年据王兆鹏《宋南渡六诗人生卒年考辨》），字玉甫，豫章（今江西南昌市）人。南渡后，官秘书少监。他是黄庭坚的外甥，在吕本中《江西宗派图》中，与兄洪朋、洪刍均被列入江西诗派，诗风与黄庭坚相近，但有个人特色。有《西渡集》。

注释

〔1〕这首诗是和友人郑公实《雷雨》诗，作于靖康之变（1127）以后，当时金兵掳走徽、钦二帝，汴京失守，中原沦陷。诗人寄居客地。

〔2〕“惊雷”二句：惊雷来势迅疾，像是要拔起三山；雨声密急，像百川之水倾

倒而下。三山，旧传海上有三神山，即蓬莱、方丈、瀛洲。

〔3〕“但作”二句：言雷雨只是送来奇寒侵断寄客之梦，又怎能一声巨响平息胡人的战尘呢？若为，怎能。静胡烟，平息胡人的战尘，指消灭金兵。

〔4〕“田园”二句：田园荒芜，长满了荆棘，现在又弥漫着茫茫洪水。黄河洛水一带，本来是京都所在地，却被金兵占领好几年了。楚，灌木丛。河洛，黄河、洛水，泛指黄河流域沦陷地区。腥膻（shān），犬羊腥臊气味。这是对金人轻蔑的说法。

〔5〕“拟叩”二句：想要叩开那九重天门上书天帝，又可惜自己才力浅薄，不能写出这样的奏本。九关，传说中的九重天门。笺帝所，上书天帝。笺，笺奏，古代的一种文书，此指上奏本。大手，指写文章的高手。笔非椽（chuán），《晋书》卷六十五“王珣传”：“珣梦人以大笔如椽与之，既觉，语人曰：‘此当有大手笔事。’”此处反用其典，谓自己人微言轻、笔力不足。

简评

公元1127年靖康之变，金兵南侵，中原沦陷，诗人于南渡之后写下此诗。起笔写惊雷急雨，气势澎湃，如同排山倒海一般扑面而来，这是在以自然现象比喻时局动荡，国势濒危，足以振聋发聩。接着，诗人由描写雷雨转入感慨时事，颔联渴盼惊雷一声巨响平息国难，还我河山！然而，现实却与诗人的愿望相反，由于统治者一味妥协求和，以至中原大地无法收复，往日田园满目疮痍，大好河山沦于敌手。满心忧患的诗人在尾联表达了意欲上书皇帝、进谏国事的强烈愿望，但又深知自己人微言轻，自无回天之力。全诗造语刚健沉郁，句句掷地有声，诗人的一腔忠义愤激之气贯穿于字里行间，表达出了爱国忧时的激情。

格律分析

这首七律隔句押平声先韵，首句借韵，“山”属平声删韵。诗中今读平声的古入声字有：“拔”（黠韵）、“急”（缉韵）、“一”（质韵），均为仄声。此诗颈联拗救，“田园”句第五字“漫”应平用仄，故在“河洛”句第五字“今”应仄用平，属于对句相救。

汪　藻

春　日

（七律拗格）

一春略无十日晴，处处浮云将雨行[1]。
野田春水碧于镜，人影渡傍鸥不惊。
桃花嫣然出篱笑，似开未开最有情。
茅茨烟暝客衣湿，破梦午鸡啼一声[2]。

作者简介

汪藻（1079～1154），字彦章，饶州德兴（今江西德兴市）人，有《浮溪集》。他早年蒙江西诗派徐俯、洪炎等人赏识，但从其作品来看，主要是受苏轼的影响。《宋诗钞》称其“高华有骨，兴寄深远”。

注释

〔1〕将雨：带雨。

〔2〕“茅茨”二句：竹篱边的茅屋人家，笼罩在蒙蒙烟雾之中，雨后的雾气，似欲沾湿游客的衣衫；正午时分，突然传来一声鸡鸣，使人似从梦境中惊醒。茅茨，茅屋。茨，用茅草、芦苇盖的屋顶。

简评

这首诗是汪藻早年的成名之作。首联以春雨之盛反衬春日之难得，后三联写出游所见。野田春水之碧、竹篱桃花之妍，云烟缭绕的茅茨、沾衣欲湿的水汽，使人如履梦境。而一声鸡啼则打破幽寂，将人从梦境中唤醒。诗中清词丽句，似

《春日》

信手拈来，而花鸟传情，风光转换，皆成妙境。诗人心情之欢悦，感受的新鲜，则回环相贯，充溢其中。这首七律虽通篇用拗句，然于拗峭之中，自具清丽之致，劲健而不失温润。故宋人张世南《游宦纪闻》卷三称："（汪藻）幼年已负大名，作诗云'一春略无十日晴（下略）'。此诗一出，便为诗社诸公所称。"

格律分析

诗押平声庚韵，首句入韵。此诗各联均失粘，且多用拗句。其中"一"（质韵）、"十"（缉韵）、"出"（质韵）、"湿"（缉韵），今虽读平声，古时却是入声字，归入仄声。诗歌全篇散行，无一对仗。

王庭珪

送胡邦衡之新州贬所二首（其二）[1]

（七律仄起平收式）

大厦元非一木支，欲将独力拄倾危[2]。
痴儿不了公家事，男子要为天下奇[3]。
当日奸谀皆胆落，平生忠义只心知[4]。
端能饱吃新州饭，在处江山足护持[5]。

作者简介

王庭珪（1079～1171），字民瞻，号卢溪，庐陵（今江西吉安市）人。徽宗政和八年（1118）进士，调衡州茶陵县丞，后弃官隐居于卢溪五十年。他的诗以气势见长，上继欧阳修，下启杨万里，在南宋诗坛上很有影响力。有《卢溪先生文集》。

注释

〔1〕宋高宗绍兴八年(1138),胡铨因上书反对议和,请斩卖国苟安的秦桧、孙近、王伦,由枢密院编修被贬昭州(今广西平乐县),秦桧由此大兴文字之狱。绍兴十二年(1142),胡铨再度由福州贬往新州(治所在今广东新兴县),途经故乡庐陵时,王庭珪作诗二首为他送行,这首诗即其中的第二首。胡邦衡:即胡铨,字邦衡。之:到。贬所:被贬的地方,即新州。

〔2〕"大厦"二句:赞扬胡铨一心为国的精神,说大厦将倾本非一木可支,但胡铨仍挺身而出,独自尽力支撑危局。元,通"原"。

〔3〕"痴儿"二句:是说胡铨是男儿中的奇杰,与秦桧之辈卖国求和、不能正确处理国事形成鲜明对比。痴儿,指秦桧等误国之徒。男子,指胡铨。为:作。

〔4〕"当日"二句:是说胡铨上书之日曾令奸贼胆战心惊,而胡铨一贯的忠义之心也只有我们两心相知。当日,胡铨上书在绍兴八年。奸谀,奸邪谄媚之人。

〔5〕"端能"二句:是对胡铨的劝勉,如果能心怀坦荡,像苏轼那样不以迁谪为意,那么江山神祇都会保佑你平安。端,果真。饱吃新州饭,黄庭坚《跋子瞻和陶诗》:"饱吃惠州饭,细和渊明诗。"赞美苏轼磊落胸怀,此化用其意。江山,指江山神祇。护持,保护。

简评

胡铨因上书要求斩除卖国贼秦桧等人而一再遭贬,在秦桧借机大兴文字狱迫害爱国志士的严重事态下,诗人却以此诗大力赞扬了胡铨的爱国精神。诗歌一开始就写了国家面临倾覆的危险,一木难支大厦,但胡铨却挺身而出,独立扶国势于倾危之际,诗人用个"元"字,突出了胡铨"知其不可而为之"的英勇。颔联接着用对比手法,直斥奸佞之无能误国,赞扬胡铨是真正的男儿奇杰。颈联上句写胡铨上书的威力,下句则示英雄相惜之意,同时批评朝臣懦弱,竟无人敢于主持正义。结尾加以慰勉,正气凛然。全诗充满慷慨不平之气,令人豪气顿生,百读不厌。

王庭珪以诗送胡铨，是对胡铨上书这一正义之举的公开声援。据宋代岳珂《桯史》卷十二载："胡忠简铨既以乞斩秦桧掇新州之祸，直声振天壤，一时士大夫畏罪箝舌，莫敢与立谈，独王卢溪廷珪诗而送之。"诗人不仅以诗送之，还直斥秦桧"奸谀"，表现出崇高的正义感和大无畏精神。后小人有密告秦桧得知，将王庭珪流放辰州（今湖南沅陵县），也正因此，诗人"大名愈著"，"诗名一日满天下"。（宋·杨万里《卢溪文集序》）元·方回评此诗云："秦桧之专权只成就得胡邦衡一人。如卢溪隐节固高，因此诗得罪，大名愈著。"（《瀛奎律髓》卷四十三）

格律分析

这首七律押平声支韵，首句入韵。其中今读平声的古入声字有："一"（质韵）、"独"（屋韵）、"吃"（物韵）、"足"（沃韵），古为仄声。"男子要为天下奇"是拗句，本该是"仄仄平平仄仄平"，但此处为"平仄仄平平仄平"。此句第三字"要"字用仄声犯孤平，故将第五字换为平声"天"来补救。

曾 幾

苏秀道中自七月二十五日夜大雨三日，秋苗以苏，喜而有作[1]

（七律仄起平收式）

一夕骄阳转作霖[2]，梦回凉冷润衣襟。
不愁屋漏床床湿，且喜溪流岸岸深[3]。
千里稻花应秀色[4]，五更桐叶最佳音[5]。
无田似我犹欣舞，何况田间望岁心[6]！

作者简介

曾幾(1084～1166),字吉甫,自号茶山居士,赣州(今江西赣县)人。曾幾具有坚定的爱国精神,并以其爱国思想教育陆游。他的诗学黄庭坚,又曾经向韩驹和吕本中请教过诗法,所以后人也把他附属在江西诗派里。他的诗风清新而又活泼,已经做了杨万里的先声。著有《茶山集》。

注释

〔1〕题内“苏秀道中”,指从苏州到秀州(今浙江嘉兴市)的路上。这年夏秋间,久旱不雨,秋禾枯焦。自七月二十五日夜,大雨三日,庄稼得救。诗人欢欣鼓舞,写了这首七律。

〔2〕霖:久雨。《左传·隐公九年》:“凡雨,自三日以往为霖。”

〔3〕“不愁”二句:上句翻用杜甫《茅屋为秋风所破歌》“床头屋漏无干处”,而加以变化。下句用杜甫《春日江村》“农务村村急,春流岸岸深”成句。

〔4〕“千里”句:此借用唐·殷尧藩《喜雨》诗成句。

〔5〕“五更”句:夜听雨打梧桐,以“佳音”称之,说尽心中喜悦之情。

〔6〕望岁:盼望丰收。岁,一年的收成,年景。

简评

这首诗因喜雨而作,表达了诗人对农民的忧乐感同身受,关切深至,故喜不自胜。全诗呈现出轻快流动的风格。首联一个“转”字道出久旱思雨、天赐甘霖的意外喜悦;颔联借用杜甫诗句,叠字巧对,一反一正,自然贴切,意味无穷。颈联上句想象千里禾苗生机勃勃的景象,下句喜听雨打梧桐之声,方回曰:“三、四已佳,五、六又下得‘应’字、‘最’字,有精神。”(《瀛奎律髓》卷十七)盖古代诗词中,夜听雨打梧桐,常表示愁苦失眠,“曾幾这里来了个旧调翻新:听见梧桐上的潇潇冷雨,就想象庄稼的欣欣生意;假使他睡不著,那也是‘喜而不寐’,就像他的《夏夜闻雨》诗所说:‘凉风急雨夜萧萧,便恐江南草木凋;自为丰年喜无寐,不关窗外有芭蕉。’”(钱钟书《宋诗选注》)尾联更

以己之“无田”映衬“田家望岁心”，正如纪昀所云：“精神饱满，结尤完足酣畅。”（《纪批瀛奎律髓》卷十七）

格律分析

这首七律用平声侵韵，首句入韵。诗中今读平声的古入声字有：“夕”（陌韵）、“屋”（屋韵）、“湿”（缉韵），均属仄声。

陈与义

伤　春[1]

（七律平起平收式）

庙堂无策可平戎，坐使甘泉照夕烽[2]。
初怪上都闻战马，岂知穷海看飞龙[3]！
孤臣霜发三千丈，每岁烟花一万重[4]。
稍喜长沙向延阁，疲兵敢犯犬羊锋[5]。

作者简介

陈与义（1090～1138），字去非，自号简斋，洛阳人。江西诗派三宗之一，是北宋南宋之交最杰出的诗人。其早期诗作深受黄庭坚、陈师道的影响，词句明净，音节响亮。靖康之难后取法杜甫诗，其诗多了感愤沉郁之音，突破了江西诗派瘦硬诗风的局限，形成了雄浑、沉郁的独特艺术风格，被称为“简斋体”。刘克庄称赞他：“造次不忘忧爱，以简严扫繁缛，以雄浑代尖巧，第其品格，故当在诸家之上”（《后村诗话》）。有《简斋集》。

注释

〔1〕此诗作于宋高宗建炎四年(1130)春。题目取自杜甫《伤春》诗意。建炎三年(1129)秋,金兵大举南下,破临安(今杭州市),宋高宗航海逃亡。至四年春,金兵又破明州(今浙江宁波),从海道追宋高宗,宋高宗逃到温州(今浙江温州市),国势殆危。这时作者正流寓湖南,听到向子諲坚守潭州(治所长沙)抗拒金兵的消息,写下此诗。

〔2〕"庙堂"二句:言南宋朝廷无计抗金,致使金兵侵入江南,告急的烽火照红了京城的宫殿。庙堂,指朝廷。坐使,因而使得。坐,因。甘泉照夕烽,《汉书·匈奴传上》载,汉文帝时,匈奴入侵,烽火照甘泉宫。甘泉,汉时行宫,在今陕西淳化县西北甘泉山上。此代指临安(宋高宗建炎三年闰八月以临安为行都)。夕烽,夜间报警的烽火。

〔3〕"初怪"二句:谓金兵攻入都城已是想象不到的事了,哪知道金兵还把皇帝追到了僻远的海上。上都,京城,此指临安。一说指汴京,则汴京沦陷是在三年前的事。穷海,僻远的海滨。《宋史》卷二十五"高宗本纪"载,建炎三年十二月金兀术破临安,宋高宗逃往明州入海,次年又逃到温州。飞龙,比喻皇帝,此指宋高宗。《周易·乾》:"飞龙在天。"喻"圣人之在王位"。

〔4〕"孤臣"二句:揭示伤春本意。尽管春光明媚,但自己为国事而忧愁。霜发三千丈,用李白《秋浦歌》诗句:"白发三千丈,缘愁似个长。"烟花一万重,用杜甫《伤春》诗句:"西京疲百战,北阙任群凶。关塞三千里,烟花一万重。"烟花,指春日浓丽的春色。

〔5〕"稍喜"二句:这二句采用杜甫"稍喜临边王相国,肯销金甲事春农"(《诸将》)的句式,赞赏向子諲在长沙抗拒金兵。向延阁,指向子諲,字伯恭,时任长沙太守。延阁是汉代皇家藏书之所,向子諲曾为直龙图阁(宋朝藏图书典籍之处)学士,故有此称。敢犯犬羊锋,据南宋李心传《建炎以来系年要录》卷三十一载,金兵建炎四年初攻潭州,向子諲率军民固守,金兵围城八日,既而登城,四面纵火,子諲率官吏夺南楚门突围而出,后又收溃兵继续抗金。敢犯犬羊锋,指向子諲以疲惫之兵敢于冲击金兵,

与敌交锋。犯，冲击。犬羊，语本晋·刘琨《劝进表》："逆胡刘曜，纵逸西都，敢肆犬羊，陵虐天邑。"李善注引《汉名臣奏》："太尉应劭等议，以为鲜卑隔在漠北，犬羊为群。"（唐·李善注《文选》卷三十七）这里因以犬羊称金兵，是对其轻蔑的称呼。

简评

此诗前四句一气贯下，对金兵步步侵吞之下的衰微国势表示万分震惊与忧虑，而对南宋朝廷无力抵抗、一味仓皇逃跑深表愤激与不满。颈联点题中"伤春"之意，盖尽管春光明媚，面对危殆国势，唯有忧愁无限，故伤春实是忧国。尾联对向子諲率军民勇抗金兵的爱国精神表示赞赏，表达了作者力主抗击金兵南侵的思想。全诗感情强烈、声调激昂，章法起伏，可谓南宋诗坛的黄钟大吕之音。

此诗自题目到诗句都从杜甫诗中学来。本来，黄庭坚、陈师道都倡导学杜，但他们主要学习杜诗的艺术技巧，陈与义学杜不仅是学其技巧，由于他经历了与杜甫相似的山河破碎的时代与颠沛流离的遭遇，故继承了杜甫忧怀国事、关注现实的深刻内涵，用诗歌描写时事、感慨国情，表现其爱国主战、抗金复国的思想，杨万里称其"诗风已上少陵坛"。（《跋陈简斋奏草》）《四库全书总目提要》评曰："其诗虽源出豫章（黄庭坚），而天分绝高，工于变化，风格遒上，思力沈挚，能卓然自辟蹊径。""至于湖南流落之余，汴京板荡以后，感时抚事，慷慨激越，寄托遥深，乃往往突过古人。"（《四库全书总目提要》卷一百五十六"简斋集"）

格律分析

诗歌押平声二冬韵，首句借韵，"戎"是平声一东韵。诗中今读平声的古入声字有"夕"（陌韵）、"发"（月韵）、"一"（质韵）、"阁"（药韵），古为仄声。

第七句用了特定格式"仄仄平平仄平仄"。

雨中再赋海山楼[1]

（七律仄起仄收式）

百尺阑干横海立，一生襟抱与山开[2]。
岸边天影随潮入，楼上春容带雨来[3]。
慷慨赋诗还自恨，徘徊舒啸却声哀[4]。
灭胡猛士今安在？非复当年单父台[5]。

注释

〔1〕海山楼：在广州市。《广州府志》载："海山楼在镇南门外，宋嘉祐中，经略魏炎建。"作者写这首诗之前，另有一首《登海山楼》，所以题中有"再赋"二字。从靖康元年（1126）诗人自陈留南奔，至绍兴元年（1131）春，历时五年，其间辗转流徙于今河南、湖北、湖南、广东等地。从诗中所写的季节看，此诗当做于绍兴元年（1131）春。

〔2〕"百尺"二句：是说百尺高楼上的栏杆横对海面，诗人站立其上，自己一生的胸襟、抱负向着高山敞开，展示于天地之间。阑干，同栏杆。襟抱，胸怀、抱负。

〔3〕"岸边"二句：天空的景致倒映在水中，随着浪潮动荡，送入诗人眼中；在楼上看到春天的风光，带着春雨展现在了眼前。天影，天空的景色。春容，春天的风光物态。

〔4〕"慷慨"二句：虽然慷慨赋诗，却依旧满怀遗恨；徘徊楼上，放声长啸，也不免声音悲哀。

〔5〕"灭胡"二句：现在灭胡的猛士在哪里呀？今日的单父台已不似当年的单父台了。单父（shàn fǔ）台：即宓子贱琴台，在今山东省单县。杜甫《昔游》诗说："昔者与高李，晚登单父台。……是时仓廪实，洞达寰区开。猛士思灭

胡，将帅望三台。君王无所惜，驾驭英雄材。”这是唐玄宗盛世时李杜与高适登上单父台看到的景象，而如今诗人登海山楼，则是山河破碎，国势衰微，这与杜甫笔下的盛世景象真有天壤之别，所以说“非复当年单父台”。

简评

这是一首登临遣怀之作。面对无边的大海，独立百尺之高楼，诗人敞开胸襟，慷慨赋诗，唱出了这首苍凉激越的悲歌。诗歌描摹海涵天影、春容带雨的阔大境界，抒写国破时危、辗转流离的茫茫遗恨，急迫呼唤能抗金救国的灭胡猛士，表达了深沉的爱国之情、盛衰之感。全诗气象雄浑、感慨深沉，音节嘹亮，语言精当，富有澎湃的气势与起伏顿挫的旋律。正如方回所说：“简斋诗气势浑雄，规模广大。老杜之后，有黄陈，又有简斋。”（《瀛奎律髓》卷二十四）从这首诗中，我们可以看到“靖康事变”对陈与义诗风的巨大影响，刘克庄曾说他“建炎以后，避地湖峤，行路万里，诗亦奇壮。”（《后村诗话》前集卷二）楼钥亦谓：“参政简斋陈公，少在洛下，已称诗俊。南渡以后，身履百罹，而诗益高，遂以名天下。”（《简斋诗笺》叙）

格律分析

这首七律押平声灰韵，隔句用韵。全诗合乎格律。

陆　游

游山西村[1]

（七律仄起平收式）

莫笑农家腊酒浑，丰年留客足鸡豚[2]。
山重水复疑无路，柳暗花明又一村[3]。
箫鼓追随春社近，衣冠简朴古风存[4]。
从今若许闲乘月，拄杖无时夜叩门[5]。

注释

〔1〕诗作于宋孝宗乾道三年(1167)。前一年陆游因极力支持张浚北伐,被投降派劾以“交结台谏,鼓唱是非”的罪名,自隆兴通判(隆兴府,治所在今江西南昌)罢归故里。此诗便是诗人在故乡山阴(今浙江绍兴)所作。山西村:山阴的一个村庄,在绍兴鉴湖附近。

〔2〕“莫笑”二句:不要笑话农家的腊酒味道欠醇,丰收之年他们会用丰盛的菜肴款待客人。腊酒,指前一年腊月(农历十二月)酿造的酒。浑,味道薄。足鸡豚,鸡猪一类的菜肴很充足。豚(tún),小猪。

〔3〕“山重”二句:重重的山峦夹着回环的溪水,使人怀疑没有路可走了;突然看见在绿柳红花的掩映下又有一个小村庄。柳暗花明,柳色深绿,所以“暗”;花儿鲜艳,所以“明”。

〔4〕“箫鼓”二句:村里又是吹箫又是打鼓,可知春社的日子快到了;人们穿戴简朴,还保留着古代遗风。春社,古时把立春后第五个戊日定为春社日,民间在这一天祭祀土地神,祈求丰收。

〔5〕“从今”二句:写作者游兴之浓,与农家相约以后要经常来访。若许,如果允许。乘月,趁着月色。无时,随时。叩,敲。

简评

陆游的诗歌内容广博,风格多样,诗人善于从现实生活中撷取题材,获得灵感,正如他自己所说的“诗情随处有,信笔自成章”。这首记游诗,描写农村的古朴风俗和迷人风光,正是一首信笔挥洒、意趣天成的作品。诗歌“以游村情事作起,徐言境地之幽,风俗之美,愿为频来之约”。(清·方东树《昭昧詹言》卷二十评)首联写农家以腊酒、鸡豚热情待客,以见民风淳朴;颔联写江南水乡风光,“山重水复疑无路,柳暗花明又一村”,状难写之景如在目前,山水重叠、初疑无路,忽见柳荫深处,山花烂漫,又一座小村庄出现在眼前。二句之间笔法跌宕,意境亦由曲折宛转而豁然开朗。钱钟书在《宋诗选注》中说:“这种景象前人也描摹过,例如王维《蓝田石门精舍》:‘遥爱云木秀,初疑路不同;安知清流转,忽与前山通'……不过要到陆游这一联才把它写得'题无剩意'。"此联不仅描绘出江南特有风光,同时寓有哲理,令人深思。人们在生活中有时会感到茫然不知所措,似乎无路可走了,但只要锲而不舍,继续前行,就会发现一个崭新天地。颈联再写古朴的民俗民情,尾联表达对农家生活的沉醉与向往。诗歌意境极具波澜,而语言亦圆润流转,故清·贺裳评其诗:"善写眼前景物而音节琅然可听。一诗之中,必有一联致语,如雨中草色,葱翠欲滴。"(《载酒园诗话》卷五)

格律分析

本诗押平声元韵,首句入韵。其中"足"(沃韵)、"一"(质韵)是古入声字,属仄声。颔联上下句自然成对,而每句中又各自成对,即所谓"当句对"。"山重水复"与"柳暗花明"本就对仗,而"山重"又对"水复","柳暗"又对"花明"。工整至此而又毫无雕琢之痕,可见作者遣词用字的锤炼功夫。

黄　州[1]

（七律仄起平收式）

局促常悲类楚囚,迁流还叹学齐优[2]。
江声不尽英雄恨,天地无私草木秋[3]。
万里羁愁添白发,一帆寒日过黄州[4]。
君看赤壁终陈迹,生子何须似仲谋[5]!

注释

〔1〕宋孝宗乾道六年(1170),陆游西行入蜀,赴夔州(今重庆市奉节县)通判任,路过黄州时写了这首诗。黄州:今湖北黄冈市。

〔2〕"局促"二句:诗人以楚囚和齐艺人自比,慨叹自己为微官所缚,迁徙流

离。局促，形容受束缚不得伸展的样子。楚囚，《左传·成公九年》载，郑国人俘虏了楚国人钟仪，把他献给晋国。晋侯见到钟仪，问是什么人，手下回答："郑人所献楚囚也。"此借指处境窘迫。迁流，迁徙流离。齐优，齐国的艺人。《史记》卷二十四"乐书第二"载："自仲尼不能与齐优遂容于鲁。"唐·司马贞"索隐"云："齐人归女乐而孔子行，言不能遂容于鲁而去也。"孔子在鲁国任大司寇时，齐人送女乐给鲁国，鲁君于是怠于政事，孔子遂辞官而去。此处借齐优归鲁的典故慨叹自己的飘零。

〔3〕"江声"二句：浩荡的江声仿佛有倾诉不尽的英雄积恨；天地无私情，如今又是草木凋枯的秋季了。天地无私，宋·苏辙《老子解》卷上"天地不仁章"解："天地无私，而听万物之自然，故万物自生自死。"陆游诗句："天地无私春又归。"（《剑南诗稿》卷五十三"东轩花时将过感怀"之二）

〔4〕"万里"二句：万里他乡的羁旅之愁使自己添了不少白发；在清冷的秋日下坐着帆船经过黄州。

〔5〕"君看"二句：你看当年的赤壁最终不也成了历史的陈迹吗？生子又何必一定要像孙仲谋呢？赤壁，黄州的赤壁即赤鼻矶。汉末周瑜和诸葛亮大破曹军的赤壁，在今湖北赤壁市境内。苏轼谪官黄州，误将赤鼻矶当做破曹的赤壁，但黄州赤壁因苏轼而声名大振，后人过黄州遂思赤壁。仲谋，孙权的字。《三国志》卷四十七"吴书"二载，曹操进兵东吴，看到孙权舟船器仗军伍整肃，喟然叹曰："生子当如孙仲谋，刘景升儿子若豚犬耳！"诗人在此反用其意，言下之意是即使有孙权一样的贤主，如果子孙不争气，不也终于亡国了吗？

简评

此诗题为"黄州"，却非专咏黄州，只是借题抒发自心无限凄凉之感，看似咏古之诗，实为伤怀之作。首联自悲身世，以"楚囚""齐优"比喻自己为微官所缚，有志难伸；三四句即景生感，古今英雄都一去不返，人虽多情，天却无私，是写岁月蹉跎，壮志未酬之恨；五六句借眼前景，反复致意；末句更是不平之鸣，诗人愤激之情借反语道出，更增沉郁顿挫之感，从中可见诗人报国之热切及对南宋小朝廷不思振作的“怒其不争”。方东树云:“此非咏黄州也,胸中无限凄凉悲感,适于黄州发之。起自咏,三四即景生感,五六写行役情景,收即黄州指点以抒悲。”(《昭昧詹言》卷二十)

格律分析

诗押平声尤韵,首句入韵。其中今读平声的古入声字有:“局”(沃韵)、“学”(觉韵)、“白”(陌韵)、“发”(月韵)、“一”(质韵)、“迹”(陌韵),古时为仄声。第七句“看”(kān)此处读平声。前三联对仗工整。

归次汉中境上〔1〕

(七律仄起平收式)

云栈屏山阅月游,马蹄初喜踏梁州〔2〕。
地连秦雍川原壮,水下荆扬日夜流〔3〕。
遗虏孱孱宁远略?孤臣耿耿独私忧〔4〕。
良时恐作他年恨,大散关头又一秋〔5〕。

注释

〔1〕宋孝宗乾道八年(1172)春,陆游自夔州赴汉中任四川宣抚使司干办公事兼检法官。十月因事到四川阆中,从阆中回汉中的途中,写下了这首诗。归次:归途中止宿。汉中:现在陕西省西南部地区。

〔2〕“云栈”二句:叙述去阆中的经历和时间,表达回到汉中的喜悦。云栈,即连云栈。从汉中去阆中,一路群山连亘,犹如连云,前人于悬崖绝壁上架木为栈道,故称云栈。屏山,即锦屏山,在今四川阆中县。阅月,经历了一个月。阅,通“越”。梁州,古九州之一,此处代指汉中。

〔3〕“地连”二句：汉中地连秦雍，川原壮阔；汉水日夜奔流，向东汇入长江，流向荆州和扬州。秦雍，秦国故地，今陕西、甘肃一带。雍（yòng），古九州之一。荆扬，荆州、扬州，均古州名，今湖北、江苏一带。

〔4〕“遗虏”二句：残余的敌人已很孱弱，哪里会有远大的谋略？但朝廷无意重整河山，我也只能独自黯然担忧。遗虏，残余的虏寇，此指留在陕西的金兵。孱孱（chán），弱小、怯懦。孤臣，作者自谓。耿耿，忧愁貌。《诗经·邶风·柏舟》：“耿耿不寐，如有隐忧。”

〔5〕“良时”二句：慨叹恢复中原的大好时机一旦错过，将来恐怕会后悔莫及，而朝廷按兵不动，在大散关头就这样又枉度了一年春秋！良时，指恢复中原的大好时机。大散关，南宋抗金的边防重镇，在今陕西宝鸡市西南。

简评

宋人罗大经说陆游诗以“多豪丽语，言征伐恢复事”（《鹤林玉露》卷十四）见称，此诗正表现了诗人渴望统一的心愿。诗人一开始就用“云栈”和“屏山”高度概括了阆中风景，第二句点题，且运用假托手法，字面上写马喜，实际上是抒发回到汉中的喜悦心情。三四两句紧承上句，不但描述了山川地势，而且寓情于景，处处和渴望光复中原的大业紧密相连。这两联很能体现陆游诗“豪荡丰腴”（方回《南湖集序》）的特色。颈联的“私忧”又和首联的“初喜”相应，不仅反映了诗人的爱国热忱，而且使诗歌显得跌宕多姿。尾联壮志难酬的哀叹又给人深思遐想，诗人渴望光复国土的热切与焦虑，同客观现实的对立冲突，给全诗灌注了一股郁勃不平之气。

格律分析

这首七律押平声尤韵，首句入韵。其中“独”（屋韵）、“一”（质韵）是古入声字，当读仄声。中间两联对仗工整，名词、动词、叠字词都对得极工，如“遗虏”对“功臣”、“下”对“连”、“孱孱”对“耿耿”。又，“雍”（去声宋韵）读去声，此句平仄格式为（平）平（仄）仄平平仄。

初发夷陵[1]

（七律仄起平收式）

雷动江边鼓吹雄，百滩过尽失途穷[2]。
山平水远苍茫外，地辟天开指顾中[3]。
俊鹘横飞遥掠岸，大鱼腾出欲凌空[4]。
今朝喜处君知否？三丈黄旗舞便风[5]。

注释

〔1〕宋孝宗淳熙五年(1178)，陆游奉诏离蜀东归。船经岷江，过川江，端午过后到达夷陵(今湖北宜昌)。从夷陵出发时，诗人写了这首诗。

〔2〕“雷动”二句：回顾船到达夷陵之前经过三峡的情景。只听鼓声如雷，震彻两岸，气势雄壮；船驶过一道道险滩之后，似难穷尽的三峡路终于消失了。鼓，古时放舟出峡，舟人往往击鼓而行。

〔3〕“山平”二句：夷陵在三峡出口处，自此山势平坦，豁然开阔，江水远流于苍茫的天地之外；指点眼前，回顾来路，由狭窄的峡谷到广阔的原野，顿时产生地辟天开的感觉。

〔4〕“俊鹘”二句：雄鹰振翅奋飞，从远处掠岸而过；大鱼腾跃出水，几乎要破浪升空。鹘(hú)，隼类猛禽。

〔5〕“今朝”二句：诗人自道心情，这样欣喜的原因是什么呢？却又蓄而不发，宕开一笔说，你看那猎猎旌旗正在高处迎风飞扬！言外之意已越过艰难险阻，正待乘风扬帆。黄旗，本指战旗，此指船头旗帜。便风，即顺风。

简评

写作此诗时，陆游已在川陕抗金前沿度过了八年戎马生涯，此时的胸襟气度，别是一种境界。诗歌以过三峡为线索，在行进中展开雄伟的长江画卷，借以抒发胸中的豪情与抱负。首联写过峡景象，以鼓声雷动壮其威，百滩过尽道其艰，写得气势豪壮、威风八面，大有踏平急流险滩之气概。颔联接写一出峡谷，顿见山平水远，地辟天开，景象壮阔，令人眼界大开！而"指顾"二字又传出诗人站立船头、指点江山、意气风发之形象。颈联接着写遥望中的江景，诗人在画面上又加上了振翅奋飞的雄鹰、破浪腾空的大鱼，用笔由阔大到细致，使画面由静而动，更加完整，构成了"海阔凭鱼跃，天高任鸟飞"的诗歌意象。而其中"欲凌空"的拟人写法，也饱含着诗人面对大好江山欲大有作为的激情。全诗宛如一幅峡江全景图，既有大笔渲染，又有细笔勾描；有远景，又有近景；前瞻后顾，意趣横生。在描绘了夷陵江面的壮观景象后，诗人又回到眼前，结尾用"三丈黄旗舞便风"表达自己的豪迈心情，这是驰骋战场的前奏，是对未来的美好憧憬，也是报效国家的一腔赤诚。陆游诗中的结尾，大多劲健振拔，达到抒情的高潮，正如赵翼所评："每结处必有兴会，有意味，决无鼓衰力竭之态。"（《瓯北诗话》卷六）

格律分析

这首七律押平声东韵，首句入韵。其中今读平声的古入声字有："失"（质韵）、"鹘"（月韵）、"出"（质韵），古为仄声。颔联是当句对，以"山平"对"水远"、"地辟"对"天开"。

夜泊水村[1]

（七律平起平收式）

腰间羽箭久凋零，太息燕然未勒铭[2]。
老子犹堪绝大漠，诸君何至泣新亭[3]？
一身报国有万死，双鬓向人无再青[4]。
记取江湖泊船处，卧闻新雁落寒汀[5]。

《夜泊水村》

注释

〔1〕宋孝宗淳熙九年(1182),陆游已东归山阴,年五十八岁时作此诗。

〔2〕“腰间”二句:借写腰间悬挂的箭上羽毛早已凋残零落,慨叹不能像窦宪一样在燕然山上刻石记功。燕然未勒铭,《后汉书·窦宪传》载,车骑将军窦宪大败匈奴单于后,登燕然山“刻石勒功,纪汉威德,令班固作铭”。燕然,山名,今蒙古人民共和国中部的杭育山。

〔3〕“老子”二句:老夫我还能横越大漠奋战沙场,朝廷诸公却只知泪眼相对。老子,老夫,作者自称。陆游《舟中偶书》诗云:“老子西游万里回,江行长夏亦佳哉。”可见作者屡以老子自称。绝大漠,出自《史记》卷一百十一“卫将军骠骑列传”,“天子曰:骠骑将军去病率师躬将所获荤粥之士,约轻赍,绝大漠,涉获章渠。”是汉武帝表彰霍去病之语。绝,横渡。泣新亭,《世说新语·言语》载,晋室南迁后,一批达官贵人常在新亭设宴饮酒。周颉中坐而叹道:“风景不殊,正自有山河之异。”皆相视流泪。只有王丞相(王导)愀然变色曰:“当共戮力王室,克复神州,何至作楚囚相对!”新亭,在今江苏南京市南。

〔4〕“一身”二句:诗人虽有以身报国、万死不辞的决心,但流年似水,鬓发已白,青春难再。

〔5〕“记取”二句:说不会忘记自己泊船江边,躺在船上听见新来的大雁落在寒冷的沙洲上的情景。言外之意是从北来雁想到了北方沦陷区。记取,记住、记着。新雁,刚从北方飞来的雁。汀(tīng),水中平地。

简评

开篇以抒情领起,叹息羽箭凋零,渴望燕然勒铭;颔联抒老当益壮之情,斥悲观无为之叹,吴闿生评这两句说“生气奋出,千古常新”;颈联将万死报国与鬓无再青对举,写报国的热切与岁月蹉跎的矛盾,突出时不我待的紧迫感;尾联借对自然水村的描写来深化前面所抒发的人生体验:在江湖孤舟之中,在凄清寒夜里,卧听雁唳,何等悲怆苍凉!不仅暗示了时光易逝,又是一秋,而且由北雁自然联想到北方沦陷区人民的艰难处境与迫切期待。这一结尾景中含情，新颖别致又含蓄深沉，余味无穷。清人潘德舆云："且放翁七律，佳者诚多，然亦佳句耳；若通体浑成，不愧南渡称首者，尝精求之矣。如'老子犹堪绝大漠，诸君何至泣新亭'……此十数章七律，著句既遒，全体亦警拔相称。盖忠愤所结，志至气从，非复寻常意兴。"(《养一斋诗话》卷五)

格律分析

这首七律押平声青韵，首句入韵。颈联上句只有一个平声字"身"，第五、六两字双拗，下句"仄仄仄平平仄平"，第五字既救本句孤平，又救对句，读来自有苍劲拗折之感。

书　愤[1]

（七律仄起平收式）

早岁那知世事艰，中原北望气如山[2]。
楼船夜雪瓜洲渡[3]，铁马秋风大散关[4]。
塞上长城空自许，镜中衰鬓已先斑[5]！
《出师》一表真名世，千载谁堪伯仲间[6]？

注释

〔1〕此诗作于宋孝宗淳熙十三年(1186)春，陆游62岁，已退居山阴家中五年之久。

〔2〕"早岁"二句：回忆年轻时不懂得世事的艰难，北望中原大地，豪气如山，立志收复失地。早岁，年轻时候。

〔3〕"楼船"句：写南宋在东南江防抵抗金兵进犯事。宋高宗绍兴三十一年

(1161)冬，金主完颜亮南侵，攻占扬州后进逼瓜洲，准备从瓜洲渡江，宋将刘锜、虞允文率军坚决抵抗，结果完颜亮为部下所杀，金兵溃退。到宋孝宗隆兴二年(1164)，陆游任镇江通判，看到了当年的战舰及张浚在此备战的情景。楼船，高大的战船。瓜洲，地名，今江苏扬州市南面，地处长江边，是南宋江防要地。

〔4〕“铁马”句：写南宋在西北边关抗金事。宋高宗绍兴三十一年(1161)秋，金兵进攻大散关，次年被吴璘击退。宋孝宗乾道八年(1172)，陆游在四川宣抚使王炎幕中，王炎与陆游筹划进兵长安，曾强渡渭水，与金兵在大散关发生遭遇战。后王炎被调回临安，反攻计划未能实现。铁马，披着铁甲的战马。大散关，今陕西省宝鸡市西南的大散岭上，当时为宋金交界的军事重镇。

〔5〕“塞上”二句：是说自己曾以塞上长城自许，立志保卫祖国，但是愿望落空，现在镜中的我已两鬓斑白了。塞上长城，据《宋书》卷四十三“檀道济传”载，南朝刘宋名将檀道济北伐有功，因遭疑忌被宋文帝杀害，临死前“脱帻投地”，怒道：“乃复坏汝万里之长城！”自许，自我期许。

〔6〕“出师”二句：《出师表》名垂千古，千百年来有谁能和诸葛亮相提并论呢？出师一表，指诸葛亮的《出师表》，蜀后主建兴五年(227)三月，诸葛亮率军北伐，临行前给后主刘禅上表，申述“北定中原”“兴复汉室”的决心。堪：可以。伯仲间，即差不多、可以相提并论。伯仲，古代长幼次序之称，伯为长，仲为次。后引申为衡量人物等次之意。

简评

《书愤》是陆游的七律名篇之一。诗的前四句回忆往事，后四句抒发感慨，采取今昔对比的手法，以年轻时立志收复失地的壮志豪情和前线的战斗生活作映衬，抒写晚年壮志未酬、时光虚掷的愤慨，盼望有诸葛亮那样的人物兴师北伐，完成统一大业。全诗格调悲壮、气势磅礴，尤其是三四两句，作者回忆宋军在东南和西北两地抵抗金兵进犯事，每句各用三个名词相连，却高度概括了历史事实与作者的亲身经历，并营造出楼船夜雪、铁马秋风的壮观景象，静中含动，可谓妙笔。同时，冬雪与秋风、水兵的楼船与陆军的铁马、东南的瓜洲渡与西北的大散关，对仗工整，涵盖广阔，正如清人许印芳所评："通篇沉郁顿挫，而三四雄浑。不但句中力量充足，抑且言外神采飞动。此等句集中颇多……真可嗣响少陵。"（李庆甲《瀛奎律髓汇评》卷三十二引语）后四句转回眼前，岁月蹉跎，鬓发斑白，而壮志成空、悲愤难堪。只一个"空"字，便道出了诉不尽的世事艰辛与北伐愿望落空的悲叹。尾联借诸葛亮的典故作古今观照，斥责投降派的不思恢复，呼唤有雄才大略之士兴师北伐，达到九州的统一，这正是作者一生坚定不移的信念。清人纪昀评此诗云："此种诗是放翁不可磨灭处。集中有此，如屋有柱，如人有骨。"（纪评《瀛奎律髓》卷三二）清·李慈铭甚至认为此诗"全首浑成，风格高健，置之老杜集中，直无愧色"。（《越缦堂诗话》）

格律分析

这首七律押平声删韵，首句入韵。其中今读平声的古入声字有："雪"（屑韵）、"一"（质韵）、"伯"（陌韵），古为仄声。又，"那"本属平声歌韵。诗的中两联对仗工稳，尤其颔联雄放豪迈，语言警拔。虽只是三组名词相对，却生发出无穷韵味。

临安春雨初霁〔1〕

（七律仄起平收式）

世味年来薄似纱，谁令骑马客京华〔2〕？
小楼一夜听春雨，深巷明朝卖杏花〔3〕。
矮纸斜行闲作草，晴窗细乳戏分茶〔4〕。
素衣莫起风尘叹，犹及清明可到家〔5〕。

注释

〔1〕宋孝宗淳熙十三年（1186），陆游已在家乡山阴赋闲五年。这年春天，又

被起用为严州(治所在今浙江建德市)知府。赴任之前,先到临安去觐见皇帝,此诗便是在西湖边上的客栈里等待皇帝诏见时所作。临安:南宋都城,今浙江省杭州市。霁(jì):雨后初晴。

〔2〕“世味”二句:感叹世态人情像轻纱一样薄,可谁又让自己骑着马到京城作客呢?世味,指人情世态的炎凉,这里专指做官。令,使。客京华:在京城客居。

〔3〕“小楼”二句:说昨夜我在小楼上听得春雨淅淅沥沥;第二天一大早,小巷深处就有人在叫卖杏花。陈与义《怀天经智老因访之》有名句“杏花消息雨声中”,此化用其意。

〔4〕“矮纸”二句:客居无聊,在短纸上斜行写草书;晴日窗前,看着茶杯里泛起的白沫,细细品茶,借以消遣。矮纸,短纸。作草,写草书。暗用东汉张芝的典故。唐·韦续《墨薮》卷一载,张芝擅长草书,但他平常都写楷书,别人问他,他说:“匆匆不暇草书。”细乳,茶中的精品。据《茶谱》说,好茶叶沏出来后成碧乳色或白乳色,水面浮着一层乳状物。陆游《剑南诗稿》中屡次提及,如“建溪小春初出碾,一碗细乳浮银粟。”(《十一月上七日蔬饭骡岭小店》)“茶分细乳玩毫杯”(《入梅》),“茶杯凝细乳”(《午坐》)等。分茶,宋代流行的一种茶道。注汤后用箸搅茶乳,使汤水波纹幻变成种种形状。杨万里《澹庵座上观显上人分茶》:“分茶何似煎茶好,煎茶不似分茶巧。蒸水老禅弄泉手,隆兴元春新玉爪。二者相逢兔瓯面,怪怪奇奇真善幻。”

〔5〕“素衣”二句:是说不要叹息白衣服被京城的尘土弄脏了,我还来得及在清明节前回到家里。实是感叹京中恶浊势利把人品都玷污了,以不久便可还乡自慰。素衣,白色的衣服。陆机《为顾彦先赠妇》:“京洛多风尘,素衣化作缁(黑色)。”此化用其意。犹及,还来得及。陆游见孝宗后,三月由临安返山阴,七月方赴严州任。

简评

此诗写客中春感,着重渲染厌倦仕途的落寞心情。诗歌一开始,诗人以反诘语气吐出心中的抑郁:62岁的人了,长期宦海沉浮,历尽世态炎凉,可谁又让自己来到京城呢?首联显示了诗人内心的矛盾,虽早有厌倦之情,可不出仕更没有为国效力的机会，故只有违心地静候皇帝接见。三四两句，描绘临安城初春的景象，细腻熨帖，是广为传诵的名句。陈衍《石遗室诗话》卷一四谓"宋人写景句，脍炙人口"的远不及唐诗之多，"惟放翁之'小楼一夜听春雨，深巷明朝卖杏花'，'山重水复疑无路，柳暗花明又一村'……较多数联耳。"这两句为流水对，乍读似乎十分明快，但细细品味，"一夜"两字暗示出诗人一夜未眠，绵绵春雨更添愁绪，这是用明媚春光反衬自己的郁闷心情。颈联接写自己在漫长白日百无聊赖，只好作书品茶，以作消遣。这二句貌似安闲，实则隐藏着身不由己的无奈与牢骚。至尾联诗人再也按捺不住心头怨愤，终于发出"风尘"之叹，盼望离开污浊的官场早日还乡了。全诗语句清新、衔接流畅，含意蕴藉，耐人寻味。正如赵翼所云："放翁以律诗见长，名章俊句，层见叠出，令人应接不暇；使事必切，属对必工，无意不搜，而不落纤巧；无语不新，而不事涂泽，实古来诗家所未见也。"（《瓯北诗话》卷六）

格律分析

此诗押平声麻韵，首句入韵。其中今读平声的古入声字有："薄"（药韵）、"一"（质韵）、"及"（缉韵），古为仄声。颔联是流水对。

禹迹寺南，有沈氏小园。四十年前，尝题小词一阕壁间。偶复一到，而园已三易主，读之怅然[1]

（七律仄起平收式）

枫叶初丹槲叶黄，河阳愁鬓怯新霜[2]。
林亭感旧空回首，泉路凭谁说断肠[3]？
坏壁醉题尘漠漠，断云幽梦事茫茫[4]。
年来妄念消除尽，回向禅龛一炷香[5]。

注释

〔1〕据宋·周密《齐东野语》卷一载："陆务观初娶唐氏，闳之女也，于其母夫人为姑侄。伉俪相得，而弗获于其姑。既出，而未忍绝之，则为别馆，时时往焉。姑知而掩之……竟绝之。"陆游与表妹唐琬（亦作婉）两情相悦，虽因陆母的压力被迫离异，却终不能忘情。二人曾在禹迹寺南边的沈园相遇，陆游为唐琬赋《钗头凤》词一阕，题在园壁间，唐琬和之，不久怏怏而卒。宋光宗绍熙三年（1192），陆游故地重游，复作此诗。

〔2〕"枫叶"二句：枫叶初红，槲叶已黄，我这皤然老翁愁对秋日的新霜。槲（hú），树木名。河阳愁鬓，西晋潘岳曾任河阳令，其妻亡故后，作诗悼念，哀感动人。其《秋兴赋》云："斑鬓发以承弁兮。"后世因以潘鬓为鬓发斑白的代称。这里诗人借指自己。

〔3〕"林亭"二句：在这林间的小亭，回忆起往昔的岁月，无限感慨；然佳人已逝，满腹的悲伤又向谁倾诉呢？林亭，园林中的亭子。空，徒然。泉路，犹地下、阴间。

〔4〕"坏壁"二句：坏壁上题诗犹在，却布满了灰尘；而昔日的欢爱，已如巫山云散，高唐梦醒，杳杳不返了。醉题，指以前为唐琬所题《钗头凤》词。漠漠，密布的样子。断云幽梦，用战国时宋玉《高唐赋》典，言楚襄王游高唐，梦与巫山神女相会，神女自谓"旦为行云，暮为行雨"。

〔5〕"年来"二句：近年已消尽一切痴心与妄想，唯有点上一炷香坐禅面佛，寻求解脱。妄念，佛家语，虚妄不实的念头。龛，供奉佛像的石室。

简评

此诗为陆游感念前妻唐琬而作，诗歌真挚而深切地抒发了他对唐琬至死不渝的爱情。沈园是诗人断肠之地，爱妻早已谢世，而自己也已垂垂老矣，故地重游，沈园已是面目全非；痛定思痛，当年的一切如梦如烟。诗人以寂寞的秋景、深情的追忆、空门的慰藉抒写出内心巨大的痛苦，无限深情贯注于字里行间，哀艳凄婉，动人心弦。其感情之专注实属古今罕见，足以昭示日月。诚如陈衍所评：

“无此绝等伤心之事，亦无此等伤心之诗。就百年论，谁愿有此事？就千秋论，不可无此诗。”（《宋诗精华录》）

格律分析

这首七律押平声阳韵，首句入韵。诗中今读平声的古入声字有“说”（屑韵）、“一”（质韵）。诗人以“事茫茫”对“尘漠漠”，不仅声音上有回环之感，而且更表现出诗人事虽杳杳，但情犹绵绵的一片痴情。

书愤二首（其一）〔1〕

（七律仄起平收式）

白发萧萧卧泽中，只凭天地鉴孤忠〔2〕。
厄穷苏武餐毡久，忧愤张巡嚼齿空〔3〕。
细雨春芜上林苑，颓垣夜月洛阳宫〔4〕。
壮心未与年俱老，死去犹能作鬼雄〔5〕。

注释

〔1〕宋宁宗庆元三年（1197），陆游七十三岁时在山阴所作。

〔2〕“白发”二句：是说白发苍苍的我居住在镜湖边，衷肠无处可诉，只有天地明察我这个孤老之臣的忠心。萧萧，（头发）花白稀疏的样子。泽中，指诗人居住之地镜湖。鉴，明察。

〔3〕“厄穷”二句：借历史上民族英雄苏武与张巡的事例，表明自己的忠心。厄（è）穷，困苦。苏武餐毡：汉初苏武出使匈奴，单于要他投降，他坚决不从。单于曾将他关在一个大窖中，不给饮食，靠吃雪和毛毡为生。后又使牧羊北海（今贝加尔湖）。餐，吃。毡（zhān），用羊毛等压成的像粗

毯子似的东西。久，苏武在匈奴被困十九年，才得归汉。张巡嚼齿空，唐代安禄山叛乱时，张巡被俘，他宁死不屈，高声骂贼。敌人割断他的舌头，打落他的牙齿，他嚼舌吞齿，不屈而死。

〔4〕“细雨”二句：是诗人想象中原沦陷区的景象。无论是春雨绵绵还是夜月当空，想那失陷的中原故都，到处是杂草丛生、断壁残垣吧！芜(wú)，草长得多而乱。上林苑，秦时园林，汉武帝加以扩建，故址在陕西长安。它和“洛阳宫”在此都代指皇宫所在之地。颓(tuí)，坍塌。垣(yuán)，墙壁。

〔5〕“壮心”二句：是说自己抗金北伐的雄心依旧，壮志并没有随年纪而衰老；即使死了，也要作鬼中的雄杰。鬼雄，屈原《九歌·国殇》：“魂魄毅兮为鬼雄。”

简评

这首诗亦集中体现了陆游的爱国精神，抒发了诗人满腔壮志和一片忠心不被人理解的愤懑，表现了“亘古男儿一放翁”(梁启超《读陆放翁集》)的英雄本色。诗人其时已年迈力衰，白发萧萧，不为当朝所赏识，只能闲卧于山泽；虽身处困境，却毫不泄气，而是至死不忘恢复大事。颔联巧用典故，以苏武、张巡这些名垂千古的民族英雄自勉，把历史与现实联系起来，抒写胸中悲凉沉郁的爱国激情。正如元·罗懋所言：“放翁天才豪迈，气势遒劲，属事比偶，不烦绳削。”(《涧谷精选陆放翁诗序》)颈联悬想中原沦落的凄凉景象，是诗人无时无刻不心系中原故国的印证。尾联直抒老而弥坚、誓死不变的报国壮志，结以“死去犹能作鬼神”呼应开篇，其耿耿忠心，天地可鉴，足以惊天地而泣鬼神！诗人的正气、壮气、豪气、愤气淋漓尽致地从诗中喷发，笔力雄健，气壮山河。

格律分析

此诗押平声东韵，首句入韵。其中今读仄声古读平声的字是“俱”(虞韵)。今读平声的古入声字有“白”(陌韵)、“发”(月韵)、“泽”(陌韵)、“嚼”(药韵)，是为仄声。第五句采用特定的平仄格式“仄仄平平仄平仄”。

雪夜感旧[1]

（七律仄起平收式）

江月亭前桦烛香，龙门阁上驮声长[2]。
乱山古驿经三折，小市孤城宿两当[3]。
晚岁犹思事鞍马，当时那信老耕桑[4]。
绿沉金锁俱尘委，雪洒寒灯泪数行[5]。

注释

〔1〕此诗作于宋宁宗庆元三年(1197)，陆游闲居山阴时。作者四十五岁时曾任夔州(今重庆市奉节县)通判。王炎为四川宣抚使，辟他为幕府，他到了抗金前线——陕西南郑，度过半年军旅生活。此诗即回忆当时的经历，抒发壮志未酬的悲愤之情。

〔2〕“江月亭”二句：江月亭前的桦烛飘着缕缕香味，龙门阁上回响着叮当的驼铃声。江月亭，在小益(今四川广元，宋以成都府为益州，而称益昌郡为小益。)道中。桦烛，以桦树皮为烛。龙门阁，在今广元市北。陆游另有《梦行益昌道中有赋》诗云：“朱栈青林小益西，早行遥听隔村鸡。龙门阁畔千寻壁，江月亭前十里堤。”

〔3〕“乱山”二句：言在深山驿道上经过了三折铺，在偏僻的两当县住宿。三折，即三折铺，在夔州至梁山道中。两当，即两当县，在今甘肃东南部。

〔4〕“晚岁”二句：虽已步入晚年，但我仍然希望跃马扬鞭，驰骋疆场；怎么能相信就这样像老农似的了此一生呢？

〔5〕“绿沉”二句：说在这个雪夜里，寒灯之下，看着舍弃于尘埃中的绿沉枪、金锁甲，怎不令人黯然泪下！绿沉金锁，即绿沉枪、锁子甲，绿沉为浓绿色，弓、枪等器物饰以绿漆或为绿色的，皆可冠以绿沉。杜甫《重游何将军山庄》：“雨抛金锁甲，苔卧绿沉枪。”委，弃也。(《广雅》)

简评

陆游的一生，始终坚持抗战立场，直到生命的最后一刻。此诗正表达了诗人的寄意恢复之心。诗的前两联忆旧，一句一个地名，纵横交织，一气流走，再现出诗人在王炎幕府时的军旅生涯。万里关山古驿上，闪动着诗人为收复失地四处奔波的忙碌身影。颈联顿挫转折，纪昀评曰："六句逆挽有力。'那信'二字尤佳，若作'谁料'便不及。"（《瀛奎律髓刊误》）盖昔日之心和今日之事一经比照，"那信"既表达了对驰骋疆场、杀敌复国的执着，更反衬出今日功业未成的失望与悲慨。尾联点出题中的"雪夜"，以尘委戎装、孤灯雪夜的凄凉景象托出了自己壮志难伸的悲哀。诗歌由前两联的豪迈意气，转为颈联的失意愤慨，再到"雪洒寒灯泪数行"的无限酸辛与悲伤，各联间起伏跌宕，以忆旧衬感今，以豪壮衬悲凉，从思想到艺术都颇具杜甫的沉郁顿挫之风。故前人评陆游"平生心力，全注国是，不觉暗以杜公之心为心，于是乎言中有物，又迥出诚斋（杨万里）、石湖（范成大）上矣。"（翁方纲《石洲诗话》卷四）

格律分析

这首七律押平声阳韵，首句入韵。其中今读平声的古入声字有："烛"（沃韵）、"阁"（药韵）、"折"（屑韵）。诗的第五句使用了一种特定的平仄格式，将五六两字的平仄互换位置，由"仄仄平平平仄仄"变为"仄仄平平仄平仄"，在这种情况下，第三字必须用平声，而不再是可平可仄的了。第七句的"俱"古为平声虞韵字。

范成大

早发竹下[1]

（七律仄起平收式）

结束晨妆破小寒，跨鞍聊得散疲顽[2]。

行冲薄薄轻轻雾，看放重重叠叠山[3]。

碧穗炊烟当树直，绿纹溪水趁桥湾[4]。

清禽百啭似迎客，正在有情无思间[5]。

作者简介

范成大（1126～1193），字至能，一作致能，号石湖居士，平江吴郡（今江苏苏州）人。宋高宗绍兴二十四年（1154）进士。曾以起居郎假资政殿大学士出使金国，不辱使命，为南宋朝廷赢得了威信。历任中书舍人、广西经略安抚使、四川制置使、参知政事。晚年隐居苏州石湖十年之久。他和陆游、杨万里、尤袤并称“中兴四大家”。早期诗作效法江西诗派风格，后自成一家。他所作的爱国诗篇及反映人民疾苦的作品，都有较高成就，尤以田园诗见长，诗风温润明畅。有《石湖居士诗集》《石湖词》。

注释

〔1〕范成大中进士后，被派往徽州（治所在今安徽歙县）任司户参军，后经洪迈推荐，被召入朝，此诗即作于当时。竹下：即黄竹岭，在今安徽休宁县西。

〔2〕“结束”二句：写出发时的情景。诗人穿好晨装，在迷蒙的寒气中跨马上路，清凉的晨风使他的疲乏之身顿时轻松畅快起来。

〔3〕“行冲”二句：诗人骑马在轻纱般的晨雾中穿行，随着前行，看到一座座山从雾气中显露出来。行冲，冲破朦胧的雾气前行。放，群山似从雾气的屏障中一一释放出来。

〔4〕“碧穗”二句：田野中的稻穗一片碧绿，一道炊烟从树丛上笔直升起；溪水从小桥下弯弯地流过，泛起了绿色的波纹。

〔5〕“清禽”二句：写清晨鸟儿们百啭千声，似乎在迎接远来的客人，诗人陶醉其中，不知它们是有情还是无意。啭（zhuàn），鸟婉转地叫。

简评

这首诗不仅准确地描摹出沿途景物的外部特征，而且融情入景，把自己的情感和体验表现出来，笔调妩丽多姿，具有情韵典雅之美。诗人写他从竹下出发，看到了皖南山区的黎明美景，“薄薄轻轻”是朦胧美，“重重叠叠”是壮阔美；再用一“冲”一“放”，使流动的雾化为静态，静止的山变为动态，顿时奇趣横生，美不堪言。颈联脱胎于王维名句“大漠孤烟直，长河落日圆”，但突出了林深溪弯的南国秀美风光，自有新意，一“当”一“趁”，使景物情态毕露又脉脉含情，诗人采用高下结合、远近结合、动静结合的方法，令读者如临其境，难怪连诗人自己都恍恍惚惚，分不清鸟儿们是不是有情了！宋人杨万里在《石湖诗集序》中曾赞其诗“清新妩丽，奄有鲍谢”，清人翁方纲亦赞“石湖善作风景语”（《石洲诗话》卷四），读此诗可知所言不虚。

格律分析

这首七律押平声删韵，首句借韵，用邻韵寒韵。其中今读平声的古入声字有：“结”（屑韵）、“得”（职韵）、“薄”（药韵）、“叠”（叶韵）、“直”（职韵），古为仄声。尾句“思（sì）”读去声。尾联拗救，上句“似”字应平用仄，属半拗；下句“有”字犯孤平，“无”字应仄用平，既救本句，又救对句。此外，诗中叠字对法十分巧妙，“薄薄轻轻”“重重叠叠”不仅增强了诗的形象性和抒情性，而且具有音律美和修辞美。

鄂州南楼[1]

（七律平起平收式）

谁将玉笛弄中秋？黄鹤归来识旧游[2]。
汉树有情横北渚，蜀江无语抱南楼[3]。
烛天灯火三更市，摇月旌旗万里舟[4]。
却笑鲈乡垂钓手，武昌鱼好便淹留[5]。

注释

〔1〕宋孝宗淳熙三年(1176),范成大辞去四川制置使职务,次年五月自四川任所东归,经过鄂州(今武汉市武昌)时,正值中秋,受当地官吏的招待同游鄂州南楼而作此诗。南楼:在武昌黄鹄(亦作鹤)山上。范成大《吴船录》卷下记:"壬午晚,遂集南楼,楼在州治前黄鹤山上。"

〔2〕"谁将"二句:交代宴游的时间和地点,全句借用李白"黄鹤楼中吹玉笛"诗意,并联想起黄鹤楼骑鹤仙人的故事。黄鹤句,在南楼附近有黄鹤楼。

〔3〕"汉树"二句:刻画南楼周围的自然景色,北边汉阳的树木郁郁葱葱,长江脉脉无言地从南楼环绕而过。"汉树"句化用唐·崔颢《黄鹤楼》诗"晴川历历汉阳树"。渚(zhǔ),水中间的小块陆地。蜀江,即长江,因长江上游是四川岷江,故有此称。

〔4〕"烛天"二句:写鄂州夜景,只见万家灯火,光照半空,三更时分,犹成闹市;商船云集,月光下的旌旗飘扬不定。烛,动词,照耀。三更市,指夜市。作者在《吴船录》卷下记当时登南楼所见景象:"下临南市,邑屋鳞差。"同卷又载:"南市在城外,沿江数万家,廛闬甚盛,列肆如栉,酒垆楼栏尤壮丽,外郡未见其比。盖川、广、荆、襄、淮、浙贸迁之会,货物之至者无不售。"

〔5〕"却笑"二句:自嘲流连鄂州景色,不及时还乡。说自己的家乡就是肥美的鲈鱼的产地,如今即因贪吃武昌鱼,久留此地。诗人实际萌生了归隐之心。鲈乡,指诗人的家乡苏州一带鱼米之乡。暗用张翰典故,据《世说新语》载,晋朝张翰在洛阳为官时,有一年秋风一吹,他就想起了故乡的"莼羹鲈鱼脍",便辞官回乡了。垂钓手,指隐者,用以自喻。淹留,久留。

简评

杨万里曾称赞范成大风格多样,说他的诗"清新妩丽,奄有鲍、谢;奔逸隽伟，穷追太白。”（《石湖诗集序》）上一首清新淡远，此诗却颇遒逸奔放，二诗风格迥异。诗人开篇营造了中秋宴游的幽雅气氛，朗月之下，玉笛声中，引发人们有关黄鹤楼的渺远遐想，增添了中秋夜的迷人色彩。中间两联写鄂州风物。颔联先绘自然景色之胜，二句互文见意，汉树静立，江流环抱，含情无语，意境静谧而壮阔。颈联写鄂州繁华夜景，灯火映天，舟船云集，气势雄壮，热闹非凡，一派通都大邑的气象。这一联极受前人称赏，元·方回赞叹“承平时鄂渚之盛如此”。（《瀛奎律髓》卷一）明·胡应麟亦曰：“范至能‘烛天灯火三更市，摇月旌旗万里舟’……皆七言近唐句者，此外不多得也。”（《诗薮》外编卷五）尾联转为抒情，风趣飘逸，十分含蓄，写出了鄂州对自己深深地吸引，也暗含归隐之意。全诗结构完整，情景交融，中两联既绘自然风景，也写风俗民情，堪称鄂州的风情画。

格律分析

这首七律押平声尤韵，首句入韵。其中今读平声的入声字有：“笛”（锡韵）、“识”（职韵）、“烛”（沃韵），古为仄声。

杨万里

过扬子江二首（其一）[1]

（七律仄起平收式）

只有清霜冻太空，更无半点荻花风[2]。
天开云雾东南碧，日射波涛上下红[3]。
千载英雄鸿去外，六朝形胜雪晴中[4]。
携瓶自汲江心水，要试煎茶第一功[5]。

作者简介

杨万里(1127～1206),字廷秀,号诚斋,江西吉水人。宋高宗绍兴二十四年(1154)进士。历仕高宗、孝宗、光宗三朝,历任漳州、常州诸地方官,入为东宫侍读,官至宝谟阁学士。其诗初学江西诗派,后独立门户,自成一家,被称为"诚斋体",语言自然活泼、想象丰富新颖。有《诚斋集》。

注释

〔1〕淳熙十六年(1189),宋光宗即位,杨万里入朝任秘书监,年底,金遣使前来贺正旦,他奉命借焕章阁学士为接伴使,从杭州到盱眙,此为途中渡过扬子江所作。

〔2〕"只有"二句:写江天景象。清霜飞落,天空寒气凛冽;大江风静,荻花披霜。

〔3〕"天开"二句:云开雾散,东南方天色澄碧;旭日升起,光射波涛,红光随江波上下浮动。

〔4〕"千载"二句:千年以来,无数英雄已似飞鸿远去天外;唯余这六朝形胜,显露在雪后初晴的阳光中。

〔5〕"携瓶"二句:过江途中,在江心用瓶汲水,要尝试一下亲自煎茶,为朝廷立下第一功。第一功,据陆游《入蜀记》载,镇江西北的金山绝顶有吞海亭一座,"每北使来聘,例延至此亭烹茶"。作者此行身负接待北使之命,遥望金山,故有此言。

简评

杨万里由淳熙十六年(1189)年底奉命接伴金国使,次年被召回京以后,结成《朝天续集》,自序说:"昔岁自江西道院召归册府,未几而有迎劳使客之命,于是始得观江涛、历淮楚,尽江东西之奇观。于渡扬子江二诗,予大儿长孺举似于范石湖(范成大)、尤梁溪(尤袤)二公间,皆以予诗又变,予亦不自知也。"(《诚斋集》卷八十二)元·方回亦论此诗说:"杨诚斋诗一官一集,每一集必一变。此《朝天续集》诗也。……诗不变不进。此本二诗，今选其一。中两联俱爽快，且诗格尤高。”(《瀛奎律髓》卷一)此论诚是。杨万里诗风的这次变化是奉命接伴金国贺正旦使而引起，诗人从杭州到盱眙，历览宋金双方厮杀的战场，激起深沉的忧国之思与兴衰之感，诗风更加浑健深沉。此诗表面是写江面景色，实则寄寓了忧国的情怀。前四句放眼江天，大笔挥洒，首联描绘霜冻太空、风平浪静的肃杀气象，颔联转写云开雾散、红日映江的壮丽景观，写景富于变化，意境逐步拓开。明·胡应麟谓“天开”二句“雄丽冠裳，得杜调者也。”(《诗薮》外编卷五)颈联在前两联的阔大背景映衬下，指点江山，怀古论今，感叹千载英雄已如飞鸿远去，唯余六朝形胜映照着雪霁晴空。纪昀评曰：“五、六极雄阔，自是高唱。”(《瀛奎律髓刊误》)但这二句不仅意境雄阔，而且婉而多讽，诗人的言下之意是当世缺乏抵御外敌的英雄人物，南宋朝廷偏安江南，不思恢复，与六朝统治者如出一辙。故在尾联借尝试“煎茶”的外交礼节，表达自己要正面与金使交锋，为国立下第一功的决心。纪昀评结尾“用意颇深”实确，但言“出手稍率，乍看似不接续，‘功’字亦押得勉强些，故为冯氏所讥”(同上)，却不正确。

格律分析

诗押平声东韵，首句入韵。诗中今读平声的古入声字有“荻”(锡韵)、“汲”(缉韵)、“一”(质韵)，古为仄声。中两联对仗颇工。

题盱眙军东南第一山二首(其一)[1]

(七律仄起平收式)

第一山头第一亭，闻名未到负平生[2]。
不因王事略小出，那得高人同此行[3]。
万里中原青未了，半篙淮水碧无情[4]。
登临不觉风烟暮，肠断渔灯隔岸明[5]。

注释

〔1〕淳熙十六年(1189)年底,金遣使前来贺正旦,作者奉命借焕章阁学士为接伴使,从而亲历宋、金交界边地,到盱眙执行公务,写下此诗。盱眙:当时宋金分界线上的重要城镇,在今江苏西部。东南第一山:盱眙境内的南山,以大书法家米芾题诗而得名。据胡仔《苕溪渔隐丛话后集》卷三十五记载:"淮北之地平夷,自京师至汴口并无山,唯隔淮方有南山,米元章名其山为第一山,有诗云:'京洛风尘千里还,船头出没翠屏间。莫论衡霍撞星斗,且是东南第一山'。此诗刻在南山石崖上。"

〔2〕"第一"二句:早就听说东南第一山的不平常,若不得一见也是一生的遗憾。

〔3〕"不因"二句:紧承上联,说若不是受命来接待金国使臣,怎么会和高人到这样的前线要地呢?小出,短时间外出。高人,喻同行者。

〔4〕"万里"二句:表达对金人统治下北方人民的怀念。中原的万里山川苍翠无边,无情的淮水却把山河分成两块。青未了,化用杜甫《望岳》"齐鲁青未了"来写中原景色。篙(gāo),撑船的竹竿或木杆。

〔5〕"登临"二句:是说站在第一山向北眺望,不知不觉暮霭生起,天色已晚;隔岸看到淮河以北的点点渔火,令人肠断心伤。

简评

自"绍兴和议"起,南宋王朝向金节节退让,双方由原来的兄弟关系先降为臣君,再变为侄叔关系,并划定东起淮水、西至陕西大散关一线为两国国界线。宋人周密说:"时聘使往来,旁午于道。凡过盱眙,例游第一山,酌玻璃泉,题诗石壁,以记岁月,遂成故事,镌刻题名几满。绍兴癸丑(1133),国信使郑汝谐一诗云:'忍耻包羞事北庭,奚奴得意管逢迎,燕山有石无人勒,却向都梁记姓名。'可谓知言矣。"(《齐东野语》卷十二)因此,淳熙十六年(1189)年底,杨万里奉命为金国接伴使,亲至宋、金交界边地盱眙,来到了"第一山",眼见北方的大好河山沦于敌手,触景生情,满怀义愤,写下了一系列富有爱国情思的诗篇。此诗即其中一篇。诗以“第一山”开篇，写出此地的不同寻常，但诗人并未就山写山，而是由此放眼望去，看到“万里中原”“隔岸渔灯”，倾诉出他对中原故地的无限深情。在长时间的眺望中，不知不觉暮色降临，作者以“肠断”二字道出内心沉重的痛苦，为全诗留下了一个无限感伤的结尾。诗歌抒写忧怀国事的重大主题，语言却朴素流畅，平易自然，“自然”二字正是作者所追求的诗歌风貌。正如宋人方逢辰所论：“诚斋先生雄次磊磊砢砢，挺挺介介，故发为文，则浩气拍天，吞吐溟渤，足以推倒一世之豪杰，岂必聱牙屈曲，波谲涛诡，艰深蹇涩，思苦形槁，使人读之不能句，然后为工哉！”（《批点分类诚斋先生文脍序》）

格律分析

这首七律押平声八庚韵，首句借用邻韵九青韵。其中今读平声的古入声字有：“一”、“出”（质韵）、“得”（职韵）、“觉”（觉韵）、“隔”（陌韵），古为仄声。三四两句是拗句，第三句“略小”二字应平用仄属双拗，下句第五字“同”字应仄用平，作了调整，属对句相救。

辛弃疾

送别湖南部曲[1]

（七律平起平收式）

青衫匹马万人呼，幕府当年急急符[2]。
愧我明珠成薏苡，负君赤手缚於菟[3]。
观书到老眼如镜，论事惊人胆满躯[4]。
万里云霄送君去，不妨风雨破吾庐[5]。

作者简介

辛弃疾(1140～1207),原字坦夫,后改字幼安,号稼轩,济南历城(今山东济南)人。21岁在金人所占的山东聚义军抗金,不久渡江归南宋。授江阴签判,三年任满,离职漫游吴楚各地,接着任建康通判;以后还历任湖北、江西、湖南、福建、浙东安抚使等职,一生力主抗金,却屡遭当权者之忌,长期免职闲居。他的词豪放雄浑,悲壮激烈,与苏轼并称"苏辛",是豪放派代表人物。诗作不多。有《稼轩长短句》,今人辑有《辛稼轩诗文钞存》。

注释

〔1〕此诗作于宋孝宗淳熙七年(1180)。刘克庄《后村诗话》卷四记此诗本事说:"辛稼轩帅湖南,有小官,山前宣劳,既上功级,未报而辛去,赏格不下。其人来访,辛有诗别之云(下略)。"时辛弃疾正由湖南安抚使调职江西,这位立功而尚未受赏的部属前来告别,诗人便写下了这首诗。部曲:部属。

〔2〕"青衫"二句:回忆当年这位官职不大的勇士,接到军府下达的紧急命令,跨上骏马,在万众欢呼声中出发了。青衫,从九品小官穿青色官服。幕府,古代大将出征,在帐幕中办公,称幕府。后来地方军政长官的官衙,也称幕府。急急符,紧急文书,从古代公文习语"急急如律令"变换而来。

〔3〕"愧我"二句:是说自己遭到诬陷,要调离湖南了,而对于这位部属立下的大功,还没来得及论赏,因此感到惭愧。明珠成薏苡,据《后汉书》卷五十四"马援传"载,马援南征回朝,带回一车薏苡种子,却被人诬陷带回一车明珠。后世用这个典故,指因涉嫌而受诬陷。薏苡(yì yǐ),草本植物,果灰白色,可以健身清火。赤手缚於菟,空手擒拿老虎,这里是立功的形象说法。於菟(wū tú),楚地方言,指老虎。

〔4〕"观书"二句:上句说自己惯于读书的老眼仍明如宝镜,言下之意是说这位部属是个人才,自己不会看错;下句说在论事方面,自己也敢于在危

难时刻挺身而出，仗义执言。

〔5〕“万里”二句：点明送别之情，上句祝愿部属今后鹏程万里，下句化用杜甫《茅屋为秋风所破歌》“吾庐独破受冻死亦足”句意，表示只要被送的这位壮士有用武之地，自己独自遭受挫折也心甘情愿。

简评

这首诗借赠别而抒发有功遭忌的感愤。全诗悲壮雄迈，脉络井然。先刻画这位部属的英勇形象，再用一“愧”一“负”表示壮志未酬的忠愤和对部属的亲切关怀。第五句和第四句相应，说明自己有知人之明；第六句又和第三句相应，“胆满躯”三字深刻表明了自己受谗被谤的原因。而尾联却又用“不妨”一语，使得整首诗歌由悲而壮，展示了诗人光明磊落、先人后己的英雄本色。全诗字里行间寄寓着一腔热忱与忠愤，显示出热情鼓舞后进，使之为国效忠的广阔胸怀。

格律分析

此诗押平声虞韵，首句入韵。最后一句“庐”字用了邻近的鱼韵。其中“急”（缉韵）是古入声字，属仄声。颔联化用典故十分自然，而且对仗也很工整。

刘　过

夜思中原

（七律平起平收式）

中原邈邈路何长，文物衣冠天一方〔1〕。
独有孤臣挥血泪，更无奇杰叫天阊〔2〕。
关河夜月冰霜重，宫殿春风草木荒〔3〕。
犹耿孤忠思报主，插天剑气夜光芒〔4〕。

作者简介

刘过(1154～1206),字改之,号龙洲道人。吉州太和(今江西泰和县)人。南宋文学家。少怀志节,读书论兵,曾多次上书朝廷,“屡陈恢复大计”。因屡试不第,布衣终身。曾漫游江、浙等地,与陆游、陈亮、辛弃疾等交游。刘过以词闻名,他的爱国词多效法稼轩,写得慷慨激昂,气势豪壮。其诗亦多悲壮之调。著有《龙洲集》《龙洲词》。

注释

〔1〕“中原”二句:夜中思念的中原是那么遥远,路途多么漫长,国家繁盛的文物和世家大族都在战乱中流离飘散,天各一方。邈邈,遥远的样子。文物,指国家的礼乐、典章制度及古代留传下来的器物等。衣冠,指绅士、世家大族。

〔2〕“独有”二句:只有我这孤臣为国家的危亡哭出血和泪,再没有豪杰之士叩打天门献出奇策。天阊,传说中的天门,此指宫廷的大门。“叫天阊”是说上书朝廷,献出奇策,为国分忧。作者从青年时代起就多次上书朝廷,却不被采纳。《四库全书总目提要》卷一百六十二“龙洲集”:言其“叩阍上书”,“颇得抗直声”,“又屡陈恢复大计,谓中原可不战而取”。

〔3〕“关河”二句:想象中原大地在金人统治下的凄凉景象,夜月下北方的大地山河荒寒惨淡,似覆盖着厚厚的冰霜;春风掠过的故国宫殿也只有草木丛生,一片荒芜。关河,此指北方中原的山河大地。宫殿,指北宋汴京的宫殿。

〔4〕“犹耿”二句:还有我这耿直的忠臣欲报答主上,宝剑的光芒直穿云霄,在黑夜中闪耀喷放!耿,正直、刚直。报主,报效皇帝。插天剑气:《晋书》卷三十六“张华传”载:“初吴之未灭也,斗牛之间常有紫气”,“及吴平之后,紫气愈明”,张华请雷焕共观,雷焕说是“宝剑之精上彻于天耳。”后来张华任命雷焕为丰城令,掘得双剑,一曰龙泉,一曰太阿。剑气,宝剑的光芒。比喻诗人耿耿报国的爱国壮气。

简评

刘过是南宋著名的爱国志士，他虽仕途受挫，布衣终身，但这丝毫未能影响他为国分忧的豪情壮志，他不仅在词中感慨国事，慷慨高歌："想刀明似雪，纵横脱鞘，箭飞如雨，霹雳鸣弓。威撼边城，气吞胡虏，惨淡尘沙吹北风。"（《沁园春》"御阅还上郭殿帅"）也在诗歌中抒发报效国家、匡复国土的悲壮情怀。这首《夜思中原》正是作者一贯爱国情怀的集中体现。

诗歌首联破题，由"夜思"落笔，彻夜难眠的诗人借助想象的翅膀，仿佛又一次踏上了回归故国的道路，然而，通往中原的路途是如此"邈邈"而又漫长，这种心理感受上的漫长距离正是客观现实的反映，因为诗人知道，辽阔的中原早已随着汴京的沦落而落入敌手，也许此生再也难以回到那片魂牵梦绕的大地了。由此，汴京沦落的情景又出现在诗人的眼前，在敌军铁骑的践踏之下，故国繁华的文物支离破碎，衣冠大族风流云散，天各一方。深切而悠长的思念，使诗人感受着国土沦丧的巨大痛苦！

颔联由思念中原回到自身，直接抒发无限感慨之情："独有孤臣挥血泪，更无奇杰叫天阍！"尽管是一介布衣，明知道人微言轻，但以天下为己任的诗人不仅为多难的祖国流尽血泪，更多次"叩阍上书"，"屡陈恢复大计"（《四库全书总目提要》），然而，这一切虽使诗人留下了"抗直"的忠臣之名，却从未被朝廷采纳。诗人曾与陆游、陈亮、辛弃疾等爱国志士交游，深知陆游、辛弃疾等因力主抗金而屡遭罢职，更了解辛弃疾上"美芹十论"、屡献恢复中原之奇策反被"赋闲"的遭遇，在朝廷妥协派占据要津、力主抗战的志士备受压抑的局势下，哪里还容得下上书献策的豪杰之士？"独有""更无"的词语中，包含了诗人多少报国无门的辛酸与无奈，更包含了对执政者打击"叫天阍"的爱国奇杰的无限悲愤。

颈联又进入对中原的思念中，由于朝廷的不思恢复，辽阔的中原大地必然是"关河夜月冰霜重，宫殿春风草木荒"。这一联借助想象，具体描写中原沦陷的荒寒景象。"夜月""春风"是永恒美好的自然缩影，而下面接以"冰霜重""草木荒"，就使美好的自然反衬出了人间的沧桑，成为中原沦陷之地悲凉与苦难的见证。这一联语意双关，景中寓情，"冰霜重"既象征金人对中原的统治如冰霜之严酷，也暗示出朝廷无力恢复中原的现实；而"草木荒"既写金人统治下的凄凉景象，也揭示出汴京这座上百年繁华都城遭受到的空前浩劫。

面对中原大地的苦难，诗人在末尾再抒慷慨报国之志："犹耿孤忠思报主，插天剑气夜光芒！"尾联以"犹"字领起，表达了诗人百折不挠的耿耿忠心，在激荡的爱国激情中，他仿佛看到自己的宝剑在夜间喷发出冲天的光芒，又一次吟起自己曾经写下的壮词："拂拭腰间，吹毛剑在，不斩楼兰心不平！"（《沁园春》"张路分秋阅"）

这首诗围绕着"夜思中原"的主题，把思念中的中原景象与诗人沉郁孤忠的怀抱交错抒写，使现实与想象、描绘与抒情相形相衬，悲慨豪壮之气贯穿全篇。诗歌既反映了当时山河沦落的悲惨现实，更塑造了一个爱国志士雄奇伟岸的形象。

格律分析

诗歌押平声阳韵，首句入韵。诗中今读平声的入声字有"独"（屋韵）、"杰"（屑韵）、"插"（洽韵），古为仄声。全诗合乎格律。此诗在炼字上稍欠火候，主要是用的重字较多，如"孤"、"夜"、"天"，特别是"天"字出现三次，这在唐诗中是见不到的，这可能与作者重在感情的抒发而不甚计较字法有关。但是，瑕不掩瑜，仍不失为一首震撼人心的爱国诗篇。

刘克庄

落 梅[1]

（七律仄起平收式）

一片能教一断肠，可堪平砌更堆墙[2]。
飘如迁客来过岭，坠似骚人去赴湘[3]。
乱点莓苔多莫数，偶粘衣袖久犹香[4]。
东风谬掌花权柄，却忌孤高不主张[5]。

作者简介

刘克庄(1187～1269),字潜夫,号后村居士,莆田(今福建莆田)人。赐同进士出身,累官至秘书监、工部尚书兼侍读。他是南末后期重要的诗词家,其诗属江湖诗派,他还是一位著名的诗论家,有《后村诗话》。现存《后村先生大全集》。

注释

〔1〕宋宁宗嘉定十三年(1220),刘克庄任建阳(今属福建)县令时,写了这首《落梅》诗。此诗一出,对于尾联所云"东风谬掌花权柄,却忌孤高不主张","当国者见而恶之"(宋·罗大经《鹤林玉露》卷十),诗人便被指控为"讪谤当国",免官闲废达十年之久,这就是历史上有名的"落梅"诗案。(见《鹤林玉露》卷十及方回《瀛奎律髓》卷二十此诗后记)

〔2〕"一片"二句:说每一片飘零的梅花都令诗人触目愁肠,更哪堪它那凋零的花瓣竟如雪片一般铺满了台阶又堆上了墙头呢?砌(qì),台阶。

〔3〕"飘如"二句:刻画梅花随风飘过山岭、落入水中的情景。迁客来过岭,用韩愈"一封朝奏九重天,夕贬潮州路八千"(《左迁至蓝关示侄孙湘》)的典故。迁客,遭贬之人。骚人去赴湘,此处既可使人联想到战国时代的屈原忠而见谤、赋《离骚》而行吟湘江的情景,亦可指柳宗元因"永贞革新"失败被贬永州一事。这里的迁客、骚人泛指一切仕途坎坷的有志之士。骚人,即文人。

〔4〕"乱点"二句:叹惜梅花的凋残,说美好高洁的梅花如今沉沦于泥土之中,与莓苔之类为伍;但偶尔粘在人的衣袖上,仍会久久留香。

〔5〕"东风"二句:意谓东风错掌众花之权,因忌妒梅花的孤高不为其做主反而摧残它。实际暗讽那些嫉贤妒能、打击人才的当权者。谬(miù),错误。

简评

刘克庄因这首《落梅》得罪,"却被梅花误十年"(《病后访梅九绝》),但他并未因此而屈服,他一生写了130多首咏梅诗词,借梅寄情,表现了愤世嫉俗的傲骨和坚贞高洁的品格。此诗开篇描写梅花在风刀霜剑之下纷纷飘落的景象，表现出诗人的无限叹惋之情。颔联以历史上屈原与韩、柳等忠臣义士被贬荒远为譬，描绘梅花随风飘坠的凄惨情景，暗示出历史上无数有志之士颠沛流离的不幸遭遇。颈联写梅花虽沉沦污泥、乱点莓苔之中，但其香依旧，经久不散，暗喻身处逆境而仍然保持节操的高尚之士。显然，他赞美的不只是梅花，更是那些矢志不渝的仁人志士。尾联便在此基础上抒发议论，点明题意，对当权者的排斥异己、压抑贤能进行辛辣讽刺。因此本诗题虽为梅，意却在人，在哀婉的描写中透露出愤慨不平之气。

格律分析

这首七律押平声阳韵，首句入韵。此诗第一句的“教”读平声（jiāo），第三句的“过”亦读平声（guō）。开篇“一”（质韵）为入声字。

张道洽

梅花[1]

（七律仄起平收式）

行尽荒林一径苔，竹梢深处数枝开[2]。
绝知南雪羞相并，欲嫁东风耻自媒[3]。
无主野桥随月管，有根寒谷也春回[4]。
醉余不睡庭前地，只恐忽吹花落来[5]。

作者简介

张道洽（1205～1268），字泽民，号实斋。衢州开化（今浙江开化县）人。宋理

《梅花》

宗端平二年(1235)进士,曾从真德秀学。为池州签判,后辟襄阳推官。一生作咏梅诗三百余首。

注释

〔1〕张道洽一生作梅花诗三百余首,其中七言律诗六十首。

〔2〕"行尽"二句:诗人沿着荒林间一条长满青苔的小路走到尽头,才看见在竹梢深处开放了几枝梅花。

〔3〕"绝知"二句:意谓尽管梅开似雪,但它羞与向阳之雪为伍;梅花有羞耻之心,不愿像桃杏那样自己委身于东风。南雪,即向阳之雪,易化。东风,即春风。张先《一丛花令》:"不如桃杏,犹解嫁东风。"是此句所本。

〔4〕"无主"二句:是说有的梅花长在野桥边,无人照料,只有月亮相照;有的梅花长在寒谷,只要有根,到春天依然迎风绽放。

〔5〕"醉余"二句:说自己酒醉之后也不忍睡在庭前梅树下,因为害怕一旦风吹花落,玷污了梅花。

简评

方回评价张道洽的梅花诗说:"夫诗莫贵于格高。不以格高为贵,而专尚风韵,则必以熟为贵。熟也者,非腐烂陈故之熟,取之左右逢其源是也。""此二十首《梅》诗,他人有竭气尽力而不能为之者,公谈笑而道之,如天生成自然有此对偶、自然有此声调者。至清洁而无埃,至和平而不怨,放翁、后村亦当敛衽也。"(《瀛奎律髓》卷二十)虽有过誉之嫌,也非毫无根据。如此诗并不刻意描绘梅花的形态,而是重在刻画梅的品格与精神。首联写梅花在荒林深处默默开放,表现她远离世俗、不与百花争艳的清高风韵;颔联写梅花不肯轻离本枝、委身东风,表现她的嶙峋傲骨与节操之美;颈联写梅花野逸自在的习性与不惧严寒的品格:这一切自然都是诗人理想情操的化身。尾联写自己的爱梅惜梅之情,借以表达对梅花所代表的高洁品格的珍惜与向往。

格律分析

此诗押平声灰韵，首句入韵。其中今读平声的古入声字有："一"（质韵）、"竹"（屋韵）、绝（屑韵）、"雪"（屑韵），"忽"（月韵），故为仄声。

文天祥

过零丁洋[1]

（七律仄起平收式）

辛苦遭逢起一经，干戈寥落四周星[2]。
山河破碎风飘絮，身世浮沉雨打萍[3]。
惶恐滩头说惶恐，零丁洋里叹零丁[4]。
人生自古谁无死，留取丹心照汗青[5]。

注释

〔1〕宋帝赵昺（bǐng）祥兴元年（1278）十二月，文天祥在广东海丰县五坡岭兵败被俘，元军元帅张弘范威逼他招降仍在海上进行抗元斗争的南宋将领张世杰。祥兴二年（1279）正月，船过零丁洋时，文天祥写下此诗以明志节。零丁洋：即伶仃洋，在今广东省珠江口外。

〔2〕"辛苦"二句：是说自己通过科举考试入仕，从此备历辛苦，在抗元作战中孤苦地支撑了四年。辛苦遭逢，指出仕从政，为国效力。遭逢，遭际，遭遇。起一经，出身于一种经书的考试。自汉代起即以明经取士，或考一经，或兼考几部经书。文天祥于宋理宗宝祐四年（1256）以一经考取第一名，因通晓经义而得官。干戈，指战争。寥落，指战乱中的衰败景象。四周星，四年。文天祥从宋恭帝德祐元年（1275）北上"勤王"到被俘，前

后共四年时间。周星，岁星，即木星，古人把木星所在位置当做纪年标准。

〔3〕“山河”二句：写国家及个人的命运。祖国的山河支离破碎，好像空中飘飞的柳絮；我自己的命运也充满坎坷，像暴雨中的浮萍。萍，浮萍，一种水生植物，无根，浮在水面上。

〔4〕“惶恐”二句：我曾在惶恐滩头惶恐不安过，如今在零丁洋又不禁感到孤苦无依。惶恐滩，在今江西省万安县境内的赣江中。赣江自赣县至万安县有十八滩，其中以惶恐滩最为险恶。景炎二年(1277)，文天祥的军队在空阬(今江西吉水)与元军作战失利，部下伤亡惨重，妻子儿女也被俘虏，他经惶恐滩撤到福建。说惶恐，意谓论述抵抗失败之事。零丁洋，在今广东省珠江口外。祥兴元年(1278)十月，文天祥兵败被俘。叹零丁，感叹孤苦零丁。

〔5〕“人生”二句：表达为国捐躯的决心。从古到今谁也难逃一死，但我对国家的赤胆忠心会永远在史册中放射光辉！汗青，史册。古代用竹简纪事，先烤竹出汗，蒸发出水分，以便书写，故名“汗青”。后用以作史册的代称。

简评

宋帝赵昺祥兴元年(1278)十二月，文天祥在广东海丰县五坡岭兵败被俘，次年正月，船过零丁洋时，文天祥感愤万端，写出了这首万古流芳的悲歌，表达了自己以死报国的决心。

诗人面临生死关头，回忆一生，感慨万千，落笔虽只有寥寥八句，却作了高度概括。诗歌从自叙身世写起，首联回顾自己步入仕途、起兵勤王以来孤军奋战、艰苦卓绝的战斗经历。颔联用“风飘絮”“雨打萍”形象地描绘了国家和个人的悲惨遭遇，这一联对仗工整，比喻贴切，无限悲凉。颈联紧承上意，通过两次失败的经历来感叹时艰，流连歔欷，不能自已。此联在写法上采用掉字对法，利用“惶恐”“零丁”词义上的双关，音节上的回旋，巧妙地把地名和自己的心理感受结合起来，构造了精美的一联，进一步渲染生发，可谓绝唱。前三联读来令人几近悲极而泣，而尾联却一笔宕开，直抒胸臆，表示决心以死报国，让自己的耿耿丹心照耀史册。这个有力的结尾，豪情壮采，激扬飞动，致使全篇由悲而壮，由抑而扬，如黄钟大吕，撼天动地，诗中凛然正气喷涌而出，表现了崇高的精神境界和宁死不屈的民族气节。

全诗融叙事、抒情、言志为一体，慷慨悲壮，千古不朽。

格律分析

本诗押平声青韵，首句入韵。五六两句利用“惶恐”“零丁”词义上的双关，音节上的回旋，构造了精美的掉字对，读来朗朗上口。诗中今读平声的入声字有“一”（质韵）、“说”（屑韵），古为仄声。诗歌第五句采用了一种特定格式：㊀仄平平仄平仄。

金元七律

赵沨

黄山道中[1]

（七律仄起平收式）

小穀城荒路屈蟠，石根寒碧涨秋湾[2]。
千章秀木黄公庙，一点飞云白塔山[3]。
好景落谁诗句里？蹇驴驮我画图间[4]。
膏肓泉石真吾事，莫厌乘闲数往还[5]。

作者简介

赵沨（？～约1196），字文孺，号黄山，东平（今属山东）人。金大定二十二年（1182）进士，仕至礼部郎中。其诗清新流丽，隽爽有致，颇有佳句。有《黄山集》。

注释

〔1〕黄山，一名穀城山（今名谷城山），在今山东平阴县东阿镇驻地之北。据《金史·地理志》，金代穀城山属山东西路东平府东阿县。《太平御览》卷四十二："穀城山：《汉书》曰：穀城山，昔张良受黄石公素书，谓云：'山下黄石即吾也。'穀城山一名黄石山，在东阿县东北。"此诗即作于游黄山时。

〔2〕"小穀"二句：写黄山位于古老荒凉的小穀城，石路曲折盘旋，山脚下是一湾寒冷碧绿的秋水。小穀城，在金代东阿县，春秋时称小穀城，东汉改

称穀城县，即今山东平阴县东阿镇。后魏·郦道元《水经注》卷八："济水侧岸，有尹卯垒。南去鱼山四十余里，是穀城县界，故春秋之小穀城也。魏《土地记》曰：县有穀城山，山出文石。县有黄山台，黄石公与张子房期处也。"石根，山脚。

〔3〕"千章"二句：写黄山的风景与古迹。高大挺拔的树木中有黄石公的祠庙，一缕白云飘过白塔山。章，大材。《史记》卷一百二十九"货殖列传"："水居千石鱼陂，山居千章之材。"黄公庙，指奉祠黄石公的庙。《史记》卷五十五"留侯世家"：张良在下邳遇褐衣老父授《太公兵法》，且被告之曰："后十三年孺子见我济北穀城山下，黄石即我矣。"十三年后，良过济北，果见黄石。后立庙祠之。白塔山，谓山上建有白塔。

〔4〕蹇驴：跛驴。《楚辞·七谏》："驾蹇驴而无策兮，又何路之能极。"

〔5〕"膏肓"二句：写自己对山林泉石的爱好已深入心中，今后有空闲一定还要常来此地。膏肓(gāo huāng)，指心灵深处。古代医学称心尖脂肪为"膏"，心脏和隔膜之间为"肓"。数(shuò)，屡次。

简评

赵沨性情冲淡，其诗正如其人，有一种高雅淡远、超凡脱俗的境界。全诗前两联写景，后两联议论。景物描写层次分明，首联由远及近，写诗人顺着古老荒城一条曲折的小路，来到了黄山脚下，看到一湾碧水环绕着山石，涨满秋潭。颔联写进入山中，由近及远，打开视线，只见山林挺秀，白云飞渡，隐隐露出了山间的黄公庙和山巅的白塔。令人不由得想起了黄石公的传说，更为这秀雅的黄山平添几分神奇的色彩。颈联自问自答，颇见精巧。刘祁《归潜志》卷八称赵沨"尝于黄山道中作诗，有云'好景落谁诗句里，蹇驴驮我画图间'，世号'赵蹇驴'"。诗人骑着蹇驴缓缓前行，一路美景尽收眼底，然而这看风景的诗人也自在风景之中，令人不由感叹诗人奇妙的构思。尾联则直接抒发了自己深入心中的山林情趣，以"数往还"的心愿结束全篇。

格律分析

这首七律押平声十五删韵，首句借韵，“蟠”属邻韵十四寒韵。其中，“屈”（物韵）、“白”（陌韵）、“石”（陌韵）都是古入声字。颔联对仗工整，“黄公”与“白塔”相对，给人以色彩上的鲜明感。

赵秉文

寄王学士子端〔1〕

（七律仄起仄收式）

寄语雪溪王处士，年来多病复何如〔2〕？
浮云世态纷纷变，秋草人情日日疏〔3〕。
李白一杯人影月，郑虔三绝画诗书〔4〕。
情知不得文章力，乞与黄华作隐居〔5〕。

作者简介

赵秉文（1159～1232），金代学者，字周臣，号闲闲居士，晚年又号闲闲老人，磁州滏阳（今河北磁县）人。金大定二十五年（1185）进士，累官至翰林学士、礼部尚书。能诗善文，书画兼工，是党怀英之后的文坛盟主。有《滏水集》。

注释

〔1〕王学士子端：即翰林学士王庭筠，字子端，号雪溪。曾亦官亦隐，居于黄华山。诗人以此诗相寄。

〔2〕“寄语”二句：分别多年，寄诗问候：“这几年你多病的身体怎么样了？”

〔3〕“浮云”二句：慨叹仕途中的风云多变、反复无常，世态炎凉，人情疏远。

〔4〕“李白”二句：以李白、郑虔的典故，比喻王庭筠醉饮月下，乘着酒兴挥毫泼墨的情景。人影月，李白《月下独酌》：“举杯邀明月，对影成三人。”画诗书，唐玄宗推郑虔为画诗书三绝。唐·张彦远《历代名画记》卷九载：郑虔“好琴酒篇咏，工山水、进献诗篇及书画。玄宗御笔题曰：‘郑虔三绝’”。

〔5〕“情知”二句：意谓王庭筠虽文才出众，却很不得志，就与雄奇的黄华山为邻隐居了。黄华，黄华山，在今河南林州市西。王庭筠曾自号“黄华山主”。

简评

此诗是赵秉文的成名之作。据元·刘祁《归潜志》卷八载：“赵闲闲少尝寄黄华（王氏庭筠）诗，黄华称之，曰：‘非作千首，其工夫不至是也。’其诗至今为人传诵，且赵以此诗初得名。诗云：‘寄语雪溪王处士（下略）’。”这是作者寄给友人王庭筠的一封诗笺。王庭筠不仅是诗人，还是金代著名书画家，但始终不遇于时。诗歌以老友之间相存相嘘的问候开端，颔联以不断变幻的“浮云”和天寒凋零的“秋草”为比，感叹世态炎凉、人情疏薄，后两联则对王庭筠怀才不遇深表同情。作者先赞美王庭筠既有李白诗才，兼之书画“三绝”，但就是这样一位才华卓越的文人，却倍遭压抑，不得不去隐居。诗歌不仅塑造了王庭筠才气超人、高雅飘逸的风度，也对压抑人才的社会表示愤慨。此诗虽只是给友人的一封书笺，然吐语真率，对朋友的关切之情和对世态的辛酸感慨都寓于其中，情真意切。赵秉文的诗作宗法唐人李白、杜甫，在倡导和推动金代后期文风转变方面致力颇殷，曾被元好问誉为“挺身颓波，为世砥柱”（《遗山集》卷十七“闲闲公墓铭”）。

格律分析

这首七律押平声鱼韵，隔句入韵。中间两联对仗工整，颔联采用连珠对，以“纷纷”对“日日”，颈联“人影月”对“画诗书”，都是三个名词，暗含两个著名的唐人典故，也可见作者锤炼之功。诗中的入声字有“雪”（屑韵）、“白”（陌韵）、“一”（质韵）、“绝”（屑韵）、“得”（职韵），古为仄声。

耶律楚材

阴　山[1]

（七律仄起平收式）

八月阴山雪满沙，清光凝目眩生花[2]。
插天绝壁喷晴月，擎海层峦吸翠霞[3]。
松桧丛中疏畎亩，藤罗深处有人家[4]。
横空千里雄西域，江左名山不足夸[5]。

作者简介

耶律楚材（1190～1244），契丹人。字晋卿，号玉泉，法号湛然居士。世居金中都（今北京），是辽太祖耶律阿保机的九世孙。秉承家族传统，自幼学习汉籍，精通汉文。曾仕金，金亡，见重于元太祖成吉思汗，元太宗窝阔台时官至中书令。于元初政治、经济、文化方面颇多建树。他在戎马倥偬、政事繁忙之余，时有诗作，被尊为蒙古王朝的“一代词臣”。有《湛然居士集》。

注释

〔1〕阴山：指今我国新疆之天山。1219 年，耶律楚材曾随成吉思汗出征西域，阴历八月过阴山，写下了这首描绘天山的七律。

〔2〕“八月”二句：农历八月，地处塞外的天山就已被大雪覆盖，举目望去，只觉寒光一片，闪耀着炫目的光芒。诗人另有《过阴山和人韵》诗云：“八月山峰半埋雪”，可为此诗注脚。

〔3〕“插天”二句：描写天山奇异的景色。夜晚，一轮明月从高耸入云的峰顶喷薄而出，照耀着银白色的雪山；清晨，层层山峦环绕的海面落入了绚

丽的霞光。擎海，高举的海，即今天山之天池。天池古称“瑶池”，处于天山东段最高峰博格达峰的山腰，距今乌鲁木齐市 110 公里，平均海拔 1 928 米。诗人《过阴山和人韵》诗云：“百里镜湖山顶上，旦暮云烟浮气象。”乃此诗“擎海”之意。

〔4〕“松桧”二句：写天山塞外江南的人文景观。郁郁葱葱的松桧丛中稀疏分布着平整的田亩，茂密的藤萝架下，可看到掩映在深处的农舍。畎(quǎn)，田地中间的沟。

〔5〕“横空”二句：言天山横空出世，绵延千里，以其高峻壮阔称雄于西域；而天山脚下又有万顷良田，风景之秀丽，连江南的名山也比不上它。

简评

1219 至 1224 年间，耶律楚材曾随成吉思汗的蒙古大军出征西域，在万里征程中，他写作了大量西征诗，以雄奇壮伟之笔墨，对西北的山川景物、风土人情作了生动的描绘。这首描写阴山的七律就是一首展现天山奇伟壮丽景色的名作。

首联从大处落笔，突出描写阴山奇异壮丽的整体气象，农历八月，本是中原秋高气爽的季节，可是莽莽苍苍的阴山已是大雪覆盖，银白的群峰闪动着炫目的光辉。“雪满沙”“眩生花”是塞外的天山带给诗人无比强烈而惊喜的第一印象。接着，颔联更具体地描写了天山的自然景观。夜晚，明月从高耸入云的峰顶喷涌而出，照耀着银妆素裹的天山，构成了仙界般的奇幻景象；清晨，霞光万道，染红了天山，在层层山峦的围绕中，火红的霞光直落入翠绿的天池，辉煌而又壮观。这两句诗歌的意境不仅形成了鲜明的色彩对比，更展示出天山变幻多姿的风采。诗中用“喷”“吸”二字描摹自然光照，化静为动，引人入胜。颈联则转换角度，描写天山脚下的人文景观，绿树环绕中的田亩，掩映在藤萝深处的农舍，构成了塞外江南的优美景象，显示了生活在这块辽阔土地上的人民的安乐和富饶。尾联回应首联，总束全篇，对阴山作出整体的描绘与评价，一方面，天山横空出世，绵延千里，以其高峻壮阔称雄于西域；另一方面，天山脚下又有万顷良田，风景秀丽，连江南的名山也比不上它。这两个方面，西域与江南，都只能占其一，而天山则兼而有之，所以作者才有“江左名山不足夸”的赞叹。

诗歌结构完整，境界开阔，写得气象峥嵘、光彩灵动。充分表现了作者热爱祖国山河的深情和在中华传统文化上的深厚造诣。在精通汉文化的同时，耶律楚材作为契丹后人，也十分重视保存辽代文化。现存辽代篇幅最长的契丹语诗篇《醉义歌》，就是由耶律楚材译为汉文七言歌行体长诗，而得以保存的。在我们这个多民族的大家庭中，耶律楚材在文化上的贡献，足以使他彪炳史册。

格律分析

诗歌押平声麻韵，首句入韵。诗中今读平声的入声字有“雪”（屑韵）、“插”（洽韵）、“绝”（屑韵）、“吸”（缉韵）、“足”（沃韵），古为仄声。全诗格律严整，中两联对仗精工。

元好问

横波亭(为青口帅赋)[1]

（七律平起平收式）

孤亭突兀插飞流，气压元龙百尺楼[2]。
万里风涛接瀛海，千年豪杰壮山丘[3]。
疏星澹月鱼龙夜，老木清霜鸿雁秋[4]。
倚剑长歌一杯酒，浮云西北是神州[5]。

作者简介

元好问(1190～1257)，字裕之，号遗山，秀容（今山西忻州市）人。祖系出自北魏鲜卑族拓跋氏。他是金代最杰出的诗人，尤其是七律精心锤炼而不见雕琢痕迹，时称“元才子”。金亡不仕。有《遗山集》，又编有《中州集》。

注释

〔1〕横波亭:故址在今江苏省连云港市赣榆区青口镇东南河岸高地上。青口:地名,在赣榆县东南。《金史·地理志》"山东东路·海州"下载:"县五,镇四。朐山,赣榆(本怀仁,大定七年更。)东海,涟水。"《大清一统志》卷七十二"海州"下载:"雍正二年升为直隶州,属江苏省,领县二:赣榆县,在州西北八十里,东至海十五里。"同卷载:"青口镇巡司:在赣榆县东南十里,水陆冲要。"帅:不详。一说是金将移剌瑗,字粘合,然于史无考,金末移剌瑗曾出任邓州总帅。元好问作此诗时,成吉思汗率领蒙古大军连年攻金,于1215年破金中都(今北京西南一带),故此诗末尾有"浮云西北是神州"之叹,而青口尚在金兵掌握之中。

〔2〕"孤亭"二句:横波亭高耸在青口河入海口的南岸,仿佛傲然屹立于飞驰入海的急流之中,那气势足以压过东汉末名士陈登的百尺高楼。二句写横波亭的气势,喻青口帅以天下为己任的气魄。突兀,高耸貌。飞流,指小沙河,即青口河。《大清一统志》卷七十二:"小沙河:在赣榆县南六里,源出山东莒州,下流由青口镇入海,亦名青口河。"元龙百尺楼,典出《三国志·魏书·陈登传》。元龙,陈登字。陈登为东汉末名士。同时许汜亦有名望。许汜在刘备面前曾责元龙对自己不尽客主之意:"久不相与语,自上大床卧,使客卧下床。"刘备曰:"君有国士之名,今天下大乱,帝主失所,望君忧国忘家,有救世之意。而君求田问舍,言无可采。是元龙所讳也,何缘当与君语?如小人欲卧百尺楼上,卧君于地,何但上下床之间邪!"百尺楼乃刘备语,此处用典则强调陈元龙有忧国救世的高远志向。

〔3〕"万里"二句:从横波亭上眺望大海,风云万里,波浪滔天;联想到千年以来的无数豪杰,英雄业绩,气壮山河。瀛海,大海。横波亭靠近黄海。千年豪杰,自古至今的英雄人物,也包括"青口帅"在内。

〔4〕"疏星"二句:说明赋诗的时节正当秋日。星空稀疏,月色淡薄,鱼龙蛰伏;老树叶落,苍枝披霜,鸿雁南飞,一派凄凉暗淡的清秋景象。这两句亦是对金末国运衰落的形势写照。鱼龙夜,指秋日。杜甫《秦州杂诗》

之一："水落鱼龙夜，山空鸟鼠秋。"宋·姚宽曰："老杜'水落鱼龙夜，山空鸟鼠秋'，陆农师引《水经》：'鱼龙以秋日为夜。'龙秋分而降，则蛰寝于渊，以秋日为夜，岂谓是乎？"（《西溪丛语》卷上）宋·吴曾《能改斋漫录》卷七亦引此说。

〔5〕"倚剑"二句：手持宝剑，放声高歌，再痛饮一杯酒；遥望中原，心胸激荡，那被浮云笼罩的西北地区就是我神州大地。浮云，喻蒙古入侵者。

简评

13世纪初，正当宋、金对峙之时，蒙古崛起于蒙古草原。自金大安三年（1211）起，成吉思汗率领的蒙古大军连年攻金，所向披靡。金朝在蒙古的压力下，不得不南渡黄河，从中都（今北京西南一带）迁都南京（今河南开封）。金宣宗贞祐三年（1215），蒙古军攻破金之中都，山西、河北等地相继落入蒙军之手。此时，元好问随着逃难的人流南下，来到了江苏赣榆的青口镇，与时任青口帅的友人相会。在东接黄海的横波亭上，青口帅宴请元好问，面对着一望无际的大海，想到岌岌可危的国家命运，元好问触景生情，吟出了这首《横波亭为青口帅赋》的七律。

诗歌由横波亭生发，以屹立中流的横波亭为喻，勉励当地将领，在蒙古军入侵之际，要做气壮山河的当代英雄，奋起抵御外敌。诗歌虽句句不离横波亭，而句句寓有深意。首联写横波亭傲然耸立、横跨急流的高峻气势，并以汉末陈登的典故，勉励青口帅要像胸怀天下的刘备、陈登一样，在国家危难之际为国分忧，奋发有为，成为力挽狂澜的中流砥柱。颔联描写从横波亭眺望的海阔天空、风涛激荡的壮观景象，以衬托出对千古英雄豪杰的赞叹，这里的"千年豪杰"既包括上一联中的刘备、陈登，也包括历史上一切在民族危难中挺身而出、用生命为大地山河增色的英雄人物，更包含了诗人对青口帅寄予的深切期望。颈联通过对登亭时节景物的描写，用凄凉暗淡的秋日景象象征着国家在蒙古军攻城略地、步步紧逼之下日趋衰微的时局，透露出沉重的忧患意识。这一联承上启下，一方面承接上联对"千年豪杰"的赞美，说明现在正是国难当头，迫切需要当代豪杰为国分忧，另一方面则以时局艰危激发驻军之斗志，引出尾联的慷慨悲歌："倚剑长歌一杯酒，浮云西北是神州”。结尾点明一篇之主题，遥望西北，神州大片土地处于蒙古军的铁蹄之下，我方将士应重振军威，倚剑长驱，收复失地。

此诗各联间衔接紧密，写景抒怀，浑然一体。全诗意境壮阔，气势豪迈，寄意深远，袒露出诗人忧念国事的壮烈情怀。

格律分析

诗歌押平声尤韵，首句入韵。诗中今读平声的入声字有“突”（月韵）、“插”（洽韵）、“压”（洽韵）、“接”（叶韵）、“杰”（屑韵）、“一”（质韵），古为仄声。诗歌基本合乎格律，第三句、第七句都采用了“仄仄平平仄平仄”的特定格式。

壬辰十二月车驾东狩后即事[1]

（七律仄起仄收式）

惨澹龙蛇日斗争，干戈直欲尽生灵[2]。
高原水出山河改，战地风来草木腥[3]。
精卫有冤填瀚海，包胥无泪哭秦庭[4]。
并州豪杰今谁在？莫拟分军下井陉[5]！

注释

〔1〕壬辰是金哀宗天兴元年（1232），这年正月，蒙古军大破金兵于钧州黄榆店（在今河南禹州市）。三月，汴京（今开封）被围，议和方退。七月，蒙古使臣令哀宗称臣，将士激愤，杀使者及随从，蒙军截断汴京粮道。十二月城中粮尽，金哀宗亲自出战，因军事失利而退走归德（今河南商丘南），是所谓“车驾东狩”。元好问这时在汴京任左司都事，未能随金帝东退，复被蒙军围困。这首诗便是他在京城再度被围，目睹国破兵败的

惨剧后所作。车驾：指皇帝所乘坐的车马。狩：狩猎，这里是金帝离开都城外出的婉词。

〔2〕“惨澹”二句：诗人感慨金兵与蒙古军的大战杀得天昏地暗，老百姓都快被杀尽了。惨澹，阴暗凄惨的样子。龙蛇，喻金兵和蒙兵。

〔3〕“高原”二句：以山河陵谷的变迁极言宗庙社稷所遭厄运的惨烈，说明金国江山面临灭亡的危机。高原句，暗用《诗经·小雅·十月之交》的诗意：“百川沸腾，山冢崒崩。高岸为谷，深谷为陵。”元好问又有诗云：“眼中高岸移深谷，愁里残阳更乱蝉。”（《外家南寺》）均用上述诗经句意喻战乱造成的沧桑巨变。“战地”句，描写当时血腥惨烈的战争气氛。

〔4〕“精卫”二句：这两句用典故说蒙军围攻汴京，金人无处求援，自己虽有报国壮志却无力回天。精卫，据《山海经》卷三“北山经”载：“炎帝之少女名曰女娃，女娃游于东海，溺而不返，故为精卫。常衔西山之木石，以堙于东海。”说古代神话中炎帝的女儿，到东海去游泳被淹死，化为精卫鸟，常衔西山之石以填东海。这里以“精卫填海”的悲剧比喻自己虽满怀怨愤、有心报国却无力回天。包胥，即申包胥。春秋时楚国大夫。据《左传·定公四年》载，吴人攻楚，申包胥求援于秦，在秦庭中痛哭七日。秦君深受感动，终于发兵救楚。此处反用其典，说无处求援。

〔5〕“并州”二句：说现在并州的豪杰之士还有谁呢？竟然没有人准备派大军直下井陉！并州，今山西太原一带。并州豪杰指五代后汉的刘知远，刘知远曾帮助石敬瑭建立后晋，被任为河东节度使，驻节并州。后契丹攻入汴京，他“闻晋主北迁（少帝石重贵被契丹所掳），声言欲出兵井陉，迎归晋阳。”（司马光《资治通鉴》卷二百八十六）当时金哀宗出征兵败时，河朔诸将帅却拥重兵而不救。莫拟，没有人打算。井陉，关隘名，在今河北井陉县北，山势险阻，乃兵家必争之地。

简评

“国家不幸诗家幸，赋到沧桑句便工。”（赵翼《题元遗山集》）此诗感情激越，风格苍凉，是元好问诗中的佳作。明·瞿佑《归田诗话》卷中云：“元遗山在金末，亲见国家残破，诗多感怆。如云‘高原水出山河改，战地风来草木腥’‘花啼杜宇归来血，树挂苍龙蜕后鳞’……皆寓悲怆之意。”清·沈德潜在《宋金三家诗选》的眉批中指出：“遗山诗佳者极多，大要笔力苍劲，声情激越。至故国故都之作，尤沉郁苍凉，令读者声泪俱下。”诗歌首先概括敌我双方战斗的惨烈及战争造成的深重灾难，面对着血雨腥风，诗人感喟报国无门，力难回天，读来颇有老杜慷慨顿挫之调。尾联直斥诸将面对国势危殆，却拥兵自重，坐视不救，更是义愤填膺！故清·赵翼称赞元氏：“七言律则更沉挚悲凉，自成声调。唐以来律诗之可歌可泣者，少陵十数联外，绝无嗣响，遗山则往往有之。……此等感时触事，声泪俱下，千载后犹使读者低徊不能置。盖事关家国，尤易感人。”(《瓯北诗话》卷八)

格律分析

这是首仄起仄收式的七律，押平声九青韵，但首句借韵，“争”用了邻韵八庚韵。其中，“直”(职韵)、“出”(质韵)、“哭”(屋韵)、“杰”(屑韵)是古入声字，属仄声。颔联、颈联对仗工整又顿挫跌宕，使沉痛之感更显深厚。

赵孟頫

岳鄂王墓[1]

(七律平起平收式)

鄂王坟上草离离，秋日荒凉石兽危[2]。
南渡君臣轻社稷，中原父老望旌旗[3]。
英雄已死嗟何及，天下中分遂不支[4]。
莫向西湖歌此曲，水光山色不胜悲[5]。

作者简介

赵孟頫(1254～1322),字子昂,号松雪道人、水精宫道人,湖州(今浙江湖州市)人。他是宋朝的宗室。宋亡后被举荐入朝,元时官至翰林学士承旨。尤善书画,亦工诗文。有《松雪斋集》。

注释

〔1〕岳鄂王,即岳飞(1103～1141)。岳王墓,位于杭州西湖栖霞岭南麓。岳飞是南宋初抗击金兵的名将,被秦桧、张俊等人以"莫须有"罪名诬陷杀害。21年后昭雪,遗体迁葬于杭州栖霞岭下。宋宁宗嘉泰四年(1204)朝廷追封岳飞为鄂王。宋亡后,诗人经过岳王墓,触景生情,写下了这首凭吊的诗。

〔2〕"鄂王"二句:秋日过岳王墓,看到荒草茂密,石兽屹立墓前。离离:繁盛的样子。石兽,指墓前的石马之类。危,高居屹立的样子。

〔3〕"南渡"二句:南宋君臣早把恢复中原的大业置之脑后了,中原人民却还在天天盼望南宋军队到来。社稷,社,土神;稷,谷神。后用以指代国家。

〔4〕"英雄"二句:言抗金的英雄岳飞死去,连叹息都来不及,国土就被分为南北两半,接着就亡国了。遂不支,指南宋终于灭亡。

〔5〕"莫向"二句:别向西湖唱这支曲子吧,看那湖光山色也流露着无尽的悲伤!不胜,不尽。

简评

赵孟頫作为宋朝宗室而仕元,诗人对江山易主有切肤之痛,他内心的矛盾痛苦于此诗可见一斑。当诗人经过抗金的民族英雄岳飞之墓时,抚今追昔,感到往事不堪回首,一腔幽怨诉之于诗。首联写岳飞墓前肃穆、苍凉、冷峻的气氛,引发对南宋朝廷昏庸终至亡国的回忆,结尾以山水都不胜其悲,衬托自己伤悲难耐。此诗读来悲愤凄婉,如泣如叹,而技巧纯熟,流转自如。故《四库全书总目提要》卷一百六十六集部十九评《松雪斋集》道:"孟頫以宋朝皇族,改节事元,故不谐于物论。观其《和姚子敬韵诗》,有'同学故人今已稀,重嗟出处寸心违'句,是晚年亦不免于自悔。然论其才艺，则风流文采，冠绝当时。不但翰墨为元代第一，即其文章亦揖让于虞、杨、范、揭之间，不甚出其后也。”

格律分析

此诗用平声支韵，首句入韵。其中“石”（陌韵）、“及”（缉韵）是古入声字，属仄声。

虞集

挽文山丞相[1]

（七律仄起平收式）

徒把金戈挽落晖，南冠无奈北风吹[2]。
子房本为韩仇出，诸葛宁知汉祚移[3]。
云暗鼎湖龙去远，月明华表鹤归迟[4]。
不须更上新亭望，大不如前洒泪时[5]。

作者简介

虞集（1272～1348），字伯生，号道园，人称邵庵先生。祖籍仁寿（今四川省眉山市仁寿县），系宋丞相虞允文五世孙。元大德初，任国子助教，后官至翰林直学士兼国子祭酒。他的诗文素负盛名，“元诗四大家”以他为首。有《道园学古录》等。

注释

〔1〕此诗是为哀悼宋末抗元民族英雄文天祥所作，歌颂文天祥坚贞不屈的精神，寄托作者对故国的怀念之情。文山丞相，指文天祥，南宋末曾任右丞

相。兵败被俘，后被杀害。

〔2〕“徒把”二句：前句用鲁阳挥戈的典故，比喻文天祥想力挽南宋危局；后句意指文天祥被俘后解往北方，拘囚于元大都（今北京）。金戈挽落晖，见《淮南子》卷六“览冥训”：“鲁阳公与韩构难，战酣日暮，援戈而抝之，日为之反三舍。”此处反用典故，说鲁阳公挥金戈想叫太阳不要落下去是徒然的。南冠，借指囚犯。《左传·成公九年》：“晋侯观于军府，见钟仪，问之曰：‘南冠而縶者，谁也？’有司对曰：‘郑人所献楚囚也。’”

〔3〕“子房”二句：这两句用张良、诸葛亮比喻文天祥的爱国精神。子房，即张良，字子房。祖先是战国韩国人。秦灭韩以后，他为了报仇，派人在博浪沙狙击秦始皇，虽行刺未成功，后辅佐刘邦建立汉朝。事见《史记》卷五十五“留侯世家”。诸葛，即诸葛亮，三国时蜀国丞相。为兴复汉室六出祁山，死而后已。安知，怎么知道。汉祚，蜀汉的国运。

〔4〕“云暗”二句：上句以“鼎湖龙去”比喻陆秀夫在广东负幼帝投海而死，南宋灭亡；下句写文天祥被俘不屈而死，却不见其英魂化鹤归来。鼎湖龙去远，传说黄帝铸鼎荆山下，鼎铸成，有龙下迎黄帝，黄帝乘龙而去。见《史记》卷二十八“封禅书”第六：“黄帝采首山铜，铸鼎于荆山下。鼎既成，有龙垂胡髯下迎黄帝。黄帝上骑，群臣后宫从上者七十余人，龙乃上去。余小臣不得上，乃悉持龙髯，龙髯拔，堕黄帝之弓。百姓仰望黄帝既上天，乃抱其弓与胡髯号，故后世因名其处曰鼎湖，其弓曰乌号。”华表鹤归迟，用辽东人丁令威学仙得道化为鹤，归辽后栖息在城门华表柱上事。据托名陶潜《搜神后记》卷一载：“丁令威，本辽东人，学道于灵虚山。后化鹤归辽，集城门华表柱。时有少年，举弓欲射之。鹤乃飞，徘徊空中而言曰：‘有鸟有鸟丁令威，去家千年今始归。城郭如故人民非，何不学仙冢垒垒。’遂高上冲天。”

〔5〕“不须”二句：这两句说不必再登上新亭北望中原了，因为宋室已亡，远不如东晋渡江洒泪时的局面了。新亭，在今江苏省南京市南。《晋书》卷六十五“王导传”载：“过江人士，每至暇日，相要出新亭饮宴，周顗中坐而叹曰：‘风景不殊，举目有江山之异。’皆相视流涕。唯导愀然变色曰：‘当共

戮力王室，克复神州，何至作楚囚相对泣邪。’”

简评

虞集诗文均负盛名，其诗与杨载、范椁、揭傒斯并称“元诗四大家”。明·胡应麟谓“七言律，虞伯生为冠”。（《诗薮》外编卷六）此诗缅怀前朝忠烈，几乎句句用典，但又自然贴切，毫无堆砌之感，笔力苍劲且寓意深刻。诗歌以“徒把”二字领起，感叹文天祥虽想拯救国家危难，却身陷囹圄，壮志难酬；中两联歌颂文天祥如效忠汉室的张良、诸葛亮，最终宁死不屈、以身殉国；尾联则慨叹“不须更上新亭望，大不如前洒泪时”，悲叹南宋连半壁河山也保持不住，北土南疆已完全沦丧。全诗在对民族英雄的敬仰和怀念中，突出了对命运的无奈，充溢着悲凉的气息。难怪元末陶宗仪说：“读此诗而不泣下者几希。”（《辍耕录》卷四“挽文丞相诗”）

格律分析

此诗押平声四支韵，首句借韵，“晖”押邻韵五微韵。其中“北”（职韵）、“出”（质韵）是古入声字。第二句“南冠”与“北风”是当句对，中间两联对仗工整。

萨都刺

纪　事[1]

（七律平起仄收式）

当年铁马游沙漠，万里归来会二龙[2]。
周氏君臣空守信，汉家兄弟不相容[3]。
只知奉玺传三让，岂料游魂隔九重[4]。
天上武皇亦洒泪，世间骨肉可相逢[5]。

作者简介

萨都剌(1272? ～1355?),字天锡,号直斋,先祖为西域回回族,据杨维桢说他本答失蛮氏。在元代,“回回”泛指西域信仰伊斯兰教的诸部族,“答失蛮”本意是指伊斯兰教中有智识的修行者,后来逐渐被用作氏族的名字。萨都剌的祖父思兰不花、父亲阿鲁赤都是武将出身,随蒙古西征军来到中原地区,奉命镇守山西代州。萨都剌即出生于代州的雁门(今山西代县),故自称雁门人,诗词集亦命名为《雁门集》,共存诗词七百余首。萨都剌于元泰定四年(1327)中进士,他是元代诗坛、词坛的杰出代表,被视为“一代词人之冠”。萨都剌还擅长书法、绘画,留有《严陵钓台图》和《梅雀》等画,现珍藏于北京故宫博物院。

注释

〔1〕这首《纪事》,记述的是元武宗两个儿子元文宗、元明宗为争夺帝位,手足相残的宫禁秘事。元代天历年间(1328—1329),皇室内部权力斗争残酷而混乱,1328年九月,文宗(图卜特穆尔,武宗次子)在大都(今北京市)即位,改元天历。次年正月,其兄周王和实拉(元明宗,武宗长子)又在和宁以北即位。图卜特穆尔故作迎立并让位于其兄的姿态,在相见时,竟毒杀明宗而宣告其暴卒,即弑其兄而代之。

〔2〕“当年”二句:追述元明宗当年曾远走沙漠,于致和元年(1328)万里归来与元文宗相会事。铁马游沙漠,据《元史》卷三十一“明宗本纪”,明宗名和实拉(一作和世剌),武宗长子。武宗将帝位传弟,史称仁宗。仁宗为将皇位传子,封和实拉为周王远徙云南。但和实拉走到延安就西行到了北边的金山,一直在沙漠中生活十二年。其间政局混乱,历经仁宗、英宗、泰定帝三朝。会二龙,指元明宗与文宗兄弟相会。致和元年(1328)七月,泰定帝驾崩,燕铁木儿在大都政变成功,九月迎武宗次子、出镇江陵的图卜特穆尔在大都即位,是为文宗。次年(1329)正月和实拉在和宁即帝位,是为明宗。元文宗先假意表示要让位明宗,又从大都出发,北向而行,“迎接”大哥元明宗。阴历八月四日,元文宗与元明宗在上都(今内

蒙古正蓝旗东滦河北岸)附近的王忽察都相会,四天后明宗便"暴崩"了。

〔3〕"周氏"二句:意谓明宗一方君臣守信,反遭暗算。明宗天历二年(1329)正月即位,四月立弟(文宗)为皇太子。而作为兄弟的元文宗为争夺帝位,却不能相容。周氏君臣,用历史上周公辅佐成王的典故,说明周公兄弟和睦、君臣守信。周武王死时,其子周成王才十三岁,于是由武王的弟弟周公旦辅助成王掌管国家大事,周公在成王满二十岁时就把政权交给了成王。汉家兄弟不相容,用汉代有童谣讽文帝逼死淮南王事。据司马迁《史记》记载,汉文帝前六年(公元前 174 年),淮南王刘长(高祖少子,文帝异母弟)与人谋反,被汉文帝迁谪逼迫,在途中绝食而死。"民有作歌歌淮南厉王曰:'一尺布,尚可缝;一斗粟,尚可舂。兄弟二人不能相容。'"(《史记》卷一百一十八"淮南衡山列传")

〔4〕"只知"二句:感叹元明宗被文宗假意让位所迷惑,怎能想到因此丢了性命,成了归途中的游魂;而文宗登上宝座,明宗与之已是相隔九重天外了。奉玺传三让,文宗即位时在诏书中说:"朕以菲德,宜俟大兄,固让再三。宗戚、将相、百僚、耆老以为神器不可以久虚……诚恳迫切,朕姑从其请,谨俟大兄之至,以遂朕固让之心。"(《元史》卷三十二"文宗本纪")又派人向明宗奉上皇帝的玉玺,以示让位之心,这使明宗完全放松了警惕。三让,三次谦让。典出《论语·泰伯》:"泰伯其可谓至德也已矣,三以天下让。"后代王朝更替时,代位者多作出"三让"的姿态。如曹丕代汉时,对汉帝的禅让曾多次假意推让,今存其《三让玺绶令》。

〔5〕"天上"二句:意谓他们的父亲、那去世的武宗得知这兄弟相残的事也会在天上洒下眼泪,而同在世间的亲兄弟又怎能再次相逢呢?

简评

元文宗篡位杀兄一事,为正史所不载,萨都剌这首《纪事》诗,使当朝宫廷中发生的这一兄弟争夺帝位的血腥罪恶大白天下,确实具有诗史的价值。

明·瞿佑《归田诗话》载:"萨天锡(萨都剌)以宫词得名,其诗清新绮丽,自成一家,大率相类。惟《纪事》一首,直言时事不讳。诗云:当年铁马游沙漠(下从略）。盖泰定帝崩于上都，文宗自江陵入据大都，而兄周王远在沙漠，乃权摄位，而遣使迎之。下诏四方云：'谨俟大兄之至，以遂朕固让之心。'及周王至，迎见于上都，欢宴一夕，暴卒。复下诏曰：'夫何相见之顷？宫车弗驾，加谥明宗。'文宗遂即真，皆武宗子也。故天锡末句云然。"可知萨都剌此诗在历史上的深远影响。

作为一首纪实诗，作者开篇即单刀直入，叙述事实："当年铁马游沙漠，万里归来会二龙。"其中的"铁马"是说明宗为周王时在沙漠中十二年的游历生涯，唯"铁马"才可以支持，再加上归来路途的"万里"之遥，足见明宗此次归来已历尽艰辛，但等待他的却是文宗抢班摄政的刀光剑影，这就突出了明宗遇害的悲剧色彩。"会二龙"三字暗示了一场帝位之争的不可避免，自古天无二日，"二龙"同室，岂能相容？结果是明宗在二龙相会时突然暴死，他没有葬身于十二年的大漠风沙中，却葬身于万里归来的欢宴上，这是一个丧失警惕的轻信者的悲剧。因此，诗人在颔联用历史典故深刻揭示了造成这一悲剧的原因："周氏君臣空守信，汉家兄弟不相容"。明宗一方"空"守当年周公兄弟间相互信任的传统，而文宗却重演了汉代"兄弟二人不相容"的罪恶丑剧。接着，诗人在颈联进一步说明了明宗之所以掉以轻心、文宗之所以阴谋得逞的重要一环，就是文宗一再用"让位"的谎言迷惑了明宗："只知奉玺传三让，岂料游魂隔九重。"文宗事先诏告天下，说是待大兄之至，必以位固让。人人都以为春秋时泰伯"三以天下让"（《论语·泰伯》）的至德又将出现于当代了；怎料到明宗一见面就命丧黄泉，成为归途中的游魂，与那位登上皇帝宝座的兄弟相隔在九重天外了。中间两联的对仗句形成了两组鲜明的对比，使人从轻信与争夺、谎言与谋杀中看到了兄弟二人的不同命运与必然结果。其中，"空"字、"不"字的强调，"只知""岂料"的反诘，传出了诗人心中的惊愕与愤慨，对世人亦具有振聋发聩的警示效果。最后，诗人用深沉的感叹总结全篇，点明了这场兄弟争夺乃是骨肉相残的罪恶性质。

诗歌体现了直言不讳的"良史"风格，诗中的"二龙""兄弟""武皇""骨肉"等字眼，直截了当地把批判的矛头指向了当朝统治者，揭露了元文宗在"奉玺""三让"的虚伪演技下毒杀兄长的阴险与狡诈，是对统治阶层黑暗本质的大曝光。因此，清人顾嗣立在《读元史》诗中说："史氏多忌讳，纪事只大抵，独有萨经历，讽刺中肯綮"，赞扬他敢于讽刺现实，击中要害。

格律分析

诗歌押平声冬韵，隔句用韵。诗中今读平声的入声字有“隔”(陌韵)，古为仄声。全诗格律严谨，中两联对仗工稳。

采石怀李白[1]

(七律仄起平收式)

梦断金鸡万里天，醉挥秃笔扫蛮笺[2]。
锦袍日进酒一斗，采石江空月满船[3]。
金马重门天似海，青山荒冢夜如年[4]。
只应风骨蛾眉妒，不作天仙作水仙[5]。

注释

〔1〕这首诗表现了萨都剌对唐代大诗人李白的仰慕之情。采石：采石驿，在今安徽马鞍山市长江东岸的采石矶。采石矶突兀江中，扼据大江要冲，唐代李白曾在这里饮酒赋诗，传说最后因酒醉赴水中捉月而淹死。故采石矶因诗仙李白而名声益著。《江南通志》卷三十五：“太白楼在采石矶，即太白祠，唐元和中建。陆龟蒙诗‘谢朓青山李白楼’是也。”

〔2〕“梦断”二句：诗歌由李白晚年因永王璘事件被流放夜郎写起，上句说李白在万里的流放途中日夜盼望大赦，下句追忆李白当年在玄宗宫中乘醉落笔写辞章的风采。金鸡，此指古代颁布赦诏时所用的金首鸡形仪仗。《新唐书·百官志三》：“赦日，树金鸡于仗南，竿长七丈，有鸡高四尺，黄金饰首，衔绛幡长七尺，承以彩盘，维以绛绳。将作监供焉。”因用为大赦之典。《太平御览》卷九一八引《三国典略》：“齐长广王湛即皇帝位，于南宫大赦，改元。其日将赦，库令于殿门外建金鸡。宋孝王不识

其义,问于元禄大夫司马膺之:'赦建金鸡,其义何也?'膺之曰:'案《海中星占》曰:天鸡星动,当有赦。由是帝王以鸡为候。'"李白诗"我愁远谪夜郎去,何日金鸡放赦回。"(《流夜郎赠辛判官》)万里天,李白诗:"辞官不受赏,翻谪夜郎天。夜郎万里道,西上令人老。"(《经乱离后,天恩流夜郎,忆旧游书怀,赠江夏韦太守良宰》)醉挥秃笔,《旧唐书·文苑传·李白》:"白既嗜酒,日与饮徒醉于酒肆。玄宗度曲,欲造乐府新词,亟召白,白已卧于酒肆矣。召入,以水洒面,即令秉笔,顷之成十余章,帝颇嘉之。"扫蛮笺,此处指元代民间广为传说的"李白醉草蛮书"事。元代姚燧《咏李白》:"贵妃亲擎砚,力士与脱靴,御调羹就飧不谢。醉模糊将吓蛮书便写。"(《全元散曲》)至明代,这一传说被演绎成完整的故事。(见明·冯梦龙辑《警世通言》第九卷"李谪仙醉草吓蛮书")蛮笺,一作"鸾笺"。

〔3〕"锦袍"二句:追忆李白在采石矶身穿锦袍、饮酒赋诗、乘船赏月的潇洒风度。《旧唐书·文苑传·李白》:"乃浪迹江湖,终日沉饮。时侍御史崔宗之谪官金陵,与白诗酒唱和。尝月夜乘舟,自采石达金陵,白衣宫锦袍,于舟中顾瞻笑傲,傍若无人。"酒一斗,杜甫《饮中八仙歌》:"李白一斗诗百篇,长安市上酒家眠,天子呼来不上船,自称臣是酒中仙。"

〔4〕"金马"二句:上句感叹李白生前不能被玄宗重用,才华不得施展,下句说李白死后被葬在安徽当涂的青山之下,寂寞地度过漫漫长夜。金马,汉代宫门名。汉时应召到京的人都待诏在公车署,有特殊才能的人才有资格在金马门待诏。后亦以金马借指翰林院。亦指翰林。李白曾任翰林供奉。重门,深门。天似海,古人以"天"代指皇帝,这里是说李白被玄宗赐金还山,远离了皇帝。青山荒冢,指李白墓,位于安徽省当涂县城东南的青山西麓。《新唐书·文艺传·李白》载:"白晚好黄老,度牛渚矶至姑孰,悦谢家青山,欲终焉。"南朝齐代著名诗人谢朓任宣城太守时曾于青山南麓建造故宅一处(今谢公祠),故青山亦称谢家青山。李白对谢朓清丽的诗风极为敬仰,对青山亦情有独钟。李白被赦后到当涂依族人李阳冰,死后被葬在采石矶仙龙山上,唐元和十二年(817),宣

歙观察使范传正按李白的遗愿将其改葬在谢家青山。荒冢，荒坟。

〔5〕“只应”二句：说李白因风骨傲岸、蔑视权贵而遭受谗言和妒忌，被迫离开长安，传说最后溺死在采石矶。蛾眉妒，指贤才遭妒。蛾眉指美人，自屈原以来，文人多以美人喻贤才，李白在《玉壶吟》中谈及自己被迫离开宫廷时说：“君王虽爱蛾眉好，无奈宫中妒杀人。”元·辛文房《唐才子传》卷二：“（李白）尝大醉上前，草诏，使高力士脱靴，力士耻之，摘其《清平调》中飞燕事，以激怒贵妃，帝每欲与官，妃辄沮之。”天仙，李白号“谪仙人”。其诗曰：“青莲居士谪仙人，酒肆藏名三十春”。（《荅湖州迦叶司马问白是何人》）水仙，传说李白酒醉后到水中捉月，溺死在采石矶。宋·洪迈《容斋随笔》卷三：“世俗多言李太白在当涂采石，因醉泛舟于江，见月影俯而取之，遂溺死，故其地有捉月台。予案李阳冰作太白《草堂集序》云：‘阳冰试弦歌于当涂，公疾亟，草稿万卷，手集未修，枕上授简，俾为序。’又李华作《太白墓志》亦云：‘赋《临终歌》而卒。’乃知俗传良不足信。”

简评

从李白去世到元代，历史已过去了五百多年，但是李白天马行空般的才思与风流潇洒的人格魅力却在传说中越来越神奇、越来越深入人心。元代中期，回回族作家萨都剌来到了长江边，当他登上采石矶，面对着绝壁临空、惊涛拍岸的壮伟气象，一代诗仙的飘逸身影顿时浮现在了山水之间，引发他深情的联想与怀念。

诗歌起笔突兀，“梦断”一句突出了李白晚年长流夜郎的悲剧命运，下面“醉挥”一句则生动再现了李白乘着醉意、大笔挥洒的谪仙风采，首联先抑后扬，对比鲜明，对才华出众的李白反遭厄运的不平之气喷薄而出。接着，作者飘然的思绪又回到了采石矶上，似见一轮明月之下，身着锦袍的李白又在纵情豪饮，他在清空的江面上乘舟而行，全身都沐浴在皎洁的月光之中，恍如载着一船明月光驶向了天边。这是作者为潇洒浪漫的诗仙在采石矶画出的一幅特写。然而，转眼间，作者又从空灵的想象中惊醒，联想到诗仙在宫廷备受压抑、终被疏远的命运，他的目光不由得穿越长空，落到了当涂东南青山之下的一座荒坟，在那里，一代诗仙长眠于环翠的山川之中，默默地度过漫漫的长夜，其身后又是何等的凄凉！在沉思遐想中，作者总结了李白一生悲剧的原因，那就是诗仙蔑视权贵的傲然“风骨”与嫉贤妒能的权贵们之间不可调和的矛盾，是黑暗的政治环境容不下李白光明磊落的品格。最后，作者望着采石矶下清澈的江水和江心微微荡漾的月影，他想起了民间广为流传的一个神话，就在这采石矶上，当年的“谪仙人”带着醉意的朦胧，望着水中的月影，一时间竟以为天上的明月落到了水中，为了和他深深喜爱的明月终身为伴，而纵身跃入了江中。这充满奇幻色彩的结局，是人民为李白找到的最理想的归宿。萨都剌宁愿相信这个神话的真实，他相信李白并没有死，而是融入了永恒的江月之中。“不作天仙作水仙”，李白和他惊天地泣鬼神的诗文一起永垂不朽，永远活在祖国的大地山河之中。

明·胡应麟曾说：“萨天锡诵法青莲。”（《诗薮》外编卷六）在这首《采石怀李白》中，萨都剌从历史和传说两个方面描绘了他心目中的诗仙形象，对李白出众的才华和清高的人品表达了无限的仰慕，对李白一生悲剧的命运给予深切的同情。他在另一首《过池阳有怀唐李翰林》中说：“我思李太白，有如云中龙”，对李白飘逸豪放的诗风亦给予高度的评价。在创作上，萨都剌确实是学习李白的，《采石怀李白》诗中浮想联翩的内容、抑扬跌宕的章法、清空一气的气势无不闪动着李白诗歌的影子。作为一名少数民族作家，萨都剌对李白的崇敬与继承，说明李白是属于中华各族人民的，他不仅是祖国壮丽山河孕育出的千古奇才，也是各族人民心中永恒的诗仙与骄傲。

格律分析

诗歌押平声先韵，首句入韵。诗中今读平声的入声字有“一”（质韵）、“石”（陌韵），古为仄声。全诗基本合乎格律，但有拗句。“锦袍日进酒一斗”第五、六两字均应平用仄，是双拗，下句亦无救，这主要是作品的内容使然，格律只能服从内容表达的需要而相应变化了。

贯云石

芦花被[1]

（七律仄起平收式）

采得芦花不涴尘，翠蓑聊复藉为茵[2]。
西风刮梦秋无际，夜月生香雪满身[3]。
毛骨已随天地老，声名不让古今贫[4]。
青绫莫为鸳鸯妒，欸乃声中别有春[5]。

作者简介

贯云石（1286～1324）元代文学家、书法家。原名小云石海涯，因父名贯只哥，即以贯为姓。自号酸斋，又号芦花道人。维吾尔族人，祖籍西域北庭（今新疆吉木萨尔县）。贯云石生于大都（今北京市），出身武官家庭，自幼武艺超群，后弃武学文，接受汉族文化。善书法，草隶等书，变化古人，自成一家。诗文亦有一定成就，尤以散曲最著，被杨维桢誉为“一代词伯”。元仁宗时拜翰林侍读学士，中奉大夫，知制诰同修国史。后辞官去江南，隐于杭州一带。有《酸斋集》。

注释

〔1〕此诗作于1314年秋天，贯云石南游途中经过梁山泊，喜爱那里一个渔翁用芦花絮成的被子，渔翁要他用诗来交换，贯云石即吟出了这首七律。诗前原有作者小序：“仆过梁山泊，有渔翁织芦花为被。仆尚其清，欲易之以绸者。翁曰：‘君尚吾清，愿以诗输之。’遂赋，果却绸。”

〔2〕“采得”二句：渔翁用一尘不染的芦花为被，又用翠绿的蓑衣作褥子。涴（wǎn）：污染。唐・韩愈《合江亭》诗：“勿使泥尘涴。”聊：姑且。茵：褥垫。

〔3〕“西风”二句：上句说在秋天盖上轻柔的芦花被，进入梦乡后，梦魂仿佛被西风刮进了无边无际的清秋意境中；下句说月夜里雪白的芦花被散发着清香，盖在身上宛如白雪洒满全身。

〔4〕“毛骨”二句：说就像芦花、芦秆会在秋天日益干枯一样，渔翁的身骨随着岁月流逝而衰老，但高尚清白的名声不逊于古今清贫的高士。

〔5〕“青绫”二句：不用羡慕那绣有鸳鸯的青绸被，在“欸乃”的摇橹声中，别有一片美好的天地。欸（ǎi）乃，行船摇橹声。柳宗元《渔翁》诗：“欸乃一声山水绿。”

简评

这是贯云石广为流传的名作，此诗吟成之后，曾出现“人间喧传芦花被诗”（《元史》卷一百四十三《贯云石本传》）的情况，摹写、仿效之作更是层出不穷。贯云石本人又取了“芦花道人”的别号，并以“清风荷叶杯，明月芦花被，乾坤静中心似水”的曲词表明了自己归隐江湖的高洁心迹。

这首《芦花被》诗，实际上已成为贯云石高洁脱俗之情操的一种象征与标志。从小序中我们可以得知，贯云石之所以喜爱芦花被，甚至要以绸被来交换，是因为“仆尚其清”，而那位渔翁本身就是一个具有清高情操的隐士，所以才提出：“君尚吾清，愿以诗输之。”这种以诗歌易芦花被的雅事所表达的是一种浮云富贵、不慕荣华、崇尚清静、热爱自然的淡泊情志和高雅胸襟。在表达这一情志时，诗人用了托物寓意的抒情手法，即通过描写芦花被来表现尚“清”的内涵。

诗歌前两联直接描写芦花被，首联通过采集和编成芦花被的过程写其一尘不染的洁净本质，颔联则突出了芦花被轻柔、芬芳、色彩雪白的特点，借助美妙的联想描写了芦花被带给人的审美愉悦。“西风刮梦秋无际”，是用寥廓澄澈的清秋意境表现了芦花被带给人梦幻般的感受。“夜月生香雪满身”，则用奇妙的比喻表现了芦花被的清香与洁白。这两句造语清新别致，意境空灵缥缈，是在通感中创造出的物我同一的佳句，它所表现的不仅是芦花被带给人的精神享受，更是一种置身自然之中的清旷高洁的生活意境。后两联由咏物转入议论，颈联“毛骨”句一语双关，既是写芦秆、芦花的日益干枯，又是喻指渔翁年纪已老，以表现其甘守清贫的傲然风骨。尾联上句以“青绫”喻富贵，明确表示不羡荣华的胸襟，再以“欸乃声中别有春”点明诗歌的主题，说明诗人赞美芦花被实际是要赞美一种远离俗世、回归自然的生活状态，赞美一种清高超俗的精神境界。

作为武将后代、贵族公子，贯云石毅然弃官、归隐江南，在思想情趣上发生的转变，与他深受陶渊明、李白、苏轼等先贤的影响是分不开的。他“平日不写古今人诗章，而独慕陶靖节之为人，书其《归去来辞》”（元·陈基《夷白斋稿》外集卷下《跋贯酸斋书归去来辞》），有时“酒醉仰天呼太白，眼空四海无纤物”（《桃花岩》），也有时“暗想东坡，逋仙诗有谁酬和”（[中吕]《粉蝶儿·西湖十景》）。因此，贯云石的作品与成就，体现了我国历史上各民族作家互相学习与继承的亲密关系，是元代各族文化互相渗透的结果。

格律分析

诗歌押平声真韵，首句入韵。诗中今读平声的入声字有“得”（职韵）、“刮”（黠韵）、“雪”（屑韵）、“别”（屑韵），古为仄声。全诗合乎格律。

傅若金

登南岳二首（其二）〔1〕

（七律仄起平收式）

万壑千峰次第开，祝融最上气崔嵬〔2〕。
九江水尽荆扬去，百粤山连翼轸来〔3〕。
入树恐侵玄帝宅，牵萝思上赤灵台〔4〕。
明年更拟寻春兴，应及潇湘雁北回〔5〕。

注释

〔1〕元顺帝元统二年（1334）七月，傅若金奉命随使臣出使安南（今越南北部，

古称交趾，汉唐以来一直是中国属地，五代以后独立成国)，此诗为途中登南岳衡山时所作。

〔2〕“万壑”二句：千万座山峰依次展现，祝融峰在最高处，迥拔卓异、气势雄壮。祝融，即祝融峰，南岳衡山的最高峰，海拔约1 300米。

〔3〕“九江”二句：这两句是说：在南岳山上可一直望见九江的尽头，南岳高耸入云，与南方五岭遥遥连成一片。九江，指湖南境内的沅、渐、元、辰、溆、酉、澧、资、湘九水(见宋·蔡沈《书经集传》)，它们流入洞庭后汇于长江，奔腾于古代九州的荆、扬地面。百粤，湘南、闽、浙南等南方越族聚居地区的统称，后常特指五岭。翼轸，古代星宿名，其分野相应地上的吴和楚的地区。

〔4〕“入树”二句：说南岳山顶祭祀神灵的遗迹很多，进入树林怕侵入玄帝庙，攀着藤萝想登上山顶祭神之所。玄帝，指玄天上帝，是道家神祇。赤灵台，指岳顶祭祀赤帝祝融的所在地。传说祝融峰是火神祝融游息之地。

〔5〕“明年”二句：明年阳春还打算再游此地，应来得及看到群雁结伴北归的情景。言外之意自己能和归雁一起回乡吗?

简评

此诗为游览南岳衡山而作。开篇气势宏大，描写衡山全貌，在联绵不断的山峦中突出了气势雄奇的祝融峰。颔联写诗人登高远眺，似见南岳山水在天地间无边无际地伸展开去，此联虚实结合，气象浑茫，诗人借助想象，描绘了极目中水尽荆扬、山连翼轸的壮观景象。颈联写山间祭天地神灵的遗迹众多，为南岳再披神圣的色彩。尾联以再拟重游来抒发登岳的雅兴，并寄以思乡之情。全诗结构谨严，由远及近，从面到点，气象宏阔，融景入情。明代胡应麟极为看重傅若金的诗，认为“傅若金、张仲举不甚知名，而近体特多宏壮”。并将此诗列入“全篇整丽，首尾匀和”(《诗薮》外编卷六)之作。

格律分析

这首七律用平声灰韵，首句入韵。其中，“宅”(陌韵)、“及”(缉韵)今读平声，古代是入声字。

明代七律

袁 凯

白 燕[1]

（七律仄起平收式）

故国飘零事已非，旧时王谢见应稀[2]。
月明汉水初无影，雪满梁园尚未归[3]。
柳絮池塘香入梦，梨花庭院冷侵衣[4]。
赵家姐妹多相忌，莫向昭阳殿里飞[5]。

注释

〔1〕袁凯早年赋此诗而得名，一时被呼为“袁白燕”。据说当初在杨维桢座上，有个叫时大本的客人写的《白燕》诗受到称赞，翌日袁凯也作了一首《白燕》诗，大受杨维桢称赏。明·杨仪《骊珠杂录》记：“时大本赋《白燕》诗呈杨铁崖（杨维桢），铁崖极称‘珠帘十二中间卷，玉剪一双高下飞’，景文（袁凯字景文）在座曰‘诗虽佳，未尽体物之妙’。廉夫不以为然，景文归作诗，翌日呈之，铁崖击节叹赏，连书数纸，尽散坐客，一时呼为‘袁白燕’。”

〔2〕“故国”二句：是说时序相递，人物俱非，但即使是在旧时王谢堂前也很难见到这种白燕。旧时王谢，化用唐代刘禹锡《乌衣巷》“旧时王谢堂前燕，飞入寻常百姓家”诗句。王谢，指东晋豪族王导和谢安。

〔3〕“月明”二句：白燕在月明之夜飞越汉水，融入银白的世界，连影子都见不

到了；雪满梁园之时，若燕子归来，它能与雪媲白。这两句写白燕之白。梁园，即兔园，又名梁苑。西汉梁孝王建，故址在今河南省商丘市东。这句用南朝宋·谢惠连《雪赋》典故，《雪赋》假借梁孝王在梁园与司马相如等夜间宴集情景，描绘了梁园大雪景色，有“皓鹤夺鲜，白鹇失素”的咏雪妙句。

〔4〕“柳絮”二句：白燕翻飞在飘满柳絮的池塘，仿佛融入飘飞的柳絮中，馨美如入梦境；白燕齐集在梨花盛开的庭院，料峭的春风吹落洁白的花瓣沾在燕身上，仿佛白燕的衣衫也带上了寒气。此联化用宋·晏殊《寓意》中“梨花院落溶溶月，柳絮池塘淡淡风”二句意境。

〔5〕“赵家”二句：赵氏姐妹生性忌妒，白燕你可不要向昭阳殿里飞呀。赵家姐妹，指汉成帝宫中的赵飞燕和赵合德姐妹，曾谮废许皇后，谗退班婕妤，专宠后宫。事见《汉书·外戚传》。

简评

诗人因此诗而得“袁白燕”之称，后人又建“白燕庵”以示纪念，可见此诗定有夺人之处。诗中巧用典故，未著一“燕”字而处处见燕，首联化用“旧时王谢堂前燕”的意境，中两联将白燕分别与明月、白雪、柳絮、梨花融于一境，交相辉映，渲染了白燕的洁白无瑕之形与轻灵飞舞之态。尾联又用赵氏姐妹的典故，侧面烘托白燕的特出风采，并借用赵飞燕之名关合题面“燕”字，有水到渠成之妙。全诗笔法蕴藉，吐属风流，空灵曼妙，堪称咏物诗上乘之作。

格律分析

这首七律属平声微韵，首句入韵。诗中古入声字有：“国”（职韵）。韵格流畅，音声谐宛，中两联对仗工稳恰切。

高启

梅花九首(其一)[1]

(七律平起平收式)

琼姿只合在瑶台,谁向江南处处栽[2]?
雪满山中高士卧,月明林下美人来[3]。
寒依疏影萧萧竹,春掩残香漠漠苔[4]。
自去何郎无好咏,东风愁寂几回开[5]?

作者简介

高启(1336~1374),字季迪,号槎轩,又号青丘子,长洲(今江苏省苏州)人。少有才名,与杨基、张羽、徐贲并称“吴中四杰”,而高启为之冠。洪武初年召修《元史》,授翰林院国史编修,又擢户部侍郎,不就,退隐吴淞江畔的青丘。后为苏州刺史魏观作《上梁文》,连坐死。启“诸体并工,天才绝特,允为明三百年诗人称首,不止冠绝一时也”。(陈田《明诗纪事》甲签卷七)存诗两千余首,有《高青丘集》。

注释

〔1〕这首诗为作者咏梅力作,此前,高启已为梅花写过不少诗篇,但这首诗能去形取神,独开新意,历来为人称赏。

〔2〕“琼姿”二句:梅花本该留居在瑶台,是谁将她栽种在江南大地呢?琼姿:美好的姿容,多指梅花。琼,美玉。合,应该。瑶台,相传昆仑山上有十二座以五色彩玉筑成的瑶台,为仙人所居处。

〔3〕“雪满”二句:梅花有耐寒的节操,当雪满山中时,她低俯着挂雪的枝条,

如同山中闲雅酣卧的高士；梅花有超俗的风韵，她那婆娑的枝影，如同明月下姗姗走来的美人。

〔4〕“寒依”二句：天寒之际，疏朗的梅影与风中之竹相依傍；春意来时，梅花飘落，残留的梅香覆盖着漠漠苍苔。萧萧，风吹草木之声。漠漠，一说无声无息，一说密布貌。

〔5〕“自去”二句：自何逊之后，再没有咏梅的好诗了，梅花在东风中寂寞地开落了多少回呢？何郎，南朝梁诗人何逊，有《扬州法曹梅花盛开》咏梅佳作。

简评

清·贺裳《载酒园诗话》卷一评此诗云：“余观此诗，字字危栗，起结皆自占地步，正是寄托之词，亦犹《咏燕》，特稍深耳。”诗歌开篇即以奇特之想象发奇特之疑问，突出梅高标拔俗的形象。颔联将梅比作品行高洁的隐士，仪态秀雅的美人，开掘出梅之禀性，展示了梅之风韵。颈联进一步叙写梅之孤傲与节操，远离尘嚣，寒竹相伴；春掩风流，余香不散，可谓摄取了梅之精魂。尾联道出自己是何逊之后梅花的又一知音，表达出高洁襟怀。全诗格高气清，属意不凡，耐人深味。明·王世贞曾说：“迨于明兴，大约立赤帜者二家而已。才情之美，无过季迪；声气之雄，次及伯温（刘基）。”（《艺苑卮言》卷五）这首七律即可见高启之才情及语言风格。清·赵翼亦赞高启：“惟高青丘才气超迈，音节响亮，宗派唐人，而自出新意”，“至如《咏梅》九首内，以‘雪满山中高士卧，月明林下美人来’为佳句。”（《瓯北诗话》卷八）

格律分析

这首七律押平声灰韵，首句入韵。诗中的古入声字有：“合”（合韵）、“雪”（屑韵）、“竹”（屋韵）。颈联中使用了叠字对（“萧萧”对“漠漠”），使得语言俊逸，音声和美，增添了诗歌的魅力。

高 棅

得郑二宣海南手札[1]

（七律平起平收式）

番禺天外古交州，念子南行恋旧游[2]。
故国又经花落后，远书翻寄雁来秋[3]。
梅边野饭逢人少，海上青山对客愁[4]。
为报罗浮云影道，早随明月引归舟[5]。

作者简介

高棅（1350～1423），一名廷礼，字彦恢，号漫士，长乐（今福建省长乐市）人。与林鸿、王恭等人并号“闽中十才子”。明成祖永乐初年召为翰林院待诏，后升典籍。有《啸台集》《木天清气集》，编选《唐诗品汇》。

注释

〔1〕诗人收到朋友郑二宣从海南捎来的信札，遂作此诗应答。郑二宣：郑定，字孟宣，闽县（今福建闽侯县）人，明洪武末授延平训导，历齐府纪善、国子助教，为“闽中十才子”之一。明万历年间即有袁表、马荧编选的《闽中十子诗》流传。手札：亲笔书信。

〔2〕“番禺”二句：你南行到比番禺更远的古属交州的海南，想到你的远游，我更加怀念我们往昔交游的日子。番禺，今属广州市。天外，言距离遥远。交州，东汉建安间置，治所在番禺，唐改称。海南古属交州，子，古代对男子的尊称。

〔3〕“故国”二句：接到你的手札时，故乡又经历了暮春的花落时节，而你从远方寄出书信时却是在群雁南归的深秋。

《得郑二宣海南手札》

〔4〕“梅边”二句：在老梅树下孤独地野餐，海上青山与你相对而愁，这两句是作者想象朋友在海南寂寞愁苦的客游生活。

〔5〕“为报”二句：请罗浮山的云影报信给你：早些随同明月乘舟而归吧。罗浮，山名，在广东省惠州的博罗、龙门和增城等县之间，是中国道教的十大名山之一。由海南回福建要经过罗浮山。

简评

作者与郑定同属明初的“闽中十才子”，二人感情深厚，素有交游，故当郑定远游海南时，作者接到郑定寄自海南的手札，即以诗代书，拳拳致意。诗歌语言虽平易流畅，却非直白浅显之作，作者善于借助形象言情，首联以“天外”二字喻海南之遥远；颔联以“花落后”对“雁来秋”，用两个不同的季节风景，说明书信传递经历时间之长久，进一步把故国与海南两地距离形象化。颈联遥想友人在海南的生活，以“梅边野饭”与“海上青山”描写其日常环境，突出了彼处的人烟稀少、荒凉旷远；结尾则以罗浮山的云影与故乡的明月呼唤友人早日乘舟归来。全诗形象丰富、画面迭出，字里行间，牵挂之情历历可见，不失为一首佳作。

格律分析

这首七律属平声尤韵，首句入韵。诗中古入声字有：“国”（职韵）。颔联中“又”与“翻”为虚字相对。

于　谦

咏煤炭

（七律平起平收式）

凿开混沌得乌金，藏蓄阳和意最深〔1〕。
爝火燃回春浩浩，洪炉照破夜沉沉〔2〕。

鼎彝元赖生成力，铁石犹存死后心[3]。
但愿苍生俱饱暖[4]，不辞辛苦出山林。

作者简介

于谦（1398～1457），字廷益，号节庵，钱塘（今浙江杭州）人。明代杰出的政治家和民族英雄、爱国诗人。17岁时写了《石灰吟》，表达“粉身碎骨浑不怕，要留清白在人间”的志向。23岁中进士，32岁升任兵部右侍郎，巡抚河南、山西十九年，颇得民心。历经永乐、洪熙、宣德、正统四朝。明英宗正统十四年（1449），蒙古瓦剌部来犯，在木土堡大破明军，英宗被俘，举国震动，时于谦出任兵部尚书，坚持抗敌，保卫住了北京。后在“夺门之变”遭谗言诬陷被杀害。

注释

〔1〕“凿开”二句：凿开地下的岩石掘出乌金，煤块里隐藏着深深的暖意。混沌，指天地还没有开辟以前的状态。古人认为天地未开时“混沌如鸡子”。乌金，指煤炭。阳和，原指暖和的阳光，这里借指煤炭可燃烧的内热。意最深，有深层的情意。

〔2〕“爝火”二句：煤炭燃烧给人们带来温暖，就像春回大地一般。熊熊的炉火照亮了沉沉的黑夜。爝（jué）火，小火。爝，古人束苇为炬，烧炬以袚初不祥。春浩浩，无边无际的春光。浩浩，广大的样子。洪炉，巨大的炉子。

〔3〕“鼎彝”二句：意谓鼎彝这类铜铸礼器，都是靠煤炭燃烧的热力才生成的；燃烧后的铁块和煤炭并未消失，它们不死的心存在于鼎彝之中。鼎彝，古代祭器。上面多刻着表彰有功人物的文字。鼎，古代铜铸的烹饪器，三足两耳。彝，古代铜铸的酒器。《文选·任昉〈王文宪集序〉》：“或功铭鼎彝，或德标素尚。”

〔4〕苍生：老百姓。

简评

这是一首咏物诗，作者以煤炭自喻，托物明志，表现牺牲自己、造福人类的宏伟怀抱。首联开篇咏煤炭点题，第二句一语双关，明写煤炭蕴藏可燃内热，暗喻自己蕴藏着治国安民、泽被苍生的深厚心意。颔联描写煤炭燃烧、洪炉冶炼的火红场面，赞美煤炭能温暖大地、照亮黑夜的作用，暗喻自己愿为社稷苍生出力，使生命发出光和热的火热情怀。这句中的“春浩浩”承上句“阳和”而来，与下句的“照破夜沉沉”相对照，更显示出扭转乾坤的生命力量。颈联仍从煤炭的作用方面作比喻，说靠煤炭燃烧的热力铸成了古代的鼎彝，由于古人称庙堂宰相为鼎鼐，这里实际是说担负重任的宰臣要有煤炭的献身精神，要以国家社稷为己任，鞠躬尽瘁、死而后已。尾联以“但愿苍生俱饱暖”直抒胸臆，说自己只希望普天下的百姓都能得到温饱，所以才不辞辛苦，不惜走出山林而燃烧了自己。末句绾结到自己出山济世的本意，寄寓了诗人为国为民甘愿无私奉献的情怀，这正是于谦精神世界的写照。通篇咏物与写志，浑然一体，比喻自然贴切，情志寄托深远，是传诵千古的佳篇。

格律分析

这首七律属平声侵韵，首句入韵。诗中古入声字有：“凿”（药韵）、“得”（职韵）、“爝”（药韵）、“石”（陌韵）、“出”（质韵）。

李东阳

寄彭民望[1]

（七律仄起平收式）

斫地哀歌兴未阑，归来长铗尚须弹[2]。
秋风布褐衣犹短，夜雨江湖梦亦寒[3]。

木叶下时惊岁晚，人情阅尽见交难[4]。
长安旅食淹留地，惭愧先生苜蓿盘[5]。

作者简介

李东阳(1447～1516)，字宾之，号西涯，茶陵(今湖南省茶陵县)人。明代著名书法家、文学家。明英宗天顺八年(1464)进士，官至礼部尚书兼文渊阁大学士，卒赠太师，谥文正。其诗注重形式，典雅工丽，内容较空疏，是明初茶陵诗派的代表。有《怀麓堂集》。

注释

〔1〕彭民望：名泽，字民望，湖南攸县人，能诗。景泰七年(1456)举人。官应天通判，失志归湘。李东阳作此诗，对彭的沉沦不遇深表同情。

〔2〕“斫地”二句：言彭民望英雄沉沦、壮志难酬。斫地，此句化用杜甫《短歌行赠王郎司直》诗开篇“王郎酒酣拔剑斫地歌莫哀，我能拔尔抑塞磊落之奇才”意。斫地，舞剑的一种动作。阑，尽。归来，此句用《战国策·齐策》中冯谖客孟尝君事。冯谖在未被重用时曾弹剑作歌，说“长铗归来乎！食无鱼”等。铗，剑。

〔3〕“秋风”二句：秋风萧索，而你只能穿着粗布短衣；江湖夜雨，寒气侵人，你在梦中亦有寒意。

〔4〕“木叶”二句：看落叶纷纷，惊觉年华飞逝，壮志未酬；看尽了人情冷暖，深知知交难寻。

〔5〕“长安”二句：我为了生计，还滞留在都城；想到先生甘心隐居，过着清苦的生活，我就感到惭愧。长安，汉、唐时都城，此处代指北京。淹留，久留。苜蓿盘，以苜蓿(一种野菜)为菜肴，喻生活清贫。据《太平广记》卷四九四录，唐代薛令之为东宫侍读，曾作《苜蓿诗》自叹：“朝日上团团，照见先生盘。盘中何所有？苜蓿长阑干。饭涩匙难绾，羹稀箸多宽。只可谋朝夕，何由度岁寒。”

简评

彭民望是作者的同乡友人，他怀才不遇，失意还乡，生计艰难，作者闻知后从京城寄诗为其鸣不平。诗歌善用典故，充满真情实感，情悲却不堕纤弱。首联突兀而起，借用杜诗句意与冯谖弹铗的典故，写彭民望虽有高才豪兴却英雄失路的悲愤情怀。颔联拣秋风、短褐、夜雨、梦寒等萧瑟悲凉的物象营造生活情境，对友人的穷困孤寂表达深挚同情，其中“犹”“亦”二字下得极恰切，语气加重，感情倍增。李东阳认为诗用实字易，用虚字难；虚字用得好，诗便能开合呼唤，悠扬委曲（见谢榛《诗家直说》卷一），故常在虚字上下功夫。颈联承上写彭民望年华虚掷、阅尽世态炎凉，设身而想，情景相契。尾联以友人对照自己，赞赏友人高节，流露对仕途的厌倦。全诗读来抑扬顿挫，声情跌宕，十分感人。据作者说：“彭民望始见予诗，虽时有赏叹，似未犁然当其意。及失志归湘，得予所寄诗曰：‘斫地哀歌兴未阑，归来长铗尚须弹。秋风布褐衣犹短，夜雨江湖梦亦寒。’黯然不乐。至‘木叶下时惊岁晚，人情阅尽见交难。长安旅食淹留地，惭愧先生苜蓿盘’，乃潸然泪下，为之悲歌数十遍不休，谓其子曰：‘西涯所造，一至此乎？恨不得尊酒重论文耳！’盖自是不阅岁而卒，伤哉！”（《麓堂诗话》）可见此诗感人至深。

格律分析

这首七律押平声寒韵，首句入韵。诗中今读平声的古入声字有：“斫”（觉韵）、“铗”（叶韵）、“食”（职韵）。首联似对非对，中两联属对较工，颔联中“犹”与“亦”虚字对。

九日渡江[1]

（七律平起平收式）

秋风江口听鸣榔，远客归心正渺茫[2]。
万古乾坤此江水，百年风日几重阳[3]。
烟中树色浮瓜步，城上山形绕建康[4]。
直过真州更东下，夜深灯火宿维扬[5]。

注释

〔1〕明成化十六年(1480),李东阳到南京任会试考官,放榜后,由南京渡江经由扬州北上,时逢重阳,遂有此作。九日:农历九月九日,重阳节。

〔2〕"秋风"二句:秋风之中,渡口传来鸣榔之声;我作客在外,归途遥遥,只能在异乡度过重阳佳节了。鸣榔,为船夫敲击船帮声,以示即将开船。榔,敲船用的木条。一说为捕鱼时用木条敲打船舷声,以吸引游鱼。

〔3〕"万古"二句:天地永恒,江山无限,大自然如同这江水长流不息;而人生短暂,转眼百年,一生之中又能见几次重阳节的风光呢?百年,犹言一生。

〔4〕"烟中"二句:写远望中的长江景象。云烟中露出丛丛绿树,江边的瓜步镇仿佛飘浮在水面上;山峦起伏,环绕着南京城。瓜步,镇名,一作瓜埠。在今南京市六合区东南瓜步山下,东临长江。建康,今江苏省南京市。

〔5〕"直过"二句:客船飞快驶过真州,沿江东下,夜深时分我便可落宿在灯火点点的扬州了。真州,今江苏省仪征市,位于长江北岸。维扬,古扬州的别称,源自《尚书·禹贡》:"淮海惟扬州。""惟"通"维"。即今江苏扬州市。

简评

沈德潜曾经说过:"永乐以后诗,茶陵起而振之,如老鹤一鸣,喧啾俱废。"(《明诗别裁集》卷三)这首诗即能体现出一种与明初台阁诗风迥异的创作倾向。诗歌作于九日,正是重阳佳节,本当阖家团聚,而作者却在归京的漫长旅途之中,瞻望行程遥远,更觉思乡殷切。故全诗依渡江行舟的顺序依次写来,描写行舟长江所见到的阔大景象,寄托归心似箭的思乡情愫。首联从催舟出发的阵阵鸣榔写起,引出故乡邈远、归心渺茫之感;颔联就"渺茫"二字拓开,以"万古"对"百年",用永恒的自然与有限的人生形成对比,引发出对宇宙人生的深沉思考与感喟,此联虚字运用巧妙,诗句清拔而意兴高古。故明·谢榛《四溟诗话》卷一曰:"夏正夫谓涯翁善用虚字,若'万古乾坤此江水,百年风日几重阳'是也。"颈联直写远望中的长江景象,烟中树色,山绕建康,犹如展开了一幅水墨画成的万里长江图卷，意境浩茫而辽远。尾联则借助想象，虚写夜宿扬州情景，把心中的诗情由眼前的南京城一直延伸到了长江下游的扬州。全诗发兴高远，视野开阔，虚实结合，意象浑成。后两联用瓜步、建康、真州、维扬四个地名贯穿诗句，更显得飞扬而灵动，使人似见水急如箭、催舟东下之情景，亦传达出了作者恨不得插翅飞回京城的迫切心情。

格律分析

这首七律押平声阳韵，首句入韵。第三句和第七句都采用了一种特定格式：仄仄平平仄平仄。第七句的“直”（职韵）是入声字。

文徵明

感　怀[1]

（七律仄起平收式）

三十年来麋鹿踪，若为老去入樊笼[2]！
五湖春梦扁舟雨，万里秋风两鬓蓬[3]。
远志出山成小草，神鱼失水困沙虫[4]。
白头博得公车召，不满东方一笑中[5]。

作者简介

文徵明（1470～1559），初名璧，字徵明，后以字为名，更字徵仲，号衡山居士，长洲（原江苏省吴县，今苏州市吴中区）人。以岁贡入京，荐授翰林院待诏，卒，私谥贞宪。文徵明能诗工画，是明代著名书画家和诗人。其书法秀利，尤擅山水。诗多写个人感怀，有《甫田集》。

注释

〔1〕文徵明虽才高志远，却于举业屡试不中，直到嘉靖二年五十四岁时，才由江苏巡抚李充嗣推荐，得以岁贡生身份参加吏部考试，被授翰林院待诏。此诗即他在任时有感而作。

〔2〕“三十”二句：三十多年来，我像麋鹿纵游山林一样自在，而今年老进入官场，哪想到像关入牢笼一般受束缚。三十，有版本作“五十”，但一首诗中不会两用“五”字，故不取。若为，那堪。怎能。

〔3〕“五湖”二句：梦想如范蠡那样功成身退，泛舟五湖，而今未能适意，却落得两鬓斑斑，奔波劳顿。万里秋风，暗用西晋张翰事。张翰在洛阳做官，见秋风起，思念家乡的莼菜与鲈鱼而归隐。

〔4〕“远志”二句：意谓我如同出山的远志，离水的神鱼一般拘囚于仕途的污淖之中。远志出山成小草，远志是一种药用植物，这句典出《世说新语·排调篇》。谢安初隐东山，后出仕为桓公(桓温)司马。有人赠桓公药草远志，桓问谢：“此药又名小草，何一物而有二称?”时郝隆在坐，应声答曰：“此甚易解：处则为远志，出则为小草。”谢甚有愧色。神鱼，曹植《仙人篇》：“河伯献神鱼。”困沙虫，指陷于群小包围中。古代以猿鹤沙虫借指君子与小人。《艺文类聚》卷九十引晋·葛洪《抱朴子》：“周穆王南征，一军尽化，君子为猿为鹤，小人为虫为沙。”据明·宋濂《元史》列传第五十八“吴澄传”载，吴澄曾对英宗说：“为善之人，死则上通高明，其极品则与日月齐光；为恶之人，死则下沦污秽，其极下则与沙虫同类。”

〔5〕“白头”二句：意为我满头白发才博得翰林院待诏，岂不徒增笑料。公车，汉代官署名。公车召，指臣民上书或被征召，均由公车接待。东方，即东方朔，事可见《史记·滑稽列传》，此处作者以东方朔自比。东方朔待诏金马门只不过当了汉武帝的弄臣，而自己现在任翰林院待诏，秩从九品，心中再不满，也只能徒然一笑了。

简评

文徵明是明代著名书画家，与唐寅、祝允明、徐祯卿号为“吴中四子”，其文名遍传海内，但科场不利，屡次落第，五十四岁方被授翰林院待诏。因年事已高，加之为人清高，不依附权贵，在翰林院颇为屈辱，不久坚决辞官归隐。明人何良俊《四友斋丛说》卷十五说："衡山先生在翰林日，大为姚明山、杨方城所窘。时昌言于众曰：'我衙门中不是画院，乃容画匠处此耶?'……然衡山自作画之外，所长甚多，二人只会中状元，更无余物。"此诗即作于被束官场之时。诗人以意运笔，抒写仕途的坎坷失意，与对隐居江湖的闲逸生活的向往。在具体写法上，此诗一是采用了对比手法，前三联的出句与对句之间比照强烈，使幽怨之情弥彰，读来有一波三折之感。二是多处用典，颔联暗用范蠡及张翰事，后两联用谢安与东方朔事，从而扩大了诗句的内涵，借古写今，烹化浑融，将失意及郁闷之情和盘托出，读来却丝毫不觉阻塞。尾联自嘲，写出自己在官场的尴尬处境及思归心情，不平之气出乎其间，全诗用笔洒脱，不饰雕琢，而感情厚重，自有妙处。

格律分析

这首七律属平声一东韵，首句借韵，"踪"字用了二冬韵。诗中今读平声的古入声字有："十"（缉韵）、"出"（质韵）、"失"（质韵）、"白"（陌韵）、"得"（职韵）、"一"（质韵）。

李梦阳

秋　望[1]

（七律仄起平收式）

黄河水绕汉宫墙，河上秋风雁几行[2]。
客子过壕追野马，将军弢箭射天狼[3]。
黄尘古渡迷飞挽，白月横空冷战场[4]。
闻道朔方多勇略，只今谁是郭汾阳[5]。

作者简介

李梦阳(1473～1530),字天赐,更字献吉,号空同子。庆阳(今甘肃省庆阳市)人,后徙开封。明孝宗弘治七年(1494)进士,官户部郎中等职。曾因疏劾宦官刘瑾而被捕入狱。刘瑾被诛后,曾官复原职,旋又罢职家居。天启中追谥景文。李梦阳是明代首倡诗文复古的盟主,与何景明、徐祯卿、边贡、王廷相、康海、王九思并号“七子”,主张“文必秦汉,诗必盛唐”,其诗亦有风骨遒利之作。有《空同集》。

注释

〔1〕题一作《出使云中》,一作《出塞》。云中即今山西大同市。诗人在明孝宗弘治十三年(1500)为户部主事时,曾奉命犒榆林军,此诗即作于此次犒军时。

〔2〕“黄河”二句:写水绕边墙,秋风送雁之景。汉宫墙,一作“汉边墙”,明大同府西北有九边长城,时为明与鞑靼之界。

〔3〕“客子”二句:士卒过壕越沟,掠起滚滚尘埃,将军佩戴弓箭,逢敌即发。客子,指戍边士卒,一说为作者自指。野马,见《庄子·逍遥游》:“野马也,尘埃也,生物之以息相吹也。”此指战地烟尘。弢箭,弓箭。表将军戎服带箭。弢,弓袋。天狼,星名。古人认为天狼星主侵掠,此处指北方侵边之敌。屈原《九歌·东君》:“青云衣兮白霓裳,举长矢兮射天狼。”王逸注:“天狼,星名,以喻贪残。”(《楚辞章句》卷二)又,《晋书》卷十一“天文志”:“狼一星,在东井东南。狼为野将,主侵掠。”

〔4〕“黄尘”二句:运粮的车船消失在黄沙滚滚的古渡口;一轮孤月横空而出,照在冷寂的古战场上。飞挽,即“飞刍挽粟”,紧急运送粮草。《汉书·主父偃传》:“又使天下飞刍挽粟。”颜师古注:“运载刍稿令其疾至,故曰飞刍也,挽谓引车船也。”陈傅良《历代兵制》卷八·宋:“置转运使于逐路,专一飞挽刍粮饷军为职。”

〔5〕“闻道”二句:我听说北方多英勇而有谋略的将领,那么现在谁能堪当郭

子仪之任呢？朔方，古郡名，汉设。此泛指北方边境之地。郭汾阳，唐代名将郭子仪，安史之乱时，任朔方节度使。因功升任尚书令，进封汾阳王。汾阳治所在今山西省静乐县西。

简评

明代中叶，北方鞑靼等游牧民族经常侵犯中原，成化、弘治年间屡次攻掠大同，入居河套。弘治十三年李梦阳出使大同劳军，目睹边塞之现状，看到将士们紧急备战的肃杀景象，不禁触发忧国之思，感慨边疆缺乏御敌靖边之良材，在诗歌中抒发了深沉的忧患意识。

明代王世贞《艺苑卮言》卷一转述李梦阳论诗说："古人之作，其法虽多端，大抵前疏者必后密，半阔者半必细，一实者一必虚，叠景者意必二。"此诗即很好地演绎了诗人的理论。首联推出空阔苍凉的境界，颔联描写边塞将士的战斗英姿，这两联可谓前阔后细；颈联则景实人虚，写冷寂背后紧急备战的一片繁忙。尾联借古讽今，揭示边患不息的原因，感慨统兵之将中再也没有郭子仪那样英勇善战而又谋略超群的人物了。沈德潜言李梦阳"七言近体开合动荡，不拘故方，准之杜陵，几于具体。故当雄视一代，邈焉寡俦"。（《明诗别裁集》卷四）此诗风力遒劲，寄慨遥深，在技巧及旨意上均能胜人一筹，但起初作者并未选入其诗集中，至万历年间刻本始补入《空同子集》。王世贞《艺苑卮言》卷六云："《空同集》是献吉自选，亦多驳杂可删者，余见李嵩宪长称其'黄河水绕汉边墙'一首，李开先少卿诵其逸诗凡十余首，极有雄浑流丽胜其集中者，尔时不见选，何也？"可见在李梦阳作品中，这是一首被当朝目为"雄浑流丽"之诗。

格律分析

这首七律押平声阳韵，首句入韵。诗中古入声字有："白"（陌韵）、"郭"（药韵）。

朱仙镇[1]

（七律仄起平收式）

水庙飞沙白日阴，古墩残树浊河深[2]。
金牌痛哭班师地，铁马驱驰报主心[3]。
入夜松杉双鹭宿，有时风雨一龙吟[4]。
经行墨客还辞赋，南北凄凉自古今[5]。

注释

〔1〕朱仙镇在今河南省开封市西南，相传为战国时朱亥故里，遂名。南宋高宗绍兴十年(1140)岳飞大败金兵于郾城，进军朱仙镇，并欲乘胜收复汴京，不意投降派秦桧与高宗合谋，连下十二道金牌召他回师，次年，岳飞在临安(今杭州)被杀。这首诗是作者经朱仙镇岳飞庙时所作。

〔2〕"水庙"二句：白日骤阴，飞扬的尘沙笼罩了岳庙；土墩古旧，树木残败，河水又浊又深。水庙，指岳飞庙。因庙旁有河，故称。墩，土堆。

〔3〕"金牌"二句：回忆当年岳飞精忠报国却被召回遇害的历史事实。上句指高宗连下十二道金牌令召岳飞回师，岳飞泣叹："十年之力，废于一旦。"当地父老亦拦住马头，痛哭流涕。下句赞岳飞骑战马驰骋疆场，献一片报国忠君之心。

〔4〕"入夜"二句：写眼前的岳庙凄凉情景。夜深之时，双鹭飞来栖息在松杉树上；有时在风雨之夜，可以听得到一声龙吟。

〔5〕"经行"二句：过往文人依旧写下辞赋凭吊岳飞，但不能改变自古至今南坟北庙凄凉而冷清的面貌。南，指岳飞的坟墓在杭州。北，岳飞的庙在开封西南的朱仙镇。

简评

《朱仙镇》是李梦阳传世名篇之一，明代诗论家杨慎称此诗为“空同七言律第一首”（《空同诗选》），钟惺亦认为此诗不减杜甫的《蜀相》，称赞说：“此诗绝不填塞事实，只淡淡写意，而武穆精爽之气隐隐往来其间。”（《明诗归》）的确，这首七律写得自然浑成，旨意高远，气势健举。起句描写岳庙的荒凉景象，作者连用了阴、古、残、浊、深等词构成阴惨昏暗的典型意象，奠定了全诗深沉悲凉的气氛。沈德潜赞李梦阳“最工起手”（《明诗别裁集》卷四），此诗可为一例。颔联转入对历史的追忆，“金牌痛哭”的悲惨场景与岳飞“铁马驱驰”的英雄形象成为鲜明对照，再现了岳飞壮志未酬、被迫班师而无辜冤死的历史悲剧。颈联收回笔墨，写夜深时的岳庙，“双鹭宿”为实写，“一龙吟”为虚写，作者借助想象，用风雨中的一声龙吟暗示英雄身死而浩气长存，仍在向天地间抒发满腔的忠愤！尾联以“凄凉”二字总括全诗，传达出对英雄被冷落这一事实的大悲慨，全诗古今交错，虚实结合，情感深挚，实为佳品。

格律分析

这首七律押平声侵韵，首句入韵。其中今读平声的古入声字有：“白”（陌韵）、“浊”（觉韵）、“哭”（屋韵）、“一”（质韵）。此诗前三联均使用了对仗，工稳恰切。

李攀龙

杪秋登太华山绝顶（其二）[1]

（七律仄起平收式）

缥缈真探白帝宫，三峰此日为谁雄[2]？
苍龙半挂秦川雨，石马长嘶汉苑风[3]。
地敞中原秋色尽，天开万里夕阳空[4]。
平生突兀看人意，容尔深知造化功[5]。

作者简介

李攀龙(1514～1570),字于鳞,号沧溟,历城(今山东省济南市)人,嘉靖二十三年(1544)进士,官至河南按察使。他是“后七子”的主要代表人物,与王世贞时称“王、李”,继李梦阳等“前七子”提倡复古,从弘治到万历,李梦阳、何景明、王世贞、李攀龙号“四大家”。有《沧溟集》三十卷。

注释

〔1〕杪秋:秋末。太华山:西岳华山,在今陕西省华阴市南。明世宗嘉靖三十七年(1558)秋末,李攀龙即将从陕西辞官归里之际游西岳华山,遂作诗四首,此选其二。

〔2〕“缥缈”二句:我终于可以探访高耸入云的华山绝顶了,那时隐时现的三峰今日在为谁而争雄斗胜呢?白帝,古代神话中五大帝之一,西方之神。华山顶上有祭祀西方之神的白帝宫。三峰,指华山莲花峰、仙人掌、落雁峰三大主峰。

〔3〕“苍龙”二句:想象大雨似由苍龙峰半山撒向秦川大地;山上的石马也似发出长嘶,鸣声中长风扫过秦汉的宫苑。苍龙,华山有苍龙岭,下临秦川。秦川,陕西中部,渭水两岸的平原,为秦之故国。石马,华山玉女祠有石如马。

〔4〕“地敞”二句:写登山看到的自然景象。天高地迥,无边秋色覆盖了中原大地;万里晴空,都在一片夕阳的映照中。

〔5〕“平生”二句:我一生傲气凌人,看到华山,才知唯有你才独得天地造化之功。突兀,本形容山之高耸。此指自己名高当时,难免对人居高临下。容尔,犹言“宜尔”。容,宜。尔,你。

简评

沈德潜称李攀龙的七律“高华矜贵,脱弃凡庸”(《明诗别裁集》卷八),首联运用拟人手法,极写华山群峰高入云天、争奇斗胜。颔联写华山地处秦川大地,阅尽人间沧桑，此联想象奇特，化静为动，写得龙腾马跃，全篇皆活。颈联写从华山眺望的秋日景象，境界高远，色彩辉煌。尾联转而自省自勉，以此叹赏华山的造化之功。全诗笔调凝练，雄浑沉著，精丽响亮，格力颇高。正如沈德潜所评："沧溟诗有虚响，有沉著。此沉著一路。"（《明诗别裁集》同上）

格律分析

这首七律押平声东韵，首句入韵。其中古入声字有："白"（陌韵）、"夕"（陌韵）、"突"（月韵）。首句的"探"字古为平声（覃韵）。

戚继光

登盘山绝顶[1]

（七律仄起平收式）

霜角一声草木哀，云头对起石门开[2]。
朔风虏酒不成醉，落叶归鸦无数来[3]。
但使玄戈销杀气，未妨白发老边才[4]。
勒名峰上吾谁与？故李将军舞剑台[5]。

作者简介

戚继光（1528～1587），字元敬，号南塘，登州（今山东省蓬莱市）人。明代著名爱国将领。嘉靖三十四年（1555），被调往倭寇活动猖獗的浙江任参将，镇守宁波、绍兴、台州三府，到隆庆元年（1567），平息了东南沿海的倭寇之乱。隆庆二年（1568），被调任蓟州（今天津市蓟县），以都督同知总理蓟、辽练兵事。镇守北部边关十六年，寇不敢犯境。他一生战功卓著，在军事理论上亦颇多建树，有《纪效新书》《练兵实纪》等军事著作，为后世兵家所推崇。他文武双全，能诗能文，在繁忙的军务之中，还写下了较多诗文，有诗文集《横槊稿》《止止堂集》，存诗250余首。

注释

〔1〕这首诗是戚继光在蓟门总理练兵事务时，登上盘山顶峰所作。盘山：在今天津市蓟县县城西北12公里处。古名盘龙山、四正山、无终山，有"京东第一山"之称。绝顶：最高峰，此指盘山主峰挂月峰。挂月峰为盘山顶峰，峰势上锐下削，海拔864米，惊险奇绝。因夜晚山高月低，似被树挂，故名挂月峰。

〔2〕"霜角"二句：北国深秋，黄昏时分，悲壮的号角声回荡在盘山上，群山草木似乎都为之震惊悲哀。从顶峰望去，座座耸峙的山峰上的云头相对升起，陡峭的两峰中间好像敞开的石门。霜角，寒秋里吹响的号角。石门开，此似指盘山之"天门开"，清代《钦定盘山志》卷三："天门开在白猿洞上，摩崖三字，径五尺，明北海刘应节书。两峰对立云表，若双阙。左碍巨岩，右临绝壑，径路危阻。"清代《钦定盘山志》卷十二收有明代刘侗《盘山记》："两岩久立相肃，光润相及者，天门开也。……僧所诩传戚将军继光、袁吏部宏道登焉。"

〔3〕"朔风"二句：写于盘山绝顶远眺北方鞑靼所居之地的景况。北风呼啸，扑面而来，鞑靼的足迹已临近边关，但边地异族的薄酒喝得再多也难以成醉（言外之意敌不足惧）；无数的寒鸦受到北方入侵者的惊扰，在漫天飞舞的落叶中纷纷飞回盘山。二句比兴，"朔风虏酒"喻北方外敌，"落叶归鸦"喻受扰边民。虏酒，指北方少数民族所产之酒。虏是古代对敌人的蔑称。唐·高适《营州歌》："虏酒千钟不醉人，胡儿十岁能骑马。"

〔4〕"但使"二句：只要能制止外敌入侵，消除战争的祸根，情愿终生到老戍守在边疆。玄戈，星名，在北斗七星之外，象征胡兵与战争。《史记·天官书》："（北斗）杓端有两星，一内为矛，招摇，一外为盾，天锋。"《集解》："晋灼曰：外，远北斗也；在招摇南，一名玄戈。"《晋书》卷十一"天文志"：

“其北一星曰招摇，一曰矛楯，其北一星曰玄戈，皆主胡兵，占与梗河略相类也。……玄戈又主北夷，客星守之，胡大败。”销杀气，指制止鞑靼入侵。“未妨”句，为守边到老也无妨。玄戈，一作雕戈。

〔5〕“勒名”二句：那些镇守边塞、刻石勒铭的功臣中，我最赞赏谁呢？那就是汉代的名将李广、唐代的李靖这样制止外敌入侵的英雄。勒名，在石上刻名，记载战功。南朝宋·范晔《后汉书》卷二十三“窦融列传”载：后汉和帝永元元年(89)车骑将军窦宪大破北单于，“遂登燕然山，去塞三千余里，刻石勒功，纪汉威德，令班固作铭。”吾谁与，我赞许、钦佩谁？与，通“誉”。故李将军，当年的李将军，指汉代抵抗匈奴的名将李广。舞剑台，在盘山西成寺东。今盘山西峰名舞剑峰，上有由通体顽石成一平台的“舞剑台”，台上有唐文宗御史大夫李从简游李靖舞剑台石刻。明代刘侗《盘山记》：“逾四岭而西者李靖庵，有峰高二里，顶广四丈而平，李靖舞剑台。靖往伐高丽过此台也，台石特坚，后之人不可得凿，有‘唐李从简来游’数字刻焉。”(见清代《钦定盘山志》卷十二)李靖为唐初名将，在唐建国及抗击突厥中屡建大功。李靖随唐太宗东征高丽而还时，曾登盘山西台，拔剑起舞，高咏《舞剑歌》：“陟重冈兮望四围，掣霓闪兮断虹飞，嗟嗟三军唱凯归。”

简评

这是明代爱国将领戚继光镇守蓟州时的名作。明代嘉靖年间，北方鞑靼军连年攻扰明之边境，鞑靼酋长俺答更率部进逼京师。嘉靖二十七年(1548)，为了屏卫京师，于蓟州置总兵府。隆庆二年(1568)，朝廷特召戚继光总理蓟州、昌平、保定三镇练兵事，后又为总兵官。蓟州是明代的九边之一，镇守地区相当今河北长城内东起山海关、西至居庸关及天津以北一带，为近畿重要军镇。戚继光在蓟州十六年，加固长城，训练军队，使军威大振，多次击退侵扰之敌。时人誉为“足称振古之名将，无愧万里之长城”。这首诗就是作者在戎马生涯中登上盘山的即兴之作。

盘山坐落在北京正东九十公里的燕山南麓，处于京、津、唐、承四角交汇地带，其地理位置极为重要，乾隆曾说盘山“连太行，拱神京，放竭石，距沧海，走蓟野，枕长城，盖冀州之天作，俯临众壑，如星拱北而莫敢与争也”（《游盘山记》）。作为蓟州统帅，戚继光登上盘山绝非为了游山观景，而是作为一个战略要地而登临，因此，他的这首《登盘山绝顶》体现了作者对边塞时局的清醒认识，抒发了消除外患，为国戍边的坚定信念。

诗歌以军中的号角声领起全篇，号角悲鸣，回荡在寒气凛凛的霜天，回荡在秋日的山林草木之间，使深秋的盘山充溢着哀伤肃杀之气；站在高耸的挂月峰上眺望四周，但见云雾缭绕于群山之巅，陡峭的两峰中间好像敞开的石门。首联对盘山形势的描写，顿时使全篇进入了边塞特有的紧张肃杀的氛围之中。颔联接着写登临所见，“朔风虏酒不成醉，落叶归鸦无数来”，作者采用了比兴的手法，以“朔风虏酒”喻北方外敌，“落叶归鸦”喻受扰边民，明为写景，实为叙事。尽管北风扑面，虏敌犯边，作者却豪气干云，等闲视之，说“虏酒不成醉”，就是蔑视异敌，根本不把对方放在眼里；说“归鸦无数来”，则是比喻北方边民屡受鞑靼侵扰，纷纷惊慌内徙的情景。这二句是作者由盘山绝顶远眺北方鞑靼所居之地的景况，对当前边塞局势做出的概括。面对异族不断侵扰的现实，作者深感到自己肩上责任之重大，因此在颈联直抒胸臆：“但使玄戈销杀气，未妨白发老边才”，这两句慷慨陈志：只要能制止北方外敌的入侵，使祖国的边境永无战争，永远太平，情愿老于边疆，献出终生。最后，他的目光由远及近，落到了盘山西峰的舞剑台上，在盘山的风云中，他仿佛看到了一代代为国立功的英雄人物，仿佛看到了唐代名将李靖拔剑起舞、气贯长虹的英姿，从而更加坚定了勒名峰上、为国立功的决心。

这是一首深沉豪迈的爱国之歌，也是一首壮怀激烈的志士之歌。《四库全书总目提要》卷一百七十八云：“考继光有《登盘山绝顶》七律一首，格律颇壮。今石刻尚存。”戚继光的英雄事迹为祖国的山河增色，他的这首浩气长存的诗篇也将与盘山同垂不朽。

格律分析

诗歌押平声灰韵，首句入韵。诗中今读平声的入声字有“一”（质韵）、“石”

(陌韵)、“杀”(黠韵)、“白”(陌韵)、“发”(月韵),古为仄声。全诗基本合乎格律,但有拗救。“朔风虏酒不成醉,落叶归鸦无数来”,上句第五字“不”应平用仄,属半拗;故在对句的第五字“无”应仄用平,属对句相救。拗救后全诗音律达到新的和谐。

陈子龙

秋日杂感(十首选一)[1]

(七律平起平收式)

行吟坐啸独悲秋,海雾江云引暮愁[2]。
不信有天常似醉,最怜无地可埋忧[3]。
荒荒葵井多新鬼,寂寂瓜田识故侯[4]。
见说五湖供饮马,沧浪何处着渔舟[5]?

作者简介

陈子龙(1608~1647),字卧子,号轶符,晚号大樽,华亭(今上海松江区)人。崇祯十年(1637)进士。曾与夏允彝等人组建几社,后参加复社,以文章气节为重,为一时名士。清兵入关后,仕于南明弘光朝,任兵科给事中。南明亡,他仍从事抗清军事活动,兵败被俘,乘隙投水自杀,终年四十岁。陈子龙在文学主张上受前后七子的影响,但后期经历巨变,多有感怀时事之作,尤以七律慷慨悲壮,成为明末之遗响。有《陈忠裕公全集》。

注释

〔1〕这组诗约作于清顺治三年(1646)秋,清兵入关南下后,陈子龙参与抗清

兵败，避居嘉兴地区，忧愁国事，写下此诗。

〔2〕“行吟”二句：写作者在兵败后忧虑国事的情景。祖国山河破碎，诗人时行时坐，焦灼不安，吟诗舒啸，满腹悲哀。望见海上迷雾、江上暮云，都在引发内心的悲愁。

〔3〕“不信”二句：不相信上天总是这样醉酒一般地不开眼，错把大片土地让清人占领；自己也想忘却忧愁，可悲的是国土沦丧，连埋忧之地也没有。天常似醉，典出汉代张衡《西京赋》：“昔者大帝说秦缪公而觐之，飨以钧天广乐，帝有醉焉。乃为金策，锡用此土，而剪诸鹑首。”（李善注《文选》卷二）说秦穆公梦朝天帝，天帝醉了，把鹑首之地赐予秦。鹑首是星次名，指朱雀七宿中的井、鬼二星，古以为秦之分野，亦指秦地。此处喻上天不公，让清人占领中原大地；但作者说“不信”，就是坚信上天终会有清醒之日，助成反清复明大业。地可埋忧，见后汉仲长统《述志诗》：“寄愁天上，埋忧地下。”（《先秦汉魏晋南北朝诗》“汉诗”卷七）此处反用此典。

〔4〕“荒荒”二句：荒凉的村落里到处都有被杀的冤魂，明朝的士大夫拒不降清，默默地隐逸民间。葵井，荒芜的井旁野葵丛生，古诗《十五从军征》：“井上生旅葵”。瓜田识故侯，用秦东陵侯召平到汉代沦为平民种瓜为生的典故。《史记》卷五十三“萧相国世家”载：“召平者，故秦东陵侯。秦破，为布衣，贫，种瓜于长安城东，瓜美，故世俗谓之‘东陵瓜’”。

〔5〕“见说”二句：听说五湖都已成为清兵的饮马之所，哪里还有隐居泛舟的地方呢？五湖，泛指太湖流域，春秋时范蠡曾乘扁舟隐居五湖。“沧浪”句，典出《孟子》卷七“离娄上”：“不仁而可与言，则何亡国败家之有？有孺子歌曰：‘沧浪之水清兮，可以濯我缨；沧浪之水浊兮，可以濯我足。’孔子曰：‘小子听之！清斯濯缨，浊斯濯足矣。自取之也。’”

简评

清顺治二年（1645），清兵入关南下，四月屠扬州，五月陷南京，六月下苏、杭，江南人民纷纷起义抗清。陈子龙在故乡松江和好友夏允彝联络江南副总兵吴志葵一起举事,不久义军兵败,吴志葵战死,夏允彝投河自尽,以身殉国。而陈子龙因家中尚有祖母,未可立死,在混乱中逃脱,避居嘉兴地区,谋划再举义旗。此诗即作于第一次松江起义失败后。

诗歌起笔“行吟坐啸独悲秋”,刻画出作者在国难当头下坐立不安、无限悲伤的焦虑形象,在这山河残破的秋季,诗人无论行或坐,无论吟诗或舒啸,无时无刻不承受着国土沦丧的巨大悲哀。下面更以“海雾江云”加以衬托,无论是海上的迷雾,还是江上的暮云,祖国山河的一切景象都在引发他内心的悲愁。接着,诗人在颔联用无限悲愤的语言揭示了自己忧心如焚的原因:“不信有天常似醉,最怜无地可埋忧”。苍天一定是昏醉了,竟把大片的锦绣河山错给了清兵;最可悲的是自己连埋忧之地都难以寻觅,又怎能消除这满腹的忧伤?这是作者在抗清失败后对天意的质疑,句首的“不信”二字斩钉截铁,不相信清人能永远占领中原大地,但面对山河沦陷的现实,诗人又发出“无地埋忧”之慨,一者国难家仇,积忧太深,难以埋没;一者山河易主,无处可埋,何等无奈。颈联具体描写清兵入关后无数人民惨遭杀戮、美丽的江南满目疮痍的悲惨景象:“荒荒葵井多新鬼”,原本富饶的田园一片荒芜,新鬼日增,哀鸿遍野。“寂寂瓜田识故侯”,明朝保持气节的士大夫,拒绝与清人合作,连前朝的贵族子弟,也都隐居民间了。二句写世事沧桑,山河巨变,寄寓了深切的亡国之痛。这一切更加激起了诗人心中的斗志,他渴望重举义旗,抗清复明,但是到哪里去开展抗清斗争呢?尾联“见说五湖供饮马,沧浪何处着渔舟”就是诗人反复思考的结果。这一联也有两层意思,第一层是说,按照圣贤遗训,世清则出,世浊则隐,但连五湖都是清兵的饮马之地,已无一处清静之地可供放舟江湖了,除了战斗到底,别无出路;由此引出更深一层的意思是:举目山河,到处是清人的天下,哪里有与敌周旋的地盘呢?一方面不甘屈服、谋求恢复;一方面又深感势单力孤,举步维艰。明知无力回天却又矢志不改,迷惘无奈却不肯轻易言败,这就是爱国诗人在这首诗中体现的心路历程。

诗歌的内容忧愤深广,风格沉郁悲壮,塑造出一个忧怀天下的爱国诗人的真实形象。不久,福建与浙东相继建立了抗清政权,嘉善钱栴又起兵响应,抗清声势复振。陈子龙和钱栴以及夏允彝之子夏完淳歃血为盟,共谋抗清义举。不料大事不成，陈子龙等先后被捕，在押往南京途中，他趁清兵不备跳水而死，以身殉国。他的学生夏完淳亦效法其师，昂首就义。

格律分析

诗歌押平声尤韵，首句入韵。诗中今读平声的入声字有“独”（屋韵）、“识”（职韵）、“说”（屑韵）、“着”（药韵），古为仄声。全诗合乎格律。

清代七律

吴伟业

梅　村[1]

（七律平起平收式）

枳篱茅舍掩苍苔，乞竹分花手自栽[2]。
不好诣人贪客过，惯迟作答爱书来[3]。
闲窗听雨摊诗卷，独树看云上啸台[4]。
桑落酒香卢橘美，钓船斜系草堂开[5]。

注释

〔1〕梅村：是吴伟业给他的别墅取的名字，地点在今江苏太仓市。张大纯《采风类记》曰："梅村在太仓卫西，本王铨部士骐旧业，名贲园，祭酒伟业斥而新之，改今名。"这诗作于崇祯十七年（1644）明亡前夕，时作者因父死居太仓守制，诗写其家居生活。

〔2〕"枳篱"二句：写梅村的环境。枳篱之内，茅屋周围，布满了绿色的青苔；我向友人求来翠竹与花木，亲手栽种在屋前。枳（zhǐ）篱，枳木编的篱笆。

〔3〕"不好"二句：贪爱有客来访，却不喜欢去拜访别人；喜爱友人有书信寄来，却常常很久以后才作酬答。不好诣人，用南朝宋初王微典。南朝梁・沈约《宋书》卷六十二"王微传"载王微报何偃书曰："不好诣人，能忘荣以避权右。"诣，拜访。

〔4〕"闲窗"二句：在室内听雨看书，在室外看云舒啸。啸台，东晋江微《陈留志》曰："阮嗣宗（籍）善啸，声与琴谐，陈留（开封）有阮公啸台。"

〔5〕“桑落”二句：在庭院里品尝桑落美酒和甘甜的枇杷，从草堂开门出来，在斜系在岸边的小船上垂钓。桑落，桑落酒，刘绩《霏雪录》曰：“河东桑落坊有井，每至桑落时，取水酿酒，故名桑落酒。”卢橘，枇杷。

简评

沈德潜评此诗说：“自写名士风流，渐入宋格矣。”（《清诗别裁集》卷一）这首诗风格清丽，音节调谐，将梅村闲居的逸情幽趣，曲折写出，颇具神韵。首联先写梅村环境的幽静芬芳；颔联写自己远离官场、疏于交游；后两联则通过对日常生活的精心提炼，将自己听雨吟诗、看云舒啸、品酒垂钓的隐居生活一一道来。这些片断与细节，流露出诗人潇洒随意、自得其乐的隐士情怀，亦使人想见诗人恬淡荣利的高雅情致。故近人沈其光《瓶粟斋诗话》四编・下卷称赞此诗：“通体浏亮”，“为梅村集中之隽”。

格律分析

诗押平声灰韵，首句入韵。颔联对仗颇工。诗中今读平声的古入声字有：“竹”（屋韵）、“答”（合韵）、“独”（屋韵）、“橘”（质韵），均属仄声。另外“看”当读平声。

黄宗羲

山居杂咏（其一）[1]

（七律仄起平收式）

锋镝牢囚取次过，依然不废我弦歌〔2〕。
死犹未肯输心去，贫亦其能奈我何〔3〕！
廿两棉花装破被，三根松木煮空锅〔4〕。
一冬也是堂堂地，岂信人间胜著多〔5〕。

作者简介

黄宗羲(1610～1695),字太冲,号南雷,学者尊为梨洲先生。余姚(今浙江余姚市)人。明末清初思想家、史学家、文学家。自幼重气节操守,疾恶如仇,早年继东林余绪,从事反对阉党的斗争。明亡后,在浙东起兵抗清,后闻监国鲁王还至东海,即赴舟山"行朝",受左副都御史。抗清失败后归里,聚徒讲学,毕力著述,拒不仕清。完成了《明儒学案》《明夷待访录》等70余种著作,诗收入《南雷诗历》中。

注释

〔1〕此诗作于顺治十六年(1659)秋,时黄宗羲隐居于余姚化安山龙虎草堂,过着"出而耕樵,入而诵读"的生活。山:指化安山,坐落于余姚城东南二十里的四明山北麓,据《黄梨洲年谱》记载:"四明山北麓有化安山,故宋所谓刻中也,东峰状类虎,西峰状类龙。公(梨洲)丙舍适当其间,因名曰龙虎山堂。"

〔2〕"锋镝"二句:回忆抗清的战斗往事和几乎被囚的危险,晚年的诗人依然乐观从容,弦歌不辍。锋镝(dí),泛指兵器。锋,刀口;镝,箭头。取次,谓次第,一个挨一个地;依次。元·揭傒斯《山市晴岚》诗:"近树参差出,行人取次多。""取次"亦谓"随便",故此处又有从容面对之意。废,止。弦歌,用琴瑟等伴奏歌唱。亦指以弦歌为教民之具。典出《论语·阳货》:"子之武城,闻弦歌之声。"说孔子学生子游为武城宰,以弦歌教化人民。黄宗羲在隐居后聚众讲学,撰著诗文,致力于学术启蒙,他的不少门人后来都成了著名的学者。

〔3〕"死犹"二句:是说面对死亡的威胁自己都不肯放弃民族气节,贫困更不能使我有丝毫的动摇。输心,即输心服意,犹言真心顺从。此指丧失心志,投降清政府。奈我何,能把我怎么样。

〔4〕"廿两"二句:写缺衣少食、贫困艰难的山居生活。只有絮有一斤多棉花的薄薄的"破被",还有几根松木烧着的缺米的"空锅"。廿(niàn)两,二十两。清时一斤十六两,廿两相当一斤多点。

〔5〕“一冬”二句：即使一冬饥寒，我也是堂堂正正地做人，绝不相信清廷还有多少对付抗清力量的高招。一冬，指整个冬季三个月。堂堂地，此指即堂堂正正地做人，有骨气，守道义。典出《象山语录》卷四：“若某则不识一个字，亦须还我堂堂地做个人。”胜著（zhāo），即胜着，取胜的手段、计谋。杨慎《丹铅总录》卷九引谚云：“败棊有胜著”，意谓棋局虽输，却仍有高明之处。

简评

在明末清初这个“天崩地裂”的时代里，有一位重气节、轻生死的热血男儿，他就是一生充满了传奇色彩的著名学者黄宗羲。在这首七律中，作者向我们敞开胸襟，慷慨高歌，使我们了解了他的思想与性格。

首联开门见山，作者以“锋镝牢囚取次过”一句概括了自己十余年来历尽艰险却顽强不屈的斗争生涯。自清兵南下江南，黄宗羲就参与武装抗清，亲历刀光剑影，先是联合家乡子弟组成“世忠营”，利用钱塘江作防线，起兵抵抗，并接受监国鲁王授予的左副都御史等职。防守失败后，他又退守四明山，继续抗清。十年间的颠沛流离，失败后遭清廷追捕，这之间经历了多少危险与磨难！但这一切丝毫没有使作者消极悲观，而是促使他改变斗争方式，“依然不废我弦歌”。在清政权确立、复明无望的背景下，他毅然将武装斗争转变到了思想理论斗争上，这便是以“弦歌”的方式教化民众。他隐居在余姚化安山中，一方面发愤撰述，总结前朝覆灭的教训；一方面聚徒讲学，启蒙民众，阐发光辉的民主思想。同时，他还应邀赴各地讲学，大江南北，从者骈集，他的门人中不少人后来都成了著名的学者。

在总结自己的战斗生涯之后，诗人慷慨陈志：“死犹未肯输心去，贫亦其能奈我何”！在十年“锋镝牢囚”的岁月里，诗人曾多次与死神擦肩而过，据他晚年的自述，“自北兵南下，悬书购余者二，名捕者一，守围城者一，以谋反告讦者二三，绝气沙滩者一昼夜，其他连染逻哨者之所及，无岁无之，可谓濒于十死者矣。”（《黄梨洲文集》卷九·杂文类“怪说”）如此九死一生，都未曾动摇作者反抗民族压迫的意志，眼下的清贫就更不在话下了！但是，要以不怕死的意志来面对清贫，可见这贫困的程度决非一般。颈联即紧承“贫”字，用真实的细节，展示了作者山居生活的极度困窘:“廿两棉花装破被,三根松木煮空锅。”既无御寒之物,更无柴米下锅,这是何等的饥寒交迫!正是在这样常人难以忍受的艰难环境中,诗人矢志不渝,弦歌不辍,忘我地著书立说,一再拒绝了清廷的征召,充分表现了威武不能屈、贫贱不能移的民族气节。

在诗歌的结尾,诗人展望未来,豪迈抒怀:“一冬也是堂堂地,岂信人间胜著多。”尽管缺衣少食,面对寒冬腊月,也要做个堂堂正正、顶天立地的大丈夫,不信当权者还能拿出什么样的高招来制服我!这铿锵有力的誓言表达了诗人为追求正义而无所畏惧的精神。事实证明,诗人的实际行动完全实践了这一诺言,始终保持了高尚的民族气节。

透过全诗,我们看到了诗人在民族危急时刻表现出的凛然正气、铮铮傲骨,看到了他强烈的爱国精神和民族气节,这种舍生取义的精神,正是我们中华民族一种宝贵的精神财富。

格律分析

诗歌押平声歌韵,首句入韵,末尾的“过”(guō)要读平声。诗中今读平声的入声字有“镝”(锡韵)、“一”(质韵)、“著”(药韵),古为仄声。全诗合乎格律。

顾炎武

海上(其一)[1]

(七律仄起平收式)

日入空山海气侵,秋光千里自登临[2]。
十年天地干戈老,四海苍生痛哭深[3]。
水涌神山来白鸟,云浮仙阙见黄金[4]。
此中何处无人世,只恐难酬烈士心[5]。

作者简介

顾炎武(1613～1682),原名绛,字忠清。明亡后,改名炎武,字宁人,号亭林,学者称亭林先生。江苏昆山人。明清之际的杰出思想家、学者和诗人。他是明末秀才,参加过抗清活动。入清不仕,往来南北,从事著述,志在恢复故国。炎武以学术著称,作诗不多,但创作态度严肃,认为无论诗文,"须有益于天下"。由于他学识渊博、功力深厚,和长期投身抗清斗争的生活感受,因此他的诗歌内容坚实,多抒发民族感情和爱国思想,悲歌慷慨,为清初遗民诗人的杰出代表。有《亭林诗集》。

注释

〔1〕此为顾炎武《海上》组诗的第一首,作于顺治三年(1646)秋。顺治二年(1645)五月清兵渡江,南明福王(弘光帝)朱由崧、潞王朱常淓相继降清;六月各路义军从台州迎接鲁王朱以海到绍兴,打起"监国"旗号。而黄道周等于福州拥立唐王朱聿键为帝,改元隆武,遥授顾炎武兵部职方司主事之职。炎武因母丧未葬,不果行。此时江南各地义军纷起,浙东义师纷据山寨抗清。顺治三年六月,清军渡钱塘江,占领绍兴,鲁王弃绍兴,由江门入海。其时唐王的军队还驻在福建延平。入秋,作者乡居登山望海,感慨而作此诗。

〔2〕"日入"二句:夕阳落入了空山,清冷的海气从辽阔的海面阵阵袭来,深秋的清晖笼罩着千里江南,在这危难的时刻,诗人独自登高远眺。

〔3〕"十年"二句:感慨中原大地久经战乱,全国人民处于水深火热之中。"十年"句,其语词顺序按照句意应为"十年干戈天地老",此处依平仄格律要求将词序颠倒。十年:系约举成数。自崇祯初年,清兵即已逼近北京,此后连年进逼,直至崇祯十七年吴三桂领清兵入关,十余年间干戈不息,百姓涂炭。老,谓久。苍生,人民。

〔4〕"水涌"二句:写望海时的想象。作者于远眺中神驰海上,似乎看见白鸟从仙山飞来,还看见了神仙居住的黄金宫阙。此处的"神山""仙阙",借

喻海上抗清根据地。是年六月清兵占领浙东，鲁王朱以海逃出后，在张名振、郑彩等人卫护下，至舟山、入福建，重立监国旗号，辗转于闽浙沿海。仙阙见黄金，典出司马迁《史记》："自威、宣、燕昭使人入海求蓬莱、方丈、瀛洲。此三神山者，其传在渤海中，去人不远；患且至，则船风引而去。盖尝有至者，诸仙人及不死之药皆在焉。其物禽兽尽白，而黄金银为宫阙。"(《史记》卷二十八"封禅书")

〔5〕"此中"二句：海中哪里都可以过人世的生活，只恐怕难以实现抗清壮士们反清复明的理想。质疑海上弹丸之地，恐难作为抗清根据地，故对鲁王的海上抗清不抱希望。烈士，此指胸怀壮志的人。

简评

《海上》共四首，是顾炎武顺治三年(1646)秋间创作的一组史诗，四首诗都是联系当时形势，有感而发的，深刻地反映了清军南下后东南重大的政治事件和尖锐的社会矛盾。前人对这一组诗评价很高，认为可拟于杜甫的《秋兴八首》。

第一首写作者登山望海，举目神州大地，感慨时局危艰，干戈不息；观察抗清形势，忧虑鲁王行朝遁海，难有作为。诗歌交织着忧国忧民的沉郁心情。

首联先写作者登山望海所见，景象空阔而悲凉。诗人纵目远眺，只见夕阳缓缓落入了空蒙的远山中，浩瀚的海面上海雾腾起，渐渐向海边逼近，残照的余晖笼罩着千里江南萧瑟的大地。这一幅肃杀的秋景是写实，亦有寓意，它是晚明王朝已日薄西山、清兵步步攻占江南的时代风云的象征。这幅景象又一次触发了诗人心中多年的忧患，他的思绪不由得回到了十多年以前，早在崇祯二年(1629)，皇太极用反间计除掉明将袁崇焕，崇祯帝自毁长城，导致清兵入侵，逼近了北京。到崇祯六年，汉奸孔有德、耿仲明等降清，引导清兵攻陷旅顺口。崇祯九年后，清兵屡次越过长城，分路进犯，劫掠人畜。崇祯十五年，清兵破锦州，明经略洪承畴、总兵祖大寿投降。十余年中无岁不战，社会的动荡导致百姓极端困苦，农民起义又风起云涌。近两年来，自吴三桂降清，清兵长驱直入，屠扬州，陷南京，下苏、杭，战火连天，生灵涂炭，这正是："十年天地干戈老，四海苍生痛哭深。"如何解苍生于倒悬，实现抗清复明的大业？正是眼下急需解决的问题。望着东方的大海，诗人想起了海上三仙山的传说，他的心中又涌起了希望："水涌神山来白鸟，云浮仙阙见黄金。"越过大海的怒涛，他似乎看到了烟云缥缈的海上仙山，看到了鲁王带领的抗清力量正在海上集结，如仙山"白鸟"一样乘舟归来。这一联意象的美好灿烂与上一联意象的悲惨凝重形成强烈对比，足有天壤之别，彰显了诗人的理想与现实之间的巨大反差。因此，当他冷静地面对现实，重新审时度势时，不无担忧地说出："此中何处无人世，只恐难酬烈士心。"海上固然可以暂时存身，但这漂浮的弹丸之地怎能作为长期的抗清根据地呢，又怎能实现爱国壮士的愿望、完成恢复河山的大业呢？事实正像诗人所担心的那样，黄宗羲曾与鲁王转战海上，他在《行朝录·鲁纪年下》记载了鲁王当时势孤力单、漂浮海上的景象："上自浙河失守以后，虽复郡邑，而以海水为金汤，舟楫为宫殿……落日狂涛，君臣相对，乱礁穷岛，衣冠聚谈。是故金鳌桔火，零丁飘絮，未罄其形容也。"其后，顺治十年，鲁王被迫取消监国称号，浙东抗清斗争宣告彻底失败。

清人林昌彝说："昆山顾先生亭林古近体诗，沈着雄厚，深得杜骨。其诗可为前明诗家之后劲、本朝诗家之开山。余最喜其《海上》七律四诗，云（略）。四诗无限悲浑，故独超千古，直接老杜。"（《射鹰楼诗话》）顾炎武的诗初自"七子"入，进而追摹杜甫，诗歌中丰富的思想内容，鲜明的时代气息，沉郁悲壮的风格，颇有杜甫的遗风。在艺术手法上，也有杜诗正而能变、抑扬顿挫的影子。如诗歌中自然景象与社会图景的交融映衬，时代画面与理想境界的时空交错，可谓虚实结合，变换自然。各联间不仅衔接紧密、一气贯穿，而且情感格调，各不相同，首联自然景象之阔大凄凉，颔联历史图景之惨烈凝重；颈联理想境界之壮丽缥缈；尾联面对现实之哀婉低沉，可谓跌宕起伏，极具波澜。

格律分析

诗歌押平声侵韵，首句入韵。诗中今读平声的入声字有"哭"（屋韵）、"白"（陌韵），古为仄声。全诗合乎格律。"十年天地干戈老"一句，其句意应为"十年干戈天地老"，但这一句的平仄格式是"平平仄仄平平仄"，第四字必为仄声，故按照格律要求将词序颠倒。

又酬傅处士次韵(其二)[1]

(七律平起平收式)

愁听边塞遍吹笳,不见中原有战车[2]。

三户已亡熊绎国,一成犹启少康家[3]。

苍龙日暮还行雨,老树春深更著花[4]。

待得汉庭明诏近,五湖同觅钓鱼槎[5]。

注释

〔1〕这首诗作于康熙二年(1663),时作者游山西太原。酬:答。傅处士,即傅山(1607～1684),字青主,别号真山、朱衣道人、侨黄老人等,阳曲人。明清之际的学者、诗人和书法家。明亡后誓不事清。次韵,依对方原诗的韵脚和作。

〔2〕"愁听"二句:听见边塞到处是清兵的号角声,心中不由升起愁绪;明清朝代更替,中原已无战事。吹笳,指清兵吹的号角。战车,即军车。当时清已统一全国(除台湾),战事基本上止息。

〔3〕"三户"二句:是说只要民心尚在,兴复仍有希望。三户,《史记》卷七"项羽本纪":"楚虽三户,亡秦必楚。"熊绎,楚武王名。一成,土地方十里为"成"。少康,夏朝中兴的国君,传说他"有田一成,有众一旅",终能恢复夏朝。见《左传·哀公元年》。杜预注:"方十里为成,五百人为旅。"

〔4〕"苍龙"二句:苍龙在晚上还行雨,苍老的树到暮春还开花,比喻自己虽年老而志气不衰。旧传龙能兴云降雨,故说"苍龙行雨"。

〔5〕"待得"二句:这两句暗用范蠡复兴越国后,功成自退游五湖的典故,说恢复故国,自己才能悠游五湖、浮槎垂钓。明诏,指明宗室复国诏书。五湖,古指太湖及其附近相通的四湖。槎(chá),竹、木筏。

简评

顾炎武与傅山都是明清之际具有民族气节的学者，这首诗表现了诗人期待民族重兴的斗争精神。首联以“愁”字领起，概括了中华大地外夷横行，抗清力量已被镇压的社会现实。颔联借《史记》和《左传》中的历史典故，表达民心尚在、复明有望的坚定信念。颈联则以苍龙、老树为比，抒发自己年老志愈坚，要继续为恢复大事奋斗的决心。尾联悬想胜利之日的功成身退，以示反清复明非为一己私利。全诗悲壮激昂，苍凉沉郁，读之令人怆然。诚如清·陈田《明诗纪事》辛签·卷十三所云：“亭林诗、凭吊沧桑。语多激楚，茹芝采蕨之志，《黍离》《麦秀》之悲，渊深朴茂，直合靖节（陶渊明）、浣花（杜甫）为一手。”近人金天翮亦曰：“其歌有思，其哭有怀，其拨乱反正之心，则犹《春秋》《骚》《雅》之遗意也。”（《与郑苏勘先生论诗书》）此诗不仅表现了作者的爱国精神和高尚情操，在语言上又典雅矜练，字字贴实，无愧于“事必精当，词必古雅”（《明诗纪事》辛签·卷十三引《静志居诗话》评语）之誉。故清·沈德潜评其诗曰：“词必己出，事必精当。风霜之气，松柏之质，两者兼有。就诗品论，亦不肯作第二流人。”（《明诗别裁集》卷十一）

格律分析

诗押麻韵，首句入韵。颔联对仗极工，用事似毫不费力，却极贴切精工。诗中今读平声的古入声字有：“国”（职韵）、“一”（质韵）、“著”（药韵）、“得”（职韵），均为仄声。

王夫之

补落花诗（其一）[1]

（七律仄起平收式）

记得开时事已非，迷香逞艳炫春肥[2]。
尽情扑翅欺蝴蝶，塞耳当头叫姊归[3]。

桃李畦争分咫尺，松杉云冷避芳菲[4]。
留春不稳销尘土，今日空沾客子衣[5]。

作者简介

王夫之(1619～1692)，字而农，号姜斋，湖南衡阳人。晚年隐于衡阳之石船山，世称船山先生。他博通经史，是明末清初著名的学者和思想家。他曾参加南明政权的抗清活动，入清后隐居不出。文章气节，与顾炎武、黄宗羲鼎足而三。家国之痛，生死不忘。论诗主张“以意为主”，情景“妙合无垠”。其诗用意深，使事多，造语奇而晦。有《姜斋诗文集》《船山遗书》《姜斋诗话》等。

注释

〔1〕王夫之所作《正落花诗》《补落花诗》等近百首，都是借咏落花抒发亡国之痛。题目原本附有序文，今略。

〔2〕“记得”二句：说花开时当暮春，春事已非，可还迷恋在香气中，卖弄艳丽色彩，炫耀那一点最后的春意。

〔3〕“尽情”二句：春花招引蝴蝶，蝴蝶尽情扑翅飞舞；杜鹃当头苦苦悲鸣，却塞耳不闻。姊归，即子规，杜鹃鸟。

〔4〕“桃李”二句：桃树李树都在争着扩大自己的园畦，咫尺必较；而青松和杉树却耸入云中，清高冷寂，躲避芳菲。

〔5〕“留春”二句：春光留不住，落花化为尘土，花瓣粘在客子衣上，空使客子落泪。

简评

这是南明亡后，诗人痛定思痛的作品。全诗以花落春销为喻，比喻南明政权的败亡，揭示其覆灭的原因。首联写花开已是暮春，却还迷香逞艳，炫耀余春，比喻南明立国时局势已非，福王昏庸，沉醉声色，以为小朝廷可以偷安。颔联上句以蝴蝶扑翅比喻邪佞当道、飞扬跋扈，下句以姊归悲鸣却塞耳不闻比喻堵塞忠良进言之路。颈联以桃李争畦、松杉远避，比喻小朝廷诸臣争权夺利，正直之士只得洁身引退。尾联则以春去花落比喻南明王朝终归灭亡，空使遗民悲痛。通篇比兴，寄寓遥深，深得骚人之旨。

格律分析

诗押微韵，首句入韵。诗中今读平声的古入声字有："得"（职韵）、"蝶"（叶韵），均为仄声。

王士禛

秋柳（其一）[1]

（七律平起平收式）

秋来何处最销魂，残照西风白下门[2]。
他日差池春燕影，祇今憔悴晚烟痕[3]。
愁生陌上黄骢曲，梦远江南乌夜村[4]。
莫听临风三弄笛，玉关哀怨总难论[5]。

作者简介

王士禛（1634～1711），字贻上，号阮亭，又号渔洋山人，新城（今山东桓台县）人，顺治年间进士，官至刑部尚书。康熙年间，王士禛成为最有影响的诗人，领导诗坛达半个世纪，与朱彝尊并称为"南朱北王"。其诗歌理论的核心是"神韵"说，追求言语之外的意趣和韵致。诗歌格调清新，富于情韵，七律与绝句尤为出色。著有《带经堂全集》。

《秋柳（其一）》

注释

〔1〕《秋柳》共四首，作于顺治十四年（1657）秋天。王士禛时年24岁，在济南大明湖与诗友聚会于水亭，看到亭下乍染秋色的杨柳，怅然有感，遂赋《秋柳》四章，一时和者甚众。

〔2〕“秋来”二句：秋天来了，哪里最让人伤心销魂？就是夕阳残照下的白下门了。销魂，谓为情所感，若魂魄离散。南朝江淹《别赋》：“黯然销魂者，唯别而已矣。”残照，夕阳余晖的反照。李白《忆秦娥》词：“西风残照汉家陵阙。”白下门，故址在今南京市，此处指代南京。南京古名金陵，又称建康，建康东门外有白下亭。唐·李白《金陵白下亭留别》：“驿亭三杨树，正当白下门。”后来朱元璋扩建建康城，白下门遂成为建康东部中心地区。见《明史纪事本末》卷二：“元至正二十六年八月庚申，拓建康城。……太祖乃命刘基卜地，定作新宫于钟山之阳，在旧城东白下门之外二里增筑新城，东北尽钟山之趾，延亘周围凡五十余里，尽据山川之胜焉。”

〔3〕“他日”二句：往日春天，杨柳间曾经有春燕差池的倩影，到了秋天，只有笼罩在晚烟中的憔悴的柳枝旧痕了。差池春燕，《诗经·邶风·燕燕》：“燕燕于飞，差池其羽。”差（cī）池，同“参差”，不齐貌。于此形容燕子飞翔的样子。南朝沈约《阳春曲》：“杨柳垂地燕差池。”

〔4〕“愁生”二句：看到路边系马的杨柳，听到陌上唱起《黄骢》曲；不由得愁绪顿生，梦魂常萦绕着江南的乌夜村，但这一切已经远去了。黄骢曲，即唐太宗时的曲子“黄骢叠”。宋·李昉《太平御览》卷五百六十八“乐部六”引唐·段安节《乐府杂录》：“《黄骢叠》者，唐太宗初定中原时所策黄骢马，后因征辽北，马忽毙。上叹惜久之，因命乐人制此曲。”乌夜村，《江南通志》、《姑苏志》均有关于乌夜村的记载，最早见于宋代范成大《吴郡志》卷九：“乌夜村：晋穆帝后何淮女，寓居县（昆山）南，产后于此。将产之夕，有群乌夜惊于聚落。而后乌更鸣，众共异之，及明大赦。”前人李兆元、郑鸿皆谓上句以唐太宗喻明太祖开国之盛；下句思念明太祖贤明的马皇后。总之，明代的昌盛时代已经远去了，正像杨柳已到了

秋天。

〔5〕“莫听”二句：不要听那秋风中的笛曲吧，不要怨杨柳凋零，是没有自然界的春风啊！三弄笛，《晋书》卷八十一“桓伊传”：“(桓伊)善音乐，尽一时之妙……(王)徽之便令人谓伊曰：‘闻君善吹笛，试为我一奏。’伊是时已贵显，素闻徽之名，便下车，踞胡床，为作三调，弄毕，便上车去。”据琴曲集《神奇秘谱》称，《梅花三弄》曲系根据晋·桓伊所作笛曲改编而成。全曲主调出现三次，故称“三弄”。古代笛曲有“梅花落”，唐·高适《塞上闻吹笛》：“借问梅花何处落？风吹一夜满关山。”玉关哀怨，用唐·王之涣《凉州词》：“羌笛何须怨杨柳，春风不度玉门关。”

简评

《秋柳》四章，是王士禛早期的成名作。作者后来追序说：“顺治丁酉(1657)秋，予客济南，时下秋赋，诸名士云集明湖。一日会饮水西亭，亭下杨柳十(一作千)余株，披拂水际，绰约近人，叶始微黄，乍染秋色，若有摇落之态。予怅然有感，赋诗四章，一时和者数十人。”(《菜根堂诗集序》)后作者自撰《年谱》云：“赋《秋柳》诗四章，和者数百人。”《渔洋诗话》又云：“余少在济南明湖水面亭，赋《秋柳》四章，一时和者甚众。后三年官扬州，则江南北和者，前此已数十家，闺秀亦多和作。”和者由“数十人”到“数百人”，传遍大江南北，可见此诗影响之大。

据诗序可知，诗歌乃有感而发，借咏秋柳，运用典故，扩大内涵，故使人产生多种联想，引发巨大社会反响。但是，关于诗歌感触何事，寓意何在？历来见仁见智、众说纷纭。或谓凭吊南明灭亡之作；或谓叹人生无常，秾华易谢；或谓为明福藩故伎所作，更有指为南都歌妓郑妥娘与寇白门而作等。但不论何种说法，都离不开当时明王朝败亡的时代背景。

顺治十四年(1657)，清军已占领大部分明朝故地，抗清力量的败亡已成定局。漂泊海上的鲁王朱以海已于顺治十年取消监国之号；桂王朱由榔顺治三年即帝位，此时正在清军的三路进攻下败走云南；只有郑成功、张煌言率舟师在东南沿海顽强抵抗。在这改朝换代的时代巨潮中，王士禛作为一个世代仕宦的青年才子，不可能没有沧桑之感。诗歌中弥漫着浓重的感伤情绪，所用典故亦多寓盛衰之感。

《秋柳》诗的注解，以李兆元《渔洋山人秋柳诗笺》、郑鸿《渔洋山人秋柳诗笺注析解》最详，都指出此诗是“吊明亡之作”。其中，郑鸿对诗意的理解乃出于王士禛后人所授，当为可信。《渔洋山人秋柳诗笺注析解》中说：“余幸生新城，居公之里者十有七年，得从公后裔超峰先生游，而学诗焉。读汉魏六朝唐宋诗之外，即授以《精华录》，乃知《秋柳》四章，为公吊明亡之作。某首指某人，某句指某事，先生口讲指画，缕析条分，言之凿凿。”“第一首追忆太祖开国时，后三首皆咏福王近事也。”

因此，此诗明为咏秋柳，实为凭吊明亡的挽歌。首联以“销魂”二字引发，奠定了全篇伤感的基调，下句的“残照西风”，已隐含亡国景象，接以“白下门”三字，则是直指南京的沦落。南京既是明太祖的发祥之地，也是南明弘光朝的亡国之地，可谓代表了整个的大明王朝。颔联借景抒情，以柳树的春秋变化咏叹大明王朝的由盛到衰，原来莺歌燕舞、春光无限的明王朝，而今只剩下晚烟中一抹憔悴的柳痕了，正像时光之不能倒转，明朝的衰亡也是无法逆转了。颈联用精妙的历史典故，追忆明朝的盛世一去不返，正如笺注所云：“黄骢曲是以唐太宗比明太祖，追忆创业之艰，愁生二字是伤后人不能继也。”“乌夜村是追忆开国国母之德，梦远是伤后代无嗣音也”。二句于“愁生”“梦远”中含有无限的怅惋。尾联因秋风中的笛声抑扬反复，哀怨缠绵，不由得联想到了王昌龄的名句，“羌笛何须怨杨柳，春风不度玉门关”，正如春光不度，秋柳凋零；明清易代，沧桑巨变，大明王朝的国运也只能是“残照西风”了。尾联以“临风”呼应开篇之“西风”，哀叹大明江山时过境迁，永难恢复，以悲凉的笛曲为全诗留下了袅袅不绝的余音。

诗歌辞采华美，用典精切；词旨隐约，寄托遥深；一唱三叹，风韵动人。翁方纲谓其“风神绝世”，又云：“最有名之作，岂可不全读乎？亦正何必逐字推敲耶？”（见翁批《精华录》）

格律分析

诗歌押平声元韵，首句入韵。诗中今读平声的入声字有“白”（陌韵）、“笛”（锡韵），古为仄声。全诗合乎格律。尾句“玉关哀怨总难论”的“论”字要读阳平声，此处是韵字。

朱彝尊

度大庾岭[1]

（七律平起平收式）

雄关直上岭云孤，驿路梅花岁月徂[2]。
丞相祠堂虚寂寞，越王城阙总荒芜[3]。
自来北至无鸿雁[4]，从此南飞有鹧鸪[5]。
乡国不堪重伫望，乱山落日满长途[6]。

作者简介

朱彝尊（1692～1709），字锡鬯，号竹垞，浙江秀水（今嘉兴）人。早年参加过抗清斗争，康熙十八年（1679）举博学宏词，官翰林院检讨。他博通经史，擅长诗词古文，为浙西词派的创始者。诗与王士禛齐名，号称“南朱北王”。一生诗作颇丰，前期有感事伤时之作，后期以写闲情逸致为主。部分作品笔力雅健，风格沉雄。有《曝书亭集》。

注释

〔1〕大庾岭：在今江西大余县南境，与广东省南雄市接壤，是江西入广东的通道。这首诗作于顺治十三年（1656），作者应广东高要县知县杨雍建之聘赴广东途中作。

〔2〕“雄关”二句：大庾岭上的梅关仿佛直入云天，驿路上的梅花依旧，但岁月在流逝。雄关，指梅关，是唐代张九龄奉诏在梅岭劈山开道所建。驿路，旧称传递文书的人所通行的道路。岁月徂（cú），指年代久远。徂，往。此句暗用南朝陆凯《赠范晔诗》“折花逢驿使，寄与陇头人。江南无所有，

聊赠一枝春”与唐代宋之问《题大庾岭北驿》“明朝望乡处，应见陇头梅”的诗意。

〔3〕“丞相”二句：上句写眼前所见张九龄祠的寥落，下句写想象中赵佗都城的荒废。丞相祠堂，指大庾岭上的张九龄祠堂，他在开元年间为宰相。越王，这里指的是南越王赵佗的城池，在广州府城西。

〔4〕“自来”句：相传北雁南飞至湖南衡阳回雁峰即返，不再向南过大庾岭。古又有雁足传书的传说，这里合用二意，暗寓征人无以传寄家书的伤感。

〔5〕“从此”句：鹧鸪，鸟名，鹧鸪畏寒，适于南方。《南越志》谓鹧鸪“飞必南向”。其鸣声凄苦，如言“行不得也哥哥”，古代诗文中常用它来作为劝阻出行的象征。这里即用此意，暗寓作者此次出行，意在复国大业，不顾征途多险阻。

〔6〕乡国：故乡。重：再。伫望：站立而望。

简评

此诗前两联描写大庾岭上的景物古迹，后两联抒写思乡伤时之情。开篇以“雄关直上”写出大庾岭上的梅关直插青天的气势，然后以“驿路梅花”点出其别称“梅岭”的特征。颔联紧承上联的“岁月徂”三字展开，咏叹大庾岭上的名人古迹，并以“祠堂寂寞”“城阙荒芜”见证岁月如流，一代名相、帝王均成历史，社会已发生重大变迁。颈联由古跨今，回望眼前，借南飞鸟引入思乡之情。尾联则用“不堪”二字点出深切的乡国之恨，那伫望中“乱山落日满长途”的衰飒景象，正是国家经历清初战乱、山河面目已非的写照。此诗风格沉郁，笔力雅健，使事多而不隐僻，是竹坨诗中的佳作。清·杨际昌《国朝诗话》卷一云：“彝尊与王阮亭齐名，世称南朱北王。王专擅风神，朱兼骋才藻，以云作家，皆非妄有名也。朱七言近体少于王，然有可为正宗者数首。如……《登大庾岭》……工稳流丽，气韵亦不薄。”

格律分析

诗押平声虞韵，首句入韵。诗中今读平声的古入声字“直”（职韵），属仄声。

袁　枚

箴作诗者[1]

（七律仄起平收式）

倚马休夸速藻佳，相如终竟压邹枚[2]。
物须见少方为贵，诗到能迟转是才[3]。
清角声高非易奏，优昙花好不轻开[4]。
须知极乐神仙境，修炼多从苦处来[5]。

作者简介

袁枚（1716～1797），字子才，号简斋，钱塘（今浙江杭州市）人。乾隆四年（1739）进士，入过翰林，当过县令。33岁便辞官归家，此后定居江宁，在小仓山筑室随园，世称随园先生。终其一生都在闲居游历中度过，以诗文自娱。袁枚论诗，提倡“性灵说”。所谓性灵，就是真性情、真感受。与蒋士铨、赵翼并称“乾隆三大家”，其中袁枚知名度最高。有诗文集《小仓山房全集》及《随园诗话》等。

注释

〔1〕此诗作于乾隆三十八年（1773），时袁枚五十八岁。作者告诫作诗者要勤学苦练，不要急于求成。箴（zhēn）：规诫。

〔2〕“倚马”二句：不要夸耀自己能像袁宏一样快速地写成好文章，文笔迟缓的司马相如最终在创作成就上超过了文笔快捷的邹阳与枚皋。倚马，用晋代袁宏倚在马前草拟文告事。《世说新语・文学》载，晋桓温北征，急需写一份告捷公文，桓温便叫袁宏起草。“唤袁倚马前令作。手不辍笔，俄得七纸，殊可观。”后称文思敏捷为“倚马才”。唐・李白自称：“日试万

言，倚马可待。”(《与韩荆州书》)速藻，快速写成的诗文。相如，即西汉司马相如。邹枚，邹阳与枚皋，均汉辞赋家。《汉书》卷五十一“枚皋传”载：“上有所感，辄使赋之。为文疾，受诏辄成，故所赋者多。司马相如善为文而迟，故所作少，而善于皋。”

〔3〕“物须”二句：正像物以稀少为贵一样，作诗能沉住气精心构思才能写出有才华的作品。

〔4〕“清角”二句：清角乐声音高雅，是不容易演奏的；昙花虽美好，却不轻易开放。比喻诗歌中的杰作之不易得。清角，古乐曲名，《韩非子·十过》载，晋平公要师旷给他演奏清角，师旷曰：“不可。昔者黄帝合鬼神于泰山之上，驾象车而六蛟龙，毕方并辖，蚩尤居前，风伯进扫，雨师洒道，虎狼在前，鬼神在后，腾蛇伏地，凤皇覆上，大合鬼神，作为清角。”在晋平公一再要求下“师旷不得已而鼓之。一奏之，有玄云从西北方起；再奏之，大风至，大雨随之，裂帷幕，破俎豆，隳廊瓦。”优昙，梵语。“优昙花”俗称昙花，无花果树的一种，亦译作“瑞应”或“祥瑞花”。昙花不轻易开放，有“昙花一现”之说。

〔5〕“须知”二句：这两句是以佛、道的修行作比喻，说学作诗歌要经过艰苦的学习与磨练才能达到创作的最高境界。极乐，佛家语，即“极乐世界”。“从是西方过十万亿佛土，有世界名曰极乐。……彼土何故名为极乐？其国众生无有众苦，但受诸乐，故名极乐。”(鸠摩罗什译《佛说阿弥陀经》)神仙境，道教修炼的最高目标是成为长生不老的神仙。这里喻指诗歌创作的最高境界。

简评

这是袁枚对作诗者的经验之谈，是一首谈理诗。

此诗以议论见长，作者围绕“箴作诗者”这一题目，主要讲了两层道理。首联开门见山，巧妙用典，援古为例，告诫作诗者不要单纯地追求诗思敏捷，下笔立成，倚马可待；要精心构思、反复锤炼，才能写出好的作品。颔联紧承上联，顺势而下，得出了“诗到能迟转是才”的结论，这是作者讲的第一层道理。后两联变换手法，作者采用生动的比喻，以音乐、昙花为喻，说明杰出作品创作之不易，最后得出“须知极乐神仙境，修炼多从苦处来”的结论。也就是说，在创作的道路上，没有捷径可走，绝不能心浮气躁、急于求成，只有在实践中勤学苦练，持之以恒，逐步提高，才能到达辉煌的艺术境界。这是作者讲的第二层道理。

作者根据自己多年的诗歌创作实践，加以古人的实际例子，说明了诗歌创作的一些基本规律，富有生活的哲理。诗歌虽以谈理为主，但写得生动活泼，深入浅出，引典设喻，饶有趣味。而诗人对后学的诚恳指教、谆谆告诫，亦增加了诗歌的感人魅力。

格律分析

诗歌押平声灰韵，首句借韵。即首句借用了邻韵九佳的韵字，其余偶句句尾都用十灰韵字。诗中今读平声的入声字有“压”(洽韵)、“极”(职韵)，古为仄声。全诗合乎格律。

赵　翼

黄天荡怀古[1]

（七律仄起平收式）

打岸狂涛卷白银，似闻桴鼓震江津[2]。
归师独遏当强寇，兵气能扬到妇人[3]。
有火谁教戎箭射，无风何意海舟沦[4]？
建炎第一功终属，太息西湖竟角巾[5]。

作者简介

赵翼(1727～1814)，字云崧，一字耘崧，号瓯北。阳湖(今江苏常州市)人。

清代诗评家、史学家。乾隆二十六年(1761)进士,授翰林院编修。曾任广西镇安、广东广州知府,官至贵州贵西兵备道。乾隆三十八年辞官家居,晚年主讲扬州安定书院。赵翼诗与袁枚、蒋士铨齐名,合称“乾隆三大家”。论诗主张创新,反对模拟,有《瓯北诗话》《瓯北诗集》。

注释

〔1〕此诗作于乾隆十三年(1748),作者时在江南家乡。黄天荡:长江下游的一段,在今南京市东北,为南北要津。清·顾祖禹《读史方舆纪要》卷一百二十八:“大江自金陵而东北八十里,曰黄天荡。南北两岸,阔四十里。”南宋建炎四年(1130),著名抗金将领韩世忠曾在这里率领八千兵士阻击金兀术率领的十万军队,长达48天,史称黄天荡之战。《宋史》卷三六四·列传第一百二十三《韩世忠传》有载。

〔2〕“打岸”二句:长江的波涛怒吼着,卷起银白的巨浪拍打着江岸,使人好像听到战鼓轰鸣,震荡着江岸的渡口。桴鼓,击鼓。桴(fú),鼓槌,这里用作动词。

〔3〕“归师”二句:宋将韩世忠曾在这里率兵独挡攻入江南后引军北还的金兀术,韩世忠夫人梁红玉在战舰上亲自擂鼓助战,鼓舞了士气。归师独遏,《孙子·军争篇》有“归师勿遏”之说,这里的“归师独遏”是反用其意。归师,指金兀术的军队。建炎三年,金兀术率军渡江,一路势如破竹,攻陷南京及都城临安(今杭州),宋高宗赵构坐船避难沿海。建炎四年二月,金兀术引军北还,韩世忠在镇江拦截金兵,水战取胜,俘获甚众,擒兀术之婿龙虎大王。兀术不得渡江,败走黄天荡,后挖开黄天荡南面的老鹳河故道,向建康(今南京)逃跑。兵气能扬,杜甫《新婚别》:“妇人在军中,兵气恐不扬。”这里也是反其意而用,在黄天荡战役紧要关头,“梁夫人亲执桴鼓,金兵终不得渡”(《宋史·韩世忠传》)。

〔4〕“有火”二句:宋金两军在黄天荡的相持中,有人教金兀术以火箭射船篷,韩世忠没有意想到海船会在火攻中沉没。当时金兵逃至建康,受到岳飞军的伏击。金兀术大败,在逃窜中得到援军,又返回黄天荡欲北渡。

韩世忠利用海船出战，金兀术穷蹙难敌。关键时刻，有汉奸王某对兀术献计说，韩世忠的大船无风不能动，若用小船载火箭射船篷，可以获胜。金兀术果然在天晴风止时以火箭射海船，宋兵船沉兵败。戎箭，戎人之箭。指金兵用的火箭。何意，哪会意料。

〔5〕"建炎"二句：尽管在黄天荡战役中先胜后败，但建炎以来的首功属于韩世忠；令人叹息的是，这样的大功臣竟以隐居之身终老于西湖。建炎，南宋高宗的年号。第一功，韩世忠在黄天荡战役后，于绍兴四年(1134)又在大仪(今江苏扬州西北)大败金兵，再败之于承州(今江苏高邮市)。史家认为建炎以来，韩世忠当为"中兴武功第一"。太息，叹息。西湖角巾，岳飞死后，奸臣秦桧专权，韩世忠被秦桧排挤出朝廷，隐居西湖。角巾是古时隐士常戴的一种有棱角的头巾。《晋书·羊祜传》："尝与从弟琇书曰：'既定边事，当角巾东路，归故里，为容棺之墟。'"意谓辞官退隐。

简评

这是一首咏史诗，诗歌回顾宋代爱国将领韩世忠与金兵在黄天荡鏖战的情景，抒发了深沉的历史感喟。

诗歌开篇先声夺人，描写黄天荡涛声震天、白波似银的景象，然后用"似闻桴鼓震江津"引发对当年战争的联想，使人立即进入了韩世忠率军大战金兵、梁红玉擂鼓助威、鼓声响彻大江的激战氛围中。接着，诗人在中间两联叙述了黄天荡战役由胜转败的全过程。颔联连续反用两个典故，以"归师独遏""兵气能扬"的惊人创意，说明韩世忠此战的重大意义。一是"归师"之谓，说明韩世忠面对的并非初犯之敌，而是已经长驱直入、侵占南宋大半江山的归来之敌。自建炎以来，南宋将士还未曾与金兵决战，以致金兀术渡长江、下建康、陷临安，如入无人之境，今日的黄天荡之战就是南宋军民坚决抗击的表现。二是"强寇"之谓，揭示此役敌众我寡的力量对比，韩世忠以八千人拒兀术十万之众，且在前一阶段大败金兵，这是何等过人的胆略和勇气。三是对"兵气"的强调，突出宋军在强敌面前男女齐上阵，不分尊卑内外、同仇敌忾的高昂士气，这是战争前期取胜的根本保证。

此联于遣词造句中，充溢着诗人对南宋军民爱国精神与战斗意志的崇敬和赞扬。到了颈联，诗句陡然转折，诗歌基调亦由高昂转入激愤叹惋，诗人以反诘的语气，点明了战役最后失利的原因。“谁教”二字直指教金军采用火攻、出卖祖国的汉奸，虽在数百年之下，仍不免千夫所指；“何意”二字则说明战场变化出乎韩世忠的意料，胜利在望的战事最终却功亏一篑，惋惜之情溢于言表。在诗歌结尾处，诗人总结全篇，对韩世忠作出评价，既充分肯定了他抵抗入侵之敌、建立“建炎第一功”的历史功绩，也为他遭受奸臣秦桧的排挤打击、被迫引退的不幸命运而发出深深的叹息。

赵翼既是诗人，也是杰出的史学家，因此，他的诗集中有不少以历史为题材的咏史诗，这些作品大都见解独到、评点精辟，而极具思想价值和历史价值。如这首诗从黄天荡古战场生发，在简短的56个字中，再现了爱国将领韩世忠夫妇的战斗历程，总结了战争胜败的经验与教训。诗人在处理这一重大历史题材时，善于点面结合、夹叙夹议，既描绘阔大的历史场面，也注重人物行动与细节的刻画，从而使人产生身历其境的审美效果。

格律分析

诗歌押平声真韵，首句入韵。诗中今读平声的入声字有“白”(陌韵)、“独”(屋韵)、“一”(质韵)、“息”(职韵)，古为仄声。全诗合乎格律。第五句的“教”(jiāo)字按平仄格式要读阳平声。

近代七律

林则徐

赴戍登程口占示家人(其二)[1]

(七律平起平收式)

力微任重久神疲,再竭衰庸定不支[2]。
苟利国家生死以,岂因祸福避趋之[3]!
谪居正是君恩厚,养拙刚于戍卒宜[4]。
戏与山妻谈故事,试吟断送老头皮[5]。

作者简介

林则徐(1785～1850),字元抚,又字少穆、石麟,晚号俟村老人等。福建侯官(今福建福州市)人。嘉庆十六年(1811)进士。曾任湖广、陕甘和云贵总督,卓有政绩。道光十八年(1838)受命为钦差大臣,节制两广水师,到广州查禁鸦片。到任后雷厉风行,收缴英国船上的鸦片近2万箱,约237万余斤,在虎门海滩上当众销毁。此后又几次击退来犯的英军。是清代著名政治家、思想家、爱国诗人,亦是近代抵抗西方侵略的民族英雄。

注释

〔1〕诗歌作于道光二十二年(1842)作者被遣戍伊犁时。此前,林则徐在鸦片战争中遭受投降派打击,先被革去两广总督,派赴浙江镇海军营效力。不久,清廷又将其革去四品卿衔,“从重发往伊犁效力赎罪”。这是他离

开西安赴伊犁时留给家人的离别之词。赴戍登程:奔赴边疆上路。口占:信口吟成。

〔2〕“力微”二句:说以个人的微薄之力,多年来为国担负重任,奔波劳碌,身心早已疲惫不堪;再殚精竭虑,必定力不能支。衰庸,衰弱的身体和平庸的才能。这虽是谦辞,但作者此次赴边确实是扶病而行,此前在西安已调治两个月之久。

〔3〕“苟利”二句:如果对国家有利,个人的生死可置之度外,哪能因为对个人有祸有福而或避或趋呢? 生死以,即将生死置之度外。以,付与。春秋时,郑大夫子产因改革军赋制度而受到国人诽谤,子产说:“何害? 苟利社稷,死生以之!”(《左传·昭公四年》)诗中化用这个典故,说明如果对国家有利,就舍生忘死去做。避趋,逃避或趋前,指对“祸”或“福”的态度。

〔4〕“谪居”二句:这是面对当权者的打击而愤懑说出的反话,先说自己被贬谪边地,正是皇上的厚恩;再称自己生性愚拙,刚好适合作一名戍卒。谪居,指自己被遣戍伊犁居住。养拙,犹言藏拙,守拙。刚,恰好。戍卒宜,做一名戍卒为适当。

〔5〕“戏与”二句:作者与妻子谈论宋代杨朴和苏轼的旧事,故作戏谑之辞,以在临行时劝慰老妻。末二句作者原有自注:“宋真宗闻隐者杨朴能诗,召对,问:‘此来有人作诗送卿否?’对曰:‘臣妻有一首云:更休落魄耽杯酒,且莫猖狂爱咏诗。今日捉将宫里去,这回断送老头皮。’上大笑,放还山。东坡赴诏狱,妻子送出门,皆哭,坡顾谓曰:‘子独不能如杨处士妻作一首诗送我乎?’妻子失笑,坡乃出。”此注典出《东坡志林》卷二《书杨朴事》。断送老头皮,即掉脑袋,斩首。

简评

清中叶以后,朝廷昏庸无能,社会积弊日重,西方资本主义势力乘机东侵,英帝国主义企图用鸦片打开中国的大门。道光十八年(1838),林则徐以钦差大臣的身份驰赴广东,大张旗鼓地厉行禁烟,并以“虎门销烟”的壮举,在中国近代反侵略的历史上写下了光辉的一笔。但是，不甘失败的侵略者挑起战端，道光二十年(1840)，英军攻陷定海，不久英舰直达天津大沽。这时朝廷内的投降派吓破了胆，纷纷对林则徐等飞短流长，终使他被遣戍伊犁，这一年作者已57岁。

由身负重任的钦差大臣，转眼变成判流边地的罪人。明明是报国的功臣，却被加上种种罪名。面对如此沉重的打击，作者怎能不百感交集！首联回顾自己多年来身负重任，为国为民，殚精竭虑，如今已难以支持。这是对朝廷是非不分的无言反击，吐露出因忠获罪的满腹不平。但是，厄运并没有摧毁他的意志，逆境更加坚定了他的信念，作者在颔联直抒胸臆，响亮地说出“苟利国家生死以，岂因祸福避趋之”，表达了为国献身，舍生忘死的崇高精神。这铿锵有力的诗句，犹如在积贫积弱的国土上敲响了黄钟大吕之音，一百多年来，这种声音早已成为支撑我们民族的精神支柱。吐露胸襟之后，作者在颈联用自嘲的口吻写道“谪居正是君恩厚，养拙刚于戍卒宜”，一个以国事为重的人，还在乎什么“谪居”呢，让我当个戍卒也会泰然处之。这二句正话反说，故作旷达之语，但英雄失路的郁勃之气溢于言表。尾联以古人事例宽慰老妻，虽是调侃之言，诙谐之中亦有苏轼当年无端获罪的苦涩。

这首诗乃面对家人信口吟成，句句是肺腑之言。我们从诗中看到了民族英雄林则徐的爱国情怀和泰山压顶不弯腰的高大形象。据作者的同乡林昌彝说：“苟利国家生死以，岂因祸福避趋之”二句，林则徐经常挂在嘴边，“盖文忠矢志公忠，乃心王室，故二句诗常不去口。”(《射鹰楼诗话》卷二)郭则沄《十朝诗乘》卷十五亦曰：“文忠戍边，海内痛惜。庸知十城荒壤，待公手辟以造福边氓。尝有句云：苟利国家生死以，岂因祸福避趋之，迹其生平，无愧斯语。”

格律分析

诗歌押平声支韵，首句入韵。诗中今读平声的入声字有“竭”(月韵)、“国”(职韵)、“福”(屋韵)、“谪”(陌韵)、“拙”(屑韵)、“卒”(质韵)，古均为仄声。全诗合乎格律。

龚自珍

咏　史[1]

（七律仄起平收式）

金粉东南十五州，万重恩怨属名流[2]。
牢盆狎客操全算，团扇才人踞上游[3]。
避席畏闻文字狱，著书都为稻粱谋[4]。
田横五百人安在，难道归来尽列侯[5]。

作者简介

龚自珍（1792～1841），字瑟（sè）人，号定盦（ān），浙江仁和（今浙江杭州）人。清代著名的思想家和诗人。道光九年（1829）三十八岁中进士，由内阁中书历仕宗人府主事、主客司主事等小官。四十八岁辞官南归，五十岁卒于丹阳书院。他是近代改良主义运动的先驱者，对清末腐朽黑暗的社会现实进行尖锐地批判，呼吁进行社会改革，在晚清思想界产生过巨大的影响。今人辑有《龚自珍全集》。

注释

〔1〕作于道光五年(1825)冬十月，时作者客居昆山。

〔2〕“金粉”二句：在繁华富庶的江浙一带，官僚权贵们不仅尽享奢靡，而且为了争名夺利，或彼此拉拢勾结，或相互排斥倾轧，因而产生无穷恩怨，扰攘不休。金粉，原指古代妇女化妆用的铅粉，这里借以形容东南的繁华绮丽，兼指社会上达官贵人纸醉金迷的奢华生活。吴伟业《残画》诗：“六朝金粉地。”(《梅村集》卷十)十五州：泛指长江下游苏、浙、皖三省的富庶地区。名流，指在社会上有名气的头面人物。

〔3〕“牢盆”二句：总写官场之黑暗腐朽。官员从盐业中获利，全凭其亲信全盘谋划，帮办一切；不学无术的纨绔子弟占据着官场的高位。牢盆，煮盐的器具，借指盐政或盐业。《史记·平凖书》：“愿募民自给费，因官器作煮盐，官与牢盆。”东南沿海，盐业利丰，故在此为官历为肥差。南宋楼钥《送卫状元著作提举淮东》曾云：“通泰牢盆亘海滨，官家专欲用儒臣。”清时官商勾结，贪污成风。当时“官无论大小，职无论文武，皆视（两淮盐商）为利薮，照引分肥。”（嘉庆《两淮盐法志》）狎客，陪伴权贵嬉游宴饮之人，此指善于阿谀奉承的官府门客，他们专为权贵们的巧取豪夺出谋划策。操全算，操纵全局。全算，全盘计划。团扇才人，生活腐化、不学无术的贵族子弟。团扇，典出《古今乐录》，说的是东晋宰相王导的孙子王珉，喜手执白团扇，生活腐化放荡，与嫂婢私通，嫂挞婢，婢作《团扇歌》。由于他是贵族子弟，二十岁就当上了中书令，但只会谈玄说佛、流连声色，对政事完全不懂。此处借指窃踞要位的八旗子弟。

〔4〕“避席”二句：总写文人之士风日下。文士们被文字狱吓破了胆，心怀戒惧，逃避现实；即使还有著书的也都为谋取俸禄而已，对国计民生毫无益处。避席，古人席地而坐，当表示尊敬或心怀畏惧时离座而起。此指畏惧远离。文字狱，封建王朝统治者从臣下或文人的作品中抓住只语片言罗织罪名、进行镇压的冤狱。清康熙、雍正、乾隆朝曾屡兴文字狱，受害和株连的人很多。稻粱谋，谋求米粮，混饭吃。杜甫诗：“君看随阳雁，各有稻粱谋。”（《同诸公登慈恩寺塔》）

〔5〕“田横”二句：田横手下的五百壮士哪里去了呢？难道都已经回到汉朝，一个个被封为列侯了吗？田横五百人，田横是秦末汉初人。据《史记》卷九五“田儋列传”，楚汉相争时，田荣、田横兄弟占据齐国旧地，自立为齐王。汉政权建立后，田横带着五百多人逃入海岛。刘邦派人招他投降，告诉他说：“田横来，大者王，小者乃侯耳；不来，且举兵加诛焉。”田横为了保存岛上五百人的生命，带了两个部下前往洛阳，途中自刎而死，嘱托部下拿他的头去见刘邦，表示自己不受投降的屈辱。刘邦用王礼葬他，并封那两个部下做都尉，但那两个部下在埋葬田横时，也自杀

了。汉高祖又派人去招降岛上的五百人，他们“闻田横死，亦皆自杀。于是乃知田横兄弟能得士也。”司马迁在传后感叹：“田横之高节，宾客慕义而从横死，岂非至贤！”列侯，汉制，王子封侯称诸侯，异姓功臣封侯称列侯。

简评

龚自珍生活的年代，正值清朝国势急遽衰落的时期，也是西方帝国主义入侵中国的开始。鸦片战争之前二十年，当时大多数人对清政府所面临的社会危机毫无觉察，而龚自珍及其友人，却已敏锐地洞察危亡之局势。“举国方沉酣太平，而彼辈若不胜其忧危，恒相与指天画地，规天下大计。”（梁启超《清代学术概论》二十二）他的诗歌敢于正视现实、鞭挞现实，具有强烈的爱国思想和忧患意识。

此诗名为咏史，实为讽今，作者以繁华的东南十五州为背景，刻画出当时名流社会种种龌龊丑恶的情态，概括了清末整个社会的黑暗与腐朽。诗歌不仅对尔虞我诈、争权夺利、官商勾结、巧取豪夺的官场黑幕进行了深刻的揭露与批判，还针对纨绔子弟世袭高位的现象，猛烈抨击了清政府“首崇满洲”，赋予八旗子弟的政治特权。尤为可贵的是诗人不顾忌讳，将矛头指向清政府为了镇压具有反抗倾向的文人而罗织的“文字狱”，揭露了清朝文化专制的残酷性及其造成“万马齐喑”的严重后果。在文化高压的统治下，文人只知避祸全身，苟求俸禄，完全丧失了信念与节操。最后，作者借颂扬古代田横及五百壮士犹能知义守节，慨叹现实的风气日下，希望以此警醒众生，砥砺气节，挽救衰微的国运。

“文章忘忌讳，才气极纵横”，这是龚自珍友人梁章钜在《师友录》中对他的评价。我们看到这首咏史诗，就知道作者完全无愧于这样的称誉。龚自珍的作品及思想，极大地启迪了后代的爱国志士和进步文人，戊戌变法中的重要人物，康有为、梁启超、谭嗣同、黄遵宪等人，几乎无人不受他的影响，正如梁启超所说：“语近世思想自由之向导，必数定盦。吾见并世诸贤，其能为今之思想界放光芒者，彼最初率崇拜定盦。当其始读定盦集，其脑际未有不受其刺激者。”（《论中国学术思想变迁之大势》）

格律分析

诗歌押平声尤韵,首句入韵。诗中今读平声的入声字有“十”(缉韵)、“狎”(洽韵)、“席”(陌韵),古为仄声。全诗合乎格律。

康有为

出都留别诸公(其一)[1]

(七律仄起平收式)

沧海惊波百怪横,唐衢痛哭万人惊[2]。
高峰突出诸山妒,上帝无言百鬼狞[3]。
岂有汉廷思贾谊,拚教江夏杀祢衡[4]。
陆沈予为中原叹,他日应思鲁二生[5]。

作者简介

康有为(1858～1927),原名祖诒,字广厦,号长素,又号西樵山人,南海(今属广东佛山市)人,人称“康南海先生”。光绪二十一年(1895)进士,授工部主事。后任总理各国事务衙门章京,反对丧权辱国的马关条约,提出改良派的救国纲领,实行维新变法。变法失败后,流亡海外,宣传保皇,反对孙中山领导的资产阶级民主革命,辛亥革命胜利后回国,1917年伙同张勋复辟帝制失败。他是近代著名社会改革家和学者,戊戌变法前的诗歌充满爱国热情,有《康南海先生诗集》。

注释

〔1〕作于光绪十五年(1889)。作者自注:“吾以诸生请变法,开国未有。群疑交集,乃行。”原诗五首,此为第一首。出都:1888年,康有为利用在北京

参加顺天府乡试的机会，以布衣的身份上书五千言请求清帝变法，详细陈述了变法图强的必要性和紧迫性。这封上皇帝书，由于顽固派的阻挠，未得上达，作者遂于 1889 年 9 月出京，回广东去著书讲学，为变法作思想准备。留别：留诗告别。诸公：指京中支持变法的人。

〔2〕“沧海”二句：帝国主义列强对中国的入侵和横行霸道，就像大海中兴风作浪的百怪；自己为忧国而上书，引起极大震动，就像唐代的唐衢为忠义痛哭一样惊动了千万人。沧海惊波，喻帝国主义从海上入侵我国。两次鸦片战争后，1883—1885 年爆发中法战争，法国由侵略越南并进而扩大到中国东南沿海。虽然双方在军事上互有胜负，但由于清政府的懦弱妥协，最后法国强迫清政府签订了丧权辱国的不平等条约。当时人称：“法国不胜而胜，中国不败而败。”唐衢痛哭，《旧唐书》卷一百六十“唐衢传”：“世称唐衢善哭。左拾遗白居易遗之诗曰：‘贾谊哭时事，阮籍哭路歧。唐生今亦哭，异代同其悲。唐生者何人？五十寒且饥。不悲口无食，不悲身无衣。所悲忠与义，悲甚则哭之。’”

〔3〕“高峰”二句：上句比喻自己行高遭妒，下句感叹皇帝无权，后党狰狞。这两句语本龚自珍《夜坐》“一山突起丘陵妒，万籁无言帝坐灵”，而有所变化。诸山妒，康有为上书皇帝要求变法，引起守旧顽固派官僚们的极大反感，他们不仅不将书转呈皇帝，还斥康有为“狂妄”，将本已考取举人的康有为革除功名，以示惩戒。但康有为的上书，已在一些进步人士中传诵开来，使其在政治上崭露头角。上帝无言，上帝借指光绪皇帝，他在慈禧太后的干政与压抑下不能发号施令。百鬼狞，此指以慈禧太后为头子的守旧顽固派，他们像一群狰狞的恶鬼一样，打击有志改革的爱国人士。

〔4〕“岂有”二句：意谓虽不指望朝廷再把自己召回起用，但自己哪怕被掌权的顽固派杀了头，拼出命也要将变法维新的事业坚持下去。汉廷思贾谊，西汉贾谊少年有为，主张改革，得到文帝的赏识，准备任以公卿之位。因受到一些守旧大臣的诋毁，被贬为长沙王太傅，后来曾被文帝召回京城倾听他的议论。江夏杀祢衡，后汉祢衡才高性傲，为江夏太守黄祖所害。这里以祢衡自喻，说自己不辞为变法而献身。

〔5〕“陆沈”二句：是说不变法，国家将要沦亡，他日自己的预见得到证实，人们当会思念自己。陆沈，大陆沉沦，比喻国家沦亡。典出《晋书》卷九十八“桓温传”：“（桓温）眺瞩中原，慨然曰：‘遂使神州陆沈，百年丘墟，王夷甫诸人不得不任其责！’”鲁二生，汉初，高帝令叔孙通定朝仪，叔孙通征集鲁诸生三十余人，鲁有两生不肯应征，并斥责叔孙通“公所事者且十主，皆面谀以得亲贵。”（事见《史记》卷九十九“叔孙通列传”）后用“鲁二生”代指不畏权贵、敢进直言的人。作者以鲁二生自喻，表示自己的志行不同流俗之意。

简评

康有为的诗，以戊戌政变为界，大致可划分为前后两个时期。前期的诗，抒写其忧国忧民、救亡图存的满腔激情，具有时代的使命感。《出都留别诸公》五首就是其前期的代表作。

这首诗作为组诗之首，充分体现了作者含蕴深广、慷慨激越的诗歌风貌。诗歌首联概括了列强侵凌、百怪横行的严酷现实，并用“唐衢痛哭”表达自己忧愁国运的苦痛心情；颔联就自己上书主张改革遭妒被阻之事，愤怒揭露封建顽固派镇压革新力量的狰狞嘴脸；颈联则表示自己决不屈服、矢志改革、为国献身的坚定信念。尾联展望未来，渴望为振兴国势、解除国难而有所作为。在表现上述丰富的思想内容时，诗人主要采用了两个艺术手法：一是大胆的夸张与比喻，如用“沧海惊波”比喻外敌入侵的国家形势，用“百怪横”比喻列强在中国兴风作浪；用“高峰突出”比喻自己卓然不群、目光高远的形象，用“百鬼狞”刻画朝廷顽固派的专横跋扈，从而把诗歌写得笔势豪荡，大气磅礴。另一个手法就是巧妙用典，诗中运用了唐衢、贾谊、祢衡、桓温、“鲁二生”等一系列典故，极大地丰富了诗歌的内涵，使诗意更加浓郁深广、典雅醇厚。

康有为的诗远法杜甫，近取龚自珍，既有杜甫关怀国事的现实主义精神，也有龚自珍那种不满现实，执着追求理想的精神。梁启超曾说康有为“先生最嗜杜诗，能诵全杜集，一字不遗。故其诗虽非刻意有所学，然一见殆与杜集乱楮叶。”（《饮冰室诗话》）

格律分析

诗歌押平声庚韵，首句入韵。诗中今读平声的入声字有“哭”（屋韵）、“突”（月韵）、“出”（质韵）、“杀”（黠韵），古均为仄声。全诗基本合乎格律，只是第六句“拚教江夏杀祢衡”，“祢衡”因是人名，不能完全合律，此处“祢（mǐ）”应平用仄。另外，此句第二字“教”按格律应读阳平声。

谭嗣同

和仙槎除夕感怀四篇并序（其四）[1]

（七律平起平收式）

年华世事两迷离，敢道中原鹿死谁[2]。
自向冰天炼奇骨，暂教佳句属通眉[3]。
无端歌哭因长夜，婪尾阴阳賸此时[4]。
有约闻鸡同起舞，灯前转恨漏声迟[5]。

作者简介

谭嗣同（1865～1898），字复生，号壮飞，浏阳（今湖南浏阳市）人。清末湖北巡抚谭继洵之子，少有大志，诗文兼擅，长于剑术。甲午战争后，发愤救国，提倡新学，推行新政，是激进的近代民主主义思想家和文学家。1898 年参加戊戌变法，变法失败后，拒不出逃，慷慨就义。同时被害的维新人士还有林旭、杨深秀、刘光第、杨锐、康广仁。六人并称“戊戌六君子”。代表著作《仁学》，有《莽苍苍斋诗》。后人将其著作编为《谭嗣同全集》。

注释

〔1〕作写于光绪十九年(1893)除夕之夜。诗前有序。仙槎:即饶仙槎,作者的朋友。原诗四篇,此选第四首。

〔2〕"年华"二句:对自己度过的岁月和当前的国家时局都感到心中迷茫,尚不知中原将属何人。年华,时光,这里指自己已度过的岁月。时诗人28岁,自觉远大抱负未能施展,帝国主义列强不断割夺中国的土地,民族危机深重,故有此语。迷离,模糊而难以分辨清楚。鹿死谁,是以逐鹿比喻争夺天下。《史记》卷九十二"淮阴侯列传"载蒯通说:"秦失其鹿,天下共逐之。"西晋亡后,石勒建立后赵,曾说过:"朕若逢高皇(刘邦),当北面而事之。""脱遇光武(刘秀),当并驱于中原,未知鹿死谁手。"(事见《晋书》卷一百五·载记第五"石勒")鹿死谁手,即天下为谁夺得之意。

〔3〕"自向"二句:自己正努力锻炼意志和骨气,准备为国效力;作诗人不过是暂时的,是用诗歌寄托自己的忧国之思。冰天炼奇骨,越是在冰天雪地的严寒中,越要锤炼刚强无畏的骨气。这句比喻越是在政治形势严酷之时,越要磨砺自己的斗志与品格。通眉,指眉长,两眉几乎相连。唐代诗人李贺是通眉(见李商隐《李长吉小传》)。作者也是通眉,他在《与唐绂尘(唐才常)书》中说:"往年罗穆倩谓嗣同:子通眉,必多忧挚之思。"

〔4〕"无端"二句:自己以诗文而歌哭,仿佛是没有来由,其实是因为社会的黑暗、国运的危机;又到年末阴阳交替的时候了,时世的变化也已到了非变革不可的最后时刻。无端,没有来由,无缘无故。长夜,漫长的冬夜,隐喻黑暗的社会现实。娄尾,同阑尾,末尾之意。此诗作于除夕,正是年尾。阴阳,指一年四季的变化。賸,同"剩",指一年将尽。

〔5〕"有约"二句:指自己和饶仙槎都有挽救民族危亡的雄图大志,效仿爱国志士刘琨、祖逖闻鸡起舞,热切地盼望黎明的到来。闻鸡同起舞,西晋刘琨与祖逖是好朋友,关怀时事,互相勉励,半夜听到鸡叫即起来舞剑。见《晋书》卷六十二"祖逖传":"与司空刘琨俱为司州主簿,情好绸缪,共被同寝。中夜闻荒鸡鸣,蹴琨觉曰:'此非恶声也。'因起舞。逖、琨并有英气,每语世事,或中宵起坐。"漏声,铜壶滴漏之声。古代计时仪器叫

漏壶，构造为底部有一小孔的桶形容器。内插标杆，称为箭，箭下端有木托，浮在水面上。容器内的水从小孔漏出，箭随水面下降指示时间。漏声迟，指时间过得太慢。

简评

光绪十九年(1893)的除夕之夜，28岁的年轻诗人深深思考着祖国的现状与前途，思考着自己肩负的责任与未来的道路，写下了这首充满爱国激情的诗歌。

首联回顾风云动荡的流逝岁月，放眼列强横行下四分五裂的神州大地，对祖国前途的无限忧虑涌上心头，发出了“敢道中原鹿死谁”的迷茫与疑问。面对着帝国主义势力在中华大地上疯狂的争夺，该怎样去拯救民族的危亡，实现救国救民的宏伟抱负？诗人用“自向冰天炼奇骨”的实际行动做出了回答，表达了不畏政治形势严酷的坚定信念，决心在斗争中砥砺顽强的意志，以承担起历史赋予的重任。写到颈联，当诗人的目光扫过沉沉的夜空，想到外敌的肆虐、清廷的腐朽、社会的黑暗，不由得两行热泪落满了诗稿，深沉的忧患代之以改革现状的急切呼唤，一年将尽，除旧布新，千疮百孔的祖国也到了改弦更张的关键时刻了。放眼未来，诗人胸中豪气激荡，在新的一年来临之际，他呼唤着自己的朋友，让我们一起闻鸡起舞，用高昂的斗志，迎接祖国的黎明吧。

这首诗情感激越，意气豪迈，表现了诗人对国事的无限忧虑和拯救民族危亡的雄心壮志。从诗歌中，我们看到了一个以天下为己任的热血青年形象。尤为可贵的是，诗人最终以青春的生命实践了自己的诺言，五年之后，谭嗣同积极参加了康、梁为首的戊戌变法，变法失败后，拒不出逃，于1898年9月28日在北京宣武门外的菜市口刑场英勇就义。同时被害的维新人士还有林旭、杨深秀、刘光第、杨锐、康广仁，六人并称“戊戌六君子”。梁启超在《谭嗣同传》中记载，谭嗣同被捕的前一天，面对着劝他东渡避难的日本志士，他慨然道：“各国变法，无不从流血而成。今中国未闻有因变法而流血者，此国之所以不昌也。有之，请自嗣同始！”“卒不去，故及于难。君既系狱，题一诗于狱壁曰：‘望门投宿思张俭，忍死须臾待杜根。我自横刀向天笑，去留肝胆两昆仑。’盖念南海也。以八月十三日斩于市，春秋三十有三。就义之日，观者万人，君慷慨神气不少变。”看来，诗人早已抱定了必死的信念，希望通过自己的献身唤起民众，昌盛国运，因此，他才如此从容就义，把一腔热血奉献给了他为之忧、为之歌、为之哭，无时无刻不在深深眷恋着的祖国和民族。

康有为曾高度赞扬了同为浏阳人的谭嗣同和唐才常，他说："浏阳二烈士，谭嗣同复生，唐才常绂丞，皆挟高世之才，负万夫之勇，学奥博而文雄奇，思深远而仁质厚，以天下为任，以救中国为事，气猛志锐。二子生同闬，学相若，志相得也。"（唐烈士才常墓志铭）英雄浩气长存，永远与祖国的山河同在。

格律分析

诗歌押平声支韵，首句入韵。诗中今读平声的入声字有"哭"（屋韵）、"约"（药韵），古为仄声。全诗合乎格律，第三句"自向冰天炼奇骨"采用了一种特定格式：仄仄平平仄平仄。另外，第四句第二字"教"按格律应读阳平声。

梁启超

自励二首（其二）[1]

（七律平起仄收式）

献身甘作万矢的，著论求为百世师[2]。
誓起民权移旧俗，更研哲理牖新知[8]。
十年以后当思我，举国犹狂欲语谁[4]？
世界无穷愿无尽，海天寥廓立多时[5]。

作者简介

梁启超（1873～1929），字卓如，号任公，别号饮冰室主人，广东新会人。中国近代资产阶级改良派的著名政治活动家、思想家、文学家。他是康有为的学生，曾参加领导强学会活动，主编上海《时务报》，用通俗、流畅的“新文体”，写出了不少鼓吹变法的论文，在当时影响很大。戊戌变法失败后，他流亡日本，与康有为组织保皇会，反对资产阶级民主革命，政治上逐渐落伍。后脱离政界，专事学术研究著述，在晚清文坛上卓有成就。有《饮冰室合集》。

注释

〔1〕作于光绪二十七年(1901)。作者在戊戌变法失败后流亡国外，时方自印度、澳洲回到日本。

〔2〕“献身”二句：为理想而献身，甘愿一身冒众矢之的的风险与打击；写文章和著作，力求永远成为后代的表率。万矢的，众箭所射的靶子。比喻大家攻击的对象。矢，箭。的(dì)，箭靶的中心。百世师，谓人的品德学问永远为后代的表率。典出《孟子・尽心下》：“圣人，百世之师也。”宋・苏轼《潮州韩文公庙碑》：“匹夫而为百世师，一言而为天下法。”作者流亡日本后，专以办报、著述为业，1898年冬在日本横滨创办《清议报》；1902年春主办《新民丛报》，坚定不悔地向民众灌输西方新思想。

〔3〕“誓起”二句：发誓兴起民权运动，改变旧风俗；不断钻研西方新哲理，引导民众学习新知识，启发国民的觉悟。起，兴。牖，引导。通“诱”。

〔4〕“十年”二句：十年之后的历史必将证明一切，人们会起到我今天为社会变革所做的一切；现在举国癫狂，顽固派疯狂迫害维新人士，自己有话也无处可说。

〔5〕“世界”二句：世界的发展变化无穷无尽，诗人思考着祖国的明天，寄予无限美好的祝愿和期盼。他长久地伫立在海边，透过寥廓的大海苍天，眺望着大海另一边的祖国。寥廓，旷远，广阔。

简评

诗歌的作者梁启超不仅是中国近代史上著名的维新派领导人物，更是一位卓有成效的启蒙思想家。在甲午战败、民族危机空前严重的历史关头，康、梁领导的戊戌变法应运而生，梁启超以空前的爱国热情投入到这场旨在变法图强、救亡图存以挽救国家民族危机的运动中。但变法在封建顽固派的镇压下终以失败告终，“戊戌六君子”以鲜血与生命的代价警示了国人，在不推翻封建专制统治的前提下，用改良主义办法挽救民族危机是行不通的。这使得始终不能突破封建“君主”思想的梁启超陷入了深深的思索与迷惘之中。但是，尽管受到了历史和思想的局限，作者作为一个执着的爱国者，始终是一个甘为祖国、为理想而献身的伟大的先行者。这首诗就是作者在戊戌变法失败后流亡日本时所作。

诗歌开篇的“献身”二字，笼罩全篇。面对变法失败后的血雨腥风，面对封建顽固势力的疯狂反扑，作者坚定地表示：“献身甘作万矢的，著论求为百世师。”在这里，作者以18世纪法国大革命的思想先驱卢梭自比，卢梭当年因发表反封建的进步著作横遭迫害、流浪国外，而作者也甘冒被顽固派围攻的风险，矢志不渝地献身于变法图强、挽救国运的理想。流亡日本后，他决心在日本继续“著论”，专以办报、著述为业，继续从事思想启蒙。1898年冬，梁启超在日本横滨创办《清议报》；1902年春主办《新民丛报》，11月又创办《新小说》。利用报章作阵地，他大量地翻译介绍了西方的社会科学，向国人介绍来自西方的新思想、新道德，使长期封闭在封建文化牢笼中的国人大开眼界，对思想界、文学界产生了广泛和深远的影响。颔联所讲的“誓起民权移旧俗，更研哲理牖新知”，就是这一思想启蒙工作的主要内容。他的著作文字，绝大部分发表于当年的报刊，据他在《清议报一百册祝辞》中说，这一时期的宣传内容大体可概括为四方面：“一曰倡民权”“二曰衍哲理”“三曰明朝局”“四曰厉国耻”，“一言以蔽之曰：广民智，振民气也。”因此，诗人放眼未来，坚信宣传新思想的启蒙运动终会唤醒民众，在未来的中国变革中大放异彩，“十年以后当思我，举国犹狂欲语谁？”说的是尽管当下之中国封建顽固派掌握生杀大权，神州大地出现群魔狂舞的局面，但是，十年之后的历史必将证明一切，人们会想起我今天所做的一切，都是为了救亡图存、振兴中华。全诗结尾处，诗人给我们留下了这样一个画面：“世界无穷愿无尽，海天寥廓立多时”，在大海的那一边，诗人长时间地伫立在海边，透过寥廓的大海、苍茫的天空，他眺望着风云变幻的世界，眺望着多难的祖国，深深地思索着社会变迁的历史，在心中祝愿着、期盼着神州巨龙惊醒与腾飞的那一天。

梁启超曾被文坛誉为“文界革命之健将”“舆论之骄子”“天纵之文豪”，而文名满天下。他在戊戌变法前后的文学创作，叱咤风云，奋发向上，充满以天下为己任的爱国热情，此诗即为一例。

格律分析

诗歌押平声支韵，隔句用韵。诗中今读平声的入声字有“俗”（沃韵）、“哲”（屑韵）、“十”（缉韵）、“国”（职韵），古为仄声。全诗基本合乎格律，但第一句“献身甘作万矢的”用了拗句。首句为平起仄收的句式，其格式应为“平平仄仄平平仄”，此句中“万矢”二字双拗，形成四仄相连的句式，以表现甘心为国献身的决绝态度。另外第七句“世界无穷愿无尽”采用了一种特定格式：仄仄平平仄平仄。

秋　瑾

黄海舟中，日人索句，并见日俄战争地图[1]

（七律仄起平收式）

万里乘风去复来，只身东海挟春雷[2]。
忍看图画移颜色？肯使江山付劫灰[3]！
浊酒不销忧国泪，救时应仗出群才[4]。
拼将十万头颅血，须把乾坤力挽回[5]。

作者简介

秋瑾（1875～1907），字璿卿，一字竞雄，自称鉴湖女侠，浙江绍兴人。辛亥革命时期著名的革命家。光绪二十二年（1896）与湘潭王廷钧结婚来到北京，目睹民族危机，接受资产阶级民主革命思想的影响，立志革命。1904 年，她冲破封建家庭的束缚，只身赴日留学。次年，由光复会加入同盟会，积极从事革命活动。回国后在上海创办《中国女报》，后回绍兴主持大通学堂，1907 年与徐锡麟等人组织光复军，分头准备在浙江、安徽两省起义。同年 7 月，徐锡麟在安庆起义失败。清政府派军队包围大通学堂，秋瑾被捕不屈，7 月 15 日于绍兴轩亭口英勇就义。

注释

〔1〕光绪三十一年(1905)，作者再次前往日本时作于黄海船中。黄海：北起鸭绿江口，南以长江口北岸到韩国济州岛一线与东海为界，西北与渤海间通过渤海海峡相连。索句：请求做诗。日俄战争：1904 年日、俄帝国主义为争夺中国的领土，在我国东北开战，腐朽的清王朝竟然宣布“中立”，使我国人民深受战争之害。

〔2〕“万里”二句：我乘风行舟，远涉重洋，孤身一人再赴日本，满怀着革命的壮志，去探求真理。万里乘风，《宋书》卷七十六“宗悫传”载：“悫年少时，炳(叔父宗炳)问其志，悫曰：‘愿乘长风破万里浪。’”后人常借此表示志向远大。去复来，作者于 1904 年春夏间赴日本留学，本年寒假期间一度回国，1905 春再返日本，所以说“去复来”。东海，日本在中国东面，此处泛指祖国大陆以东的海面。挟春雷，隐喻自己怀有激扬风雷、唤醒民众的雄心壮志。

〔3〕“忍看”二句：哪忍看地图上我国的领土改变颜色，被日俄帝国主义侵吞；岂肯使祖国的锦绣江山深受侵略者战火的焚烧与蹂躏！忍看，哪忍看，即不忍看。图画，指地图。地图以不同颜色标示国别。移颜色，指我国领土被帝国主义侵占。肯使，岂肯使，即不肯使。江山，此指日俄战争的主要战场，即我国东北三省。劫灰，佛家语，即劫火之灰。借指遭刀兵水火等毁坏后的残余。佛教说世界经历若干万年就要由火、水、风三灾毁灭一次，叫做劫。唐・徐坚《初学记》卷七载，曹毗《志怪》云：“汉武凿昆明池，极深，悉是灰墨，无复土，举朝不解。以问东方朔，朔曰：‘臣愚，不足以知之，可试问西域胡人。’至后汉明帝时，外国道人入来洛阳，

时有忆朔言者，乃试以武帝时灰墨问之。胡人云：‘经云：天地大劫将尽，则劫烧。此劫烧之余。’”这里用劫灰指日、俄战火对我国造成的严重灾难和焚毁后的残迹。

〔4〕“浊酒”二句：人们说借酒可消愁，可如今一杯浊酒怎能消除心中忧国忧民的深愁？挽救祖国危难的时局，应依靠超群出众的人才。仗，依靠。出群才，这里指革命的先觉音。此处化用杜甫《诸将五首》诗句：“安危须仗出群材”。

〔5〕“拼将”二句：哪怕豁出去十万人抛头颅、洒热血，也要挽回祖国危难的时局。拼将，横下一条心，豁出去。将，语助词。十万，言其多。乾坤，天地，这里指国家。

简评

1904年初爆发的日俄战争，是帝国主义列强为争夺我国东北而进行的罪恶的战争。战争发生后，腐败无能的清政府竟无耻地宣布“中立”，这场战争在我国的土地上持续近两年之久，使东北一带遭到了空前的浩劫。1905年秋瑾再次赴日途中，在黄海船上看到日俄战争地图时，挥笔写下了这首充满爱国精神的战斗诗篇。

首联“万里乘风去复来，只身东海挟春雷”，写得大气磅礴，似挟风雷之声，使我们开篇就看到了作者独立船头，面对波涛汹涌的大海，满怀拯救民族危难的雄心壮志，乘风远去的形象。然而，俯仰之间，突见日俄战争地图，顿时激起作者的满腔义愤，颔联愤慨写道：“忍看图画移颜色？肯使江山付劫灰！”怎能再容忍帝国主义对祖国的任意宰割？怎能再允许大好山河生灵涂炭？这两句铿锵有力的语句，痛斥日俄侵略者的强盗行径，呼出了全中国人民反抗侵略的正义吼声。想到多难的祖国，诗人的情感在颈联变得悲凉而深沉，“浊酒不销忧国泪，救时应仗出群才”，在这民族危机的时刻，忧国忧民的诗人热切盼望能有英雄人物出来挽救危局，当然她也是以此自许，希望成为时代的弄潮儿。怎样才能力挽狂澜、解苍生于倒悬？诗人在尾联大声呼唤一切爱国志士行动起来：“拼将十万头颅血，须把乾坤力挽回！”面对帝国主义疯狂侵略的魔爪，面对卖国求荣的清政府，作者深知任何改良主义的道路都是行不通的，要抵抗外来的侵略势力，要推翻腐败卖国的旧政权，都必须采取武装斗争，只有付出鲜血和生命，才能扭转乾坤，迎来祖国的新生。

通过这首诗，我们看到了秋瑾胸怀天下，心系祖国的革命斗士形象，看到了她不惜牺牲生命的救国热忱。1907年秋瑾与徐锡麟等人组织光复军，分头准备在浙、皖起义。7月徐锡麟在安庆起义失败后，友人劝秋瑾赶快躲避，但秋瑾不肯放下即将开始的起义，拒绝了要她离开绍兴的一切劝告，不惜以身殉难。她留下了气壮山河的绝命词："痛同胞之醉梦犹昏，悲祖国之陆沉谁挽？日暮穷途，徒下新亭之泪；残山剩水，谁招志士之魂？不需三尺孤坟，中国已无干净土；好持一杯鲁酒，他年共唱摆仑（即拜伦）歌。虽死犹生，牺牲尽我责任；即此永别，风潮取彼头胪。壮志犹虚，雄心未满，中原回首肠堪断！"从中可以看到秋瑾决心为国捐躯的壮志。7月15日（农历六月初六日）秋瑾为清政府杀害，用生命殉国，实践了她的庄严诺言。柳亚子《吊鉴湖秋女士》中说："已拼侠骨成孤注，赢得英名震万方。"革命烈士秋瑾的爱国思想、牺牲精神万古流芳。

格律分析

诗歌押平声灰韵，首句用韵。诗中今读平声的入声字有"挟"（叶韵）、"劫"（洽韵）、"浊"（觉韵）、"国"（职韵）、"出"（质韵）、"十"（缉韵），古为仄声。全诗合乎格律。第三句"忍看图画移颜色"的"看"（kān）字，按格律要读阴平声。

附录一

近体诗格律介绍

在我国古典诗歌发展史上，自唐代起有了古体诗与近体诗的区分。一种格律严格的诗歌在初唐得以定型，为与以前的古体诗相区别，唐人将之称为“近体诗”或“今体诗”。近体诗以律诗为代表，主要指五律、七律和由五言、七言组成的长律。符合格律的五言绝句和七言绝句也包括在近体诗之中。古体诗也叫古诗或古风，它不受近体诗格律的束缚。唐以后凡不合近体诗格律的诗歌，都称为古体诗。

近体诗是一种讲究格律的诗歌，只有掌握一定的格律知识，才能更好地进行鉴赏和品评。因此，下面把有关的格律知识作一简单的说明。

王力先生在《诗词格律》一书中曾把律诗的特点概括为字句、押韵、平仄、对仗四个方面，我们把它稍加解释，排列如下：

1. 字数、句数有限定。

律诗每首限定八句，五律为五言八句，共四十字；七律为七言八句，共五十六字。多于八句的为排律，也叫长律；

2. 律诗押平声韵。每首只能用一个韵，隔句押韵，首句可押可不押；

3. 每句的平仄都有规定；

4. 每篇必须有对仗，对仗的位置在中间两联。

这四个方面除了第一条可一目了然外，其余三条都需要加以说明，我们在下面依次简介。

（一）律诗的韵

自《诗经》以来，古体诗都是依照口语来押韵的，在用韵上也没有什么限制；而近体诗就不同了，古人写律诗是严格按照韵书来押韵的。近体诗的押韵是随着六朝声律学的兴起、律诗的逐渐定型而日趋严格的。唐初诗人用韵与六朝一样，没有韵书的标准限制，但随着进士科试诗赋的统一要求，唐开元天宝以后要求士人依官方颁布的韵书押韵。唐人在隋代陆法言的《切韵》基础上改成《唐韵》，共206个韵部，成为官方规定的押韵的标准。宋代又增广《切韵》编成《广韵》，以《广韵》为官方韵书。但实际上唐宋诗人用韵并不完全按这两部韵书，比较能够反映唐宋诗人用韵的是金人王文郁编的《平水韵》，《平水韵》把唐韵中某些可通用的韵部合并为106个韵部，供科举考试用，以后历代的诗人用韵也大抵根据《平水韵》。律诗押韵的要求是：

1. 一般只押平声韵。

在《平水韵》的106个韵部中，计有平声30韵，上声29韵，去声30韵，入声17韵。其中平声的30韵，编为上、下两部分，称为上平声和下平声，这只是编排上的方便，也就是平声上卷、平声下卷的意思，二者并不存在声调上的差别。近体诗只押平声韵，这30个平声韵各部的韵目(每韵的第一个字)是：

上平声：一东、二冬、三江、四支、五微、六鱼、七虞、八齐、九佳、十灰、十一真、十二文、十三元、十四寒、十五删。

下平声：一先、二萧、三肴、四豪、五歌、六麻、七阳、八庚、九青、十蒸、十一尤、十二侵、十三覃、十四盐、十五咸。

每一个韵目下都包括一些同韵的字。从这些韵目中，我们可以看出古今语音的变化很大，比如东和冬，江和阳，鱼和虞，真和文，萧、肴和豪，先、盐和咸，庚和青，寒和删等，今天读起来韵母并无差别，而在古代则分属于不同的韵部，在近体诗押韵时是不容混淆的。古今语音的这一变化，还表现在古代某些同一韵部的字在今天读起来完全不押韵，在古代这些诗歌都是谐和的，只是由于古今语音的发展变化，我们今天用普通话读起来反而不谐和了。所以，当我们读古人写的诗时，应该知道古人所用的韵，不了解这一点，有时会影响到我们对古代律诗的欣赏。

2. 隔句押韵，首句可押可不押。

隔句押韵是指在偶句的最末一个字押韵，如律诗在二、四、六、八句的末尾押韵。除了第一句可押可不押(以平声收尾则押韵，以仄声收尾则不押韵)，其余的奇数句都不能押韵。一般说来，五律第一句多数是不押韵的，七律第一句多数是押韵的。

3. 一首律诗在押韵时只能用同一个韵部的字，不能混用其他韵部的字。即使是长达数十句的排律也不能换韵。

不过，若首句入韵，可以在首句借用邻韵的字来作为韵脚，这种情况叫首句借韵，后代谓之“孤雁出群”，中晚唐时日渐增多，到宋代就成为常见的了。除首句可以借韵外，其余偶句一律不得用邻韵的字。

（二）律诗的平仄

【四声与平仄】

平仄是构成律诗格律最重要的因素。什么是平仄呢？平是平声的意思，仄就是不平的意思，这是诗歌格律中的一个术语，是古人区分古代四声的概念。要了解平仄，首先要了解一下古代的四声。

南朝齐代永明年间，声律学有了很大发展，时人把汉字的声调分为平、上、去、入四声，并在五言诗的创作中加以运用，从而形成了讲求声律的“永明体”，它被视为格律诗的开端。古代的四声指的是古代汉语的四种声调，反映了当时汉语高低升降的状态。唐时，在日僧空海所著的《文镜秘府论·西卷·文笔十病得失》中，曾引用前人所著的《文笔式》说：“平声哀而安，上声厉而举，去声清而远，入声直而促。”由此对四声的诠释，可使我们了解到古代四声大概的区别。我们前面所提到的《平水韵》即是按此四声区分排列的。这里特别要说明的是，古代的四声并不等同于今天普通话的四声。今天的普通话也有四种声调：阴平声、阳平声、上声、去声，很明显，普通话的四声中已经没有了入声。这一方面是由于古今语音的变化，另一方面则是由于普通话是以北方语音为基础的，而在北方和西南的大部分口语里，入声已经消失了。什么是入声呢？就是发音短促，喉咙给阻塞了一下。一类是以塞音 t，p，k 收尾，另一类是以喉塞音收尾。在闽南语和粤语中，还完整地保留着这四种入声。以 t，p，k 收尾的入声，并不真的发出 t，p，k 音，而是在发音时要先把喉咙阻塞一下，然后再送气爆破出声。

了解了四声，平仄就好懂了。古代诗人把四声分成平仄两大类：平就是平声，仄就是上、去、入三声。也就是说，不平为仄。这里，我们要提醒大家注意入声字，因为入声字在古代属于仄声，而在普通话中已经消失，从而导致了古、今音声调的不同。一部分古入声字变成了现在的上声、去声字，还属于仄声；但是另有一部分入声字在普通话中却变成了平声字(阴平声或阳平声)，如果不了解这一点，在诵读古代律诗时，你会觉得有些律诗似乎不合平仄的格律，而实际上在古代用古音读起来是完全合乎格律的。为了帮助大家了解这种现象，本书在每首诗的《格律分析》中都列出了今读平声的入声字，并作了说明。

古人区分平仄的目的是为了在诗句中平仄递用，使诗歌在诵读中具有音乐的美感。近体诗每两个字为一个节奏，平声是个长音，适合曼声吟唱，上、去、入三声都有升降的变化，律诗中的平仄递用，就是在声调上长短、升降的交替，从而使诗歌音节和谐、抑扬顿挫、富于变化，以更好地表达心中的情感。近体诗中声律的变化是有一定的规律的，我们可以简单归纳为以下三个方面，即：

(1) 一句之中平仄交替：以两个音节为单位的平仄交替，就构成了近体诗的基本句型。

(2) 一联之中平仄对立：律诗八句组成四个对联，每一联之中的平仄对立，平对仄，仄对平。

(3) 联与联之间要“粘”。即：后联出句的第二字与前联对句的第二字平仄相同，平粘平，仄粘仄。

上述规律可用“交替”、“粘对”加以概括。“粘对”是构成近体诗的基本原则。

【粘对】

由于汉语每个字是一个音节，在律诗中基本是以每两个音节作为一个节奏单位，重音落在后面的音节上。以两个音节为单位的平仄交替，就构成了近体诗的基本句型，称为律句。对于五言律诗来说，它的基本句型是：

仄仄平平仄　　平平仄仄平
平平平仄仄　　仄仄仄平平

五言近体诗的这四种基本句型，构成了两副对联的形式，每联的上句称为出句，下句称为对句。由这两联的错综变化，就构成了五律的四种平仄格式。

那么，由这些基本句型怎样组成一首完整的律诗呢？这就要按照“粘对”的原则来构成。

所谓“对”，就是指一联中的平仄是对立的，如上面两联中，每联上、下两句的平仄刚好相反。所谓“粘”，是指联与联之间的组合方式，即：后联出句的第二字与前联对句的第二字平仄相同，平粘平，仄粘仄。如果上一联是：

仄仄平平仄　　平平仄仄平

下一联的出句要跟上一联的对句相粘，也必须以平声开头，但又必须以仄声收尾，就成了：

平平平仄仄　　仄仄仄平平

由这相粘的两联组成的一首绝句，在句型上就没有重复了。即：

仄仄平平仄　　平平仄仄平
平平平仄仄　　仄仄仄平平

所以，联与联之间相粘，是为了使近体诗的句型富于变化，不单调。在唐以前的齐梁体律诗，多数只讲相对，不知相粘，结果往往一首诗从头到尾，就只是两种句型不断地重复。唐以后，既讲对句相对，又讲邻句相粘，在一首绝句里面就不会有重复的句型了。但是，近体诗第一联的情况有点特别，因为首句可以押韵，如果首句押韵，对句也要押韵，才能符合偶句押韵的原则，这样上、下两句都要押韵，都要以平声收尾，这第一联就没法完全相对，只能是四个基本句式中的两个平声结尾的句式相对，其形式也不外两种，即：

平起：平平仄仄平　　仄仄仄平平
仄起：仄仄仄平平　　平平仄仄平

五言律诗八句四联，分别称为首、颔、颈、尾联，各联之间都要“粘”上。这样，按照“粘对”的规则，我们可以推导出五言律诗的四种格式，并附以例诗如下：

【五律格式】

（1）仄起仄收式（仄起首句不押韵）：

春 望

杜 甫

首联：	⓪仄平平仄	国破山河在，
	平平仄仄平（韵）	城春草木深。
颔联：	⓪平平仄仄	感时花溅泪，
	⓪仄仄平平（韵）	恨别鸟惊心。
颈联：	⓪仄平平仄	烽火连三月，
	平平仄仄平（韵）	家书抵万金。
尾联：	⓪平平仄仄	白头搔更短，
	⓪仄仄平平（韵）	浑欲不胜簪。

（注：这种五律格式的前二联与后二联平仄相同。划圈处表示这个字在写作时可平可仄，下同。）

（2）仄起平收式（仄起首句押韵）：

送杜少府之任蜀川

王 勃

首联：	⓪仄仄平平（韵）	城阙辅三秦，
	平平仄仄平（韵）	风烟望五津。

颔联：	平⃝平平仄仄	与君离别意，
	仄⃝仄仄平平(韵)	同是宦游人。
颈联：	仄⃝仄平平仄	海内存知己，
	平平仄仄平(韵)	天涯若比邻。
尾联：	平⃝平平仄仄	无为在歧路，
	仄⃝仄仄平平(韵)	儿女共沾巾。

(注:这种格式与上面的一种除第一句外,以下各句平仄完全相同,也就是说,仄起的两种格式只有第一句不同,其余各句平仄相同。)

(3) 平起仄收式(平起首句不押韵):

山居秋暝

王　维

首联：	平⃝平平仄仄	空山新雨后，
	仄⃝仄仄平平(韵)	天气晚来秋。
颔联：	仄⃝仄平平仄	明月松间照，
	平平仄仄平(韵)	清泉石上流。
颈联：	平⃝平平仄仄	竹喧归浣女，
	仄⃝仄仄平平(韵)	莲动下渔舟。
尾联：	仄⃝仄平平仄	随意春芳歇，
	平平仄仄平(韵)	王孙自可留。

(注:这种格式前二联与后二联平仄也完全相同。)

(4) 平起平收式(平起首句押韵):

晚　晴

李商隐

首联：	平平仄仄平(韵)	深居俯夹城，
	仄⃝仄仄平平(韵)	春去夏犹清。
颔联：	仄⃝仄平平仄	天意怜幽草，
	平平仄仄平(韵)	人间重晚晴。
颈联：	平⃝平平仄仄	并添高阁迥，
	仄⃝仄仄平平(韵)	微注小窗明。
尾联：	仄⃝仄平平仄	越鸟巢乾后，
	平平仄仄平(韵)	归飞体更轻。

(注：平起的两种格式除第一句外，其余各句平仄也完全相同。)

以上五律各式，根据粘对规律，还可以加上去，而成为五言排律。

五言律诗四种格式的前半部分，就是五言绝句的四种平仄格式。不过，唐代的绝句分为古绝和律绝两种，律绝讲究平仄；古绝不讲平仄，还可以押仄声韵，如孟浩然的《春晓》。

五言律诗以首句不入韵为正格，以首句押韵为偏格。

【七律格式】

五言律诗定型后，唐初诗人又把五律的粘对方法运用到了七言诗中，七言律诗就是在五言律诗的句子前面再加一个节奏单位，依照律句要平仄交替的原则，在五字句的前头逢仄加平，逢平加仄，因此，七言律诗其实是五言律诗的扩展。七律的基本句型是：

平平仄仄平平仄　　仄仄平平仄仄平
仄仄平平平仄仄　　平平仄仄仄平平

七言律诗以首句入韵为正格，以首句不押韵为偏格。我们也列出七言律诗的四种格式，并附以例诗如下：

（1）平起仄收式（平起首句不押韵）：

酬乐天扬州初逢席上见赠

刘禹锡

首联：	(平)平(仄)仄平平仄	巴山楚水凄凉地，
	(仄)仄平平仄仄平（韵）	二十三年弃置身。
颔联：	(仄)仄(平)平平仄仄	怀旧空吟闻笛赋，
	(平)平(仄)仄仄平平（韵）	到乡翻似烂柯人。
颈联：	(平)平(仄)仄平平仄	沉舟侧畔千帆过，
	(仄)仄平平仄仄平（韵）	病树前头万木春。
尾联：	(仄)仄(平)平平仄仄	今日听君歌一曲，
	(平)平(仄)仄仄平平（韵）	暂凭杯酒长精神。

（注：这种七律格式的前二联与后二联平仄相同。）

（2）平起平收式（平起首句押韵）：

新城道中二首（一）

苏　轼

首联：	(平)平(仄)仄仄平平（韵）	东风知我欲山行，
	(仄)仄平平仄仄平（韵）	吹断檐间积雨声。
颔联：	(仄)仄(平)平平仄仄	岭上晴云披絮帽，
	(平)平(仄)仄仄平平（韵）	树头初日挂铜钲。

颈联：	(平)平(仄)仄平平仄	野桃含笑竹篱短，
	(仄)仄平平仄仄平（韵）	溪柳自摇沙水清。
尾联：	(仄)仄(平)平平仄仄	西崦人家应最乐，
	(平)平(仄)仄仄平平（韵）	煮葵烧笋饷春耕。

（注：以上平起的两种格式只有第一句不同，其余各句平仄相同。）

（3）仄起仄收式（仄起首句不押韵）：

闻官军收河南河北

杜　甫

首联：	(仄)仄(平)平平仄仄	剑外忽传收蓟北，
	(平)平(仄)仄仄平平（韵）	初闻涕泪满衣裳。
颔联：	(平)平(仄)仄平平仄	却看妻子愁何在，
	(仄)仄平平仄仄平（韵）	漫卷诗书喜欲狂。
颈联：	(仄)仄(平)平平仄仄	白日放歌须纵酒，
	(平)平(仄)仄仄平平（韵）	青春作伴好还乡。
尾联：	(平)平(仄)仄平平仄	即从巴峡穿巫峡，
	(仄)仄平平仄仄平（韵）	便下襄阳向洛阳。

（注：这种格式前二联与后二联平仄也完全相同。）

（4）仄起平收式（仄起首句押韵）：

无　题

李商隐

首联	(仄)仄平平仄仄平（韵）	相见时难别亦难，
	(平)平(仄)仄仄平平（韵）	东风无力百花残。

颔联：	[平]平[仄]仄平平仄	春蚕到死丝方尽，
	[仄]仄平平仄仄平(韵)	蜡炬成灰泪始干。
颈联：	[仄]仄[平]平平仄仄	晓镜但愁云鬓改，
	[平]平[仄]仄仄平平(韵)	夜吟应觉月光寒。
尾联：	[平]平[仄]仄平平仄	蓬山此去无多路，
	[仄]仄平平仄仄平(韵)	青鸟殷勤为探看。

（注：仄起的两种格式除第一句外，其余各句平仄也完全相同。）

以上七律各式，也可根据粘对规律，加成七言排律。

七言律诗四种格式的前半部分，就是七言绝句的四种平仄格式。

【关于“一、三、五不论，二、四、六分明”】

五律和七律的基本句型有一个规律，就是两个字是一个节奏单位，所以在平仄交替上逢双必反：第四字的平仄和第二字相反，第六字又与第四字相反，如此交替就形成了节奏感。但是，古人写诗的时候，有时为了内容表达的需要，很难做到每一句都完全符合基本句型，由于重音落在双数音节上，单数音节相比之下显得不那么重要，所以诗人们常在单数字的平仄上灵活处理，逢单可反可不反，这样就形成了一个可以变通的办法，叫做“一、三、五不论，二、四、六分明”。就是说在七律中有的句子第一、三、五字的平仄可以灵活处理，而第二、四、六以及最后一字的平仄则必须严格遵守格律。五律也是如此，有时第一、三字的平仄可以灵活处理，第二、四字则必须分明。这个口诀并不完全准确，在一些情况下一、三、五必须论，在特定的句型中二、四、六也未必分明，比如我们下面就要谈到的忌“孤平”和“拗救”的问题就是例证。但是，在律诗之中，“一、三、五不论”的现象是大量存在的，因此，我们在列出的五律、七律格式中，把可以灵活处理的字的平仄用画个圈来表示。同时，正是由于存在“一、三、五不论，二、四、六分明”的现象，所以我们在确定每首律诗是哪一种格式时，要看第一句的第二个字和末尾的字的平仄，以确定是平起仄收式、平起平收式还是仄起仄收式、仄起平收式，而不是看第一个字。

同样，“粘对”也具有一定的灵活性，基本上也是遵循“一、三、五不论，二、四、六分明”的口诀，也就是说，要检查一首近体诗是否遵循“粘对”，一般看其偶数字和最后一字即可。如果近体诗违反了一联中平仄对立的原则，叫“失对”；如果违反了联之间“粘”的原则，叫“失粘”。“失对”、“失粘”都是近体诗之大忌。但是，在初唐诗人的诗中，由于律诗尚未定型化，经常能见到失粘的现象，即使在王维等人的律诗中也有不粘的律诗，比如其五律《使至塞上》，第二联就失粘；李白的七律《登金陵凤凰台》前两联平仄重复，前人称之为“顺风调”。但到了后代，诗人们都严格按照格律写作，律诗中“失粘”“失对”的情形就非常罕见了。

此外，律诗还有几个问题需要说明：

【忌犯孤平】

孤平是律诗（包括长律、律绝）的大忌，写律诗时必须避免孤平。什么叫孤平呢？这是针对以下两个句型而言的：

五律中的“平平仄仄平”，第一字必须用平声，如果用了仄声字，就是犯了孤平。因为若第一字用仄声，就成了“仄平仄仄平”的形式，除了韵脚，整句只有一个孤单的平声字，故谓之犯孤平。

同样，七律中的“仄仄平平仄仄平”，第三字必须用平声，如果用了仄声字，也叫犯孤平。在唐人的律诗中绝无孤平的句子。

这里要强调的是，犯孤平只是对上面两个平声为韵脚的律句而言，其他仄脚的律句和“仄仄仄平平”的句型都不能算孤平。而且，古人作律诗只忌孤平，不忌孤仄。

【特定的一种平仄格式】

五言律句“平平平仄仄”，这个句型可以使用另一个特定格式：“平平仄平仄”。同样，七言律句“仄仄平平平仄仄”这个句型可以使用特定格式“仄仄平平仄平仄”。但在使用这种特定格式时，五言的第一字、七言的第三字必须用平声，不能可平可仄。这种特定格式常常用于律诗的第七句。

【拗救】

在律诗中，凡平仄不依常格的句子，叫做拗句。律诗中如果多用拗句，就变成了古风式的律诗，杜甫晚年曾有意创作了一些不依常格的拗律。然而，律诗中前面一字用拗，后面必须用“救”，比如前面该平而用仄，后面就要补一个平声，这就叫做拗救。通过拗救可使诗句出现新的和谐，故有拗有救，便不为病。

现将四种律句的拗救方式排列如下：

(1) 仄仄平平仄

这一句型若第四字用了仄声(或三四两字都用了仄声)，就在对句的第三字改用平声字，这叫对句相救。和五言这一句型相对应的是七言律句“平平仄仄平平仄”，若第六字用了仄声(或五六两字都用了仄声)，采用对句第五字改平声相救。如：

五言律句：仄仄平平仄，平平仄仄平

拗救后：仄仄平仄仄，平平平仄平

例句：“野火烧不尽，春风吹又生。”(白居易《赋得古原草送别》)

七言律句：平平仄仄平平仄，仄仄平平仄仄平

拗救后：平平仄仄平仄仄，仄仄平平平仄平

如果五言律句只是第三字用了仄声，成为“仄仄仄平仄”；或七言律句只是第五字用了仄声，成为“平平仄仄仄平仄”，这是半拗，可以不救，亦可采用上述对句相救。

(2) 平平仄仄平

这个句式忌犯孤平，第一字必用平声，如果第一字用了仄声，为避孤平，则第三字必须补一个平声，这叫本句自救。七言相应的句型是仄仄平平仄仄平，如果第三字用了仄声，则在第五字必须补一个平声。这两个句型常用于对句的位置，如：

五言律句：平平仄仄平

拗救后：仄平平仄平

例句："木落雁南度，北风江上寒。"（孟浩然《早寒有怀》）

(3) 平平平仄仄

这个句型可以使用另一个特定格式：平平仄平仄。同样，七言律句"仄仄平平平仄仄"这个句型可以使用特定格式"仄仄平平仄平仄"。在使用这种特定格式时，五言的第一字、七言的第三字必须用平声，不能可平可仄。如：

五言特定格式：平平仄平仄

例句："凉风起天末，君子意如何？"（杜甫《天末怀李白》）在诗中首句。

"烦君最相警，我亦举家清。"（李商隐《蝉》）在诗中第七句。

(4) 仄仄仄平平

这种句型忌"三平调"，第三字不能以仄换平

在这种句型中，第一字是可平可仄的，但是第三字一般不能用平声字，否则就成了"仄仄平平平"，在句尾连续出现了三个平声，叫做"三平调"，这是古体诗专用的形式，做近体诗必须尽量避免。同样，七言律句"平平仄仄仄平平"，第一和第三字都可平可仄，但是第五字不能用平声，否则也成了三平调。

(三) 律诗的对仗

对仗是古代诗歌中一种重要的语言现象。所谓对仗，本是一种修辞格式，原指旧体诗赋中，两句的结构完全相同，字面、音节两两相对所形成的对偶句式。因其如同宫廷中左右分设、相对而立的仗卫，故又称之为对仗。由于汉语言文字结构上的特殊性，古人很早就运用字词在音、义上的相同或相异，以类排比，构成对偶句来加强语言的表达效果。初唐近体诗定型之后，律诗创作在格律上日趋严格细密，对仗技法日臻完善，逐渐约定俗成，在对仗句的字、句、声、与律诗对仗的位置诸方面，都形成了某些共同遵循的定则，主要有以下四条：

1. 字面相对

字面相对，即律诗相为对仗的两句中，相对应的字要词性相同、平仄相反。只有同类的词才能相为对仗，故对仗句中名词与名词相对；动词与动词相对；其他如副词、虚词、代词等亦各自为对。这里要注意的是：

① 不及物动词常与形容词相对，如杜甫《旅夜书怀》之“星垂平野阔，月涌大江流”一联，“阔”与“流”相对。

② 数目词（包括孤、半等词）、颜色词、方位词常自为对仗，而很少与其他词相对。

③ 叠字只能对叠字，联绵字只能对联绵字。联绵字中又分为名词联绵字（如鸳鸯、翡翠等）、形容词联绵字（如逶迤、磅礴等）、动词联绵字（如踌躇、踊跃等），不同性的联绵词一般不能相对。

④ 专用名词与专用名词相对。

在字面相对的同时，对仗句的句式结构应当是相同的。即出句和对句相应位置的语法结构要一致，如主谓词组对主谓词组，动宾词组对动宾词组，联合词组对联合词组等。

2. 平仄相对

从前面所列的律诗平仄格式表即可看出，律诗的每一联中，出句和对句的平仄都是对立的，所以，律诗中的对仗句不仅要求字面相对，而且要求平仄相反。讲究平仄，是近体诗与古体诗最重要的区别，也是近体诗音律之美的重要体现。律诗中的对仗句只是整个律诗格式的一部分，它在平仄上根据其在律诗中所处的位置而有着严格的规定。

3. 出句的字和对句的字不能重复

古体诗中可以同字相对，如杜甫《石壕吏》中的“老翁逾墙走，老妇出门看”，两老字相对，律诗中则要避免同字相对。由于律诗字数有限，在整首诗中都应避免有同字出现，以尽量丰富诗歌的内容，扩大其容量。

4. 中间两联对仗

这一条是针对律诗对仗的位置而言的。律诗对仗的常规是中间两联对仗，即颔联、颈联必对，首、尾两联散行。长律除首尾两联之外，中间无论写多长，各联一律要求对仗。但并非篇篇如此。唐诗中常有前三联皆对的;还有后三联皆对(如杜甫《闻官军收河南河北》);甚或有四联皆对的(如杜甫《登高》、《垂白》、《禹庙》,王维《送李判官赴江东》等)。不过,后两种情形很少见。宋人魏庆之在《诗人玉屑》中还列出了一些特殊对法的诗体:

一曰"蜂腰体",即只有颈联一联对仗的格局。这是古体诗向近体诗转变中保留下来的部分古诗格调,不仅初唐有此作法,在盛、中、晚唐律诗中也可看到,如李白《塞下曲》:

五月天山雪,无花只有寒。笛中闻折柳,春色未曾看。
晓战随金鼓,宵眠抱玉鞍。愿将腰下剑,直为斩楼兰。

二曰"隔句体",又称"扇对格",即"破题与颔联便作隔句对",两联的出句对出句,对句对对句。这种对法最早由唐人提出,皎然《诗议》列有"隔句对"。宋·胡仔《苕溪渔隐丛话》和严羽《沧浪诗话·诗体》均称此体为"扇对格"。如杜甫《哭台州郑司户苏少监》等诗。以白居易《夜闻筝中弹潇湘送神曲感旧》为例:

缥缈巫山女,归来七八年。殷勤湘水曲,留在十三弦。
苦调吟还出,深情咽不传。万重云水思,今夜月明前。

三曰"偷春体",即首联对仗、颔联不对。《诗人玉屑》云:"其法颔联虽不拘对偶,疑非声律;然破题已的对矣。谓之偷春格,言如梅花偷春色而先开也。"以李白《送友人》为例:

青山横北郭,白水绕东城。此地一为别,孤蓬万里征。
浮云游子意,落日故人情。挥手自兹去,萧萧班马鸣。

在律诗对仗的结构要求逐渐明确的同时,诗论家们还对对仗中应该避忌的问题进行了深入的探讨。涉及对仗的问题主要"忌合掌"。"合掌",诗论中指的是相为对仗的两句在词义、句意上出现重复或相近的现象。在六朝诗中，对偶句的合掌现象并不少见，自盛唐以后，律诗的对仗更趋严谨精切，而合掌现象则很少见了。其次，律诗中两联忌重调，也就是说，中两联对仗句在句式上要有变化。正如清代冒春荣论七律句法时所说："七字为句，中二联最忌重调。"(《葚原说诗》卷之二)

下面介绍古代律诗中一些常见的对仗类型。

【律诗对仗的类型】

在诗歌高度发达的唐代，像杜甫那样抱着"语不惊人死不休"的态度进行创作者，可谓不计其数。他们在律诗创作刻意求新的同时，在对仗的技巧上亦精益求精，以求出奇制胜，从而使对仗的句法不断翻新、日趋丰富。据文献记载，唐初上官仪曾提出"六对""八对"之说(详见《诗人玉屑》卷七)；李峤的《评诗格》提出"诗有九对"(详见《诗学指南》本)；后皎然在《诗议》中又总结出"八种对"(同上)；此外，崔融的《唐朝新定诗格》、王昌龄的《诗格》、元兢的《诗髓脑》等书，均有关于对仗的论述与总结。其中，日僧空海(法号遍照金刚、追谥弘法大师，于唐德宗贞元二十年来中国留学，曾遍览唐人诗学著作)所著的《文镜秘府论》可谓集大成之作。此书"东卷"对唐人诗论中有关对仗的分类"弃其同者，撰其异者"，概括为《二十九种对》，保存了唐人丰富多彩的对仗形式，也使我们看到了唐人在诗歌对仗上的深入探索。他们一方面从六朝诗赋中爬罗剔抉，提炼偶对的方法；一方面不断总结本朝诗人们的创作经验，力求从汉语的形、音、义诸方面都挖掘出最高的修辞效果，用以指导诗歌创作。

下面这些受到前人肯定的常见对法，生动活泼、富有强烈的修辞色彩，因而在后代得到了继承和发展。是为历代律诗创作所证明的有效表达方式：

1. "双声叠韵对"，联绵字的声母相同谓之双声，韵目相同谓之叠韵。从上官仪开始，诗论中常将"双声对""叠韵对"分开，实际上唐人在创作中常以"双声"对"叠韵"，也就是联绵字相对。例如杜诗中既有"双声对"："色借潇湘阔，声驱滟滪深"(《长江二首》)；也有"叠韵对"："艰难随老母，惨淡向时人"(《寄张十二山人彪三十韵》)；而以双声对叠韵者更是随处可见，如"衣冠心惨怆，故老泪潺湲"(《寄岳州贾司马六丈巴州严八使君两阁老五十韵》),“坐触鸳鸯起,巢倾翡翠低”(《晚秋陪严郑公摩诃池泛舟》)等。所以,凡词性相同的联绵字都是可以对仗的。清人吴骞曾指出:“少陵诗多用双声叠韵,人皆知之。又往往嵌杂于五七言中,使人乍读之不觉,细玩乃知其下字之妙。”(《拜经楼诗话》)

2.“连珠对”,又称“叠字对”,如王维:“漠漠水田飞白鹭,阴阴夏木啭黄鹂。”杜甫:“风吹客衣日杲杲,树搅离思花冥冥”,“无边落木萧萧下,不尽长江滚滚来”。

此式最早见于上官仪的“诗有六对”,尤受到了唐宋诗人的喜爱。范晞文《对床夜语》卷二云:“双字用于五言,视七言为难,盖一联十字耳,苟轻易放过,则何所取也。老杜虽不以此见工,然亦每加之意焉。观其‘纳纳乾坤大,行行郡国遥’,不用‘纳纳’,则不足以见乾坤之大;不用‘行行’,则不足以见道路之远。又‘寂寂春将晚,欣欣物自私’,则一气转旋之妙,万物生成之喜,尽于斯矣。”

3.“当句对”,宋·严羽《沧浪诗话》又称“就句对”或“句中有对”,即对仗句中每一句的字词又自成对偶。如杜甫《登岳阳楼》诗“吴楚东南坼,乾坤日夜浮”一联,不仅两句相对,而且“吴楚”“东南”“乾坤”“日夜”各自成对。故此式对中有对,耐人寻味。宋·洪迈云:“唐人诗文,或于一句中自成对偶,谓之当句对。”“杜诗‘小院回廊春寂寂,浴凫飞鹭晚悠悠’,‘清江锦石伤心丽,嫩蕊浓花满目斑’……不可胜举。李义山一诗,其题曰‘当句有对’云:‘密迩平阳接上兰,秦楼鸳瓦汉宫盘。池光不定花光乱,日气初涵露气干。但觉游蜂饶舞蝶,岂知孤凤忆离鸾。三星自转三山远,紫府程遥碧落宽’”。(《容斋续笔》三)

4.“掉字对”,对仗句一句中使用了相同的字,《文镜秘府论》称为“双拟对”,后世称为“掉字对”。此式最具回旋变化之妙。如杜诗“桃花细逐杨花落,黄鸟时兼白鸟飞”(曲江对酒)、“戎马不如归马逸,千家今有百家存”(白帝)等。中唐·白居易《寄韬光禅师》的前三联皆为掉字对:“一山门作两山门,两寺原从一寺分。东涧水流西涧水,南山云起北山云。前台花发后台见,上界钟声下界闻。遥想吾师行道处,天香桂子落纷纷。”此种对法,亦为晚唐人有意仿效。

5.“借对”,《文镜秘府论》分为“字对”、“声对”、“假对”,《沧浪诗话》则统称为“借对”。这种对法充分发挥了汉语同音异字和一词多义的特点,有“借音对”和

“借义对”两种。

“借音对”如清·冒春荣所云:“有借字音相对者,谓之假对。如‘枸杞因吾有,鸡栖奈尔何’(杜甫),‘厨人具鸡黍,稚子摘杨梅’(孟浩然),一借‘枸’作‘狗’,一借‘杨’作‘羊’。”(《葚原诗说》卷之一)

“借义对”,即一个词有两种意义,在诗中用的是第一种含义,同时借用它的第二种含义与另一句对仗。如杜甫《曲江》诗“酒债寻常行处有,人生七十古来稀”一联,“寻常”一词在诗中是平常的意思,但它又是个数量词,古代八尺为寻,两寻为常,故可借此义与“七十”相对。又如宋·吴聿举杜牧诗云:“‘当时物议朱云小,后代声名白日悬’,此乃以‘朱云’对‘白日’,皆为假对。”(《观林诗话》)盖朱云虽为人名,但“朱”亦可视为颜色词,与“白”相对;“云”与“日”则同属天文类词,借别义为对,反而对得很工整。

6.“扇对”,《文镜秘府论》称为“隔句对”,宋人则称为“扇对”。前面所举白居易《夜闻筝中弹潇湘送神曲感旧》一诗即为“扇对”之例。北宋·胡仔云:“律诗有扇对格,第一与第三句对,第二与第四句对。如杜少陵《哭台州郑司户苏少监》诗云:‘得罪台州去,时危弃硕儒;移官蓬阁后,谷贵殁潜夫。’”(《苕溪渔隐丛话》前九)严羽《沧浪诗话·诗体》曰:“有扇对,又谓之隔句对。如郑都官(谷)‘昔年共照松溪影,松折碑荒僧已无。今年还思锦城事,雪消花谢梦何如’(《将之泸郡旅次遂州遇裴晤员外谪居于此话旧凄凉因寄二首》之二)是也。”

7.“回文对”,此式乃初唐上官仪由六朝回文诗中提炼而出,即正读为对,倒读亦成对。诗人爱其回旋变化之妙,亦时有所作。唐陆龟蒙有《回文》诗云:“静烟临碧树,残雪背晴楼。冷天侵极戍,寒月对行舟。”《诗人玉屑》卷之二云:“回文体,谓倒读亦成诗也。”并引苏轼《题金山寺》为例:

潮随暗浪雪山倾,远浦渔舟钓月明。桥对寺门松径小,巷当泉眼石波清。迢迢远树江天晓,霭霭红霞晚日晴。遥望四山云接水,碧峰千点数鸥轻。

此诗正读押平声庚韵(韵字为倾、明、清、晴、轻),倒读押平声萧韵(韵字为遥、迢、桥、潮),正读、倒读俱可成诗,实在妙不可言。

8.“错综对”,宋·惠洪举杜诗云:“‘红稻啄残鹦鹉粒,碧梧栖老凤凰枝’以事不错综,则不成文章。若平直叙之,则曰:‘鹦鹉啄残红稻粒,凤凰栖老碧梧枝’以

‘红稻’于上，以‘凤凰’于下者，错综之也。”(《冷斋夜话》)

9.“蹉对法”，《文镜秘府论》称“交络对”，宋人亦称“交股对”，《诗人玉屑》卷之二引《艺苑雌黄》云：“介甫诗云：‘春残叶密花枝少，睡起茶多酒盏疏。’……此一联以‘密’对‘疏’，以‘多’对‘少’，正交股用之，所谓蹉对法也。”

清代冒春荣所谓的“犄角对”与此相似，实可视为一类，其曰：“有两句中字法参差相对者，谓之‘犄角对’。如‘众水会涪万，瞿塘争一门’(杜甫《长江》)，‘众水’与‘一门’对，‘涪万’与‘瞿塘’对。”(《葚原诗说》卷之一)

10.“流水对”，严羽在《沧浪诗话·诗体》中曾提出有“十字对”和“十四字对”，并举唐人诗句为例，明·胡震亨则称之为“流水对”，其《唐音癸签》卷四云：“‘流水对’，严羽卿以刘昚虚‘沧浪千万里，日夜一孤舟’为十字格，刘长卿‘江客不堪频北望，塞鸿何事又南飞’为十四字格。谓两句只一意也，盖流水对耳。”

由此可知，所谓“流水对”，是指两句意思相连，如流水不断，此式最具一气呵成、气势流动之美，故为诗论家所看重。宋·葛立方云：“律诗中间两联，两句意甚远，而中实潜贯者，最为高作。”(《韵语阳秋》卷第一)运用流水对，可使对仗句在叙事达意上保持某种内在的联系，造成某种时空上的连续性，从而使对仗句避免过分整齐呆板之嫌，而变得语义连贯、气韵流动、形式活泼。如杜甫的《闻官军收河南河北》历来被称作此老“生平第一首快诗”，这与诗中运用了流水对法是分不开的，特别是结尾一联“即从巴峡穿巫峡，便下襄阳向洛阳”，两句各说路程之一半，连接起来就回到了故乡，更给人以气势飞动之感，将诗人的喜悦之情表达得淋漓尽致。难怪清人方东树曰：“中联以虚实对、流水对为上。”(《昭昧詹言》)

古代诗论中还经常用“工对”、“宽对”来区分诗歌的对仗，这是因为，古代科举时代的一些类书常把名词分成若干门类，诸如天文、时令、地理、宫室、器物、服饰、人伦、花鸟鱼虫等，“工对”要求同一门类的名词相对，而“宽对”则不那么严格，只要词性相同即可。此外，还有“虚字对”(诗中以虚字相对)、“问对”(以问答句相对)等对法，在前人诗论中亦多有论及，不一而足。

对仗句的使用，大大增强了近体诗的艺术表现力。正如清人贺贻孙所云：“诗律对偶，园如连珠，浑如合璧。连珠互映，自然走盘；合璧双关，一色无痕。”

(《诗筏》)首先,在声律方面,句中有联绵词的对句读来更觉珠圆玉润、朗朗上口,故双声对、叠韵对不仅受到了唐人的喜爱,也引起了宋以后历代诗论家的重视与研究。清·李重华论及其妙处时说:“以某所见,叠韵如两玉相扣,取其铿锵;双声如贯珠相联,取其宛转。”(《贞一斋诗说》)

更重要的是,对仗句作为一种艺术形式,从根本上来说是为内容服务的。由于对仗的形式在两句间形成了自然的比照,故古人强调“对法不可合掌,如一动必一静,一高必一下,一纵必一横,一多必一少,此类可以类推。”(冒春荣《葚原诗说》)这就使对仗句在内容上构成了或并列、或对比、或递进、或承续的复杂关系,由此产生了多方面的修辞效果,大大增强了诗歌的艺术表现力:两句或于并列中见比照,或于递进中见变化,或因对比的反差而跌宕起伏,或因诗意的承续而流转不断,从而形成了多种多样的抒情格调,创造出变幻无穷的诗歌意境,为诗歌增添了精美隽永、余味不尽的神韵。

律诗为篇幅所限,不适合铺叙过程,故多为抒情之作。对仗句的使用在诗歌的抒情、写景与意境构造上都发挥出了巨大的艺术作用。如:

在抒发感情方面,对仗句的运用,既可表现诗人鲜明的爱憎对比,又可表现喜怒哀乐的急遽变化,以及情感强度的层层递进,从而使诗歌表达的感情更为强烈、更为集中。例如刘禹锡的《蜀先主庙》云:“得相能开国,生儿不象贤。”一句赞刘备得孔明为相,开建蜀国;一句言刘备生儿刘禅,却不贤明,二句一褒一贬,对比分明,又如杜甫《登楼》云:“北极朝廷终不改,西山寇盗莫相侵。”一喜京城恢复,朝廷不改;一忧外患侵扰,吐蕃寇边,于一喜一忧中袒露了一片爱国、忧国的真情,读来更觉深沉而凝重。又如杜甫《春日忆李白》的一联“渭北春天树,江东日暮云。”此联并列描写两人所在地的景物以比喻二人的境况,时杜甫正居留长安,故写“春天树”;李白正漂泊江东,故写“日暮云”,而对仗句的运用顿时缩短了两人的时空距离,在两相并举中思念之情跨越千山万水,将两人紧紧地联系在了一起。

在景物描写方面,对仗句极易形成不同色彩的对比映照;有声与无声的互相衬托;动态与静态的相反相成;从而多角度、多侧面地展示自然景观的立体画面。例如:

江碧鸟逾白，山青花欲然。——杜甫《绝句二首》

明月松间照，清泉石上流。——王维《山居秋暝》

杜诗以碧江、白鸟、青山、红花互相映照，绘出巴蜀江山的图景，色彩绚丽，引人入胜。王维则用一“照”字化静为动，绘出月光下摇曳的树影，又用淙淙的水声反衬出秋山月夜的幽静，二句动静相生，意味无穷。

在意境的创造上，通过对仗的形式，既可表现时间上古与今、先与后的承续、对比和演变；又可表现空间上远近、高低、大小之间的对比与推移。例如李商隐的《马嵬》：“此日六军同驻马，当时七夕笑牵牛”，以“此日”马嵬之变的杨妃赐死，对照“当时”唐玄宗和杨妃的海誓山盟，于今昔对比中讽意自见。又如刘长卿的一联“日斜江上孤帆影，草绿湖南万里情”（《别严士元》），以“孤帆”对“万里”，阔大与细微相映，抒发离别后的无限情思。而杜甫《春夜喜雨》中的一联流水对：“随风潜入夜，润物细无声”，则在叙事达意上体现了内在的联系。二句写如油细雨随着春风在夜间轻轻飘落，无声无息地滋润着万物，“潜入夜”与“细无声”互相呼应，可谓传出了春雨之神。

总之，对仗的形式是古代诗人们从汉语结构的特点出发，在长期创作实践中提炼、发展了的有效表现形式之一，它不仅使近体诗的创作更加精美，对于诗歌内容的表达也曾起过重大的作用。前人创作的大量精妙的对仗句，既对仗精工，又气势贯穿；既句式整严，又富于变化，不露雕琢之痕；体现了古典诗歌艺术的高度成就，值得我们在阅读中反复吟味，从而得到美好的艺术享受。

附录二

平水韵韵部表

平声（分平声上卷、平声下卷）

上平：一东　二冬　三江　四支　五微　六鱼　七虞　八齐　九佳　十灰　十一真　十二文　十三元　十四寒　十五删

下平：一先　二萧　三肴　四豪　五歌　六麻　七阳　八庚　九青　十蒸　十一尤　十二侵　十三覃　十四盐　十五咸

上声

一董　二肿　三讲　四纸　五尾　六语　七麌　八荠　九蟹　十贿　十一轸　十二吻　十三阮　十四旱　十五潸　十六铣　十七篠　十八巧　十九皓　二十哿　二十一马　二十二养　二十三梗　二十四迥　二十五有　二十六寝　二十七感　二十八俭　二十九豏

去声

一送　二宋　三绛　四寘　五未　六御　七遇　八霁　九泰　十卦　十一队　十二震　十三问　十四愿　十五翰　十六谏　十七霰　十八啸　十九效　二十号　二十一箇　二十二祃　二十三漾　二十四敬　二十五径　二十六宥　二十七沁　二十八勘　二十九艳　三十陷

入声

一屋　二沃　三觉　四质　五物　六月　七曷　八黠　九屑　十药　十一陌　十二锡　十三职　十四缉　十五合　十六叶　十七洽

附录三　诗韵常用字表(参照《诗韵合璧》选录)

诗韵常用字表

上平声

【一东】东同铜桐峒筒童僮瞳中(中间)衷忠虫冲终忡崇嵩(崧)菘戎狨弓躬宫融雄熊穹穷冯风枫丰酆充隆空公功工攻蒙濛朦幪笼(名词,董韵同,又动词,独用)聋胧栊宠昽珑咙洪红鸿虹烘丛翁匆葱聪骢通棕蓬篷潼

【二冬】冬农宗锺钟彤龙舂松冲容蓉溶熔封胸凶汹兇匈庸雍浓重(重复,层)从(随从,顺从)丰逢缝(缝纫)峰锋蜂烽纵(纵横)踪茸邛筇蛩慵恭供(供给)侬

【三江】江缸窗邦降(降伏)双泷庞腔舡撞(绛韵同)

【四支】支枝移为(施为)垂吹(吹嘘)陂碑奇宜仪皮儿离施知驰池规危夷师姿迟龟眉悲之芝时诗棋旗期辞词祠基疑姬丝司葵医帷思(动词)滋持随维痴卮螭麾墀弥慈遗(遗失)肌脂雌披嬉尸狸炊湄篱兹差(参差)疲茨卑亏蕤陲骑(骑马)歧岐谁斯私窥熙欺疵赀羁彝髭颐资糜饥衰锥姨夔祗涯(佳麻韵同)伊追缁箕治(治理,动词)尼而推(灰韵同)縻绥羲羸其淇麒崎祁骐狮锤罹漓鹂璃骊猕罴貔仳琵枇鸩栀尸匙蚩篪绨鸱踟嗤隋虽睢咨菑淄鹚瓷萎惟唯厮澌缌逶迤贻裨庳丕嵋郿劙蠡(瓠勺,齐韵同)氂痍猗椅(音漪,木名)嶷缡

【五微】微薇晖辉徽挥韦围帏闱违霏菲(芳菲)妃飞非扉肥威祈旂畿机幾(微也,如见幾,今作几)讥矶饥稀希衣依归苇郗

【六鱼】鱼渔初书舒居裾车(麻韵同)渠蕖余予(我也)誉(动词)舆馀胥狙锄疏(疏密)疎(同疏)蔬梳虚嘘徐猪闾庐驴诸除储如墟於畲榈淤妤鶋玙蜍摅茹苴菹沮躇歔欷据(拮据)龃龉洳

【七虞】虞愚娱隅刍无芜巫于衢儒濡襦须株诛殊铢蛛瑜榆愉谀腴区驱躯朱珠趋扶凫雏敷夫肤纡输枢厨俱驹模谟蒲胡湖瑚乎壶狐弧孤辜姑菰徒途涂荼图屠奴呼吾梧吴租卢鲈炉芦苏酥乌汙(汙秽)枯粗都铺禺诬竽雩吁瞿劬需繻殳逾(踰)揄

萸臾渝岖徂樗踾拘芙苻符苿侏郮桴俘迂姝须溥瓠蝴糊醐鄠酤鸪沽菟鼯驽拏逋芺泸舻轳鸬鹳匍葡洿呜貐

【八齐】齐脐黎犁藜梨蠡（支韵同）鬛妻萋凄悽隄（堤）低题提蹄啼绨鹈鸡稽兮奚嵇蹊倪霓（蜺）醯醍西栖棲犀嘶梯鼙批（屑韵同）跻齑（齏）迷泥溪圭（珪）闺携畦鹨睽

【九佳】佳街鞋牌柴钗差（差使）崖涯（支麻韵同）阶皆偕谐骸排乖怀淮豺侪埋霾斋娲蜗蛙槐（灰韵同）

【十灰】灰恢魁隈回徘（音裴）徊（音回）槐（音回，佳韵同）枚梅媒煤瑰雷罍隤颓崔催摧堆陪杯醅嵬推（支韵同）开哀埃台（臺）苔该裴培才才材财裁来莱栽哉灾猜迴虺隁诙洄孩騋腮

【十一真】真因茵辛新薪晨辰臣人仁神亲申呻伸绅身宾滨邻鳞麟燐珍瞋嗔尘陈春津秦频蘋颦嚬银垠筠巾困民缗贫莼（蓴）淳醇纯唇伦纶轮沦匀旬巡驯钧均榛蓁郴宸寅夤氤姻嫔旻鹑皴遵岷椿循嶙辚磷驎甄询恂峋荀郇湑闽逡泯（轸韵同）邠诜骍

【十二文】文闻纹蚊氛分汾纷芬焚坟群裙君军勤斤筋勋熏薰曛醺荤耘云芸沄纭溃雰氲欣芹殷汶阌

【十三元】元原源鼋园袁猿辕垣烦繁蕃樊翻幡（旛）暄萱喧冤言轩藩魂浑温孙门尊樽（罇）存蹲敦暾屯豚村盆奔论（动词）坤昏婚痕根恩吞番璠壎（埙）骞鸳蜿昆崑鲲扪荪飧鹓

【十四寒】寒韩翰（羽翮）丹单安鞍难餐坛滩檀弹残干肝竿乾（乾湿）阑栏澜兰看（翰韵同）刊丸桓纨端湍酸团攒官观（观看）冠鸾銮峦欢宽盘蟠漫（大水貌）邯郸叹（翰韵同）摊姗珊玕棺磐潘拦完皤貆

【十五删】删潸关弯湾还环鬟寰班斑颁蛮颜姦（奸）攀顽山鳏间（中间）艰闲閒（安閒）娴悭孱潺患（谏韵同）

下平声

【一先】先前千阡笺鞯天坚肩贤纮弦烟燕（国名）莲怜田填钿（霰韵同）年颠巅牵妍眠渊涓蠲边编玄悬泉迁仙鲜钱煎然燃延筵毡旃鳣羶禅（参禅）蝉缠躔连联涟

篇琏偏便（安也）绵全宣镌穿川缘鸢铅捐旋娟船涎鞭铨筌专砖圆员乾（乾坤）虔愆权拳椽传（传授）焉跹溅（溅溅，疾流貌）舷圜骈鹃邅翩扁（扁舟）沿诠痊悛鬈畋滇汧蜒婵楩骈颛褰搴汧癫单（单于）鹯璇膻

【二萧】萧箫挑（挑担）貂刁凋雕彫迢条髫跳蜩苕调（调和）枭浇聊辽寥撩寮僚尧幺宵消霄绡销超朝潮嚣樵侨骄娇焦蕉椒燋饶桡烧遥徭摇谣瑶韶昭招飙标镳瓢苗描猫要（要求）腰邀鸮乔桥侨妖夭（夭夭）漂（漂浮）飘翛祧佻徼（徼幸，徼福）鸼鹪飖姚逍潇骁獠嘹缭嫖憔颵剽

【三肴】肴巢交郊茅嘲钞包胶爻苞梢蛟庖匏坳敲胞抛鲛崤铙捎淆啁教（使也）鞘鸡抄蝥咆哮

【四豪】豪毫操（操持）绦髦刀萄猱褒桃糟漕旄袍挠（巧韵同）蒿涛皋号（呼号）陶鼍翱鳌敖曹遭糕篙羔高嘈搔毛滔骚韬缫膏牢醪逃槽濠劳（劳苦）洮叨咷舠饕熬嗷壕遨臊淘

【五歌】歌多罗河戈阿和（平和）波科柯陀娥蛾鹅萝荷（荷花）何过（经过，箇韵同）磨螺禾哥娑驼沱柁（舵）佗（他）鼍苛诃珂轲疴莎蓑梭婆摩魔讹赢（骡）靴坡颇（偏颇）峨俄呵挖拖麽涡迦磋蹉跎锣锅

【六麻】麻花霞家茶华沙（砂）车（鱼韵同）牙蛇瓜斜邪芽嘉瑕纱鸦遮叉葩奢槎琶衙赊涯（支佳韵同）夸巴加耶嗟遐笳差（差错）蟆譁（哗）虾葭呀杷芭杈骅袈裟杈摣（同楂）

【七阳】阳杨扬香乡光昌堂章张王（帝王）房芳长（长短）塘妆常凉霜藏（收藏）场央泱鸯秧狼床方浆觞梁（樑）娘庄黄仓皇装殇襄骧相（互相）湘厢箱创（创伤）忘芒望（观望，漾韵同）尝偿墙樯枪坊囊郎唐狂强（刚强）肠康冈苍匡荒遑行（行列）妨棠翔良航飏羌姜僵薑缰（韁）疆粮穰将（送也，持也）墙桑刚祥详洋佯粱量（衡量，动词）羊伤汤鲂彰漳璋猖商防筐煌篁隍凰徨蝗惶璜廊浪（沧浪）沧纲亢钢丧（丧葬）肓簧忙茫傍（侧也）旁汪臧琅螂榔当（应当）珰裳昂糖锵尩杭邙滂骦攘鸧螀瀼抢（突也）螳阊蒋（菰蒋）亡殃嫜蔷扬孀疮阆（漾韵同）

【八庚】庚更（更改）羹杭粳坑（阬）盲横（纵横）觥彭亨英烹平评京惊（驚）荆明盟鸣荣莹（径韵同）兵兄卿生甥笙牲擎鲸迎行（行走）衡耕萌氓甍宏茎罂莺樱泓橙争筝清情晴精睛菁晶旌盈楹瀛嬴赢营婴缨贞成盛（盛受）城诚呈程声征正（正月）

钲轻名令(使令)并(交并)倾萦琼鶊赓撑峥劻铿嵘鹦茔狞

【九青】青经泾形刑硎型陉亭庭廷霆蜓停宁丁仃馨星腥醒(迥韵同)俜灵棂龄铃玲苓伶零舲翎鸰瓴聆听(聆听,径韵同)厅汀冥溟螟铭瓶屏萍荧萤荥扃坰瞑暝婷鹡(庚韵同)蜻(庚韵同)娉

【十蒸】蒸烝承丞惩澄(澂)陵凌绫菱冰膺鹰应(应当)蝇绳渑(音绳,水名)乘(驾乘,动词)塍昇升胜(胜任)兴(兴起)缯凭仍兢矜徵(徵求)凝称(称赞)登灯(镫)僧崩增曾憎罾矰层嶒能棱(稜)朋鹏肱薨腾滕藤縢恒崚凭(径韵同)緪

【十一尤】尤邮优忧流旒留榴骝刘由油游遊猷悠攸牛修脩羞秋楸周州洲舟酬仇雠柔俦畴筹稠邱抽瘳遒收鸠搜(蒐)驺愁休囚求裘毬(球)浮谋牟眸侔矛侯猴喉讴鸥楼娄陬偷头投钩沟篝幽虬虯疣绸鞦鹙犹啾酋赒售(宥韵同)蹂揉邹泅裯糇兜勾惆呦樛琉蚯丘踌

【十二侵】侵寻浔临林霖针(鍼)箴斟沈(沉)砧(碪)深淫心琴禽擒钦衾吟今襟(衿)金音阴岑簪(覃韵同)壬任(负荷)歆森禁(力能胜任)祲骎嵚参(音深,星名)琛涔

【十三覃】覃潭谭昙参(参拜)骖南柟男谙庵含涵函(包函)岚蚕簪(侵韵同)探贪耽龛堪谈甘三(数名)酣柑惭蓝担(动词)

【十四盐】盐檐(簷)廉帘(簾)嫌严占(占卜)髯谦奁纤签瞻蟾炎添兼缣霑(沾)尖潜阎镰粘(黏)淹箝甜恬拈砭铦詹蟾蒹歼黔钤

【十五咸】咸函(书函)缄岩谗衔帆衫杉监(监察)凡馋巉镵芟喃搀

上声

(注意:许多上声字现在都读作去声。)

【一董】董动孔总笼(名词,东韵同)澒桶洞(澒洞)

【二肿】肿种(种子)踵宠垄(陇)拥壅冗重(轻重)冢奉捧勇涌(湧)踊(踴)恐拱竦悚耸栱

【三讲】讲港棒蚌项

【四纸】纸只咫是靡彼毁委诡髓累(积累)妓绮掎此蕊徙尔弭婢侈弛豕紫旨指视美否(臧否,否泰)兕几姊比(比较)水轨止市徵(角徵)喜己纪跪技蚁鄙晷子梓

矢雉死履被（寝衣）垒癸趾以已似耜祀史使（使令）耳里理裹李起杞跂士仕俟始齿矣耻麂枳址畤玺鲤迩氏阤驶巳滓苡倚匕跬

【五尾】尾苇鬼岂卉（未韵同）几（几多）伟斐菲（菲薄）匪篚

【六语】语（言语）圉吕侣旅杼伫与（给予）予（赐予）渚煮汝茹（食也）暑鼠黍杵处（居住，处理）贮女许拒炬所楚阻俎沮叙绪序屿墅巨宁褚础莒举讵榉粔溆御籞去（除也）

【七麌】麌雨宇舞府鼓虎古股贾（商贾）蛊土吐（遇韵同）圃庾户树（种植，动词）煦诩努辅组乳弩补鲁橹睹（覩）腐数（动词）簿五竖普侮斧聚午伍釜缕部柱矩武苦取抚浦主杜坞祖愈堵扈父甫怒（遇韵同）禹羽腑俯（俛）罟估赌卤姥鹉偻拄莽（养韵同）

【八荠】荠礼体米启陛洗邸底坻弟柢涕（霁韵同）悌济（水名）澧醴蠡（范蠡，彭蠡）祢棨诋觝眯

【九蟹】蟹解洒楷獬澥拐矮

【十贿】贿悔改采採彩綵海在（存在）罪宰醢馁铠恺待殆怠倍乃每载

【十一轸】轸敏允引尹尽忍准隼笋盾（阮韵同）闵悯泯（真韵同）蚓牝殒紧蠢陨愍矧哂朕（朕兆）

【十二吻】吻粉蕴愤隐谨近（远近）忿（问韵同）

【十三阮】阮远（远近）晚苑返阪饭（动词）偃蹇（跣韵同）郾巘琬混本反损遁（遯，愿韵同）稳盾（轸韵同）

【十四旱】旱暖管琯满短馆（翰韵同）缓盥（翰韵同）盌懒繖（伞）卵（暂韵同）散（散布）伴诞罕瀚（浣）断（断绝）侃算（动词）款但坦袒纂

【十五潸】潸眼简版盏栈产限栈（谏韵同）绾（谏韵同）柬拣板

【十六铣】铣善（善恶）遣浅典转（自转，不及物动词）衍犬选冕辇免展茧辩辨篆勉翦（剪）卷（同捲）显饯（霰韵同）眄（霰韵同）喘藓软蹇（阮韵同）演兖件腆鲜（少也）跣缅沔渑（音缅，渑池）缱绻腼（靦）殄扁（不正圆，又扁额）单（音善，姓也，又单父，县名）

【十七筿】筿小表鸟了晓少（多少）扰绕（遶）绍杪沼眇矫皎皦杳窈窕袅（褭）挑（挑引）掉（啸韵同）肇缥缈渺淼茑嫋赵兆旐缴獠眺窅夭（夭折）悄

【十八巧】巧饱卯狡爪鲍挠（豪韵同）搅绞拗咬炒

【十九皓】皓宝藻早枣老好（好丑）道稻造（造作）脑恼岛倒（仆也）祷（号韵同）捣抱讨考燥扫（号韵同）嫂保鸨稿草昊浩镐颢杲缟槁堡皂磠

【二十哿】哿火舸弹柁（歌韵同）我娜荷（负荷）可坷左果裹朵锁（鏁）琐堕惰妥坐（坐立）裸跛颇（稍也）伙（夥）颗祸卵（旱韵同）

【二十一马】马下（上下）者野雅瓦寡社写泻（禡韵同）夏（华夏）也把贾（姓贾）假（真假）舍（捨）厦惹冶且

【二十二养】养像象仰朗桨奖敞氅枉颡强（勉强）荡（盪）惘两曩杖响掌党想榜爽广享丈仗（漾韵同）幌莽（蟒韵同）纺长（长幼）上（升也）网荡壤赏仿（倣）罔蒋（姓）橡慷漭谠傥往魍魉痒鞅

【二十三梗】梗影景井岭境警请饼永骋逞颖顷整静省幸颈郢猛丙炳杏秉耿矿颍鲠领冷靖

【二十四迥】迥炯挺梃艇醒（青韵同）酩酊并等鼎顶洞肯拯铤

【二十五有】有酒首口母后柳友妇斗狗久负厚守手右否（是否）丑受牖偶阜九后咎薮吼帚垢亩（畝）舅纽藕朽臼肘韭剖诱牡缶酉苟丑炙笱扣（叩）塿某莠寿（宥韵同）绶叟

【二十六寝】寝饮（饮食）锦品枕（衾枕）审甚（沁韵同）廪衽（衽）稔沈凛懔朕（我也）荏

【二十七感】感览揽胆澹（淡，勘韵同）瞰（啖）坎惨（憯）敢颔撼毯黪糁湛

【二十八俭】俭焰敛（艳韵同）险检脸染掩点簟贬冉苒陕谄忝（艳韵同）俨闪剡琰奄歉芡崭

【二十九豏】豏槛范减舰犯湛斩黯

去声

【一送】送梦凤洞（岩洞）众瓮贡弄冻痛栋仲中（射中，击中）粽讽恸鞚空（空缺）控

【二宋】宋用颂诵统纵（放纵）讼种（种植）综俸共供（供设，名词）从（仆从）缝（隙也）雍（州名）重（再也）

【三绛】绛降(升降)巷撞(江韵同)

【四寘】寘置事地志治(治安,太平)思(名词)泪吏赐自字义利器位戏至次累(连累)伪为(因为)寺瑞智记异致备肆翠骑(车骑,名词)使(使者)试类弃饵媚鼻易(容易)髻坠醉议翅避笥帜粹侍谊帅(将帅)厕寄睡忌贰萃穗二臂嗣吹(鼓吹,名词)遂恣四骥季刺驷泗寐魅积(储蓄)食(以食食人)被芰懿觊暨愧匮馈庇洎暨塈概质(抵押)跂柜篑痢腻被(覆也)祕比(近也)鸷闷啻示嗜饲伺遗(馈遗)意薏祟值识(音志,记也,又标识)

【五未】未味气贵费沸尉畏慰蔚魏纬胃渭汇(彙)谓讳卉(尾韵同)毅既衣(著衣)蝟

【六御】御处(处所)去(来去)虑誉(名词)署据驭曙助絮著(显著)豫箸恕与(参与)遽疏(书疏)庶预语(告也)踞蓣饫

【七遇】遇路辂赂露鹭树(树木)度(制度)渡赋布步固素具数(数量)怒(麌韵同)务雾骛鹜附兔故顾句墓暮慕募注驻祚裕误悟寤住戍库护屦诉蠹妒惧趣娶铸绔(裤)傅付谕喻妪芋捕哺互孺寓吐(麌韵同)赴沍污(动词)恶(憎恶)忤晤

【八霁】霁制计势世丽岁济(渡也)第艺惠慧币砌滞际厉涕(荠韵同)契(契约)弊毙帝敝蔽髻锐戾裔袂系祭卫隶闭逝缀翳制替细桂税壻例誓筮蕙偈诣砺励噬继脆睿毳沴曳蒂睇妻(以女妻人)递逮棣蓟罽係系彗嘒芮蚋薜荔唳捩粝泥(拘泥)篦壁穗篲睥睨

【九泰】泰会带外盖大(箇韵同)旆濑赖籁蔡害最贝霭蔼沛艾丐柰奈绘脍鲙荟太霈狈汰蕞

【十卦】卦挂懈廨隘卖画派债怪坏诫戒界介芥械薤拜快迈话败稗晒虿瘵玠

【十一队】队内塞爱辈佩代退载碎态背秽菜对废诲晦昧碍戴贷配妹喙溃黛吠概岱肺溉耒慨忾块在耐鼐珮玳(瑇)再碓乂刈

【十二震】震信印进润阵镇刃顺慎鬓晋骏闰峻衅振俊(隽)舜吝烬讯仞迅趁榇搢仅觐信轫浚

【十三问】问闻(名誉)运晕韵训粪忿酝郡分(名分)紊汶愠近

【十四愿】愿论(名词)怨恨万饭(名词)献健寸困顿建宪劝蔓券钝闷逊嫩溷远(动词)侃苑遁(阮韵同)

【十五翰】翰（翰墨）岸汉难（灾难）断（决断）乱叹（寒韵同）观（楼观）干榦散旦算（名词）玩烂贯半案按炭汗赞漫（寒韵同，又副词独用）冠（冠军）灌爨窜幔粲灿璨换焕唤悍弹（名词）惮段看（寒韵同）判叛涣绊盥鹳慢畔锻腕惋馆（旱韵同）

【十六谏】谏雁患（删韵同）涧间（间隔）宦晏慢盼豢栈（潸韵同）惯串绽幻瓣苋丱办绾（潸韵同）

【十七霰】霰殿面眄（铣韵同）县变箭战扇膳传（传记）见砚院练炼燕谯宴贱馔荐绢彦掾便（便利）眷线倦羡奠遍恋啭眩钏倩卞汴片禅（封禅）谴善（动词）溅饯（铣韵同）转（以力转动，及物动词）卷（书卷）甸钿（先韵同）电嚥旋（已而，副词）

【十八啸】啸笑照庙窍妙诏召劭邵要（重要）曜耀燿调（音调）钓吊叫少眺诮料疗潦掉峤徼（边徼）烧（野火）

【十九效】效効教（教训）貌校孝闹豹罩棹觉（寤也）较乐（喜爱）

【二十号】号（号令，名号）帽报导祷（皓韵同）操（所守也）盗噪灶奥告（告诉）诰暴（强暴）好（喜好）到蹈劳（慰劳）傲耗躁造（造就）冒悼倒（颠倒）爆燥扫（皓韵同）

【二十一箇】箇个贺佐大（泰韵同）饿过（经过，歌韵同，又过失，独用）和（唱和）挫课唾播座坐（行之反，又同座）破卧货涴簸轲（轗轲）

【二十二祃】祃驾夜下（降也）谢榭罢夏暇霸灞嫁赦藉（凭藉）假（借也，又休假）蔗炙（音蔗，炮火，名词）化舍（庐舍）价射骂稼架诈亚麝怕借泻（马韵同）卸帕

【二十三漾】漾上（上下）望（观望，阳韵同，又名望，独用）相（卿相）将（将帅）状帐浪（波浪）唱让旷壮放向仗（养韵同）畅量（度量，数量，名词）葬匠障瘴谤尚涨饷样藏（宝藏）舫访贶嶂当（适当）抗酿妄怆宕怅创（开创）酱况亮傍（依傍）丧（丧失）伉恙王（王天下，霸王）旺

【二十四敬】敬命正（正直）令（命令）政性镜盛（多也）行（品行）圣咏姓庆映病柄郑劲竞净竟孟诤獍更（更加）并（合并）聘横（横逆）

【二十五径】径定罄磬应（答应）乘（车乘，名词）媵赠佞称邓莹（庚韵同）证孕兴（兴趣）剩（賸）凭（蒸韵同）迳甑听（聆也，青韵同，又听从，独用）胜（胜败）宁

【二十六宥】宥候就授售（尤韵同）寿（有韵同）秀绣宿（星宿）奏富兽斗漏陋狩昼寇茂旧胄宙袖岫柚覆救厩臭佑囿豆窦瘦漱咒究疚谬皱逅嗅遘溜镂逗透骤又幼读（句读）副

【二十七沁】沁饮(使饮)禁(禁令,宫禁)任(负担)荫浸谮谶枕(动词)甚(寝韵同)噤

【二十八勘】勘暗(闇)滥啗(啖)担(名词)憾缆瞰暂三(再三)绀憨澹(感韵同)撼

【二十九艳】艳剑念验赡堑店忝(俭韵同)占(占据)敛(聚敛,俭韵同)厌焰(俭韵同)垫欠僭酽滟潋堑玷(俭韵同)

【三十陷】陷鉴监(同鉴,又中书鉴)泛梵忏赚蘸嵌

入声

【一屋】屋木竹目服福禄縠熟谷肉族鹿漉腹菊陆轴逐苜蓿牧伏宿(住宿)夙读(读书)犊渎牍黩毂复粥肃育碌骕鹭六缩哭幅斛戮仆扑畜蓄叔淑俶菽倏独卜馥沐速祝麓辘恧镞簇蹙筑穆睦秃縠覆辐瀑曝(暴)郁舳掬踘蹴蹋茯複蝮鹏髑

【二沃】沃俗玉足曲粟烛属录辱狱绿毒局欲束鹄梏告(忠告)蜀促触续浴酷躅褥旭欲笃督赎副顼蓐渌琭鹆

【三觉】觉(知觉)角桷榷嶽(岳)乐(礼乐)捉朔数(频数)斫卓啄琢剥驳雹璞朴确壳浊濯擢渥幄握学榷涿

【四质】质(性质)日笔出室实疾术一乙壹吉侄秩密率律逸佚失漆栗毕恤(卹)蜜橘溢瑟膝匹述傈黜跸弼七叱卒(终也)虱悉戌嫉帅蒺轾姪踬怵潏蟋蟀筚篥宓必栉窸

【五物】物佛拂屈郁乞掘(月韵同)讫吃绂黻弗鬃勿迄不绋

【六月】月骨髪阙越谒没伐罚卒(士卒)竭窟笏钺歇发突忽袜鹘厥蕨蹶橛曰暍阀筏殁勃掘(物韵同)榾搰龁(屑韵同)蠮纥孛渤揭(屑韵同)碣(屑韵同)凸(屑韵同)

【七曷】曷达末阔活钵脱夺褐割沫拔葛闼渴拨豁括抹遏挞跋撮泼斡秣掇(屑韵同)怛妲聒栝獭(黠韵同)剌撒

【八黠】黠札拔鹘(月韵同)八察杀刹轧戛辖瞎獭(曷韵同)刮刷滑铩猾捋

【九屑】屑节雪绝列烈结穴说血舌洁别缺裂热决铁灭(滅)折拙切悦辙诀泄曳咽噎杰(傑)彻澈别哲鳖设啮劣掣抉截窃孽浙孑桔拮颉撷缬龁(月韵同)羯碣(月韵同)挈亵薛拽冽臬抉瞥迭蘖跌阅辍掇(曷韵同)谲蔑篾揭(月韵同)揑撤渫凸(月

韵同）

【十药】药薄恶（善恶）略作乐（哀乐）落阁鹤爵弱约脚雀幕洛壑索郭博错跃若酌托削铎灼凿却鹊诺萼度（测度）橐漠钥著（着）虐掠泊搏龠锷藿嚼爝勺谑廓绰霍镬莫箨寞各缚貉濩骆膜寞鄂博昨柝拓

【十一陌】陌石客白泽伯迹（跡）宅席策册碧籍格役帛戟壁璧驿麦额柏魄积脉夕尺隙逆画（同划）百辟虢赤易（变易）革脊获翮屐适帻戹（厄）碛隔益窄栅核覈舄掷责坼昔惜瘠癖僻掖腋液释译峄择摘奕迫赫疫硕跖隻炙谪踯斥吓螫淅骼舶珀貊擘穸亦鬲蹐鹡帟绤汐摭

【十二锡】锡壁历枥击绩笛敌滴镝檄激寂觋析溺觅狄荻幂鹢戚涤的喫沥霹雳惕剔砾翟籴倜

【十三职】职国德食（饮食）蚀色力翼墨极息直得北黑侧贼饰刻则塞（闭塞）式轼域殖植敕（勅）饬棘惑默织匿亿臆忆特勒劾慝仄昃稷识（知识）逼（偪）克即拭弋陟测翊恻洫穑鲫螆（鹉）嶷（泥音去声，高峻貌）翌

【十四缉】缉辑戢立集邑急入泣湿（溼）习给十拾袭及级涩粒揖楫（叶韵同）汁蛰笈笠执隰汲吸絷翕葺挹悒岌浥熠裛

【十五合】合塔答纳榻杂腊蜡匝阖蛤衲沓榼鸽踏飒拉遝盍塌咂

【十六叶】叶帖贴牒接猎妾蝶叠涉惬鬣捷颊楫（檝，缉韵同）摄蹑协侠荚魇睫浃慑蹀挟铗睫靥燮詟摺衱馌蹅辄婕聂镊屧谍堞渫氎

【十七洽】洽狭峡法甲业邺匣压鸭乏怯劫胁（脅）插锸歃押狎祫掐夹恰眨呷蛱硖